张炜文存

插图珍藏版 4 长篇小说

远河远山

刺猬歌

山东教育出版社
SHANDONG EDUCATION PRESS

前言

从二十世纪七十年代尝试写作到今天，张炜创作发表了大约一千五百万字的作品，这还不包括他亲手毁掉的约四百万字的少作。就体量而言，现当代的严肃作家几乎无人可出其右者。这些文字至广大而尽精微，有宏阔的视野和抱负，也有对人性与存在最幽微处的洞察和发掘。张炜不但代表齐鲁文学的高度，也一直屹立在中国文学的高原。鉴于此，我们请张炜先生编选了这套颇能代表其个人创作实绩的文丛，也希望它能成为引领读者深入张炜丰茂的文学世界的一个精要读本。

阅读张炜，并不是一件轻松的事情。

四十余年来，张炜切实参与了新时期文学的进程，且在每个时段均留下具有范本意义的作品，如《古船》《九月寓言》《你在高原》《融入野地》等代表作无一不被允为中国当代文学的经典。有意味的是，除了在二十世纪九十年代前期以忧愤的态度参与过人文主义精神的讨论，在更多的时间里，他与所谓的文学热点和流行话题自觉保持着距离，他的创作也很难被妥帖地归类到某一文学思潮和概念之下。比如，在一些文学史中，《古船》是反思文学的集大成之作，在另一些文学史中，它是改革文学的扛鼎之作，还有一些文学史则将其放入寻根文学的专章中讨论。事实上，张炜对庞大之物近乎偏执的关怀，他那些让人战栗的道德诘问，他交织着时代的迫力、灵魂创伤与人类苦难的文字所彰显出来的写作的德性和思想性都决定了他不会是一个文坛的"弄潮儿"，恰恰相反，他常常是潮流化写作的反动者。可是，当我们以文学史的眼光回头打量他所置身的文学时代，又会讶异地发现，原来有那么多重要的文学话题，张炜在它们成为热点之前便已做出实践或洞见。比如，批评界一度称许新历史主义写作，尤其推重以个人史、家族史取代阶级史和革命史的写作范式，在批评家们罗列出一通九十年代的重要文本之后，蓦地发现发表于一九八六年的《古船》已经几乎包孕了这个写作范式所有可能的向度，并且以家族史和阶级史并举的方式避免了新历史主义容易滋生的意义偏失。又如，近年来批评界强调发掘中国本土的叙事资源，激活汉语传统美学的意义，而多年来张炜持续与古老而灵性不散的齐文化和更古老的神话传统对话，他在演讲中说过："怪力乱神基本上是文学的巨资。"他在《〈楚辞〉笔记》《也说李白与杜甫》等诠解古代经典的散文中所表现出与前贤思接千载的会心以及借此获得的启悟，在《外省书》中对史传记人方式的创造性化用，也显见他对本土文学传统的倚重。再如，新世纪的底层文学蔚为壮观，欲迷人眼，当批评界顺着"底层"的概念前溯时，即会注意到张炜很早之前即有这样的提醒："一个作家心灵的指针要永远指向生活在最底层的人们。"甚至有时，张炜会因创作上的前瞻意识让他的作品陈义过高而逾越出时代的理解和逻辑框架，导致外界严重的错位式的误读，如对其"道德理想主义"的标签化概括，以及连带的反现代性的保守立场的质疑等，在我看来，即属此例。

关注张炜的人都知道，《九月寓言》发表后，他一直承受着来自标榜启蒙现代性立场人士的非议，认为他的作品存在着一个善恶、正邪、大地伦理与现代文明的二元结构，并以对后者的弃绝将自己变成一个与潮流逆势的具有强烈乌托邦气质的不合时宜者。张炜对此决不妥协，他把道德力量视作一个写作者才华和人格构建的关键部分，依旧以近于独战的姿态横对失范的科技理性和物质欲望。阅读张炜的这些文字，常常让人想到二十世纪思想史和文学史上被划归到文化保守主义阵营的那些名字，学衡派、新儒家、杜亚泉、梁漱溟、梁实秋……他们在历史潮汐的进退中也一度被时人视为逆流而生的卫道士，是螳臂当车的文化反动势力，但当后来的人们跳出时代的烟云却发现，他们的探求和思索与西方近现代以来尤其是启蒙迷思被世界大战轰毁之后兴起的新人文主义思潮遥相呼应，他们代表的是对人类中心主义和工具理性万能论进行自我反省与批判的另一现代性路径，是参与现代性对话的建设性思维，也是与主导性的历史行为和历史观念相对峙的必不可少的制衡力量。当代西方最重要的伦理学家麦金太尔在他的《德性之后》中曾提出一个重要的问题：谁来为失去形而上学品质的现代人的精神立法，或者说，在德性被放逐的时代还有没有对个人而言的至善的目标？他如此质问道："道德行为者从传统道德的外在权威中解放出来的代价是，新的自律行为者可以不受外在神的律法、自然目的论或等级制度的权威的约束来表达自己的主张，但问题在于，其他人为什么应该听从他的意见呢？"他认为当代人深陷一种"情感主义"的道德迷思中，走出这种迷思的根本在于为当代人重建德性，而"德性必定被理解为这样的品质：将不仅维持使我们获得实践的内在利益，而且也将使我们能够克服我们所遭遇的伤害、危险、诱惑和涣散，从而在对相关类型的善的追求上支撑我们，并且还将把不断增长的自我认识和对善的认识充实我们。"我们以为，张炜的"道德理想主义"也应在此意义上理解。他捍卫君子固穷的价值观、严守义利有别的守成文化立场其实是对上述现代人文主义思路的自觉传承，其间固然有接续"斯文"、承袭道统的传统天命意识，亦有在终极关怀的层面重建现代人的意义世界的激进实践意图。他坚守民间的姿态也绝非像某些批判者说的那样是蹈入了老旧道德的泥淖，这些批判者被时代困陷的局限让他们忽略或者说失察了张炜站在全人类立场的超越意识和存在意识。而且，张炜这一信念几乎在他写作之初就建立起来，它当然经过一个不断磨砺和成熟的过程，但并不像一些批评者描述的那样存在着一个从八十年代张炜到九十年代张炜的急遽转型。我们分明可以在老得、隋抱朴和宁伽之间看到一条贯通的精神的丝缕。我们也不应忘记，《你在高原》的写作所经历了漫长的二十二年，没有持之以恒的心力和不为世移的信念，这样一部描写五十年代生人意志、情感和命运的百科全书式的大书不会完成。

明乎此，我们也就不难理解为什么张炜的写作不能被简约地归类了，他的写作对应的并非时代，而是时间。他不存在趋时的问题，自然也就无法被时代利诱或者绑架；他能预知文学的热点，只是因为他内心有对文学恒常价值笃定的判断。也因此，我们以为，出于表达的权宜，人们可以用一些约定俗成的语汇来评价张炜其人其文，但必须警惕这些语汇对其文学世界丰富性的缩减。比如我们一再提到的"民间"。因为参照物的不同，"民间"至少有两重意涵，它既可以指与庙堂相对的知识分子的价值寄居地，亦可指与精英文化相对的大众化的文化生成空间。张炜的民间立场中和了这两种意义的理解，同时又对二者抱有清醒的审视。四十余年中，他像一个真正的地质工作者一样不断漫游在以其故地为中心辐射开的莽野林间，并反复倾诉这种"在民间"的行旅之于写作的滋养，因为这种跋涉不但是对民间的亲历和发掘，还构成与庙堂那种案牍之劳的有效区隔，是逃逸体制化和职业化写作伤害的最有效的方式，漫游让他的写作与那些想象民间的写作之间划开了一道鸿沟。与此同时，他赞美民间的苍茫与混沌，颂扬民间热辣活泼的不驯顺的生命热力，但并不以为这是可以豁免民间藏污纳垢的理由，事实上他也从未搁置对民间之恶的揭示和批判——把张炜的民间简略成浪漫的乡愁或野地的生趣显然是失当的。

同样，我们也应当小心在时下生态写作的浪潮里，对张炜写作呈现出的生态伦理观念的简单追认。的确，他二十年前在《寻找野地》等作品中对大地之灵踪的追觅放之今日依旧是不可掩其光彩的，而他笔下还有那么多多姿多彩、栩栩如生的动物形象，有那么多对自然魅性的倾心书写，但仅以生态立场来解读他的这些作品是远远不够的。他写有情的生灵万物，写悲悯的山河大地，会让人想起《猎人笔记》《鱼王》《白鲸》《草原》《白轮船》，也会让人想起楚辞和诗经里那些精魂不散的草木花树，他以对自然的敬畏尝试建立连接"宇宙的神性"的可能。而且他并没有像很多生态写作者习惯的那样，因为要质疑人类中心主义的僭妄，便把人排除在自然万有之外，在他笔下，我们总能找到一个辽远的人，一个因为自然而获得性灵延展的人，用里尔克的话说，这是一个"沉潜在万物的伟大的静息中"的人，他"不再是在他的同类中保持平衡的伙伴，也不再是那样的人，为了他而有晨昏和远近。他有如一个物置身于万物之中，无限地单独，一切物与人的结合都退至共同的深处，那里浸润着一切生长者的根"。某种意义上说，张炜文学世界的开阔和深邃来源于他对自然理解的开阔和深邃，来自于他作为野地之子深扎在大地中的根须。

阅读张炜的难度即在于习惯妥协和随顺的我们与一颗灼热的、忧虑的、高远的心灵对话的难度。"伟大的心魂有如崇山峻岭，风雨吹荡它，云翳包围它，但人们在那里呼吸时，比别处更自由更有力。……我不说普通的人类都能在高峰上生存。但一年一度他们应上去顶礼。在那里，他们可以变换一下肺中的呼吸，与脉管中的血流。在那里，他们将感到更迫近永恒。以后，他们再回到人生的广原，心中充满了日常战斗的勇气。"这是罗曼·罗兰在《米开朗琪罗传》的结尾部分谈到的，阅读张炜，我们会有庶几近似的感受。

本卷导读

本卷收入了两部长篇小说《远河远山》与《刺猬歌》。

《远河远山》是张炜对"过去的一次极力回望"。小说中的少年一岁多时失去生父，母亲慈爱，继父粗暴。他沉默寡言，内心却汹涌着书写的狂流。他把爱与憎，把梦境与幻想，全部倾注笔端。他结识了一个与他一样不爱说话只爱书写的女孩小雪，和女孩的友情仿如严冬中的炭火温暖了他的童年。母亲逝去，他怀揣着书写的热诚离家流浪，跋涉在山区莽野，遇到一个又一个与他有共同嗜好的人。小说以一个孩子虔敬的书写和流浪，以"令人陶醉又心碎的圣洁之情"，表达了对"远河远山"辽远又坚贞的牵挂。

《刺猬歌》是张炜用心写就的一部"丛林秘史"，不但在其个人写作史上有着"抡圆"的意义，也是新世纪中国自然文学的代表性作品。小说以廖麦和美蒂纠葛四十余年的分合聚散为主线，以廖麦与唐童间绵延两代的家族仇恨为副线，讲述了登州海角滨海莽原上的一段传奇故事。廖麦这个坐过机关的教书先生的后代辗转回到了滨海的莽原，和至爱的女人一起经营一方农场，过他晴耕雨读的生活。但在以天童集团为代表的现代资本势力的觊觎之下，他的固守悲壮而又孤绝。最后他仰望星空，喃喃念着爱人的名字，遁入了野地。

两部小说既呈现了大地诡奇的魅性，也揭示了人性的隐秘。在叙述上，它们将神话与梦境、童趣与民俗、齐文化的灵奇飞扬与现代生态伦理对启蒙理性的深刻反思交错在一起，情节时隐时现，线索纵横交织，赋予小说非凡的艺术魅力。通过这些让人神往的描写，张炜把十年前在《融入野地》中憧憬的"生命的腾跃"落实在了纸面上。

目 录

远河远山

遠河遠山

我多年來一直想把內心裡藏下的故事寫出來，
儘管這故事留給自己回想更好。它純粹是自己的。
可是不知為什麼，
一直把這故事忍在心裡，對我來說太難了。
可能我老了，愈來愈老，也愈來愈孤單。
衰老的不期而至，成了我一生中最後的一件厚禮。
它常常讓我感動得熱淚盈眶。
回首往事，有時不免生出陣陣驚詫：
我竟然經歷了這麼一沓子雜事和怪事，
還有這麼多美好動人的事，
特別讓我驚奇的是時間的速度：
彷彿剛剛一轉身，五十年就過去了。

張煒◇著

《远河远山》书影，印刻出版有限公司二○○三年二月版。

各版本的《远河远山》

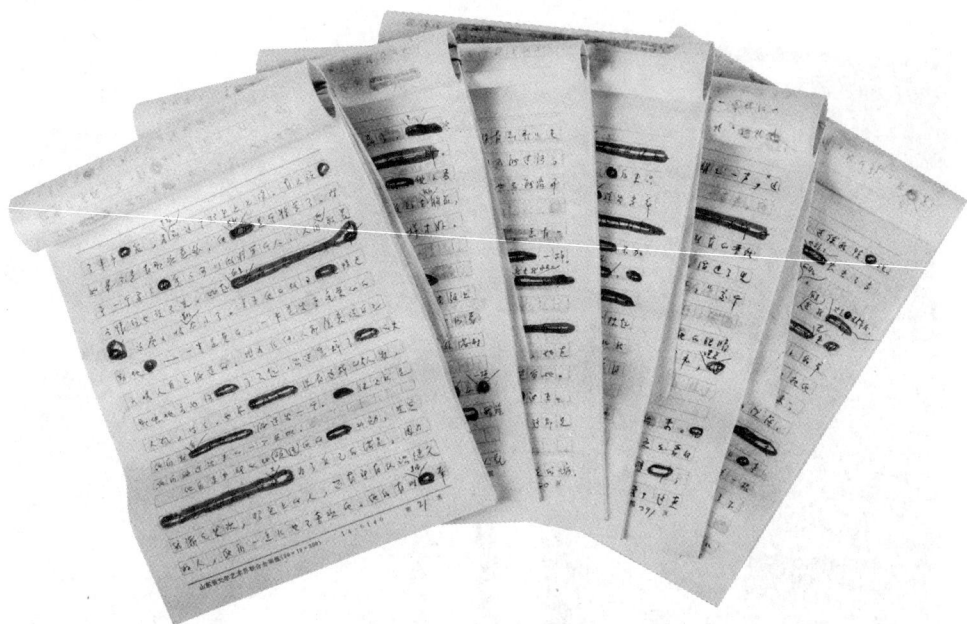

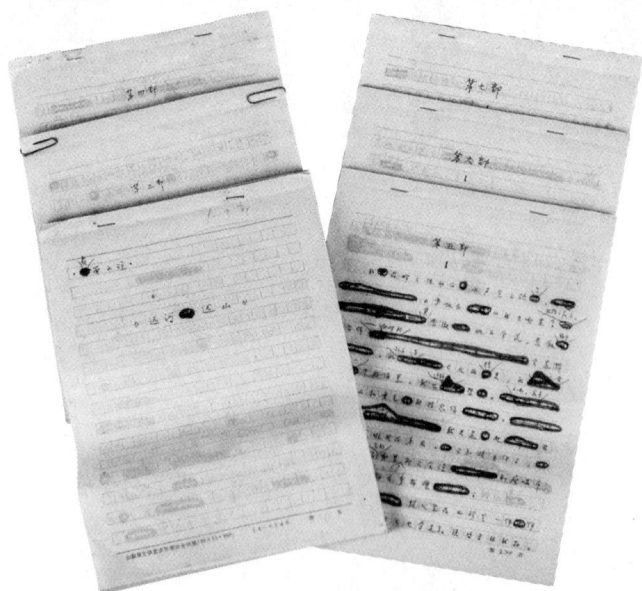

《远河远山》手稿

序

　　这部长篇小说的前半部分已在八年前写完，并以单行本在内地和港台出版。但我知道它远远没有完成。它的声音一直在我心中环绕。眼看就要进入第九个年头了，我终于放下手头的所有事情，把自己封闭在一个半岛上的松林小屋中，一口气写下来，改下来。这是长长的沉浸，就像八年前一样。

　　许多人说过：这是写你自己。

　　我想说的是，我哪有这般多情和缠绵，这仅仅是我遥遥注视的一个少年／老人。那么它是真实的故事吗？是的，这不是一个文学问题，然而又是写作者常常不能够回避的问题。我想说的是，这个故事再真实不过了。我回答的是一个文学问题。

　　现在出版的是一部完整的长篇小说。仅就上半部而言，它是我所有长篇小说中读者最多的之一。我希望这次完整的出版，能够表达出我对读者的一片心情。

二〇〇四年十二月二十九日

第一部

1

　　我多年来一直想充内心里藏下的忘却非一些人。尽管这做了省□□自己回想更好，但方□纯粹是自己所。于是又知为什么，更□得□去□□故了□□忘却的人，真是难控啊。

□□□□□了却我忘了，追求成于，也想求成孤单。想去□□期而毛，□□我一文中都有的一件原礼，□□我查□□□□□□眠。回□纯答□□□□□□□□□□□□□经历了这么一番之来了知晓了，更好动人的了；特别是时间的速度□□，依得一转手，五十年□□就过去了。

第一部

1

我多年来一直想把内心里藏下的故事写出来，尽管这故事留给自己回想更好。它纯粹是自己的。可是不知为什么，一直把这故事忍在心里，对我来说太难了。可能因为我老了，越来越老，也越来越孤单。衰老的不期而至，成了我一生中最后的一件厚礼。它常常让我感动得热泪盈眶。回首往事，有时不免生出阵阵惊诧：我竟然经历了这么一沓子杂事和怪事，还有这么多美好动人的事。特别让我惊奇的是时间的速度：仿佛刚刚一转身，五十年就过去了。

我现在够狼狈的了，走路不得不依赖拐杖，而且走不多远就要停下歇息。我越来越喜欢年轻人，特别是那些少年和儿童。他们黑白分明的眼睛、红润娇嫩的嘴唇，还有柔韧的身体、滑亮的头发，都让我入迷般地留恋。好像我自己从未有过这段岁月似的。真的，我到底有没有过这样的时光，还真得从头好好想一想呢。

孩子们好奇地注视着我这个"老人"，看过了皱纹密布的脸，沉重的眼睛，又看笨重僵硬的双腿，端详这根拐杖。我说不出什么。我只是喜爱他们，把喜爱深藏心底。这些少年让我挪不动脚步，我会一直看着他们，直到他们有些害怕地走开。

孩子们怕我这副模样。他们如果知道我心里的喜爱就好了。我这一辈子心中涌起如此强烈的、滚烫烫的情感，并无许多。人真是奇怪啊，奇怪到连自己都费解，都害怕了。

黄昏的光色中，从很远的街道往回走。快到居所时天就黑了。这是何苦呢。这么久的散步对于我已经非常不适宜了。可是那条街上有许多孩子。每到傍晚时分，那儿就将涌过一大群孩子。他们是空中的鹧鸟。

我捕捉着心中的鹧鸟，整夜无眠。我想爬起来写点什么，可是握笔的手总是抖，而且脑子里没有连贯的句子。我早已不写那些让自己愉悦的、动人的句子了。看来由这样的句子组成的美好故事真的只能装在心中了。

也许花费了较长时间，克服了什么之后，我还会一点一点写出几张纸、几十张纸。但我知道这是非常艰难的一件事。老了，是心太老了。问题的症结就在这里。我不是个一般的老人。

我可算是不停地写了一辈子。从极早，从与这些孩子差不多的年纪或者更少一点的时候，我就在写、在激动、在为自己和别人的故事冲动不已。我大概因为写得太久、太累，走的路又太远、太坎坷，才弄得重病缠身。那可不是一般的磨损。那些艰辛煎熬的日子，铁人也难以消受。想想看，四十岁以前我就有过一次中风，接近五十岁简直害过不止一次重病。所以现在弄成了这副模样，连说话也没有几个人能够听得懂了。

都这样了，还是想写、不停地写。多么可怕的念头、多么不切实际啊。

2

一个人如果真的有了一种癖好就难以根除。我从小，从很小的时候起就与纸和笔打上了交道。后来简直入迷了，总要不停地写。我这样写不是为了给别人看，而只是为了自己。夜晚、白天，无论什么时候，写和看常常是自己最大的乐趣，而其他任何事情都难以吸引我。

有人希望我戒掉这个毛病。试过，很难。比戒烟难。结果也就越写越多，越快，最后连自己都认为这是一种病了。我把所能找到的所有纸都写满了：先是学校发给的统一格式的作文本，而后是家里的糊窗纸、破旧垂落的顶棚纸反面，最后是父亲的卷烟纸。卷烟纸给他裁成了一条一条，使用起来很不方便。我不得不把这些纸条编了号，写成一叠，再用线捆起来。

这样做时，我大约才十二岁。

在父亲眼里，我是个着了魔的孩子，等于小妖怪。他极不喜欢我，从样子到内心。我心里的念头太多，大概他能看得见。我从小就遇到了这个麻烦：身边这个人既让我惧怕，又要我不断地设法去对付。最麻烦的是我还得跟他叫"父亲"。这使我别扭了一辈子。

我几次想彻底抛弃这个过分亲昵的称呼，妈妈都制止了我。她的话我只得听。因为没有她，也就没有我的一切。我爱妈妈。我在纸片上无数遍地这样写过。尽管她也有错误，尽管她的错误大极了，大得不可饶恕。

她最大的错误是千里迢迢来这里，找了父亲这么个人。她自己来倒也罢了，可她把我也携来了。那时我大约刚刚一岁多一点，可能她也没有办法。就这样我有了一个新父亲，后来才从书上得知，新父亲应称为"继父"。

妈妈和继父都千方百计不让我记起原来和过去，而且一度非常不聪明地编造，说我就是他们俩生的。可惜我与别的孩子不同，我能记住一岁前的事情。尽管记不太清，可我记得。我能记起自己从别处——很远很远的地方被抱过来。有一次我对妈妈说起了一周岁生日时谁来送我玩具、谁用胡茬扎过我，她惊得大张嘴巴，长时间不能合拢。从那时起，她对我认真起来了。她偶尔说：你真是个奇怪的孩子。

　　继父实在不好。他比妈妈大得多，而且有点像书上写的那些坏男人，喝酒，抽烟，说话粗鲁。我从小记得最清的就是满屋子的烟酒味儿。他对妈妈的粗暴，回想起来让我害怕。妈妈千里迢迢寻了这么一个人，真使我为她难过。我很难过。可我对妈妈不能过多地说出这难过啊。

　　糟糕的是，我原来的父亲什么样子，不记得了。我尽管有超人的记忆力（别人都这么说），可就是不能从脑海里搜寻出那个形象。经过一段时间的努力，当一个人闭目静思时，才隐隐约约感到了一点什么。他好像是个细高个子，脸有些瘦，偶尔咳嗽，头发干干的。我总是力图把他的影像弄得更清楚一些。很难。这个模糊的影子越来越淡，后来消失了。但我总算知道了，我原来的父亲死了。

　　可是只要妈妈不谈那个人，我是绝不去问的。为什么？不为什么，就是不问。她能忍得住，我也能。我是靠沉思默想的方法、靠极力追忆的方法，才大致知道了我的来路。这就够了。

　　继父有一段想掩藏对我的厌恶，没成。于是他就不再装模作样了。他开始用尖狠的眼神看我，鼻子里常常发出不满的哼哼声。他知道我也厌恶他，但不知道我有多么厌恶他。我暗里正用一种心力作用于妈妈，想让她离开他，重新携我去远方。

深夜里汽车声、各种各样的嘈杂都从窗外消失时，我就这样用心。有时太累了，就睡过去。梦中我看见妈妈牵着我的手，又把我交到了那个脸庞瘦瘦的男人手里。我用谁也听不见的声音叫了一句："父亲！"我只能看清他的眼睛，看不清其他部位。好像他在注视我的同时，用双唇碰了碰我的头发……泪水涌出眼眶。我醒来了，再也睡不着。我急躁地想写点什么。

这一夜我趴在床上写个不停。我一口气涂满了许多张纸。想到哪里写到哪里，紧紧咬着下唇。没有纸了，我就蹑手蹑脚走出，到中间屋里取来了继父的卷烟纸。

黎明时我又睡了，睡眠中不小心把纸片撒了一地。天大亮时我还没醒，这下糟了。继父一醒来就要抽烟，他去烟笸箩里一抓，手是空的……看到我屋内撒了一地的纸片，就把我揪了起来。

妈妈怎么劝也没用。他把我提起来，像扔一个死伤的动物一样，往角落里一扔。所有写成的纸片都被他踩、撕，毁掉了。他说：只要再看见我这样胡乱写画，看见我趴在床上弄这事儿，非把我揍死不可。

我蜷在角落里，一声不吭。

3

其实最早阻止我的是妈妈。她生下我这么个孩子，却又埋怨我，为我痛惜。我不知该说些什么。那涌进心里的阵阵灼烫，让我只想面向南山大声呼喊。喊不出，像往日一样沉默。什么时候染上了写个不停的毛病？回想一下，像是刚上学不久，大约三年级左右吧——很平常的一天，突然觉得心里一热，就趴在床上写起来。我写看到的一只鸟、一只蝴蝶，写它们可爱的模样。我在纸上与它们热烈交谈……妈妈走进来，我没有发现。妈妈站在身后看了一会儿，喊了一声。我抬起头，吓了一跳，因为她脸上是很害怕的样子。她说：你不能，孩子，你不能！妈妈是说我不能在纸上写。为什么不能？她说不出。

可我需要这样。我学会了写字，越来越多的字，我渴望记下什么啊。许多许多的字，连接起来是一句话；许多许多句话，连接起来就是我心里的意思了……神奇的字组成的东西包含的奇异说也说不完。

我们家的阁楼上有一个粗糙的木箱，我爬上阁楼的那一天，就知道真正的珍宝藏在哪儿了。

这个木箱也是妈妈携来的，就像当年携我而来一样。她没有把它遗在远方，可见她仍是可爱的妈妈。就这样，我怀着对妈妈说不出的爱和感激，一点一点读完了木箱里的书。我是嚼了，咽了，世上最令人回味的美食。

感谢神灵让我走近了那个木箱。我开始了无穷无尽的幻想。我认为自己来到人间，来到继父这个小城，特别是有这样一个妈妈和死去的父亲，都是很怪的事情。我自己就很怪。到底是谁给了我这个生命呢？我开始觉得自己与众不同了。这是老师和同学告诉我的，也是我自己越来越清楚地感到的。

我长大了一岁，又长大了一岁。令我不解的是，如今简直是一天天地痴迷起来了，简直是发疯般地在纸上写。继父把我这个毛病看得极为严重。他确信我是着了魔怪。但由于他的百般阻挠、千方百计的折磨都未能奏效，也就自然而然地放弃了努力。他对一帮狐朋狗友说，家里有一个痴子、傻子，也许是个妖怪。

今天的人或许不能理解，一个大人为什么会对一个少年倾注这么多的愤恨。但我理解。因为他是我的继父。我们是为了互相仇恨、互相折磨才走到一起的。我心里明白。他无论是在别人眼前，也无论是白天或黑夜，只要看见我在纸片上写，就一把扯过，团一团扔了、撕了。

他好像挺恨在纸上写字的人，因为他自己就从来不写、从来不看。他用狠毒的话骂我、咒我，说我将来一准不得好死。妈妈渐渐看不下去，劝他几句，反而惹起更大的火气。他用一根带铁钉的皮带抽打桌子，一次用力太大，桌子的一角都抽裂了。这一下抽到身上会是什么滋味。我也许会被他弄死。

他无数次对我动手脚，但从未使用那根皮带。这让我觉得奇怪。

"你为什么偏要这么发疯地写呢？可怜的孩子！"妈妈搓着眼睛，但每次不等我回答就转身做事情去了。她明白，她什么都明白。

不明白的是我自己。我只知道离不开纸和笔，是它们给了我一切，一切的一切，包括全部欢乐。我写下的字，只有一小部分、很少的一部分被老师和同学看过。那是写在作文本上的。有两三次，老师把我写的东西念了一遍。所有同学都转脸看我，有几道目光里还有小小的嫉妒。我的脸肯定变得通红。高兴啊，高兴得想哭。

但我知道，他们无法懂得我写的这些。因为这是在跟自己说话，跟一些他们所不认识、或从来不曾留意的人和事说话。平时跟我说话的人太少了，我只能自己寻找一些人、动物，还有我喜欢的任何一件东西说话。我跟梦中的父亲说话，边说边记——这有点像给他写信。一只白头翁鸟每个星期都悄悄飞到我的窗前。我们也互相分享了一些秘密。我对继父的仇恨它心里也清楚。

我甚至请教了解脱之方。它为我流泪，为我歌唱。在长长的时间里，我和白头翁成了最好的朋友，直到它后来一去不返。

我知道一朵花、一棵草，都有奇特的心事。一枝浆果，在它成熟发红的时候，肯定变得和蔼善良。我与它无所不谈。我真的具有与其互通心语的能力。有一次实在忍不住，就跟妈妈说了。她毫不觉得惊奇，只是低下头去。好像妈妈在回忆一个熟人旧友——那个人好像也具有类似的能力。

半夜，我突然听到了床边木柜的呻吟。这呻吟像老人一样凄苍。我睡不着，就一下一下抚摸这木柜。它渐渐没有声音了。我们家所有的器具之中，数这只木柜最老旧了，它也是母亲的。

我觉得这只木柜与外祖母有关。我从未见过外祖母，也很少听妈妈谈起过她。但我认定这木柜是老人家的，于是它就等于是她了。真的，我依偎在柜子上时，就觉得是在老人怀里。它有体温，有一动一动的脉搏。

4

我们居住的这座城市不大，西靠大海。记忆中的这座城市一直是潮湿的、到处撒满了煤灰。因为城里人做饭、生火取暖全要用煤，而煤是从码头上运来的，搬动时洒在了砖路上。码头上的大船是我心中的花瓣，我一看见它的烟囱、翘翘的船首，心里就绽开了花。我真高兴。

如果没码头、码头上的大船，这个小城就一点也没意思了。从码头上出来的人花花绿绿，什么样的都有。这些人是从船上下来的，天南地北都有。

最奇怪的服装都是他们穿来的：雪白的大翻领洋装、缎子长袍、漆黑的西服、白绿两色的水兵服……我有时就为了看这些新奇，长时间地站在通往码头的大路旁。

有一天我正这样看着，突然记起了许久前的一件事。这件事对我来说太重要了，因为它决定了我的大半生。我仿佛亲眼看到一个三四十岁的妇人——脸色苍白，手牵一个一岁左右的男孩，小心翼翼走下大船，登上岸。那长长的、边上系了铁索的木板一颤一颤。小男孩叫：妈妈！妈妈弯腰亲他，说有人会来接我们的。

（那一天没有人接他们母子。这个小城里有他们的远亲，但远亲没有接到电报。当时这儿的电报局十有八九要弄错点什么。不过这最终没有影响什么。他们在此地落脚，而且住了下来。）

那就是我和妈妈。

就这样，我不久就遭遇了继父。当时这个男人在城里是个高高在上的人物。他倒不是什么官，而只是码头上的一个闲人。他在岸上转转，吃吃喝喝，从货仓到客运站，随便来去。所有人都敬他怕他，港长也一样。因为他是一个有过战功的人，据说战功很大，只是不小心误伤了一个人，才下放到这个码头上工作。有人说如果不是那次意外，他早就是个将军了。对于一个马马虎虎可以做将军的人，人们的敬畏之情说也说不完。比起他来，这座小城就显得太小了。关于他的故事惊天动地—— 一半是真，一半是出于虚荣心的小城人自己编造的。因为任何人都愿说自己那块地方如何如何了不起，出过怎样的大人物；如果没有这样的大人物，他们就会编造出一个。继父就是他们编造出的英雄。

他们忘乎所以地传颂他的功勋，其实只为了自己心里的满足。因为我渐渐发现，码头上的人，还有所有认识继父的人，他们一点儿也不喜欢他。他们有时当面奉迎，那不过是怕他。

妈妈也多少有点像那些人，怕他。她过去爱他，但只爱一点点，而且时间很短。我这辈子搞不明白的事情很多，其中之一就是妈妈为什么会嫁给这样一个人。好像妈妈来这个小城之前很久就认识继父。她说："那时啊，那时我们幸亏有他啊！"到底是什么事，"那时"又是何时，她再不说了。

继父喝了酒格外吓人。他不刮脸，胡子又浓又长，像铁丝。他嘴里喷着酒气，摇摇晃晃走上大街。他不太上班，码头上的人也不希望看到他，因为他说不定逮住谁一顿臭骂。他硬把码头上的一辆破摩托抢来，骑上出城，到海滩林场去打猎。他共有长长短短几支枪，有打散弹的，有打独子的，有气枪，还有真正的钢枪——部队使用的武器。全城没有任何人可以拥有这么多武器，只对于他，谁都睁一只眼闭一只眼。

他平时最爱说的一句话就是：我崩了他！说是说，他的枪只打一些动物。那些小鸟、狐狸和兔子，凡是遇上的，都要倒霉。每逢看到他提着血淋淋的猎物走回院子，我就恨死了他。他倒高高兴兴，一进门就大声喊妈妈，喊不应才骂，笑着骂。

我们家住在离码头围墙不远的一幢平房里，院子很大，而且长了无花果树、橡子树。这房子原来是副港长的，副港长搬了新居，这儿又被他儿子占了。因为继父来回搬摩托车、爬上爬下心烦，就对副港长的儿子说：年轻轻的，滚吧！那个年轻人哭着去求父亲，又找港长，结果全无济于事。那些人都说：你快腾房子吧。

这幢小院成了我最喜欢的地方。只要继父不在,这里就是真正的乐园。地上有数不清的花草,有出其不意的小虫子,飞来飞去的蝴蝶和蜻蜓。秋天,橡子成熟的时候,就扑到地上来。它长得可太美了,毛茸茸的壳斗,圆圆的橡实,都让我长时间不转睛地端详。我爬上了这棵枝叶繁密的大树,让树叶把身体笼住。这样我迎来一只喜鹊、一只野鸡、一只蓝点颏。有一天我正卧在那个粗斜枝上,突然有个机灵的小动物迈着难以置信的碎步跑过来。我首先瞧见了它银色的长尾。原来是一只松鼠。

后来我又发现了五六只不同的松鼠。它们在树上跑来跑去,有时顺着树干飞快蹿下,围着树玩耍。它们与我熟了,并不怕我。我一抛出馒头渣,它们立刻就凑近了。它们像人一样,用双手捧着食物吃。

5

我沉默的时间越来越长了,妈妈更为不安。她走进我的房间,一推门,我赶紧把手头的东西藏到被子下。那是我刚刚写满的一张纸。我正激动得满脸通红。妈妈肯定发现了,没有作声。她一下下抚弄我的头发:妈妈就你这么一个孩子啊,这么一个。她说完再也不吭声了。后来她紧紧地抱住我。只一会儿我就想哭。我一这样挨近妈妈就想哭。这是一种幸福的感觉。太幸福了,就得哭。我想一个人到了没有妈妈搂一下的时候,又深又长的悲痛就该来了。这种悲痛躲也躲不开。妈妈搂紧了我。

"孩子,你整天不说话,为什么?整天写、写,这会得病的……能告诉我你怎么了吗？告诉妈妈。"

我直盯盯地看着。我没有可说的，因为我不爱说话是天生的，这并不为什么。平时，我最感动最喜悦、想大声嚷叫的时刻，也是缄默，最多只不过是找一张纸，飞快地写画一阵。这才给我欢乐，让我痛快。妈妈说老写会得病，她错了。我的笔和手给缚住，才会得病。

妈妈离开后，我长时间什么也没做。我在想妈妈提出的问题。为什么不说话呢？真的，在家里，我常常一整天不吭一声；还有时时间更长，可能是一个星期不吭一声。有一次，最长的一次，我大概一个月没怎么说话。为此继父暴跳如雷，说要把这个哑巴的嘴用铁棒撬开。幸好他没有那样做。那次妈妈把我领到一边，一个劲催问：为什么为什么？我像没有听见，两眼发直看着。她急哭了。我的心软下来了。我爱妈妈。凭着这爱，我用小得只有她和我两人才听得清的声音说了一句：

"我的喉咙疼。"

后来当然有医生来家里，用竹板压我的舌头，又翻我的眼皮，脱去我的衣服仔细看。结果医生摇着头走开。医生留下的是一些无关痛痒的药片，不是维生素就是钙片，我一粒也没动。医生第二次离去时对妈妈说了语重心长的一句话：性格啊。

妈妈有时坐在我面前，摸摸我的额头，表示着她的欢欣。她还多次吻我的额头，不过那是以前了。现在她用手代替了嘴唇。我暗暗观察过自己的额头，我得说它不算难看。不过它让妈妈喜欢成那样，总还是不解。她说：你爸不大声呵斥就好了，你呀，就不会这样闷着了。

她的叹息是我最熟悉的声音。直到我长大了，长得比一般人都要大一些时，还是常常记起妈妈的叹息。有时偶尔听到人群中有谁发出一声长叹，我立刻会想起妈妈。善良无奈的人，唯一的办法就是发出这长长一叹了。

妈妈从来无法阻止继父的狂躁。他有颗帝王心，当不成，就在家里撒野使威。他发火是随时随地的，大瞪双眼看妈妈，看我，动不动就嫌我妨碍了他。我也只能躲着他。我更不敢吭声，从刚有记忆的时候就是这样——那时还没有这个继父。奇怪，我怎么那时也不敢吭声？

我一想起这些就暗暗吃惊，有时真想大声问一句妈妈：是谁吓着了我啊？是什么时候？是在娘胎里、或更早更早的时候？有人说一个人投生之前只是游动在空中的无形颗粒，它的名字叫"灵魂"。大概我的"灵魂"被什么给惊吓了，一定是这样。

所以，尽管妈妈把一切罪过都推到了继父身上，我却不以为然。我宁可相信那个医生留下的格言般的短句：性格啊！

6

继父的枪一支一支罗列在那个黑色的木架上。那是在他的卧室，一架大床对面。我有一次从门口走过，不经意地往里一瞥发现了。继父自己睡在一间屋里，那是全家最神秘最阴暗的一角。我随时都能嗅到从那儿散出的硝药气味。他的屋子除了这些枪支，还有几把陈旧的刀剑。一把老式马刀带着豁牙挂在床边，妈妈说那是他亲手从一个外国将军手中夺下的。传说中他只身一人逮住了将军，是吗？妈妈说不知道。

继父不在家时，我总想溜进他的屋子。除了看看那些刀剑之类，还想偷一点纸。他有集聚各种吸烟纸的癖好，又白又薄的、粗糙发黄的，他都要。大概这些纸堆在一起，放在某个角落了。它们在那儿诱惑我。我相信全城再也找不到这么漂亮的纸张了。那时我对纸有一种渴念，就像馋一种甜食，饥饿感阵阵袭来。那时的这种感觉一生都忘不掉。白天，当我从窗上发现他提着一叠纸走进院时，立刻因饥饿、因突发的一阵攫取欲不能实现，难受得闭上眼睛。

终于有两次，我进入了他的房间。当时妈妈也不在。我竟然来不及去看那一排枪，一进门就蹲下看床底。我想这些纸会整整齐齐码在床下的一个纸箱里。床下果然有三个纸箱，我一个一个打开。让人失望。一个装了破鞋子，一个装了废弃不用的螺帽、钉子、枪上卸下来的什么部件；最后的一个则盛满了火药。这些火药竟不全是黑的，而是五颜六色，像彩虹。它的旁边是铜弹壳：他有时一个人蹲在那儿吭吭哧哧喘，就是往空弹壳里装火药。听人说城里有一个猎人自装火药时被炸伤了。可是我们家里一直没有那种可怕的事情发生……

找不到纸，回身仔细看架上的枪。它们都给他的汗手浸得黑红，滑腻腻的，连枪管也是这样。有两支枪口还堵了棉花，我取下棉花嗅了嗅，闻到了比烟末更呛人的气味。我往枪管里瞄了瞄，里面装满了黑夜。那儿有无数惨死的生灵在呼叫，它们哀哀的眼神、绝望悲愤和垂死的面孔，都在一霎时看到了。

环顾了一下这间陌生的、悬挂了蛛网的屋子，就要离去。可就在这时，我从那张大得可怕的床上发现了什么：一点纸角从铺开的军大衣领子下伸出。

掀开军大衣、褥子，我一下子呆住了。

原来这个贪婪的人用一叠叠纸铺在床板上。这么多，大约有几千张！每一张纸都漂亮得不可思议，有的是糊窗纸，有的是红蓝彩色纸，还有码头上用的货单。我想起继父在阴雨天里叼着彩纸卷成的喇叭烟，明白无论什么时候，只要他想抽烟了，就伸手到褥子下一抽。

我满怀敬意地看着这些纸。它们像我一样沉默。我似乎明白了它们此刻火热的、急切的心情。

为了不让继父发现，我只取走了很小一叠。我那么兴奋，一回到自己的屋子就关上了门，不顾一切地写起来。

没有人能够理解那个年头的我，我和纸，我的心情，我莫名其妙就要涌出眼眶的泪水。我在心里呼唤着妈妈、未曾谋面的外祖母，以及那个身材瘦削的男人。他就是我真正的父亲啊。我的思绪最终停留在他身上。我好像在一瞬间看清了他的全部，也明白了一切。我于是急忙伏在了纸上，记下来，全记下来。由于用力很大，笔迹都刺破了纸页：

我的父亲是个诗人。

我紧紧盯着自己刚刚写下的这一行字，直到双眼发酸。几粒泪珠从眼睑渗出。但我敛住了声息。接着右手又动起来，像是被一种未知之力推动着一样，又添上了一些字。于是就变成了这样一句话：

我的父亲是一个身遭不幸的诗人。

想으么会呢，想으起我的继父在城里是个受气……
居首的角色，他居然 子以长青的拥有这么多纸，
各式各样的纸！书上对拥有许多土地的人叫"土
豪"，那么借此类推，我的继父毫不……
不会拥地推，（继父）是一个"纸豪"。

打倒"纸豪"！

……之类……，我没有义正辞
严地分享他那纸张人的拥有。我……艺能……
……之生活，都刻在了各种……、……弹的纸上。
去书……用以作文章会时好一些，但……太
薄了，也是里纸做的，如果我把有……字，
只要……一两天的时间，又反而……之类字迹。

…………食物……以毛笔……张……术卡上不的
人，这方面的记录……（继续）……用以……张去
（继续）。……是我去……足大一点口子……，……

7

我这一生过得不易。今天的孩子能否经历我这般变故、这多苦难，我还不敢肯定。从小到大，到接近衰老，我常常短缺人的生存所需的最基本的东西。真的，我和我的同时代人时不时地短缺这些东西，有时快要过不下去，快要死了。

比如说，我刚刚学会写字就缺纸。今天的孩子会说：笑话！纸还没有吗？没有。真的没有。国家到了特殊时期，就是没有纸。许多报刊停办了，印书的纸黑得没法读，连课本也是劣得不能再劣的纸印出的。要找一块未写上字的、比手掌大点的纸片，那是多么难哪！因为缺纸，窗子黑洞洞，因为只能用旧报纸糊窗。

我发痴地搜寻纸张，从一切可能搞到的地方下手。我踏着木凳，把屋里的顶棚纸撕下了好多，因为它的反面可以写字；后来我又从角落里找到了许多年前的一卷日历，它的反面也可以写字。当时我看到谁有一张格子信笺或稿纸，会羡慕得流出口水。我无意间读到了一本书，上面讲中国的四大发明，其中一项是造纸。我神往地看着，好多次萌动一个念头：动手造纸。

想想看吧，想想我的继父在城里是个多么厉害的角色，他居然可以在当时拥有这么多纸、各式各样的纸！书上对拥有许多土地的人叫"土豪"，那么依此类推，可以毫不含糊地讲，继父是一个"纸豪"。

打倒"纸豪"！

可是很不幸，我没有办法更多地分享他那骇人的拥有。我那些写不完的字迹，都画在了各种寒酸、琐碎的纸头上。在学校里用的作文本虽略好一点，但它太薄太薄了，而且也是黑纸做的，如果我放开手去写，只需要一两天的时间，反正面就可以写完。

关于缺少食物、以至于饿死成千上万的人，这方面的记载多极了，用不着我去饶舌。记得那是我长得更大一点的事儿，那时突然就没吃的东西了，哪里也找不到。当然了，全城的人都饿得喊起来，接着人瘦了，再接着不少人就饿死了……没有饿死的都是幸运者，所以说我们全家都是幸运者。

与别人不同的是，我这一生，别人短缺过的，我也无一例外地短缺；别人曾经拥有过的，我却照样短缺。比如说因为我要不停地写，所以缺纸的记忆对我来说是铭心刻骨的（也因为这个，我这一辈子，每逢看到那些糟蹋纸的人，就会觉得是罪犯中的罪犯，坏到了不该饶恕）。除了这些，我缺少的、人生必该拥有而我却全然没有的，还有许多。我生下不久就缺少了父亲，后来尽管有了一个，但我已说过，他算不上。我大半生还缺少说话的场合和机缘。为此我苦了好久，苦苦不能如愿。我不能张嘴，总是有什么如鲠在喉。这可怕的感觉是我的生父、也是我的继父、是看不见的什么造成的。如果依了妈妈的判定，我是被暴烈的继父吓走了魂，那么以后呢？我离开他以后呢？我又是被什么吓走了魂？

我正在壮年时就害了大病，以后大病不断，几次死去活来。这都是因为不能及时把心中的郁积吐出造成的。它们在心里结成了硬块，把我害了。

还有许多年，我缺少爱情。人到了一个时候总是很需要爱情，它的重要性并不亚于食物。在长达十年或更多年里，我缺少它。想想看我多么悲哀。至于这些，不是我们现在所要讨论的，那也就罢了。

接着说我那天从"纸豪"处得到战利品不久的事。出于兴奋，我写了许多，特别是写下了那句致命的、连我也不解的关于父亲的话。

这句话被母亲发现的情景，值得我记下来。

本来那些写满了字的纸片都被藏了，藏在一个很安全的地方：被子里。因为继父从来不翻动被子。那天下午我从学校回来，进门后觉得屋里安静极了。往常不是这样。继父在时不用说，他总是弄得到处乱响；就是母亲一个人在家，也要忙着做家务，里里外外忙。门虚掩着，屋里肯定有人。可是到处没有一点声音。我推开自己的房间时吓了一跳：妈妈伏在被子上，肩膀一抽一抽。

她抬起头时我才明白，她已经哭了很久。

那被子正换过了新套子，不用说她整被子时看见了那张纸。妈妈很少流泪，更不用说哭成这个样子。我害怕了。写了那句话的纸就捏在她的手中，此刻已被泪水打湿。

"孩子，你怎么能这样写呢？我真不敢相信这是你写的——你听谁这样说了？"

我呆望着妈妈，还没有从惊骇中醒来。天哪，我不过是无意中写出了这样一句话。我的脑海中又浮现出那个消瘦的男人。这时我敢肯定的是，我一准见过他。而且，我爱他，从心里深深地爱。这种爱今生也不会变了。我扑进了妈妈怀里。

但我自始至终未说一句话。

8

老师是个大辫子姑娘，有点胖，无论是人多还是人少的场合，总是喜欢颂扬我的继父，讲一些他的故事。那些故事我都听过一千遍了，什么单枪匹马生擒外国将军的事儿。她讲的时候紧盯着我，两眼闪着光泽，后来还流了泪水。

她最后总是走过来，握住我的手。我对她的目光有些胆怯。我唯一喜欢她的时刻，是她对同学捧读我写的东西。她说："真是什么父亲什么儿子啊，真是啊！"每逢听到这句话，我就气得要哭。这是一种特别的恼怒，顶得我脑门发涨。她不知道那个人只是我的继父。

（同学中有两个也是继父，看着他们被继父手扯手送到学校的情景，我心里羡慕到了极点。）

老师说：我有机会一定去看看你的父亲。她说她这辈子就是崇拜英雄。

我想你去吧，去看看那个"英雄"吧。你一定会后悔的。

我身边的人没有几个能读懂我写下的这些纸片。他们有时只不过装出很懂的样子。其实他们即便赞扬，也离我很远。只要有一点可能，我总是把一切写上了字的纸片都藏起来。我并不希望别人看到，包括妈妈。一想到妈妈我的心里就难过，我知道这辈子再不会有谁比她对我更痛怜、更悉心照料的了。她差不多算是一个完美的人，仅仅在继父的问题上犯了一个错误而已。她一开始对我写个不停的毛病有些害怕，大声喊：孩子，不能啊，千万不能啊！因为这呼喊的声音来自她，所以我也就有了隐隐的犯罪感。

胖老师在小城里是个受欢迎的人。码头工人穿着脏破的工作服走在大街上，见了她就笑。她只轻微地点点头。有时我看到她与年纪较大的头面人物争论问题：一对眉梢拧起来，噘着嘴。我觉得有许多人喜欢让她顶撞，顶撞得越厉害越好。但我明白，继父不会满意她这副样子。

她到我们家时只有妈妈一个人在家。妈妈欢迎了她，她扑在妈妈怀中。后来两人又紧紧握手。我在旁边看了一会儿，退到自己屋里去了。心扑扑跳，我有点害怕。

院门响了，继父回来了。很大的皮靴声让我的耳朵受不了。每逢此刻我就紧倚在那个老旧的柜子上，这样心里才踏实。

仅仅过了一两分钟，我就听到了胖老师的喧哗。后来一阵冷场。我仿佛看到了胖老师此刻那对拧起来的眉梢。我在心里说：你算了吧，你可千万不要顶撞那个人啊，他与别人不一样，他吞食了很多火药。

正这样想着，突然传来了继父炸雷似的声音。正巧顶棚上落下了一点屑末，我浑身一抖。他吼叫什么我听不清，但很快就听到了老师的抽泣。

一串细碎的脚步，院门砰一声响了。她跑开了。

继父又骂了几句。屋里平息下来。

深夜，继父睡了，妈妈来到我的床边。她说老师在他面前赞扬了你，说你真能写啊，如何如何好，什么父亲什么儿子……他听着就火了，就差没伸手搡她了。

妈妈抚摸我，一声不吭了。她的手移动到我的嘴边，我就轻轻地咬住了。我用力地咬了一下。妈妈抱起了我。

在学校，胖老师对我河水一般的赞颂突然就终止了。她甚至变得不再正眼看我。负责发放作文本的同学是她的心肝，她走到我面前，把本子猛地扔在脚边。我捡起来，弹去上面的土。

胖老师说所有人，只要是稍微正常一点的人，都不会涂抹我这样一堆鬼话。我是一个头脑混乱、不着边际、不可救药的少年。我的将来一片漆黑。

最后一句可怕的咒语我倒非常喜欢。我当时欣喜地看着她，仿佛终于找到了一个知音。

"傻子，说你呢！"

我还是欣喜地看着她。

她气得大张嘴巴，急急喘气。但我已无心理她了。接下去她说了什么我都充耳不闻，只想自己的事情。我的心又飞到了远方。在那些陌生又神奇的角落，在过去和未来，都似乎有过我的声音。这就是我不停地在纸上划下的痕迹。我这样想象，直想得心里发烫，血全涌到脸上——这时候我如果是在街道上，是我一个人，我就会奔跑起来。

"一片漆黑"就是夜晚。我怎么能不喜欢夜晚：温暖、安静、有趣。我的将来全剩下夜晚了，我的外祖母，我未曾谋面的慈祥老人，我要在夜晚随上您了，让您扯紧我的手。

"一步清里"就是夜晚。我无必所以喜欢夜晚、温暖、出神、有趣。我可惜手令剩下夜晚了，我可以孤独，我丰肯谎而以尊将○名人，我不是夜晚陪之经，让这抱紧我可手。

第二○部　　　　　　　　　昊契

1

　　如果有了什家○，那么我就承新求他快些起我可手边听推按异捧以早人饱飞吧，之洁走上又走还是不地狱。据说神是老弓不肯以。而在这弓城市，老未该有人所对此做走中乐。几手信○人所妨得我这弓徒之。○一之，妨写走○障播了，摩托车抱绑上以自弓○捷了，麻烦不小。他女○回来就学，不过我和好人哥听出他以口气是有胜结○事情，港长贵百表可国，两人走店走美苇门○。徒之像女学一虎，

第二部

1

如果真有个神灵，那就祈求你了，求你快些把我们身边这个舞枪弄棒的男人领走吧，无论是上天堂还是下地狱。神灵无所不能，而在这个城市，看来没有人能对他做点什么……这一天，他好像是醉酒了，摩托车把街上的什么撞了，麻烦不少。他回家就骂，不过我和妈妈都听出他在骂自己，而且口气里有些胆怯。港长亲自来了，两人关在屋里。继父偶尔骂一声，不过声音比平时低多了。我想他肯定遇到了大麻烦。

第三天我和妈妈才知道，我们家里真出了大事了。继父把街上一个人撞成了重伤，正是腰椎部位，医院断言这个人要下肢瘫痪。天哪！妈妈哭着：这个人是个男孩，才刚刚十五岁，那一天正背着书包走在人行道上……

我不敢想一个十五岁的截瘫少年。恐惧、震惊，还有深长的犯罪感和愧疚感，压得我喘不过气来。

后来的十几个夜晚我都吓得大气不出，几乎没有好好睡过。我常在半夜倚紧了那个老式木柜，轻轻呻吟。

妈妈不让我出门，也不让我上学。我不问为什么，但我知道全家都因为继父遭遇了危险。这危险很大，我朦胧间觉得这危险会伴我很久。

当时我只发现有穿便服的人在四周游动，后来才明白那是港上派来保护我们的。原来那个孩子的父亲几次找继父拼命；有人威吓他，他就发誓说，总有一天要把我的下肢也弄残。

这是多么可怕的消息。那个模模糊糊的预感终于被证实了。可奇怪的是我反而一点都不害怕了。事情到了这一步，我不害怕了。

这事儿直闹了半年多。港上包赔了致残者一笔很大的钱，据说市里的头儿也亲自出面帮继父说情，这事才算稳定下来。

那个招灾的家伙自己倒能沉沉入睡。他粗重的呼吸透过墙壁传来，让我恨得牙痛。他这之前早就自由出入，仿佛压根就不把那个人的威胁放在眼里。但我发现，他出门时总要把什么掖在腰里。那是一支短枪。我过去从来没见他的短枪。

他照常到远处打猎，照常驮回一串血淋淋的猎物。我和妈妈不吃他打来的东西，他就自己炖了吃，还送给港上的朋友。院子的铁丝上悬挂了不少动物毛皮，它们在风中诅咒那个人。

妈妈总是叮嘱我出门小心。只要我回家晚了，她一定会在街上等我。有一天她站在离我们家两道街口的路边等到我，扯着我的手就走。走了一会儿，我发现并没有朝自己家方向走。妈妈背了一个大包裹，这也奇怪。

我们走在一条又深又窄的小巷里，妈妈正细细看门牌号。在一个土灰色小木门前，妈妈轻轻敲着。许久，里边没有一点声音。妈妈又敲，敲敲停停。

门开了。一个满脸胡茬的中年男人，目光像锥子一样。妈妈声音很小，很艰涩地说了什么。

男人肩膀一抖，胸膛中间凹了一下，使劲一咬自己的嘴唇。

妈妈乞求他让我们进去。他没吱声，闪开身子。小院铺了青石板，屋子小得让人想起田野上的草铺子，黑黑的。黑影里有个童声在唱歌，不停地唱，一句也听不清。一股刺鼻的气味扑来。我愣了一下，妈妈扯了扯我。

窗子那儿有一团光亮，坐着一个苍白的少年。他的两眼黑得要命。他平静地看人，眼里的泪还没有干。原来他刚才是一边哭一边唱。

他永远也站不起来了。

我如果不是被妈妈扯住，会立刻逃开。我心里承认，只有在这个时候，我才想起身旁这个中年人发誓要把我弄残。我不敢看他的脸。

妈妈俯身去摸少年的脸。少年僵了一样。

2

截瘫少年叫"永立"。我知道"立"就是站着的意思。这真是个让人流泪的名字。妈妈那一天哭了，我想她就是为这个名字而哭的。回到家里，我忍不住心口的烫痛，一直伏在床上。

这天我在心里对那个梦中才看得清的清瘦的男子说：这儿发生了天底下最可怕的事，它就在眼前，是我亲眼所见。我不知该怎样做、做点什么？

我总觉得那个目光刺人的中年男子必定会做点什么。他不会就此罢手。那一天他没有对我们说一个字，一声未吭。妈妈从大包裹中取出了许多东西，有衣服、糕点、书籍，一一放在炕上，那个少年眼中射出感谢的光。可是他的父亲一声不吭。

妈妈擦着眼睛，一下下抚摸孩子，流着泪走开了。

我在心里说：当那个可怕的报复临头的时候，这儿的任何人都不要害怕。要迎上去，因为这是应该的，因为它应该发生。这个结果落在谁身上都行，就是不能落在妈妈身上。只有妈妈才是无辜的。

那个只能坐卧的少年怎么走出屋子？怎么去看码头上的大船、白色的沙子、满天飞舞的柳絮？街上有多少人、跟在人身后的狗和猫，还有各种各样的……我永远为永立难过。

他的不幸被我遇到了，并且离我这么近。我不明白那个作孽的人还怎么活下去。我一连多少天观察他的脸色，发现他还像以往一样。原先我估计他身上的一部分活气儿会因那个少年的伤残而消散。没有。铁石心肠。我只有诅咒他了。我把诅咒的话写了满满一张纸；我为这无头无尾的语言的河流而惊讶。

那个少年比我大几岁，应该是我的哥哥。

有两次我悄悄来到那个陈旧的小门边。没敢伸手敲门。我倾听着，希望听到他流泪的歌唱，没有。

第三次我终于敲门了。开门的是一个中年妇女，头发乱得像鸦鹊窝。她把我当成了儿子的同学，点点头就放我进去了。

永立像一只大猫一样伏在窗前。他听到声音转头，费力地爬过来。这时他母亲从角落里推出一辆木制四轮车，上面有一个壳斗。我认出这是老式童车。永立装进那个壳斗里，没有知觉的两腿搭在斗外……

后来的日子里，我就用这辆车推他走出院子。在细长的小巷上，他轻轻唱起。我忍住了眼泪，低头推车。还是我原来听过的歌。不过这声音越来越小，最后就像自语。

我们去了码头。白色的大船在轻轻移动。码头工人看我们几眼，就忙自己的去了。起重机的绞盘发出沉重的磨损声，永立捂上耳朵。我把车子推开。从东西大街上走过，到了十字路口又往南。路口东侧有一个修鞋的摊子，我们看了一会儿。

天黑前我们又去了码头围墙北边的杂树林子。这是我经常光顾之地。我在这里常常一个人呆上半天。这里最适合自己。当我盯着一株蒲公英或是马尾蒿沉默时，心里的话语正像滔滔的河水……

现在我们一块儿沉默着。

3

每到阴雨连绵的天气，继父就烦躁不安地来回走动。这样的天气他不能出去打猎，也做不了自己想做的其他事情。妈妈对我说：这样的天气他身上不好受。他的肋骨有伤，后背也有伤。这些伤怕坏天气。这话让我很快想起了卧在窗前的永立，心中立刻被悲愤和忧愁填满。

他坐在门口喝酒，旁边是烟笸箩、一点下酒的花生米。他搬弄起枪支，仔细地擦起来。我从侧屋的窗户往外看，生怕被他发现。我想起了几年前在动物园看到的那头熊。它弄伤了前爪。他的背像它一样厚，可是抓枪、捏弄花生米的模样，又显得无比灵巧。

小雨无声无息。一点风也没有。院子和屋内一样，声息皆无。妈妈不在身旁，

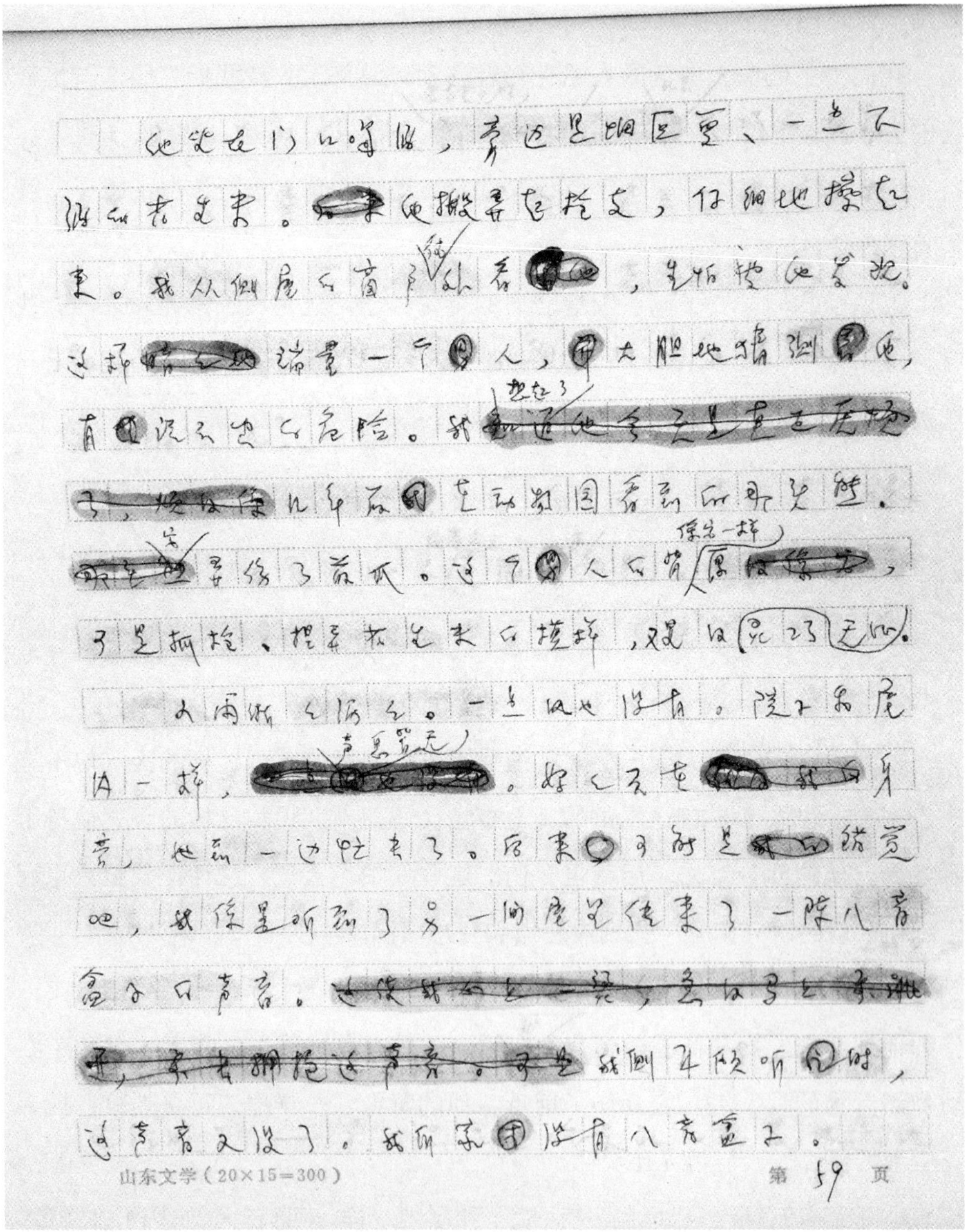
山东文学（20×15=300）
第 59 页

她到一边忙去了。

这时我突然发现有几只灵巧的动物在橡树上奔跑：三只或四只松鼠从树冠上下来，在草地上双手抱起什么，细细地啃。我被它们吸引住了。

它们吃东西的样子有点像人，可是我敢说比人的举止更为优雅洒脱。在这个阴雨天里，它们多么快乐。如果不是门口那个人，我会不顾一切地奔到院里。

正看着，突然离橡树远一点的那只松鼠头一歪倒在地上，四爪抽搐起来。我懵了，弄不清发生了什么。当我一回头看到继父在端着枪，就发出一声大叫。已经晚了——第二只正在吃东西的松鼠也倒地抽搐。没有枪声，他使用的是那支气枪。

我浑身打战。继父提着枪隔窗咆哮，把烟蒂吐在地上。我跑出去，跑到倒地的松鼠跟前。它们没有希望了，眼里最后的一点活气也在消失。扑鼻的血腥味儿淹没了一切。

（我觉得是自己被两颗子弹击穿了。）

他提着枪，跺地有声，只一抡就把我摔到了一边。他继续骂。他说要不是因为我这个倒霉鬼，四只松鼠都是他的了。

妈妈一直没有出现。她正在屋里擦洗什么。就像过去一样，天大的事儿在她不知不觉中全发生了。

雨下着，无声无息。我知道每年都要有几次沉默的雨，而每一次，都要发生点什么极坏的事情。

那一叠叠纸片，有的就记载了那些伤心的事。两只松鼠的亡灵在湿淋淋的雨中向我哀号，声音尖亮逼人。我是全家唯一听到这悲声的人。

大约用了一个小时左右，我写满了六张白纸。为了节省可爱的、对我来说是至关重要的纸，我已经习惯于把字写得小而又小。妈妈的眼睛不花，可是她也要费力地看。继父那双空洞粗疏的眼睛压根就看不懂这些字迹，他是个真正的睁眼瞎。这个世界上有那么多别人不知道的奥秘，可是我记下来了。这些隐秘分属于逝去的人、未曾谋面的人，还有那些无言的花草、小蝶、鸟儿、小溪、河水、大树、各式家具……这是真实的。它们和他们有奇怪的、对我来说却是易懂的语言。我们的种种交谈都悉数记下。我不能停息。

妈妈，她该读得懂啊。

可是妈妈胆小、害怕、善良、美丽。

这个嘈杂的人世啊，有谁能配得上妈妈？我一次次想望那个消瘦的中年男子。我早在心里认定他是真正的父亲，而且是一位诗人。

到底什么才是"诗人"？妈妈能清清楚楚告诉我吗？妈妈当然知道，她不知道，就不会和他一道生下我。可是妈妈无论如何不会告诉我。那是她自己的秘密。

我现在有了最重要的朋友，他就是那个坐在儿童木斗车里的永立。

我恨那个寒酸的、搁不下他一双长腿的儿童木斗车。我总琢磨着为他买回一辆光闪闪的轮椅。我在海港东路的商店里见过这样的轮椅。

4

我趴在床上那会儿，那个可恶的家伙已剥去了两只松鼠的皮，亲手熬了一锅汤。他好像把阴雨天里的煎熬全部忘却了，得意地在桌上摆好了碗筷，把汤分盛了，高一声低一声地唤起来。

三个人坐在桌前。我站起来，妈妈又把我按下。他喝了一口松鼠汤，大声赞叹。又喝酒。他接连喝了两碗，脸色红红的。他已经喝了一天酒。这会儿他才发现我和妈妈一口汤也没有喝。

"喝！"他喊了一声。

妈妈说：他不喜欢这气味，你就别硬让他硬让他。

他盯住我。我还他同样的目光。我极少有这样的勇气。我觉得在阴雨天里格外有力。真的，他把目光转向了别处。后来他把我的一碗汤也挪到了妈妈面前。

白汽飘在妈妈脸前，她把头转开（我差不多又看到了那两只可爱的、一蹿一跳的松鼠）。

他声音低低、却是格外凶蛮：喝。

妈妈抬头看着他。我从昏暗的光线中却看到了她鬓上有几根白发。这是我第一次发现。

妈妈端起碗，手有些颤。碗刚沾上嘴边妈妈就呕吐起来。她吐得吓人，眼泪呛得挂了满脸。我抱住了妈妈。

他的骂声像风声一样在屋内呼啸。

我扶着妈妈回到房间。我跪在床上，这样我的眼睛与妈妈的一般高。我看到她挂了泪珠的睫毛又浓又长，鬓上是那几丝白发。

这个夜晚妈妈一直搂着我。没有说多少话。这回她该知道那个人有多么可恶、多么卑劣了。她什么都知道。我想告诉她：我们走吧。去哪儿？哪儿到食槽上，还🔴狂喜。~~后来他病在槽枥~~我忘说了。他🔴甘愿在害边，无微不话谬🔴反而🔴论轮欢迎。

我几乎一到了信此骑立此立出🔴门，一直冲到大街，又向西，经过他口🔴围墙，一口气来到🔴闸这。

在一处水泥平台上，我们先看绑苍🗸海，又低头看水面🔴股运。这个平台了解是专手张🔴的🔴些船泊位，房间🔴画有十几来了。水立么声咕咕🔴🔴我所🔴滚🔴了。

他说过去善走这儿练🔴过"跳水"。此起害过里有一切🔴水很有意了一群🔴水草，有一支里急瓜瓶鱼。

我所🔴房开了平台。

张持🔴"都了"声动听报了。另🔴锣以克

都成。当然，最好我们去远方，去我们手牵手开始走路的地方。

黎明时我醒来，看见妈妈正在等我。我说：妈妈，我要买一辆轮椅，很漂亮的轮椅。

妈妈说那需要很多钱的。

可是我一定要买那样一辆轮椅。

我曾把积在心里的一个疑问提出来——这是我一直害怕的一个话题：港上不是给了他们家很多钱吗？为什么他们就舍不得买一辆轮椅？

妈妈叹气：没有太多的钱，不是别人传那么多。这一家人实在太穷了，这笔钱的大部分抵了债。

我再也不问了。我知道，从这一刻开始，妈妈要和我一起攒钱了。

那个人不注意时，我偷卖了他悬在铁丝上的几张毛皮。我还卖掉了院子角落里的废旧铁块、铜丝之类。学校勤工俭学时我熟悉了三种以上的草药，只要一有时间，我就去海滩杂树林里采药。

这期间我几次去那个商店，这轮椅啊，它锃光瓦亮，是我的至宝。

我忘不了这个中午：妈妈从衣兜里掏出一个纸包交给我。五十元钱。我的心扑扑跳。我已经有了五元。五十五元，正好可以买回那辆宝贝车子！

怀揣这笔"巨款"，双眼迷蒙。我看到妈妈满脸都是喜气。她在用目光催促我。她不愿与我一起去那个商店，不想分享我的快乐。妈妈。

直到后来我都忘记问一句，她这五十元钱是怎么来的。当时这不是个小数目，而她在家里又不管钱。

不敢回想那幸福的一天，那每一个细节。反正这辆锃光瓦亮的轮椅推到低矮的小屋里时，那儿的一切都变了。小屋再不像过去那么昏暗。永立在木斗车里发怔，直到被抱上轮椅还怔着。他母亲感激的话语反而让人难过。

我几乎一刻不停地推上永立出门，一直跑上大街，又向西，绕过港口的围墙，一口气来到海边。

在一处水泥平台上，我们望着碧蓝的远海，又低头看水面的游鱼。这个平台可能是当年废弃的渔船泊位，离海平面有十几米高。永立小声咕哝什么，我后来听清了。

他说过去曾在这儿练过"跳水"。他熟悉这里的一切：水底有麦子一样的水草，有一只黑色的扁鱼。

我们恋恋不舍地离开了平台。

轮椅的"辚辚"声动听极了。它镀得光亮的部位可以映出人。永立要自己拨动它前进。他的双臂真的非常有力。他一定要凭自己的力量向前。就这样，他甩开我，到前边的松林里去了。

那儿无声无响，只有微风。

我看了一会儿摇动的树梢，跑了过去。

永立在看松林深处。但他从脚步声得知我走近了。他说：我爸会杀了你爸。

我蹲下来。这样会清楚地看到他的脸。

可是他把脸转到一边。

我早就听过这传言。可是它没有发生啊，到现在什么也没有发生啊，时间过去快一年了。

5

继父出去打猎，背着一个大背囊走了。这说明他要在外边待一段时间。每逢他心情好的时候，他就要出去蹿一趟。但他独处野宿的日子总不会长，最多不过一个星期。一个星期对我来说显得太短暂了。

港上的人偶尔来家里问一声，表示关心。头儿从不对那个居功自傲、不辞而别的人埋怨什么，只是担心他酒后出事。事实上如果真的有个三长两短，港长也吃不消。在这座城市，继父像是一个被交付托管的奇怪角色，又臭又硬，只是没人招惹。托主会是很严厉的一个人。那个人是谁、叫什么，都不知道。

那个年头，谁想到继父这样的人还会如此厉害呢？但事实恰恰就是这样，信不信都行。

这一回他离去的时间不短，大约有十几天。港长急了，一连来问了两次。妈妈说不清，似乎不太急。因为她知道男人是个耍刀弄枪的好手，更不会饿了自己的肚子，出事是不可能的。港长让人去寻。港长一急，鼻子红得像樱桃。

妈妈说他一般都要到北边的林子里，有时往西，过河，去打更大的动物。那里有狼和狐狸。

第四天，港上的人回来了，说到处都找遍了，没有影子。妈妈有些着急了。可她还没有急到跑出门去的地步。

他们问了妈妈几句，重新返回了林子。

我不记得是否对妈妈说出了那个凶险的判断。反正我在纸上写了许多，密集如蚁的文字透露了一切。妈妈看到了，大声问我：这是真的吗？这是谁告诉你的？我的孩子，我的孩子！

她真正焦急了。可怜的妈妈。

几乎是一刻不停，她扯上我的手直奔港长那儿去了。一切都非我所愿。因为我模模糊糊知道，继父这样的人不会有什么危难的。他是天生送给别人危难的人，他跟妖魔鬼怪、黑煞神之类的有过约定，合起伙下来折腾人间。

就在我们到了港长那儿时，一帮出门寻人的也回来了，一个个喜气洋洋。我和妈妈都明白了。

原来继父出门打猎的第五天转到了河西，接着是伤风，后来发烧越来越重，病在了林子里。他偏偏有福，让河边上一户人家背回去。他在那里一住就是这么多天。如今他还在那里待着，人瘦了一些。

港长马上派车去接，妈妈和我一起上车。

这辆破旧的吉普车是港长的宝贝。它让我想起永立和他的轮椅。吉普车刚出城时，简直是顺着轮椅的辙印住前。后来深入了林子，辙印才不见了。吉普车在松软的窄路上颠簸。

同去的有港长身边的一个人，两次寻继父都有他。这个人长了一副鹰一样的圆眼，全港的人都怕他。可他唯独对继父毕恭毕敬。我有一天亲耳听到继父用粗话骂他，他还嘻嘻笑。这些年长的人，我搞不明白他们。继父当面和背后对他都使用同一个称呼：鹰眼。

有鹰眼领路，车子顺利地穿过一片林子。我不记得走过这些地方，对那密密的针叶松感到陌生。松树中间有槐林、柞木和小叶青灌木，有浓旺得令人惊叹的紫穗槐。蝈蝈叫得比鸟儿还要响亮，大麦草上总凝着一只蜻蜓。天空永远有个把百灵在欢歌，瓦蓝的穹顶飘着白絮。这地方好得让人心里发颤，我在心里琢磨：有一天一定要把永立的轮椅推过来。

过了吱吱扭扭的木桥，河西就到了。河西岸有一条弯弯的、通向北方的小路，路旁全是银灰色的艾草（这颜色让我想起松鼠的长尾。没有办法，我又恨起了那个人。我握紧妈妈的手。就要见到他了）。

小路把我们引入一片密密的槐林。一入槐林，首先听到的是老野鸡沙哑的嗓子。酸枣棵挤在一起，火红的枣子像在等人伸手去摘。这个地方啊，我明白为什么继父赖着不走了。

一只狗在前边吠，槐林间的空地上有了一幢褐色草屋。鹰眼说：到了。

6

这是护林人的屋子，做得像拐尺：正面三间，拐过来又是三间。拐过的三间主要堆放柴草和杂物，正面的三间才是睡觉的地方。满屋悬挂的都是干蘑菇、药材、辣椒、一些谁也不认识的干菜。一种清香味儿让人嗅个不停。护林人夫妇的样子比实际年龄几乎大一倍。其实他们刚到四十岁。妈妈和鹰眼都到东间屋里去看继父了，我故意拖延了一会儿。

那边传来高高低低的说话声。我听到了他粗壮的声音。我猜得不错，他怎么会遇到危险呢。

一会儿护林人和鹰眼出来了，只把妈妈留下。他们催我快去，我点点头。护林人对鹰眼说：这个人可真怪，那会儿我们在沙岗下边看见他，眼见得人不行了。去请医生也来不及，就烧了草药给他喝。第二天俺困了，半上午才醒来，是被一声枪响吓起来的。天哩，他坐在窗前，枪筒搁在棂子上就放。

石头桌上摆满了各种盆花，黄的绿的，都是林中□出去。有好几种野草是从□过□，甚至□有两种林荷也摆上了□草。我□□□长□你忧花草莺，也□好□把我引开。

林中人在屋外忙里忙□，我毫无□□□。约莫过了半个钟点，林中忽响起了动静□脚声。一丝把枝挟搬开，闪出一个窄脸长发眼□女孩□。她□手中□早已记不起接□在拍。

她和我□点红墨水王，卸背了书包，毛毛明晴，你供从公□□□。林中人没□□走客人了，□□□□小云，小云。

小云走到近屋，□□元□公□睡了□□□我乏不了去。这□□公眈嗯□。□□□□□□□□□□□□□□一种□莫色□□□□，我一□想一只大山鸡让他打下来了。

鹰眼笑得像个女人。

妈妈正好出来，她领我走进继父的屋子。

他的络腮胡子浓密无比，一对大眼有点像猫，新奇地盯住我。这是一双野外动物才有的眼睛，我已经许久没有看到了。一丝笑意从眼中流出。

只是一会儿的工夫，他又把脸转向一边，咕咕哝哝说起了粗话。我知道他这时的粗话并无恶意。

骂了一会儿他转过脸，对妈妈说这地方好极了，他准备在这儿过冬。妈妈说：这是人家的屋子，你得回到自己家才是。他说：要不是我们当年的血，他这边儿说到底也是白区。什么他的我的，一样。妈妈叹气，他笑。

一股浓浓的、从未闻过的香气涌来。他呼一下从床上爬起，大叫：有吃物了。

原来隔壁正在为我们做饭，白白的蒸汽从门洞冒出。我和妈妈去帮炊，进门看见鹰眼在刮一根山药。这山药有两尺多长，手臂一般粗。

白木桌上摆满了各种菜肴，黄黄绿绿，都是林中出产。有好几种野果从未见过，甚至有两种鲜花也作为食物摆上了。我长时间伏在桌旁，直到妈妈把我引开。

护林人在屋外走来走去，我看出他在等人。约莫过了半个钟点，林子里响起了脚步声。一丛槐枝被拨开，闪出一个穿紫花衣服的女孩。她身旁是早已跑去迎接的花狗。她和我的年纪差不多，斜背了书包，垂着眼睛，仿佛什么都不在意。护林人说：来客人了，小雪，小雪。

多亮的眸子。我垂下了头。我从没见过这样的眼睛。

我听到了她热情欢迎的声音（是"心声"。因为这声音除了我，不可能再有人听到）。

护林人夫妇絮絮叨叨，继父从隔壁出来了。鹰眼开始盯着继父的酒瓶舔嘴唇了。可是这会儿，我觉得一切都被一种纯美动人的"心声"给淹没了。

我像遇到了一个十几年前的朋友，我们曾经亲密无间。真的，这事儿许久之后还让我觉得奇怪，我不得不常常琢磨。

整个吃饭期间都一片嘈杂。唯有两个人一声未吭：我和小雪。我们甚至没有互相看一眼。我自己是沉默的，我差不多喜欢所有沉默的人。我是最能理解沉默者的。

沉默也不是无缘无故的。正像我曾在自己身上探求沉默无语的原因一样，我也会在小雪身上探求的。不过这将是以后的事情。我们会有无数的"以后"吗？

鹰眼与继父比酒量。继父兴奋得双眼往上吊。他每到了这时候双眼就吊起。妈妈也像往常一样，无可奈何地看着。鹰眼说如果继父能一口灌进那一大盅酒，他一定学乌龟在地上爬。继父毫不犹豫地仰脸灌下。妈妈"啊"了一声。

鹰眼喘着粗气爬行。我和小雪一前一后走出来。

我随她走到拐过去的三间屋子。在盛满杂物的两间屋子旁边，有一间小小的、然而是无比整洁的屋子。这才是她的地方。

（这地方好像是在什么时候见过？梦里？）

一张小棕床，旁边是小桌、一个矮小结实的竹子书架。迷人的书。她亲手编的蝈蝈笼悬在墙上，里面没有囚徒。床上有一个小柜子，沉沉的。

她从角落里翻出一叠纸。这些纸又软又薄，可爱极了。这纸让人羡慕，产生小小的嫉妒。上面画了水彩画，画了林子里才有的东西。野鸡和猫、狐狸和短耳鸮。一头驮木柴的黑牛，牛鼻上拴了铁钳，牵缰绳的人小而丑。有一张纸上仅仅画了一张鸟的脸，毛茸茸的，但神气却极其像人。比人美。我想我即刻就能把她画出的东西用字写出来。她画它们时心里有欢乐有痛苦。她是忍不住了。她和我一样，总是忍不住。

我有时常想在空无一人之地大声呼喊。我不知道要喊些什么，也不知道自己为何要喊。更多的时候是缄口不语。我只能不停地写。我很想告诉她：知道吗？我们有许多许多一样的方面。

她不安起来。我从她的目光中看到了，她正不知要做些什么才好。

这样呆了一会儿，她掀开了柜子。有一股奇怪的、沉沉的香气。她的手伸进去。我听到了手指拨动纸张的声音。

7

当时我眼瞅着小雪从柜子里拿出了一叠写满了字的纸，惊得嘴巴都合不拢。我未经同意就从她手中夺过来，两眼急切地在纸上搜索。我清楚地记得，在当年，我有一种能力。我能在一些蚂蚁似的字迹中发现活的东西。当时字迹都像刚刚睡醒一样，揉揉眼坐起来，活了、动了。最后它们热情洋溢地与我交谈了。

是我的目光惊动了它们的安睡。

小雪藏在这间林中小屋写了这么多。她原来像我一样。她在没头没尾地叙说。她告诉了许多，告诉的时候，我敢肯定，有时还会哭呢。

我捧读她写下的这些字，忘记了一切。后来回忆起来，常常不敢相信这场奇遇会是真的。

我发现，小雪的每一次呼喊都留在了纸上。

我第一次遇到了一个与我如此相似的人，这个小雪啊。

我们在这几分钟里就建立了牢固的友谊。谁也没有把这么多的隐秘，把十几年的事情全告诉给我：她怎样泣哭和欢笑、怎样思念，全告诉了我。

我也会以相同的方式告诉她。她与所有的人都不同。她像我一样，只是沉默。

我在如饥似渴地读时，妈妈找了我许久。后来小雪声音低缓地读起来。我的脸转向窗外。可是什么也看不见。我置身于一股彩色的溪流中间。这是从未闻过的声音，等于百灵和蝈蝈、雁鸣和河水、风声雨声相加一起的声音。它无所不包。我甚至怀疑自己以前记下的那一切，不及这声音的十分之一。

我在为小雪骄傲的同时，也明白在人世间，在离我们的城市不远处，还有一个人像我一样，不停地写、写了许多许多。

我这时感激所有的人和事，感激她、这片林子，感激无色无味的风、天上的云，还有狗、妖怪、海神、未知的一切。

我被突然涌来的巨大感激淹没了。这情形以前也有，但似乎不如眼前的盛大充盈。我心里那么容易漾起类似的念头，那时我会把袭来的恐惧赶走，沉浸在说不出的兴奋中。有时我一抬头看到了窗外的细雨，看到在雨中变得湿淋淋的菊花叶、玫瑰刺梗、橡树皮，就会在心里小声说：多么感谢你，雨水，天气，绿蓬蓬的植物，那只在雨中飞去的无名小鸟，无边的游云……我什么都要感谢、都要感激。

我最感激的，还是能够唤起这感激的东西。因为是它们牵来了我的幸福。有了这幸福，我经受的所有悲痛都不算什么了。

妈妈唤我离开这里。她感谢过了主人的招待，搀扶着继父上车，又回头找我。

我当时什么都没听见。

终于，那个怒气冲冲的继父从车上下来，找到小雪门口，对我伸着粗壮的食指。我还笑吟吟的，因为我的心已经走远了。小雪低缓的声音停止了，我才看到继父暴怒的、愚蠢的面孔。我迫不得已向小雪投去告别的目光。

那是无比留恋的一瞥。

我跨出了屋子时，小雪突然转身取了一叠纸。我飞快接过藏在了身上。

一路上无论怎样颠簸，我都能感知小雪送我的礼物。我把它放在贴近胸窝的口袋。她竟然送我这么多纸，她是何等慷慨。

回到家里，我仰躺在床上，闭着眼睛从头回忆，一点一点回忆。

妈妈以为我病了，过来试我的额头，问我。她走后，我立即取出小雪的礼物。

这就是她画画的那种浅黄色的纸。每张都呈正方形，毛边，略大于三十二开。这是什么纸？一叠正好二十张。我对在鼻子上嗅个不停。我觉得它们有特异的香气。

我实在忍不住，去问妈妈这是什么纸？妈妈拿起来只看了一眼就说：这是园艺场用来包装出口苹果的纸。

她说这可能是小雪母亲从苹果包装场上取来的。

这张是她用来画画的那种⬛⬛⬛⬛⬛⬛⬛⬛
浅黄色的纸。每张都⬛是正方形，⬛⬛⬛略大
于32开。这是什么纸⬛？⬛一叠足好二十张。
我对在桌子上喔个⬛情。我是怎⬛的⬛⬛⬛
⬛⬛⬛。

　　　⬛⬛⬛⬛我实在忍不住，问好心这
是⬛么纸？好心拿起来看了一眼，回说：这
是厂里用来包装苹果的⬛。厂里苹果在装⬛班
时，每只都要裹一层纸。⬛⬛⬛⬛⬛⬛⬛⬛
⬛⬛⬛⬛⬛⬛也是从苹果包装切上取来⬛⬛
⬛⬛⬛。

　　　　　　　　　　8

还是⬛⬛⬛⬛⬛经没有对我们⬛⬛做些什么
⬛⬛⬛⬛⬛期。⬛⬛⬛是个废点。可是⬛⬛⬛
⬛⬛⬛⬛⬛⬛⬛⬛我有时贪⬛字陪此期待着。

8

永立一家最终没有对我们做出什么。妈妈说这是个庆幸。可是我有时竟奇怪地期待着。后来我长大了，才明白那是不可能的。人世间总有一些人在忍受。他们在贫穷中煎熬自己，有时不过要发出一些恶声，其实等于是叮嘱自己、赌气而已。

继父使永立留下了一生的残疾，也就只配下地狱了。这个看法我一直没变。

从第一次见到永立，我就觉得自己与他是命运相似的人。我好像也被那个人撞成了这样，只不过看不出罢了。我无数次到那间低矮的小屋，伴着他。他父亲一直用敌视的目光看我，从开始到结束，从没变过（只有他的母亲不是这样。世上的母亲可能都差不多吧）。

永立家常常有他的同学涌进来。他们来为永立补习功课。一开始每天永立由母亲推着去学校，他总在上路前挣扎、大叫。是那辆倒霉的儿童木斗车的缘故吗？他的母亲哀求、劝说，他才不吭声。后来有了轮椅，永立自己可以驱动它上学了。他脸上的笑容是送给我一生的礼物……

有时，我的每一点哀乐都与他有关。渐渐，我们深长的友谊无法描叙。他成了我那时唯一的哥哥，他庄严的神情一直安定了我。他坐在轮椅上，常常只是这副不变的神情。

他的母亲告诉我，孩子过去不是这样！这孩子能说能笑，还是全校的游泳健将……

认识小雪之前，我只把写满字的纸交给永立。他极其认真地看完每一个字。我相信他深深地懂得，懂得我这蚂蚁般密集的字迹潜藏了什么。不停地、像迅跑一样地写下这一切，是我的命。我曾鼓励永立也这样——难道你心里就没有话吗？难道你装在心里就不难受吗？他摇摇头。

我觉得他这一点和我不一样：不需要如饥似渴地在纸上写。

我看过他的作文本。那是不得不交给老师的作业。我惊讶地看着那短到不能再短的半篇，全然不解。他的句子何等干涩又何等简练。他好像在用力挤下仅有的几滴水。为什么会是这样？

永立极少向我提出什么。其实我知道他渴望到外面玩。只有一次是个例外：他让我在星期天陪他看海，去那个跳水的水泥平台……

我从小雪处归来，第一件事就是去看望永立。我把珍贵的纸张送给了他一半，尽管他未必喜欢。我要与他一起去河西茅屋，去那个奇异的、有着竹子书架的小屋。他用庄严的神情看着我。但我仍从那目光中看出了欣悦。

如果不能让永立与我一起分享，那对我来说简直就是罪过。我领他去结识小雪，等于是交出了一份最大的珍宝。我把他领进丛林。

过木桥时，我们都发现它原来老旧得这样，摇摇晃晃，差不多都要塌掉了。我不知道上次那辆吉普车是怎样过河的？

（果然，几个月后的一场寒雨中，木桥塌掉了。从此永立的轮椅再也无法推过，他就再没来彼岸的茅屋。不过这是后话了。）

那一天我与永立在河西的经历、那种愉快非常的情景，一直印在心里。这是我们三个人的友谊了。我们全是一样的人。我们三个人结识得太晚了。

那天小雪的爸爸妈妈给我们端来草莓和桃子。这儿温暖得让人直想流泪。一种得到了大人赞许的友谊，这在我们看来更为动人。

小雪在我离去的这些天里，在纸上写了许多遍我的名字：桤明桤明桤明。

她特别喜欢夜晚。天色暗下来了，野鸡的叫声一声比一声慵懒，暮气降在了屋顶，发出了无声的喘息。有一对小红果从窗外枝头落下，花狗飞快地跑去嗅了一下。麻雀在远处篱笆上滚动，像是被晚霞烧伤了。小雪点上油灯，脸色更红。脸上那一层细小的茸毛给映出来。她的齐耳短发、眉上刘海，都让人觉得她比我大。其实我们同岁。她低缓的声音一响起来，就像柔柔的溪水。

　　我和永立一声不吭地听。

　　这样一直到深夜。

　　谁也不能够洞彻我那时节日般的快乐和兴奋，还有时时在心底泛起的羡慕。我只是一点也不嫉妒。对于小雪所描绘的那些迷人的图画，我既熟悉又陌生。我相信这世界上没有第二个人像她一样，能如此清晰动人地转叙出来。她与那一切互通声气时的模样、她喘息的声音，我都看到了听到了。

　　永立偶尔听不明白。这是正常的。而我听来却没有任何障碍。我一边听一边在心里说：就是这样，真是这样；她看到的与我想过的完全一样……

　　我和永立从小雪屋里出来，一直不能入睡，干脆就大睁着眼迎来黎明。

9

　　从第一次穿过那座吱吱扭扭的小木桥时，我就知道会常常逃学了。

　　这也是迫不得已。这会让妈妈生气，而我一辈子都不想惹她生气。没有办法，那个学校真的让我没法忍受了。胖老师越来越嫌弃我，正像我越来越嫌弃她一样。她对继父的怨恨与崇拜交织一起，不能挣脱，就找我撒气。她何辩驳，就我别撒气。她书给了 ~~人~~ ，~~也~~ 不知道或者怎么跟她。我 ~~叫~~ 之很次她。

我～逃来到了子枝。四周 ~~都~~ 有云也一千左右是虫，～～ ~~师生将~~ ～～～～～～～～～。～～她后为我～～～～～搞手数学，～～～已事 ~~都都~~ 红 ~~了~~ ～～好 ~～～嘲笑我～～～～～～／作文本～～她后甚至很凶～年逢言～说我～不得～～～～是因为冤鬼附身了。

～～ 冤鬼牵引了我，让我在～扑～～～鬼讲，让我逃学。我自己又有什么责任。

～～～～～～～～～～～～～～表～～～～人接～译为～向记继尼味，我关是去～定论，但医今～～待～～～活～来找一～～～枝，也但医她后又如子～我～～～～所接枝。

我不逃学一开始并不是流足人知道。因为

找错人了，不知道我有多么轻视她。我不想理她。

我要逃离这个学校。四周不止一个应声虫，他们都应和着胖老师。当年他们为我拼命鼓掌，巴掌都拍红了。这会儿他们说我之所以写个不停，那是因为魔鬼附身了。

魔鬼牵引了我，让我在野地丛林里蹿，让我逃学。

后来，当我被许多回忆缠住时，我总是在心里说：但愿今天的孩子不要遇上那样一所学校，也但愿他们不必学习我这个坏榜样。

我的逃学一开始并不为家里人知道。因为胖老师并不敢通报。她甚至在一段时间内认为我的行为得到了继父的鼓励。

可是什么都瞒不过妈妈的眼睛。她从我头发上沾挂的草屑、日渐消瘦的面庞看出了什么。我的神气不像过去那么消沉，而是在冷静的外表下被一种热情鼓荡着。这热情从毛孔里渗流出来，太阳光下很容易识别。

妈妈说：你不要跑野了脚。你一定要学好功课，妈妈就你这么一个孩子。

最后一句话让人心酸。我对妈妈的话句句听，并且从很早就掂出它们的分量。我明白，如果我学坏了，那么妈妈的孩子就全坏了。我一个人就是她这一生所有的孩子。

我该怎么做呢？

反复思忖，最后想我不能欺骗妈妈。我也只有一个妈妈。

我想说，我还会逃学的。我逃学是因为不能忍受，是因为他们绝不能容忍与自己不一样的人，不容忍我的沉默不语。他们希望我连眨眼睛都要与他们一样才好。我做不到，因为我的沉默是一生下就注定了的。还有，我想那个地方和那个人——我从一开始就知道，自己终于找到了一个该去的地方。

她在等我，我也在找她。我们要互相交换和朗读平日写下的东西。夜里，在闪跳的灯苗下读啊读啊，是最幸福的事情了。如果不让我去那儿，我差不多会死。

妈妈期待地看着我。这样停了许久，她叹了一声：孩子，去吧。可你别再伤妈妈的心……

这时我的泪水哗一下流出来。

就这样，我每到了写出新的一叠，就禁不住要送给河西的小雪。没有人像她一样更懂我，我需要她看到这些密密如蚁的字迹。这种需要是难以言传和解释的。我的笔在纸上飞奔，像一个痴情的人在跑。跑、急走、跳跃，翻山越岭，万难不辞。我忍住劳累、焦渴、相见的欲望，只是继续这纸上的奔跑。

我写得太多了，积成了一大叠。于是我又觉得刻不容缓了。

我还想起那个轮椅上的哥哥。我不能把自己分为两半，又不能总是推他跋涉。这焦躁为难的心情使我的想念更多、更烈。

在小桥塌毁之前，我每三次去小雪那儿，总有一次推上永立。这路因此而变得更加漫长。有许多次，永立说他自己厌倦了这奔波，说要一个人待在家里。而我却能听出他在说谎。

可他后来固执地说要自己安静几天。

我从街巷拐上西北方，在海港围墙西侧的松林里一闪，隐没了身影。多么愉快的一段路程啊，一路上要与多少猫耳草、节节草和千层菊相逢，那一片片的桦树、柳树，意气风发的白杨，都张大了手臂欢迎我。我一路飞走，一路问候，不断地扬起装了纸张的书包。

不记得是第十次还是第十一次了，我正兴冲冲地穿越一片杨树时，突然听到了吱扭扭的声音。我马上钉住了一样，一动不动。我敢说这是轮椅的声音。

杨树林中有一条小路，它通向宽一点的马车路。我立刻找到了那条小路。在一棵大杨树下，我看到了永立。

我奔过去。

我们一起过河吗？他固执地摇头。他说他喜欢到树林里玩，喜欢一个人。

那一天我不知是怎么离开他的。直到再也看不见他的身影，直到走开了老远，我还在想：他起得多么早啊，他是在这条小路上等我吗？

这样想着，听见了流动的河水。巨大的幸福马上使我双眼迷蒙……

第 三 部

1

　　我　一之　■　遇到　■　与之　■　志似的人。

　这是唯一●　脾气相投的异性朋友。她在许多　中
●　方面都予我相似。■■■■■■■■■■■■她像
我一般■■■■■　为了解她之说话；　　　也
●　说透了多方。她像言将情报玩了这么世界上的
人心●■■。

　■■■■■■■■，给世一号■认了好多样我■■
形式而批评。她说88'■多言■语言是因为建义和祖
■■■■■■■■■■多■人■和潜■■反美，
从■时■■■■会■■。■■■■■■■■■■■■
　■■和年率■■到一部■山，她后来会中方百
计●　去辞去；似似去了手抜改变成纸，就是她

第三部

1

我这一生还没有遇到与小雪类似的人，一个性格相投的异性朋友。而她在许多方面都与我相似：她像我一样，尽可能地不说话；要说也放低了声音。我们好像都害怕惊扰这个世界上的什么。

通过她，我进一步否认了妈妈对我性格形成的推断：我的少言寡语是因为继父的粗暴。小雪呢？她有和蔼的双亲，他们对她那么疼爱。小雪如果希望得到一种东西，他们就会千方百计去搞来：比如在当年极为珍贵的纸，就是她母亲在上班时偷偷带回的。

小雪有看不出的勇气。她一个人能在深夜穿过十里海滩，一路听着各种野兽的叫声，安然地回家。这是她父亲告诉我的。他说那一次小雪与几个同伴去海边，不巧走散了，她为寻别人而拖延到黑夜，结果最后不得不一个人走回家。全家急坏了，妈妈都哭了。那一年她才刚刚十一岁。

她与我在一起时大半没有声音。我们这时在读书、写字。如果需要问什么，比如问要不要橡皮、纸和笔，要不要一本新书，都只是用眼神表达。她的眼睛黑圆，有点像漆黑的扣子，放出的光泽很温煦，像一只手掌，令人感激地抚摸过来。眼睛在后来的许多年中都是我们之间表情达意的最好器官。眼睛让我听从、同意和想念。奇怪的是，回到自己家里、甚至是许多年后我们分开了，我还从这双眼睛（记忆中的）中寻找帮助，获得启示。

这是真的。我应该承认这一点。在那些生活的转折关头，我情不自禁地就要寻问这双眼睛。它也恰当地指示了我。我对它的每一瞥都能心领神会。

总之，她的眼睛对我很重要。

谁能想到在无法上学的大雪天或大雨天，我们俩会多么高兴呢？

与我不同的是，小雪从不逃学。在我逃学最严重的日子里，常常是我一个人在小雪的屋子里，等她放学归来。而最糟糕的天气她也不必上学了。因为小雪的学校在林场总部，从她们家到那儿要走不算短的一段路，还要过两道水汊。小雪的父亲与学校有过约定，这样的天气既不上学，也不必请假。

大雪天我们燃上一个炭盆，在一个小方桌上读书写字。她的爸爸妈妈在这样天气难以出门，却很少来打扰我们。只是约莫一个钟头左右，她妈妈笑眯眯地走进来，在桌上放两枚水果或是竹叶粽子。她在屋里从不停留，放下就轻轻掩门走了。

提到那次继父病在林中的事，小雪显得很平淡。因为这在她家里是很平常的。她的父亲不知多少次把陷在雪窟窿里的猎人背回家，给他们医治冻伤。有一年发大水，水汊下游有一个猎人呛昏了，她父亲把那人弄回来，让他待了十多天才走。不仅是人，就是受伤的动物，他们也搭救过许多。我觉得搭救动物比搭救人更能让我感动。那是掺和了好奇心的感动。

他们没有打猎的恶习，这不能不让我敬佩。小雪告诉，原来她父亲也喜欢打猎，只是有一次打了一只银狐，是一只雌狐，结果另一只雄狐一连多天在他们家篱笆下泣哭。那哭声让人听了流泪。还有一次他逮了一只大苇莺，养在笼子里，深夜和黎明就有许多大苇莺围在一旁，又喊又叫，甚至不怕人。笼子里的大苇莺用嘴巴一只一只亲吻它们，它们则把食物投进笼里。这只被逮的鸟儿是一位母亲。他们放了它。从这以后他们再也没有伤害过一只动物。每遇上猎人，他们都会规劝一番，但没有效果。

他们搭救过一只黄鼬、一只鹿，甚至还有一只狼。每次都是一个动人的故事，幸亏这些故事全被小雪记下来。她把故事读给父亲母亲，他们吸着烟听。有时父亲停下来说：不是的不是的，那黄鼬病好了，临离去不是磕头，是作揖哩。它感谢哩——第二年它又来了，带着三个孩子。

我不知道继父听到小雪一家的规劝时发出怎样的讪笑。也许他会还一句粗话呢。我如果与他没有任何关系该多么好。可惜他总像影子一样随着我。

小雪的父亲对我说，听说你爸是个英雄。我总一声不吭。他也就不再问下去。我并未告诉那个人算不得我的父亲。真正的父亲我也讲不清。我是在梦中看过他痛苦和欢乐交替出现的神情。这已成为我的隐秘。我不知该不该去问母亲。

为了那个梦，我写了多少张纸！

我思念你。我还思念外祖母。他们都是世上最好的人。

2

我发现了与小雪的区别，我在不停地写梦和幻想，而她写的都是眼前的一切：故事、动物植物和人。我即便在写眼前的事，也一点一点写进了幻想。

这就是我们的不同。

我们之间有那么多相似，现在则找到了差异。这让我既惊讶又兴奋。

她有善良的父亲，她从来不需要怕他，更不需要恨他。她还有一个敬爱的老师——小雪得到了他的爱护和帮助，也就得到了全班同学的拥戴。小雪从小生活在林子里，她熟悉这里的一切，听到和看到的比我有趣得多，她也就用不着做那么多的梦了。

这对她真的也就足够了。她不需要去寻找，也不需要去躲避。是的，她只要如实地写出来就好极了，不必编造，不必胡思乱想。比起她，我渴望的幸福十有八九不在手边，我又能怎么办。小雪天生有幸，她只需要把满地的愉快收拾起来，像串蘑菇一样串成一串。

继父只要瞥一眼我如醉如痴的涂抹，就要怒火中烧。我也许在不知不觉间即把所有的话都写得万分费解。尽管这是一种多虑。因为他根本不看，而是抓起来就一团，扔掉。可是这一来我就养成了一种不明不白的文风。

我害怕别人看懂，又渴望有人能全部地、无一遗漏地读进心里。后来这个人（小雪）出现了，立刻让我激动万分。她有超人一等的天分，心细到令人吃惊。她不仅赞扬我，甚至觉得自愧不如。她怎样被我感动，我亲眼看到了。谁为我这样过呢。为了这感动，我愿走穿千山万水来到她的身边。

无论是雨天、雪天，都不能阻止我奔向丛林、跨过河流。那时我书包里就装着刚写成不久的纸页，心里只有一个念头：找她。

我把自己最珍爱的书带给她。她的珍藏对我也无一隐匿。我发现她的书没有我多，但却经常轮换。这真使我大喜过望。

世上的一切都有个源头，有个缘由。这是我后来才懂得的道理。如果我一开始就细细究察这缘由，那将更为有益。

我把小雪给我的每一点赞扬收集起来。这不是因为虚荣心，而是因为我太需要这种赞扬了。它在别处无从寻觅，百求不得。人一开始那么需要赞扬，需要得到肯定。我的妈妈甚至也没有这样对待我。妈妈好像来不及这样做了（我总觉得妈妈在找到继父以前就被什么吓过，她是吓坏了。可怜的妈妈）。

我至为羡慕小雪。她把一切美好的故事、经历，自己身边的人，都一点一点写尽了。没有谁能在这方面超过她。水汊里的鱼、鱼的各种时刻、它们在洪水泛滥时节和枯潭里的模样，都一丝不差地被刻画出来。谁像她一样，能写出有一种鱼所生出的可笑可爱的、粉红色的胡子？还有火狐、刺猬、金色的鹰、大鸷和戴胜鸟……她笔下出现过几百种花、几十种树，还有数也数不清的林中怪事。谁也想不出她有多么喜欢这林子、这林子里的一切。而我却不像她一样喜爱那座城市，至少不是特别喜欢。那城市等于是我的林子啊。我倾慕的只有海上航来的巨轮，巨轮昂起的胸部、高高的桅杆。这喜欢的心情往往只一阵儿，马上却有更多的惧怕来临。惧怕多得无缘无故，我像妈妈一样可怜。

我从哪儿携来了这么多的惧怕？永远也不会知道。我只明白它们无法祛除，而且要这样一生。这是真的。

我比别人更懂得来自他人的温暖，只要有一点儿，就会一生谨记。我从小就不是个忘恩负义的人。所以我在小雪家得到的幸福，我会千方百计地报答。我将有自己的报答方式。

她的父亲和母亲在大雪天烧好了滚烫的山药，双手捧着撩着递给我——仅这一个场景，就让我记了三十多年。

因为李师傅种种的原因，毛毛在长达两年多的时间里，始终保持了"毙须的瞌睡"。师长师还今想了这些了掩藏心计的人。她……我不愿……戏。

……就托着下巴出神。我一定又一遍翻着李师……所抽得、剥下红绳。……长长的话若淡心。……她心事想着自己心……但我想新的人一定是心事坏的。他（她）为她有什么样子。……好……李师所谓的心影响的人而半生起了一生。我为什么感到失落，带点默默分喜口心……心情。她在想象中旺盛又痛快，忘……都……她这时……不像往日那样，忘把……心收拾去这间心屋里。

山东文学（20×15＝300）第122页

3

一连下了三天大雪，一切道路都堵塞了。雪停后小雪的父亲就试图开出一条通路，但没有成功。静静地等待化雪，太费时日。一群群麻雀因为无处觅食而冒险落在院里，小雪一家人就不停地布施。唯有那个花狗一次次并无恶意地轰赶它们。后来连鸽子、鹌鹑也飞来了，再后来光顾的还有四蹄动物。

小雪不能上学，渐渐不安起来。她只能与我一起做功课。而我对课本再无兴趣。我已经悄悄打定主意，要在某一天离开那个学校。学校曾给多少人的童年留下了多情的回顾，唯独对我不是这样。我害怕这回忆。

（因为各种各样的原因，至少在长达两年多的时间里我在经受一种"集体歧视"。胖老师是个擅于掩藏心计的人。她让我不愿过多地提起。）

小雪不写不看时就挂着下巴出神。她一遍又一遍翻看老师的批语、划下的红线。

我看出她非常想念自己的学校。当时那个老师是男是女我不知道，但我想那个人一定会是非常好的。他（她）对她有多么重要。好的老师的确可以影响人的半生甚至一生。我默默分享了小雪的心情。她在这时既不安又愉快，这是我想得出的。她这时不像往日那样，只把心收拢在这间小屋里。

我也长久地看着那个人写下的红色字迹。我有时并不注意内容，而是从挺拔有力的笔画上揣测他（她）的性别和性格。我觉得这是一位男人，而且也有些瘦削。

在见到他（她）之前，我没有问关于他（她）的一句话。

终于有一天，小雪说：我想把你写的带给老师。他会喜欢！没有人比他更懂。不过这要让你同意。也许你会同意。我不知道。

我的心扑扑跳。就像一个怕光的人即将移到灿烂的太阳下。还有,我写了些什么?我只是在写一些自语,我是这样地依赖它,这泣哭般的欢歌。它们真的是自己的。它们如果被一个路人听到了,也一准会被当成痴人梦话。

谁知我愿意还是不愿意呢。被小雪的目光抚摸过不知多少次的一叠纸贴在胸前,嗅着它特异的芬芳,不知该怎样才好。

"我明天就把它带给老师。"

小雪决定了。她开始用一支铅笔在纸上写起来。雪光从窗上泛进来,她的短发闪着漆亮。那双眼睛离开纸,看看窗外满树的雪朵,又转向我。

就在这短短几秒钟里,我的心一横。我不怕那个陌生人看它了。我该信任他(她),因为小雪信任他(她)。

从这一刻起,我就没有像以往那样坦然过。那个人会怎样?他(她)能怎样?我脑际不断涌过一些奇怪的设问,两颊发烫。我从未想过让这样一个人来看我独自划下的痕迹。这些秘密就摊在纸上,它即将由她拿走了。

第二天,由父亲亲自护送,小雪到学校去了。她把我写的那一叠纸装在书包里层。看着她上路前呼出的白气,她汗涔涔的额、通红发亮的双颊,知道她正在不同寻常地兴奋。

等待吧。这等待让我忘记和忽略了其他。我竟然在一天多的时间里没有想妈妈,也忘了永立。

那必将来临的可怕鉴定非把我逼傻了不可。我在这一天没有写和读。四周的一切都是滚烫的、不可触动的。铅笔像烙铁,书上的字像跳跃的火龙。我真没用。

黄昏时分他去接小雪了。他的两脚踩出吱嘎吱嘎的声音，追逐这声音的，是他那条不大的、劲头十足的花狗。晚霞映出的林中雪色真好。他走了。

4

我并不奢望那个老师会很快读完，因为他不仅忙，而且还会莫名其妙地耽搁下来。不知为什么，我已经早早养成了悲观的心情、反着想事情的习惯。凡是我希望做到的事情，无论大小，总是想它的不顺利。

滚烫的大雪糊满了这个世界。一切动物都在沉默中忍耐，等待褪去这一片洁白。小雪戴着她母亲编织的毛线小帽，在雪路上来来去去，无声无息地幸福。我一个人在屋里等待、阅读，偶尔酣畅淋漓地写上一通。但我的安静快乐总不能超过一天。

小雪母亲怕我孤单，破例到屋里待一会儿。她个子不高，年纪不如妈妈大，可是头上有了很多白发。这白发并没有让她衰老和不快，而是相反。她显得更像一个母亲了。她好不容易才忍住了什么，说：都怨这大雪，你爸你妈会挂记了，孩子，孩子。这大雪，封河封路。

我想不出妈妈在这样的大雪天会做些什么。我知道我们家屋檐上的雪已开始融化，滴在下面的咸菜缸上，水又溅到旁边一棵小银杏树上，使它的许多侧枝都悬了一串晶莹。所有扫雪的活儿都是妈妈一个人做，那个满脸胡须的男人只会站在屋檐下哈出大串的酒气。我真想妈妈。

由于林子里少有阳光，所以这儿的雪要待上许久才会融化。小雪的父亲从外面回来时常常说一句：饿死了一只鸽子、几只麻雀。再不就说：它们都在找东西了。小雪母亲说这样的天气只有那些狠心的动物才有好日子过，因为这样一来它们捕捉其他动物就省力了。

我被小雪妈妈的话给打动了。想一想狼们在雪地上追逐饿得歪歪斜斜的其他动物，何等凄惨。

明天就是星期天了。我站在没膝深的大雪中，遥望着西天的光色。云霞被无形的手分梳成细细的彩色麻绺，向上飘去。可以想见从下往上有一股徐徐不断的风（我记得星期天之前往往有这样不同凡响的彩带。这大概是对欢乐的庆祝）。

花狗从松树丛下蹿出，黑鼻头上沾了雪。它虎气生生地盯我一瞬，又回头呜吠一声。有一阵脚步，很杂乱。小雪的父亲先出现，接着又是小雪、是她身边的一个细高男人。

我的脸一下红了。

小雪和她爸说了什么我都没有听清。耳朵在难堪中鸣响，口中不知所云。但我像被什么推了一下，自己的手就被那个人的手给握住了。

他的手真热。他竟然穿得这么单薄，而且热汗涔涔！老师。

他微笑着看我，安静到了极点。这张端庄的脸有些红，也有些疲惫。那双眼睛不断地吸引我，让我害羞。我自己明白，他是个非常好的人。就是这个判断才让我拙讷、羞涩。因为面对一切坏人、厌恶的人，我从来都没有类似的感觉。对于那一类人，我的目光像锥子。

他的手有些粗，擦在我的手上很解痒。细长的手指很好看。他背了个黄色挎包，就像一个高年级的学生。

"我们需要好好谈一谈了，非常需要。我就是为这事来的……"

"谈一谈……那么……我们，"我说了什么自己都不知道。但我心里清楚地认定：他说的"谈一谈"，是指谈我写的那些东西。天哪，这是多么重大的事情。这是来自一个不敢奢望的地方、从他那儿发出的声音。如果这时让我伏在他怀里，如果不是过于难为情的话，我也一定会的。

我这么快就喜欢上了他。整个屋外这段时光，小雪和父亲都在一旁。小雪的眸子里全是霞光。她齐眉的刘海使她看上去显得更为成熟、简直无所不晓。她的目光里充满了赞赏和满足。

我们将一起度过这个星期天。他是为我而来啊。

我们匆匆走进屋子。由于不慎，我碰下的雪朵落了满身满脸。但我浑然不觉。

他坐在桌前，小雪端来茶水。他喝都没喝一口，只长时间看着我。那个鼓鼓的黄挎包被小雪摘下，里面掏出了一叠稿子、一本旧书。

我尽可能地沉静，眼睫垂下来。

小雪看着老师，微微张开嘴巴，露出细密的、白玉米粒似的牙齿。

"你这样写了多久？"

我不记得。真的不记得。我努力想也想不起来。好像我连一个字也不识的那天起，就在用一支笔乱画——这样直到画出一些痕迹，一些叫"字"的痕迹。我爱"字"，更爱它们连接在一起，成为一条小溪或跳动的火龙。我平静回想的时刻，画下的这一串串字是溪水；我心中激荡难忍，它们就燃起长长的火龙。我也不知道这其中的奥秘，我只是这样不可改变地迷恋。有人为此折断我的笔，最后恨不得连我也折断。可是我仍旧不能戒除这一"恶习"，仍旧痴迷。

"我想，也许这些文字太费解，它由你这样的孩子——真的，你还是个孩子——写出来，让我吃惊。我现在可能明白一点了，这大概是一种天生的能力。能告诉是谁影响了你吗？"

我不知道。因为在我的身边，甚至连亲爱的妈妈也阻止过我（她一开始发现我有了在纸上胡涂乱抹的毛病，曾大呼小叫地喊：孩子，别这样，千万别这样……她像如临大敌，我给吓坏了）。

"我对我的判断没有把握，但仍旧相信这判断。我想你是个有特殊才能的孩子，它也许不可以学习。相信我的话，继续写下去吧，你会成为一个了不起的作家——请记住：还要如饥似渴地读书。"

5

回头描述那个雪天显得无大必要，而且没有人能够理解。在繁忙紊乱的日子里，整个都显得有点"时过境迁"了。有人会觉得我当年的那些狂热和激动有些可笑了。冷静想一想，不是我可笑，而是别人。

那个悄无声息的大雪天，可真是第一流的季节，最像样的一个冬天啊。我会感激它一辈子。我在厚厚的雪朵簇拥下听取一个伟大而善良的预言，倍加感谢。我心里鼓涨着报答的心愿。怎么报答？就是努力地、永不变更地循着他的手指往前。怎么做还不太清楚，但我坚信会做好。

我当时连什么是"作家"都不懂，是第一遭听到这个怪而又怪的词儿。我只知道这等于说"诗人"两个字。我恍然大悟般地全身一悸。我想起了梦中出现的那个瘦削的男人，像被电流击中了一样。通体在炽烈中燃烧，变得筋脉透明。这说不上是愉快还是慌悚。

仿佛有人在那个大雪天从遥远之地伸出了手指，在我身上做了个标记。从此我就终生带有这个标记了。它沉甸甸的，可怕又可爱。不过我更多地还是爱这标记，它使我再生般地感谢。

我早已经学会了隐藏。那一天我只安静地看着自己的两手，抿着嘴。小雪一声不响。我好像听到了她的心也在怦怦跳，差点大声问：老师，小雪呢？她呢？她不是您所预言的那种人吗？

我没有这样问。我只在心里喊过了，疲惫地缄默着。我早就认定，我将与她走在同一条路上，无论这路多窄、多长。

辉煌的星期天过去了。白雪糊裹的丛林中的一天，成了永生的一天。

这一天过去很久，我才敢小心翼翼地问起他。小雪毫不犹疑地回答，一点神秘都没有。

原来老师来自遥远的一个都市。在那儿，他非常敬仰一个写东西的老人。老人死了，他就难过，十分难过。于是他不得不离开那个城市，来到这个偏远之地。他有妻子，但妻子离开了他。他现在是一个人，也常常难过。他好好教自己的学生，这样会好受一些。

小雪说了几次"难过"，不太好懂。那位老人更准确的身份她讲不明白，因为老师没有说。

但我心里为这个老师难过起来。只是短短的几天，我就为他难过起来。原来是这样。我想象那个老师一个人、在深夜时的心情，甚至想象起他特别敬仰的那位都市的老人。我惊得大睁双眼看着夜色：老人是一个"作家"！

这是怎样的一位老人，因为他的死去，另一个人就会终生难过。

我想起了一些失去了亲人的人，他们只是在想起亲人时才有些难过。看来那位死去的老人有远远胜过亲人的地方，并有说不出的意义。这意义我当时并不明了，但把它存在了心里，准备在将来搞懂。

我对老师感到好奇，也感到了敬仰。我在默默不语中巩固了这敬仰。小雪像过去一样，猜中了我的内心。她忍不住一再地说着老师。

我再明白不过：小雪的灵魂里有了老师。

我还渐渐知道，小雪喜欢不停地写，完全是受老师影响的缘故；还有，她的大部分书，也都是老师送的。

在深夜闪跳的油灯下，我们小心谨慎地讨论"作家"这个概念、它的含义。怎样才算"作家"呢？为什么要有人当"作家"呢？模模糊糊中回答不出。我们只是认定它是非同一般的事物。它重要吗？不能缺少吗？不知道。我们只是知道，一旦真的失去了"作家"，有人会难过，很难过很难过。

为了世上的人不难过，大概就应该有"作家"。可是"作家"总要失去的，那么也就总要有新的生出——深夜里小雪大而亮的眼睛闪动着，句句准确地推导。我当然同意。

她在这个夜晚最后说：老师并没有说她也可以是一位"作家"，而只说了你。那么你就当吧。到了那一天，你就成了一个不让别人难过的人了。我要看着你当。你一定得当，先放下别的事情——因为比较起来别的事情就不太焦急了。

她说得很慢，语气中充满了期待。

6

见到老师之后，我似乎不能选择什么了。事实上我从来也没有选择过，我只能这样——做我正做的一切。

我因此而带给妈妈的痛苦，让我愧疚难耐。妈妈头上越来越多的白发，有的就是因我而生。这是我的罪过。我想，天下也许没有无罪的儿子，因为天下的妈妈都如此这般地珍爱自己的孩子。孩子的报答比起母亲的牵挂算得了什么。

我说过，我的逃学开始严重起来了。那儿让我心凉。我从上学一事上看不到一点希望。每当我迈步走向学校，就觉得腿上坠了铅。我逃学逃得不再犹豫，也不再畏惧。如果学校因此开除我，那就快点吧。

我向往的只是河西那间茅屋，是跨过那条河。但是吱扭乱响的河桥没有多久就塌掉了。这样，在汹涌暴涨的秋夏雨季简直就没法过河。我不明白为什么城里或乡下人就不急着修复这座桥？我不知多少次站在滔滔河边，心急如焚。我的水性一般，不见得对付得了湍急的水流；但是如果不是害怕书包里的稿子淹湿，我会奋不顾身地跳下去的。

我在河岸上痴走、徘徊。后来一直走到河的入海口，发现河水分出无数水汊，变得浅了、窄了。我大喜过望地一点点挪蹭过河，然后再从对岸溯流而上。我去小雪家的路比往日长了一倍。

冬天就要方便多了。冬天常常是平展展一片河冰。那闪亮的河冰在阳光下看去真美。它意味着一次长久欢乐的聚会。我有过河的经验：取一个大石块抛到冰上，从震动之声上判断冰层的厚度。所以即便在初冬或早春，我也没有误踏薄冰。但是由于性急，我常常在冰上滑倒跌伤，有一次甚至酿成了严重后果。

继父并不关心我的学业，他对逃学一事肯定有所察觉，但却未吭一声。当我第一次因雨雪阻隔未能及时返回、以至于在河西待了三天时，他见了我突然发出一声：嗯？

我像一只幸存的松鼠一样逃到了自己屋里。想不到他这次不像以往那样，而是紧追进来，两只眉头锁到一起。他突然就暴怒起来，达到了火气的顶点。我马上咬紧了牙关，迎接可怕的遭遇。我知道妈妈不在，惩罚不可回避。

他哇哇大叫，跺脚，少见地愤怒。他骂我想怎么就怎么，简直是一只翻脸的野狗。他还说我完了，一点盼头都没有了。我仿佛是一个犯了大罪的人。我一声不吭，他的火气就更加增大。他自己都难以遏制自己了，两只大手按住了我，奋力摇动、耸打，把我推在墙角、床上，拉起又摔下，又抓定。我一声不吭（我只想着那条哗哗歌唱的河。我看见河流上漂来一根粗粗的松木，奋力一纵跳上去。我像在顺河而下）。

他揪我的耳朵。从疼痛的感觉上判断，这耳朵被撕裂了。他后来松开耳朵去揪头发，狠狠地踏、踩。他终于明白自己碰到了一块顽石。他大口喘息，胸部急剧起伏，卡着腰，汗水在脸上纵横流动。

我尽可能平静地看他。他刚才所有的暴力是不是加在我身上，让他怀疑。我也有点怀疑。一些如河水般翻腾的话语——它们都是与这场暴打没有什么关系的话语，差一点冲口而出。像过去一样，看上去我在沉默。

妈妈突然出现了。她看看我，远远想象不出这是一场多么可怕的凌辱和暴行。继父马上爆发出新的怒气和不平，伸手一指大叫：这是个死犟坯子，是个灾星。

接下去的大叫我没有细听。因为我注意到了妈妈慈悲的眼睛、眼睛上方花白的头发。妈妈的白发又增多了。我的泪水哗哗淌下。我此刻想让那个恶魔离开。我觉得这一刻，世上没有任何人能安慰我的妈妈。妈妈，我多么可怜你。你在衰老。

他搓着手，捶一下桌子，走了。

我却像粘住了，一步也移动不了。

妈妈说：你一个人来来去去，家里牵挂啊。河里常常出事儿，塌了桥。

这话听了无数次。我坐下，坐在妈妈身旁。她在看我，看得一丝不苟。她在长达一个多钟头的时间里再未说话。窗上透出暗红的霞光，她仍旧坐着。我双手抚着那个陈旧的柜子，记起刚才那场暴打，这柜子全都看到了。我的鼻子发酸（如果外祖母在，她会奋不顾身地把我争抢出来，她会用衣服大襟包裹起我）。

就为回答那场暴力，我在第二天就离开了家，重去河西。我又写出了新的一叠纸。我渴望让她看，也渴望那个老师看。我如饥饿一般等待那一声赞扬。

奔上丛林间的小路才发现，我这一次被打得有多重，一动就痛。可是得忍耐。这算得了什么。这个显赫一时的军人碰巧成了我的继父，所以就有了一场遭遇。他又碰巧与那个无辜的永立住在同一个城市，所以也就有了那条马路上的遭遇。永立要比我不幸十万倍。

风中的松枝、枫杨树梢在剧烈摇摆，像是突然间的激动。我想象人间该有一种埋葬和淹没什么的能力。这种力要无声无响地积聚、形成。也许这种力看上去简直不算什么，像初生的嫩芽。可是它们在生长，有一天会不可战胜。

我用力挥动双臂，故意藐视伤痛。北风多大啊，北风把一场更加酷烈的寒冷牵引到了这个半岛上。妈妈，我又一次离开了你。

7

严寒来临了。每一次铺天盖地的冬雪都帮我记忆了那个幸福的时刻。无边的洁白、厚厚的雪朵包裹的小屋里，柳木炭火旁边，那个人的预言。当时我不知这预言对于一个人到底意味了什么。我只觉得它像一道加在身上的神谕。我的崇敬和爱戴由那一天、甚或更早时生出来，越长越大。所以无论在什么年代，无论我年轻还是衰老，我都特别不能容忍那些诽谤作家的人。我像维护自己的眼睛一样，维护着这个称号所代表和蕴含的一切。我把玷污了这个称号的人视为可怜的人、不光彩的人和不能为伍的人。

可是我当时对那个称号的具体内容还一无所知。

是小雪和她的老师给了我双倍的鼓舞。这力量到底有多大，我怎么也搞不明白。这力量竟让我无法抵御。

在大雪天穿着单薄的衣服奔向河边，那种兴奋和欢畅不会有人体验，想象也是枉然。

随着木桥的坍塌，我没法与永立一起过河了。在大雨和大雪天，他就更没有可能与我一同出城了。永立的目光越来越沉、越深，让我不敢迎视。我心中那无所不在的怜悯为他泛起，像波涛一样推来涌去，使我难忍。我总设法用各种办法去安慰他，比如抱一摞他喜欢的书之类。每逢我去河西，就提前为他备好这类东西，像口粮一样。可是无论怎样，在这雪地里，我总是担心他的饥饿。

我隐隐约约知道有什么东西在故意考验我。考验和测试人的方法有许多，比如穷困、艰辛磨难、伤创……让我在永立和小雪之间奔波，经受这样的折磨，也是一种考验的方法。

　　小雪曾提出到我们家玩，我总是应付过去。因为我明白她不会受到欢迎。与那个胖老师不同，她不能经受任何伤害。我不允许任何人伤害她。

　　于是我只好在雪地里飞奔，冻得两颊通红。我的全身都滚烫烫的，似乎一点不畏寒冷。每次踩着冰面过河，连跑带爬穿过雪岗，挂着一身雪粉奔到那间茅屋时，都首先受到花狗的欢迎。它忘情地舔我的脸、手和头发。接着是小雪母亲为我扑打雪粉，端来一碗红豆羹。这羹放了许多蜜糖，甜个透心。小雪微笑着。她的眼睛很快转到我手中一直攥紧的书包上。

　　她把它们带给老师。我的不安和冲动简直让我害了一场大病。每次传来的讯息都让我发痴，让我无法相信自己的耳朵。有一次她甚至把老师所尊崇的那位老人写下的东西取回来。就像迎接一件圣物，小雪全家、我，都大气不出地看着她缓缓解一个油布包。解开了，露出发黑的报纸。又解，才显出一份黑乎乎的杂志。杂志翻了几页，出现了老人写的文字……那一夜我一丝没睡，把那份杂志抱回床边，一遍又一遍读。

　　很奇怪，许多地方读不懂。但产生了奇特的感觉：我写的句子有点像他。哪里像？不知道。是那种说不出的倔犟和"四下张望的神情"？小雪的老师说看我写的东西时，总要想起一个秋风里站立的少年，他在茫然四顾……我把脸贴在了杂志上。

　　我想象那个老人的一切、他的模样。我问小雪，老师说那位老人是什么样子？她说老师故意不多谈那个老人。她说好像老人手很大，手背上有很多筋。

大约是在看过杂志以后不久，小雪忽发奇想，事后才把这想法告诉我：她请老师把我写的东西也寄给杂志，如果印出来，那该多好、多好。老师点头又摇头。他说这是不可能的。为什么不可能，小雪没有再问。而多少年过去了，我还在为那句"那是不可能的"而自卑。只有更多年过去后，我长大了、成熟了，才知道这句话到底是什么意思。我和小雪的缄默，是我们不可更改的性格。这性格使我们免去了很多麻烦，可也招致了不少误解。我们不太喜欢询问。

比如我既读不懂那位老人写下的文字，可又被其打动得泪水涟涟。越是深夜，这种感觉越是强烈。陈旧发脆的纸张，黑黑的颜色——要知道缺少纸张的兆头从许久以前就出现了——它散发着霉味儿。可是到了半夜，它又生出一股无法形容的芬芳，就像玫瑰（准确点说是黄玫瑰）发出的气息。我在这气息中感动着，想象了那么多。我的思绪被它牵向遥远，我无眠而梦，梦见自己神色自若地走向辽阔的高地。在那里，我变得滔滔不绝地言说，畅快得难以置信。我的旁边有人在注视我，目光里充满激励。他就是那位陌生的老人。

8

挨近初春时节，河冰处于极不稳定的时期。林中大雪仍旧浓厚，布满了野物蹄痕，猎人怯于出动。这儿变得比过去更为凶吉难测。比如不意间发现的一个漆黑的雪洞，让人费解；再比如冰天雪地里有一枝硬硬的红果，会让

人欣喜得痴狂。河冰常要莫名其妙地开裂——直裂很长的口子，然后又结出薄薄的、奶皮似的嫩冰。小雪父亲说这长长的裂口初生时，一般都在夜间，都发出沉闷吓人的声音，就像一棵大树折断了。他说那些冬天凿冰捉鱼的人也会引起冰裂。

长长的冰裂开始与我作对。如果绕过它到下游，那又太远。我每一次过河都那么性急，恨不得一步跨过。而且我当年刚刚十几岁，自信而又无知，哪里管得了那么多。我总是在冰裂处想各种办法。我甚至想找狭窄处搭木杆爬过。林子里大雪覆盖，倒木和干草、苔衣，都一块儿被蒙住了。

在阳光明媚的少见的好天气里，我常常在冰裂旁徘徊一个钟头。这时四周空无一人，连鸟儿也不吱一声。河冰依然碧绿、坚厚，开裂的断面像巨大的伤口。冰面上仍然有薄薄的、保存极好的一层雪粉，它们与裂开的冰碴一块儿在阳光下闪光。我费了好长时间寻找窄一点的冰裂，急得两手出汗。

在离河桥旧址不远的中下游，有一条两米多宽的冰裂。这只是目测，实际情形可能完全不是这样。远处的河岸、四周的茫野做了参照，我于是低估了这道冰裂。这让我犯下致命错误。

我几乎再未踌躇，纵身就向对面跳去。当身体在冰裂上方掠过的一瞬间，我突然感到了危险。假如着地时稍稍一滑，我整个人就可能落入水中。就是这种恐惧的念头让我身体斜横，扑到了对面的冰上。巨大的冲力使我摔在冰裂的边缘，虽未落水，胯部却被狠狠击中了。无法忍受的疼痛让我喊出来，一群鸟雀不知从何处惊飞起来。我头上满是汗珠，两手抖索着攥紧两团雪粉。

大约一个多小时里，我一直忍受着巨痛，无法挪动。我的右胯稍一活动就引发刺疼。两颊流下的汗水结成冰，连睫毛也挂了冰。再待下去非冻死不可，我除非赶快站起来。这真是一场难忘的挣扎。大约花费了多半天时间，我总算站立了。但也只坚持了一二分钟，又摔倒了。从跌倒处离河岸只有十几米远，但上岸的陡坡花去了我整整两个多小时。

重新返回已不可能了，我无法再突破那条冰裂的封锁。而且从距离上看，我离那幢茅屋也更近一些。剩下的一截路林子更密，我在疼痛中已经无力搜索那条雪中的小路了。这时如果有个猎人出现多好，可惜雪地上连个脚印都没有。只有小动物们的蹄痕、雪粉中喷开的气孔近在咫尺。它们大概在暗中注视着我。

太阳越来越低，渐渐挨近林梢。太阳一落准会把我冻僵，而且我还会迷路，那时雪野中饥饿的食肉动物就不会对我再仁慈了。我偶尔在心里产生一丝绝望和沮丧，但随即又被顽强地驳斥。我要爬出这片林子，爬到那喷香可人的炭火旁。

人的灾难就是这样猝不及防。后来我才知道，这次摔伤远不是一般的磕磕碰碰，而是真的摔坏了胯骨（如果我当时知道损伤的性质，并且预知这一生还要走多少路、跨越多少山脉河流、这条伤腿要给我增添多少苦楚，我准会放声大哭一场）。

当时没有哭。因为泪水只会让我愧疚。我愿拼尽全力从绝境中挣脱。

在太阳完全落下去的一刻，我看到了茅屋的灯光。我激动得把脸伏在冰雪上。抬起头，第一个念头就是高声呼唤，呼那只花狗和它的主人。可是我很快又否决了这个想法。我觉得那无异于求饶。而我不想服输，永远不想。我坚持使用最后一点力气和勇气，爬完了剩下的三百米雪路。

9

　　小雪父亲毫不费力地做了诊断。我右胯那儿的皮肤只有一点擦伤，可是他的大手稍一动股骨就让我疼得钻心。他自语说：肯定是了。

　　他们让我一动不动，然后用石臼捣碎了草药，又搬弄坛坛罐罐熬药汁。在小雪母亲悉心调弄药膏的时候，小雪和父亲在削制两片光滑的木板。一会儿药膏和木板都加到了腿上。忍受了初痛之后，是烈火烧灼般的感觉。这样有半个多钟头，烧灼感开始减弱。小雪父亲一会儿问我一遍，当我告诉变凉了时，他才舒出一口气。

　　除了敷药和上夹板，我还要喝两种药水：一种甘甜，一种苦得像胆汁。小雪负责把药水摆到我面前，并让我按时喝下。

　　他们说只要不发烧，也就没有大的危险。我躺在那张小床上，经受着煎熬。全身都像裹了夹板，不能翻身。胀疼阵阵泛起，连牙齿也在胀疼。我想用读书遏制这疼痛的催逼，可是毫无用处。小雪常常给我读书到深夜。她低缓的、始终如一的语气渐渐安慰了我。我重视这语气远远超过了内容。在许多时候，我完全忽略了她正在读什么、正传达一个什么故事、有趣或无趣。

　　我一个人时，想得最多的就是永立。想象他在那个时刻经历的比我多出十倍的苦痛和绝望。我此刻对他生出了双倍的钦敬。

　　小雪的父母说我很快会站起来，并且会像受伤前一模一样（他们错了。我没有很快站起；多年之后，我仍然有些微跛，在天气变坏时，它痛得很厉害；随着年龄的增长，就更是这样）。

　　在第五天上，我可以扶着东西走几步了。也就在这时，妈妈来了。我不知她是怎么过河的。她一进门就抱住了我，叫出了声音。而过去妈妈一直是默默流泪的。妈妈说回吧，可怜的孩子，回吧。

我多么需要妈妈，可我宁可待在这幢茅屋里。妈妈一遍又一遍感谢小雪一家，说他们先是救了她的男人，后又救了她的孩子。看着可怜的妈妈，我为她的弓背和白发难过。她衰老得真快。我从她的语气中听出，她已经对那个可恶的继父没有了怨恨。而我那时还远远不到原谅继父的时刻，大概直到最终也没有。

妈妈离开的第二天，小雪领来了她的老师。他轻手轻脚走到我的身边，唯恐惊吓了我。他握住我的手。一股清新的、无可比拟的力量流过来。我抓紧了老师的手。他说又读了好多，并越发坚信了原来的看法。我的耳畔奏起快乐的鸣响，幸福感使我紧闭双目。

妈妈很快领来了港上的人。他们先把我背过了河——从下游入海口那儿过河原来容易得很。河对岸停放着那辆破吉普车。在车上，妈妈不断提醒我，说是继父让车来接我的。我将信将疑。

回家后，继父还是原来的继父。他并没有因为我的伤痛而怜惜什么。院里的铁丝上又悬了新的动物毛皮。

太阳明显地变大了。院角的雪在冒白汽。我从窗上看几只麻雀啄食——有水滴从橡树上滴下，它们就像小鸡那样仰脖接水、咽下，抖着双翅。春天说来就来。

我自觉康复了，只是行路跛脚，走不快，老要发疼。我可不愿这个样子去学校，索性在家里待下来。

一天，继父和母亲都出门了，屋里很静。我把许久没有摸过的纸张取出，轻轻抚摸，感受它若有若无的芬芳。我听到了吱扭扭的声音，接着门被笨重地撞开。我第一眼就看到了搭在轮椅上那软软的两条腿。我跳起来，差点跌倒。永立，整个人瘦得这么厉害，脸都灰了。他肯定害了一场重病。他穿过一路泥泞，轮椅上、衣服上，到处溅满雪水。

他发现了我的跛腿，直眼盯着。他双唇翕动，但没说出什么。

大约二十多天没有见面，他变成了这样。焦枯的头发，无神的眼睛。两条腿开始萎缩，脚像假的一样。

我想把他抱到椅子上，他拒绝了。稍一停，他开始费力地去轮椅挎包里翻找什么。

那是一叠纸：大大小小，颜色不一。看得出这是他长时间积攒的。这是我所能得到的最好的礼物。一股滚烫的热流从心里流过。

我只是搂紧了他，什么也说不出。

第四部

1

在那个春天，城里的人都在议论 ~~波~~
~~肥瓜~~ 就 航言轻语，路 ~~搭~~ 上 坐着 修死的 ~~一个 的 车~~。

~~就~~ 风不大 说说，也不大 说话 ~~路~~ 边的人。常有
~~大人 ~~孩子~~~~ 混上走一段，~~ ~~

~~~~ 的
~~ 而又走 而走 妞妞。

那走了 ~~的~~ 她直 ~~耳~~ 顶，再挣扎着取姜 ~~波肥~~ 。
~~ ~~ 这顶多 过一个夏天，这 ~~肥~~ 就
又 ~~会波~~了。我 ~~ ~~ 的言火起 而又之美名啃 ~~~~
~~修~~ 而脖骨。

承走多半天 不吆一声，好子 ~~她~~，化有 ~~事节~~
却是不知话 这么 ~~事节~~。~~她 ~~ 没有了份 ~~型~~，~~~~

~~僾之 而~~ ~~~~。~~~~ ~~~~

90

第四部

1

在那个春天，城里的人都常常看到我跛着腿推着轮椅，轮椅上坐着一个伤残的少年。我们不太说话，也不太理睬路边的人。常有大人和孩子跟上走一段，他们更多的是好奇。

我尽可能挺直身躯，并掩饰着那条跛腿。医生说顶多过一个夏天这腿就不会跛了。我等着火热的夏天来炙烤损伤的胯骨。

永立多半天不吭一声。对于他，任何季节都是不能站立的季节。他没有了盼望，所以眼睛开始发僵。他的父母常常吵嘴，那是因为失去了耐心。只有他的母亲偶尔抱住他，呼叫和泣哭。这样只能更加使人绝望。

像我一样，永立不愿到学校去了。教室里推进一辆轮椅，怎么看怎么别扭。他想靠自学、学一点更有用的东西。他的父亲从西街口请了一位师傅，是修理钟表的。师傅上门那一天我正好也在。一大早门被撞响了，接着是永立父亲热情的招呼声。我往院里瞥了一眼，吓了一跳。

钟表师傅五十多岁，坐在一块木板上。木板上有四个小轮子，他一手握紧一把撑子，撑一下，木板就往前挪动一步。

"快些永立，师傅来了，叫师傅。"他父亲喊着。

我把永立推到院里。

永立一声不吭。木板上的师傅往上看着他，嘴唇动了动，像口渴一样咽一下。"你这孩子啊，嗯。不难学，不难学。"

永立母亲说："原先讲好让孩子去的，真是麻烦您了。"

永立回头看我。我握紧了他的手。

按照家里人的设想，永立应该退学了。他从现在起要学一门手艺。永立用力握住我的手，那手很凉。

这一次我努力镇定自己。很难忘记那个师傅带给我的惧怕。我不知怎样才能忘掉他。

从此每个星期永立都要去西街口找师傅三次。我有时陪他一起。大约是第二个星期，我推上他往前走，离街口还有十几米时，他突然推开了我的手。他自己驱动车轮，驶向另一个方向去了。

从那天起，他再也没有去找师傅。

他的父亲发火，大呼小叫，说现成的活路你不走，你是想饿死啊！接下去的话不忍听。我为永立哀痛。这痛感一泛起就刺我一下。这个粗鲁的男人，他和继父怎么都差不多呢。

那个坐在木板上的师傅又像上次那样进了小院。徒弟不辞而别令他懊恼，他不停地抱怨。一开始永立父母赔不是，后来师傅索要两个星期的"带徒费"，永立父亲就火了。

师傅挥动木撑子，转身走掉了。

这一切永立和我都隔着窗户看着。

两天后永立交给我一个小布包。那是一把硬币，是他在很长时间里一点一点攒下的。他让我交给那个师傅，一定交给。我答应了。

满海滩的洋槐花都开放了，无数蜂蝶在花间旋舞。我和永立把许多时间花在这儿。这是最愉快的日子。

天一点点变热了。海水一天比一天更蓝，闪出诱人的光色。从城里涌出一些肩扛小木筏和鱼杆、携着游泳衣的男女。他们从轮椅旁走过，一会儿就把我们甩开老远。

那个水泥平台西边是几公里长的白沙滩，往日正是我们最好的去处。可是这个夏天那里的人太多了。

我们不得不寻找僻静之地。

2

这个夏天，尽管我还没有办理退学手续，但实际上已经与那个学校没有什么关系了。他们都对我上学的事儿不闻不问了。经历了那次暴力之后，继父不再试图拘管我、改变我了。妈妈甚至把我那次受伤也多少看成了那次暴力的结果。她为一切担心，学业、身体，还有我的性格。她说："我得一直跟着你啊孩子，我要能走在你后边就好了。"

她过去从不接近这个话题。"走"字可不是一般的字。在这个城市里，许多年纪大的人才愿意说这个字。

我心里的沉重比前一年增多了。一年时间对于我真是了不起啊。在这漫长的三百多天里，我经历了一些要命的事儿。它们凝成一个硬块往下坠。妈妈的白发、弓下的背，还有脸上的皱纹……她越来越苦。这苦有一半是继父给她的，另一半则来自我。对那个人我没办法，对自己呢？

也没有办法。因为我不能完全听从妈妈的意愿。这令我痛苦神伤。我不能亲手解除妈妈的苦，使我难过了一辈子。

有人会说：呸，什么儿子啊。

是啊。不过在当年我又能怎么做。我这样做又怨谁呢。即便能重新活一遍，我又能怎么做。

每天除了没头没尾地趴在床上，再就是去河西、去推那辆轮椅。这就是当时的三件事，它一度缺一不可，充填了我的一切空间。它真是我从心里愿意做的。

永立不能没有我的陪伴，这再明白不过。可是有一天永立父亲不知为什么火起来，挑衅的眼睛斜着我：你这辈子也别走，陪吧，你不陪他谁陪他？

我被这粗声大喊吓得退开一步，慌得抓不住轮椅手柄。我推起永立逃出了小院。一路上我都在心里重复他那句话……他那样说的理由很清楚，因为我是那人的儿子。可是我从来也不是他的儿子啊，一天也不是。

我难过，轮椅上的人也在颤抖。他的脸苍白得没有一点血色，而嘴唇是黑紫的颜色。他惶惶的目光总在躲闪我。没有比他更纤弱、更容易受伤的人了。我真想抱住他痛哭一场。

在水泥平台上，我们照例停了一会儿。他看着西边沙滩上的人群，双眼一亮。他说：我们也去游泳，也去。我能一口气游几百米。

我害怕极了，因为他该知道这是不可能的。可是他在火辣辣的阳光下，汗水流了满脸，分不清是泪水还是汗水。我如何拒绝呢？

我们沿着海岸走，想找一个无人的地方。这样转了多半天，好不容易才停下来。这里有潮水涂上来的黑色草屑，所以没有人来。我把他抱下，但帮他脱衣服时被阻止了。他自己脱，脱得非常之快。我看着他赤裸的身体。他催促我快些，我就脱了。

　　我极力躲开他那软软的、变了颜色的下肢。那两只脚像是与他无关，我勒起他的身体，它就在下边悠动。他一入水就推开我，倔犟地昂着头。可是只一会儿他就撑不住了，一次次沉下去。我扑过去托起他，他仍要拒绝，两手在水中飞快划动，但只能坚持一小会儿，又要重新沉入水中。

　　整个下午都像是我在与他搏斗。他好像要一直向大海深远游去，而我不得不阻止他、托起他。他奋力划水、挣扎，一边推我。最后离岸实在太远了，太危险了。我觉得这种挣扎会把我们俩一块儿沉到海底。我猛力拽他了，拽得他啊啊大叫。海水呛进嘴里，他就伴着叫声吐出。他叫得吓人，那已经完全不是他的声音了。我就从来没听到这样的声音。可能当时我一遍遍劝说、哀求，也可能一句话也没说。反正记得除了挣扎，精疲力尽，就是他最后那一场放声痛哭。

　　那痛哭像嚎叫，压过了海浪。我在任何时候想起他那天的泣哭，都要毛发悚然。他面向落日，在红淋淋的海水中昂着头颅，大睁双眼嚎哭。那是我听到的最后一场痛哭。是放声大哭。

3

从海上回来永立就病了。他躺在床上，大汗淋漓，每翻一下身都要人帮助。他的母亲在身边侍候，后来我一直待在那儿，她就离开了。永立伏着，一连几个小时不睁眼，不吭声，旁边像没有任何人。

我说：病好之后，我们一起去河西。

他像没有听见，仍旧闭着眼睛。

我又说了一遍，对着他的耳朵。正这时他父亲领着一个提药箱的人来了。他把我推到一边，让我走开。

我回家了，牵挂却在增大。我睡不着吃不下，夜里一直坐在黑影里，像等待一个重要的消息。可是我又不能去他那里，因为他的父亲严厉地拒绝我。我也不知要发生什么。

我一直想着病好之后我们一块儿去河西。这对永立很重要，我们三个在一起很重要。我强烈思念那幢棕色茅屋，这么久了，我没有到那儿去了。因为我觉得现在一刻也不能离开这座城市。

深夜听着码头上传来的汽笛声，总有一种奇特的感觉。好像它在催促我。多么急促的声音啊。我决定明天就去找永立。

醒来后听见隔壁有人说话。一个女人的声音，她和妈妈在说。大概她要走了，妈妈正挽留她。是永立母亲。我跑过去。

她说：你起来了，你自己看看吧。这都是永立给你的，他非让我马上送来不可。

我没怎么在意她的话，只急着问永立的病。

她说：全好了，全好了，能自己出门了。

这时我才发现妈妈两手捧着一个粗布包裹。永立母亲走了，妈妈送她出门。她手里还捧着包裹，有些不知所措。

我接过沉沉的东西，解开，原来是几本书。书下边是一个纸壳夹本，是我喜欢过的那个。打开夹本，心立刻加快了跳动：一叠纸，大大小小颜色不一，全是没有用过的。妈妈，妈妈！我喊着，把这非同寻常的礼物向她一一展示。没有一点声音。抬起头，这才发现妈妈正望着礼物发怔。她头上的白发像雪一样压在额上。我害怕了，但说不出为什么。

妈妈说：你去看看永立吧。要亲眼看到他再回来。我的好孩子，快走吧。

我听出这声音格外地沉和冷。这声音与我往日听到的声音不大相同。我几乎再未思考什么，抬腿就往门外跑去。

那个低矮的小门永远关着。我重重地敲，什么都不怕不顾了。他的父亲开了门，一见是我又立刻要关门。我却死死揪住他的手。他恶声恶气，但手却松了。我冲进院里，想从窗户上看到永立。没有，屋里也没有，轮椅也不在。

我又跑起来。

我想到了海岸、游泳场和水泥平台。到处都没有。太阳升起了很高，海边的人多起来。那辆轮椅该在阳光下闪亮啊，到处都没有。我似乎看到了它的辙印，可是又分不清是哪一天印上的。

从海岸踏上丛林小路，从未有过的沮丧。我倚在一棵橡树上喘息。大把的橡叶无端地垂落，扫疼了我。我用力想他可能去的地方。妈妈说这次"必须亲眼见到他才能回家"，是的，我一定要找到你。我离开你了，真蠢，而且胆怯。可能还有无用的自尊。你父亲一呵斥我就离开了。真蠢。

丛林中，往昔里印上我们脚印的地方，全一一寻觅。我发现了一些新的辙印，心怦怦跳。可怜的永立，他在一天的时间里竟然跑了这么多的路。

一条辙印弯弯曲曲通向河边。顺着这辙印追赶，直到滔滔河水跟前。这儿的辙印又深又乱，可以想出他在这儿多么费力才让轮椅折回。

整整一个上午我都在发疯一般寻找。除了丛林、海岸，我还往返了几次他家。

到处都没有。

4

那是怎样的一天！事后我想，我大概再也没有力气经历那样的一天了。我身上的一大部分活力就在那短短的一段时间里倾尽和丧失了。那天之后我就改变了许多，一个角落的温热在消退，变得发凉、发木。我经历了这一天就不再容易激动了，而且多年没有眼泪。眼泪是一种奇怪的液体，来自神秘的泉，说干涸就干涸。后来，当悲伤让我觉得泪水盈满时，双眼却还是焦干的。

那天直到中午仍未找到永立，于是有了不祥的预感。后来我发现妈妈和继父一起出现在大街上，吓了一跳。因为这是他们第一次一块儿走路。那个满脸胡须的高大男人身边就是驼背的、又瘦又小的妈妈。妈妈比继父年轻许多，这会儿看上去却正好相反。他们一起从大街上往南拐，我一眼就看出他们是去那个小院。

我追上妈妈。她用乞求的声音说：别跟上了，这会儿就回家去吧——别出来，就在家等我。

（我许久都不敢回忆妈妈当时的样子。因为离得近，我看清了她脸上的肌肉在抽搐，费了好劲儿还控制不住全身的颤抖。她说话也非常吃力，像是站在冰凉刺骨的风中。）

那时我因为害怕，几乎来不及想什么就往家走去。

回到家里我才发现错了，我根本待不下。肯定发生了足够大的事情。

我往外跑去，这次不再犹疑，直接跑向港口围墙西面，跑向那个水泥平台。我一拐过围墙就知道晚了。那里被堵得水泄不通。往常沙岸上散着的游泳者全聚过来。

潮水一般的骚动淹没了哭叫。我费力挤进去，一眼看到了大声哭叫的永立母亲。旁边，是蒙了白布的一副门板，一辆湿漉漉的轮椅。

永立是下午两点左右被游泳的人发现的，接着很快被打捞上来。那辆轮椅打捞得很费劲，是港上的潜水工人弄上来的。

那一天的后半截我已没有了记忆，双耳鸣响，脑海里一片模糊。我记不起当时干了什么、我在哪里，也记不得继父与另一个男人待在哪里，他们在干什么。许多人事后都捶着手：多么可惜，太可惜了。那个孩子把轮椅摇到水泥平台上，一不小心掉了下去。这孩子真不幸。

只有我自己认定：永立是故意那样的。他和轮椅一块儿下去，做最后一次"跳水"。这之后他就不想回这个城市了。

这不幸的人等于是被继父杀死的。

那个罪孽深重的人不知是惧怕还是别的原因，出事后一连许多天没有回家。妈妈不再为他焦急，只是听到风吹院门才抬头看一眼。他没有回，十多天过去，仍然没有回。也许只有这个祸首死了，才能多少弥补从天而降的灾难。

这哀痛能把活着的人杀个半死。妈妈那时半天一动不动坐在身边。风声、树叶的抖动声，都要让她观望。妈妈守着我。才仅仅几天，她整个人缩了蔫了，她一站起来我就能看得出。

这是个什么夏天哪，这个夏天夺走了我的哥哥。我一闭眼就是那天在海里游泳的情景：两条不听指挥的、软软的腿。徒劳的挣扎、汗水和泪水涂抹的脸。受伤野狼般的长嗥。完了，这里什么都完了。

继父又出现了。他从何而来，没有人问。他像经历了漫长的饥饿和跋涉，人憔悴了，胡须又乱又长，沾满草屑。我发现，他不是骑那辆破摩托回来的——从这一天开始，他一直在大街上徒步来去。

陪伴我的只有永立遗赠的礼物了。几本书、一叠纸，如同他的面容。我又记起很早以前从河西回来时他送我的那叠纸。我把它们写满了。而这些纸，我会一直保存下来。

我差不多一直在床上。什么也不能做，不能在纸上写。只要一出院门，我就看到大街上满是辙印。纵横的辙印让我看得天旋地转，不得不飞快回家。那天我实在忍不住了，连妈妈也劝我去河西，我就鼓足了勇气。我发现城郊的树林格外稠密和阴暗，到处都响着轮椅的辚辚声，鸟鸣与海潮都无法压过它。结果我又一次失望地返回。

这样一直挨到秋天，片片落叶在地上越积越厚，覆盖了一切痕迹，我才敢走上街头。秋叶之后是大块的雪朵，这个冬天哪，这个只剩了我一个人的冬天哪，要来就快些来吧。

去阳沿陵以东同。

刮了我而来。我惊喜中又有些慌乱，因为这是第一次。她也说更定自也于我不知到。

她说 ⬛ 之亲扶她 ⬛ 送过了河， ⬛ 就返回了。

她理来自己都会生火走玩， ⬛ 言了让我走 ⬛ 。她对我这么久走到河以东到 ⬛ 很奇， ⬛ 是他这两在生活了种种。好了许久又凉又冷，你俩她走 ⬛ 一甲色 ⬛ 走忘了这里。 ⬛ 对小雪说话像呵至一样，不停芳芳：凉了，好孩子"。她扭小雪走抚了足以让惜心 ⬛ 折打她、走进她。都苦改古好三手边，小雪满红石脸上皆若一层 ⬛ 以纤珠。她 ⬛ 也好意思地 ⬛ 瞥我一眼。

山东文学（20×15=300）　　第 195 页

5

妈妈说：到底是过了一个夏天，你的腿不跛了。不跛了？不跛了。可是我觉得一切都像过去一样，走和跑的时候，右胯那儿像被扭住了一样。别人也说我跛得不太明显了。

可是这有什么重要的。

我已不太关心自己的腿了。我差不多什么都不关心了。这种心情在后来的日子也出现过，但像那个夏天和秋天那样，似乎没有。

我在这种心情下写着，好像一如既往，其实真正旁若无人了。我可以不必偷偷摸摸，而是自顾自地写下去。我能够半天时间伏在床上，一口气写光一大叠纸。所有的纸，只要能写字的，都被我写个精光。我再不去那个"纸豪"处偷纸了，而是尽自己的力量搜索。除了旧日历、废书空隙、沾了油污的点心纸，还设法到港上捡来粗布一样的包装纸。这个时期是我写得最多的日子。

我不再回避继父了。这种勇气是那个悲愤至极的夏天给的，是永立给的。他敢最后一跳，我有什么不敢的。那段躲躲藏藏的日子该过去了，这是真的。我将不客气地面对这个世界上的一切；既然这个世界对我不客气，对妈妈不客气，对梦中那个瘦削的男人不客气，那就请便吧。

幸好那个膀大腰圆的家伙没再招惹我。我等着他来撕纸，等着他来。我会用牙齿、拳头，甚至用笔尖去戳他的脸和手。忍受已经太漫长，无谓地漫长。永立也许在地下呼唤我报仇呢。

继父仿佛对我视而不见。他变得没有多少话，就是与妈妈也不爱说话了。那种霹雳一般的怒喝突然消失。他仍然打猎、喝酒，但不太打扰别人。可是一种阴冷的、说不出的危险充斥了这个家。这是我从妈妈深陷的眼窝上看出的。

妈妈的头发全白了。她的眼睛仍像过去一样美丽、温煦，可是如今被无数皱纹缠累了。她的眼睛一定受不住了，我发现她总是搓眼睛，用力地搓。我焦急中去捉她的手，她就挡开我。妈妈的手第一次这么生硬地推挡我。

我不记得多长时间没去河西了。那条河一天到晚流着。通往河西的那条路与最大的欢乐、最大的痛苦连在了一起。我觉得任何时候走上丛林小路，被一个坐在轮椅上的人拦住，那是不足为怪的。他一直在目送我，看着我的身影消失在太阳沉落的方向。

小雪忍不住了。她突然来了城里，曲曲折折找到了我们家。我惊喜中又有些慌乱，因为这是第一次。她的到来完全出乎我的预料。她说父亲把她送过了河。

她携来自己新写出的东西，留下让我看。她对我这么久未去河西感到惊奇，觉得这简直是不可能的。妈妈对小雪又疼又怜，仿佛她是走了一千里来到了这里。妈妈对小雪说话像呵气一样，不停发出："孩子，好孩子"。她把小雪当成了更小的娃娃，拍打她、亲近她。我发现在妈妈身边，小雪濡红的脸上冒着一层细密的汗珠。她不好意思地瞥我一眼。

继父并没有粗暴地对待我的客人，而且还低声与她说了几句。

全家人都回避了永立的死。我们都用亲切和热情掩去了什么。而这个消息小雪有权知道。她终究要问那个朋友。那多可怕。

妈妈说秋天、冬天，说其他事情，说码头上的船，唯独不说那个夏天。小雪沉默安然，像以往一样。可是反衬着她的恬静，妈妈就显得絮叨了。我心里对妈妈充满了同情。

后来小雪单独与我待在一起。她极想看看我新写的东西。我来不及藏下，可又害怕她看。那上面就不止一次写到可怕的夏天。那上面泪水太多，哀痛太多。我摇摇头，把它们收起。她这次惊讶地看我一眼。

她掏出自己的一叠纸，像过去一样，对着灯光缓缓地读起来。整个夜晚只有这声音。它熟悉极了。多久没有听到这声音了？像溪水，最优美的溪水。

我的双眼焦干。可是我感觉泪水在涌出、流淌，我擦擦眼睛，它是焦干的。这溪流突然就停止了。

她的目光在问：永立呢？这里应该有他啊！这儿的夜晚应该有他啊！

我回答不出。

6

在冬与秋的接缝处，这个城市总要刮一场大风。无情的风想毁坏一切，说不定就让谁、让什么遭个灾。

记载中大风拔去了电线杆、让大树倒下砸死了人，还有海中的船翻了，人死了，无踪了，都是常事。

今年的这场大风刮了两天，仍未停歇。它吹得墙都响，墙响与树响电线响不一样，墙响很钝，像锤子打出来的。大风天里只要墙一响，灾祸就近了。灾祸落定之后风才能逝去。一场大风无非就是要选中几个不幸的人，无非是这样。

但我做梦也想不到今年的风会选中我们家。

起风第三天早上，妈妈觉得天似乎好了一点，就出门去了。她刚走到街口，就被一阵风刮倒了。她爬起来，又倒下，后来索性就不起了，直到过路的工人把她背回家里。这是目击者告诉的。

妈妈被人背回来时，头上脸上都是湿漉漉的树叶，是草屑，衣服有几处也撕碎了。她在向我微笑、点头。她轻轻躺下。港上的人见她在笑，就觉得没事了，回去了。临走时他们说：很怪啊，那会儿大风基本上过去了，当时街上的风不大嘛。

早晨的风的确不大，那不过是一场大风的末尾。

可是妈妈却像经受了致命的损伤。她全身没有一点力气，躺下就不起了。只从这不大的风把她刮倒之后，她就再也没有起来一次。她在世上站立的时间到了，结束了，以后该是躺下休息了。

那天由于她的微笑，没有人把问题看得多严重。继父过来看了看，大概也以为没事，哼了一声就去上班了。他比过去更像个上班的样子，有时甚至穿上工作服。

屋里只剩下我和妈妈了。我不眨眼地看妈妈的微笑。妈妈不说话。后来我才知道，她只有微笑的力气了。微笑可能是所有表达中最省力的了，妈妈只剩下了这点力气。妈妈的笑源于心田，顺着眼睛流进了我的心田。这微笑所含的甘甜只有我来品咂。这是最后的赠予，但我当时还不知道。

我只是觉得妈妈脸色蜡黄，又开始苍白。她整个人像是失去了所有的血液和水分，轻得不可想象。当我把妈妈双手托起、让她躺在褥垫上时，觉得她真轻。而且在短短的几分钟里，我觉得她身上正有什么致命的东西分秒不停地离去。我从未如此地害怕和惊慌过，再未犹豫，背上妈妈就往医院跑。

妈妈大概没有力量反对了，闭着眼睛。妈妈的身体轻得奇怪。

医院的人有不少熟悉妈妈。几年前她为那个不幸的永立来去奔波，有时在医院守候很长时间。这些她从未对人说起。他们迅速为妈妈做了检查，没发现任何创伤。可是他们还是开始了抢救。

这是一间忙碌的、无声无息的病房。医生与护士小声地、有时仅仅用眼神示意。是妈妈安详平静的面容统领和规定了这种气氛。他们让我离开一下，可是妈妈的目光挽留了我。我们再不要分开了，我们不能分开了。

后来他们又让我去喊继父，我没有动。我们不能分开了。我觉得这是不眨眼看着母亲的时刻。

入夜，妈妈在病房睡着了。她终于睡着了。我大睁眼睛看着妈妈。她的白发一绺绺飘到脸上，睫毛垂了。她平静得像没有了呼吸。

一天过去了，继父才得知我们母子的去处。他听医院里的人讲了什么，眉头紧锁，不停地搓手。不长的时间，港长以及他身边的鹰眼都来了。医生不得不请他们走开，到另一间屋去。我本来也在被驱赶之列，但那时妈妈睡着了，握住了我的两根手指。医生看了看，留下了我。

室内重新安静下来。护士在桌上摆了一束鲜花。妈妈睁开眼，微笑着。她还是不能说话。此刻她想听我说吗？我不知该说什么，一句也说不出。我失去了用语言安慰妈妈的能力，眼睛也一直是焦干的。妈妈的手抬了抬，没有抬起。我伏在床沿，妈妈的手搭在了我的头发上。这手抚摸头发、额头，又按眼睛、鼻子、嘴唇、下巴。

就在这个夜晚，我失去了妈妈。

当时只有我一个人在她身边。

7

这座一夜之间变得陈旧不堪的城市,对于我,它等于没有了。什么都没有了。很多年前妈妈携我来此;而今妈妈舍下了它。它与我不再有什么关系了。这么短的时间内失去了妈妈,还有永立,天底下哪有这样的狠心之地。

那个在床上躺了三天的继父摇摇晃晃走过来,像要与我说句什么。我的目光锁住了他的嘴。他看不出我在想什么。我已成为一个勇敢可怕的人了。因为我现在一无所有。以前从某本书上读到:一无所有的人什么也不怕。

我一连多少天在海滩丛林里游荡。我在焦干的荒草中回想往事,试着做出一个决定。我在这座城市把什么都丢了:朋友、妈妈、学校。一个人的少年时期还有什么比这三样更为重要?再丢下去,那就肯定是、也只能是我自己的生命了。

我看着摇动的树梢,心里连连惊呼:老天,就是这要命的、每年秋末都要来临的无形无色的怪物,夺去了妈妈。

妈妈是在风中倒下的。可是没有这风呢?

她多想走在我的后面。她最放心不下的就是我了。明天她看不见,她要一直盯着我往前走。妈妈实在累了,她从远方走来,走到这座陌生的、每年都要狂风大作的城市。来这儿之前就险些倒下,她是扶住了什么才挺起来的。那个梦中出现的瘦削男子,我认定的生父,牵引了她的灵魂。他倒下时肯定扯了她一下。她没有摔倒可真是万幸(继父当年帮了她吗?我惊惧地想到了继父!)。她知道,她可不能"走"啊。

妈妈坚持着,再也忍不住;风来了她就倒下了,随它去了。可怜的妈妈,她是万不得已才抛下了我。

地上焦干的芜草、破碎的落叶和枝条，把白沙和往昔印痕遮个严实。一个季节结束了，另一个却要从头开始。老橡树的圆球果在脚下滚动，让人想象成凝固的眼睛。这片在风中抖动的丛林，不知如何是好。它的前方是一条河，后面则是这座城市。

我在丛林中待到黄昏。仿佛就因为我的缘故，林中几乎没有了鸟雀归巢的吵叫。风息了，太阳一点点红大、沉重。太阳叹息的声音我也听到了。它在为我叹息。这声音像铅一样，把世界坠下去了。

我在草地徘徊时听到了远处有人走动。这不是一般的走动，它似乎故意放得轻轻，但我还是听到了。一个粗大的身影在左前方闪了一下；再次寻找，却什么都没有了。

我敢肯定，我看到了他——我的继父。我的心强力跳动了两下，不知是恐惧还是其他。那一瞥之间就看出他不是来这儿打猎的。当然不是打猎。他不会在这样的日子出来打猎，那样枪会走火。

我没有想他来这儿干什么、什么时候进了林子。只是后来才想：这片林子当时没有任何值得他牵挂的东西。这个铁石心肠、差不多是亲手毁掉了永立和妈妈的人，在那个黄昏却令人费解地窜到林子里。这事让我难忘。

如果他还有一丝仁慈和愧疚之心，他就该随别人而去。他才不会这样。他大概还要打发更多的人上路，只把自己留下。

天漆黑我才回到城里。家里没有灯。那个人坐在黑影里吸烟喝酒。辛辣的烟酒气，永远厌恶的气味，弥漫了黑夜。他听到我迈进院门就咳嗽，连咳几声。我早听到了，恶心。

我直接到自己的屋子。后来听到拖拖拉拉的脚步声在外面响了好久。风又起了，风声终于让我的双眼烫疼。我摸摸眼睛，它还是焦干的。心里的呻吟把我逼得无法支持，紧倚在那个老式柜子上。我们一起发抖。

乌黑的夜晚，什么都看不见。无法睡去，所以也无法做梦。连梦也没有的夜晚，叫人怎么挨下去。

妈妈在时，有风的夜晚总要点一盏灯。妈妈没有了，谁也无心拨起一点光亮。

8

对我来说，紧接而来的这个冬天是一生最冷的季节。我像被生硬地剥去了所有衣衫，赤条条地推到了冰天雪地。这个冬天没有冻死，大概就再也不会死于寒冷了。我只需提防在炽热和狂欢中倒下——许久之后，我竟然成了一个禁不住福音的人。我后来甚至演变得惧怕美好消息，这消息只要是关于我的，只要是极好的，就总是让我战栗。相反我倒不怕噩耗，并且越来越不怕。好像我生来就在等待它们，它们已成了我的老友。

这个冬天我常踯躅在茫雪中，一直出城，走向海滩。回首望着静止的轮船，觉得整个城市都冰封了，航船既不能靠岸，也不能启碇。我在雪地接收到了苍老的讯号。在别人眼里我那时还是个十几岁的孩子，可这只是徒有其表。老迈和暮年的讯号从那个冬天的茫茫深处传来，真的被我收下了。我压抑着惊叹，望着挂满白朵的树梢。

千树万树都沉沉负载了。往前走，不知不觉就到了冰河跟前。瓦亮的冰板、从雪粉中偶露的黑色堤岸，都让我痴痴张望。现在过河是多么简单啊，一抬腿就行了，一会儿就可以看到那幢茅屋了。嫣红的炭火、欢笑的狗，还有她、他们。

但我终未过河。一次次走来，又一次次返回。我不知小雪纤小的身影是否也曾蹀到对岸？我希望从雪地上发现确定无疑的脚印。寒风袭来，搅起一股雪尘，我就蹲下。我知道风能让人倒地不起。我提防它，不是因为怕它，而是因为还有许多事情，因为还有一场忙碌。

这就是我，一个过早接受了苍老讯号的人。衰老的秘密我比别人知道得早。衰老其实总要先发出一个讯号。这种讯号谁都能接收，不同之处是有人又早又敏感，而有人接受起来就迟钝了。于是后者往往是一路坦途的、有福的人。

不过他们啊，童年这一段可过得太长了。

我想在春天来临时再去河西。现在还得咬住牙关。全靠自己了。没人问我饥渴寒暖，我在一两个月的时间里已变得皮包骨头，头发脏乱，快要披到了肩头（妈妈在时会心痛的。只有她会心痛）。

夜里饥饿逼上来，我就用思念抵挡一阵。我无法忘记那些伴我终生的欢乐。想一切的细节：小雪甜甜低缓的声音，沉默下垂的眼睫，还有她的老师——那个瘦瘦的中年人。他的美好预言像金属击打出的铮铮之音，清亮悦人。这是午夜里让人流泪的声音。我多想奔到他们身边。

可是有什么阻碍了我。是无头无尾无边无际的沮丧，是愁苦和伤痛，是死亡的绝望。我无法逃出，哪怕是一天、一刻。

但我的心已从这死寂的午夜逃离。我回到了我的原来。我甚至怀疑妈妈也去了那个遥远之地。

失眠的夜晚，他在黑洞洞的地方不停地走动，庞大的躯体碾压着地板，发出闷声。我知道他就在离我屋门不远的地方来回折腾。这在过去是从未有过的事儿，他这回可能要疯癫。

如果真有那一天，也是个报应。反正报应落到他头上并不过分。我应该赶快逃开。

一天晚上，我正听着紊乱沉重的脚步，突然又是轰隆一响。天花板上有碎屑被震落。我出了一身冷汗，坐起来，紧靠着那只木柜子。脚步声消失了很久我才开了门，发现走廊里躺倒了两只木箱。这肯定是他不小心碰倒的。一只箱子下压住了他的烟斗。慌乱中他来不及拣起烟斗就逃开了。他也有怯懦。我这之前从不知道他还有。

我就在这个夜晚做出了一个决定：离开这座城市，这个家。

9

做出了那个影响一生的决定之后，身上好受多了。没有尽头的失眠之夜，也在那一刻结束。我仰躺着睡着了，直睡到太阳升起。醒来第一件事就是细细打算，携走至为重要的东西：每一片纸、每一个字。

我那时就懂得，其他都是不太重要的。

那一箱书真舍不得，但也只能挑出几本，剩下的给她——小雪。

我知道今后的日子还需要许多许多纸，它可能远比食物还要难觅。我在这儿搜寻了所有地方,连小小的纸头都未放过。只有这时我才又一次想过了"纸豪",但最后我忍住了。

永立生前对我的宝贵馈赠——一叠纸和几本书——将伴我一生。

最后几天,一场大雪围困了整座城市。大街上一连几天不能行驶汽车,全城都动员出来除雪。继父这一次与以往不同,他总算离开了那张宽大的床,出门加入了扫雪的人群。

这使我有机会在房子各处走一走,细细地印上告别的目光。

在妈妈的屋里,我长久地依偎床前。妈妈的气息让我难以支持。我又一次想起两年前那个胖老师的预言:我的未来一片漆黑。漆黑中失去了妈妈的手,就永远地失去了。我要随处寻找了,去没有妈妈的世界。这铺天盖地的大雪啊,在妈妈生前我从未害怕过。可是今天我什么都怕,怕风、怕埋葬一切的白粉。

从妈妈屋里出来,我又去了他那间散发着火药味的屋子。这儿出奇地寒冷。这使我突然明白,为什么这张宽大的床上总是堆满了被子和军大衣。我掀开被子,盯住叠叠相挨的纸。它们五颜六色,依旧放着炫目光泽。我的手按在上面,感受那种特异的滑润和暖意。

这天下午,我告别了这座城市。

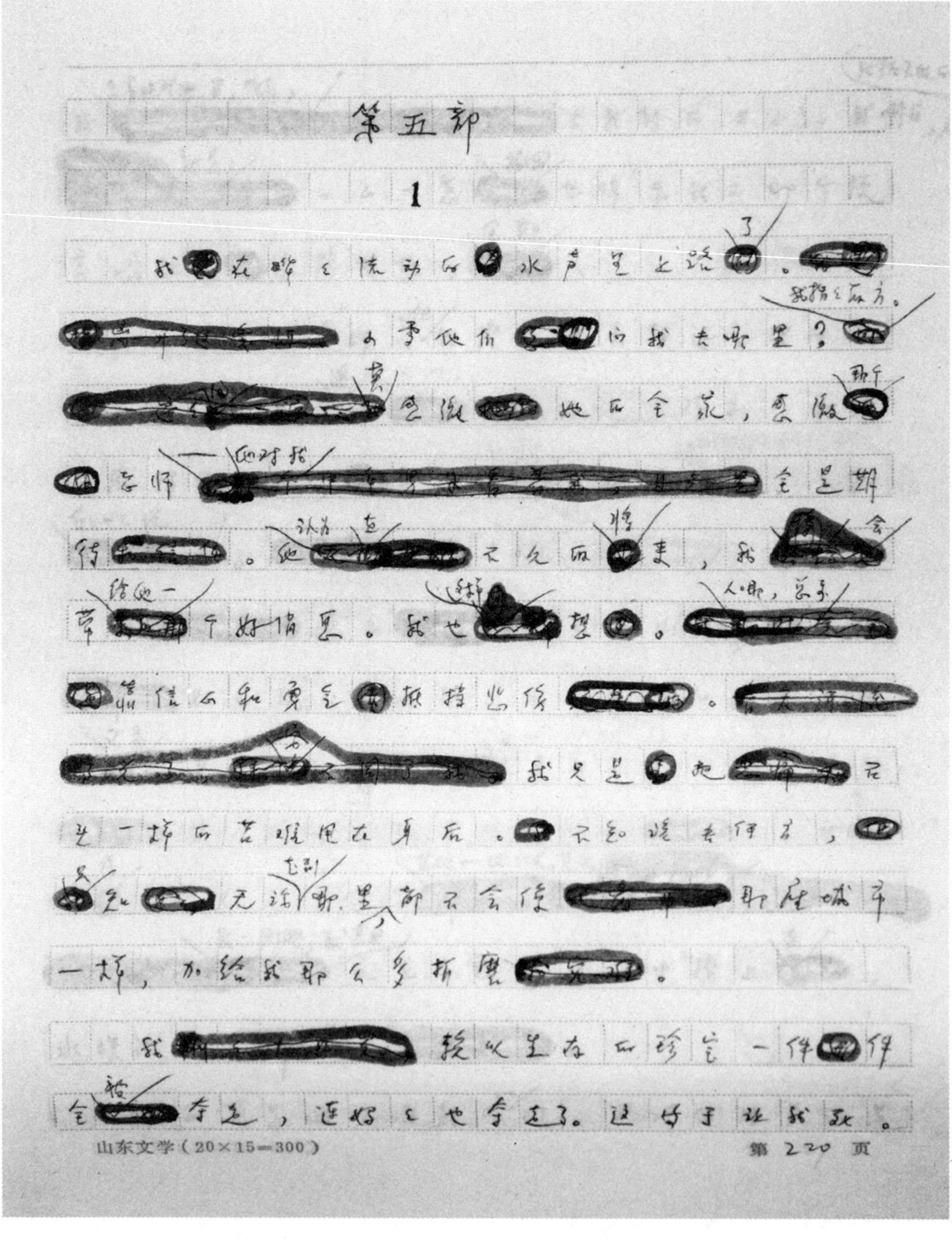
第五部
1
我在哗哗流动的水声里上路了。
山东文学（20×15=300）
第 220 页

第五部

1

我在哗哗流动的水声里上路。小雪他们问我去哪里？我指指前方。感激她的全家，感激她的老师——他对我那么多的期待。他认为我在不久的将来会带给他一个好消息。我也这样想。人哪，总要靠信心和勇气抵挡悲伤，总要把石头一样的苦难甩在身后。

我明白，我今后要做的就是一心一意找回老师那个预言。它让我忘掉其他，忘掉全部。

这条河离我越来越远。我对小雪一家说：我会返回。他们说：孩子，那边亲戚待你不好，就家来。哪有亲戚，可我没说什么，只点点头。

淡淡的山影啊，记得妈妈就从那儿扯上我的手，把我牵走。一切又要从头开始了。从今以后啊，等着瞧吧。我要忘掉那个继父，还有其他——可我一闭眼就看见永立的轮椅从水中捞上来，水珠淋漓。

我们真是难分难解的一对，无论他活着还是死去。他这辈子都在我前边拨着轮椅，我追赶，追上替他推。

受伤的右胯骨终于没有饶我。天一冷它就疼，半夜里哭喊尖叫，把我吵醒。别人听不到它的抱怨，只有我。我知道今后老得照料它了。

一路回想小雪，回想她为妈妈和永立流下的无数泪水。她对爸爸妈妈说：从今以后，楷明就在家里了。多么感激。真能这样多好。可我还要离开。远处有人呼唤——我了这声音我能听得见，只有我能听得见。

我从未将隐隐的呼唤告诉别人，哪怕是最亲近的人。无论何时，只要那呼唤在耳畔一响，我就得上路。所以我这一辈子不辞而别的时候很多，并一再引起别人的反感。对谁解释呢。

作为一个孤儿今后也就随便了。我可以自由来去，无牵无挂，对一切不理不睬。这需要有个决心，我会在长时间里试验这决心。从那个可怕之地跑出来，一迈步也就远了，千里万里都是它了。

我这一路上想了许多人。除了我生来认识的亲人和朋友，还想了外祖母。这是一个近在眼前的慈爱老人，她正日夜关心我。想过她，又想其他曾决定了我命运的亲人。他们都提前许多年消逝在黑夜里了。不过我知道自己身上有他们给的东西，比如性格。他们各自交出一点，也就形成了我现在的性格。给我最多的当然是生父，所以他让我梦牵魂绕。

所有亲人都在夜色里走远了。我恍惚觉得他们都在他乡流浪。无数人谈过了流浪之苦，只没说流浪的幸福。我的亲人生前受尽了苦楚，如今苦尽甘来，开始无拘无束的漫游了。我从现在也学他们了。

妈妈加入了他们的队伍，还有永立；再想想，大概还有小雪老师所崇敬的那位老人。

总之所有不幸的人、不快活的人，后半截路上都能自由自在地漫游了。这是他们用自己的苦痛换来的，不易呢。谁要羡慕他们，那就先受尽苦楚好了。

2

我身上除了几本书、那一捆写满了字的滚烫烫的纸、各种各样的纸，几乎再没有什么了。一点零用钱、食物和衣服，都是小雪一家送我的。我离家时竟然没有想到还要吃饭穿衣……最初的饥饿难以忍受时，我就掏出笔来一阵猛写。饥饿使我搜肠刮肚地思索，那种绞拧疼痛的感觉让我狠力抓住了笔，使劲划下去。划破的纸张让我难受，我把它抚平、贴在身上。

河汊边上有一座土屋，我跟跟跄跄进院，一眼就看到了妈妈的背影。我脱口大喊一声，她转过脸来。不是妈妈。可是她的年纪和妈妈差不多，一脸的温厚。"好孩儿家来吧，好孩儿。"她像唤鸟一样，两手按在窗棂上小心地叫。

老人招待我吃了第一顿饭。是糠窝窝，掺了很多米粉，很甜。这甜味让我记了许多年。后来只要吃到最好的甜食，总觉得它们泛出当年糠窝的甜味。

老人问我进山里干什么？我不假思索地喊一声：找父亲！可是这喊声只响在心里。老人不等我回答就抹起了眼睛，原来她在等自己的儿子。他比我要大，正在南边更高的山里干活呢，一个月回来一次。

老人忙忙碌碌，回转身时开始了自问自答。她说这是个什么年头啊？离开家的年头啊。这是个什么年头啊？人变哑巴的年头啊。这是个什么年头啊？哑巴说话的年头啊……她该不会把我当成了哑巴吧。我后来一直记着她那些自言自语，并把它们写在了纸上。

入夜后老人让我上炕，接着在炕洞里填上一捆柴火。初春天多冷，火噜噜响。她把大襟衣服揪一揪裹上双腿，又把一条补了又补的花毯子搭在我的下身。她自语时就摇晃一对膝盖，眼望着窗外的夜色。

入睡前，她为我剪了散乱的头发。那是我蓄了好久的芜发，它们实在太乱太脏了，我没有心情去修剪它们。这之前小雪母亲也试着为我剪过，被我拒绝了。那时看一眼这头发，就知道我是个身遭不幸的人。老人眼神不好，那把剪刀也有些锈，结果一下剪破了头皮，血哗哗流下来她才发现。她叫起来，找棉花，擦，血止住了。奇怪的是我并不觉得有什么痛。

老人剪破了我的头，一个人在昏暗的灯影下哭。哭了一会儿，又下去烧香了。土屋中间有一个木几，上边有个香炉。

这一夜我睡得真好。睡前我想起了继父，想起了他留在黑屋中的沉重脚步声。如今他一个人在那里走动了，那几间大屋子、屋前的院子、各种花草、大橡子树，全归他一个人了。我知道他不愿失去妈妈，甚至也不愿失去我——可是我们偏偏都要失去。我们对他也有点狠了。不得不狠，不得不丢掉善良，因为他就不善良。

我醒得比老人晚。她在扫那个小土院。那是永远也扫不净的土院。她熬起了糊糊。我为她抱柴、挑水，她说：哦哟好孩儿，好孩儿。

太阳升起来了，百鸟欢鸣的山路在等着我，身上又有了力气，该上路了。我背起包裹前仔细看了看睡过的这座大炕，这才发现炕壁上贴了一些纸：旧报纸、发黄的糊窗纸。有的纸干裂了，掀起了半角。我当时心里毫无犹疑，几乎什么也没有想，伸手就揭那两张发黄的纸片，迅速把它们装进了包里。可是我马上看到撕过纸的地方露出了泥墙，这才后悔。

可能我刚开始撕纸那会儿老人就站在身后。她怎么也不解。她看我的眼神多么奇怪。那是我最尴尬的时刻。我难以解释自己对纸的喜爱，还有这次不假思索的偷窃。我真想惩罚那只左手，因为是它伸出去撕了纸。

在我出神的时候，老人才看到我背起的包裹。她一遍遍挽留，又往我兜里塞进了几个糠窝。我闭上了眼睛，每逢泪水涌动的感觉泛来，我就这样。实际上它仍旧干干的。我干涸的泪泉啊。

她的手抚摸我的头发，那被她修剪过的头发。后来这手停止了，她走了。只一会儿她就取来了一叠纸——我马上听到了纸页相摩的挲挲声，立刻睁开眼睛。老人手里是五六张焦黄的马粪纸。它们是不能用来写字的，可是它们仍然让我心里涌过一阵烫感。我的双手已经牢牢地抓住了它。

老人又自问自答起来。她说这是个什么年头啊？离开家的年头啊；这是个什么年头啊？有家难回的年头啊。一边说一边扯着、扑打着我的衣襟。我再忍不住，倚进了老人怀里。这一会儿她一动不动。后来她瘦弱的身子摇晃起来。老人在哭。

我说：老妈妈，我走过这儿还要来看您，老妈妈！

我心里这样想了，但不知是否完整地说出来过。我只看到老人慌慌地退开一步，说：

"啊哟好孩儿，好孩儿不是哑巴……"

3

我站在高处，望着阳光下闪动变幻的那一片春天的雾霭，就觉得这茫茫一片无一不是我的去处。我想当年和妈妈就是从这里走出去的。

一道山连着一道山，山间有平坦的河川地，那里有丛丛树木，有十几幢或一整片房屋。我走得又累又渴，但渐渐远离了绝望。从吃上那位老妈妈的糠窝开始，我就明白了自己再饿不死，远远近近的山水都会养活我。而这之前我带着多大的悲观。

蹲在一条清清小溪旁饮水，看着黑色脊背的小鱼从眼前窜过，幸福感让人不可遏制。有时我直想叫出来。太阳升得再高一些，后背晒暖了，风息了，我就倚着一棵大树找出纸和笔。我写了些什么啊，很多怀念，默想，午夜里对那位老妈妈说不出的感激。我有时一口气就能写满几张纸。我的笔一发而不可收，最后才发现我消耗的纸太多了。我尽可能把它写得小而又小，并写在纸的两面。

春天在山里大声喧哗了。柳树芽像小小毛虫，它们骚动了我的快乐。我学山里人那样吃新鲜的柳芽、吃刚长成不久的荠菜。整整一条大川里的人都在这个春天认识了我，他们开始咧嘴笑了。我木木的神色他们也习惯了，都知道我是一个无家可归的、不愿说话的、非常怪异的少年。但他们无意中发现了我会写一手好字，就惊讶得大张嘴巴，接着一传十十传百。

我帮助一个村的老会计抄账。这是由一个年长的人应允了的。刚开始我被人领到田里搬柴火、捡卵石，再后来那个年长的人发现了我在不停地写——那时我住在一个光棍汉家，老头子夜间来拉呱，光棍汉向他报告了。他略有严厉地向我索要刚写成的字纸看，却拿倒了。这使我知道他根本不识字。

第二天，年长的人领来了一个双眼鼓鼓的中年人，他是小学校的先生。先生在油灯下检查了所有字纸，一边看一边不停地喷鼻子。我已经不太紧张了，因为我并不以为这儿有谁会看得懂这些。我压下了委屈和愤怒，因为不想让他们把我赶走。那个先生看了一会儿，挠挠头咕哝："谁知道呢，反正不碍事——大概是'作文'。"年长的人"哦哦"两声，笑眯眯地看我了。

就这样，他把我领给了会计。

光棍汉叫"大兴"，是个终日不吭一声的人。我喜欢这样的性格，愿和他一块儿沉默。他不会妨碍我想事情。是的，我是进山想事情的。我想过了许多许多，往事，往事的往事，有的甚至是从未发生的事，那大概就是"未来"了。有时想得直想流泪。流不下。

光棍汉把我写字这事儿报告了年长的人，曾使我气愤。我要搬走，他就伸出双手拦住我。他并不坏，他只是看到我不停地写，害怕。

他家里空空荡荡，几乎什么也没有。我注意到，无论是什么纸，他家里一点都不见。大山深处的人，身边往往没有一块纸头。他们不卷旱烟，因为没有纸，抽烟一律使用烟斗。光棍汉养了一头猪，非常喜欢，仅有的几句话也跟它说。我来这儿之前，他让猪睡在家里。

村里有许多光棍汉。他们有的年纪很大了，人非常老实。他们见了生人愿意躲起来，尽可能少说话——当时不明白，后来年纪大了，才知道这是没有爱情的结果。他们很愿帮助人，他们把一般人用在爱情上的热烈心情，全拿出来帮助了别人。

有一次我被几个比我大的青年无端地欺辱，最早站出来帮我的就是几个光棍汉。他们不说什么，走到那几个年轻人跟前，一下把他们掀个趔趄。我心里充满了感激。那时我并不怕，我会在必要时舍命一搏。我想念妈妈，日夜想念。所以我不怕欺辱。狠狠地打击那些欺辱者，就等于为妈妈申冤了（我相信善良的人，无论因为什么原因死去，肯定都有冤）。

春末，大兴家的猪越来越大，屠宰场要来收购了。大兴躺在炕上再不起来。年长的人来劝说，一声声劝说，他只是不吭。他几天不吃不喝，闭着眼。年长的人对我说：看看吧，每养一头猪他都得这样。

山里人一年的花销全靠一头猪了。我更知道大兴没有办法使自己不难过，就像没有办法使自己不贫穷、不做光棍汉一样。

来这儿的人多起来了。不少人笑嘻嘻地嚷，说看看吧，又这样了，大兴又装死了。也有人木着脸，像大兴一样悲哀。有一个人不停地哭，在大兴身边伏着。这人就是那天帮我掀倒欺辱者的光棍汉之一。他长长的脸，有些歪，眼睛也不太正。他下唇比上唇长出许多，哭的时候，下唇就不停地抖。

我觉得所有的村里人，唯有这两个光棍汉像孩子。我爱孩子，爱所有像孩子一样的人。

猪最终送到了屠宰场。像过去一样，大兴病了。那个陪他哭过的光棍汉也陪他病了。他叫"歪歪"。

大兴初愈之后的一个晚上，歪歪来玩，突然对我发出邀请："你能跟我去去？"

这声音小得像蚊虫，还带着十二分的羞涩。

我点了点头。

4

歪歪住在小村边角上的一个小屋中。这小屋其实更像草棚，两间，是秫秸做的，抹了泥。自从我随他走进小屋的那一刻，他就不能抑制地抖动起来。他的下巴、肩膀，到处都抖。他摸摸索索找火柴，点上如豆的小灯。乡间都是这种灯，灯苗越小越省油。他在灯下坐了，用黑蓝色的被子把下身围住，一声不吭抵抗寒冷。而我一点也感不到冷意，因为这个季节不冷。他的牙齿磕碰着，说了一句："这一围遭儿，就我一个了。"

我不明白，听下去。

他伸出瘦长的手摸摸脖子、喉结，咽着，"就我一个和你一样的人。"

我有些慌，因为我实在看不出他哪里与我一样。这个结论让我心寒，尽管我对他充满了同情。我看着他，极力想看出秘密。

"我也写啊，不停手啊——这点上咱俩一样……我是识字的人，我夜晚、下雨天，都这样写。我原以为这儿是自己一个人干呢，后来大兴告诉我——"他火辣辣的双眼盯住我，再也不抖了。

一股热流涌到脸上。我因为完全没有预料，有些懵。大山里有人——是他，在不停地写，这是想也不敢想的事情。我觉得燥热，站起。他也把盖在下身的被子一下掀掉。我又坐下。

歪歪弓着腰去黑影里翻腾了一会儿，抱出一个匣子。匣子上挂着一把极小的锁，他在用挖耳勺那么大的钥匙开启。匣子推到灯下，还是看不清。他从里面捏起一叠。我看出那是大大小小的纸片。我没等他应允就接过来，发现它们很沉。我展开，见有的是纸，有的是厚纸板，而有的是从什么包装箱上撕下来的旧皮革之类，还有的竟是粉白的树皮。所有这些都经仔细修剪，弄成整齐的正方形或长方形，四周还划了笔直的边缘线。它的精细、一丝不苟，都达到了出奇的完美。我那一刻真是呆了，大气也不敢出。

接下去……的叫了 ⊘ 这是……足以……⊘

——说虽竟定会听见喀了。那……音

n声彻底改变了，……。

……听他……了这……逼近的读书声。

……低沉。……注释入了无限的深情，声调忽上忽

下，像一柔和缓……。……语时，那种"绝……"

一直挂在脸上。

……渐之浸入了……美好的声音里。我无法叙

说……去假……姑娘，还有现在出的姿态。

他对他……记下他……是纯朴率直的爱国情：儿时

在工……一场雨……，一只狗的死、大了爱了小

狗、长辈人对他的一次叮嘱……话也许差。而

长者的话无法替代他的真味和意思。他的口气、

姑娘，与我完全不同。他喜欢用语言叹词，而

……词，有许多字实上生会没有，……是……用他

他在一旁咕哝："我从不给人。"

我端在脸前，急于读出它的内容。这几乎是不可能的。因为它既是简繁体混在一起，又有怪异的自创体。更可怕的是他自己临时造出了许多字。这一瞬间我就明白了，他基本上还处于语法不通的阶段。正在为难，他不由分说从我手中取走了，说我读你听吧，你只管听吧。

接下去发生的事儿真是不可思议——他一读我竟完全听得懂了。那嗓音几乎彻底改变了，变得无比甜美。我极少听过歪歪这样甜美的读书声。低缓的读念揉入了无限的深情，音调起起伏伏，像一条小溪或山路。读时，那张"纸片"一直挡在脸前。

我渐渐沉入了美好的声音里。我无法叙说感激的心情，还有说不出的羡慕。他写的、记下的，都是很平常的山里事情：几年前下的一场雨雪、一只狗的死、大马生了小驹、长辈人对他的一次叮嘱……诸如此类。可是它们有着无法替代的意味和意思。他的口气、心情，与我完全不同。他那么喜欢用语气叹词，而这些词，有许多字典上完全没有，也只有用他自己的符号来记了。我一直闭着眼睛，当这声音终止时，我才睁开眼——我立刻大吃一惊。

歪歪的腮上、嘴角边，都挂满了大滴的泪珠。

他已经没法读下去，不得不停下来擦眼睛。

令我震惊的是，他写出的几乎很少悲痛难忍的故事。他原来是这么容易动情的一个人。这又使我想起了他伏在大兴身边哭的情景。我呼吸都变得轻轻的。

如豆的小灯熄了。他沮丧地说一句："没有油了。"

接着我们完全待在黑影里了。他像是哀求我把写的东西拿来，他要听。

他说从来看不太懂别人写下的什么，但能听。在这之前他好像还有过一二次类似的经历——"这多么不易啊，多么不易啊，人哪，人活着就得写呀，写个不停呀。可是到哪儿找这样的人去。没有，到处没有。那是哪一年了？听说几十里外，山的那一边有个'口子镇'，镇上有个叫'疙娃'的会写。那一次就赶了去，整整一夜没睡。我读，他听；然后又换过来。哎呀，好啊，好啊。我常常不见了影儿，我是去会'疙娃'了啊……"

我牢牢记住了那个名字。

这一夜离去，出门时一仰脸看到了新亮的星星，一颗一颗。我想我会再来这儿的，也会取来我写那些。

这像我所经历的最美好、最难忘的夜晚了。我也不知多久没有这样的夜晚了——这只有河西，只有小雪的茅屋中度过的日子才可以相比。多么幸福。我原来是为此而来啊。我来了，见到大山里的朋友了……

5

因为有歪歪，我大大推迟了离去的日子。我想在将来，即便离这儿十分遥远，我也会返回来看望他的。

那些夜晚我经常去歪歪的小屋。他听我读，听我同样低缓的声音。可是这声音没有他那样令人感动。他倾听时，长长的下唇颤个不休，像是很惊讶。他有时听不懂，就抱住头绝望地呻吟起来。他咕哝："我多么没有文化。"他狠劲砸自己的头。可这时最难受的倒是我。因为我心里完全清楚，这是我的缘故：这些纠缠难分的意思啊，只有我才能跟住它。我这自语和叹息、这压在心底的呼叫，当年曾把我的双唇磨出了水泡、眼睛缠上了红丝、脸上抹满了阴云。

有时歪歪听得清晰，就浑身大动，摇摇晃晃站起，伏在窗前。他在低低嗥叫：你啊，你如今哪，你该来听啊，你啊你啊，你冤枉了我。我想你，我不去。我想你，就不去。我得想过来才行……

我明白了，他这会儿不断重复的"你"是远在口子镇的"疙娃"。我停止了，抬头看他。我把早日憋在心中的请求吐出来：我要去找"疙娃"，不管多么远的路，都要带我去见那个"写个不停的人"。

歪歪像个刺猬一样缩向屋角，很快球了起来。他细长的个子，球起后竟如此之小。他急剧摆手：啊不，不，我不。为什么？我与那人吵架了。

他胆怯、羞涩，这模样是我从未见过的。我想了解他与那个"疙娃"的奇怪争吵、他低低的、狼嗥似的呼唤。可是我不会问他的。我只是火烧火燎地想见那个人，那个藏在大山另一道褶缝中的人。我不知道他的年龄、他的故事，只知道他与我、与小雪、与眼前的歪歪一样：写个不停。对害了这种毛病的人不能问"为什么"，正像不能问一个人出生和活着"为什么"一样。

这个夜晚歪歪无心读也无心听了。灯盏里只有可怜巴巴的一点油。剩下的时间他一直站在窗前。我内心对他充满了同情。我想在大山里的两个人，两个相似的人，不知为什么分开了。而他们之间一定充满了友谊，至今相互吸引。可是他们要分开。

我的食物没有太充裕的时候，好像这一辈子，只有妈妈在的那些年和后来极短的几年中，不必为吃食发愁。有时没有可吃的东西，有时是无心调制。

这可能也是后来身体急剧恶化的原因之一。

在山里，我只要挣来吃食，也就不急着找事做了。有时随别人做上一个季度，分一点红，买些零零碎碎的东西。我除了鞋子，穿的总是很省。我在乡间的一些小零售店里偶尔发现一些纸，就不失时机地买下一大张，又裁成小三十二开存起。我对朋友相赠的最好礼物就是纸，我给了歪歪十张浅黄色的纸，他不住声地感谢（二十余年后，我为了表达对一个异性的好感，曾把自己最喜欢的一沓纸赠给了她。她收下后大概也不甚了了）。

为了去寻找"疙娃"，我的挎包里特意装了三个黑面锅饼、十张纸。没有带水，因为山里随时可以找到甜溪。按照歪歪的指点，我不顾一切地独自上路。我没法不尽快见到这样的人，我的这种好奇简直保持了一生。我几乎对所有"写个不停"的人都抱有好奇心。我关心他们，因为我知道这是怎么一回事，知道这一切都源于童年或少年时期。

翻过三道山梁，从高处看到一片灰乎乎的房屋。它也像我所见到的所有山村一样，挤在了一片河川地上。稀稀落落的树木，树梢上缠了雾气。这儿藏了那样一个人呢。

越是接近它，越是泛着探险般的快乐。我好像从某个说不清的时刻起，变得大胆泼辣起来了。我对与我差不多的一种人变得那么好奇。那样一个人，你啊，永远藏不住呢。有人来打扰你了，是个焦渴的人，一个由于太多的话语堵塞了口腔、常常像哑巴一样的人。你如果厌弃，他就走开。

我的冷漠啊，这一生差不多人人都说我冷漠。可是我的热情啊，最终也没有几个人知道。

6

疙娃住在一间厢房里，个子矮小，非常容易激动，爱好没有目标地宣讲。他见了我，没有惊讶也没有挑剔。只是他一见面不久，就开始了宣讲。

在疙娃这儿，仿佛不停地写只是第二位的事情。主要是讲，讲得疲惫了再坐下写。如果没有疲惫，他就无法坐下来。他的性子太急，好动，在屋里乱走。他在镇上一间作坊里干活，那儿实行三班制，他干足了八小时，回来睡很少的觉，接着就是讲和写。他读了不少书，而且能够背诵。

他的拥有让人嫉妒：一沓又一沓整整齐齐的红纸。后来我才知道，这是那个作坊的包装纸。但这些纸在我看来好极了，像丝绸一样润滑，而且有一种粉香，像木槿花那样的香气。他的屋子很暗，白天也要点上灯，因为他不愿开启那个糊了厚纸的小窗。

我相信这是人一辈子所能遇到的最晦涩的朋友。他写出的这些字绝对无法读懂，真正是前言不搭后语。看着他在屋内走动、大声宣讲的情形，很快就会明白他有多么激动。一般人绝不会有这么多的激动、坚持这么多年。我无法不钦敬他，他一下就吸引了我。

在闪跳的长长灯苗下，他那张生满了粉刺的疙疙瘩瘩的脸太严肃了。看不出年龄，他特别苍老又特别年轻。他告诉我：他做过鞋匠、老师、吹鼓手和泥瓦匠……他说自己从刚学会走路就开始了写字。没有几个行当能让他做得长久，不是别人不喜欢他，而是他自己厌倦了："我觉得不新鲜了。"他叹息一声，突然睁大了猫一样的眼睛看我。

但他从不询问别人，也不问来由与身世，他相信人能走到一起，都是必然的。"友谊这东西，像节节草一样，有宿根呀。"他这样概括。

我唯独能忍受他制造的喧哗，一直在倾听。白天就在喧哗中度过，夜晚来临才双双安静。他走入了疲惫，坐下，倚在一摞被子上读起了自己写的东西。令我奇怪的是，他、歪歪、小雪，还有我自己，我们相互有多么不同，可是我们读的时候却是同样低缓的声音。这声音像在抚摸夜色里的什么，让人感到幸福。我想，当我处于最困难的时刻，我一定要请人在一旁这样读，以帮我战胜困厄（实际上我后来真的这样做了，每每奏效）。

他读时，比我亲自看要好懂。这又与歪歪一样。我闭上眼睛倾听，让柔细体贴的语调牵上我。这就能走出迷谷。我听懂了，他又是一个善良多情的人。他非常多情，他太多情了。我听到这儿，一下睁开了眼睛。

他满脸红涨，已经被自己写下的字进一步激发，不能支持了。他身上抖得很厉害，但继续读下去。

天哪，他拥有如此之多的情，他该是个"情豪"了。

你这"情豪"啊，我真喜欢你。

这个夜晚他像过去那样，不再睡觉了。他从被子下找出一大沓写满了字的纸，摊满整整一面大炕。我的手指到哪儿，他就读到哪儿。纸堆里有一团布，我展开一看，原来是一块写满了字的土布。他马上提着这块土布念起来，原来是最为动人的一篇。他在写全镇最令人崇敬的一位大娘，他与她的友谊、她的死亡。他只读了一半就哭了。

这样直到东方发白。他的嘴唇有些发紫。

随着太阳的升起他进一步激动。面对着窗户，他又开始说个不停。真正的饥饿来临了，他弯腰到灶上寻东西吃。我急忙把挎包里剩下的一半锅饼给他。

他咀嚼得很细，细细地品味。

第二夜我开始读。他只听了一小会儿，就伸出双手抓住了我，用力地抓，仿佛要把我提离地面。我用力往下坠，他才松开了我。我接着读。他的头颅拱在两膝间，一动不动。我以为他睡着了，就停止了。谁知他马上指着我喝道：快读。

我渐渐沉浸到自己的声音里了。这是无头无尾的叙说，是截取了长河的一段。我像沉醉在盛夏散发着糕饼气的麦浪里，随它波动摇晃。我这时是无法停息的。

他紧紧捉住了我的手，生硬地打断了我，语气急促："你啊，你别走了，你为什么就不能在这儿住下？你啊，你知道你是什么人啊，你肯定不知道。我，哦哦我，我从来没有听到……这样的人。我，哦哦我！"

我抬头看着他额上的横纹，突然记起了什么。我发问：你听说过"作家"吗？

他茫然摇头：没听说，从来没听说。

我察觉这是个多余的话题。接下去他又一次恳求我留下，以便天天切磋、天天写读。这正是我所热望的，但我却有些害怕，说不出的害怕。

我住在了厢房里。靠大炕的边角，我铺开自己的被窝。他做夜班时白天回来。可是他几乎从不休息，不是宣讲、背书，就是缓缓地念。

我觉得我要病了。我必须离去了。临走，我给他留下了十张纸和一张字条，告诉他：过一段，我必要回来。

7

　　早晨，常常是天色未明我就在想：十多年来我何曾有过如此艰辛的跋涉、又何曾有过如此的欢欣。真正的欢欣，谁也不能赠予的欢欣，里里外外的欢欣。夜里饿得辗转反侧，可还是欢欣。常回想这些人：旅途上的人，山里的人。那个最初给我一叠马粪纸和几个糠窝的老妈妈，还有歪歪、疙娃、大兴……他们身上都凝聚着我所不解的欢乐。这浓稠得化也化不开，该让小雪来分享（你还在那个茅屋里吗？让人想念牵挂……）。

　　我多次生出回返的念头，又多次抑下。我还未找到什么。我要找什么？我问自己，问冥冥中的妈妈。我清楚地看到了妈妈那双大眼睛。我问妈妈，妈妈只说好孩子，你的路还长着呢。

　　就这样，我后来的几十年中，有时像找，有时像逃。我只有遏制想念，无边无际和形形色色的想念。我把它们装在心中。我试着给小雪写过几封长长的信。可能由于住地不固定，所以从未收到她的回信（只是在很久以后，在我终于又重新见到她的那一天，我才知道她从来就没有收到我一个字。为什么？不知道。发生什么事都不该吃惊。世上的事儿就是这样，我已经习惯了）。

　　我有时会搞到一点钱，那都是拼命做活挣来的。我把它们派了极好的、必然的用场。我曾准备积一点钱送给那个土屋里的老妈妈，可是终未能成。我只有很少一点钱，而且总是很快花掉。

　　在深夜，我得用力去忘掉一个人。因为那个码头旁的水泥平台，丛林中抖动的树叶，那辆轮椅拨动的辚辚声，轮椅从海中捞上时挂满了水珠——这一切像梦一样说来就来。

冬天的山路、石头房子、冰凉的炕，还有打雷似的山风，让人十几年后回想起来还怕。大雪旋在弯路上有几尺厚，人陷进去要爬半天。夜里右胯骨又痛了，又发出折磨人的声音了（它终于给我留下麻烦，而且随着年纪的增大，麻烦也在变大。最麻烦的时候，有人喊我"拐子"）。

这期间我还是不停地写。与那些前前后后遇到的写手们不同，我心里装着小雪老师的那个预言。一想起它我就肃然起敬。它像我自己的秘密似的，像心里的炭火。我不断在心中温习那个让小雪老师终生崇敬的老人的形象，在梦中抚摸老人青筋凸露的大手。这手操劳了一生，却没有养活他。老人死了，小雪老师难受得离开了城市。人总是特别难过才离开，我也是。

只有安静的、不太冷的冬夜，我才会想起继父：一个沉重的身躯在那间空荡荡的屋子里活动，嘡一声倒下。多沉重的身体啊。

这期间我多次变动住处，但从没忘记去找歪歪和疙娃。那些夜晚的读与写，是我们抵挡孤单和寒冷的良方。我后来发现，他们的屋子恰是大山里最冷的地方，只不过早被我们忽略了。他们都忘了备下更多的烧柴，因为他们自己发热——我无意中触到了他们的身体，发觉极热。他们常在大冷天里出汗。

除了他们，后来我还找到了新的朋友。这或是巧遇，或是相互引见，或是其他说不清的缘故。反正屈指算来，我十几年里竟结识了许多许多人。

我从山地走入南部平原，并穿越了几座不大的城市——它们有的比我又憎又爱的那个港城还要小。我几乎做过各种各样的苦工。我被骗过，还遇到过几个邪怪的人。那些城市的曲折小巷、窄街，坐在闷热石头上的男人，嬉皮笑脸地看着过路的青年。那时我认为自己已经长大，算个青年了；我很厌恶那些动不动就套近乎、伸手摸来摸去的男人。有一次我甚至动手打了一个

情无缘故。父亲在█屋指算未，竟结识了这么多人。██████████████████████████████

　　我从山坡上人厂新车厂，并牵连了几座了大小城市——自从██我又惊又爱心那█陵哪运京小。我几乎跑过去都会荒工。████████████我找碎过，█去遇到█几个█那怪怪人。████那些城市而地新的巷、宽路█，██业走倒垫█自己上的男人，█走丝惟他吾慈过路的赤子。████████那时我认为自己已长大了，算█了赤子了；我张庭磊那全动不动就耍起手、仲手捏走捏去而█人。有一次我甚至动手打了一个这█我太比人的耳走。我双惟爱，尽光████，怎███劝不过去欺厚。我打了他，他也没有丝毫反抗。

　　█████████大地上么█████宽路。████人

远比我大的人的耳光。我双脚皲裂，怒火中烧，怎忍得下这种欺辱。我打了他，他也没有什么反抗。

我在接近人心的奥秘。比如人怎样热爱了写作，不停地划下一些痕迹。他们只是为写而写，并不希求什么，不为荣誉，更不为金钱。有人病得快死了，还是要抓起笔。有人胖得虚喘，大热天上气不接下气，还是要写。有一个老人七十多岁了，还在写厚厚的大书，而他只是一个住在穷乡僻壤里的无名老人。男的、女的，老人、小孩，只要染上了这样的"毛病"，就再也不会痊愈。

写是快乐的，有时也累，直到把人累死——我就看到过累死的人。还有人直写到媳妇逃跑，兄弟翻脸，父亲把他赶出家门，长辈用棍子狠打……

8

我总是不知不觉地走近他们。有时是无意中听人说起，而有时纯粹是巧遇。仿佛这些人是一些特别者，他们靠一种无测的电波、磁场和气息来互为吸引。真的，他们之间真像有一条秘密通道。

比如说那一次疙娃在大声宣讲时，无意间说了句："这多么像她呀，这多么像'大胖'啊！"我就知道了一个叫"大胖"的姑娘。不过我真正结识她时，已是两年以后的事了。

大胖住在一个与口子镇差不多的地方。当时她有十八九岁，比我大。主要是个子大，很胖。她的父亲在外地做工，只有她和母亲在家。这是我那些年所遇到的最富裕的人家。她们都特别喜欢新鲜的外地人，有时不分青红皂白。有一年一个不干净的流浪汉在她们家吃饱喝足，半夜又偷走了一个大包裹。不过她们从不后悔。她们的一句口头禅就是：远道来的是客。

我也是一个流浪汉，但我绝不会做让她们吃惊的事。我是为心中的热望而来，只惦念着她在怎样写、不停地写。

她的母亲跟我叫"孩子"，说："你这孩子！"她说自己至为遗憾的就是没生一个男孩。她动我的手、头发，大胖在一旁微笑。她真胖，肩膀又厚又圆，大大的脸盘上有大大的眼睛。她穿了花衣服，很红的花，漂亮到炫目。她看我一眼低下头，又看一眼。"头发多么黑啊，是最黑的头发了。"她看着妈妈动我的头发就说。她妈妈说："大胖喜欢你。别人，她才不夸。"

夜晚她关了门写。她写了一夜，一边写一边哭，第二天眼睛肿了。她妈妈说："她就这样，不哭不能写。"我以为那一定是在写很悲痛的事，谁知后来看了才知道，她不过是记叙我的到来、她们全家的欢迎、她自己的愉快心情，等等。

她是我遇到的唯一一个边写边哭的人。

但是她写得好懂而且动人。我明白了，她正被自己时时刻刻所感动，所以就不停地哭。她有那么多珍贵的眼泪，而我就没有。她写的东西让我看得入迷，作为回报，我把自己写的给她。她于是看了一些很不愉快的、与自己平时所写的大不相同的故事——这都是我不由自主间写出来的——可是她看着看着笑了。她反而笑。

她妈妈说：大胖从小就愿意写，老师鼓励她，她就更加起劲。后来镇上办了个"写作学习班"，她就去了，认识了许多人。打那儿起，她每个"学习班"都去，"如今又快了，"她妈妈问："你去不去？"

我赶紧摇头。我惊讶的是还有这种"学习班"。我马上想到了我逃离那所学校、那个胖老师……我只不愿离开，因为这儿非常温暖，炕的四周还贴了花纸。每一餐饭都那么丰盛，有芋头、山药，有时还有鱼，有白饼。夜里，大胖的妈妈就坐在我的身边。她一动不动地坐一会儿再走开。有一两次她摸了我的头发，还撩开被子，捏了捏我的脚趾。我真想哭。我想起了妈妈。

　　由于大胖参加"学习班"去了，我才不得不走开。

　　直到过了一年多，我再一次路过这个镇子时，才迈进这个门。令我吃惊的是大胖没有了，她结婚了。她妈妈告诉：女婿是一个做报纸的，他喜欢写字的人，见了她就说，走。

　　她的话让我一直不忘。多么简单哪，"走"，就领走了。这是我常常感到费解的事情。这费解，在我后来长大了，特别需要爱情的时候，就不断地琢磨起来。

　　我再见到大胖就难了。但后来还是见到了她。她比过去胖了一倍，但也更加好看。她只是笑。我觉得她十分幸福地过了一年。她把新写出的一沓纸交给我，我读了却大失所望。我问：现在还是一边写一边哭吗？她摇头，说他不让这样，他说这样"不利"。

　　这次见大胖有两大收获：一是她赠给我二十多张方格稿纸——这是我第一次见到这样形式的、极其精美的纸；二是她告诉我一个讯息，说在离这儿很远的一个小村里，有一个七十多岁的老人，正在写三本厚厚的大书，叫"三部曲"。

　　这也是我生来第一次听说，书也可以叫成"曲"。

9

认识那位老人原来是如此重要的一件事。这在以后竟引起了我生活中的重大改变。当然这是后来，是五六年以后的事儿了。

老人住在靠河的一个小村子里。村里识字人不少，但识字最多的还是这位老人，所以村里人习惯叫他"先生"。关于先生的传说很多，大多是有关识字方面的。传说某某大干部路过此地，傲横不可一世，而村里招待他吃饭时，让作陪的先生用一个字难住了——那是先生手蘸茶水写在桌子上的，碗口那么大。那个大官脸色由红变黄，直看得大汗淋漓。当年躬逢其盛的已没剩下几个了，只是言传得有鼻子有眼。还传说先生家里有一块方砖大小的老字典，他能将其倒背如流。

先生原来只是村里的会计，后来年纪渐大，脾气也大了。有一年春天，是个早晨，先生从炕上爬起，对老伴吵一句：我要写书。从这天起他就伏在一张大红漆方桌上写个不停了，日积月累，如今已有厚厚的几大摞，用红绳捆了。

所有人都对先生的突发行为感到震惊，但却没有一个人怀疑他会成功。村里人认为他眼下做的是大事，也是轻而易举的事。另有人指出先生是受了某下放的城里人影响，说那人在城里编过书。更多的人不以为然，说那个人识的字比先生少多了。

我带着惊惧的心情叩门。迎接我的是一位和善的白须老人。他七十五岁了，十分健康，一辈子都生活在小河边。他的书就以这条小河的变迁为线索，如同记账那样，从懂事起直记到现在；而且还要往下记。他捧出三大摞，让我看得喉头发烫。这书是写在账本上的，所以不用装订，整齐如一。

一连几天我都在看。好懂。那是事无巨细的记录，偶有老人的议论。议论的语气就像平时说话，而且态度明确，直率，比如："这样不行。""我不同意。"再如："我又不怕你。"我特别喜欢这些议论。

先生的一笔一画，写得显然规整好看，是钢笔繁体字。有许多字写得并不规范，而他说这样写才是"真正对的"。他认为现在的国家哪里都好，就是在写字上不打长谱，"把字都写坏了呀！"他痛心疾首地叹息。

与别人不同的是，他一直对我的来历问得很细。这使我不安。我的不言不语反而激发了他的更大好奇。我把自己说成一个专门寻友的学生。这是我第一次在迫不得已的编造。我很难过。

我把很少几张字纸交给老人。他却洗了手，戴上老花镜，沏一杯茶，细细看来。我一声不吭等待。突然他猛地一拍膝盖，我身上一震。但他头也不抬，继续看下去。

"真乃奇文也！"

老人摘下眼镜，揉着眼睛高声赞曰。他泛光的眼神看着我。我得说，我那种巨大的兴奋和快感是极少出现过的。我的脸如烙铁般烫。我期待着老人再说下去。

但他马上颓丧地低下头："不过，实打实地说吧，孩子，我也看不明白哩。再说你的字头太小太小……"

我心中的热度开始降下来了。但我的呼吸还是发紧。

先生捋着长须话起当年："这人世间就是有些个人才呀！那一年上来了个城里青年，黑框眼镜，斯斯文文。他下放了，身上有罪过。我偏敬重。他好诗文，好诗文。这会儿又回省城了。你这些书让他看看，准懂。我跟你说，你的书得经他了……"

我从未认为这些纸片是"书"。但我很长时间都记住了他的建议。后来他大笔一挥写了一封信，让我直接去省城找那个人。

这就是拜访先生的全部经过（他的信在我身上揣了许多年，直到派上用场的那一天——当然这已是很久很久以后的事了）。

第六部

1

144

第六部

1

大概因为怀中揣了老人那封信的缘故，我正自觉不自觉地走向西部——省城的方向。我看过地图，那儿离这片常年徘徊的山地非常遥远。它被我想象成一个拥挤的、街巷繁密如同蜂巢蛛网的地方。我对他多少有些恐惧，可是老人的指引，还有小雪老师的预言，都在催促我。我像一个巨石夹缝中的游鱼，又扁又小，来回游动。

我不得不说，在我生命的头二十五年的后半截，是养活自己最困难的日子。我不得不从一个村庄到另一个村庄，从一个城市到另一个城市。而我每挨近了城市都小心谨慎，不得不住在城郊。除非为了买书要飞快地进一次城，其余时间总是绕行。我对它的恐惧和厌恶是从小养成的——只要逃出城去就会获得一次欢乐。那是铭心刻骨的欢乐啊。现在我不得不向省城跋涉了，但这更像是一次小心谨慎的迂回。

我在前生好像匆匆走过这条路。因为我偶尔驻足，就会发现似曾相识的景物。我在心里胆怯地告诉自己：这儿我从前来过呀。

可是叫不出该地名称，也不知接下去还要经历什么、走向哪里。我发现额上生出胡须了，还有凸起的喉结、变粗的嗓音。身体这些变化伴随着许多思念催逼我。我不愿屈服，不能甘心，一路上没完没了地回想和设问：怎样走下去？最后又要怎样？如果"后来"是明确的，那么眼前就应该与其连接。这条长路啊，我既要找事情做，又要接受陌生人的盘问和纠缠。在忍受误解和委屈之时，我真想奋力一纵，把阻碍我的一切都撞穿、撞个粉碎。

路上常有人让我证明自己是个清白无害的流浪汉，甚至不止一次掠去那些心爱的纸片。我每逢这时就软下来，软得可怜，为了讨回我的珍爱。

就这样往前走，很慢，很曲折。说不定什么时候遇到一个栖身之地，也说不定什么时候就遇到一个奇迹。我的歇息之地啊、我的驿站啊。

2

我旅途上最喜欢的一件事就是"赶集"。只要遇到熙熙攘攘的人流，那就一定是逢上了集日。集日是无测的，除非你是一个当地人。由于村镇街区的规模不一，集日间隔的时间也不一，所以过路的外地人总会突兀地遇到热闹非凡的集市。有时前一天从村头的大沙河滩上路过，满眼还是焦干的河沙，第二天再过河滩，已摆满了各种货物、人声鼎沸了。那个海港城市里永远也没有这么诱人的集市。而在我的经验中，乡村远野的集市远远胜过大小城市的集市。

集市像迷宫一样，要想看到它的全貌而不迷路，就先得找到入口。从入口进，顺着它的延伸、分岔、回环和汇拢，悠悠荡荡地走，或推推搡搡地走。与陌生的男女老少一起不轻不重地挤，十分快乐。这时很少有人发火。大家都是出来散心的，不全是为了买卖（人心就是这样，需要按时出来散）。

我串过了无数集市，渐渐得知了它的奥妙。无论走到哪个集市，我可以不出一点差错地尽快找到想去的地摊。有一些物品和一些人物，是专门出现在特定地方的。这些都没有规定，但却有个大致的约定，各地都一样。比如粮食市，一般和布匹市相挨；而铁匠的开炉摊子，也必定是离卖棉花糖的不远——那儿大半是集市尽头。最难找的是卖零星杂物的摊子，因为它们往往分属于不同的地段、归在不同的物品大类中。比如老鼠药和铁夹、萝卜擦板、蒜臼子、小铁哨子和鸡眼刀、挖耳勺之类，要买非得串个半天、挤个满头是汗不可。它们有，只不过藏在不为人知的某个角落。

一般的集市所没有的场景，就是"野台戏"和"斗争会"。这两种场景都需要更多的人在一块儿才行，因为要搞一台戏、一个批斗会总是颇费功夫，使费也大，所以非得大集市不行。野台戏使我着迷，斗争会则让我惊惧。野台戏上形形色色的古今人物，或娇艳得无以形容，或丑陋得令人掩目。我永远也搞不明白什么人、如何弄出这么多色彩斑斓的东西，他们在一个临时搭起的简陋台子上扭动、叫喊，来来回回地走，吵斗打闹，讲述着奇特的故事。有时只留下模糊的、然而是有趣的印象，忘不掉也说不清。我有时看过的戏名、情节，什么都忘掉了，但就是记住了戏中某个人物的眼神。

斗争会是声色俱厉的。它四周像降了霜，干冷干冷。没有人说话，只能乖乖地看和听，有时还要随上呼口号。台上有武装，他们扛着枪——我一看到它就想起继父，想起那摆了不同枪支的支架、枪筒上的棉花。会场四周有时架了带圆盘的机枪（我总是被它美妙的结构所吸引，盯着它，忘了这也是吞噬性命的凶器）。被批斗者都是很落魄的人，老老少少，男男女女。他们有时被五花大绑，有时只是垂手站立、弯腰低头。他们都是敌人，很坏的敌人，这一点我当时并未怀疑。不过我看到他们被狠狠地折腰、呵斥，常要想到轮椅上的永立。这使我赶紧挤着人空溜走。有一次被批斗的人是一个戴眼镜的高个子，他给扶上了桌子。有人用一束旧报纸狠狠地抽他的脸，把眼镜抽掉了。他最后是被掀下桌子的，口鼻流血……

这个恐怖的场景让我心惊肉跳。那一束打人的纸，那一张沉默的脸。晚上我做了一个梦，梦中，高个子男人的面孔浮现出来，竟是我的生父。我哭了。我一直清楚地记得那个梦：有人恶狠狠地指着一张纸上的字让他看；他不看，他们就用这束纸狠狠抽他的脸。同样的场景重复了多次，父亲倒地不起了。我从梦中醒来又哭了许久。

那次之后，我再也不看斗争会了。

对我构成最大吸引的是"破烂市"。那儿当然卖一些"破烂"，不过常遇到极有趣的东西。破烂市紧靠铁器摊，在人行通路的两边，一般离离落落摆上四五十公尺。这短短的"破烂街"让我流连忘返，非得一口气看上一遍，然后再专注到最感兴趣的摊位上。这儿应有尽有，有一些做梦也想不到的发现。比如一只会蹦的铜虎、会叫的纸鸟、老式怪钟、有三十八个小抽屉的木匣，等等。哪怕是穷乡僻壤的集市，破烂市上也会有意想不到的发现。那儿出现一件精美绝伦的玩意儿，千万不要吃惊。

它使我入迷，很大程度上来自这样的奇遇：摊子一角不声不响地坐着一个老者或一个面色苍白的小伙子，他们抄着手；眼前，是一卷和一沓旧纸、一本旧书或全新的书……

3

　　在这座城市的东郊，一个大雾刚刚消散的上午，我一眼看到了顺着河滩漫流到街巷深处的人群。我在心里说：集市！一种寻觅的欢欣立刻漾起，脚步马上加快了。

　　这是省城东部一座城市的边缘，它的郊区集市汇聚了周围城乡的全部热闹。赶集的人都是各种各样的装束，这就与一般乡村集市不同。看着那些戴高筒毛皮帽的、穿呢料大氅的人，还有戴退役飞行员小帽的人，让人想到这里除了没有外国人，简直什么都有了。河滩上有卖牛马的，各种大马大牛拴在木桩上，脊背在阳光下渗油，让人兴奋。它们都是这方土地上滋生出的生命啊，何等强大旺盛，这就是生活中的奇迹。卖油炸食品的锅子就在牲口市旁边，一溜排开的沸腾油锅把逼人的香气扬个遍野。我总想：这儿的冲天喧闹有一半儿也是这香气催发出来的。

　　我对这一切已经非常熟悉。我急于寻找的只是书摊，因为它每一次都不会使我失望——或者是取在手中装入衣兜，或者是印在眼中装在心中。我身上那点可怜的钱币总是急于在这儿派上用场。

　　破烂市在整个集市上比较起来是最寂寞的了。一片片旧布和荐子上，摆放着那些零散东西。卖主专注地盯着每一个光顾者，对他们寄托着微薄的希望。我蹲在那儿，长久地看着一只上了发条的会蹦、会展动双翅的彩色绒鸟。后来，背后另一面摊子上有人大声地、不顾一切地咳嗽起来。我转过脸，马上看到了一个方头方脑、两眼炯炯有神的中年人。他的目光立刻攫住了我。我蹲在了他的宝贝面前：几本书，半新，一卷破旧的对联。

我翻这几本书。它们都是刚出版一二年的书，但被人反复看过了。最有趣的是空白处打了许多批语。这些批语都是用一支老式钢笔蘸了浓墨用力写上的，用语大致一样，极简单："这写了些什么，不实现。""不实现。""根本就不实现。"我在每一条批语前研究了一番，最后认为"不实现"可能是"不现实"的误写。

中年人看着我，朗声答道："我批的。"

他耳大口阔，额头也很大。他的脸色红润得像喝了酒。我又一遍遍看那批语，感觉着他的意思、他批写那一刻的心情。

"现在没有好书哇！"他又朗朗一声，"这些不实现的书，我看过就卖。"

他糟蹋这些要卖的书，何等直率。我把衣兜中所有的零钱全掏出来，他接过，用食指拨了拨，溜进了兜里。我把书装好站起，他却伸出一只大手："交个朋友吧！"

他用力耸动了几下。这时他的眼睛却看到了我挎包缝隙中露出的其他几本书，嚷着"看一看看一看。"

我不会卖它们的。

他只是说"看一看"。它们给掏了出来。他马上蹲着看起来，一页页看得飞快，一边看一边念出声音，得意地哼，或生气地叫："妈呀，什么话呀，这真气人呀"，"我看出来了，这还是不实现哪！"

只一会儿他就翻完了一本书。但他没有还我，而是抱着它，坐在了潮湿的泥地上，像睡着了一般。

我不便打扰。我只是等待。

又待了一会儿他才睁开眼，非常疲倦，说话的声音也低缓多了，好象力气全失掉了："我看出来了，你也是个读书人。我家里的书多着哩——走，不干了，收摊了！"

他把地上的旧布一卷，呻吟了一声；搓搓手，又是呻吟。

我觉得这呻吟有些奇怪。

他懒懒地抬起手臂往西北角指了指："不远哇，就那幢青砖大屋。"

跟着他往前。为了避开人群，他领我绕过街道，进入更窄的无人小巷。他一边走一边爽爽快快地介绍自己："闲人，爱看些书；不过我知道，世上的书不少，不实现的居多。"

一个很大的疑团从看批语起就紧紧塞住了我。但我最重要的，还是他那个隐隐约约的藏宝之地。

在很大的一片村落边缘，有一幢宽宽敞敞的砖屋。进了屋子，光线很暗，因为窗户全用破布和纸板挡起，以至于待了一段时间才看得清屋内的东西。空空荡荡，几乎没有什么像样的家具。我们进了西间，这儿主要是一座大炕。他把手里的东西一放，立即脱鞋上炕，同时邀我。他盘腿坐了，反身抱下一床蓝被子，从被子下边的木箱中抱出一大摞书。

他正一本一本在炕上摆，东间屋里走来一个三十多岁的女人。圆脸，额头鼓鼓，一双水灵灵的眼睛。她探头想看看我们，他赶紧扬手，像赶一只鸟："走去走去，远些待着去吧！"

她身子一缩退开了。

他说："我老婆。比我好看些。她崇拜我，崇拜得很厉害啊。"

读过了许多~~好~~书，但没有找到一本"专改"的书，他很苦恼。他对人对己，对一切，热情很高，但~~跟~~大多数人说不来。他也~~却~~自己的诗都孤单，~~只~~只是从书里找之的情~~没有办法，找不到~~。他摊着两手："多么遗憾，找不到。"

~~我一直没有法说话~~他自己说，话语很多。

~~后~~来我终于鼓起勇气，问~~他~~什么是"专改"？

"~~这~~这话不明白么？你翻开一本书，打眼一看我知道这里有了哪里要找些么，那，就"专改"了，不对，就是"专改"。"

我恍然大悟，他~~不~~不知什么。我只~~对~~对民评书人~~这样特技~~绝技感到~~些~~新鲜。~~我~~我第一次遇到这么~~的~~人。我想到了~~那些~~~~配~~事

~~那些~~不情她学生和那些先生和句子，定能也评不出她不得专改，因为定能是我~~的~~从我里边走

4

他的名字叫"贤人"，但他自我介绍说，这儿的人都叫他"闲人"。他读过了许多书，但没有找到一本"实现"的书，为此他很苦恼。他对人对事，对一切，热情很高，但跟大多数人都谈不来。他说自己比谁都孤单，只得"从书里找找心情"——没有办法，找也找不到。他摊着两手："多么怪啊，找不到。"

他话语很多。后来我终于鼓起勇气，问什么是"不实现"？

"这还不明白吗？你翻开一本书，打眼一看就知道它能不能变成真的，能，就'实现'了，不能，就是'不实现'。"

我恍然大悟，但不能同意。我只对他评判书的奇特标准感到新鲜。我第一次遇到这样的人。我想到了自己不停地写出的那些字和句子，它们也许永远不能实现，因为它们是我的梦境。它们还是我封存的欢笑，强抑的泪水。我抚摸着他摆下的这一片同样被批为"不实现"的书，充满了珍爱之情。这些书各种各样，有一些显然是从遥远之地传来的。它们像水流一样吸引着双唇渴裂的人。很久了，从离开那座城市之后，我就再也没有看到这么多书。

我有钱一定把它们全买下来，如果旅途难携，我就将其存在一个地方——当我有了固定的居所，我会立刻取回。那样我将拥有许多的书了。

我端起书，渐渐把什么都忘了。他轻手轻脚退开，到东间屋里咕咕哝哝。天快黑了，完全黑了，屋里点起灯了。这时有一只手在摇晃我。他说："吃饭吧，小花弄好了。"

中间屋里一张原木桌，上面一个大瓷盘，盛了一张很大的棕色面饼。小花——他老婆，笑吟吟地用一把大刀将其割成三块，每人一块。这饼还烫人呢，咬一口喷香，原来是用红薯叶儿掺了高粱粉和红薯粉、可能还有一点面粉做成的（这是我在旅途上所吃到的又一种难忘的美食——许多年后如法炮制，却换来了真正的苦味）。

"我疼书虫，"闲人指着我对小花说。

小花长得非常小，除了很圆的肩膀之外，到处都像个女孩，动作特别像。她咬饼、笑，都露出豁牙，让人想起儿童。这时她小声重复一遍男人的话："书虫"。贤人却严肃地对她说："告诉你一句啊！我这样叫行，你这样叫，不行。"小花低头咬饼，点头："嗯。"

晚饭后他有点惊慌失措，起码也是不安；他不断地搓手，越搓越快。他看看小花，小花躲闪着他的目光。后来他在屋里踱步，紧走慢走，最后跳上炕，把书收了。他对小花喊："我要说出来了啊！"小花胆怯地躲闪，一边躲一边喊："这可是你自己说出的啊，这次可是你自己啊！"

他又一次搓手，然后离我耳朵很近说："我也是个写书的人呢！不过我可不写不实现的书，这话只跟你说。"

这太出乎我的预料。正在惊讶的时候，他突然指着我的脸嚷："看看脸红了脸红了。不要紧，我们是朋友了——朋友就无话不谈。"

我为什么脸红？这可能是真的。我可能为这次巧遇而感激，感激那些在暗中推动和帮助我的什么（我那时像现在一样，对生活有一点神秘感。因为这是妈妈无形中教我的，她在世时常常感叹世事，说命里该是这样啊，等等。反正我对一些不能理解的事，总是习惯于那样去想。这也许错了，但我仍感激生活中那些莫名的恩惠）。

他像一只大刺猬那样在炕上不停地活动，从被子下的木箱中、从炕下的什么地方，一口气抱出了十几捆写满了字的纸。我还来不及惊叹，他就把它们逐一推到了面前。

我在这巨大的劳作面前一声不吭。我的目光又挪到他的脸上，发现这是一张激动的、带着歉意的脸。我马上捧起一本，往油灯前挪了挪。我急于得知他会怎样在纸上诉说。

我看到了什么？我这辈子也没法忘记当时那种感觉。那说不上是新奇惋惜还是特异的痛苦，反正从未见过的文句让我目瞪口呆。所有句子都是当地土语，都是。这里有一多半无论如何是无法理解的。

它们写在顶棚纸的反面，一本一本用黑线订起。

我开始对在眼前看，后来时间久了，加上本子又重，两手就松下来。我不停地揉眼。我被这特异的字句、这超乎寻常的劳作，在短时间内给打懵了。

他急着问："过瘾不过瘾？它们全都能实现哪！你说是不是？"

我来不及回答。因为他马上夺过了我手中的本子读起来。一出声音，小花也围过来。这次他没有赶她，只沉浸到自己的声音里去了。我闭上了眼睛，又听到了那种流动的温暖的溪水：低缓、起伏，娓娓动人。尽管仍然有许多意思不够明白，可是这声音是绝对友善和动人的。

半夜了，接近又一个黎明了，他都在读。

在我情不自禁的叹息中，他不能抑止地激动，跳起来，到东间屋里又抱出了十几捆写成的东西。它们与前边取出的堆在一起，堆成了一座小山。

我真是看呆了。我吓得怦怦心跳（我得说，这是我一生中所看到的最大数量的写作。无论是后来在省城还是其他地方，我从未见过比他写得更多的人。即便是后来进了省城图书馆，看到那些大师们立在书架上的皇皇文集，我也得说，我所看到的那个山地人，仅从数量上而言也是最多的）。

这一次经历对我肯定是重要的。

天快亮了我们才略有疲惫地躺下。小花被撵到东间屋了。我们俩合盖一床厚硬的蓝被子。入睡前他带着传经送宝的口气对我说：

"记住，要想写得多、好，就得找个听话的老婆。那样想怎么写就怎么写了，天天写。要不就坏了，她会老喊你：'干活干活'，一辈子也就完了……"

　　　5

这儿的所见所闻是我终生难忘的。我受到的震动既特别又沉重。因为我的费解之处太多了。我不理解一个人何以有那么大的劳动力，真的，这个问题长久地困扰了我。这使我在任何时候面对自己的劳作时，都感到渺小羞愧。我明白，他把所有时间都用来写字了。他曾给我看右手中指上的茧子：又硬又大，而且被削过——他每隔半年就要削隆起的茧块，不然就无法握笔。

我在这幢空荡荡的大砖屋子中住了多天，后来他竟害怕我离去。忍不住的时候，我羞涩地呈上挎包中的文字。他一遍又一遍看同一篇，有时一手持纸，将其推得很远；一会儿又极近地贴上去，像是在嗅。他发出长长的一声"呔"，放下了："好是好哇，可惜不能实现。"

（这样的评价早有预料 。我让他看，只是一种回报。我从心里钦敬他的劳动，却从未苟同过他关于"实现"的说法。）

我终要离去，去我模糊而遥远的地方。当这一天来临时，这夫妇二人都显得极为沮丧。小花乞求的眼神看着男人，那双大眼睛浮了一层荧光。男人烦躁地呵斥她："我怎么办！我怎么办！"

这样又过了两天。第三天一早，他一脚把厚被子蹬开，伸着懒腰说："走就走吧，我也要去看一个朋友，说不定顺路呢——你想不想看一个'神童'呀？"

他说到那两个关键的字眼，声音压得快要听不见了。我的目光可能流露出一点惊异和犹豫，使他愤怒地击打膝盖："这可是真的，这是我发现的——我谁都没有告诉，也没有告诉孩子父母。真的，他一开头最好还是避开凡眼……"

我又一次被强烈地吸引了。

告别了小花，我们一起上路。走出巷子时，我回头久久地望着这幢空旷的砖屋。他叹息说："你是个有良心的人哪！"

我们一直往西南走去，整整绕过了这座城市。一开始我认为神童是在城里，可他及时地提醒我：真正的"神童""天才"，无一不是藏在无人知晓的蹊跷地方。过了城区向北，踏上了田间小路。羊肠似的小路把我们引向一片茂密的红麻田、一块萝卜地，最后又是一望无际的灌木林。从林地旁边绕过，一眼就看到了一个小小村庄。

在村边一个大得出奇的麦草垛子下，他让我等待，说自己去领人。

仅过了半个多小时，我就听到了从草垛另一边传来的拍手声。开始我不明白，后来又是有节奏的几声击掌。我转过去，看到他高大的身躯一侧，贴紧了一个十来岁的男孩。男孩身上悬了一个大得触目的挎包，正用怯生生的目光打量我。

他迅速而简单地为我们做了介绍。男孩伸出手，我立刻觉得这是一次重要的会见。男孩长了一对与小花差不多的大眼睛，脖子似乎比一般人略长。我注意到他的颈上有浓重的绒毛，正在傍晚的太阳下发出金色的光。

他催促说时间不早了，让男孩快掏出来。男孩把大挎包摘下翻找，使我看到里面有课本和其他书，主要是小人书。男孩翻得太慢，贤人就替他捏出一沓。我要看，他却坚持让男孩自己读。

稚嫩低沉的声音，非常和缓。这声音很快使我有些感动。我又想到了小雪。微风吹动麦草发出唰唰声，闭上眼睛，仿佛是许多年前河边茅屋的夜晚。我忘记了捕捉内容，后来才听明白，他写的是一只蝴蝶，飞在水畔，"像红旗飘带……"我羡慕这种联想。但由于其中夹杂了许多方言土语，这又立刻使其变得晦涩，与"飘带"的想象也相去太远。可是一边的贤人却陶醉了，评议说："绝了。有些地方尽管不实现，有些地方多'耍公'！"（最后一句只有我才听得明白，这完全因为我们相处多天的缘故。"耍公"是当地土语，相当于"漂亮""利落"的意思。）

"'耍公'啊！"他拍着手看我。

男孩使我想起了自己的当年。那条河离我已十分遥远，可是我无法忘记。贤人指着我对男孩说："服气啊，他服气了啊！"

男孩闪着那双大眼睛，又一次伸出手来。这手柔软得像棉花，没有骨头似的。这手小极了，小得像一只猫掌。

6

告别了朋友，继续往前。我路上仍回想那幢空荡荡的砖屋、那个大麦草垛子。我突然记起：那天"神童"除了读自己写的之外，竟没有多说一句话。我也不记得自己说过什么。我想他与我、小雪、永立，大概都有某种相似的东西，它们潜在心灵深处……多么诱人的、可爱的人！在未来的一天，我会回来的。

我似乎正在走向省城。尽管我对那个繁华之地有挥之不去的恐惧，但我知道有一天自己终要生活在那里——这是个奇怪的认识，是隐约之间的确信。为了小雪老师那个预言，还有那封信的指引，我真的在走向那个大城市。

冬天快要结束的挺好的日子里，柳芽开始萌动。我来到一个山镇，这儿离省会城市仅有二十华里（在我的旅途上，它离我真是近在咫尺。可是当时我不知道，就是在这座山镇中，我还要再待上五六年的时光，并经历一生中最难忘的几个季节）。

我想在进入省城之前积一点零钱，找个地方打工。山镇有一个很大的粉丝作坊，允许外地人做杂工。我被指定在这里抬水、扛淀粉坨等。有个粉匠师傅叫"韩哥"，三十多岁，高高的个子，方脸庞上有一对剑眉、一双漆亮的眼睛。我觉得他是一个真正的美男。作坊中的人都敬重他，作坊的头儿也对他满脸堆笑。他对外地人毫不歧视，总是照料弱小者做一些轻活。而作坊头儿一贯把脏臭苦累的杂事推给我们。

仅仅是因为韩哥的缘故，我在这个作坊才多待了一些日子。但最后使我长久驻足的原因，却是另一个意外发现。

粉丝作坊中有几块很大的黑板，每月都要举办"板报"。半个墙壁被绘

制得色彩斑斓，阳光下闪射五彩。我得说，我被它强烈地吸引了、粘住了。我无论是当时还是后来，都没有见过比那儿更好的"板报"。而它的绚丽图画和辞章，都来自同一个人：韩哥。

我长时间注视他，认为他无所不能，简直有点神奇。

雾气腾腾的作坊里总是响着哗哗水声。韩哥穿着高筒胶靴在水泥地上走来走去，有时雾气掩住了他的身影。作坊女工大声喊着"韩哥"，他问干什么？女工就哈哈笑。女工在严肃方面不如男工。

韩哥住在一条僻巷中，那条僻巷在全镇最高的地方。我记得第一次找他，是在一个黄昏。我顺着上坡石板路走了许久。经人指点，我看到了两扇没有上漆的棕色木门。没有锁，门静静地虚掩。但这一次我端详了许久，又在太阳落山之前悄然折回了。

与寻找疙娃和那个老人不同，我在走向韩哥时充满了紧张。一种说不出的羞涩和自卑笼罩了我。这是极少有的。怕什么？顾忌什么？都说不清。这种情形极像第一次见小雪老师。是的，我甚至从他们两人的举止上也发现了越来越多的东西。我渴望走近他。

在这个作坊待了一个多月之后，我才第二次踏上那条石板路，叩响了那扇棕门。

就像见到小雪老师的后半截一样，我的敬畏显得完全多余了。他也有一双温热的大手。他是我最喜欢接近和信赖的一种人，这一类人有一个共同的特征，就是善良和诚恳。我马上在他的目光中找到了兄长的慈悲。

漫漫旅途，千辛万苦，终于找到了这样一双眼睛。接下去的日子里我进一步明白，能够结识他，真是生活给予我的最大一次恩惠。

他和蔼地询问，对我迟滞的话语并不厌烦。他像所有体贴入微的人一样，马上得知对方需要用缄默守住什么（这是一种说不清的需要，是我少年禀赋之中最不好的一个方面，它曾无数次地折磨过我，但我还是一如既往。没有几个人愿意尊重我的这个怪癖，从我的继父开始。他们都在侵犯我，他们毫不客气地剥夺了我，否定了我。我好像什么权力也不配有，就因为我弱小，我是个孤儿。所以只要是不剥夺我的、不歧视我的，我都认他为亲人）。

让人如此感激和敬重的人，我心里泛着千言万语。进一步相识之后，更是这样。可是我不长于口叙，在兴奋和感动中也仅有只言片语。我不得不更多地捧读我写出的那一切。

我记得他的目光如何从惊讶到赞许，最后是一片彻底的喜悦。他握着一个大烟斗，发出长长的慨叹。

美好的沉默啊，只有时钟的嘀嗒声。这样停了约莫有一刻钟，他站起来走了一会儿，然后径直走向里屋。

一沓抄得整整齐齐的纸放在我的面前。是他写的。我看到了写成满张的纸，还看到了排成一排的字，这是诗。仅有很少一部分印在了报刊上，就是说它们发表了。这是第一次看到一个站在面前的人有印出来的字。我忘却一切地伏下身，想在这一刻把它们全读完。

我相信自己读到了最好的文字。只有那些曾经令我入迷的书籍才能与之相比。

7

春天刚刚开始，寒冷时不时地侵入山镇。冷风从高地掠过，韩哥的三间空屋很凉。他在小院中埋了许多木炭，这使我一下想到小雪家过冬的火盆。

他把火盆燃旺了，摆在一个小桌托板上，这也和小雪家一样。我们盘腿坐在小桌两侧。他的文字让我把什么都忘记了。它们有的在诉说一个故事，但更多的不是。像一个人在深夜里长吟，哀伤到了极点。他怀念什么，是个女人，又不是。也不完全是一个挚友。这与我在板报上看到的那些大不相同了。它让我在悲愤中鼓涨着，我知道这是摆脱绝望的一种力量，是人最后的拼挣。

我有许多话想问他。夜深人静，炭火溅着美丽的星星，他吸着烟斗，看着窗外吟哦。我快速地记下，发现这是一首哀婉的诗。我从未写过诗，也很少读过。我敢说我那一瞬间也有了一个决定：我必将成为一个诗人——想到这里不由得全身一悚。我想到了梦中那个消瘦的男人。"父亲……"我心里吐出一声呼叫。

他仍旧吟哦。我有了永远记录不完的凄长的诗句。

韩哥几乎没有对我讲过自己的身世。我所能看到的只是他这个人和字、他栖身的这三间小屋。院里有一棵香椿树，有春天刚播下菜籽的田畦。三间小屋清贫而洁净，简直一尘不染。东间屋是他的卧室和写字的地方，中间是厨房和餐室，西间屋却神圣地空着。那儿更空荡、更洁净，似乎总透出一种淡淡的菊香。他有时一个人在西间站一会儿。我随他走进时，他就扯着我的手说：走吧，我们走吧。

他邀请我搬离打工的小屋，住到他的家里。我在中间靠墙一点搭了个地铺。

他坚持自己睡地铺，或者合住东间屋子。

从此就是朝夕相处。他跟作坊头儿说，要我与他同时上下班，头儿应允了。睡前，他总要讲述我写那些——五颜六色，密密麻麻，除我而外谁也读不懂的字迹。他懂，因为他的心肠太柔软、目光太敏锐。比起他人，他专门同情我这样的灵魂。他温煦的话语直要让人忍不住地流泪。真的，在这些长夜，一个奇迹发生了：我有一次突然觉得有热辣辣的什么顺着脸颊流下来，伸手一摸，湿湿的。我呼地坐起来。

这是自从永立死去的那个夏天至今，我第一次流下了长泪。

他被吓了一跳，问我怎么了。我擦眼睛，他看到了，再不询问。

我真的不记得他讲过自己的故事。可是后来我还是知道了他的身世。当年他是全镇第一个走出山区的中专学生，后来因为父亲去世，他要服侍老母，就辞学回家了。他酷爱写作，尽管写得不多，却从未停止。在校时他与一个姑娘相爱，回家后，她也来过这儿。后来是分手，分手。我看出他现在仍旧爱她，爱到只剩下了一个人。

由此我明白了一个道理：世上有各种各样的独身者，有的并不是因为缺少爱情，而是因为爱得太深了。

韩哥的忧伤太长。与我不同，他既忧虑着身边、也忧虑着遥远。他为山区无数的贫民哀痛，为那些像父母一样的人受苦。他怀念了所有以前熟悉的亡人，他们在镇上，在四面八方。而所有这些痛和想，都让我联系到那一次深爱。他爱她，一辈子无法忘记她。

一天深夜，在我们都沉默不语时，我突然坐起来，迎着他那双在夜色中闪动的眼睛问了一句：你知道"作家"吗？

韩哥点了点头。

"你是'作家'吗?"

韩哥直直地看我。

尽管是黑夜,我仍能看到他目光中的责备。他大概责备我在轻率地议论一个如此神圣的字眼。

我的脸滚烫滚烫。一声不吭地躺下,再不言语。

8

山镇的春天如此动人。那哗哗响的白杨叶,越来越绿的山影,都使人欣悦。韩哥房子东北边的山豁口有一条悬溪,三尺宽,一直凝着,这会儿有声音了。其实那银白的链子也好看,可惜当时竟没看到。

我感到这个小小院落就是我们的巢。为了这巢,我跑了这么久,从那座海边城市一路忍饥挨饿、风餐露宿地追赶,原来为这样一个巢。一切都值得了。我简直是在细细抚摸这刚刚获得的幸福。兄长在这里,这里就是家了。

我用废旧铁丝做了一柄小齿耙,疏松小院的菜畦。我整了新的水道,把院墙边渗流的涓滴引入,让它滋润香椿树、刚刚长出的几棵南瓜。

韩哥因我的到来而高兴,他不像以往那样一天到晚锁眉了。有一天,就是白杨树叶哗哗响的那个下午,他领我去看悬溪。它的响声只有在深夜才听得见,可是这一天它一直在响。我们发现沿它上行,四周全是花草。韩哥指认它们,一路找到了矢车菊、薄雪草、水苏、马齿苋和金盏草。它们或在形成蓓蕾，或在伸展枝叶；青茅和苤草蓬蓬生长，从远处看像一片绿毯。

一直往上攀登。一个不言的念头就是寻它的源头。想一想吧，这个悬溪实际上构成了整座山镇的水源，而且是粉丝作坊的命脉——没有它，一天到晚在水中流转淘洗的粉丝就做不成了。

我们攀登得疲累而愉快。最高的那个山峰叫"鹰山"，韩哥说上面曾有很多鹰。可是现在一只也没有了。他相信溪流就从鹰山上渗出，一滴一滴汇成细流，无数细流又形成日夜不息的激流。

韩哥说在他更年轻的时候，远离家乡的日子，夜里要想念这道溪流。多么奇怪，总是想它。归来的第一天就奔它而来。后来，她来了，他们就一起来。他们一块儿饮用，很甜，很凉。那也是个春天，苤草刚刚长出。

中午时分我们登上了山巅。四周的山变得又小又密。雾气还没散尽，山镇就在山脚下的薄气中闪动。一片屋顶，多少故事。使人难以置信的是这个镇子存在了几千年，而且还将存在下去。

韩哥说他每年里都要登几次鹰山，那是最愉快和最不愉快的时候。他说有时想，自己会死在这鹰山之路上的。最后一句让我震惊，抬头看他，见他脸上是明朗的笑容。

大概找到了溪流的源头。险些看不出，像无法诠释的一个谜语。反正是湿湿的岩石、山隙，再后来有了水滴，很小很小的水滴……

从鹰山下来的第二天，粉丝坊发生了事故。发酵池出了毛病，这本来不是罕见的事儿，可是每次都要让韩哥忙上几个通宵。那些日子只有我一个人在家。事故不除，他吃住都要在作坊里。

早上，到了我上班的时间。进了作坊一看，一切都恢复了正常，唯独韩哥不见了。人说他犯了老病：晕厥，这会儿正躺在赤脚医生那儿呢。我放下了东西，在作坊头儿的惊呼声里跑了出去。

韩哥早苏醒过来。一张窄窄的小床上扔了胶布、针管之类的东西。他蜷在那儿，一只大手无力地伸向我。我抱住了这只手。

他的嘴唇青紫，脸色蜡黄。他另一只手在小心地揩我的眼睛，一下一下揩。

9

在后来我们共同生活的五年时间里，韩哥又犯过几次晕厥。据说镇子上的几个人有同样的病，躺一躺、打几针吃点药也就好了。我也误以为这和伤风感冒、继父酒后卧床差不多。多么蠢。那时我没有想到，韩哥在鹰山顶上说的那句话意味着什么。他自己可能对一个结局早有预料。这在当时也是无可挽回的。

他对我一天比一天更怜惜、更牵挂。在他眼里，我比实际年龄好像更小，是一个不能走出他视野的孩子。有一天我提前下班，在屋里待了一会儿，想出去走一走。我出了门，先是去悬溪那儿转了一会儿，又到北边山谷那儿站了许久：一片在热风中荡漾的山草吸引着我。我不转睛地看，想起了那座城西北部的丛林和草地。天一点点黑了，背后的山镇有了灯火。我怎么也想不到，韩哥回到住处没有看到我，就四处找起来。他找啊找啊，在鹰山四周转了几个小时，最后才在返回的半路看到了我。

那时四野沉静，只有头顶的星光。他牵住我的手，紧紧地握着。

这些年，我从不记得读过比他所写的更优美、更能打动人的辞章。我相信自己受到了一生中最优良的影响、最有力的牵引。我身上一定会带有他的痕迹，直到最后。

令人难忘的是，他选出我的一篇东西，寄给了报刊上的一位朋友。我们于是一块儿长长地期待。他说那个朋友是极好的人，无论怎么都会有个消息（后来没有，直到最后也没有）。

面对他期待的目光，我差一点又说出小雪老师的预言。一种难言的羞惭和卑怯使我失去了机会。我不知该怎么回报兄长的信赖，我时时想起都心痛。

回想一下，我因为缄默而藏下的东西真是太多了。我没有好好讲自己的故事，没有讲亲爱的妈妈，还有其他。我从何而来、缘何而去，他都没有再问。我因此而更加爱他，也感到了深深的歉意。他给了我一切：兄长的温情，写作的指导，还有一个巢、一个希望。

我浪涛一样翻动的思念只有隐在心中，在谁也看不见的地方。这个处所人人皆有，可在我这儿，它太沉太满，我已难以忍受。

实在不愿说越逼越近的那个秋天。那天我们正一起做夜班，大约是午夜两点左右吧，韩哥又犯了晕厥。是我把他驮起来，在几个人的扶助下，飞快往赤脚医生那儿跑去。

然而这一次没有以前那么幸运。他躺在那张窄床上，再也没有醒来。

我只有诅咒那个无辜的秋天了。

大山里的巢就这样毁掉了。我不得不重新流浪，离它越来越远……泣哭的秋天，干涸多年的泪泉像溪水一样涌流的秋天……

第七部

1

我们已经无法看见远方。好多年
好几年划过去也无法泡影。就再是。身去生病，再许自
我将你像又是我要求完成我长旅了。但
走了回还是没有身气。我在我们山地那边
失去了信心。

站在长尾上夜喧哗而听同东
春逢至，因素我们藏之雪雾，然后下而山
影。了就像后山草，你需了。我城里的城市
是我们了
来车多少了年，我们山地青年
。如果你为其他意私远这，将在这底
有会城市 我们去车。人之的三段里

第七部

1

如今那片山地离我何等遥远。好多关于回返的美好计划终成泡影。我已身患重病，再没有那样的体力支持我完成一次长旅了。但主要的原因恐怕还是没有勇气。我在那片山地上永远失去了心的居所。

站在这座日夜喧哗的都会向东部遥望，看那片蒙蒙雾霭，想象下面的山影（有些往事就像山草，到了季节就要萌生）。如果说那座海边城市是我的童年和少年，那片山地则是我的青年。如果没有其他意外的话，那么我就将在这座省会城市度过老年了。人生的三段里程各不相同，但都有一些悲喜。我现在有资格感叹一句了：人生不易啊。

那个秋天我离开山地，向西，向未知的省会走去了。抵达郊区破败的街巷，满目凄凉（我还记得桐叶随风扑地的情景，又粘又湿的秋雨沾了两脚）。我想，大概一个更为艰难的岁月开始了。

差不多没有来得及喘息，冬天就来了。记忆中的不幸，总有无情的冬雪纪念一下。大块的雪朵挂在省城大街的柏树和法桐树上，无轨电车路过时它们就震落（城里人雪天打伞，这是以前从未见过的）。

拥挤的人，匆匆来去的人，还有那些从前没有见过的大都市人的表情。

这一切如果在几年前会让我害怕和惶惑。可是当时对于我却没有这样的感觉。因为我被哀伤压迫着，任何花花绿绿都打不起我的精神。我眯着双眼，世界在我眼里一片苍茫。

我可怜巴巴的背囊啊，那么小。全部家当都在身上了。到哪里去？眼前这么多十字路口。尽管怀中还揣着老人那封热情的、有点夸大其词的信，但我还是再三踌躇（展开那封仿佛是上一个世纪写成的信件，读了又读）。

总算找到了那个"青年"。其实他比我要大得多，戴着深度镜片。稀疏的头发、横纹叠起的额头，都能让人想起不幸的故事。我已不抱任何希望了，因为我看到了躲躲闪闪小心翼翼的眼神，对他充满了同情。我倒觉得这是个急需别人帮助的人。可是他并未让我沮丧到这个地步。接下去的一个月内，他不仅给我安顿了一个简朴的住处，还介绍我到印刷厂做了临时勤杂工。

他在报纸副刊工作，虽然自己不写什么，身边却围拢了许多人。他们都十分敬重他，不论男女老少，一律称他"老师"。他更像个保姆。与以前经历的任何一个地方都不同，这里写个不停的人似乎很多。令我失望的是我渐渐发现了什么。我是说，比起从前见过的那些人，他们大多只是在写，而不太会感动。他们不会深深地感动。他们并不深爱着什么。有时他们也相互读着自己写成的东西，嘻嘻笑。我所熟悉的那种低缓的语调，这儿听不到。

我来往的人越来越少。我只能从老师身边找到一两位。他们的神情才是我熟悉的，我也能走近他们。

老师用悲悯的眼神看着我。但我知道，在所有的"学生"中，他最看重的就是我、是这一切：各种各样的纸片、长长短短不知该如何命名的文字……他甚至让我修改了一篇短文在副刊上发表了。

（带着浓烈墨香的那张报纸放到眼前时，我不得不拿上尽快走开。因为心跳得厉害，手也哆嗦。我跑到了一个无人的角落，可能是一间厕所，用凉水把脸冲洗了。最后我把那张报纸掖到胸口那儿，才走出来。）

那个夜晚我没有睡好，那张报纸一直摆在枕旁。

老师给了我许多纸。尽管这是发黑的灰纸，很粗，但上面却印了方格。我第一次拥有这么多纸。我想行了，再也不必担心没有写处了，再也不必为了节纸把字写得小而又小了。

那是我一生中十分欢乐的一个片段。快乐装在心里，别人无法知晓。那时我年近三十，却无像样的住处，无固定的职业，更没有婚姻。一个人最重要的三件事那会儿都没有影子。可是我依然欢乐。

2

那欢乐要结束也快。因为不久我就因为没有城市户口而数次被逐。没有它，城里所有像样的地方都不能打工、不能久待。我只能像个流民那样跋涉街头。老师安慰我，说凭我这样的才能要找个合适的工作是不成问题的。他奔波了十几年，虽然人微言轻，却有常人难以具备的韧性。这十几年里，他先是为我找到了一份临时工作（其间经历过一些变动），后来又为我办理了城市户口。整个细节烦琐到不能言说，总之他帮我在这座城市待下去了，成了我一生不能报答的恩人。

这些坎坷也许一般人不能忍受，但我那时已过了三十，经历了许多，后来的一切不过是继续经历着而已。更多的痛苦和欢乐还将积累下去，直到欣然终了的那一天（这一点人人一样）。

我想说的是来省城后的一段插曲，它是必须交代的。这一段持续时间不长，但的确影响了我的下半生。我现在回想起来很明白，如果不是因为它，我现在极可能是另一种样子。在省城时，除了山地，我日夜想起的就是那座海边城市。它衰老的街巷、洒满煤尘的砖路，特别是码头上的船、城北的丛林，都让我想得心疼。我极想回去看一眼。那条没有桥的河对我的吸引也不是语言所能形容的。那些夜晚，我操劳一天疲惫地躺在床上，眼窝常常湿润。午夜两点前很少入睡，这段时间我差不多总在奋笔疾书。一生中的任何一个阶段，只要这手还能够握笔，我就在写。它在支撑着我的生命。

我终要回去一次了。哪怕仅仅是看上一眼，也要这么做。

那时我正在为户口奔波，它非常需要我出走之地（那个城市）的证明。就这样，我第一次回到了那里。

这座城市不认得我了，而我对它却记得分外清晰。踏上街巷，觉得就像昨天刚刚离去，就像经历了一次出差一样。

只有见到两鬓皆白、一脸老年斑的港长，见了足有一把年纪的"鹰眼"，我才意识到时光确实已经无情地流逝（他们如今都离开了海港，到喜欢玩的地方去消磨时间了。替代者是年轻一点的人，他们在做与当年差不多的事情）。

我忍住了不提的一个人就是继父。我不知道他是否还在人世，差不多害怕听到关于他的一切消息。

然而他从来都是一个无法回避的人。"鹰眼"和老港长，还有其他人都谈了他，而且对我的当年出走给予了极大的谅解。这使我惊诧中又有了新的宽慰。我发现自己也稍稍失去了当年的愤恨，无论对继父还是其他的什么。

他如今已是一个真正不幸的人了。原来在我出走五六年后他就患了痴呆症，丧失了自理能力。由于他是个特殊人物，港上和市里为他配备了护理员，又把他移到一个疗养所。他三番五次从那儿跑出来，一路呼叫着扑进那个有大橡树的院落。那真是他钟爱的家。港上人把他往日喜欢的所有器械都收走了，结果他不得不将一根拐杖当成枪，瞄准、抚摸。每到了下雨天他就泣哭，但常常一个星期里不说一句话。

我是在那棵亲爱的橡树下见到他的。这儿一切如故，唯有他真的老了……白发稀疏，皱纹叠生，两只眼睛定定地望我。我那时觉得他肯定认出了我。我发现他手里紧紧攥着的拐杖在抖。

从见到他的第一眼我就明白了，我这十多年里不仅是因为恨着他才没有将其遗忘。我之所以要极力摆脱，是因为他必定要永远存在于我的生活之中。这是个不幸吗？橡子树下，除了他还有两个港上的年轻人，他们大概正在设法把他弄回疗养所。如果不是我在场，我相信他们会强制他离开的，因为舍此也别无他法。他们说："你爸呀……"每一声都像锤子击打我的心。

这一天我提前离去了（我这样做的理由是让他们把他尽快弄回去。这样会好些）。

走出院子，头脑中一片茫然。除了记得起继父那双呆僵的眼睛外，不记得任何一处特征，比如他穿了什么衣服、胖还是瘦，等等。

我还感到奇怪：十几年后重新站在这个院落，却全然没有了预想的那些激动。就那么站着，看着，没说一句话又走了。

3

港上交给我一把钥匙，我装在兜里，一整天都在城街上游荡。我去看了大街十字口东侧的那个杂货店，发现那儿摆上了许多轻巧别致的轮椅。从店里出来，打听那个下肢伤残的钟表师傅。摊子还在，回答说那人已过世多年了。

黄昏时分我才走近海边那个水泥平台。但没有踏上去。

天黑了，我要回家了。空无一人的家，再没人伸手抚摸我一下，尽管我走了那么远的路才归来。这一程花掉了十六年的时间。走近离家几十米的巷子，听到了哗哗的树叶抖动声。一阵风微微吹过，我蹲下来。

妈妈十六年前就在这儿倒下。是她的手掌在抚摸我的头发。真的，她把我的头发梳理了几下，又撩起了我的衣襟。妈妈就是这个巷子里的风，妈妈。

十六年前的气息一丝不漏地贮在这幢屋子中。一步一步走近我那间小屋，一伸手摸到了自己的床。我拱在上边。

那个老式柜子还在，一切都在。紧紧地挨着它，从未有过的踏实。

这一夜没有开灯。多好，漆黑的夜色。一个人伏在伸手不见五指的黑暗里，只想早些睡去。天明以后我有重要的事情要做。那条河啊，那条久违的河啊。

天亮了。这时我才看清了屋子里的一切。到处蒙尘。每间屋子都待了一刻，但没有掸去一丝灰尘。水池干裂，厨房里生了一株蒲公英。院内被风旋了一堆干树叶。大橡树上再没有了跑动的松鼠，什么都没有了。无花果树死了。

我吃了点零食就出发了。

通往河西的路一路簇新，布满了各种辙印，宛如昨天。野鸡、布谷鸟、土百灵，它们竟然鸣叫如故。原来除了人，什么都不会衰老。

河到了，水声不像过去那样响。说不上是失望还是怎么，这儿仍旧没有桥。走到近前才知道，如今已经无须搭桥：河流基本干涸，只在中间余了一线水。

河西的林子也疏了。越往前，这种感觉越分明。还离很远呢，那茅屋顶就让我看到了。双手汗津津的，攥紧了背囊带子。我渴望听到那只花狗的吠声。没有。

茅屋四周静悄悄。推开柴门，院内扫得干干净净。篱笆墙的一侧有牵牛花、豆角之类。几只鸡在墙下。一位老人顶着白发、弓着腰出来，端一簸箕蘑菇——她一抬头看见了我，大声叫起来（是小雪母亲，她耳朵聋了，可一眼就认出了我）。

"孩子啊，是你这孩子！"她抱住我的胳膊，拍打我，拉扯我。她开始擦眼睛。

进屋后好长时间我什么也不敢问，因为我已经听惯了不好的消息……她说他们都进林子了，那儿开了一小块地，如今这是个忙时候啊。我身上立刻一阵轻松。

我想那肯定是小雪和她父亲。看来他仍然硬朗，这使我非常高兴。在老人的唠叨声中，我看了这三间正屋，然后再看拐向南边的三间，这是我度过无数美好时光的地方啊，我差不多又嗅到了炭盆的气味。

可是我很快又怔住了。我被钉在了门口。有什么轻轻地、然而是朝我的心尖上击打了一下。我看到屋内有两间隔壁被拆掉，变成了宽敞的一大间。一尘不染的屋里有书架、桌子，上面摆了杂志和书。最里边的那间是卧室。

（一股温馨的家庭气息。）

老人扯着我："快进来嘛孩子。这是小雪的屋啊……哦哟你还不知道，

石壳 —— 也许似过去更亮。

□□ 是水雪还一身扒光了我……

□□ 阳水 □□ 在云飞人眼中流动。邑塘门光 北右

□□ 走同了中平。水雪父亲从后边领着一条

狗跟着走去，我仍希看探眼睛。□ 播座播座，

似此，声音没亮。□ 字这正狗足多一条了，

黑狗、无声无响。

这个夜晚无法恒告。两位主人陪我很坐到

深夜，最后 □ 才来之云云地回去 □□ 了。延婷

主要技厨房和那一间 □□ 给我搭了 □ 新铺。

又剩下我俩三 □ 人啥，水雪又搽去了眼睛。

她 —— 我知与雪当同后 □□□□□□□ "去炕" —— 瘩怪地 □ 搽之

着子和眉睑。去炕除了一双眼睛须中水多藏了

那光艳 □□□ ，生柔都觉自更统 □ 。□ 梦……

□□□□□□□□□□□□□□□□□□□□□□□□□□

小雪跟她老师结婚了，两人过得好，都快快乐乐。他们想你啊，常念叨……"

（对我来说，没有比这更大的事儿了。如果我没有记错的话，那么老师比她大二十一岁。当然，这不是主要的。主要的是我太闭塞、太无预料。我说：这真好。但我不敢肯定这句话是否出自心扉。）

4

与一家四口的聚会是怎样的场景可想而知。人哪，还有这样的重逢。当我眼看着晚霞中一个消瘦的、两鬓皆白的男人手扯一个有些胖的女人向我走来时，是怎样的心情。心在怦怦乱跳，它这一瞬间又回到了少年时代。它按捺不住了。

他们走近了我才看出，他们走路时只是离得很近，并没有扯手。男人肩上扛着铁锹，正用诧异的目光看我。小雪好像比过去还要矮，面色红润，头发乌黑，两眼还是那么亮——也许比过去更亮。

是小雪先一步认出了我……泪水在三个人眼中滚动。无情的时光让人走向了中年和老年。小雪父亲从后边领着一条狗缓缓走来。老人精瘦精瘦，健壮，声音洪亮。身边的狗是另一条了，黑的、不声不响的。

这个夜晚无法睡去。两位老人陪我们坐到深夜，最后才恋恋不舍地回去了。他们在紧挨厨房的那一间给我搭了新铺。

只剩下我们三人时，小雪又擦起了眼睛。他老师疼怜地拍拍妻子的肩膀。老师除了一双眼睛还像十几年前那样火热，其余都显得沉静多了。

他与小雪结婚后，从林场子弟小学辞掉了教职，主动提出到这幢护林茅屋来。这样他们一家四口天天在一起，种地、护林、拿一份微薄的工资。他和小雪每天业余时间都读书，但与过去不同的是，小雪只偶尔画几笔画，不太写了——不，完全不写了。

当他们得知我还在写个不停，马上发出了长长的慨叹。老师急着要看一看我新写的东西，我提过了背囊。我的脸又像当年那样灼烫了。

我自己读。他们听（这个夜晚一切如旧。不，这个夜晚的灯太亮了。那时的小油灯没有了。这光在提醒我时空的转换）。

还是那种低缓的声音。但我的声音变得苍老了，粗浊了，有些沙哑。这是我自己慢慢听出的。

读下去。没有人打断我，读下去。这种声音让我忘掉一切。可是它又同时让人想到一切。小雪在啜泣，但脸上是笑容。我熟悉这笑容。

老师的大手搭在我的肩上，捏了许久。他说："真的，相信吧，现在没有这么动人的书了……这真该是你写的。你终于写出来了……"

我想问我是否接近了那个预言？不好意思。这时候我是羞涩的（他也没有说。直到最后他都没有说）。

黎明时分我才回到自己的铺上。分手时小雪摇摇头：这么多年了，只有你坚持写下来。多么好。你不像我，这么多婆婆妈妈的事儿。

我躺在铺上，望着已经有些亮的窗户，琢磨着"婆婆妈妈"几个字。

小鸟很快在窗外叫了，公鸡也啼。我哪里睡得着。我很想知道他们为什么走到了一起？虽然我明白这是个很蠢的问题。看得出，无论是老师还是小雪，都幸福到了使人嫉羡的地步。

我在小茅屋又待了一天。老师和小雪领我去林中看了他们的菜地，吃了刚从架子上摘下的嫩瓜。由于所有蔬菜都是长在林中的，地力又好，几乎不用施肥，所以它们的味道好极了。任何地方都难觅这样一片菜园。老师弯腰在那儿劳作，熟练、快捷。他劳作的身影真美。我注视他干活，突然脑海里闪过了韩哥。天哪，他们从背影上看简直一模一样！

一日三餐都是小雪做。她的母亲只不过偶尔帮一下。她扎了围裙，两只手忙个不停。大概这就是"婆婆妈妈的事儿"了。有一会儿她在水池边洗菜，不知怎么吐了几口，脸色也变了。我十分焦急。她还是笑，说你不懂这些。

（她马上要有一个孩子了。这也是"婆婆妈妈的事儿"。）

我要离开了。行前小雪一声不响。她为我准备了许多东西，我差不多一点也带不走。我说可能会再来、不久就来。他们将信将疑。老师很认真地对我说：考虑你的婚姻吧，这样不行。小雪在一边说：你啊！

5

返回省城最初几个月，一直被事情缠住。报社老师的日子似乎好过了一点，人变得活泼了。他为我不知疲倦，热情始终如一（他是令我费解的好人，也是我一生流浪中遇到的又一个关乎命运者。这些人像明亮的宝石串在了我的生命线上。由此看，我又是个幸运者）。

经过各种周折，我的城市户口解决了，印刷校对工的位子坐稳了。后来我又谋到了另一个差事，业余时间为一份艺术杂志看稿，成了业余编辑。这使我有机会接触更多的"文化人士"。在半年时间里，我又发表了两篇作品。这就是省城，这就是它吸引我的方面。除此而外，我从来都没能适应它的嘈杂。

那次故地之行一直缠在梦境里。海边上的牵挂使我不知如何是好。偶尔泛起的强烈不安都是因为它，它让我忍受噬咬般的感觉。

不久又被另一种心情所淹没，即爱情的渴念。小雪和老师说得真对：我啊！该想一想关于她们的事情了。这把年龄尽管使我沉稳多了，但有时仍不免冲动。我似乎不太能独身一人地走下去了。特别需要另一个人。这个人要发出柔和的声音，有绵软的性情。这个人必得是女人。

可是周围没有。省城的老师并不关心这个。我从熟悉的女性中也听到了太多嘈杂；而且她们并不关心别人，特别是我这样的人。

我照过镜子。几十年的风尘扑打使这张脸过早地陈旧了。它没有了起码的光泽，皱褶多得过分，而且，那眼神看上去还缺乏善意（这多么冤枉。我的体察和同情万物之心啊，怎么说呢）。可是眼神……它肯定是被旅途上的风吹坏了。我久久地闭上眼睛。

有时想到别人的幸福，总觉得人家幸运。小雪老师五十岁了，拥有了小雪。小雪可不是一般的人。看看她现在微胖的、不高的身材，看看她红濡濡的脸。她多么可爱。她的少年时代我最清楚不过，她没有一丝污浊地成长起来，然后，交给了老师。

（像她一样，我也爱那个人。不过，事情或许还应该有更为妥当的处理方式……）

在情感方面徘徊的日子尽管短暂，可非常熬人。这不行。我写下了许多煎熬。我在这个方面富有理想，求全责备，又略有自卑。这矛盾的性格啊，这样不行。

有一次去送稿子，无意间遇到了一个叫"雏"的姑娘。她二十多岁，美丽而谦逊。她甚至喊我"老师"。像心目中那些可爱的人一样，她也在写作，而且写了许多。老师为我们做介绍时互相看了看。看来看去的目光启发了我，让我即刻得知他在牵挂我的婚姻。

　　后来只是来往。我去找她，她来找我。我们在一起很少说话，她像我一样沉默。我喜欢她是有原因的。她如果嘈杂，就不会吸引我。

　　雏写出的东西非常稚嫩，稚嫩到与年龄不太相符的地步。但我喜欢。我把她写的放在手边，时不时地看。

　　这是个徘徊阶段。后来我想起了那个山区少女大胖以及她的母亲、她们对我的挽留和款待。我特别仔细地想过了大胖被那个做报纸的人领走的经过。那人说喜欢她这样写，说一声"走"，就领走了。

　　这个星期天，雏又来到了我的宿舍。我们谈到了海、海边小城，那里的一切。她一直大睁神往的眼睛。一股热流从胸间腾起，涌到了脸上。我突然站起来说：

　　我喜欢你这样写。走。

　　她一动不动（后来可能才明白了我在说什么，脸红了）。她摇了摇头。

　　后来我进一步明白她不会跟我"走"。留在城里也一样，她也不愿意。她正默守一些奇怪的规则（城里姑娘的复杂规则，我一辈子也弄不懂），不能与我生活在一起。

　　但她是多么好的一个姑娘。很羞涩，很内向。

　　我于是遇到了痛苦。

　　夜里我尽可能想一些别的事，甚至从头回忆往昔。有些事不愿想，就硬逼自己。又想到了继父，想他的呆滞和衰老，一次次从疗养所逃出；后来特别想到了出走前夕的那个丛林黄昏——他在不远处看着我。在那个万念俱灭的悲伤时刻，他在牵挂我。于是，那一幕被我记住了。我的思绪停顿在这儿。我突然明白它是一个硬块，许多年来——从故地返回就尤其如此——在硌着我。

我觉得应该把他从疗养所接回家。这是我的责任（而且我还可以远离了雏。让我远离她吧）。

6

暂且告别省城，匆忙奔赴海边城市。这次或许是在履行一个并不存在的义务，我因此而有些激动。大概这不容易做到呢。

我来得正是时候。继父把疗养所的东西毁掉一些，又一次逃出。他弄丢了钥匙，试图翻墙时摔了一下，手脚伤了。我见到他时已经出院，但行走还是困难。他见了我就含含混混地喊：回家！回家！

我们真的回家了。

我给他打扫了那个阴冷的房间，把被褥重新晒过。他立刻安静下来，端坐一角，面带微笑。不能忍受的是我，一抱起大衣和被子，浓烈的汗臭就混合了火药味儿扑来。一掀褥子，是那一沓沓整齐摆放的、五颜六色的纸。这么多年过去了，它们还像原来一样。我没有动它们。

经过一天晾晒，被褥松软了。我小心地按原样铺好。

老港长和鹰眼等熟人一一来过，握他的手，拍打，大声叫他的名字。他们说这下好了，"老有所依了"。他呆望着，鼻子里发出"吭吭"声。

他夜里很早就要入睡，因为倦了。白天如果我不在身边，他就扶着墙壁过来。我必须活动在他的视野里。他那毫无表情的目光总随我移动。

我发现自己被困住了。我差不多没有机会离开屋子，出门买东西也要快快来去。有一次我刚离去他就倒在院里，脸上手上全是伤，衣服涂满粪便。为他包扎伤口、整理卫生，花去了多半天时间。

港上问有什么困难？我说派个人帮一下吧，哪怕每个星期半天也好。他们答应了。

护理员是流动的、兼职的，他同时还要负责类似的老同志。可是他待在这儿的时候，我总算能出一下门。我还要做许多事儿：买菜、把稿子寄给省城；我特别要去小雪那儿。

继父只要不疲倦，即不转睛地看我。但我知道他的意识已经混乱。唯有他的目光，无表情的目光，让人做着无尽的诠释。有时我真想大声问他：还记得过去吗？你在想什么？

可怜的人，老了，呆了，什么都不知道了。

值得庆幸的是妈妈没有活到今天。如若不然，服侍这个痴呆长寿的人就要落在她的身上了。

我就在他呆滞的目光下写着。现在他的目光没有了憎恶，平静了。他什么都不懂，不懂我的激奋、感叹和悲哀。我现在写得最多的就是那个山镇之家，与韩哥一起的日子。我久已干涸的泪泉正为他重新涌流，流个不息。我的一生被几条线分成了不同的部分，是韩哥给我划上了极深重的一条。谁能测出我对他的依恋、我爱的深度。他的离去给了我某种毁灭感。这种感觉补救不起，无论是谁，无论是迟来早去的欢乐，还是失恋的悲伤，都不能补救。

我和韩哥经营出一种人生的诗意。现在到哪儿去寻那样的吟哦之声呢。那条悬溪日夜鸣响，为我们伴奏。比起韩哥的吟哦，其他的声音都显得粗浊了。

无处诉说。只有这纸上的倾谈，念想。

我即便对小雪也没有谈那个可爱而不幸的人（后来又一次去河西茅屋，感受那迷人的温情。他们的结合越来越能引起我的赞许，我在心里为他们祝福，一直祝福。他比小雪大得多，因而更像个父兄。我从他消瘦而振奋的、和善的面容上，看出了迟来的幸福。他的前半生充满艰辛，经历了弃家、妻离、沦落。这会儿回报来了，如此丰厚。整整一个小雪都归他了）。

小雪夫妇得知我在服侍继父，一致首肯。小雪甚至说：多么可怜哪。同意她的看法。一个生擒过外国将军（不能确定的传闻）、有过功勋的人，后半生竟做了那么一沓子事。不过这为了什么？我将好好思索。这一切是沮丧，还是自负引起？大概是前者，大概从某一天起，他就沮丧了（关于继父、他与母亲和生父的一些瓜葛，我在这几十年的游荡中总算略知了一二。这也是促使我最后待在他身边的原因。但要把一切从头叙说，我想那还要留待以后）。

小雪生了个男孩。娇嫩的小娃娃在那儿放着，她自己却像没有做过什么似的，依然那么利落、健康。她很幸福，用母亲的眼神去看孩子。他更是如此。不过他越来越瘦了。从他身上我察觉到，过分的幸福也会使人疲累苍老。

最愉快的大概要算小雪父母。他们太高兴也太操劳，走路时不自觉地弓腰。他们在娃娃跟前对答如流，旁若无人，与那个刚降生的小生命、也与自己。

我仅仅在小雪家度过了一天，继父就按捺不住地躁动。护理员见我回来就嚷："你再也不能走远了，他不行，他火气很大，有时故意跌倒……"

我回来，他又恢复平静。他的目光像过去一样，只呆呆地看我做事。

想不到事情会结束得这么快。大概从河西回来的第二个星期，天变了，下起了大雨。隆隆的雷声震响窗棂。继父扶着墙张望外面，面带惊恐。我费了半个多小时才把他安顿到那张大床上。

一直到半夜大雨还在下。睡不着，后来突然听到雨声里夹杂着什么响动。最后我听清院门在响——它被打开了，厉风砰砰掀动门扇。我立刻翻身坐起。继父屋里的大床空了。我奔出房间时已经晚了。只是很短的一段时间，一切就结束了。继父躺在离院门不远处的一个水洼旁，身上的衣服还没有湿透。暴雨溅起的水泡糊在脸上，他是窒息而死。

7

离开省城的时间比预料得要短多了。可是悲伤长得难以祛除，它们真的存在。继父的逝去留给我的并非全是解脱的轻松。我那时模模糊糊觉得在为妈妈做这一切，后来又觉得不是这样。

但城里的日子在好起来。除了继续做校对之外，那个杂志有意要我。公职有望解决，这在我是多么重要的一件事。

我尽情地忙碌，这也是一种必需。只有不停息地工作才能暂时让我忘却。这只偶尔成功，特别是白天。

到了深夜往事就要缠住我。因为操劳过度，头疼，受伤的右胯骨更疼。这才是难熬的时刻。随着年岁的增长，我由喜欢黑夜转为讨厌它了。它太漫长，

一个一层一层走去两人。这了邮不让人委谢
。我对她说：你走着吧，我会一如又苟
地对你好。

她寄给寄过了我专见仲写不正过字。
她很惊诧，说："原来这邮，天。"她望着要
把邮号字在小纸上上与要改全抄一遍，抄在信
邮号纸上。我阻止了她。

他说：看见你字这些字吧，就知道你
苦，按理说今后不该再有了。

她说以多么好。圣命笔陪人走却给了

结婚第三年正纸正，也就是39岁当一里
，我害了第一次中风。整个右作边不听动，
经过很长时间治疗，差羊能拄着拐走路。
这期间看了对我不足科到的律姑说半天

除了夏天，它总是很冷。

想得最多的就是身边一些人的命运。我特别不忘那个奇怪而逼真的梦境：一群凶神恶煞用一束纸抽打一个消瘦的男人——我的生父。可怜他倒下又爬起，后来就永远地伏在地上……果真如此，那就真的应了与生俱来的感觉，我们一家人哪，怎么说呢（妈妈死于风，继父死于雨，而生父死得至为奇特——他死于纸！）。

轻飘飘的纸页，置我的生父于死地。想到这里也正好可以佐证当年妈妈对我摆弄纸张的恐惧了。她有理由，只是她从不告诉我。

（幸好我是个会做梦的人；还有，我有非凡的记忆力。就这样，我靠自己的努力战胜了遗忘，找到了生父。）

我相信自己是在无形的牵引下，这些年沿生父的路线一步一步走过来。我相信自己目前就是生活在他工作过的地方。这就是省城。

在我即要离开校对工作的前几个月，发生了什么。这事其实一直在发生，只是尚未察觉罢了。校对科有一位三四十岁的姑娘，没有出嫁过。她比我大整整六岁。她也是少言寡语的那种人，不言不语地对我好。她姓雷，叫"雷子"（多么温厚的人，却有那么可怕的名字）。雷子长得略胖，脸色微黑，发红，只要端量一会儿就会发现很美。而且这美经久不息。

做夜班时，她把仅有的一块红薯给我。她还为我洗衣服。但她并没有说出什么。是我感觉到了，喜欢上了，并先于她提出了。她没有拒绝。于是在求得正式公职之前，我和雷子结婚了。

就这样，我在三十七岁的这一年告别了缺乏爱情的年代。我第一次得知女性的美好，这美好真是无处不在。她为我做的，远比想象得多出许多。她微胖的身体在寒冷中散发出热力。我爱她，胜过自身。

有时我也感到奇怪，这么好的一位女性，为什么那么大了还没有嫁人。她在等我啊，等一个一瘸一瘸走来的人。这不能不让人感谢。我对她说：你看着吧，我会一丝不苟地对你好。

她当然看过了我半生写下的这些文字。她很惊讶，说："原来这样，天。"她坚持要把那些写在小纸头上的东西全抄一遍，抄在像样的稿纸上。我阻止了她。她说：看看你写这些字吧，就知道你受了多少苦，按理说今后不该再有苦了。

她说得多么好。然而实际人生往往相反。

结婚第三年的秋天，也就是三十九岁多一点，我害了第一次中风。整个身体的右半边不能活动，经过长时间治疗，总算能拖拖拉拉走路。这期间多亏雷子对我的照料，她的耐心体贴该是天下第一吧。我为了使她轻松一些，拼命锻炼，尽力做到生活自理。我是个争强好胜的人，我做到了。

可是雷子为我耗的是心血。她在婚后三五年时间里，白发像草一样出来了。她成了白发美人，越来越美，皱纹也改变不了这一事实。她比先前胖了，也更加体贴。"我的老伴啊！"我开始像那些年纪大的人那样呼唤她了。我们的爱与日俱增。我们在后来已是形影不离。

我中风后不久即传来那个噩耗：小雪丈夫去世了。它首先是对小雪的打击，其次是对我（那个预言尚未实现。他还没有听到关于我的最好消息。他曾多么企盼。他难道错了吗？如今人去了）。

这噩耗加剧了我的病痛。最难熬的日子，我就让雷子为我读书。她作为一个校对老手，读起书来流畅甘甜（人哪，说走就走。东北方又变得空空荡荡）。

好人说走就走，这已是生活中的一个定义。眼睁睁看着他们走，这是什么苦。

我想不出小雪眼下的情形。也不敢想。

8

接下去的这许多年还算平静。我与雷子相依为命。我们只是两个人，没有孩子。这期间我们曾做出的重大决定，就是让小雪和孩子进城一起居住。没能实现。因为小雪在那个林子里还有年迈的父母。就是没有他们，她和孩子也不会来。她在守那幢茅屋。我理解小雪，理解许多说不清的缘由。

这些年我更加勤奋地写作。因为有什么在催逼，使我觉得十分紧迫，没有时间了。幸亏我的右手不像左手那么僵硬，我可以一口气挥笔十个小时。这情形多少有点像童年和少年，可现在我是快五十的人了。

雷子怜惜我的身体，劝阻我，见持笔的手不能停下来，就无声地流泪。她忘记了自己。她的全部身心都用在我的身上，吃饭时，总要亲手为我围上围嘴（因为中风后的手不灵便，常把米汤洒在衣服上）。我在她身边就像一个衰老的婴孩。

她处处迁就，对我那些不知来自何处的焦愤和急躁忍而又忍。她愿让我对她发泄心中淤积，对她发火（这情形有过，但事后让我倍加痛苦）。我十分爱她，唯担心有一天离开，把她遗在这座省城。她在这儿没有一个亲人。那种孤苦伶仃的情状不敢多想。仅仅为了她，我也要变得坚韧一些。

一想起小雪、她的丈夫，就想起他对我的那个期望。我的写既是内心渴求，又是回应他的心愿。我除了上班，做完公家事情，余下的全部时间就是伏案了。雷子或许为了证实自己的判断吧，有一次问："为什么要写呢？不写会怎么？"

　　刚一发问她就胆怯了。她轻轻地呼吸。

　　我无法回答得准确。我想了想，说："会死。"

　　她一点也不吃惊。她大概早想过这两个字了。

　　雷子原来曾是十分健壮的人。她的身体衰弱下来，完全是从我中风之后。她的操劳增加了数倍，心里也全是牵挂。她本来就大我许多，这以后里里外外奔波，常常累得病倒。后来她已无法上班，就辞掉了工作，提前一年退休。可是这并未缓解她的劳顿，因为我在她退休的当年又令人厌恶地第二次中风。

　　这次拖延的时间太长，无论对我还是对她，都是一个致命打击。我被全力挽救，但最终再也离不开拐杖。她一天瘦似一天，脸上没了红润。我突然明白她真的衰老了（我对她的爱也没能阻止衰老的步伐）。

　　她开始失眠、脱发，常常发烧。种种迹象都令人不安，但每一次从医院归来都笑着报一个平安。

　　这样直到我四十八岁的那年春天，她最后一次去医院，再没回家。

　　就这样简单，这样悲惨。我失去了老伴。

　　深夜，只剩下我一个人失眠了。想了多少，特别想到的一点，就是我终于走在了她的后边，没有遗下她。她遗下了我，我又成了一个人了；这也好，因为我这样也惯了。

　　怎么办？余下的时间还有多少，也难判定。唯一不能放下的还是这支笔。可是我发现右手也开始抖了。但我不能迁就，我得好好调教它。如果雷子在就好了，那时她看着我写，右手也不抖。

一部凝聚了一生精力、表达了深情和意愿的书快要结束了。我对它充满希望。我把它写成了，送到了它应该去的地方。我又像个孩子那样焦急了。

等待着。这不是一篇或数篇短文，这是一部真正的书。我觉得这些年来，小雪的丈夫都在用他恳切的目光鼓励我。是他看着我写完这部书的，它不能失败，不能蹩脚。它包含了我的生命之汁、他的美好预言。

等待着。传来的消息让我难以置信，简直是大喜过望。可这是真的。它找到了归宿，我流下了眼泪。这是雷子走后第一次泣哭。

我最后把这些年里的各种纸片包好，细细地捆扎。我所有写成的文字都合在了一起，封在了一个完美的箱子里。我家中最好的一件器具就是这个木箱，很沉很沉。它就像我的一生那么沉。

（木箱摆在那儿像个什么？让我想起了什么？我又将怎样比喻它？我都不敢说出。）

雷子见了该怎样为我高兴。其实不必如此。因为我似乎早已做到了最重要的一点，就是依靠这不停地写活了过来。我并且弄明白了自己，懂得了如何向前。这难道不是最重要的吗？我还企求什么？我还想用它换回什么？

唯独小雪老师没有听到那个预言。

9

我刚刚五十多一点（这个年纪在有些人那儿不算什么），可是因为疾病和其他，也因为孤独，我简直成了省城街头最老的一个人。我不知道还要在此徘徊多久，也不知还要拜访多少人。有些人离去了，见不到了。有些人还勇气十足地活着，比如像我。

我想在今后几年尽快完成一件大事，就是再回故地一次，去那幢茅屋。那将是特别重要的会见，我与她、与故地。无论是生灵草木，还是泥土气息，对于我的余生都是无可估量的重要。

决心之大，使我完全无视眼下长旅的危险。我竟然携上挎包，像当年那样锁门而去。

旅途的困顿、一次次换车、麻烦，全不在乎了。只有一个念头：去那条河、看望那一切。我的急切丝毫不减当年。我觉得一路上心脏都在有力地跳动。比起这心的勇力，我僵硬的肢体就显得可怜多了。

这些年里关于那里的消息全部断绝。这是有意无意中形成的。我在回避那个方向的讯息。那里让人不能遗忘，也不敢遗忘。那里真是神秘啊。

那里当年吸引了妈妈，而今又吸引了我。

那里真是奇特啊。我躲到了省城，逃了千里万里，那里还是伸出无形的吸盘，把我抓个牢定。

对那里，粗话和情话都不管用。那里就是那里。

我挂着拐，背个松松的挎包出现在海边城市街头。没有熟人。他们都在自己的地方。年老的人没有我这样的野性（拖着一条腿远行，迎着西风）。

码头上的船让我看饱。最后是赶在黄昏前去开那个院落的门，没成。那儿原来从继父去世后就被收回了。我不知那里的家当他们如何处置。这样想着，看着从院墙上探出的老橡树。渐渐围拢的夜色中，我向它深深鞠了一躬。

这一夜是在一家散发着腥气的小旅馆度过的。半夜女人敲门，问要不要水？（不要水，也不要火。谁也别来烦我这个老人了。）

天亮后雇了一辆出租车。实在难以徒步穿越那片丛林、跨过那条河了。干涸的河，车子颠簸无比，几乎是一纵而过。

小茅屋一点没变。像往日那么静，黑狗出来了，不叫。它老了。门锁着。我记起了林中的菜地，拨开灌木走去。黑狗回头看了看茅屋，跟上了我。它走得像我一样吃力。

有个孩子在捉蝴蝶。男孩。他歪头发现了我，收回了手。我一眼认定了他。我上前去抱，差一点跌倒。

"妈——妈！"他大喊。

多美妙的童声。林子里全是这声音。

那个背影使我睁大了双眼。她在向这边走，在衣服上擦着手。

小雪除了一双眼睛，其他地方全变了。但她还是比我年轻得多、健康得多。她眼里噙着泪水，不用说一眼认出了面前的人（桤明桤明桤明……）。

我在茅屋住了三天。两位老人几年前辞世了，这里一片清寂。第四天我要离去，小雪又一次挽留。这些天我们都在沉默。一遍遍看拐向南边的三间茅屋，无非为了寻找当年。小木桌还在。可是其他全变了。我看到了小雪丈夫的遗像。

这儿再不能待下去。我得走了。最后的夜晚我们坐在木桌旁。我说：

不吐不足，我没有孩子。但我因此而更加喜欢
孩子。我总是长时间地看着他们，从好心口神出
来，看着阳光在那照亮他们的脸。

　　真美啊。

　　我大概又走题了。

　　我想告诉别人的是，我没有孩子，但若有，
我会建议他经常学绘——这是一个人最健康的
活法。人生不能逃避，不能做个胖女人，可以
重新学会面对自己，学会记录和沉淀自己的内心。

　　把每一人生活去表会。当实现

　　到一个不学泥水，手艺技技成的老人，那
就是我了。我已经好啦了一辈子，走到现在也
不后悔。可以说也不必怪啊我。

　　我仍幸幸书爱你们。

　　　　　　　　　　　　1996年11月10日于北京

"我特别爱你。"

她点点头。

至此，我们全部的话都说完了。

第二天我就启程回去了，回到了埋有妻子的省会。

（我得在这儿过下去。与小雪不同的是，我没有孩子。但我因此而更加喜欢孩子。我总是长时间地等待，看着他们从学校门口涌出，看着阳光怎样照亮他们的脸。真美啊。）

我的故事差不多讲完了。我仅仅想告诉别人，我没有孩子，若有，我会建议他经常写作——这才是一个人最健康的活法。人生不能逃匿，不能做个胆小鬼，所以要学会面对自己，学会记录和注视自己的内心。

我独身一人生活在省会。当你们在黄昏时分看到一个步履艰难、手拄拐杖的老人，那就是我了（我逞能好胜了一辈子，直到现在也不服输。所以谁也不必怜悯我）。

我最后想说的是：我非常非常爱你们。

缀　章

碎片

像许多人一样，我也到了收拾梦中碎片的年纪了。或许我的情况更糟一些：双眼大睁，任凭思绪与梦境相混。不，也许它们本来就是一样的，本来就没有什么区别。我无法分清什么是真实发生的，而什么又是幻想和臆测。是的，我说过，它们本来就混在一起，无法分清。

纸

一想到"纸"这个字眼，就让人有一种温煦、一种富足的感觉。拥有许多纸，也就应有尽有了。薄薄的，匀细光润，各种颜色，简直非人力所能为。有人将发明纸的那个人当成神仙，这原是对的。我囤积纸的癖性由来已久，根深蒂固，不可救药。我用不了这么多纸，也无法传之后世，惟痛惜这些纸在身后的不测命运。当然，我会未雨绸缪，想想办法。

十几岁之前，纸是极珍贵的东西。那时的人吃物匮乏，连青草都吞了，树皮悉数剥下，哪里还有纸。有人吃一种棕色的土，黏而细，有香味，捏成长条，从一端吃下。这时没有纸。小学生的课本是黑粗纸印的，字与纸的颜色几乎相混。但我就在这时对纸着了魔。

我那个粗鲁的继父把纸藏在了床下，翻开他的军大衣和褥子就能看到一叠花花绿绿的纸，极薄，香气四溢，是用来卷烟的。我小心地抽出三两张，这是第一次偷。那时一般人家简直没有一点纸头，进门后四下张望半天就是找不到纸的痕迹。这是真正的贫穷。而继父竟然把一叠叠纸压在身子底下睡觉。大概他也知道这有多么奢侈，故而藏得严密，且与之相伴同眠。

后来吃物多了，粮食有了，纸也就不再罕见。最先看到成捆的白纸是在海港路代销店：柜台上有酒坛和醋坛，还有一捆纸。它要五分钱一张，贵极了。我买了一张，妈妈也买了一张。继父脸色很坏，他当然嫉恨。

我把所有的纸写上字之前，先抚摸它。它微笑着，好像说：来吧，给我写上吧。

关于纸，我三十多岁算是见了大世面。那是进城后的事，那天由人引领，我来到了一个印刷车间，于是看到了堆成一人多高的纸岭。我的心立刻乱跳起来，两耳嗡嗡响。这些纸垒得像巨石，或卷成了碾砣一样，浑身闪烁着兰花瓣的光泽，嗅一嗅有千层菊的香味。我见四下无人，就伸手抚摸了这成堆成岭的纸。粉白色的纸体温与人相同，约三十六度。黑纸凉一些。有一种菊红色的纸有些烫，像发着低烧。

也就是那不久，有人送给一叠印了方格的纸，美如画幅，我小心地收起。看许多人怎样使用：每一格填上一个字，有趣而神秘。这让我想起了种地：先修好畦垄，然后再播种。

一天半夜，我梦见那一叠簇新的纸打上了雨点，头上急出了汗珠。我醒来一遍遍抚摸完好的纸页，再也没有睡意。

那时我认识了一个叫雏儿的姑娘。这是我三十多年里的一个突出记忆。她微胖，有刘海，脸上一层细小的茸毛闪闪烁烁，大眼像猫一样。我对她的到来只有感激。尽管三个月了，我们之间手都没有碰一下，也没有说什么表明心迹的话。渴望结束单身生活。我比她大许多。她第一次来到这寒碜的住处，直笑：你这里什么也没有。

我让她看了纸，一共几叠，其中一些是十几年前的积存了。我送她二十张浅红色的纸，她收下了。我一直记得她转身的样子，那条粗粗的发辫垂在背上。多么好，这座城市有雏儿这样的姑娘。

我还想送她一叠方格纸。可是她没有再来。

心力

我的确拥有过一种特别的能力。这不能与人讨论，因为它不会让人明白，也许仅存在于极少的一部分人身上。当我发现自己具有这种能力并尝试使用时，仅三岁左右。后来它就消失了，消失得一丝不剩。我渐渐变成一个与他人无异的生命。

那时我在一隅独处，在无声无息的角落里，屏息静气一会儿，就能记起许多出生前后的事情。妈妈常被我的只言片语弄得大惊失色。比如我说出了许多年前的那个下午，我和妈妈刚刚下船的情景、我们在码头上等人的焦虑。那时我还在怀抱中。

她和继父极力想让我相信，我是他们的孩子。后来一切都难以掩饰，他们也就绝望了。继父肆无忌惮地打骂，知道我心里恨他。可是他没有更多的办法，我的不声不响最令他害怕。这样的时刻，我的眼睛望向他，他是恐惧的。他老熊一样的后背疼得一抽一抽，弓着去里屋了。

　　我闭上眼睛，就能看见许久以前的那些人。我能够毫不畏惧地与他们交谈。比如慈祥的外祖母，我可以依偎在她的身边。失去了外祖母真是不幸。还有我的生身父亲，他成了我一生寻觅的人。妈妈不愿说他，她几乎从不提他。

　　我曾在一个月的时间里未发一声。这让家里人害怕。聋哑病？医生背着药箱来了，查而无果，扔下一包钙片走了。一个月的时间够长了，这段时间我一直在想自己的生父。高个，瘦削身材，沉默。一双深深的目光。我叫了一声父亲。他开始用胡荏蹭我。泪水横流。

　　因为洞悉秘密及其他，继父愈加恐惧。我在他弓着厚背出门时使尽心力，想让他在跨过院子当心那摊脏水时狠狠跌一跤。果真如此。这次摔得可真不轻，他破口大骂离开了。真是快意。我还用相同的办法弄碎了他手里的酒盅：当时他正温了酒端起来，让杯子在胸前晃动，我心里想快了，杯子就要爆了。砰一下，杯子碎了，酒溅得满身满脸。这瓶酒是港长送他的，他用指头蘸了一点品尝，大骂。

　　继续想父亲。我看见他被人推上高高的台子，一群人挤挣上前，责骂，还卷起一叠厚纸，卷成一根棍子那样，一下下抽打他的脸。人群快意极了。父亲脸色蜡黄，身子摇了一下，好不容易站住。可是当太阳变得通红时，那些人又开始抽打。人多得密不透风，他们堵在一起，让我再也无法看清他的脸。父亲不知什么时候躺在地上，有人踢，踢，他一动不动。他再没有动。四周全是一种黄叶树，叶片纷纷落下。银杏树，秋天。

战争的气味

继父尽管是被贬来小城的，但因为是战争年代过来的人，所以仍旧使人畏惧。他最初被送来时，押解的人说：好好看住这个人。港长成了继父的顶头上司，可是他不仅未能严厉管教，反而对这个人心存畏惧，还有崇拜。继父喜欢枪支弹药，于是满屋里全是火药味儿，大大小小的枪支不少于五六支。

整个人都是火药做成的。巨大的身躯是一架大炮，支在泥土上可以击退成群的敌人。听说他亲手逮过敌人的一个将军，于是小城人都认为这个人胜似将军。敌方将军威名显赫，继父原以为那是一个威武的大汉，谁知逮到手中一看，完全不是那么回事。将军只有一米六三，黄黄瘦瘦戴了眼镜，手指细长。

继父不乏传奇。一颗炮弹炸开了，死伤一片，继父被炸起几米高，与泥溅一块儿腾起又落下。一个班的战士上来挖开泥土，从发烫的弹屑中扒出几具尸体，又找出继父。他自己站起来，扑打一下身上的泥土，骂了一句脏话。他全身上下仅有一二处擦伤。师长有一次来团里，让他脱了衣服看一遍，说：你就是那个炸不死的人？

在海港小城，这个不可一世的人满心怨气，无法无天，根本不把他人放在眼里。所有的人都怕他，或躲避或讨好。其实他是戴罪而来的，什么罪不知道，但肯定够可怕的。他整天搬弄的那些枪本来是港上保卫处的，由于他喜欢，就归他了。世界上什么怪事没有，他竟然能够戴罪为王，在小城里作威作福，连港长都怕他三分。

继父所有的东西都是军用品：被褥，水壶，大衣，靴子。只要不是从军队上来的东西，他都有点鄙夷。那件军大衣足有几十斤重，厚得吓人，有毛里，大铜扣子，上面还沾了野物的血。他剥制动物时两手不停地在衣襟上蹭，妈妈离开很远看着。他屋里全是可怕的东西，这是他的积存。妈妈平时不和他在一起，只是在他喝醉了，或是一些特殊的时刻才去照料。

这人酒量大到了令人难以置信的地步。有一次港长和几个人被他喊来喝酒，每人面前摆两瓶，所有人都倒下时，他却将大家剩下的酒汇到几个大口碗里，然后咕咕灌下肚去。这一天他竟然没有醉，只是脸色苍白，一声不吭。这个夜晚妈妈陪了他。还有一次他在大街上与一群人莫名其妙地干上了，那一伙痞子至少有十几个，手持刀子和钢筋往前扑，结果被他用那双带铁钉的军靴一口气踢昏了三个。不过最后他还是头上流着血回来，那是被钢筋戳的。这样的夜晚妈妈也要陪他。

一切都毁在了醉酒上。他因此而留下了永久的罪孽。有一天他歪歪扭扭骑着那辆大摩托，刚从海港路拐出就撞在了一个少年身上。少年只大我一岁，名叫永立，却从此再也离不开轮椅。继父身上的罪恶，一生难赎。

妈妈讲继父时，我不发一言。不好奇，不询问，不拒绝。我不知道妈妈为什么要来到这个人的身边。可怕的选择。他是你的父亲啊，妈妈故意这样说。我懒得否认。我厌恶关于他的一切。他不爱我，也不爱妈妈。我曾看见妈妈在他炸雷一样的呵斥声里全身颤抖。妈妈啊。我不止一次被他揪住暴打，只因为我不吭一声。是的，我用狠狠的目光盯住他。

阁楼上

一只大猫来到我们家，无声无响进了院子，然后径直进屋，再往上，去了阁楼。继父闭了一只眼，像瞄准一样看了看它。我真担心它吃一颗枪子。因为门前的大橡子树上玩耍的松鼠就被他干掉了。那只猫大摇大摆地来了。我也随它去了阁楼。

这儿阴黑无光，要待上许久才能看清东西。一些杂七杂八的物件，坛坛罐罐，纸箱，特别是那个式样古老的大木箱。猫嗅过了每一件物品，然后依偎了一会儿那只木箱，才走下阁楼。我看着它来了又去，简直无法解释这次造访。继父竟不敢动它。类似的情形还有几次。我宁可相信这是一只精灵，它来自一个神秘之地。

无论何时，只要家里人找不到我，就知道我在阁楼上。靠近三角小窗的地方有木板和纸箱做成的一个窄床，我就躺在那儿。从这儿可以看到院子，看到院墙外的一截街道。大木箱里散发出一股麦穗的香气，面包的味道。其实里面只有书，旧书。这是外祖母一家的至宝，不然母亲不会千里万里携到此地。可是不知因为什么，木箱从进门那一天起一直藏在这里。深夜它发出声音，直到天明。一高一低的声音。只有我听出那是两个人的交谈，是外祖母和我的父亲在交谈。

父亲清瘦，外祖母微胖。他们真是洁净啊，如果在今天的小城里有这样两个人就好了，那样整个小城都会变得令人景仰。现在这儿都是一些灰蒙蒙的人，他们的面廓模模糊糊的，走在清晨的海雾里，咳嗽，打喷嚏，急匆匆的。听听我这两个亲人的谈吐吧，语气徐缓，多么儒雅啊。外祖母的眼睛像外国人一样深陷，嘴唇微微有点翻，那是像孩童一样红润的嘴唇。外祖母一边说话，一边抚摸她的猫。她甚至亲了亲它，它眯起眼睛看了她一眼。

我在小窗洞下看过了所有的书。这些书在阴暗的光色里气味浓极了，是几十年前的异地气息。他们，我是指外祖母和父亲，在我读书时就不声不响了，只心满意足地看着我。我感受着外祖母温柔的手掌。这些书有一多半是难以读懂的，但它们仍然让我无法放弃。一些古旧的物品偶尔会在箱角滚动，如一粒扣子、一枚古钱币。有一次我还发现了一只怀表。拨了拨弦，天哪，它嚓嚓走动起来。从此我知道了时间的形状，它上面满是刻度。

大轮船

它常常发出骄傲的声音。不必到近前去看它雄赳赳的样子，只要在这吼声里伫立一分钟，就会想到它漂亮逼人的白色。一个大烟囱，上缘发黑，美好的烟在飘荡。它又要启航了，码头上的桥板在铁链子的牵拉下飞快收起。一群人在岸边挥手。它又要去最远的远方了，那里的世界与这里完全不同，那儿几乎是一个传说的世界。

我央求妈妈带我坐船离开。离开并不意味着一去不归。我也许还要留恋这个小院，特别是这棵大橡树，这个阁楼。我还要回来，因为只要外祖母的大木箱在这里一天，这里就是该死的家。可是这艘把我和母亲载来的神奇大船，它总该带上我们重返一次故地啊。那里让我放心不下，因为那里有一个谜，它包裹了以前的我。那里还有一个瘦削的男人的故事，他会在大船靠岸时微笑着站在那儿吗？

我想象偎在他的怀里。我发现了他鬓角的几根白发。一条方格毛巾围在他的衣领处。他扭头去看妈妈。妈妈的脸一直红着，眼里溢满欢悦的泪水。妈妈多么好看，妈妈的眼睛多么大，睫毛长长的，在下午橘黄色的阳光里闪动。妈妈啊，我们终于逃出来了。从今以后只生活在橘黄色的阳光里，这是旧照片才有的颜色，暖洋洋的。我一遍遍抚摸这一层阳光，想象远方的岁月。我于是全部记起了一周岁以前的情景：大棕榈树下的白木椅上，外祖母和父亲正面容和煦地谈话。太阳投在他们脸上的光线让人无法忘记。我神往无比。我问妈妈这就是通往棕榈之路吗？妈妈高声回应。她从来没有这样朗声应答过，无论对谁都没有。

父亲穿了一双蓝色的胶底鞋，脚步轻快。妈妈在我的身后挤眼睛。讲一讲父亲的故事吧。妈妈说他是一个运动健将呢，网球，篮球，无所不能。一个从更南的南方归来的男人，一开始还喜欢穿白衣服，戴一种大檐宽边帽，皮鞋也是白的。这是父亲的父亲对他的打扮。后来不仅服装改变了，整个人都朴素到了极点，变得与当地人一般无二。不过他一说话还有些南音，这要改变也难。父亲的父亲一开始也同他们一起住，后来不知为什么连夜逃走了。真的是逃走，慌得连手杖都遗下了。父亲把老人的手杖藏起来，然后高声谴责。妈妈惊恐万分，看着男人，用不间断的吻来平息自己慌悚的心。父亲无心温存，高声谴责。

我能看见在更南的南方，父亲的父亲坐在另一张白连椅上泣哭，双手蒙面。老人是乘坐一条船离开的，一条白色的大轮船。他真是聪明得很，能够在事发之前离去。如果再耽搁一点点，一切全完了。要知道这是我的爷爷啊。

那些与爷爷差不多的体面老人，只要留下的，都被铁链锁走了。他们再也没有出现在棕榈树下，音讯全无。

一些荷枪的人进了家门，把父亲母亲分开，询问着，在本子上记一些话。父亲高声谴责的声音从另一间屋传来。一会儿是别人的声音：你算了吧。母亲什么也不知道，问话的人就盯着她看，上上下下看。母亲转过脸，那个人就大声咳嗽，来回走动。

橘红色的阳光迟迟不愿收束。这是父亲的光辉。我知道这是早晚会结束的美丽时光，当大地变成浅灰色时，最终的告别就会到来。届时妈妈会泣哭，父亲会轻轻拍打她的肩头，用另一只手来安慰我。走吧，后会有期。一个冷静的声音，真不像是父亲。就这样，我看见妈妈牵着我的手，重新往一个码头走去。那儿的大轮船在等人，它将把我们从橘红色的霞光里拽走。

食土的人

这儿是北方，到了冬天要下很大的雪。除了松树，冬天不再有其他绿色。春天绿色也不多，因为干旱或其他，大地裸露。也没有水，到处焦干枯竭。村庄的长辈连夜议事，商量的事情永远只有一件：吃。因为树叶光了，松树的嫩梗浸过几天也吃掉了。干草磨成细粉，再掺上树鳔之类，做成香酥可口的软糕。但是很快什么都没有了，老人绝望了。有人找来一些木头，浸泡之后用石头砸碎，勉强可以咀嚼。我的牙啊，我的牙啊。老人咕哝着，用力吞下一口。木头吃完怎么办？总不能吃石头吧？

春天将尽时节真的要吃石头，不过这是一次极可怕的尝试。最先下口的是一个壮年汉子，他饿昏了头，把一块发白的酥石弄得粉细，然后吃下去。半天工夫他开始乱滚。这个人胀死了。老人们连夜议事，最后的结论是：这个村庄谁能最后活下去，谁能保住根苗，就看他能不能吃土了。

如果有了吃土的本事，人的忧虑也就无影无踪。泥土多极了，让生命繁衍下去毫无问题。可惜不少人试了，结果比吃石头好不了多少。只有极小数人最终经受了这个关口，最后真的活下来。原来这些人不仅强健泼辣，而且胆大心细。瞧他们先是把一层松松的干壤扒掉，再把湿润的散发着腥臭的泥丸拂去，一点一点往下寻，直到摸着了硌手的姜石，这才大喘一口。姜石下边就是浅黄色的黏土了，不软不硬，像发面装进笼屉之前的样子。一把掏出，嗅一嗅，拳成馒头模样，狠咬一口。

瞧他们大口吞食的样子，村里人马上得知有救了。人们奔走相告，说土是可以吃的，土芬芳无比。这一传不得了，大大小小的人都趴在了地上。可是两天之后吃过土的人都有气无力地折腾，最后只有少数几个活下来。活下来的仍然要吃土，而且食量大增，并且不再有不适感。除了吃姜石之下的细土，他们还试着吃黑土和黄褐土，吃水沟里的青色淤泥。几个月过去了，食土者脸上有了红润，力气也比以前大了许多。

经过一冬一春一夏，村庄里活下来的只有食土的人了。这些人的特征就是口大牙坚，说话声音粗浊，土腔愈重，力气特大，不惧生死。好不容易有了粮食，他们才重新吃起了热乎乎的汤水，饭量大得惊人。不过为了抵抗饥饿，他们有时还要吃一点黏土，通常会把黏土装在衣兜里，想起来就掏出啃一口。令人遗憾的是，食土者的后代比老辈人娇气多了，他们对黏土挑剔得很，扒来找去，土质里不能含有一粒砂子，而且吃前还要在鼻孔上嗅上半天。

战争来了，招上战场的全是食土者的后代。他们的英勇超过常人数倍，总是立下赫赫战功。在死亡将临的关头，他们会不慌不忙，咬紧牙去拼，无论死去或者活来，都是一副平常心情。战场上的勇士没有一个饿死，战场上下来的人永远也饿不死。

不服水土

不服水土可谓大事，轻者闹点毛病，重者蔫蔫日久，最终死在异乡。不服水土的人选择了同一个药方：喝烈酒，喝个不停，杀死异乡毛虫。他们相信异乡里有一些毛虫藏在水与土中，这就是令外乡人不得安居的根源。不服水土者小毛病不断，哪像个扛枪的人。队伍一路往南，最后胜利得无仗可打，屡建战功的军人只得留下，住在生满棕榈的大城市。

街上的女子额头鼓鼓，纤手细腰，眼白很清，个别皮肤略黑，嘴角窝着。放下枪的男人偶尔琢磨女人，牙齿肿胀，目不转睛。不服水土，他们说。一个络腮胡子团长一天到晚骂人，连上级首长也敢骂。都知道他谁也不怕，因为那个首长的命就是他救出来的。胡子团长枪不离身，动不动就放枪打下几只鸽子，有人威胁要给他处分，要下他的枪，他就拎着酒壶找到那人，把枪砰一声拍在桌上：你拿去吧。对方不敢收，他就揣到腰上，说那还是归我，说这枪结果了不少敌人，阴气太重，你留下可没有好处。胡子团长一口气能喝下一瓶烈酒，从来不醉。他在大街上喷着酒气游荡，引来许多目光。上级首长不得不找他认真谈一谈了，他搓着胡茬说：我有什么办法？不服水土啊。

胡子团长给派到一个大机关里，差事与往日不同，这里需要真刀真枪。一个月里，这个机关逮住了十几个暗藏的敌人，胡子团长开始高兴。只要有敌人就好，只要他们敢折腾就好。这些日子里他忘了喝酒，布兵遣将忙得昏天黑地，再无牢骚。有一天他亲自审一个文雅青年，审了半天竟泄了气，发现此人绝算不得什么，抓他的唯一理由是其亲属可疑。而这个雅弱书生显然毫无害处。不过胡子团长可不轻易放人，只让人把青年关了，留待后查。

那个曾经威胁要没收枪支的那个人成了主管，令胡子团长十分不快。他一见那家伙的猪脸就厌弃，看到其动不动就皱眉收唇的样子就恶心。这家伙有些来历，别看身上没有一块伤疤，却一直围着队伍打转，也曾有过军籍，那时专跟文化人过不去，危急时枪毙过不少戴眼镜的。胡子团长知道这家伙也是近视眼，不过至死不戴眼镜。

有一天猪脸过来转了一圈，临走狠盯了胡子团长一眼。两天后有人就把一叠卷宗扔在桌上，他翻了翻，都是那家伙用红笔批的"要案"。让他吃惊的是那个年轻人也在其中，他是从卷中的黑白照片上认出的。多好的眼神，这人怎么会是坏蛋。他将这份卷宗挑出来。一边的人小声说：这人妻子连日来一直喊冤，还往上告呢，头儿一发火连她也关了。

胡子团长喝足了酒，让人领他看关押的妇人。她当时正面窗而立，一转脸把人惊了一下。他咳一声，示意妇人坐下。下面的问话不断被哭声打断。胡子团长的拳头握得咔咔响。他离开的路上对身边人指示：立刻放人，放了这个可怜的女人。

一个星期之后胡子团长得知，那个被他释放的女人第三天又被重新逮捕了，并由猪脸亲自审问。他几次设法去找关押女人的地方，结果都没能如愿。这种秘密羁人的方式并不陌生，这就是那个家伙的拿手好戏。可是这次竟然绕过了胡子团长，这真是欺人太甚。他照照镜子，看了一会儿满脸胡茬，又摸摸从未架过眼镜的鼻梁，揉揉眼，骂了一句脏话，跨出门去。他直接去找猪脸。

我是负责的首长，你要明白这个。这是猪脸说的第一句话。胡子团长忍住，从头把青年人的案子述说一遍，指出这种毫无理由的关押必须结束，人家的妻子更不能收进监来。猪脸再不吭声，只示意警卫进来送客。胡子团长一路上都在回想那个可怜的女人。她的眼睛有一股说不出的神气，这让他心里充满疼怜。他好像生来第一次牵挂一个无辜的女人。他骂了一路。

这一夜他几乎没有睡觉，只喝闷酒。当他黎明时分喷着吓人的酒气出门时，旁边的人发现他的眼睛是血红的。他径直去了猪脸办公室，人不在。那个副手傲慢地看着他，他就让这小子带路去关押女人的地方。副手冷笑：这得首长批示。胡子团长冰凉的枪管顶了一下对方的脑壳：误了大事我一枪崩了你。对方两手抖得像翅膀，直着脖子在前边带路。

那个女人的顽强给他留下了深刻印象。他未敢置信的是有人竟然如此卑鄙，几欲乘人之危强占妻女。这次他了解到，猪脸曾几次暗示：只要妇人应允就一并放人，还答应了一些令人垂涎的条件。女人在他面前哭成了泪人。胡子团长伫立片刻，黑着脸出来。剩下的时间他一直在等猪脸，直到天黑才等来这个人。

巨大的争吵声从办公室传出。一些人围过去，但不敢进门。突然暴出一声枪响。有人喊一声，是那个浑身打抖的副手。他往旁边看了看，像是哀求几个人一起闯入。大家如梦初醒冲进去。猪脸躺在地上，血流了一地。胡子团长手里的枪还在冒烟。

事情的结局有些平淡，上边的首长亲自处理了这桩案子。猪脸拣回了一条命，但要调离原机关。胡子团长收进监里，三个月又放出。他必须离开军队了，最后的日子首长与他谈话，问：愿意去哪里？胡子团长说：这一切的发生，全是因为水土不服。让我重回北方好了，离老家越近越好。首长拍拍他的肩膀，点点头。首长的眼里有泪花闪动。

冤诉

一群鸟儿，还有各种动物，它们是獾和松鼠、黄鼬、兔子、狐狸，许多叫不上名字的野物，一齐围拢过来。多么可爱的模样，让人恨不能一一扳在胸前，捏弄它们的小小蹄爪。可是当我离近了时，又立即有些紧张，因为我发现它们的神情如此冷肃，准确点说是满目冤恨，直盯着我。我后退一步，它们就继续往前。我的前后左右都有动物，我被包围了。这时我才看得清楚：它们身上都流着血，都有一个枪眼。

我的头嗡嗡响，心里开始明白：这是一群动物的冤魂。如果我没有弄错的话，那么这些动物全都死在继父的手里。是的，许多个春天和秋天，更不要说大雪纷飞的冬天了，这个心狠手辣的猎手从未停歇。似乎只有夏天他才安静几日，但也仅仅是几日。我还记得那年夏天的一个午后，天下着毛毛细雨，四只松鼠在大橡子树上嬉耍，他就蹲在屋里瞄准，最后杀死了其中的两个。院子里有一道铁丝，那是他专门用来悬挂动物毛皮的。他把晒干的毛皮摞在厢房里，捆起，向来访的港上人炫耀一番。

如果动物界也遵守"父债子还"的条律，那么我必须毫无迟疑地声明：我不是他的儿子。可你们是三口之家，你们在一个屋顶下生活，这是赖不掉的。动物们坚持道。黄鼬已经扬起了屁股，准备施放致命的毒气。獾把虚伪的笑脸仰向我，隐去了一句恶毒的诅咒。猞猁的利爪急急抓地，那是再清楚不过的威胁。就在这危急关头，两只松鼠挡在了我与其他动物之间。它们想为我讨回一个清白，说就因为阻止那个人的恶行，我曾经被打得遍体鳞伤。为了证明所言不虚，一个松鼠还灵巧一跳，飞快撩开了我的衣襟。几只鼻头凑近了，它们边看边嗅。

结果是一阵沮丧和无可奈何。我禁不住问：你们为什么不去围攻那个恶煞？它们一声不吭。狐狸许久才叹道：那家伙有枪啊，那个冒烟的家伙毫不留情。一片沉寂。只一会儿，无边的冤诉就开始了。

一只鸽子说它是六个孩子的母亲，小家伙刚孵出不久，正是张开小嘴吃食的时候，它就中弹倒地了。可怜六个小雏活活饿死了。我问它们的父亲呢？它的泪水哗哗流下，哽咽着：你要知道，在这个世界上可不是谁都有父亲的啊！我再不吭声。松鼠说：它们两个惨遭毒手后，爸爸妈妈忧伤而死，它们姊弟俩是父母的一对至宝，是生命。松鼠手里有一颗硕大的松果，这时举起来：看吧，这是妈妈一直留在身边的，它舍不得吃，留给我和弟弟，总以为我们还会转活。獾说：我和孩子正在睡觉，那个凶残的魔王就在门口放火，然后又用湿草闷出浓烟，把我们呛醒。不冲出洞口就没有活路，冲出去也凶多吉少。我横下心扯着孩子往外冲，它们刚半岁多一点，吓得搂紧我的脖子。不出所料，那个恶魔等我们一露面就开枪，娘儿俩一起跌在了血泊里。獾的话音被一片泣哭淹没。

湿淋淋的人

许久未见了。我的挚友，轮椅少年，永立，永远站立的人，被命运捉弄的人。在林中，在雪地，我一度仔细辨认轮椅压下的辙痕。没有。所以，当有一天我看见了淡淡的、若有若无的两道印迹，就按住狂跳的心一直寻下去。辙痕消失在林边，似乎一直通向码头的方向。

那次可怕的泳场经历还在眼前。永立被继父撞成截瘫后再也不能游泳了，可他过于倔犟了，硬要像过去一样到水里，让我把他从轮椅上抱下来。可怜的人，当然很快沉下去了。我去拉他，可他拒绝我。我不顾一切把他弄上岸。他的一双手击在我的胸口可真疼啊。他号啕大哭。我也哭了。我们两个躺在沙岸上，旁边是他的轮椅。

你到底去了哪里？我问一个走在前边的人，因为他的背影太熟了。他不应声也不转身，我只得追上去。手一搭上肩头吓了一跳：湿淋淋的，凉到了心口。他仍然往前，我就紧紧跟上。我仿佛忘了他要坐轮椅才能行走这一事实，只顾跟随。到了海边，就是那片泳场，他的步伐一点不曾放慢，继续向前。水达到了我的胸口，他在前边领路。水漫过了我的头顶，除了手脚更加轻快而外，简直没有其他异样。

水下光洁闪亮，安静而透明，草绿得让人眼睛一亮。各种鱼都围过来，一遍遍亲吻永立，他还拥住一条彩色的大鱼拍打了一下，就像久别的朋友重逢那样。我这会儿想看清他的脸庞，就快步绕到前边。我发现他还是那副神情，只是没有了过去的绝望和哀伤。当我去扯他的手时，却感到了一种逼人的凉意。我想这是在水下时间太久的缘故。

永立说：大海与陆地是一样的，只是少一些恶人。大海深处也有丛林，有城市，有各种动物。大家只要因为某种原因到了海底，也就亲如手足地生活下去。这里的生灵不太谈论陆地上的事情，无论是那儿的朋友还是仇人，都不太提起。大家尽可能遗忘陆地上的世界，因为它比起大海简直太渺小了。我对他的话坚信不疑，只是有点于心不甘。要知道我们都生于陆地啊，那里有我们的亲人和无数朋友，我们大家不可能一走了之啊。

永立说大海才是让人自由行走的世界，而陆地上必须有一双健康的腿。这里的鱼只有鳍啊，你看它们行动起来依然迅捷灵巧。我想问他的轮椅，但忍住了。他领我向前，直走到一个小小的村庄跟前，伸手指一下：看，我就住在这个村里；这里也有大城市，可我不喜欢那儿。我们走进村庄，一些猫和狗蹦跳而出，尾摇身扭，与永立亲昵。村子里男男女女许多人，一个个站在那儿，全都湿淋淋的。他们欢迎永立，后来才把目光转向我。永立介绍说我是他陆地上最好的朋友。村里人说：早就看出他是陆地人嘛，他身上的衣服没有湿气。

海中的风是深绿色的，吹拂时没有声音，像无形的手一样摸来摸去。夜晚的风令人舒坦。我被永立领进一间小屋：一幢用贝壳和珊瑚建起的形状怪异的居所，有床，当然是海草铺成的；有桌子，是海中植物做成的。有纸吗？有，那是海带状的薄片，平平整整一叠，摸一摸又滑又腻，只是有些凉。到了半夜，永立突然说起了一个意愿：希望我也能留下来。我没有马上拒绝，问：

村里的人都是怎么来的？他说这些人大半是因为一些意外事故落到大海里的，开始那个哭啊，冤呢；后来一个个都知道了大海的好处，也就爱上了这里。你真的不想留下？

我一声不吭。我只想听下去。他说这里的人好极了，他们从一场大灾难中过来，都懂得相互怜悯，没有一件事不是互帮互助，从不对人说谎，更不要说彼此欺骗了。至于说爱情，你也不要脸红，因为我们都到了这把年纪，可以好好谈谈了。这里的爱情很多，因为你看到了，男女数量差不多嘛。这里的爱情不像陆地上一样，讲贫富讲城乡讲年龄，因为这里的人不需要钱。年龄也不会是个问题，因为这里的人不会衰老，可以永远相伴：只要爱上了，就双双对对不再分开。当然了，这里的人与陆地上一样，亲嘴儿是少不了的。怎么样，你不想留下来吗？

我还是没有马上回答。因为我有妈妈，有陆地上的朋友，我不能离开他们。我需要看到他们的眼睛，需要听到他们的声音。还有，我想寻找生身父亲，想知道关于他的一切。

我流下了惜别的泪水。我摇了摇头。

雪地

这片林地从城郊一直向西伸延，无穷无尽。林子一过了河就变得深不可测，连最老道的猎人也望而却步。雨和雪一过了河就变得猛烈，动物在对岸成倍增多。冬天的河西岸简直就是禁地，谁敢在数九寒冬过河？在我的记忆中继父只有一次踏雪入林，结果差一点丢了性命，最后是让护林人救下来。

大雪封林的日子有一种奇特的神秘。这种安静，以及突兀响起的一声鸟叫或兽啼，立刻会引起一连串的回应：躲在松枝后面的大鸟扑动双翅飞走，一串嚓嚓的蹿动也从远处传来。有什么动物发出孩子似的唷唷笑声，还有张口大喘声、咕哝不休声。好像林子在寂静中一直闷着，这时终于爆发出满腔不安和热情。雪地上的各种痕迹多得不可胜数，连最老的林间猎人也认不清它们的来历。可以想象一个夜晚的雪地上有过多少匆匆奔走，这里原来是一个繁忙的世界，一个未曾停息的世界。

我的故事有许多与雪地连在一起。对我而言过河是一件美妙的事情，只要一踏上那座河桥，满身的喜悦就达到了顶点。河对岸雪深林密处有一座小屋，那里面炉火熊熊，屋里全是浓郁的烤南瓜的香味。一铺暖烘烘的大炕，一个小木格子窗，窗上是红色剪纸。炕上有一张小桌，桌旁坐了一个沉默的姑娘，她和爸爸妈妈已经期待我许久了。这是快乐而孤单的一家，他们是林场的护林工人，把我看成城里码头上的孩子。她最愿与我谈论大船，那时一脸神往。她不知道一个人坐在船上该有多么幸福，正像船上的人不知道坐在林子深处的大炕上有多么幸福一样。

她的父母在我们一起围上小桌时就忙自己的事情去了。我不久就开始倾听她的朗读：像河水淙淙流淌，像一只小手轻轻抚摸。这是令人沉醉的声音。我愿意为这样的时刻历险，踏十里雪路而来。她那时会扬起火红的脸庞看我，露出一排洁白的牙齿。她呼出的白气真好看。这是一个香气四溢的雪中小屋，这里啊，干结的眉豆角缠在篱笆上，蓝底白花的家染粗布隆着她的胸部。可是我把一切都忍在心里，包括幸福。我记得那时一活动身上就疼，那是因为继父的一顿拳脚。我像什么也没有发生一样，微笑，让她牵上我的手。她的小手像热炭。

难忘那年冬天的一次跌伤。那是怎样的一场大雪啊，连河桥都隐去了踪迹，可我还要固执地过河。望着无边的苍茫，我站在河边不愿回返。完全是一阵突来的冲动，我踏上河冰边缘，盯着河心的激流一下腾跃起来。结果我跌了下去，落在被雪覆住的对面冰刃上。就这样，我不得不住进林中小屋养伤了。那时还不知道会造成怎样的后果，不知道一生都要忍受病痛，阴雨天里要一拐一拐地走路，让我早早挂上一根拐杖。这都是后话了。当时伤痛也许算不了什么，近在眼前的幸福却让我忘掉了一切。她的父母为我敷上中药，她一直守在身边。开始的日子不能下床，一切全要依赖别人。有一次他们去了林子，她不得不为我做得更多。我的脸红极了。她轻轻抚着我的腿部，学妈妈那样换药，帮我把短裤脱下一截。从这一刻起她不再抬头，只紧紧抿着嘴角。我长时间不敢看她一眼。该死的创痛啊，把我逼到了最尴尬的一角。我差点大喊大叫起来。

雪地并不寒冷。我一生都未曾将雪地当成冰冻的世界，恰恰相反，它像棉絮一样包裹了我的童年和少年。任何一个冬天，只要没有了铺天盖地的大雪，我就觉得是极大的缺憾。

可能是爱情

关于雪地的回忆应该终止了，因为这让人无法忍受。那些陈年旧事发展下去，也许将有令人惊骇的结局。随着时间的延续，当我连连咳嗽，行动受阻，感来日无多时，却展开了倔犟的想象。拳头在疼，这拳头打在我自己的胸口上才好。显而易见，那可能是爱情。类似的事情还有一些，它们发生在浪迹的年代，在长长的少年之旅上。

对我来说山地只能是悲惨的。我从小生活在平原和城市，记忆的彼岸还生长了棕榈树。可是接下来的日子却要在山地攀援。一大早醒来告别房东，慈祥的大哥挽留我，给我金黄的玉米饼。最小的妹妹比我还大两岁，黑红的脸庞，酒窝，领我去村边场院读书。这儿有一个巨大的草垛，被她掏开了一个洞子，无比宽敞，里面全是软软的麦草。这儿真是一个天堂之所，无人打扰，只有我们俩。天近中午时，她把我用麦草堵在洞里，然后回家拿来瓜干和玉米饼，还有黄瓜咸菜。多么香的午饭。她说要在这里藏我三天，不，十天。

天黑了，她并不急着离开。乌黑的夜色里谁都不吭一声。后来她的手按在我的头发上，我像一个罪犯一样沮丧。这样一会儿，她开始摸我的后脖颈了。衣服里有了麦草，她就给我揪出来，痒极了。她说麦草都要找出，就一遍遍摸索不止。你多么瘦啊，这么瘦的青年。我也摸了她的麦草，很胖，一个健康的女青年。她对在我耳眼上吹了几下，捏我的鼻子。我哭了。我想起了雪地的情景。那个人，她，还在雪地林中，正离这里千里百里。可是我今夜却在这儿。我哭的是自己的软弱。这极有可能是爱情。

这一天直到半夜她才离去。因为不离去不行了，她的哥哥在村边高一声低一声叫她，她吓得一动不动。叫声一停她就准备离开了，在我脸上亲个不停。我咬着嘴唇，幸福和愧疚各占一半。主要是幸福。我拥住了她。她说：紧一些。我点头，紧了一些。她说：再紧。我把她抱了起来。我的力量让她吃惊。她喘着，说你就在大草垛里住下吧，我每天按时送来吃的，干吗一天到晚在山地窜？我没有应。

第二天我就走了。我在草垛里留了一本书、一叠浅红色的纸。这些纸是妈妈给我的，是我最珍惜的东西。

后来我就想念两个姑娘了：雪地，草垛。可能真的是爱情，因为我一路上常常想她们想得睡不着。就这样想着走着，来到了那个大镇子。这里藏下了我的另一些幸运。有一个喜爱阅读和写字的胖姑娘就在这个镇上，她真是让我惊讶：伏在桌上写字，一边写一边哭，一会儿就哭成了泪人。她又白又胖，像是一掐就要冒水的某种植物，这要吃多少好东西才长得成？看她的头发，又黑又亮又滑，总是引人伸手去摸一摸。我只看着她，在大多数时间里被愁苦压住了，压得一声不响，只干巴巴看着她。

胖姑娘的大眼水生生的，她看我，与我交换书和纸，还把我领到妈妈跟前。原来妈妈比她也年长不了多少，年轻得简直让人吃惊。妈妈水光溜滑地站在屋子正中说：住咱家住咱家，我家胖孩儿喜煞你了。我住下来。这不是草垛，这是明亮的大屋。我一路上从未住过这么好的房子。炕上有花被，桌上有花生，她们母女慷慨待客，总是劝我：吃啊，大口吃啊。妈妈一手揽过女儿一手抚摸我，说好孩儿皮儿真滑，像我胖儿一样。她没有男孩，见了我格外喜欢。她说要是再生个男孩这辈子就没心事了，当年奶水旺得啊，山泉一样，胖儿吃不赢，吃不赢。她的手放在胸口按了按，说。

胖姑娘身上有一种李子花的香味。一个星期过去了，她还是边写边哭，有时不得不停下来，哭得双肩耸动。我离她稍近一点，看到了她脸上那层细小的桃绒。她说：你永远也不要离开了，就住我们家吧，当我们家的男娃。

我未置可否。可我知道自己要走，不停地走，我奔向的是更远的远方。她问到底去哪？什么人在等你？我摇头。我也不知道。有一些人，有一些事，有一些说不清的东西，它们都在远方。这一切我必要经历。

一直想走，但不知何时离开。胖姑娘学母亲那样把手放在我的身上。我真想一口咬住她的手。这是一段好日子，这样的日子一生并无许多。大概又过了一个月吧，我终于恋恋不舍地离开了。

可是后来，只要一有机会，我还会走向这个镇子。大概是第二年春天，我一踏进这个家门就得知了一个惊人的消息：胖姑娘被省城一家做报纸的小子领走了。她妈妈对我细说这事儿，笑吟吟的：人家城里人到底是开通啊，开口就对我娃说：咱们走，这就领走了。我的头嗡嗡响，脸上是惨白的颜色吧。从此这里再也没有什么让我牵挂了，我又可以走向远方了。

是爱情

是的，有什么美好的事物在走近我。这是一种预感。我残破不堪的命运啊，一个个坎儿过去了，总该有一些激动人心的时刻来临。我期待着，又害怕捉弄和欺骗。我的心变得像羽毛一样柔软，等待一些娇嫩的东西降落在那儿。这之前刚刚发生过令人战栗的一幕，它让我猝不及防。这个秋天继父患了痴呆症，我只得回到十六年前的小城，于是再次看到了那棵亲爱的橡树。然而就是这次东行，一个惊人的消息扑进我的耳廓：雪地姑娘与老师结婚了。是的，如果我没有记错的话，老师整整大她二十一岁。可是他们结合了，并且很快有了一个男孩。我只能为她高兴，为老师高兴。雪地姑娘长啊长啊，时候一到，就把自己完美无缺地交给了他。

是的，我也该认真想一想自己的事情了。我做临时工的地方有一个年近四十的姑娘，准确点说她整整大我六岁。这个年龄的人如果相爱了也就不会改变，这点上彼此都一样。无微不至的照料，慈爱而热烈的目光，已经许久不能让我平静了。上夜班时，她把最好的一块烤红薯留给了我，自己却啃食一个粗窝窝。大约是从东部小城归来的当年，刚刚进入冬天，我们的事情就算定下来了。这一段爱情后来被周围的人形容为"红薯婚姻"，其实是过于夸张了。我深知任何姻缘都是一种宿命，红薯只不过是小小的媒介。谁能想象一个四十岁的姑娘在这座省会城市里一直等待，其过程中要忍受多少情感的风暴，而她却岿然不移，直到把自己的手放到我的手上。

她在夜深人静时按住了我的胸口，感受扑扑心跳。人们都走了，偌大的车间里只有我们两个人。我因为连续加班和写字，人有些虚脱，额上的汗像豆粒一样，后来不得不躺在一张小床上。她一直守在身边。当症状缓解了一点，我想坐起时，她制止了我。她长时间握着我的手，一遍遍擦拭抚摸我的额头。这个夜晚我突然觉得：经历了漫长的跋涉，终于来到了一个驿站，可以稍稍安歇一下了。

没有谁能像她这样稳重而扎实地亲吻。一股异性的甘味仍然接近红薯。我得承认，三十多年来，一个异性如此认真的亲吻，这还是第一次。从开始那一刻我就明白，我们之间将有一场真挚的、持久的、不可避免的爱情，其结果只能是一桩正式的婚姻。待我身体好了一点时，她就站了起来：走吧，回自己的地方吧。她拉着我的手，搀扶着，紧紧相挨着出了厂房。我第一次见到了她那间窄窄的、然而是没有一丝灰尘的单身宿舍。

　　这间小屋里养了一盆香气扑鼻的麦兰。我忍不住伏身去看，她就说：我们一般都养了麦兰。我问你们是谁？她答：大龄姑娘。说完一把抱住了我，以出乎意料的热情和力量，一下就把我扳到了床前。她动手解我的衣服。我一阵窒息，两手慌乱推挡。然而她只解了我的上衣，将脸贴在我的胸部一会儿。这使我长舒了一口。我伸手梳理她的头发，发现这一头浓发真是特异，它每一根都比正常人粗壮两倍，涩涩的摩擦手指，发出沙沙声。她细嫩的脖子和下额那儿有几道横纹，吸引我伸出手去。我的手到处寻索，让她浑身战栗。任何事情总要有来有往，我最后也细细察看了她的上身。我觉得她的胸部才是美丽的典范。让人大惊失色的是她的后背：强健而不臃赘，均匀地披挂了一层金色绒毛，让人想起一种金丝猴。我屏住呼吸捋着这滑滑的背部，体味她稍显猛浪的勇气到底来自何方。

　　就在三十七岁的这年冬天，我们结婚了。是的，她比我大六岁。这是始料未及的。一种更为成熟的美丽照亮了婚后生活，我简直给照顾得无微不至。我相信一个人的婚姻所能带来的全部幸福、奥妙和惊喜，她一股脑儿全给了我。我不相信在这一点上，世上还有更幸运的男人。我在两人的世界里是沉默的哲人、冷肃的丈夫、频频咳嗽的小可怜、展眉一笑的孩童，甚至还充当了她的导师和兄长。她几次要像我一样在纸上不停地写，都被我拒绝了。我告诉她这是一种病，一种只有死亡才能终止的热病。

中风

　　美好的日子集中地回报了一个中年男人，抵消了半生艰辛。她把自己的全部都贡献出来，无怨无悔且兴致勃勃。但我还是发现了她头上的白发，它们因粗壮而显著。白发却使她愈加美丽。我几乎忘了她的不可思议的美妙主要来自哪里，大概还是眼睛罢。一双无与伦比的眼睛，潜下深不见底的温情。它看着我时，我自己就全部消融其中了。我不能不恐惧于它的悠然消失。这是一个大龄妻子的怜惜之光。她已经熟知我的每一点经历，记在心中，从头咀嚼。她没有了自己，而只有我。

　　这就是人所不知的爱恋。我们为此几乎放弃了一切。最初的这一年足不出户，就连最好的朋友和近邻都不来往了。我们沉醉到一种生活之中，两眼模糊，手足俱抖，见了人口不能言。邻居以为我们俩得了一种怪病，有一次甚至真的找来一个街道庸医。当然这是一场误会。我们处于从未有过的健康时节，面色红润，皮肤闪亮，几夜无眠也毫无倦容。我们在长夜里倾诉，以各种方法回告对方，绝不隐藏一点心事，包括一些梦想。因为是一场迟到的爱恋，两人都想把失去的时间追补回来。

　　由于少年那次事故，胯部残疾让我在阴雨天难过起来。这疼痛是越加严厉了，弄到最后不得不终止亲吻，代之以长长的呻吟。她惊慌失措地看着，暂时还未请过医生。她似乎深知这绝非外力所能医治，请来华佗也是枉然。如果这种宿疾还有一丝挽救的希望，那也只能依靠爱情的热力来慢慢烘烤，以便将我命中深长的寒湿之根拔除干净。她学会了拔火罐，还自我发明了止疼的药方：用一把熨斗轻轻地熨我的胯部。小熨斗里烧了炭火，一下一下熨过来，真是天底下最温暖的抚摸。

无论什么时候，只要隐痛不再袭来，我们两人的幸福就无边无际。像过去一样，我除了忘我地书写，其余皆不在话下。我甚至不让她出门，宁可忍受生活潦草，甚至连续一个星期只喝稀粥。这样直到我的脸色发黄两次晕厥，她才大梦初醒般尖叫一声，不顾一切出门搬来各种吃物。我们家于是变得鱼肉喷香了。她说非亲手把我喂成一个虎气生生的胖子不可，说要让我的脸上闪着资产阶级的油光。话是如此，决心也不谓不大，可惜直到最后也没能如愿。

我认为身体的遭遇自有缘由。过于幸福的婚后生活只是部分原因，主要的根源还是来自宿命。三年后得了中风，半边不能活动，百般医治也还是行动艰难。胯骨伤痛与中风合而为一，折磨不休，成心要向我追讨什么。当然，它们追讨的是令人嫉羡的幸福。这太过分了。幸福是巨大的，但毕竟时间短暂。我不曾哀求一声，只咬紧牙关挺住。

她准备牺牲一切换回我的健康，从此再无安歇。她的生命之汁曾经多么旺盛，从现在开始，要一点一点耗尽了。我的手像过去一样时不时地伸进她的头发里，可再也感不到往日的柔韧。这头发一碰就折。还有，当我有一天举灯察看她的后背时，发现那层令人惊叹的金色绒毛已经褪个精光，落得个白茫茫大地真干净。我把脸伏上去，听到的是一颗心脏的疲惫跳动。我流着泪水为她把衣服整好。整个过程她都一动不动。自从婚后就是这样，只要我的手一沾上她的身体，她就一动不动，即便手里正忙着什么也要停下来，生怕影响了我。她是人世间多么安稳温厚的女子。

正因为她，我的半边残疾还是好了一点。我开始拄着拐杖一挪一挪上班了。

班上的头儿摆摆手：歇着，歇着，回老婆那里去罢。我一天中的二十四小时都和老婆在一起。

父亲死于纸

我的父亲啊，我的从未谋面然而日渐清晰的父亲啊，我的目光追随你瘦长的身影，从冬到春，又从春到夏。我们在秋天的扑扑落叶里互诉衷肠。我一看到你深邃的目光就双唇翕动，一时口不能言。这一场父与子的交谈已经进行了五十年，从我出生的那一刻开始。你一次次询问妈妈，是的，我长期陪伴在她的身边，直到最后一刻，直到那阵不祥的风吹来。

父亲命中注定了有牢狱之灾，这是无法改变的。无中生有的罪状，谨小慎微的规避，一切就是这样，命该如此。那些比石匠还要粗糙的大手攥住了你的胳膊，推搡着，把你推到一个黑屋里，一关就是六个小时。没有一扇窗户的小屋恶腥逼人，这里以前不知关过多少人，他们花花色色，可没有一个像你这样，两手又细又白，额头开阔清洁。审讯开始了，你已经两天没有吃喝没有睡眠，他们还是让你站在那儿，回答一些莫名其妙的问题。他们问你逃匿的路线和潜藏的方式，以及实施的步骤和细节。你目瞪口呆。他们恶笑，问你为什么摘下了眼镜？你解释说自己只有轻微的近视，只是写字时才戴上。他们吭吭着，说你写了不少字啊，拿上来。一大摞写满了字的纸，这就是罪证。他们翻动着，一会儿拍案大骂，你费解而又惊愕。他们恶声恶气：好啊，你等着吧。

这个情节很久之后回想起来还让你后怕。因为你记住了，审问者对写了字的纸有一种特别的恐怖，几乎每一次见到都要浑身打抖。审讯者对那些面色白净的、戴了眼镜的人有说不出的惧怕，所以要一再纠缠不休：为什么摘下眼镜？为什么？你做出解释！最后他们让你在"我是戴眼镜的人"这一供词下按了手印，并且找回了你的眼镜，让你在镜片上再次按下手印。

事后得知，这个审讯者在十几年前曾经一口气枪杀了六十多个戴眼镜的人。在许多年里，这个人的四周看不到一个戴眼镜的人，他们都消失了。以前戴过眼镜的人总是倒吸凉气，从不提及那段历史，无论近视眼、老花眼，宁可走路撞墙也不敢沾眼镜的边。那一场残酷的杀戮就发生在一个大湖的西边：一开始杀洋学堂回来的人，后来又杀识字的人，最后杀红了眼，见了眼镜就是一枪。通红的血被雨水冲到水沟里，然后又流进湖里，在一片芦苇的掩映下变得无影无踪。

父亲的父亲及时逃掉了，剩下了一个替罪羊。妈妈为父亲的开释历尽艰险，最后不仅没能减轻丈夫一点罪名，反而自己也陷于牢笼。他们分关在不同的地方，音讯隔绝。那个谈眼镜色变的家伙一直盯着妈妈。他失败了，他不知道世上有各种各样的人。他一生都感到费解。

那一次凶险最后竟戏剧般地化解了。审讯者遇到了一个内部对手，结果使一个显而易见的冤案裸露出来。最后是一位首长亲自过问，父亲和母亲才得以双双开释。两个人长叹一声，像从一场噩梦中惊醒。可是父亲出狱时大病一场，全身上下脱了一层皮，像蛇蜕一样。

可惜父亲没能从整个案件中吸取教训，仍然不停地写字，同时还戴上了眼镜。这真是可怕的错误。也许妈妈负有责任，她如果牵上父亲的手去一个偏僻之地，一切就会好得多。他们总以为事情过去也就过去了，再也忍受不了日渐严重的近视，戴上了眼镜。这一来眼镜再也摘不掉了。

仅仅过去两年，城里又混乱起来。不久又有人踏进这个小家，对他们与众不同的家私、大而满盈的书房表示了深深的惊讶。无礼的造访者这儿摸摸那儿看看，最后开始询问起父亲：你不能停止地写啊写啊，到底是怎么回事？从头交代吧。父亲的冷汗从头上生出，赶忙摘下眼镜擦起来。那个问话者紧紧盯住眼镜：多少度？父亲如实回答：四百度。是的，自从那一次释放之后，眼睛飞快近视。

所有写了字的纸照例被搬走，妈妈感到了不祥。一个星期后父亲就被抓走了。这次与上次不同的是，两天之后人又释放了，但几天后又抓。这样抓抓放放重复不休。抓走后不是关在一个固定的地方，而是不断地移动，偶尔还要拉到集会上去。在集会上，爷爷的逃离又成了一个问题，台下有一些人大呼小叫地要冲上前去，有人还想揍父亲，被另一些人制止了。

妈妈每次集会都要挤到最前边，仿佛要去保护丈夫，可每一次都被持枪的人推开，推到远远的地方。枪械很多，会场四周都是闪闪的刺刀。口号声此起彼伏，歌声翻涌。大雨浇下来，人群中没有一个离开，反而在大雨中更加兴奋。父亲与另两个人都被揪到雨地里，身上拴了绳子，由几个人牵上走，一直沿着棕榈大街走下去。

整个夏天父亲都被抓抓放放，头发都被揪光了。他脸色青黄，连说话的力气都没有了。他常常看着妈妈，嘴唇活动着却没有话。就这样挨到了秋天，父亲开始吐东西，吃一口吐一口。妈妈不得不哀求一些人，为了丈夫，一遍遍哀求：就让他去医院吧，人挺得住怎样都行。对方的回答是：死不了人，他会挺得住，正顽抗呢。集会的势头比夏天又大了许多，父亲的一个朋友竟然在一次夜间集会中被踩死了。父亲每次出门都要被绳子捆上，与另几个人拴到一起。他的头发刚刚长出又被揪掉了。

在一场空前的、声势浩大的集会上，一些人愤怒之极，连连扑上去推搡父亲。他们其中有几个找不到器具，就把一束束纸卷成了胳膊粗，一人一根，不停地抽打父亲的脸。说不说？你这个顽敌！噼噼啪啪抽打，抽打。几个钟头过去了，人倒下又被揪起，直到最后昏迷过去。

妈妈挤啊挤啊，挤到前边时，父亲已经永远地离开了。她看到父亲旁边有一堆沾血的纸。

母亲死于风

母亲直到最后也没有得到他们的消息，不知道爷爷和奶奶的下落。两个老人以神秘的方式离开了，带给全家的除了灾难，还有震惊和疑惑。别人怎么也不信他们在儿子和儿媳全无知晓的情形下离去，可这是千真万确的实情。父亲生出了白发，忧丝提前挂上两鬓。妈妈一直在想象两个老人的逃亡生活，有时竟担心他们会像突兀地离开那样，某个早上又一下出现在这间屋子里。

棕榈大街上的风声一阵紧似一阵。风中掺和了一切，这使人无法回避，无法安稳，坐卧不宁。风中似乎有两个老人的叹气声、惊恐的咋呼声，还有各种唧唧喳喳的议论。飓风袭来时树叶折断，满地都是倒木和破烂的风旋物，总之一片狼藉。这座城市每年都要遭遇不同的恶风，它们掠过时要带走一些人的命，每年如此。对妈妈来说，她经历的所有恶劣时辰都与风有关：第一次乘船的剧烈呕吐，丈夫被拘那个夜晚的大风怒号，以及后来在风雨中的奔走。她一直盯着丈夫在推拥下脚踏泥泞的背影，后来跌倒在地，爬起来就再也看不见他了。她在风中跌跌撞撞跟上，跟上，唯恐失去了丈夫。

我宁可相信妈妈一生都不曾爱过另一个男人。只有父亲，只有父亲。谁有我的父亲英俊呢？他身材颀长如同风中摇动的棕榈，他文思泉涌好似翻滚的湖波。他的头发柔滑飘动，是最早抚在我脸上的庇护的树叶。妈妈想一生依偎的人终将失去，这是她始料未及的。妈妈想托付一生的人终成梦境，这是她生前生后的疼，生前自己疼，生后让我疼，疼，疼死两代人。

妈妈越来越瘦，越单薄，走在路上，总是在风中摇动。继父的怒喝会扫掉树叶，我亲眼见妈妈在这大喝中浑身抖动。风吹进妈妈单薄的身躯，穿过，扬长而去，带走她的一部分。风不停地吹过来，这是从南方，从棕榈大街上追逐而来的风，它并未饶过她。妈妈的白发在风的抚摸下一点点变白。

我死也不明白妈妈至为关键的选择：携我来到小城，来找这个男人。残酷的决定背后到底是什么？妈妈啊，你大概被美丽神奇的白色轮船迷住了吧？你原以为它昂首前行之地就一定是今生安歇之地？你今生犯了一个多大的错误啊。当然了，同样是美丽的棕榈大街，最后不也是变得丑陋惨烈？小城本身是无辜的。我要说的是继父，是这个人，这个凶神恶煞般的人会让你幸福吗？你从他身上感受过一丝丝幸福吗？你没说一个字。

于是只能猜测。我在晚年的昏睡里想着妈妈和那个暴君，最后得出的结论是：妈妈来小城后也有过短暂的、交替出现的一点点幸福。因为我无论怎么回忆，也想不起她对继父有一丝深恶抱怨。相反，她总是维护他，总是不遗余力地、千方百计地弥补我与他之间的裂痕。这虽然徒劳，却不能不给我留下深深的印象和疑虑，即妈妈和继父的关系。我甚至要不无痛苦地承认：她爱他，她多多少少或真正地爱他。爱一个酒鬼，一个失败的武人，一个目空一切却又实实在在的绝望者。

风大的日子，妈妈出门总要扶着墙走路。她像小脚女人一样挪动，风还是不饶过她，就像无形的手一样按住她，然后把她使劲往墙上推。她忍住一声不吭地往前，走回自己有橡子树的小院。她先在橡子树下喘息一会儿，然后再迈进屋子。这个时刻我总是在阁楼上，把一切都看在眼里。我仿佛听见外祖母的声音，听见她一边盯着窗外的女儿，一边不停地诉说往事。

你妈妈怎么变成了这个样子？她一头黑发在风中甩啊甩啊的样子直到如今还在眼前。你妈妈年轻时，更不要说小时候了，是棕榈大街上最漂亮的美人。她的腰身软得啊，真是杨柳一样，风让她变得更美更娇。那时她可是无忧无虑，一棵小树，未结果，叶子黑亮，越长越迷人。你妈妈的歌声被风吹得很远，一直传向你未来的父亲那儿。从他们扯着手走向街头的第一天，一条大街上的人就不会忘记。多么好的一对儿。那天是北风，风吹得不紧不慢。

妈妈老了。她在风大的日子里干脆不再出门。她小心地躲避那一天，留恋这个小院，包括那个继父。这是我后来想到的。她多么舍不得离开啊。可是该来的一切必要如期而至。妈妈不能一直待在家里，她总要出门。

只是很小的一阵风，妈妈就倒在了地上。

继父死于雨

　　有人一直言之凿凿，说继父最初是被押解到这座海滨小城的：押解人员拿了枪，下车时尽管面带笑容，但的确是走在继父身侧的。被押解者脸上有浓重的胡子，虎目生生，对这里的一切都不太在乎。武装人员把继父交给当地有关部门就离开了。与传言稍有不合的是，在小城定居下来的继父不像被拘管的罪人，倒像个驾到的王子。他在小城的名声的确太大了，这儿是他的出生地，这里一直流布着他的一些惊人事迹，好像小城里终于诞生了一位飞檐走壁的神奇人物。而今这个人归来了，轻轻落了地。于是安置他的海港也荣耀起来，港长笑眯眯地看着这个人，对他有求必应。按上级要求，这里要有一个人负责对继父的日常监管，并按时报告一些情况。港上委派的人叫"鹰眼"，因为这个人真的长了一双又圆又小的眼，看人时神气就像猛禽。他一见到继父，眼里的那丝威气立刻丧失净尽。继父常揪着他的耳朵玩，厌烦时就大声呵斥。鹰眼为他跑前跑后，人们都说一个是将军，一个是将军的勤务兵。

　　继父的新职务是港上调度员之类，可是他从未正经上过班，大多数时间都用来打猎喝酒。他的酒量很快出了名，同样有名的是他的枪法。据说他能在二十米外用小口径步枪击毙一只蝉。港上仅有的一辆大功率摩托被他要下来，从此人们一听见马达轰鸣就说将军来了。他从不更正人们的说法，酒后的豪气也极像一位将军。可是他真的离开了战场，没有了战争。他开始枪杀动物，毫无怜悯。

　　他手上沾了多少血？他惧怕这一切吗？战场上的杀戮可以理解，可是其他时刻呢？他是十足的罪人，必将遭到报应。他以酗酒，以过人的粗暴，甚至以卑鄙的傲慢来掩盖这一切，都无济于事。我有时觉得继父是一个善良的恶人，一个正义的魔鬼，一个粗爽的阴谋家。是的，他在向妈妈和我掩盖一些事实。我战胜他的办法就是沉默，并在这个过程中憋足心力。我总是通过这样的方法知晓他的秘密。

小城南部的巷子里就有他的秘密，那是他的耻辱和哀痛。原来他也有一颗抽搐发疼的心啊。就是这疼让他忍不住，一声声呻吟终于被妈妈听见了。没有办法，他只能在一次痛饮之后领上妈妈，第一次探访那个小巷子。小巷里的人已经没有了，空空的，散发着檀香一样的气味。原来这里一直住着一位皱巴巴的老太婆，据说她老得像绵羊一样，白发卷着，长下巴一直抵紧了胸口晒太阳，对来来往往的人看也不看。她在等一个人，抄着手，看着南边的太阳，一天又一天地挨过。这个人来到了小城，可是没有踏进这个巷子一步。老太婆得知那个人就住在同一座小城里。她等不到近在咫尺的人，也就死去了。

继父前来指认这条小巷，告诉谁是那个老太婆。妈妈抚摸着黑乎乎的门楣。她肯定在想自己。她和老太婆的命运有什么相同之处吗？继父在小巷抽了好几支烟，这才牵上妈妈的手，走了。

继父在战前就认识这个老太婆，那时她只比继父大三岁。他当兵时她刚做了三天的新娘。继父恋恋不舍，咬着牙离家，新娘哭得睁不开眼，站在街头送男人时，用两手撑着眼皮，看他越走越远。他走了，一去就是三年。第三年队伍在海滨转战，他冒着危险摸回家过了两天。队伍越走越远，一直向南，再也不回了。许多年后，人届中年的继父已经是南方一个大城市的军管会头目了，一下进入和平年代，突然渴望起家庭生活了。身边人接二连三休掉了原来的妻子，他终于也想效法。入城的第三年，他效法了他们。从此他目不转睛地看着大街上的南国女人，听着她们的软语，像喝了烈酒一样两眼发直。他忍不住对身边的警卫员咕哝：真好。警卫员问什么真好？他伸手指指从窗前走过的女人。

他准备娶一个额头鼓鼓的南国女子了。他自言自语，骂着粗话：妈的怪事，走路水上漂一样，一颠一颠的物件，最好抱一个回家。嗯，抱一个回家。警卫员私下里对人说：我的首长中了魔症。小战士担心他会出事，所以日夜胆战心惊。小战士估计得不错，这个人不久就出了事：手中的盒子枪走火，差点打死了更高一级的领导。

继父极不光彩地回到了海滨小城，可是毫无愧疚。他曾在夜晚想起小巷里的女人，但深夜出门还是绕过了那儿。一年之后小巷里的人离去了，那天继父关在家里喝酒，不再挪窝，港上的鹰眼来寻，进门发现这个男人酒气冲天，眼也肿了，胡子狂长，整个人老了十岁。鹰眼大声呼叫他的名字，为的是让他把目光转过来。以前这个人都是叫他将军的。他终于火起，一巴掌把鹰眼打在地上。

妈妈去世后，小院里只剩下了继父。孤独的国王自己活下去吧。那时我正由海滨平原向南走去，走向自己的命运。这边的继父也是一样，他既向着必经之路移动，最后总会到站。那个日子对他来说毕竟近了。我听到的第一个不祥的消息是他患了痴呆症，一个人长期锁在护理院里，正寻机会偷偷往外跑。

就像命中注定的相逢和厮守一样，那段接近终点的日子还是我与他在一起。那个秋天冰冷的雨水下个不停，我冒着寒冷赶回，在小城人的一片赞许中担负起服侍继父的重任。这个人恶贯满盈却又一脸慈悲，后来的日子里我们竟然相处得不错。他目不转睛看我在桌前不停地写字，一看就是半天。我不能离开，怕稍有闪失就会酿成祸患。有一次我刚刚出门半天他就摔伤了，粪便糊了满身满脸，一见面还把脏到了极点的手伸向我。可怜的人。

他整个人已经不晓事理，平时像木头人一样移动，并无清晰的意识。可是后来我发现一切远非那样简单，因为有几次他急着出门，分明是目标明确，竟一直奔着城南小巷而去。我吸了一口凉气。就在这样的一个深夜，我因为一天的忙碌，头一挨上枕头就睡过去了，连哗哗的雨声和巨雷也没有把我惊醒。我是在睡梦中被一阵惊恐吓醒的，一个翻身坐起。我好像听到了门响，听到了一个笨重的身躯在移动。我看到风搅弄得窗帘狂舞，雨水正从敞开的门和窗泻入。我急急跑出去，呼喊着。

一切已经太晚。继父既已上路，就不管不顾地冒雨往南，当然是奔向城南小巷。他出院门后只挪动了十几米就倒下了，倒在一个小水洼旁，鼻子浸在水中，窒息而死。

枪击何处

那个挨了继父枪子的人职务略高，重权在握，且属于特殊人士。某种地位和优越感常常与职级无关，这是任何时期任何地方都有的一种现象。有人总是处于主动出击的位置，属于食肉动物，一直到死。继父尽管战功卓著，在那座城市里还是要受制于一个脸色苍白的丑陋家伙。这个人从未到过战场，身上没有一个疤痕，但是长了一副钢牙，队伍和机关上的人一旦被其咬住，也就凶多吉少。他凶残成性，杀人不眨眼，但大部分时间面容温和。他杀字出口时十分平静，命令只由别人执行，自己甚至连作息时间都不需改变，处变如常。他的一个隐隐的嗜好就是女人，色欲急切过人，在冷酷的战争年代尤其如此。可是他的这个特征没有留在脸上，整个人看上去有些慵懒，好像对生活已十分厌倦。

继父那一次真是血冲脑门了，结果非得放上一枪不可。这当然不是什么走火，而是极好地发挥了神枪手的特技，且带着一种幽默的残忍，只一枪就把那个家伙的下体打掉了。结果我们的上级机关痛失爱将，因为这样一来，人虽然可以救治，但其伤残的性质容易让人联想，所以已不适宜在原来那样显要的位置上工作了，只好退到一个无足轻重的地方闲养起来。事情让人感到不可思议的是，无论是继父还是被其击残的人，都被上级首长用特殊的办法保护起来。两个人都是值得宝爱的，两个人都有一股狠劲儿，一个在战场，另一个在别的方面。用当时的话说，即他们战斗在不同的战线上。

那个不幸中弹的家伙晚年过得十分寂寥，虽然口腹之欲得以满足，但心气显然一落千丈。有人在他七十岁生日时见过，说这人老了也还体面干净，耳朵上戴了一个助听器，镶了假牙，穿了黄呢衣服。可能是保养有方吧，脸色白里透红，早年的深皱反而不见了，代之以极为细小的、像灰尘一样密致的褶子。他愈到老年，脸上的一个特征就愈显著：厚唇翻着，像是对眼前这个世界表示着永远的不屑。

无论如何他还是留下了恶名。多少冤魂在诅咒啊，天长日久，关于他的不堪入耳的传说越积越多。一个最生动最可怕的传闻仍然与那次枪击有关：那家伙挨枪之后于心不甘，以其特殊的地位和权势，让医院为其重植，并且在成功地做了义齿之后实施手术。手术本来是成功的，但由于植了驴子身上的器官，不可避免地引起了排异反应，结果只好忍痛割爱。

植上，再割下，想一想真不是人遭的罪啊。那些传言者如是说。

苍老

苍老其实是有个讯号的，敏感的人会早早接受。我记得自己十几岁的那年冬天，独自走到大雪压顶的林子里，蓦然接到了那个讯号。当时我伫立不前，一动不动垂手而立，感受它从顶部缓缓流灌，弥散到全身的那种震悚感。这虽然只有一瞬，但让我永生不忘。

那是妈妈刚刚过世的日子，极度的绝望和悲伤让我一步踏入了黑暗。我在这样的时刻茫然无措，失去了方位感，连连失眠，肉体却变得无比敏感。于是那个讯号被我不失时机地捕捉了。

从此它固执地扎根在躯体之中，不曾偏移半步。于是在很长时间里我身上兼有青年及老人的双重特征，双目浑浊而明亮，青年的欲望和暮年的消沉交替出现。它们之间在前二十年是和平相处的，后十年激烈扭杀，最后十几年青春才退出了所有的领地。我一直在做二者之间的调停，结果无济于事。我只好眼巴巴看着苍老为所欲为，从四肢，准确点说是从受伤的右胯骨那儿爬上来，压垮了双肩，最后滞留两鬓。苍老是一个倔犟的、成熟而阴险的精灵，它无情无义，心怀一个始终不变的目标，直到最后一刻才弃你而去。可是与常人不同的是，我从少年时期就结识了它，一生与之相处得大致愉快，总算没有闹出剑拔弩张的局面。

　　它让我出现诸多尴尬，我都理所当然地接受下来了。我发现它尤其嫉妒爱情，尽管这已经是很晚的事情了。只要是连续的爱抚和亲近，它就会伸手扼住我的咽喉，让我呼呼憋气，喘息的声音粗浊难忍，最终把新娘吓了一跳。她举灯把我从头到脚看下来，对我身上的皱褶一阵阵惊讶。她叹一口气把灯放回原处，然后为我伸理抽搐的双腿，按摩僵硬的颈项。我心中的炙热常常无力表达，许多时候只能以目传情。苍老的精灵就蹲在一边，是这个无耻的家伙用垂涎的目光占有了我的新娘。只有在这样的夜晚，我才对其生出深深的怨恨。

　　它比所有的精灵都更为沉着、智慧、忍耐和顽强。它越来越不屑于争执，变得慈悲和怜悯了，到后来我于午夜时分甚至能感到它的抚摸。它似乎在向我复述一个真理，讲时间，讲永恒，讲泥土的恩慈和博大。我昏昏沉沉地睡着，真理将我催眠，让我忘记所有的烦恼。

一片漆黑

　　我至今不会忘记一位胖胖的小学女教师对我的预言：你的将来一片漆黑。当时听了极度害怕，现在却感到了一种残酷的诗意。她能够做出这样的预言，是因为她的出类拔萃。整个小城里唯有她长得白胖喜人，水分充足，仿佛稍加捏弄就会冒出一股清水。她的眼睛是紫色的，舌头偶尔伸出像玫瑰花瓣。她紫色的眼睛仰视所有重权在握的男人，恭维起来不择言词。促使她对我做出精辟预测的，缘于她事先的一次失误。那是因为她景仰继父，就不止一次讲我如何了不起，如何勇敢，还说这就是血脉的关系。可我不是那个人的亲生儿子，焦愤不安中我终于大声指出。就这样，她恼了，蒙羞了，后来就毫不犹豫地断言了我的未来。

怎样才算一片漆黑？我一生都在理解这句话的含意，唯恐发生偏差。我以生命本身、以它的全部去验证，辛苦非常却又乐此不疲。每当坎坷的日子来临时，我总要想起这句话。我从心里感谢刻毒丰腴的女教师，明白这是她赠予的最有分量的礼物。

那年冬天，我从一个镇子走向省城的半途，正好遭遇了一场大搜捕。起因是有人在野外某厕所的墙壁上发现了一处淫荡的图画，上边写了一行人的名字，总之是一些可怕的话。所有从那个方向来的人都要盘查，一些警察，一排排车辆，让我远远见了就两腿发颤。我记得自己刚从一条长满了曼陀罗的小路踏上大路，还没有走上两步，一眼就瞥见百米之外的阵势，于是扭头就跑。我觉得两耳都是生风扑来，一串串叫骂甩在身后。可是那些人既然盯住了也就不会放弃，从另一边包抄过来。我穿过麦田，横越不止一条小路，心里只有一个念头：逃，逃开这个凶险之地。当时我什么都不知道，只朦朦胧胧觉得可怕。我听到了刺耳的警笛，然后就弓腰钻进一个水泥渠道。

这是多么好的避难所。一米直径的水泥管两端长满了高大的茅草和灌木，一只兔子被我惊得蹿出。正在我长长舒气时，外面传来了狗吠。听到有人对它发出指令，我知道完了。身披武装带的大狼狗毫不费力地找到了我。几个耳光打来，我几乎失去知觉。一个像砘子一样粗壮的家伙把我拎起，扑一下扔到警车上。当时我闭着眼睛想到了继父，想到了他的枪。是的，人在一些特殊时刻让手里的枪走火大概也是难免的。

　　我与一些肮脏的人关在一间大屋里。这里全是尿骚味儿。没法睡也没法呼吸。顶鼻子的氨气刺得人泪眼模糊。一拨拨人排查，登记，拉出去又扔回来。半夜里看守们打瞌睡了，几个中年男子就嬉着脸相互挤眼，咕哝着：这总比蹲小号强吧，哥儿几个还能说说话。天亮了，我不记得睡过。有人一指我，我出去了。在一个小屋里，一个满脸黑毛的男人和一个秀气的女人审问我。他们一会儿又翻拣我的背包，当一些书本和一叠纸掉出来时，立刻令他们大吃一惊。

　　我在剩下的几天里就被单独关起。这就是"蹲小号"。开始的几天他们拍桌子吓人，一声强似一声逼问。我于是渐渐知道了他们如临大敌的原因。真是奇怪啊，事后想一想还是不解：这么强壮的武装竟然害怕一幅淫荡的图画，害怕有人把一些名字写在上面。我当然一无所知。为了获救，我说出了继父的名字，并指出他是一位将军。那个脸上长了黑毛的男人看一眼细皮嫩肉的女搭档，骂了一句粗话。女人像大夫一样拨开我的眼皮看，没有吱声。她可能嫌衣服勒得胸部难受，两手搓了几下。

　　尽管关在小屋里，但总算吃喝不愁。不可忍受的只是漆黑，是无窗的房子。再也不知时间，不知黑夜还是白天。我在这时不能不想起那个胖胖的女教师的话，对她充满了钦佩。我此刻最担心的还是那些被搜走的书和纸，两手全是汗水。门打开了，一道刺眼的光。进来的是那个女人，她吆喝一声，叭一下电灯亮了。门紧紧地关上，屋里只有我和她。她把一叠纸扔在地铺上说：写一些字。我写了。她掏出一个本子，把我的字移近了，仔细对照。后来她又让我写了几次，可能极不理想，让她极度失望。她上上下下看我，突然命令我画一些淫荡的图画，我惊得说不出话，使劲摇头。她笑了，但我看出她在忍住。她盯着我的脸，伸手在我生了一层茸毛的唇上抹了一下：多大了？我说十七了。她吭一声，又发出一声指令。正在我怀疑自己是否听错了时，她重复了那个命令。我不敢，我害怕，我感到一生的羞辱全集中在这一刻了。她极力催促，拍打，我想如果她身上有枪肯定会开枪的。

是的，她在逼我脱掉下衣。我刚脱下一点点，却被她一把揪下。我含着泪水扭过身去，任她检查我这个与淫荡图画有关的嫌犯。她捏弄了一会儿，不屑地哼着，反复查看。可能她一直不太满意，也有些费解吧，张开手指在我的肚子上度量了几下。我以为她要在本子上记录什么，但最终也没有动笔。她蹲下又站起，这样几次，让我感到她的厌烦和不安已达到顶点。大约一个小时过去，无论是对照字迹还是验看下体，大概都一无所获。她又捏弄了一会儿，欠身看看我，似乎还凑近嗅了嗅。正在这时我觉得她的身上有一股浓烈的气味散发出来，有点怪异，以至于惊骇得说不出话。我差点喊出。她啊了一声，然后死一样肃静。这一刻终于过去，她有气无力地拍拍我的脸，说：起来吧，小坏蛋。

这个漆黑的世界多么恐怖。

老师之死

一个令我入迷的男人，总觉得他有点像父亲。不，他比父亲年轻，但同样英俊。我梦见他头顶和身上全都沾着雪，一大朵一大朵，冒着热气，两眼火一样看着我。有一只红红的小手帮他拍打头上肩上。我顺着这手去看，看到了一对漆黑的眼睛，是雪地姑娘的眼睛。这时我才确信无疑，细高个子男人不是别人，正是我们共同的老师。

一开始他只是雪地姑娘的老师，因为在林场子弟小学任教，因为我和她形影不离，总是坐在炕上读啊写啊，他也就成了我们共同的老师。他曾经怎样赞扬我写下的句子啊。我为此而怀念他。

离开他们，我去了真正的远方。许久以来，我在想念她的同时，一遍遍想着老师的眼睛。这双眼睛水一样清纯，简直与年龄不符。那时我觉得他是上一辈人，尽管笑起来像个孩子。所以后来的消息让我惊惧而迷惑，让我陷入了云雾迷茫：他和雪地姑娘结婚了。他是第二次结婚了，他比她整整大二十一岁。天，老师，丈夫，他，细高个子男人？我一直惊讶，心上发木。我觉得有什么在胸口那儿被摧毁了，碎得稀里哗啦。直过了很久，这破碎开始粘合起来，不过裂纹是揩擦不掉的。

我从头回想，想与雪地姑娘一家相处的过程。我惊奇万分的是，老师比雪地姑娘的父母也小不了多少。这可真别扭。爱情这东西就是这么胡乱产生着，让人在惊吓当中勉为其难地接受。不记得那时的雪地姑娘在对待老师方面有一丝异常，是的，一切都是在后来的日子里渐渐演变的。没有办法，硬着头皮为他们祝福吧。

我只是无法想象两位长辈与细高个子老师怎样相处，甚至无法想象他们家那只胸部泛黄的狗：它还会像过去那样跳起来迎接他的到来吗？老师的头顶那儿有一撮白发，一剃成平头就成了一个白点，这让我稍稍惋惜。谁知道呢，也许雪地姑娘会一再地亲吻那儿。他是她的丈夫了，一个无比成熟的丈夫，差不多可以当成父亲了。

不过我静下来想：是的，这是一次完美恰当的结合。因为离去者杳无音讯，一切都没有希望，孤寂的人又能怎样选择。她只该留下来，留在林中小屋，固执地等一个人志愿投来。雪地姑娘啊，只有我知道你是多么清洁健康，如今从头到脚交给了一个男人。雪地的夜多么冷，从此你们可以相互温暖了。

我当然去了一次遥远的林地，尽管那会儿身体糟透了。一切恰如预料，老师把全部家当都搬到了小屋里，属于他们俩的那一间散发出浓烈的新房气味，虽然这离他们结合的日子已经过了许久，甚至有了一个男孩。雪地姑娘胖了，脸色红中泛黑，因为她常常和他在林中空地上播种。一长溜铁丝上挂着洗过的小衣服之类，这当然展示了某种概念性的幸福。我是这一家的特殊客人，是他们从昨天到今天的见证人、目击者，也是一个隔岸观火的中年男人。老师与我握手时，我觉得他的身体大不如从前了。

我的感觉真是准确。我的那种超乎常理的预知能力好像突然之间又复活了。当时我脑海中的一个讯号就是：这个人无论多么完美和可爱，也无论雪地姑娘多么恋惜，也还是要死的。不是很久以后，而是来日无多。我忍住了泪水与他们答话，吃饭时接过他递过来的芋头，一颗心都碎了。当然，我没有说什么，噩耗到来之前是应该守口如瓶的。

就这样，我回到了省城。不久就传来了那个消息，老师去世了，是肝病晚期。奇怪的是我当时并无泣哭，只是在消息印证的同时，听到了雪地姑娘正在千里之外大放悲声。

她们携手而行

这位老人我肯定见过：慈祥，微胖，头发花白，一看到我就不再挪动目光。是的，我见过，并且与之一连几个钟头在心中交谈。我喊她外祖母。有外祖母就应该有外祖父，奇怪的是一直没有见到他。外祖母手扯另一个人的手，那人一转脸让我看清了，是母亲。我一句呼叫冲口而出，可是没有声音。这是个橘红色的黄昏一样颜色的世界，只有动作，影子，而没有声音，这就是两个世界的不同之处。我扑过去，交谈，询问，微笑，只是没有声音。

她们一直在这个世界里携手而行。外祖母说：我还要领她走很长的路呢。我忍不住问起了亲生父亲，因为我从来以为妈妈急于离开也是因为那个男人，那个给了我生命的男人。外祖母说这不用急，她和他见面的日子已经不远，现在首先是教会她走路。于是我注意到，妈妈走路竟然像个婴孩一样，摇摇晃晃，差不多总要跌倒。这是怎么回事呢？外祖母说只要是死于风的人，来到这个世界都是这样，他们一时立不住脚跟，这要有一个适应过程。我不再询问。

外祖母是一个独来独往的人，她不需要男人也活得挺好。她几乎没有依赖过他们。她与我交谈时挂在口头的一句话就是：那些家伙啊，百无一用。她真正要表达的是，好男人当然有，但远不如想象的那么多。这些家伙装得个个皆可依靠，实际上都是软坏子，一遇到考验就唰一下变成了纸老虎。她在暗指外祖父。那是一个相貌堂堂的人，曾背叛过她。外祖母说起他的容貌就一阵感慨：这人兼有东方和西方人的特点，但不是混血儿。这人温柔过人，一双手像女人一样柔软，你想想谁能抵挡？三两下过手，谁都得依了他。他今生的主要功绩就是使妻子怀上了一个好孩子。瞧你妈妈长得多美啊，这是遗传了父亲。

可怜的外祖母半生孤单，一直把幸福寄托在女儿和女婿身上，想不到这两个人又命运多舛。人如果有来世，那么两个世界之间还有一个橘红色的世界，这个世界可是亲人大聚会的场所啊，亲戚朋友，也包括仇人，都要在这个世界里谋面，说一些家长里短。使我感到惊讶的是仇人也要相会，那还不要往死里厮打啊？外祖母摇摇头：不，这个世界里没有争斗没有武事，这儿的仇人们见了面只不过说一些不咸不淡的话。我问外祖父见了她会怎样？她摇摇头：你外祖父不是仇人，他不过是兴趣广泛的人，腰带太松。这样的人转向来世之前，有关方面要做的第一件事就是紧紧他的腰带。妈妈在旁边听了一个劲儿笑，笑过以后抬头看着西边的火云说：想见父亲。

我也想见到自己的父亲。我长时间沉默，不再把目光投向别处。天色真红。

努力

我在短暂的婚姻里一直努力，努力想有一个孩子。当然这对于一个身有残疾的男人、一个有了一大把年纪的新娘来说是颇为艰难的一件事。我们两人心照不宣，知难而进。可能是越来越老的缘故，我对儿童有一种爆发般的激情，每一次在街头见到他们就再也挪不动腿。我的过分的热情、堆积了满脸的喜爱有时会吓着孩子，于是不止一次被赶过来的孩子父母把我们隔开。据人说，我一见了儿童就要弓腰向前，那姿势、那一脸的惊喜就像一个心怀叵测的老妖怪。更小一点的孩子曾被我吓得哇一声哭出来。可怜的美妙小孩儿，我现在最急于拥有的，就是你们这些稚嫩的生命啊。

妻子说：这事也许不难。话是这样讲，可是连一点苗头都没有。她按书上的提示不停地吃一些特别的食物，还尽可能穿红色的衣服。她要保持一个新娘的新鲜感，认为这样会让未来的小孩儿高高兴兴投奔到怀抱中。我相信她丰盛的乳房和微微隆起的肚腹，早已做好了迎接一个婴儿的准备。可惜这种兴致勃勃的情形仅维持了一年多，后来，不知是常年的辛苦还是一再落空的期待使其疲惫了，反正是脸色日渐憔悴，乳房也有些瘪，肚腹的脂肪层像被暗暗抽走了似的，无力地凹下去。她以前习惯于把我的耳朵扳向自己的身体，去倾听生命的信息，如今再也不那样做了。

在那些日子里我们都做过一些傻事，如病笃乱投医之类。传说坊间里有一个专治不孕的高手，就被我们千方百计寻来。这人一进门就让我失望了，因为他獐头鼠目，胡须稀稀拉拉，面色发青，手指甲又黑又长。他木着脸把怀里的药包子往床上一扔，伸手就抓起妻子的腕子号脉。号了一会儿他喷喷鼻子，对候在一边的我说：回避一下不好嘛？我一时未解，但还是到外间去了。只一会儿就听到了妻子不耐烦的声音。那家伙咕哝着：最好看看体征。又咕哝：以后往身上抹点醋会好些。又静了片刻，突然妻子喊叫起来。我闯入时，见她手持一个煤油瓶子向那人头顶砸去。那家伙抱头鼠窜了。妻子嘴唇发青，指着他逃去的方向：狗东西想把手伸进来呢。我大惊失色，同时知道，对这个温良贤惠的人而言，最易惹她暴怒的到底是什么了。我明白她在前四十年里是如何严厉戒备地保存了自己，只为了这场迟来的婚配。我这时看着她因激怒而剧烈起伏的胸部，还有那高耸的鼻梁，觉得真像一个烈女。

是的，妻子实在是省城里难得一遇的美人。她走在大街上总是招来各种目光，并听到一些人的窃窃私语：这是谁家的娘们啊？谁家的，拐子家的。最后一句让人灰心丧气。是啊，我的确拐得越来越厉害了，如果不是出于体面的考虑，也许从一年前就该拄上拐杖了。妻子与我一起行走倒没有这样的烦恼，她总是搀住我，冬天给我围上纯毛围脖，戴上的大棉护手像拳击手套那么厚，还为我系上兔绒护耳套。

婚后三年一眨眼就过去了。她再不把自己当成新娘，也放弃了生育的奢望。我们面对这样的现实有些痛苦，但总得适应下来。我发现她愈加贤惠，后来的日子简直把我当成了少不更事的娃娃。这使我明白了她仍然想施展做母亲的才能。

我们做了努力。在这个问题上，我们尽到了自己的责任。

丛林之梦

我一生都无法适应城市的嘈杂。当我忍不住把这句话写在纸上时，一个师长兼朋友拍打着纸页说：是的，你与城市结下了冤仇。我没有说话，心里却泛起剧烈反驳：不，是那些与城市结下冤仇的人把这里搞糟了。我爱城市，所以我为它痛惜，以至于大声哀号。我爱人，而城市里的人最多，所以我爱城市。我不知道什么人出于什么动机，来肆意践踏我们的城区，让车辆堵塞街道，让浊气充填巷子，让不堪入目的垃圾来占据边边角角。我们没有一刻安宁过，我们像一群被驱赶不休的、翅膀熏黑了的麻雀。

我对妻子说：我来自海边丛林。妻子说：那是一个港城啊。我说是的，不过我的大半时间都在城郊丛林里。我的人生之梦既从那里做起，也要从那里终止。我日夜盼念的，就是一条切实可行的回返之路。我又不能做一个忘恩负义的人，因为终究是这座破烂大城收留了我，让我在这里拥有一个温暖如春的妻子，她大我六岁，是我的护身之宝。妻子对"温暖如春"四个字感激不已，听后立刻抱住了我，又按按我的后脑廓说：我的手凉吧？

她为我做好了回到故地丛林的准备，说：我虽然是一个城市人，但我爱吃烤红薯，我知道所有红薯都是从乡下运来的。我告诉她，东部海滨沃壤千里，那里有一眼望不到边的红薯田。我知道她代表了这个城市最美的一面，来自温情的底层。这个城市仍然有泥土，有水，它们可以养活和栽种绿色，妻子他们就相当于水和土。然而水泥和柏油正席卷而来，我和她要赶紧逃开。

在深夜无眠时我总在诉说丛林。那里的獾与兔，花与果，都让她烂熟于心。我无法隐去雪地姑娘，妻子满心欢愉地说：我们要像亲戚一样走动啊，我们这就去找她啊。我的胯骨开始频频发疼，有时一夜未歇。我似乎能看到伤残的骨骼，听到它的哀诉。它抱怨我一生的长路，抱怨我在这样的地方落脚。我安抚着胯骨，告诉它必有归去的日子。

记忆之一

关于那条长路的记忆，晚年盘绕心头。一些人和事，一些场景，正随着时间的推进而变得崭新。我有时惊异于自己生命的顽强，但一想到长路上的朋友，就明白这全依赖于他们的扶助，是他们在焦渴中为我倾注甘泉。一个叫疙娃的镇上青年，当年二十多岁，与我度过了难忘的日子。他白天做工，夜晚回到住处却不能安睡，急着为我朗读，读过就迎着夜色大声演讲。他的汗水哗哗流淌，以至于使我惊慌失措地望着他。他的无穷无尽的故事记在了各种纸上，那时他像我一样缺少纸张。他甚至像古人一样，把字写在粗布上、动物皮上，写在薄薄的木板上。有一次他展开一个写满字的破旧包袱皮，一边大声朗读，一边像挥动大刀一样做着手势。

疙娃一脸粉刺多得吓人，乍一看还以为是个毛刺怪物。我忍不住问起了他的脸，他拍了两下腿说：没什么，最有火气的人才这样哩。接上他说自己刚刚打跑一个老婆：那女子长得呀，像小狐狸，脸上有一道漫洼儿，大眼泪汪汪的，迷死人啦。我说那就不该打跑啊。他说：呔，她不识好歹，把我写满了字的一块布头放进了水里。他说着低下头，一脸的粉刺变得通红。我为他惋惜，试着问狐狸女人还能不能返回？他挥动手掌：不要了，不能要了！

疙娃见我像他那样迷恋写字，又愿彻夜倾听朗读和演讲，所以就把家中所有的好东西都拿了出来，还用好不容易保存下来的半瓶香油拌了咸菜给我吃。

记忆之二

我说过，那个林中老师很像梦中的父亲。而有一个人又像梦中的老师。这个人就是进城前两年遇到的韩哥。他的居所是我一路上住过的最长最安逸的地方，一度还让我产生了久留不去的梦想。可惜这一切都消逝了，不再重现了。我一想到他就忍不住流泪，因为我在悼念一个亲爱的兄长。我相信没有他，我的长路将泥泞不堪，也许早就倒地不起了。

他清瘦英俊，少言寡语，一个人住在收拾得干干净净的山下小屋中。他家里没有女人，但他做饭缝衣，一切都弄得井井有条。这个人曾经考入城里的一所中专学校，后来不知为什么休学回家，然后一直待下来，做了一个粉丝坊师傅。他最初吸引我的当然是那个共同的嗜好：不能停止的书写。比起我前边遇到的那些人，他写字时讲究多了，比如总要换上洁净一点的衣服，手洗过，然后点上烟斗。他使用的是清一色的方格稿纸，这使得我觉得他有些非同一般的来历。可是他似乎不讲往昔。他介绍我在作坊里打工，夜晚就住在他家里。我第一次听到他手持烟斗发出的吟哦，惊得都呆住了：当时我真的闪过了清瘦的父亲的身影。我把他的吟哦记下来，飞快地展开一张张纸。

在韩哥身边的日子也许是婚前最幸福的时光。那时我甚至以为自己之所以要有长长的流浪，原来就是赶来见这样的一个人哪。他把我领到山峰的最高处，引我看山上的悬溪，从那儿望整个村镇上方的雾霭，望远方，让我指认遥远的海港小城。他说有一天要和我一起去那里看昂昂鸣叫的轮船。

可惜这一切美好的设想后来都落了空。在作坊里他一连犯了两次晕厥，每次抢救过来都静静地躺一会儿，看着我笑。想不到的是第三次晕厥，这次他迟迟不能醒来，赶来抢救的医生最后也束手无策。他再也没有醒来。

就这样，我失去了山中的巢，失去了巢中的兄长，一生中再也听不到他的吟哦了。我后来在纸上写一些长长短短的句子，那是我对韩哥的纪念。我想着他。

记忆之三

对于一个饥寒交迫的孤儿来说，一路上任何一餐饭、一点赐予，都应谨记在心。我没有忘记，它们一直装在我的行囊之中，伴我走到尽头。有一些谜样的美好然而不乏怪异的遭逢，让我至今迷离恍惚，回头注视。

那天我一连爬过了两个山头，无比疲累饥渴之时，一抬头看到了山下河谷林密处有一座棕色茅屋。心中漾起一阵喜悦，立刻大步奔去。河谷的水又清又旺，河边树木高大，是我多日未见过的好地方。小茅屋有矮矮的石墙，一扇木门紧紧闭合。出来开门的是一位六七十岁的老太婆，头上戴一顶式样古旧的呢绒帽，不合季节。她叫了一声孩子，又按按头上的帽子说：我怕风。她把我让进了屋子。

惊奇从帽子开始，然后一桩接一桩。这儿只她孤单单一人，却丝毫没有凄凉气，小屋里香气缭绕，吃物充足，摆设简易而烦琐，大部分是草泥捏成的器具，摆放得十分整齐，像开店一样。老人明白我是一个赶路的饥儿，就打开了所有的食盒：干枣核桃，发糕馍馍，还有肉馅地瓜饼。我大吃大嚼，心存疑惑，不知这是怎么一回事。但我觉得不能莽撞询问。她伴着我吃，吃了一会儿又从角落里摸起什么出门，不久就提回一条活蹦乱跳的大鱼。她熬起了鱼汤。

小茅屋的夜晚真是好极了。老人吃鱼时搬弄出一个瓶子，倒出一点暗红色的汁水，原来是甜酒。我喝了一点，脸和脖子立刻红了。老人高兴起来，扳住我亲一口说：真是好孩儿。她在一铺火炕上弄好了被褥，然后让我安睡。我太困了，没有在意老人睡在哪儿，一歪头就迷糊过去。可是半夜醒来时发现老人也躺在炕上，我不知何时偎在她的怀里。我想坐起，老人就拍拍我，再拍拍我。我又睡去了。

白天并不急着赶路，因为老人总是挽留我。这儿的吃物丰盛惊人，想不出她是怎么弄来的。她笑吟吟看我，捏弄我的手指骨节，说真好孩儿头发真黑真亮，像小克郎猪似的。她闲了就吸一个大铜水烟袋，发出咕噜噜的声音。她不止一次提议我也吸一口，我拒绝了。这天下午，老人端详了一会儿，然后教我下五子棋。我发现她的心眼多到了惊人的地步，我没有任何赢棋的可能。下棋倦了，她又捏着我的手说：孩儿，我教你算命吧？她问了我的生日时辰，还扳着头发看了又看，掐着手指咕咕哝哝。她说出我亲人的情况，遭际，以及未来。奇怪的是除了未来不得而知，我已经历的所有事情都大致不差。我呆呆地看她，看她呢绒帽上那块神秘的琉璃。她开始教我算命的方法，我听不太懂。天就要黑下来，外面传来一声鸣叫。老人从角落里抓起什么，拉上我的手说：走。我这才看清她提在手里的原是一把弓箭。

还来不及惊愕呢，老人已经出了院门，迈着小步走到大树下，然后拉个满弓。我仰头去看，只有抖动的树叶。可是嗖一声弦响镞飞，随后有东西扑扑掉下。原来是射中了一只野鸡。它不动了，伏在那儿。天哪，我只从书里看过这样的场景，想不到今天真的有人使用弓箭。我剩下的时间里一直摸着那把弓：黑乎乎油腻腻缠了布条，看模样至少是一件千年古物了。老人把弓取回，把猎物交给我。

一餐香喷喷的野鸡汤。我一直琢磨老人，想了许多欲言又止。老人歪头看我：学会算命了？我摇头。她这天临睡前又在院里活动，黑影里看不清，待月亮升起时我马上吓了一跳：老人正弓起马步打拳呢。

记忆之四

　　这是我进城前遇到的最后一位老人：老会计。老人七十五岁，一生都在辛辛苦苦为村里记账，到了七十五岁生日这一天突然把账本一抛说：我要做个大活计了。从此闭门不出，吃饭都让老伴端进屋子。原来他一辈子积累了一些空白账本，它们装订得整整齐齐码在桌上，说要把这些账本全部写满，这就是他的大活计。

　　我就是因为好奇才结识了老人。进门时他的老伴抄着手坐在中间屋里，得知我要拜访男人时立刻有些紧张，说：这不行，连村长他都不见，他正忙大活计呢。我的好奇心越发增加，就把自己写下的字纸交给她，让她呈给屋里老人。等了约有半个钟点，女人从里屋探出头喊：进来吧。

　　面前的老人鹤发童颜，头颅大得出奇，穿了宽松的衣褂坐在一张八仙桌前，手中有一支毛笔。这使我肃然起敬。待老伴出门后他才说话，一开口声如洪钟。他说小小年纪就写这么多，真乃奇人也。可是说了一会儿他才承认，他几乎没有看懂。原来老人拒绝写简化字，对这些字恨之入骨，还说我们国家非毁在这些字上不可。他说着又在账本上记起来。我看了看，那是关于一个村庄的记录，事无巨细全要写下，其中有很多数字，如：四月十五日殁十九口。七月二十日午后三刻雪骤起，毁平房一间，黄牛一头，老五哥伤左臂。九月六日七哥二子入狱，淫事发。等等。

　　老人的文字平直翔实，没有什么描述。他对我说：我是这个村的会计啊，记了一辈子钱物，这会儿该记下人和事了。他让我读了一段自己的文字，捋捋长须说：你这孩子一路游荡，会遇到不少事儿，将来有出息，也会像我一样仔仔细细记下来。要使用毛笔，要像会计一样。不，其实就是会计。

离开老人之后，我对自己的文字有点不满足了。我有时真的觉得自己是一个会计。

离别

自从中风之后，妻子就成了一个小心翼翼的看护。她寝食不安，几乎没有一刻不在关注。在我睡前，她会伸手在没有闭合的眼睛上方轻轻移动，以便弄清是否为发病后的斜视。因为那个早晨让她一想起来就心惊肉跳：醒来时，第一眼就看到了半睁半合的两眼、歪斜的嘴巴和僵直的手臂。她为我伸理，呼叫，想让我转醒过来看她一眼。那一幕把她吓坏了，她担心这个场景重演。

她比我大六岁，连续的操劳让其羸弱不堪。当我的手脚稍稍能挪动一点时她就迫不及待了，一天到晚搀着一个沉重的肉身踟蹰街头。她成了我的左半边，一度还是口和手。我深知没有她的驱力，我这部残破的机器早就停转了。引擎尚可，循环系统却出了问题。我吐字含混，舌头仿佛大了一倍，目光却变得无比锋利。据她后来说最害怕的就是这目光：半夜里它像电光一样射向窗户，像在等待一次遥远的造访。她的观察在让我惊惧。是的，那样的造访总会来临的，那个日子对我来说不会太远了。可是我唯独放不下她。我如果把这样一个人独自留在省城，那就糟透了。

尽管我后来又第二次中风，但最可怕的结局并没有出现。妻子连续高烧，因为查不出病因，不得不住进医院。结果她再也没有出院。她不像我，她没有第二次。就这样，一部残破的机器仍在隆隆转动，一旁的司机却离开了。

最后的几年主要是分别的故事。我们的每一次注视都是分别。因为我舌头僵硬，说话越来越少，她除了说自己的话，还要说我的话，那情景常常是自问自答。她说你要挺住啊，我挺住啊；你答应要在晚年带我去海滨小城、去丛林啊，我答应了一定做啊；你听话啊孩子，我听话啊。我们窄窄的空间里全是她的叮咛。我行动迟缓，老牛破车，终于落在了她的后头。

后来的夜晚彻底寂静无声了。不记得睡过一个长觉。无眠的夜积到一起，无形中延长了生命。在一片清晰可辨的橘红色里，她离开了这座城市，去投奔另一个世界。我目送她走啊走啊，走到携手而行的两个女人跟前。她们三个稍稍对视一下，手就扯到了一起。母亲和外祖母。妈妈向外祖母引见她，说：儿媳。

这边是一场离别，那边是一场相逢。妻子是两个世界的信使，是新人，是行将担负起崭新使命的人。她暂时不再牵挂红薯了。她以前听过丈夫的允诺：去海边平原吧，那里有无边无际的红薯。

可是我没有忘记。我每次祭她，都要选用紫红色的烤红薯。

一句话

我成了一个衰老的孤儿。四十七岁独自移动，步履艰难，大概是人生的别一种风景。可是我有一句话又渐渐泛在心头。这句话如果不说出来，恐怕就要带到另一个世界里去了。我从妻子最后的目光里看出了深深的鼓励。可是我又时有疑惑。我倚杖而行，走出了这座城市，看到郊野里有一片苍鹭翻飞，再仔细些看是片片纸页。纸在飞起，在高扬，上面有字吗？

我将一生积存的字纸都放进了一个大木箱里。它们可以安眠，我将不再开启，不打扰它们受惊的灵魂。锁上门，离家离城，在铅一样的现代烟尘中登上东行的车子。我去东方，去那个深深吸引母亲目光的地方，我的少年之城，我的丛林，我的夏天的葱茏和冬天的雪地。那里的海上还停泊着白色轮船吗？我有时真想登上大船，有一次晚年的梦航。

几乎没怎么停留在小城。这里变得残破了，时髦了，愚蠢了。我们的小院满是青草。哪里才是家的感觉？往西，去丛林。一直往西，过桥，在桥头用拐杖敲了敲发黑的柱子。下了桥走得慢极了，像一个行将就木的人。又看见那个棕色小屋了，心里一烫。狗没有出来迎接，狗大概已经衰老了。老狗的眼睛总是昏花，耳朵略好一点。果然，它听到了什么，鸣吠一声。我应答了它。不是原来的狗，但可以肯定是一只老狗。

棕色小屋中只有雪地姑娘和她的男孩。孩子真是好东西，没有他的朗朗笑声，这里会多么可怕。两位老人都离开了。我称她小雪。她仍然有些胖，但面色没有了以前的光泽。一些细小的皱纹，嘴唇上一些白屑。头发花白，但很稠密。她对男孩说：这可是你的伯伯。男孩的脸廓完全像父亲，像我们的老师。他的英俊是无可置疑的，是个很棒的小男子汉。又一个林中少年。我说出了心中的赞许，小雪一笑。这一笑宛如当年，仅此而已。雪地姑娘坐在炕桌前的样子一闪而过。我们三个人喝着米粥。男孩不好好吃饭，偶尔回头摆弄那一沓纸。多么好的纸，一大沓。富足的少年。

我不知该在这儿待上多久。其实我完全自由。小雪一再挽留，听起来反而像驱客。这是我的误解。她把一间安放了原木床的屋子收拾得干净无比，让我在这里安歇。她大概以为我已经习惯于睡床了。半夜又听见四声杜鹃了：一声连一声鸣叫。显然，这种鸟儿爆发了爱情。我听见隔壁的人在走动，她失眠了。我不存在失眠的问题，因为我早已不把按时入睡当成一个问题。我几乎一夜都在倾听杜鹃。

早晨，我想到的第一件事就是该离去了。可是我没有完成此行的任务。我总要做点什么。中午饭一起吃过，然后又是晚餐。转眼又是早晨了。我与她分坐桌子两旁。我低头沉默的样子让她明白：我马上就要回城了。她抬头看我，我把脸转向南边。阳光透过黑松的枝叶落在脸上。我把心中积存了近四十年的那句话吐露出来。从此一身轻松，我可以走了。

给小雪

小雪，不知这是写给你还是写给自己。不停地写，仿佛一直未能写尽。这些文字如今只能留在手边，它们不会离我而去，所以我将放纵心情。也许在十年二十年前就开始了这样的倾诉，现在不过是把心章抄下。无论是现实还是梦想，你都占据第一页。你是不会改变的，不会褪色，不会移动，不会消失和模糊。

不管从哪儿算起，都不该有另一种结局。我好像从一开始就被一个神灵告知了，我们将以某种方式联系在一起。这究竟意味着什么，也许我们都难以领悟。可是我在离你远行时，准确点说是在那些无眠的长夜，一想到那些日日夜夜，那些梦幻，幸福中就有了更多的羞愧，无地自容。自小厮磨一起的异性，大眼忽闪坐在小桌对面，还有，她的成熟的身体。一条火红围脖那么好地遮住了颈部和胸部，随呼吸起伏，时而剧烈。这儿从未放过一个男子的手。这个时刻该固执顽强地按住你，感受扑扑心跳的撞击，一个小时接一个小时地持续。小巧的鼻中沟活动一下，生气的眼神。屈服，低头，下颌压住一只手。这只手不顾一切，轻率的手。彻底屈服了。最后的时辰，像对待梦境，两眼惺忪看向四周。莫名的时空。

类似的幻想无穷无尽，只属于我。我设想两人一起走入这片苍茫，向无边的山野投掷心情。我看到那些抱篮提包、一手牵一个孩子的男女。他们是在流浪中生育跋涉中抚养的夫妇，天当被地当炕，拥有大地的居所。我真想把全部体能烧得炽热，在寒风里烘烤我的爱人。她不会饥饿不会发冷，因为我就是食物和棉衣，我就是她索要不尽的宝瓶。

你在长达三十多年的时光中都在诱惑我。没法探究和靠近，没法设想。当越来越近的思绪把我缠裹起来，我就会大喊大叫地挣脱。回到现实，回到独身一人的事实之中。我从来不将你写在纸上，这次是唯一的例外。因为我不可能遗忘，因为任何一个细部都生成铸就，装在心中。

我们仿佛是为了思念而分离。当这些告一段落，我也长成了一个说话瓮声瓮气的人，身上散发着浓烈的男性气味。靠近故乡，走进丛林，让昨天的大黄狗惊异万分地注视，不安地吠叫和转动。那个日子就是天赐的盛节，我们会装模作样问候几句，将幸福藏起，沉醉下去。这应该是确定无疑的明天，不打折扣的未来，难道会有什么例外？

你问讯千里，用目光追逐。那个人身边没有一个亲人、一个旧友的日子里，曾经有过多少渴望。那是一闪之念，是刚刚抬起又垂下的、随即射向他处的目光。他没敢将昨天遗忘和淡漠，没有一刻荒疏对你的温习。这就是实情。是的，你们之间既没有契约也没有誓言，既不曾交换信物又不曾私下定情，仅仅是丛林中的一双，雪地里的一对，是无人分抢的各自的拥有。

然而，老师出现了。多么尊敬的人，像我们的父辈。谁会想象父辈会有另一种爱怜。我们当年一起望向他、一起景仰他。他高高瘦瘦的身躯、一手漂亮的字迹，都让我们视为完美自然的一部分，就像雪地那样洁净和美妙，有风有树的林莽。杜鹃一声声鸣叫的春夏，我们多兴奋啊，我们牵着老师的手一起走向林间，去找百合花和菊芋。可是我们谁也不会想到老师那只清秀灵巧之手，除了采摘这些，还会把你的未来抓住。

我的痛苦可想而知。不必诉说，因为一切皆可想象。可是我怎能缄口一生，怎能在这样的时刻不置一词？我对老师的束手无策与对你的无望之爱是如此一致，以至于只有怨恨自己。是的，这是怨恨，一种卑下却不无力量的情感。我那时是最颓丧最潦倒的日月，没有过去也没有将来。因为我愿把往昔埋葬干净，忘记你的名字，迷茫回家的路径。我做这一切时太晚太难了，我的目光无论转向哪里，最后都要被两个人的身影牵回。

我梦见一高一矮两个人在播种，他们创建了自己又小又美的田园，手扯手欢笑。高个子的亲昵刺伤人心。他是不可原谅的好人，没有污点的罪人，无比忠诚的谎言。他就是他了，无法取代，无法变换，无法将其挪动到另一个时空。你纯洁无瑕的甘甜乳汁洒向崭新的生命，你充分而真实地做起了母亲。一个人一旦成为母亲，也就不可救药。这个人将无法医治，无法救赎，也无法嫁接。这个人从此将把自身的灵魂抵押出去，以拥有梦想未能抵达的现实。

我不敢用旧日称呼来招唤你了。我瞠目结舌，差不多用一整天的时间望向东方。日出之地尽是金色，一个用黄金铺就的虚妄。固执的心把我牵向你，牵向老师，牵向小屋和黄狗。我极想独自与两位老人交谈，若无其事地探询原委，虽然已经毫无意义。真的，这是平息自己之方，是恍然醒悟后的癫狂。

整个事件给我再生的力量，我明白守株待兔式的独身生活应该结束，让一个迥然不同的日子来临吧。就这样，我在省会城市安居，有了一支生命的拐杖。无雪的冬天一个接一个降临，我们尝试着爱这座城市，彼此无一丝保留。这就是我的全部，我留恋和厮守的所有理由。这期间，我从未隐瞒三十多年的渴望，让倾听变得泪眼蒙胧。她总是以最美好的心情向往，猜想雪地小屋的生活。

在后半生，我们似乎走在一条相似的道路上。我们都拥有过也都失去了。不同的是你有了一个男孩，留下了宝贵的硕果。如今，我们之间的屏障又被一只手摘除了，事情就是这样神奇。我的腿还在发疼，它在提醒昨天的故事：一切都好像是刚刚发生的，你还在为我敷药，一直为我敷药。创口没有愈合，我又怎能离开。可是我也明白，我终将在这座城市里度过余生，正像你走不出那座小屋一样。这有点不可理解，但这是命运。

拐杖

我常常抚摸它，看着它出神。曾几何时，它也是枝叶繁茂的树木啊，就像一个朝气勃勃的少年。因为要陪伴一个形容枯槁的人，它就删削浓发，变成了眼前的模样。它搀扶我，我如果离去了呢？我不禁怜惜起来。

因为半夜下床寻找拐杖总是费事，只能将它倚在床边。可是有几次它困了，倒下睡了，我摸黑寻它时差点跌倒。没有办法，我们只好同床而眠。它贴紧了我，我睡去时一只手还在揽着它，让它顺着我的腿弯躺着。它浑身温煦，一动不动，任我抚摸。这是个没有一丝邪念的孩子，一个生命之宝。我在夜色里发出回告，喃喃之声惊动了它。它的齐额短发被我梳理了一下，手上的茧花硌疼了它。它漆黑闪亮的眼睛望向我，一双大大的杏核眼。

睡吧孩子，离天亮还早呢。

心中的鹧鸟

我五十多岁才算真正安居下来。我认定这是可以托付终身的城市，无论怎样都将如此。这里的街头有源源不断的烤红薯，卖薯娘推着移动烤炉的呼唤声此起彼伏。这是我妻子出生和归去的城市，我该一直陪伴这里。这里有她偏嗜的美食，依然在向她发出声声呼唤。两块钱一只的滚烫烫的烤红薯捧在手里，吹着撩着，听着她们"小心跌倒"的叮嘱，愉快无比。不错，这是缺齿少牙的老人口福，也是一味贪吃的青年食物。当年那个脸色红润的大龄女子每天夜班都要捧一个进车间，放在我的桌上。我眼睛盯在纸上，伸手去取时，分不清她的手还是烤红薯。一样的温软香甜。

随着时间的推移，无边的沮丧像暮色一样褪尽，最后变得一片浑然。是的，一个人，尤其是一个老人，应该安然自如地消失在一座城市里。这座城市被人喻为垃圾堆，这是一些乳臭未干的孩子才有的偏执。这儿挺好的，比如泥土，越脏越好。开始的日子我比任何人都要牢骚满腹，要绝望，这幸亏无所不能的妻子从那个世界回手揪我一下。

夜里，分处两个世界的老两口有过推心置腹的谈话。我一抱怨她就批评，说你啊，千里万里走过来了，就为了走到一个地方让人可怜？快擦干浑浊的眼泪笑一笑吧，把没有几颗像样牙齿的嘴巴倔犟地绷起，让街上人看看你这个老家伙多难对付。是的，我明白了，我一拐一拐活着可不是让人同情的。妻子又说：你说到底有什么可怨可悔的？难道一辈子写啊写啊糟蹋了这么一大箱子纸，到头来还娶了一个胖乎乎的货真价实的姑娘，这姑娘让你夜夜搂得紧紧的，连感冒打喷嚏的日子也是如此，难道还不够让人满意的吗？你到底还要怎样？人老了就该有些美好的回忆，这回忆就像最可口的食物一样，让人享用不尽。人老了回顾那些美好的交往、一些过去的朋友，就应该像揽住一些鹧鸟一样，让你身心俱喜。

我真不知该怎样感激自己的妻子。是的，首先，关于她的忆想就让人陶醉余生。一个至美的女性，悉心爱护自身四十余年，砰的一声交给了我，这之前连个磕磕碰碰都没有。人微胖，大腿鼓胀胀的，正是我喜欢的那种。不过把她比成鹧鸟，这只鹧鸟也太大了些。我们如此恩爱，相濡以沫，最后她还是先我而去，应了"恩爱夫妻不到头"这句古话。她品貌端庄，不温不火，大眼生生，用那只粗粗的臂膀挽住我，让远比我们年轻的一代惊愕回首。他们对这幅夫妇相持图感到迷惑。年轻人需要学习和观察的还多着呢。

是的，咱心中有一些鹧鸟。小雪，房东女儿，胖姑娘，雏儿，等等都算鹧鸟了。她们是彩色的，顽皮的，不拘一格的。她们与我不一而足的交往的故事，像多幕剧一样徐徐展开。尽管旷日持久，但她们当中某人咀嚼杏子的模样、鼓着嘴巴吐出一个光洁杏核的情景，还栩栩如生。乡间和村镇的姑娘爱穿松紧带镶腰的方格裤子，那种桔白相间的花纹让人看一眼随即牢记。她们无一例外地埋怨我的少言寡语，殊不知那些专心致志和长于记忆的男人无不如此。我不吱一声，但我始终没能忘记。

我的所有故事都在最后的几年里讲给了妻子。她言简意赅的一句评价就是：你是个自作多情的男人。我笑了。她宽容，博爱，亲吻起来专心致志，锅子糊了都不管。她一生言辞适度，从不暴躁伤人，记忆中只在多次尝试生育失败后骂过一句粗话。可是骂过也就骂过了，对她来说，别人的孩子就是自己的孩子。她是那样喜欢娃娃，有时长久地站在幼儿园门口，不过是为了傍晚大门一开涌出的那群娃娃脸。

我承认，愈到老年，我愈像妻子了。我拄着拐，常常一拖一拖走在大街上，像是漫无目的地往前，往前，可走着走着就不愿挪步了。到了哪里？幼儿园。我一动不动站着，站累了就倚在墙上。时间过了一个钟头又一个钟头，渐渐有了一些家长汇集过来。他们有时打一声招呼：来接孩子啦？我点点头。

喧声一响，大门洞开，一群孩子跑出来了。描了红脸蛋的，扎了朝天锥的，几乎全是花衣服。小家伙们张着手臂往前，跳着笑着，伸出顽皮的舌头。

哦，这才是心中的鹂鸟。

这是我最大的满足，最大的幸福。这就是我，一个身有残疾的、五十多岁的男人，正泪眼朦胧站在霞光里，看着自己的昨天。

二〇〇四年十二月三日写于万松浦
十二月二十八日改于济南

刺猬歌

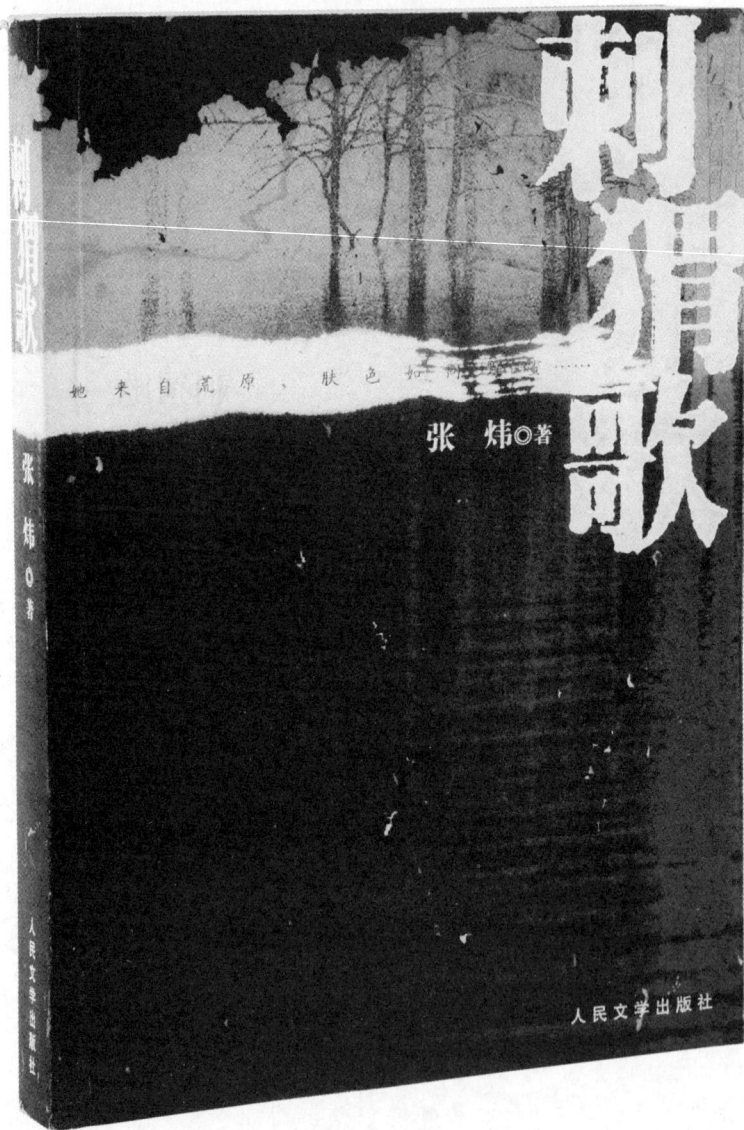

《刺猬歌》书影，人民文学出版社二〇〇七年一月版。

她来自荒原，肤色如同野蜜……

第一章

你泪水横流

"棒小伙儿叫廖麦，一生一世把你爱，爱啊，往死里爱啊，使牙咬，用脚踹，呼啦啦搂进咱的怀！廖麦！廖麦！"美蒂高一声低一声喊着，念顺口溜逗他，一遍遍呼叫，可对方还像死人一样仰躺着，后来连喘息都没有了。这样不知过了多长时间，他总算动了一下，接着呼哧呼哧喘气了：鼻孔张大，两股热辣辣的气流唰唰扫过她的脸，她的喉，她鼓胀胀的乳房。她蹲在炕上，惊得合不拢嘴，屏住呼吸盯了好一会儿……像说悄悄话似的，她贴近他的耳根又念起了顺口溜，伸手去抚摸他。

谁见过八月天装死的男人哪，不想好好活的男人哪，二十年前的棒小伙，发烧三十九度不吞一粒药丸的犟家伙，可怜的一家之主啊，一丝不挂的心肝啊。美蒂跪在炕上看他，又望窗外。远远近近的田野上麦茬齐斩斩的，就像男人刚剃过的短发；一棵两棵柳树，一道两道光影。老天，毒日头一生出来就是水银色，它与这望不到边的土地的主人一个脾性，凶狠如烙铁啊。土地的主人换了一茬又一茬，过去姓霍、姓公社，如今姓什么？美蒂把小鸟呼气似的声音吐在心里：姓唐……

美蒂跪在男人面前，咬了咬他的两个乳头，像蚕豆一样硬。她把耳朵贴上心口去听，想捕捉由远到近的雷声：轰隆，轰隆隆。没有。她嫌一大把浓发碍事，干脆用细绳扎起来。她一拃一拃度量他的胸廓、双臂、大腿，在结实的小腹处停下来。"我的棒小伙儿，廖麦啊，孩子的亲爹，你该不是要死了？"她站起时惊慌失措，手忙脚乱，环顾四壁，突然伏下身子去咬他的胳膊，又咬他的腱子肉。

炕上的男人双眼睁开了一条缝。就像另一个世界射来的目光，阴凉陌生，让她打了个哆嗦。"哎呀你吓死我了。你快说话啊。"她一叫，他的眼睛又闭上了。她垂下头重新咬起来，一点点加大力气。八月的阳光落在这黝黑的肌肤上，冒出一股烙饼的香味。"我焦急啊廖麦，你心里知道我多么急。咱家里不能一天无主，可你硬是昏睡了三天三夜。什么事情都好说好商量，我什么都听你的，都听你的行吧？"她在啃咬的间隙里咕哝着，那只比常人略大一些的嘴巴湿漉漉的，一张一合印在他的额上、喉结上。

他终于睁开了眼睛，渐渐睁得像往日一样大，黑白分明。他直盯盯瞪住她问："你听我的？"

她深深地点头，像个日本女人一样长跪不起。

"那好，那你——就从头全讲出来吧！"

由于连续三天的高烧，他的声音干涩无力，不过在她听来却像扔出来的一个个生铁块，全都迎面砸在自己脸上、胸口上，她不得不用双手护住热气腾腾的胸脯。"廖麦啊，你烧迷糊了吧，你让我讲什么啊？"

"你知道该讲什么。我让你从头讲。"

美蒂去拭他的脑瓜，去亲他一层白屑的嘴唇。他无动于衷。他用力咬着牙关，咀嚼肌绷得紧硬，尖利的目光好像在固执地询问：不讲吗？

"你让我讲什么？你这个淘气的大孩子！瞧这脑瓜啊，像刚出锅的烧饼一样烫哩。"她亲他的额头，扳他的双肩，想一边亲吻一边将他拉起来。这一刻他也许倦了，也许真的有些驯从了，偎上妻子胸前，随她坐直了身子。汗水雨浇般哗哗涌流，额头、前胸，还有小腹，一霎时变得湿淋淋的。他身上冒出一股焦煳味儿，脸色突然变得惨白，一双眸子闪闪逼人——美蒂的笑容一下就被这目光锥回去了，刚到嘴边的几个字也咽掉了。还没等她开口说什么，男人的大手硬生生地拽住了她的头发。她给拽得使劲仰头、仰头，可她一直忍住，一声不吭。

　　廖麦从高处端详这一大捧浓浓的好头发：粗密如苘麻，顺着耳后披下，被他一把拽定。他攥不透这女人的神秘之丝，无论怎么用力也还是一丝一缕地逸出。瞧她至今仍是个时尚之女，头发染成了一绺金黄一绺火红，说穿了不过是想过一回洋瘾。说真的这一头披发总惹得他喉头发胀，让他像一个小伙子那样热血周流。可是够了，好日子该过去了。廖麦把这一大把浓发挽在手腕上，然后狠力一拽。他料定她会疼得呼喊，可是没有，一声不吭。他推她的后脑、脖子，拽，左右摇摆，用膝盖抵紧她的背部。这家伙背上已经有了不薄的脂肪层，此刻正透过润湿的皮肤发散热量。太热了，他的膝盖终于给灼疼了。足有一刻钟的时间廖麦攥定了没有动，只从上方看着她：嘴巴大张，洁白的牙齿露出了多半；红润的双唇，微胖的下巴；大股的泪水从长睫上涌出，又顺着鼻侧和腮帮往下流，流进米色小布衫里，在乳沟那儿汇聚。双乳触目，没戴乳罩，肥软挺括。他觉得无论如何都没法遏制的愤火就从这对乳峰上燃起，一直往上烧，灼伤了他的双臂、肩膀，最后是颈部。他开始生拉硬拽，琢磨怎样才能揪疼她的发根和头皮。这苘麻根子扎得太深了，这得连根拔起才好呢。

她一声不吭。廖麦觉得一双眼睛就要瞪得出眶，这时噗一声把她抡倒，不知怎么扯碎了她仅有的一件薄衫、一条短裤。她身子倒下的那一瞬看了他一眼，那诧异的目光分明在问：干什么？你要干什么？

廖麦顺手摸起了炕下的一只塑胶拖鞋，一膝抵住她的上身，砰啦一声打下去。她的下体立刻凸起了一块红斑，清晰地再现了一只鞋印。又是砰啦一声。她先是咬住牙关，闭上眼，后来再也挺不住，像受伤的动物那样尖叫了。她摊开身子，尽可能不再滚动，这样廖麦可以打得更省力些。他不知是自己手臂上的汗水还是她的泪水在飞溅，只知道美蒂已经忍到了一个极限，因为她开始放声呼喊：

"妈呀，真逮着汉子啦！"

廖麦手中的鞋子应声脱落。他知道，在幸福的峰巅时刻，她总是这样大声呼号。

熬黄鳞大扁

一个火热的白天又要过去了。只有太阳收拾一地水银时，美蒂才试着搀扶丈夫走出屋子。一股热风掠地而起，不远处躺着几只酷热中死去的麻雀。"我敢说今夏是最热的一遭，又见麻雀这样了。"他说着，四下瞭望。他好像对身边一拐一拐的妻子并未在意。四周，约莫二百多亩的方圆都围上了篱墙，篱内的田埂小路树木房屋，处处皆可入画。这一大片田园的西部是果树和葡萄架，往东则是中规中矩的畦垄，是刚长出一拃高的青苗。喷灌器扫出一道道银须，它们像是无形之手在不厌其烦地描画大地的湿眉。身后是拐尺形的房子，单层，有阁楼，四周长满了粗壮的加拿大杨和松柏、梧桐，几头花斑奶牛卧在树荫里。前边一百米处就是那个湖塘了，它闪闪发亮，是整个田园的眼睛和心。它的一角有睡莲盛开，有蒲棒高举，还栖息了几只炯炯有神的金翅鸟。廖麦咂了咂嘴巴。他闭上眼睛，不再挪步。美蒂说："我也走不动了，咱回家吧，咱这会儿该躺在炕上哩。"她的脸庞贴紧在他的胳膊上，说话像哈气儿。

他不理不睬，坐在了地上。美蒂想倚着他蹲下，可支持不住，一弯腰就跌倒了，只得用双手使劲撑住。她发出哑哑声，忍着。廖麦怜惜地抚摸她的头发："我下手太重了。可那会儿没有办法，我怎么也停不下来。"美蒂盯着他："我知道你烧了三天三夜，水米不进，你大概神志不清了。"他冷笑："从来都没有这么清过。我在昏睡这三天里游了阴曹地府，查了咱俩的今生和来世，把什么都搞得一清二楚，所以我非让你从头说出来不可。你早晚会说的。"美蒂用亲吻堵住了他的嘴巴，因为眼上有一层泪花，就把脸转向了太阳沉落的方向。廖麦偏把她的脸庞拨正，盯着她问：

"这里是我们的家吗？"

她点头。

"这不行。你得开口说话。"

她擦擦眼："是咱的家哩。"

廖麦的喉头活动一下："为了这片园子，我们流尽了血汗，先是你，然后是我们俩，咱像小鸟啄食小鸟筑窝一样啊！可你，你要把它卖给唐童……"

"麦子！你知道这是没有办法。谁也没有办法，四周的地全是唐童的了。"

廖麦牙齿咬得咯咯响，好像高烧未退一样打抖："我听见你坐在窗前自言自语了，说'这是咱最后的一个夏天了'——这是你说的吧？"

"是我说的。你知道唐童的人来了两次，头头脑脑都来了，穿制服的人也来了。"

"我说的是你！你一个月都在我耳边咕哝：卖地卖地！你在与那个恶霸里应外合！"

美蒂尖叫起来："天哪！天哪……你想到了哪里！你该不会真是这么想吧？孩子他爹，你千万不能这么想，千万不能！"她双手抱住了他，"你对我怎么都行，就是不能这么想哩，老天爷，你说的都是气话啊，你这些天被他们气昏了头哩。"

廖麦一动不动盯着湖塘。他长腿支地，青筋凸暴的大手搁在膝盖上，干渴的双唇有道道血口。夕阳把他的侧面扫得一片金黄，人的整个轮廓更加清晰：几天的高烧折磨使他双眼深陷，眉骨耸立，颧部凸起，眼窝里时不时飞蹿火星。昏睡初醒的那一天啊，这个周身由最结实的筋脉攀结而成的火暴男人，满口粗话，声如霹雳，双手一抓狠似铁爪。至今美蒂腹部、两腿和下体都在疼，这疼痛似乎让碘酒色的夕阳弄得加剧十倍，她不得不轻轻呻吟，一边扶住他拥住他。

他从热辣辣的空气中嗅到了她的体息，那是他最熟悉的。他低头看她被揪乱的头发、从颈部蜿蜒而下消失在乳部的青青脉管，还有腹部若隐若现的淤伤。他一下下抚动她苘麻似的浓发，又捏了捏她合起的长睫，嗓子眼里发出轻轻一叹："真是一个宝物。"

美蒂害怕他听到自己的怦怦心跳，也怕泪水涌出。这些年里她听到了多少昵称多少外号，都是这家伙随口取的。她仰脸看他，脸庞随着他的大手移动，想取得暴打之后的第一个犒赏，被他满是血口的焦唇轻轻触碰一下。他没有这样，只把嘴巴移到她的耳旁叫道："大骚物。"

"真难听，太难听了。"

"可我喜欢这样叫，'大骚物'。"

"那你就这么叫吧，你怎么都行。你愿怎样就怎样吧，你打我也行哩。"

他扯开布绺看看淤伤，咕哝："我打得太重了，大骚物。不管怎么说，我不该打这么重啊。"

"谁让我是你老婆哩？游荡了多半辈子的人，打回来的那一天我就明白了……明白咱俩这一辈子是怎么一回事。"

"怎么一回事？"

"我爱死你，你打死我。"

廖麦咬了咬牙关，没再吭声。他隐下的一句话是：要能那样还算好的呢，可惜我们没那么幸运啊！他抬了抬她的下巴，让一张脸庞仰起，拇指在她开阔的前额上摩擦一下，像要抹掉一层桃茸似的。他无法不惊异于这样的事实：妻子比自己整整小九岁，可也是快四十的人了，一张脸总是容光焕发，泛着神秘的杏红色。这张脸谁瞥一眼都无法忘记，终于成为海滨小平原上最危险的东西。他从她细皱如丝的唇上，从那双墨色泛紫的眼睛上，更从突兀的胸部上，都找不到令人安然入睡的踏实感。几十年了，虽然中间是长长的分离，但毕竟也是老夫老妻了，为什么他接受的是这么多的诱惑诱惑诱惑？他爱她，从归来到现在，一分一秒地爱她，可就是——无法信任。

"大骚物，你知道我为什么扔下一切跑回来，冒着生命危险赶来和你过日子？"

"因为你想我，天天想我。"

"答得好。还有，我现在告诉你，我还想要这片园子，一生一世都想要它。"

"你还想要我的头发，你喜欢它，老想把它们连根儿取走呢……"

廖麦没有吭声。他想纠正她：不是要和喜欢，而是依赖——不知从什么时候起，当他心上一阵难忍的慌促袭来难以支持时，只把脸庞深深地埋入这头浓发，症状立刻会得到缓解……

美蒂把头拱到他的怀中，很快尝到了咸味。她抚遍了他的周身，按他的脸，他的嘴唇，吭吭哧哧说："你打我吧，我知道自己这辈子就欠你打了。我会忍住，实在忍不住了就那样叫唤。不过现在还不行，你把我打坏了。棒小伙儿，你愿怎样就怎样，我的棒小伙儿，你还是那么有劲儿，真是越长越帅啊！"

廖麦在心里说：怪啊，她这股柔顺劲儿真是绝了！她一直是这么柔顺！她柔顺得让一个虎气生生的大男人硬是没了主意，什么办法也没有了，最后只得将其暴打一顿，这是真的！

天黑之前他们回到了屋里。廖麦仰躺在大炕上，望着屋顶说："唐童手下那些人还会闯来的，到时候我得杀上他们个把。可你看看我身子多虚，你该给我添添勇力了。给我熬一锅黄鳞大扁吧，赶紧动手吧。"

美蒂刚才还一拐一拐走路，这会儿一听全身都利索了，仰脸脆生生应了一声，抬腿就去隔壁找鱼竿和抄网了。

黄鳞大扁是一种罕见的鱼，成鱼长若半尺，体宽五寸，铜黄色，生于湍流砾石，喜欢在暮色中腾跳。这种鱼是廖麦在流浪途中结识的救命之物，今生不曾忘记。它熬出的汤汁能治五痨七伤，使一个蔫在炕上的人重新爬起来，两手攥拳，虎步生风。廖麦来到这片园子的第一件事就是引清流于湖塘，再铺上白沙与砾石，设法让黄鳞大扁长起来，以备不时之需。他极少去打扰它们，准确点说一年里也不曾捕捉一次。他走在湖边时看着它们在夕阳下翻腾，铜光一闪溅水有声，总是竖起拇指说一句："好样的，好好长吧，替我攒起生劲；时候不早了，嗯，时候快到了！"

约莫半个小时的工夫美蒂就从湖边回来了，他在炕上听到了脱大水靴的声音、黄鳞大扁啪啦啦敲打盆子的声音，同时嗅到一股刺鼻的火药味儿。这就对了，黄鳞大扁身上散发的不是一般的鱼腥气，而是枪药味儿，这在当年就被他记住了。他在心里赞叹起老婆：妈的，就是这么个物件，泼辣、柔顺，为了心上人能杀人，能当女游击队长！瞧她捉鱼的利索劲儿吧，再过十分钟，那条水中生灵的英雄好汉就得被她开膛破肚扔到锅里。他仰躺着，只是不放心，尽管不知多少次教过她熬汤的办法，还是不放心。他撑起身子，扶着门框挪到外间，躺在一张长椅上。他要听到葱花在沸油中爆响才行。

油沸了，里面有葱姜八角花椒激灵着，它们潜入三次又钻出三次，这个掌勺的大腚娘们儿才回身抓起一把五花碎肉投入。呼呼的水汽、油脂都被焠出，又被一把钢铲砍打翻动，一刻不停地折腾了一会儿，黄鳞大扁这个主角才算登场。这家伙一入油锅就发出一声巨大的呼号：杀！接着是腾起的一团紫烟，是顶鼻煞眼的一股火药味儿。大腚娘们儿眼也不眯一下，伸出钢铲压住它的肥肚子，让它正跳三次反跳三次。黄鳞大扁早在入锅前已被盐水杀死，这是女人残存的仁慈啊；可它是水族中的勇士嘛，它有九条命呢，最后在油锅里还要跳、跳，长喊三声。这不是钢铲刮锅的刺耳尖音，这的确是它的三声长喊。最后是它的酣睡梦乡，往另一个世界奔走的路上了。大腚娘们儿的腕力不错，钢铲在手中旋出花儿，这是为了老伙计在急油中煎而不煳，为了它不泛出焦黑色、不招来丈夫的一记耳光。这是一场较劲儿的煎炒，煎得水光油尽，紫烟笼罩，五花肉末全跑进了鱼的肚子中。说时迟那时快，她把钢铲一放，转身端起了陶钵：钵里是矿泉水，越凉越好，凉得像数九寒冬的屋后水，哗一下焌进锅里。这一下事情成了多半，廖麦闭着眼都能看到激将的汤汁洁白如雪，滑腻似乳。妈的，大骚物干成了。剩下的事情就是半个时辰的耐性，是加蒜瓣加醋加胡椒之类，是喝得额顶淋漓。

"你怎么不喝？"廖麦盯住她。

"我，"她擦擦手，"我怕这枪药味儿。"

廖麦不再理她。他一口气喝了三碗，开始扳手指骨节了，扳得啪啪有声。美蒂惊喜地盯着丈夫，两眼星星一样亮。廖麦将最后一口鱼汤咽下，搓搓手站起。他踱到门边，伸手从湿淋淋的抄网里一拎，拎出一个黑色塑料袋子：

"你是要吃这条鱼，我早嗅见它的腥味儿了。你要等我睡下后烹了自己享用。"

淫鱼

廖麦把鱼抖落在地上：奇怪的是它一动也不动，双眼圆睁趴在地上看人。这鱼泥灰色，头颅圆而大，身体瘦小，两个鳍像手臂一样抄在颌下看人，嘴巴像人似的绷起。这鱼的表情令人厌恶，从第一眼看到就厌恶。廖麦归来之前湖塘里就有这种鱼，他发现它常常伏在近岸浅水边上看田野里的人。有一次他用抄网弄出一条，给扔在干土末上半天就是不死，两只圆眼还在死死盯人。

他气得踢了一脚，它在土末里滚动几下，最后仍旧睁眼看人，仿佛不再想回湖塘了。记得当时正好美蒂走过来，她哎哟一声拾起，吹着土末，细声细气哄它，重新放回水中。"这种丑鱼贱货该捞尽捕光，剁一剁喂鸭子！"他觉得四周洒满了它的腥臭气。那一次美蒂嗫着嘴巴说："别价！别这样说！"

最让廖麦惊异的是后来：一天晚餐美蒂连吃了两条丑鱼，结果一夜不宁。她像醉了一样脸红眼斜，不停地咬他、咬他。他不得不躲闪她了，因为她把他的肩膀、后背都咬出血来。"哦哼？"他抹一把血渍放到灯下看着，额上青筋鼓胀。可是还没容他发火，她已经像小猫似的偎住了他，一下连一下地亲吻不息。

那天清晨起来他就去了湖塘边，一刻不停地与伏在近岸的丑鱼对视。他恶狠狠地骂它，还将手掌做成刀状威吓它。它在霞光里一直无动于衷。就从这个早晨开始，他专心于研究这个疙里疙瘩的丑陋水族了。

任何辞典里都没有它的记载。一些水产手册、图表等也翻遍了，没有它的踪迹。一个偶然的机会廖麦遇到了串乡乞讨的痴（乞）士，是满脸脏腻头发打结的大痴士，这家伙见多识广，瞥了瞥它，随口吐出"淫鱼"二字，似乎就指了这种丑类。廖麦又给远在东南地区的一位鱼类专家朋友寄上了鱼的绘图，并附以详细说明。一个月之后回信来了，专家确定无疑指出这是一种罕见的"淫鱼"，东西方都有，并随信抄来了一位叫杜巴塔斯的洋人写下的小诗："水中有淫鱼，／名曰'萨古斯'。／征欢深水下，／日日易其妻。／淫情炽如火，／不克餍所欲，／行行向草岸，／调戏公羊妻，／公羊双角上，／罩以绿帽子。"

于是很长时间，廖麦都戏称自己为"公羊"。他将小诗抄下来玩味，两口子在热腾腾的莲蓬头下沐浴之后，一块儿在落地灯下读上一遍，每人吟咏一句。

今夜廖麦躺在炕上，听着美蒂在灶间碰撞锅勺，知道她开始烹调自己的美味了。他在想这种鱼的来历：该不是有人偷偷放进湖里的吧？以前他曾问过美蒂，她答："唉，一开始就在湖塘里的，土生土长的物件啊。"廖麦未置可否。因为美蒂才是这片园子的真正主人，她用了近十年时间，先是短期承租，后来又买下它的使用权，期限是整整五十年！一个女人，何等气魄，真像个骑马挥刀的女响马。可她那会儿是个妩媚的单身女人哪。如果从头说来，这将是悲惨世界上的一个奇迹。这二百余亩荒园第一眼见了就令他倾倒：篱笆标划出边界，田地方方，林木初起，还有一个大湖塘——准确点说是一处刀把形小湖，水面往少说也有五十市亩，当时看上去水草芜杂。第一眼是月夜之下，是两个人偷偷约会。

那时荒园初建，没有像样的房舍，只有两间板棚。隔壁就睡了女儿蓓蓓。他是逃回来的，迈进园子不一会儿就和美蒂相携出门，踏着一地银霜来到湖塘边。那天湖边是一丛刚刚割倒十来天的菊芋秸子，散发出刺鼻的青生气，有细密的毛刺，可他们全然不顾地躺倒。这是在远离镇子的地方，在海边园子里，他们长时间不吭一声，只紧紧拥有。那一刻她的呼叫使湖塘里的水族屏息静气。事实上他们把一切都忘了。"妈啊，真逮着汉子啦！"她大呼一声，揪紧了他，泪水洒了他一身，洒遍了菊芋秸子。他们站起来往板棚走去时，月光一片，他看了看，发现美蒂的后背、腹部、腿根，到处都是菊芋秸秆的磨伤。

那天黎明前他们轻手轻脚，站在熟睡的蓓蓓前，站了足有一个钟点。出门时廖麦问了一句："这是我的孩子？""当然，你这个傻子。"他看着东方的鱼肚白点头："当然。只有我们俩才能生出这样的小美人儿。真棒啊，完美无缺。"

那一次偷偷潜回，他在心底已经下了铁定的决心：归来，放弃一切！归来厮守啊，一块儿整饬这片园子啊，没白没黑地相爱啊！人只有短短的一辈子，我再也不能流浪他乡，再也不能；我冒死一搏也要归来、归来！

结局却有些平淡，因为那次离开不久美蒂就喜不自禁地向他报告：回吧回吧，唐童已经解除了那道恶毒的禁令，你如今真的可以归来了。

杀字出口

唐童，金矿主，天童集团的董事长，唐老驼的儿子。他如今是整个时代的上宾，却算不得一个人，也算不得一个好的畜生。在这片临海山地莽野上，人们自古以来就不嫌弃畜生，相反却与之相依为命，甚至与之结亲。海边村子里只要是上了年纪的人，谁说不出一两个有头有尾的故事，谁不能指名道姓说出几个畜生转生的、领养的、活脱脱降下的人名啊。有人是狼的儿子，有人是野猪的亲家，还有人是半夜爬上岸的海猪生下的头胎娃娃。海猪不是海豚，不是人们耳熟能详的那类可爱水族，而是只有这里的渔民才见过的稀罕物件：全身黪黑长毛，像母熊一样，以鳍为脚，慢腾腾走遍整个海滩，只等月亮沉下时趴在一团茅草里生产。她在为一个一生守候鱼铺的老光棍生下唯一的子嗣。穷人娶不起老婆，只好在茫茫海边的平原和山地游荡，逮住谁是谁，恩爱一番，留下自己的根苗。这样的儿女在年轻时脾性面貌与人一般无二，愈到老年就愈像一个动物：有的像狼脸，有的像兔子，还有的活活长出了一对鱼眼。至于狐狸脸、老绵羊脸，那已经多到了见怪不怪的地步。唐童由何转生？镇子上没人能够想得出。山海平原无边无际，那里面该有多少陌生的畜生。人说："那家伙是个吓人的怪兽，他的前世准是。"

廖麦在焦思如焚的日子，在一门心思归来的日子，在迷狂的日子，最不该忽略的一个事实就是：她，美蒂，如何能在离两个威赫的畜生不远的地方，筑起如此诱人的一片园子？要知道唐家父子是铁嘴钢牙的食人兽，吃人不吐骨头，尾巴一扫林木全枯，蹄子一跺河流改道，连水库都得崩堤。美蒂到底用了什么魔法在这儿安顿下来、一口一口喂大了自己的"私孩子"？

廖麦那时逃亡在外，只被无边的忧思缠住了；他在最初归来的日子里小心极了，走路蹑手蹑脚，以至于妻子大声说道："你怕什么？你这是在自家园子里，在你的地盘上呢！你在这里就是一个王、王，什么都是你说了算！"他点头，大声咳嗽，抬头张望——西南方有一溜山影，那就是金子山，是唐童父子世代盘踞之地。而今唐童已经下山，把大半个平原收在了囊中。唐家父子如今不仅开掘血淋淋的金矿，他们简直什么都干，在山地和海边平原上发了疯地挖和找，要把整个世界翻个底朝天，把海水吸干逼走，让它亮出白骨累累的底子来。这一场大折腾终于让唐老驼熬不住，年届九十死了，剩下独生子唐童一个人继续疯干。

"美蒂，孩子她妈，你多么不易！你是怎么在狼窝里垦出这片农场的？"夜深人静时廖麦问着，盯着窗外的星星。

她俯身看他，一双美目胜似星星，"怎么说呢？咱两口子都算得上虎口余生啊。你跑了，留下我，我还得活，活着等你。当年这是一片浸在水里的盐碱苦地，除了芦子野艾什么都不生。冬天北风一扑海水就漫过来，春天是扬沙堆岗子，呛得人眼也睁不开。我一个人拉扯着刚出生的孩子一头跌在黄沙丘咸水洼里，因为村村都不敢要我这个坏女人。我搭个草寮住下，求他们给母女俩一条活路吧，他们这才算没有把我们母女俩赶到海里。我垦出一小块地，又一小块地，在海边栽树挡沙。附近几个好心的村里人来帮我，我把长出的豇豆和萝卜送他们。再后来，我就把这片谁也不要的水洼地租下来了。"

"那时大概唐童一伙做梦也想不到这里会变成这样。"

"他想不到，附近小村的人也想不到。"

廖麦夜色里的声音像是被闷住了似的，磕着牙："我更想不到的是——唐童会让我回来，会饶我一命！"

美蒂的手在他额头上轻轻抚摸，安慰他："别悬着心了，你该明白事情过去十多年，什么都变了啊。他哪会在乎过去、在乎他爹那些事哩！他现在忙成了什么……"

"可是我会在乎。我什么都记得一清二楚。"

"那是你啊。麦子，好老头子，棒小伙儿，你得把我一夜一夜搂得铁紧啊，你得照答应我的去做啊！"

那些夜晚廖麦无法一觉天明，甚至无法入睡。他盯视这些夜晚，就像盯视自己的命运。他觉得自己仍然恍若梦中，有时真不敢相信这是真的，被眼前这一切惊得瞠目结舌。当年的唐老驼是镇头儿，早年在附近山里扛过枪、负过伤，回来后权势大得无人可敌。待唐童长大时，唐家父子身边围满了持枪的民兵乡棍，风声正紧的年月，他们干什么都行，一声吆喝就能把人打个半死。廖麦一生都会记住那个数九寒冬、那个无月之夜。

一切都是美蒂引起的。

那时这个守林人携来的小姑娘已经长得像模像样了——好像在一个角落不声不响地开成了一朵花。廖麦第一次见到她就愣怔了，像被刺目的阳光灼伤了眼睛：一下僵在砖墙角上，接着双手护目整整一刻。他缓缓移开手掌，目光再也不离这朵逼人的花，嘴巴张大，如同痴子。对面的她也差不多，也在那一刻凝住了神，一动不动，任对方的火光在脸上烧灼。

廖麦当时在镇外读书，对这里发生了什么都不知道，哪想到这是唐家父子早就盯上的姑娘——唐童只盘算着过几年跟她成亲呢。廖麦这个长腿小子像被古怪的神灵牵住了，一连三天三夜倚在墙角上，简直粘在了那儿。第四天夜里响起了轻巧的猫蹄声，他闭上眼睛等待自己的命运。小猫爪揩在他的脸上，接着是铺天盖地的野花香气把他熏蒙了。他最后一刻也弄不明白自己的一双手是怎么游走的：竟摸到了她的紫花小衣服，在她小小的胸窝那儿抖动。她亲了他的额头、嘴巴，迷于他毛茸茸的小胡子。时间像铺下了一地娇羞的花瓣，正由一把吝啬的扫帚将其扫走。扫啊扫啊，这样不知多久，突然打闪似的，几道手电光柱一齐射过来，生锈的刺刀刷地逼住了他俩。

廖麦后来的几个夜晚都是在地窖子里熬过的。五六个乡棍轮流看押，用尽办法折磨他，所受的苦楚一生难忘。最后几个白天又让他终生蒙羞：那些家伙竟将其捆在街口柱子上供人观看，看一个一丝不挂的人，一个下体被抽烂了的人。灿烂的阳光下他垂头闭目，真想一死了之。他能活下来，全靠想她的眼睛、手、胸窝，他已经无法在这个世界上与之分离。

他还一遍遍想着与老父亲永别的日子：老人弥留之际握住他的手，暗暗塞给一张字条。他哭啊哭啊，送走了父亲才打开那张皱纸，原来上面写了让他交还借来的东西：这东西就藏在一个地方，千万要找到还给那个人。那人是一个开金洞子的……他按纸条上说的，果然从一个地方找到了一个包得严严实实的包裹。

他小心翼翼携了东西去金矿，打听着。那天他记得在山路那儿被一道红绳挡住，许多过路的人都在等待一场爆破。有人在那儿摇小旗子，接着山摇地动，刚刚还挺好的一道山坡被整个儿掀掉了！"嘀咦！真厉害，'踢啊踢（TNT）、踢啊踢'！"一个没牙的老人呼喊着，旁边的人都随声惊叹："踢啊踢！踢啊踢！"就这样，轰然塌下的山岭和那三个字同时刻进了他的脑海……最后好不容易打听到了物主：一个老矿工，原来是唐家父子的仇人，三天前死在了洞子里。那天已近黄昏，他知道父亲的嘱托落空了，再也无法物归原主。往回走的路上，他找个背人处打开包裹，马上惊呆了："踢啊踢！"

廖麦白天绑在柱子上晒，让人围观，夜里仍要投入地窖子。最后几天他整夜无眠，一直在想：老矿工如果活着，一定会把包裹送给唐家父子的——父亲一直阻止对方这样做，自己却落了个凄惨的结局。老矿工真该活下来啊。夜晚的辗转反侧，使下体凝结的伤口又流起了血。脸上耳朵上全是划伤。天亮时他被踢出地窖子，唐老驼指着他的脑门说："三天后进山开洞子去！"每一个字都如同炸雷，他知道：一生的苦役开始了。

只有三天的时间了。他要在乡棍押人进山之前逃开，离开前只想做两件事：为父亲、也为那个可怜的老矿工报仇；然后再去见美蒂！起念之后他不吃不喝，全身的伤都不再疼痛，眼前只交替出现两个人的面庞：父亲和美蒂。

漆黑的夜晚来临了。美蒂一生都会记得那一夜：最后一只狗的叫声平息之后，整个大街上一点声息都没有，简直静得吓人。突然，一声呼嚎爆发出来，随之是枪声、喊叫声、刺刀碰撞声、啪啪奔跑声交织一片。整个镇子瞬间大乱。美蒂知道出大事了，一直战战兢兢伏在小窗上，听到有人急急拍打就拉开桄子。

一个脸上满是黑烟的人爬进来。他一进来就紧紧相拥，喘息声吓人。

"是你干的？"

"是我。"

"怎么了？"

"只差一点……"

"天，快跑吧，快啊！"

"你要等我！"

"快跑啊！"美蒂哭着哀求。

廖麦的双眼在抹成漆黑的脸盘上变得尖亮："你要应我！你应我的话！"

她抱住了他的腿："我应你！"

"再说一遍！"

"我应你！"

廖麦翻身跳出窗子。与此同时，美蒂听到了石头街上的嘈杂，听到了唐老驼像濒死的老兽一样挣扎，大口呻吟，沙哑的呼叫一直传过来："哎呀我的妈呀，哐哐，跑不了他！哐哐，咱使斧头剁、使刀子捅，一抓住他就大卸八块，人见人杀呀！"

两世血仇

　　一个粗黑个子总是进入廖麦梦中。这家伙中上等身个，长得浑实，面容和蔼地看他，只不说话，用手枪模样的打火机点火，抽烟时总是礼让一下。廖麦觉得面熟，却记不起这人的姓名，梦醒时出一身冷汗。他料定这人要在梦中做点什么，果然，接下去他发现这家伙溜开了，装作在湖塘边洗手，从衣兜里摸出几条泥灰色的鱼放入水中。他惊呼一声，立刻抓起一杆三齿耙追过去，那人却一眨眼遁了。他彻底醒了，坐在那儿呼叫、痛惜击节，美蒂不得不一次次安慰他，像拢一个大孩子那样将他抱在胸前。他推脱，翻身挣出，一直望着窗外湖塘的方向说："那种鱼不是土生土长的，那是唐童偷偷放进去的！"

　　美蒂无语。她什么也说不出，泪花闪闪。她觉得小腹、下体，又一阵阵疼痛。"棒小伙儿，我担心落下病根，再不能好好要你了。"

　　廖麦充耳不闻，只迎着窗外咕哝："我今生后悔的就是那天夜里没有把唐老驼杀掉。没有办法，那时到底年轻啊，师傅又赶在前边去世了。"

　　他习惯地把手指骨节扳得咔咔响。美蒂问："师傅？谁是师傅？"

　　廖麦不答，仰面躺在了大炕上。他悔恨没有早一天见上那个老矿工，估计那会是一个高手。他相信老人临死会恨一个人，这人就是自己的父亲、矿工的老友：本村小学老校长。

　　老矿工生前都是找老校长倾吐心事，让老友帮自己拿主意。他的独生子因为筑屋与乡棍争执起来，唐老驼就让人捆了送到上边，两天后遣回，又关押在满是血腥气的地窖子里。那独生子是个火暴脾气，乡棍揍他一下，他就骂一句唐老驼。最后唐家父子大恼，亲自上刑，折磨的花样一天一变。老矿工夫妇摸到地窖子里一看，儿子已经伤痕累累，人瘦得脱了形。两人给唐老驼下跪，一跪不起，直到从黑窖子里领出人来。可是刚筑了一半的屋子已被推倒，儿子一见满地破碎的砖木，一口血吐出，再也没有站起来。老矿工埋了儿子，找到老友说："我穷得什么都没有，我只有一包'踢啊踢'。"老校长全力制止，硬是把东西夺下来，说："使不得，使不得啊！我替你写张诉状吧。"

诉状写成送走，半月后却落到了唐老驼手里。他站在街口上蹿跳呼喊："反了反了，歹人谋反了！"唐家父子最恨有文墨的人，认定老矿工儿子这之前所有行为，皆受老校长唆使。乡棍们摆下案桌，唐老驼在桌前坐定，两边站了背刺刀的人。老校长刚刚被押到案前，老驼就拍打惊堂木，每拍一下，就有人上前猛踢一下老人的腿弯。"踢啊踢！踢啊踢！"老驼又拍又喊，"不由他不招，招出几个算几个，然后一绳儿捆了！踢啊踢！踢啊踢！"

老校长两腿都给踢烂了，再也站不住，最后的日子只得被拖拉着过堂。老人一直关押在地窖子里，身边放一碗馊食。他知道剩下的时光不多了，对看押的人要求两件事：要自己的眼镜，要儿子来见一面。唐老驼听说了，哼哼着来到地窖子里，啪一声把眼镜扔在地上。老人往前爬了一步，快要取到手里时，老驼就伸脚碾个粉碎，吆喝："想见你儿？人要谋反连亲生儿子都不喜！你想走得利索就快些供出来吧！"

老校长咬牙不语。

"供不供？"

老校长闭上眼睛。他这时满脑子想的是一个字：走。可他牵挂自己的儿子，这一合眼，儿子就再也见不着了，好孩子做梦也想不到父亲是这样被折磨死的。他还想起自己的老友，想起为老友藏下的那包东西。他的牙齿咬出了声音。

"来人哪，给我撬开这副老牙帮……"唐老驼大喊。

一伙候在地窖子外边的乡棍呼一下冲入，唐童也跟进来。唐老驼气得嘴巴咧得老大，一手指着老校长，上气不接下气叫着："把他吊了，吊了，只让大脚趾沾地，嗯！"

老人被吊在角落的一个木架上。唐童凑上去摸了摸，果然只有大脚趾沾地，就问："爸，这里有甚讲究？""让他多抵几个时辰。"

这是一个冬天，刚刚数九的日子。老校长死了。

老人死前总算见到了儿子。廖麦从小没有母亲，是父亲一手拉扯大的。那天他从外面扑进家门，见不到父亲，一头闯到大雪铺地的石头街上……他在地窖子里看到父亲被踢烂的两腿，搂着老人哭，哭绝了气。老人死前已经不能说话，对在儿子耳根上大口喘息，费了好大力气才摸出一张字条，吐出几个字："踢啊踢……"

丛林秘史

世上的万千生物都有自己的美好岁月，毛色鲜亮、浑身泛出油脂的驹子，欣欣向荣的菊芋花，都在享用自己的华年。廖麦的好日子来得晚，眼看逼近四十了才来。紧紧拥住你这个命中的物件啊，拥住几十年魂牵梦萦、任什么方法也不能忘怀不能摆脱的女人，就像半生饥困的流浪汉一口咬定了油滋滋的小酥饼。如果再早上十年八年他不知会怎样呢，而今却只是让她伏在怀中，久久地嗅她周身散出的奇异香气。一个头发呈显紫黑的女人，浑身泛着蜜色、渗着一层凝脂样光泽的女人，此刻像一只羊羔那样无邪地看人，伸手拨动他铁黑的胡茬。"麦子啊，我们一生一世别再分开，为了这一天，我死过了几遭又活过来；我吃遍了人世间所有的苦楚，为你把孩子生下来，让她成活，让她等自己的好爸爸哩！我总算等到了这一天，我们赢了，你抬头看哪，这是咱的家，咱的农场，咱们一家三口都在一起了！"

廖麦听着，一声未应。他心里永远难忘归来的日子，更难忘她喜泪飞溅的呼号。他惊奇的是一个女人为了自己的心爱竟有如此坚韧的恒念，为此她可以受辱、挨饿，可以忍受鞭笞脚踢，可以一年年挣扎着活，可以在枪刺下奔跑……这都是真的，这要不是亲眼所见亲身所历，谁也不会相信。是的，她赢了，他们都赢了：这一天来到了，她整个人从此一下变得簇新，成为太阳底下永恒的新娘。

他们开始了十年整饬。这片园子必须完美无缺，每一寸土、每一棵树，都要经受一个男人和女人的抚摸。这湖塘是原有的洼地积水自然形成的，廖麦将其重新规划，挖出了循环的水道，清除了淤泥芜草，植下了睡莲——他将它洁白的花朵比做妻子，把它舒展的碧叶比做她的衣裙。他动手设计新屋，刻意加盖一层阁楼，只为了与美蒂一起偎在小窗前面，看海和船。他天天与羊、花斑牛，与梧桐树和小路旁的牛眼菊，与一切有生命的东西对话。

人生竟有这样丰厚的回报，令人生疑！十多年的浪荡、亡命，最后是隐姓更名求学，最终有了一份公职——可他即便那时还是日夜忐忑不安，睁开眼睛就是思念。那些日子他做梦都不敢想的是，正因为自己拥有了一个无所不能的女人，这里的一切都在发生令人震惊的逆转：她竟然逼着唐童收回"杀"字，打理起这么大一片园子，还养大了一个女儿。

"十年了，我一直把这个家、家里的一切当成一个梦。梦快醒了，妈的你瞧，唐童这会儿果真要收回这片地，要赶我们走了！"廖麦望着窗外。

美蒂呼吸急促，脸色有些苍白："麦子！麦子！唐童可不是白要这片地，他是要出一个高价买咱的。"

"多高的价？"

"还不知道……反正是挺高的价哩。你知道他的工厂要盖过来，一直盖过来。"

廖麦冷笑："可我不卖。这是我的命。"

"我也想拖下去，我也想啊……"

廖麦一直盯着她。她被盯得受不住，把脸转开。他再次去看窗外，像是自语："山、海，还有平原，和人一样，都有自己的命啊！也不过七八十年的时间，这里由无边的密林变成了不毛之地！你从海边往南、往西，再往东，不停地走上一天一夜，遇不见一棵高高爽爽的大树，更没有一片像样的树林！各种动物都没有了，它们的死期一到，人也快了。这是真的，父亲在世的时候就这样说过。"

"麦子，麦子啊，你又开始咬文嚼字了。快别这样，别这样说……"

"你知道我一直有个心愿，就是记下这七八十年间，镇上的事、它周边的事，写一部'丛林秘史'。可是唐童现在要赶我们走，我才刚刚安顿下来呢，刚坐到桌子边，他就要逼我重新流浪。"

美蒂咬住嘴唇，摇头："不，咱只要搬到大河西，就有更大更新的农场了；

还有，咱盖了书房，就是让你读读写写撒欢儿高兴的，因为你喜欢这样啊；可是你不能真的搬动文墨，你不能忘了父亲是怎么死的——搬动文墨招灾惹祸啊！"

"不，我就是要从头记下，我有一个心愿。这是铁定无疑的事：写一部'丛林秘史'。"

"你要记下什么啊？"

"什么都记下，从头……"

"麦子，麦子啊！"

"这是铁定无疑的事：我要从头记下……"

第二章

一些好畜生

　　家畜养在栏里，野畜散在林中。没有野畜哪有家畜，没有畜生哪有人，没有林子哪有野畜。老天爷探头往下看这块好地方，如一头花鹿犄角插进了大海，三面都是水。无论是山峦还是平原，到处都是树木。西面南面都是高山，是丘陵，起起伏伏伸入大海，渐渐化为一片平原。丘陵北侧人烟最稠密的地方叫老棘窝，这儿的人个个都与林中野物有一手。

　　结交野物是棘窝村的传统。传说村里最大的财主霍公，他二舅是一头野驴。有人见过财权盖世的霍公，说他也长了一副漫长脸，耳朵奇大，听到有趣之事就活动不已，而且下巴皮肤泛白，格外柔软。霍公盖了霍府，青堂瓦舍压在丘陵平原之间，把山地和平原占全了，所以每一条河水溪流每一棵树都姓霍。有人说偶尔碰见一两个起早溜达的狐狸，问它们姓什么？它们毫不犹豫就回一句："俺姓霍。"

　　霍公钱财无数，所以早就不是极端爱财的人。人生总会有些喜好，霍公喜欢女人，以及一些雌性野物。他在山地平原不知怎么就过完了自己天真烂漫的一生：四处游荡，结交各等美色，走哪儿睡哪儿，生下一些怪模怪样的人，这些后人又分别依照自己的才具和爱好，照管起田产和林木。有的专管河流，有的将一大片橡树林子据为己有。

霍府的人财大气粗，免不了要欺负穷人。他们把一些性格暴烈的穷人捉了，脚上套了铁环。有些人未免太暴躁了，半夜三更起事伤人，就不得不逮起来，装成一袋一袋，用马车拉了扔进河里。霍府养了几百家丁，一律穿了兵服，胸窝处都写了"霍"字。最烈的家丁有土狼的血脉，这些后生大多是行路无声，犬牙毕露，筋多肉少，斜眼看人。霍公很讨厌这些家丁，他多情而仁慈，平时待人处事不论贫富，只讲相貌，总是以貌取人。美貌的人和畜生，都是他的朋友。即便是一棵高大俊美的杨树、苦楝或橡树，他遇到了都会恋恋不舍。

霍公在死前几年里，已经达到了与大自然浑然一体的地步。他走在林子里，所到之处总有一些白羊、狐狸、花鹿之类相跟，它们之间无论相生相克，都能和谐亲密。霍公晚年筑了一面大火炕，睡觉时左右都是野物，当然也有个把姨太太。他睡前或醒来都要亲一亲兔子的小嘴。从六十岁开始不再吃一口荤腥，主要食物是青草，像畜生一样。

由于他出奇的善良和好色，所以霍府的人要打人杀人都躲开他，有几分姿色的也不敢让他过眼，因为都嫌他太老了，一张口喘气就有一股死人味儿。他身上披了许多银元，以便在关节上使钱买个方便。最后的几年里，府里人常常撞见他一边往丫鬟手里塞银子，一边去摸索人家。丫鬟和村里的女人说："霍老爷其实也做不了什么，不过太缠磨人了！耽搁工夫啊！"

时光一晃就过去了，霍公再也没有了。棘窝村以及整个的山区平原，哪个不怀念那个咧着长嘴巴的老人。霍公刚死去的两三年里，一到了半夜林子里就不宁了，无数的嚎哭和抽泣响个不停。村里人睡不着，老婆子干脆起来纳鞋底，老头子一口接一口吸烟。他们从夜声中分辨各种野物：狐狸呜咽了，獾在嗝逆，连刺猬也大声号啕——村里人知道，这片林子里最多情的就算刺猬了，一些刺猬精妩媚的啊，缠绵的啊，依恋的啊，算了，这是不能说的。

传说霍公生前有一个未了的心愿，就是驾舟入海，去访探里面的几个小岛。曾有一个鱼精夜里托梦给他，说你的美名已经远播大海了，岛上风光美妙，一些鱼人儿真正如花似玉，她们在那儿一心想会会你呢。霍公这时牙齿不多了，走路磕磕绊绊，但还是让人加紧打造楼船。他听着砰砰啪啪的造船声感叹："咱到底是生在山根下的土财主啊，快死了才想起出海！"

楼船刚刚打造了一半，霍公走了。整个棘窝村——其实早就是一个大镇子了——一齐吐了一口长气。从此不论是霍府还是其他人等，做好事坏事都不必顾忌了。他们松弛下来，然后开始悲伤，准备一场浩大的葬事，光是张罗棺木和葬后宴之类就累死了一打青壮。幸亏有人指点道：霍老爷最后一心向往的就是大海，咱不如接着将楼船打造完毕，然后将老爷像生前一样放在床上，由一些小童陪伴，放行到大海里去罢。这一主意立刻得到众人呼应，于是就做了起来。最后的日子来临，大河边人山人海，只见彩色楼船挂了幔帐灯笼，穿了红花绿底大袄、扎了抓髻的女童站在舷上招手。楼船顺风顺水而去，驶向大海，两岸林木葱茏，野物长啼，随着楼船的移动，树木摇动如飓风吹拂，其间有唰唰声响个不息，野雁和白鹅大鸥腾空而起。一直守在岸边的村人叹息：人哪，一辈子能结下这样的野物缘分，复有何求？

盛大的葬后宴一排十里，镇子内外的人都可赴宴，人们说这是霍府最后的慷慨。各色人物互不相识，当然少不了掺杂一些林中精怪。酒宴间不止一个人发现醉酒者当中拖出了一条粗大的尾巴，或生出一张毛脸。有人吓出一身冷汗，端杯的手抖个不停，对方却浑然不觉地追念逝去的霍公，直讲得热泪涟涟："俺想他呀，那会儿他夜间直摸俺的胡须，胳肢俺咯咯笑得上气不接下气。这哪是老爷家干的事儿，一点架子也没有。"另一个抹着眼泪："咱得把跟他有的一个孩儿送来霍府，认祖归宗嘛，是吧是吧。这孩儿大眼闪闪的不孬，尽管身上的毛儿多了些。"这些精怪议论时，霍府的一个家丁想从身后抽刀，却被眼疾手快的老管家按住了手腕。一个又高又细的白净女人仰脖饮下一口，擦擦泪花道："咱当年是河边一棵小白杨，老爷看上了硬是要娶咱。我说老爷呀，咱是木头你是人，怎么也合罗不到一块儿呀。正为难呢，一个老中医捻着胡须过来劝俺说：'从医道上论，人的身上肝也属木，你就应了罢。'就这样，我和老爷的肝成了亲，和和睦睦一过三十载。"

酒宴上有一个上年纪的女人穿了蓑衣，无心吃菜饮酒，哀容动人。她从头至尾不脱蓑衣，一动腿脚刷啦啦响，天又无雨，真是怪异。事后老管家判定：这女人其实是一个刺猬精，是老爷生前最钟爱的一房野物。

药引子

楼船一去无踪影。它从大河入海的那一瞬，海面上突然腾起一阵乳雾，像一只手拉起了幔子，就这样把楼船收入了帐内。当夜风起云涌，据跟到海边的人讲，大海翻腾了一宿，白浪卷起丈把高拍向河口，轰隆隆一直拍到天明才算平息下来，然后消息全无。棘窝镇人大惊，说楼船上的霍公以及俊俏童儿岂不是悉数卷到了海底？有人摇头："哪里！这是海神把人迎下了，他们从河神手里接过，一站送一站哩。那风浪卷得越高越好，那是海神在敲打自己的锣鼓呢。"镇上年轻人则念念不忘船上的几个美妙女娃，仍在盘算她们的归期。

许多年后镇上老中医说到霍老爷之死，声声悲叹："可惜矣，使错了药引子！"原来霍公在床上喘息时，救急的药早备好了，可是药引子必须是最新鲜的童溲。那是一个早晨，薄雾初起，老中医端着药钵走出门来，正好见一孩童手舞足蹈而来，急忙拦住取药。就这样端了钵子回屋，急急调药给病人喂下——霍老爷刚咽下大半钵汤药脸色即坏了，一层黏汗从额上渗出。老中医大慌，取了一匙钵中的药一尝，立刻被一股膻骚气呛住，手中的钵子落地跌碎了。他心里明白：刚刚取回的不是童溲。

原来老人两眼昏花，加上晨雾蒙蒙，没有把孩童看个仔细。那恣意行走的小人儿本是一个刚刚从溪水里爬上岸的龟精，龟龄已届百年。它体量瘦小，笑模笑样，这就让老人误识了，压根儿就没有在意对方小小额头上的一道道深皱。

老人愿把秘密深藏胸间，除非是进入林中面见溪主时，才不得已吐几口怨气。林子里河有河神，溪有溪主，每个沟沟坎坎都有特定的生灵管辖；大树死前会托梦，老熊得病会求医，这些事情棘窝镇人人清楚。这条溪的溪主是一条黑鳗，她与老中医交往了二十多年，但二者之间清清白白。她年轻时候也曾对中医动过心，几次想把他号脉的手拖到胸前，按上那两只引以为荣的大乳房，但最后还是忍住了。他们盘腿坐在溪边，说到那只龟闯下的祸患，黑鳗认为这家伙虽不能说是故意的，但也算得上"为老不尊"了。她没有说得更多，没有把老龟的色相告诉他：那家伙几次从她面前摇摇晃晃过去，都故意松拉着腰带。

霍府失了主人，一群家丁就狂野起来。府里的丫鬟甚至姨太太常在半夜失踪，镇上人都说是林中出了响马大盗，他们把人抢了去。其实是家丁们谋划周密，与大山另一边的人家合伙把人卖了。管家是个忠实的老人，他心知肚明，想除掉行恶的家丁，却又苦于没有证据。无奈中老人去林中拜访了霍公遗下的生灵好友，细细哭诉了一场。这些野物半年来以泪洗面，这一次索性陪管家嚎哭了个痛快，然后在林中设宴，把所有家丁都请了来。这些家丁平时穿了带"霍"字的服装倒也齐整，看上去模样差不多，可是坐到肉案前边就不一样了，那些露出犬牙的、吃相凶残的，都是土狼的子孙。酒宴后要上一道桑葚泥做成的甜点，林中野物们手脚利索，一眨眼的工夫就把毒蘑菇汁放了进去。结果所有行路无声、生了犬牙的人都死在了回霍府的半路。

府里才刚刚安宁，以前被家丁杀死的山地和平原的穷人们，他们的后人已经长大，这会儿举着铁齿耙要来复仇。以前都是土狼的子孙在墙垛上架了火铳，半天工夫就能平乱。如今存留的护府人穿了"霍"字服，瞪着绵羊眼，端起火铳手就打抖，反而要被乡民掳了去。经过一场又一场折腾，霍家的后人不能守业，干脆从霍府里走出来，带了自己的一份家财独立门户了。从此这个声名威赫的大家族也就散在了整个山地平原。

不久山地真的开来了一队响马。这些队伍的兵士个个壮得吓人，人人手持一杆火铳，胯下的牲口清一色雄性，阳具一天到晚竖着。整个山地平原都变得鸦雀无声，连溪水也不敢大声流淌。霍府老管家在风烛残年做的最后一件事情就是约上老中医，弓着腰隐到林子里议事。他们这才发现林中野物们大半蔫了，连河神和溪主也细声细气说话。溪主黑鳗年纪大了，头上包了一块绿苔，牙痛腮肿，拍打着鼓鼓的脸皮对老医生说："治治吧，换了平常日子我早就找你去了。"老中医为她开了一服药，药引子是吐露心事——"你先把心事全吐出来，别让它积在心里，然后喝下药保好。"黑鳗骂了一句粗话，不得不从头说起。她说："不得了啦，从今以后咱这里就要遭大灾殃了，那些扎在山上的响马营盘等于是铁打的，他们再也不会走了。"老管家在一旁说："全镇的人，再联上林中所有野物——要知道你们当中身怀绝技的太多了，还胜不了他们？"黑鳗哧一声吐了一串口水："你真是个老赶哪！往后俺这一伙能自保也就不错了，弄不好还得满门抄斩哩！我日他响马十八辈祖宗！"说完端起汤药一口饮下。

茫茫山林死一样沉寂。响马铁骑下山，蹄声嘚嘚叩遍棘窝镇。镇上人个个闭门不出，只有一些光棍汉从门缝里盯住牲口翘翘的阳具，轻轻拍手说："许是咱的队伍？"

果然，几天后传来消息，说山上响马最是奇人，一路上无坚不摧！响马头儿从蓝眼国里讨来了一种长生药方：每到一地就要杀死当地富豪七人做药引子，一年里连服三服。消息使全镇大骇，正在将信将疑的时候，告示在镇口贴出来了，上面明明白白让各家各户申报财产，所有田舍皆要折合成银元计算。

告示贴出当天，镇上及四周的霍姓都逃了。

镇子一片荒凉，百业凋敝。仅剩下的几户贫穷霍姓也在矢口否认自己的姓氏，说："俺姓'郝'。"

俊美

在动辄杀戮、悲伤凄凉的年代里，如果说棘窝镇还有什么稍稍提神的事儿，那就是曾经出过一个俊美青年。这是一件最初被众人忽略、后来却变成了越来越显著、以至于牵动整个镇子的大事。该青年在未来被载入镇史是毋庸置疑的，他的存在不再是梦幻，但他的是非功过随着时间的推移，不是愈来愈清晰，而是越来越模糊。这就不同于霍老爷了，这家伙去世十余年二十余年之后，已被公认为天地间少有的害物，除了一些山林野物对其吐一两句美言，没有一个会喘气的活物会对他发出半个字的赞赏。野物们是非不辨，黑白颠倒，要不怎么说是畜生呢。

俊美青年叫良子。小时候无人理睬无人注目，也没人考究他的出身，甚至忽略了姓氏，所以一直到后来也无法判定是否为霍家后代——在长达几十年的时间里，全镇将鉴定霍家血脉当成至关重要的大事，这事其实是由那伙占山的响马开始的，然后就一直没有中断。本来打跑了响马，这事该歇一歇了，可奇怪的是有人接上做得更起劲了，查一个人往往要直追三代四代才能验明正身。在这种情形之下，难免花样百出，有个打赤脚的医生甚至发明了验肚脐法和验小脚趾法，一度全镇男女老少都要解裤子扒鞋子查一遍，所查结果一律登记造册。据说俊美青年良子因为总是被人将腰带解来解去，有一段时间索性用一条橡皮筋做了根松紧带系上。镇头儿将他唤来唤去，因为每人都是新官上任三把火，少不了将良子急三火四喊到镇上大屋，三两下拉开他的裤腰，又扒下他的鞋子。随着形势的发展，到后来更是吃紧，查得更严更细，连街道上一些关心大事、积极上进的婶子大娘和妇女头儿也要这样对待他。

常常是走在路上，一个背柴火的中年妇女迎面就把他拦住了："咱也要查查你。"

良子自十六岁开始变得光彩夺目。谁见过这样的美男？筋肉结实匀称，肤色像浅栗子皮，睫毛浓而长，眼睛透着英气闪着水光，身个既算得颀长又不过分纤弱，柔韧的腰弹力十足。他的头发像阳春三月的黑羊羔，棱角分明的嘴唇引人品尝。整个人如此含蓄敦厚，温文尔雅，简直不像山地后生。镇上人说这孩子从娘胎里就带来了礼数，压根儿就用不着上学，人家是文化自备。

"我得和良子出点事了，我天生就是给他的，不信走着瞧吧！"镇上稍大一点的女孩都在心里这样咕哝。她们最初注意到阳光下出现这样一个青年时，不约而同地目瞪口呆。她们用尽全力掩饰自己的慌张，一见那个身影就浑身抖动口不择言，活像感冒发烧的病人，几天过去还要眼神恍惚。她们的母亲张罗着为女儿找医生，当出门遇见良子时，立刻明白了是怎么一回事。一位母亲凑近了良子，咬着牙小声说："我要年轻二十岁，早一耳刮子打过去！"良子又迷惑又害怕："我，我怎么了大婶？"女人屏住一口气："打死你也不解恨，再嚼巴嚼巴吃了你！"良子回身就跑。

一个叫珊子的姑娘长相娇艳，平日里闷声不响，被誉为最有心眼的美女。她尚未成年就被一个响马头儿看上，结果这人却因为争夺她死在了同伙手里。响马撤了，珊子长大了，一扭一扭走在大街上说："咱到了什么时候都是黄花大闺女。"她威胁与之年岁差不多的姑娘，不让她们靠近良子，自己却总要和他待在一起。她年纪比良子小，但显得成熟十倍，讲的故事有声有色，故意吓唬他说："我是霍家的后代啊！"

良子听懂了最后一句，吓得不敢抬眼。珊子小声说："告诉你吧，最亲的人才能说出这个秘密，这等于杀头之罪啊！"最初的震惊过去之后，良子开始端详她，表示了自己的怀疑，珊子即毫不犹豫地露出肚脐给他看，说："这是全身的中心。会看的什么也瞒不住。"他在她的指点下趴下来，于是看到了她半月形的脐窝上有三条显著的竖纹。剩下的事情就是对方细细查看良子了，对此他倒多少有些习惯。珊子一直盯着他的腹部，摸摸按按，最后牙齿像在严寒中打抖一样磕碰，说："快收起来吧，以后咱想怎样看就怎样看。"

良子一开始不解珊子的话是什么意思，但不久之后见她做了全镇妇女的头儿，这才恍然大悟。令他惊奇的是，一个平时呵着气说话的女人做了头儿之后竟会变成这样：卡着腰走路，还学会了抽烟——抽卷烟，也抽烟斗，还端着青铜水烟袋走上街口，这马上让老人们想起当年的霍公。她动不动就一招手把良子喊到一个地方，说"查一查查一查"，有时甚至来不及回避众目，就在来来往往的行人中间动手解良子的腰带。如果有哪个女人这会儿凑近了看良子一眼，珊子就说："我剜出你的眼珠！"有的女人议论良子，珊子听了就说："这也是你提的名儿？"

在月亮大明的夜晚，一群群人总是在石头街上咟咟走路，这些人哗哗抖着火铳，不知又捉了镇上的什么人，吆吆喝喝。前不久查出了一个霍家后人，这人是镶驴蹄掌的一个孤老汉，因为酒后吐了真言，捆起来一审，结果分毫不差。结局是打个半死，收到地窖子里，只待上边来人决断。等了半月没有消息，刚刚当了镇头的唐老驼说："还穷等什么？杀呀！"就杀了。

杀人那天全镇人都拥到了河套子里。到了那个节骨眼上，女人捂上了眼睛，唯有珊子端着水烟袋在一旁看，若无其事地走来走去。事后人们说："多俊的闺女，多狠的心肠，到时候看良子怎么睡她吧！"

人人都替良子捏一把汗。

睡刺猬的耐性

俊美青年馋坏了不少人，可惜他后来一抬腿跑了，跑得无影无踪。刚传出消息时石头街上拥过一群背铳的人，接着就看到珊子披头散发在阳光下走，手里没有水烟袋了。老婆婆们叹息、拍打膝盖："这年头啊，煮熟的鸭子也会飞！"

良子逃离了棘窝镇，珊子于是无心再做妇女头儿。她重新变得沉默寡言，深居简出。这时候镇上人却再次发现了她的美丽：大眼睛，深眼窝，小脸儿紧绷绷的，活像良子的亲生姊妹。这段日子过了不久，她后来总算闷不住，还是出门了，不过一出门就往林子深处钻。天哪，这茫茫苍苍的林子从山壑直蔓延到海边，一个闺女家只身一人闯进闯出，真是让人想都不敢想的事。

自从那一队强悍的响马驻扎山上至今，几十年过去了，莽林一直沉默无声。似乎不再有人敢与野物交往，也极少发生野物扮人赴宴、醉酒后露出尾巴的事。都说："毛病！鬼怕恶人，谁再敢露出尾巴，咱镇上人就一枪崩了他！"说是这样说，人们心底里对莽林还是存有敬畏，背地里总是惮虚虚的；再说祖祖辈辈与林子里的野物血脉相连，缘分也不是一代人就能割断的。

人们暗里还在倾听林子里的消息。要彻底漠视它的巨大存在是不可能的，比如说有人本想在林子浅近处采采药材，一不小心深入了几步，结果就迷了路径，别人发现他时已是赤条条躺在草窝里，精力全失。镇上老人对此毫不奇怪，说："这是被狐狸戏了。"还有一个人砍柴过于专心，砍了半晌，突然听到身边有呼呼的喘气声，抬头一看，只见一个四不像正亲亲热热看他呢！他从来没见过这样的怪物：一张脸像狼又像人，眼窝深陷，獠牙凶残，一双手扬起来像爪钩。他随即大叫一声昏死过去，醒来后却永远不再通晓事理，成了一个懵懵懂懂的痴士。

珊子的行为马上让人想到了走失的美男，想到那人肯定遁入了林中。因为一个女人只会被深爱激发出大悲大勇，她今生大概是要冒死一寻了。而那个男子更是奇特，竟然被自己的美貌逼到了绝境。镇上人无数次看到珊子从林中出来，整个人衣衫不整，蓬头垢面，只仍旧掩不去那过人的妩媚。她咬着牙关不说话，一脸坚毅的神色。这期间有人曾见她两手两襟都沾了鲜血，就断定她在林中宰杀了什么生灵，或者干脆说是杀了人——最后才知道她是为一只母豹接生了。原来野物也时常会有生产的痛苦，有的甚至因难产而死亡。透过珊子的只言片语，人们重新开始关注林中隐匿的一些秘密了。比如半夜里林中发出一声声绝望的嘶叫，那是一只野猪在艰难地分娩；清晨雾霭中海边传来钝钝的、时断时续的哀鸣，那是一头硕大的海猪趴在沙岸上产崽。

珊子在林子里徘徊，没有寻到心上的男子，却一次又一次邂逅产崽的野物，索性伏下身子为它们接生，常常弄得两手血迹走出林子。有人断定这个女人性情变得绵软了，刚性蜕了，就壮着胆子上前提亲，想不到却换来对方劈头盖脸的一顿粗话。从此无人再打这个主意，至此知道：她还想把一颗心送给自己那个老主顾，这颗心还没有死。

真正知晓林中秘密的是来往于镇上、穿行于山地和平原的某些异人。这些人从古至今都不曾绝迹，他们穿了破衣烂衫，四处游走，全部的财物仅是肩头那只黑乎乎的布卷儿，脸上是污垢，一笑露出洁白的牙齿。他们口无遮拦，语无逻辑，说东道西，串百家门讨百家饭。当地称这一类人为"痴士"，如果是出奇脏腻或言辞极度混乱，就称为"大痴士"。这些人在林中采野果，在海边捡螺贝，睡草窝喝溪水，据说个个都结交了野物朋友。当然那不是一般的野物，而是它们闪化的精灵。传说这些痴士当中也确有高人，他们那些令人眼花缭乱的手段全都来自野物，即为精怪所授。

痴士来到镇上，少不了有人与他们攀谈，打听一些外面的、林子里的事情。这些蓬面怪人常常言不及义地胡说八道，但听者总会各取所需，从中分离出较为可信的部分。痴士们说：你以为那个霍公真的死了？没有哩！那个好色的家伙不过是吃了林中精怪的装死药，然后坐上楼船一口气漂荡到大海上了，人家这些年里美事连连，正优哉游哉呢！"那他就舍得下这么大一座霍府？还有无边的山林田产？"痴士搓一把灰脸："呔！他那是知道响马要来，反正万贯家产保不住了，不如吹灯拔蜡早早走人。再说了，一个一个美人鱼往楼船上跳，两手一抱还不恣死？"

听者将信将疑，盯住痴士看。

"只要起了海雾，那只楼船就会偷偷摸摸靠岸，干什么？接林中野物上船嘛，它们都是老家伙的老相好啊。俺常在大雾天里趴在海边上看，亲眼见过上船下船那些美人啊，抱孩子的，小奶儿鼓鼓着的，穿了旗袍敞了怀的，一个个花花色色，直让人看得满头大汗！她们可不管别人，碰了面就在船舷那儿一下连一下亲嘴儿……"

"说说良子吧！他真的在林子里？"

"那还有假？那是个机灵人儿！他舍下了镇上一两个闺女，得手的是满林子的野物！你以为他吃亏了？不瞒你说，别说是他了，就是咱，也交往了至少一打儿好物件，真的，唉，咱一说到这上边就得哑巴嘴了，为什么？旧情难舍啊！不瞒你说，狐狸，花鹿，麋子，凡是野物都有精灵，都想围着人亲热一场，解解闷儿。它们不是人，可它们要动了感情才不得了哩，比如老兔子精，她搂上你你还想睡觉？亲不死你！再比如野猪精，尽管有些膻气，尿骚刺鼻，大大咧咧的也蛮通情理。花鹿好啊，这是真正的美妙娘们儿，也会打扮也俊俏，小花披肩从不离身，浑身上下香喷喷的。最可人的是刺猬精，她们羞答答的，走路一挪一挪蛮像大家小姐，有股热辣辣的心劲儿。她们个个都有一副好脸蛋，亲热的时候使劲扎在你怀里。你想想多好啊！缠缠绵绵，缠缠绵绵，小手儿搭在你的肩上。听人说霍老爷这辈子最疼爱的野物不是别的，就是一个刺猬闪化的大闺女。她们不声不响，咳嗽起来小音小嗓的，百依百顺！不过你和她们在一块儿时不能急，千万不能急！为什么？就因为她的一身尖刺是隐起来的，当然，肚子啊胸脯啊软绵绵怪好哩。不过你就是不能急，你要一不小心碰痛了她、惹恼了她，她就会不情愿地一抖瑟、一球身子，这下糟了，你的下身保准就给扎得血糊淋拉的！所以说嘛，睡刺猬，你得有耐性……"

我就是响马

棘窝镇如今姓什么？姓唐。石头，树，街上跑的狗，还有一片片的田地，都姓唐。这与当年凡物皆有主、样样都姓霍是一个道理。这个老理儿是坐在太阳底下吸烟的老人说的，有一天他们正这样说着，一步跨过来唐老驼，把老人的烟锅一拨拉喝道："狗日的物件胡咧咧什么？你把我当成地主老财不成？"他骂完就携着一支火铳走开了。老人盯着他的背影说："这么厉害，还说棘窝镇不姓唐！"

唐老驼自小离村，中年以下的人没有记得他的。可是上年纪的人都知道他出门当了响马。"老驼走得远哩，这叫兔子不吃窝边草。"镇上老人说。有一次镇上过队伍，许多上年纪的人都说其中一个骑了大马的人极像老驼，但不敢肯定。那一次队伍劫走了镇上不少钱粮，杀了几个胖子祭了旗，然后就离开了。过队伍时女人照例把脸上抹了锅底灰，可想不到这帮响马连正眼也不看她们一下。镇上人从此知道：响马也不尽相同，就像吃药忌口一样，这一伙是忌女人的。结果对她们秋毫无犯。

　　最后一拨占据山地的响马彻底改变了镇子。这一伙人势力强大，砍林伐树，像上几伙一样四处寻觅霍府的人，只不过更加卖力而已。尽管霍姓人家个个潜逃，镇上一时荒凉了许多，但山上下来的人还是不依不饶，仿佛掘地三尺也要把霍家人找到一样。他们一家一户探访，还扮成林中来的采药人、叫花子，一边拉家常一边寻踪问迹。经过一个多月的明察暗访，那些远远近近隐下的、藏在巷子旮旯里的霍家后人都给逮到了，男男女女一共三十三人，都是恋着镇子不愿远逃、心存侥幸的人。这些人用铁丝拴成一排沿石头街走过，押解的人一路上都在破口大喊："杀！杀！"

　　三十三人不论男女老少，捕上山去一个也没活着回来。那是个腥风苦夜，林子里一片哀声。响马头儿放言："那些畜类野物与霍家都是一伙！哭吧，哭的日子在后边，找个好日子将林子一把火焚了，看你们在哪安窝！"这嚎声一停，林子立刻鸦雀无声了。

　　后来响马们果然放起火来。莽林一冒烟，鹞子大叫飞起，一直往上，冲到一团白云中不见了。林子呼啸摇动，接着传来隆隆巨响，当这响声自上而下连成一片时，瓢泼大雨就浇下来了。一场可怕的大火总算熄灭了。怒不可遏的响马从山上冲下来，驱赶全镇的人都去砍树，说："烧不完就砍，砍到了猴年马月也得砍，光秃秃的泥地露出来，野物就交给火铳！"镇上人不歇气砍了一冬一春，手都震裂了，累得炕都爬不上了，大林子才砍了一道边儿。

全镇人正在没白没黑砍林子，突然一大早响马开走了。林子里静了一瞬，然后百鸟齐声喧哗，狐狸唱着歌儿跑出来，连隐士河马也打着嗝站上河岸。镇上人知道：天地换了。

就在这事发生后半年光景，唐老驼背着火铳回来了。他身边跟了几个横眉竖眼的人，手里拿了铁鞭和大砍刀之类。他们首先把做过镇头的人拉出来，先是关押几天，录了笔供，然后让几个人一一按下手印，接着就装进麻袋。这些做法镇上人眼熟得很，因为以前霍府家丁将人沉河就是如此。果然，一个个麻袋全抬到河边，扑通一声扔进去。

唐老驼召集全镇开会，历数霍家罪行，说今后要细细盘查他们的后人。一个老者忍不住说："前一年你们刚杀了三十三个霍家人，他们真的断子绝孙了。"老驼喊："你说的是响马！我们是打响马的人！你他妈的混了膛了！"老者咝咝吸着凉气，因为他从心里分不清，再也不敢说话。老驼又喊："从今以后都砍树去，砍！砍它个透天亮！我这人平生最恨两种东西，一是戴眼镜的人，二是树木！咱砍了树林种上粮食，摘下眼镜给他戴上驴捂眼……"

有人小声嘀咕："还说自己不是响马，样样都和响马一样哩。"想不到这人身边就是老驼的耳目，他的话立时被报上去。老驼嚇一下扯开了衣服，露出了龟板一样的瘦胸脯，狠力拍打着凑到那人跟前说："我就是响马！你们狗日的就近看，看好了！不过你们事事都得听我的，我这人治镇子方法不多，只一个字：杀！"

第二天，一道命令下来，全镇的狗都杀了，理由是部队要行军，狗叫来吠去的还行？

狗杀掉了，接着是招募乡兵，没有那么多火铳，就一人发了一根粗壮的木棍，所以镇上人只叫他们"乡棍"。每到夜晚就要戒严，还编了口令，一问一答，词儿每天都换，什么"老猫头""海狸子""土狼""山猞猁""刀鱼精"，全是野物的名字。有一个乡棍把前一天的野物叫成了今天的，结果被素来不和的同伙一棍打个半死，老驼却伸出拇指夸赞说："打得好！咱是军令如山倒！"

有个乡棍向唐老驼报告：全镇上下没有一个敢戴眼镜的，除了小学堂那个姓廖的老家伙……老驼一听火上脑门，说一句："揪了来。"人来了，果然鼻梁上架了光闪闪的东西。还没容对方分辩，老驼伸手就把眼镜扯到地上，几脚踩得粉碎。先生大嚷，老驼指着他的鼻子："要不是上边盯着要办学堂，我就——"说着一手做成刀状，向下一砍。

姓廖的老头真是执拗，不久又戴上了眼镜。老驼又让人把他揪了来，像上次一样摘下踩了。如此重复了三次，姓廖的终于不再尝试。

这个时期镇上有了妇女头儿，她是一个大块头，外号草驴，早年跟上一个兵痞跑了，兵痞一死就回来了。她会使火铳，这让唐老驼喜欢。有一天老驼喝了酒，身上燥热，一转脸见草驴过来了，扳倒身子就骑上去。草驴无声地反抗，老驼就恶狠狠给了她一个耳光："我哪有什么嬉闹心情！我这把年纪是为了有后，你给我放老实点！"

第二年，唐老驼有了后，这就是唐童。

食土者

许多年之后，山地和平原的人将把唐老驼治下的三件大事载入镇史：追剿霍家后人；消除戴眼镜的人；砍树。

砍树是三件大事中最苦的一件，因为这片莽林是老辈传下来的，它实在太大了。霍家后人与戴眼镜的毕竟是少数，树木，树木啊，狗日的树木啊，绿蓬蓬无边无际，看了让人害怕，让人恨得咬牙咔吧咔吧响！那么多会喘气的东西都在树林中胡蹿乱跳，反了它们！

砍倒大树啊，放火烧荒啊，烧得满山遍野烟雾腾腾，像山炮火铳一齐开家伙那样，只差杀声震天了。唐老驼背着崭新的火铳，因为他接连从上边要来几十杆火铳，理由是：海岸又广树林子又密，老山老岭的，没有武装可就完了。

一口气砍了九年大树，一眼望去天地透亮了。新生出来的全是灌木，是更远处的林子。一切都将有个了结，镇上人与林中野物唇齿相依、你来我往、你中有我我中有你的日子，从此将一去不再复返。就在林子逐步消失的日子里，唐老驼让人把一个斗大的喇叭架在高处，一连三天三夜朝着林子深处呼喊："各野物听好，趁着林子还没全完，该变人还俗的就上紧点，咱是既往不咎；想逃的就快些撒丫子，别到时候被子一掀露出毛刺刺的畜类身子，谁见了都不好。日子不多了，上紧做吧，莫怨本官不打招呼啦，啊！"

喊过之后，镇上并没有出现许多陌生面孔。原以为精灵们会尽早归附镇上，结果没有。人们议论："许是老驼等劳力使，许是一计哩。它们八成是害怕火铳，这物件一扳机子轰暾一声，打雷似的，猫啊狗啊哆嗦一下尥蹄子就蹿，想想林中野物又会怎样！""那它们逃了哪去？剩下的边边角角盛不下那么多呀，别处又没有棘窝这样的大林子！""谁知道，许是跑到了外国。外国人眼珠蓝莹莹的，大多是野物变的……"

唐老驼治下的棘窝镇因为过于专注那三件大事，只忘了一件小事：吃饭。有一天早晨全镇人都发现没饭吃了。

唐老驼治镇以来唯一一次蔫了。他咕哝："我老驼大江大河都过来了，想不到小河沟里翻了船。"他饿得背不动铳，老婆草驴宰了一只野猫给他和儿子吃了，他才缓过劲来。几天断粮，全镇的鸡狗鹅鸭、后来又是为数不多的几只猫，悉数入锅受烹。树木叶子和皮也全都捋光了，这时候才有人后悔砍树。草驴本来就是瘦长身个，这会儿饿得系不上裤子，动不动就掉下来半截。老驼骂她："你这个不长进的东西，越饿越骚！"草驴把裤子提上说："驼呀，孩子都这么大了，快别这么说，还是想法出门弄些粮食来家吧！"

唐老驼拖着火铳出门了。有三个乡棍跟上他，刚走到半路就趴下了。老驼去了三天，回来一看全镇人饿死了四十几口、饿昏了一多半！他自己却是红光满面，两眼有神，火铳又背在肩上了。草驴牵着唐童迎上去，刚喊了一句"救命"，就没有力气了。老驼一手挽住老婆一手扶起儿子，对躺在地上眼巴巴看着他的镇上人喊道：

"俗话说'万物土里生'，咱干吗不直接吃土？我这回出门算是知道了，咱从今儿个开始吃——土！"

人们面面相觑，老驼却当众示范：伏下身子扒开一层浮土，再扒，将湿土中的一块锈铁扔开，再扒……土太粗了，他骂、甩手，让人取来一把锹。一层层挖开，三尺深了，姜石层也露出来了，下面才是黑细泛油的黏土。他取了一块搓成拇指粗的细条，然后从一端吃起来。全镇人都笑了。

两天后所有人都开始吃土。第三天有人向唐老驼报告：镇上吃土的人中，有一多半死了。唐老驼气得大骂："这些馋痨恶鬼！一见了吃物就下狠口，不噎死才怪！也罢，有的人祖上三代是霍家后人，他们肠子细薄食不得土，他们死了活该！"正骂，唐童过来了，说我妈也死了。老驼看了看捂着肚子死去的草驴，慨叹："想不到啊，你也是隐下的一个霍家后人！"

又过了许多年，镇上人才停止食土。不过一开始吃全粮却不再习惯，不得不掺进一些泥巴。那些饥饿的年代啊，死也不忘的岁月啊，唐老驼对长成了半大小伙子的唐童总结说："坏事总会变成好事！这一来饿死了一些人，可也纯洁了队伍：霍家后人全饿死了！"唐童眨着眼问："就一个也没有了？"老驼沉着脸望向北方："也不能大意啊，那个霍老爷不是坐楼船装死入海了吗？或许他们会从海里上来！"

这话刚说过没有几天，棘窝镇就发生了又一件值得载入镇史的大事：失踪几十年的良子回来了！不仅是他，还手牵手领了个五六岁的小姑娘——有人说一个穿了蓑衣的女人把他们送到镇子边上，俯身亲亲孩子，就离开了。

镇上的老人大多饿死了，剩下的几个也认不得故人，因为良子离开这儿实在太久了。瞧这个浪子如今变成了什么：胡子白了，头发又长又乱像没有沤好的苘麻，脸上是枯树皮一样的深皱，衣服等于没有，因为大致由树皮破布之类连缀而成。他身边的女孩倒是精神，大眼水生生的——镇上人从未见过这样的大眼睛，看上一眼，记上一生。小姑娘身上是一件马兰草织成的小蓑衣，看上去金晃晃的，俊美精巧极了。

既然没人能辨认良子，那么唐老驼是绝不放心收留他们的。他摆了案桌审了三天，一再问的只是这样几句话："你这么多年究竟蹿到哪里去了？以什么为生？这小女孩又是怎么来的？"

良子答："那会儿镇子待不下了，俺自愿做了守林人。这孩子嘛，是我在林中捡来的一个孤女，俺俩相依为命。"

"我可不信你的鬼话。我到死也不信。"老驼叼着洋烟说。

唐童在旁边一直盯着小姑娘看，吓得她藏到了良子身后。老驼又说："保不准你们从海里上来，是霍家后人哩！"良子双手大摇："不是不是，真的不是……我是良子，我不过想叶落归根。"

这会儿唐童突然伏到了父亲耳边，咕哝了几句。老驼笑了，喊："来人啊，挖一团泥巴来！"

泥巴来了。老驼说："咱镇上，只要不是霍家后人，没有不敢吃土的！"

良子皱着眉头四下看看，然后伸手抓过了那团黏土。他小心地吹了吹，又剔去几粒粗沙，慢慢吃了起来。

第三章

献给绝色美人

"麦子啊，我的麦子！我知道你在想什么，我知道人世间没有比你再倔的汉子啦……"

"知道就好。"

"你生出了一个念头，会一条道走到黑哩。"

廖麦坐起来看了美蒂一眼，又仰躺下。他一直在看窗外的星月。

"难道我说的不对吗？"

"不对。因为那可不是什么念头。你以为那是睡觉一类的事儿，只是一股念头……那可不是。"

"那是什么？"

他的眼睛从窗上挪开，盯着她的脸。此刻这张脸遮在暗影里，只有一双眼睛在熠熠闪光。他注意到她稍稍有点胖了，很快就要有两层下巴了。他抚摸一下她的肩和臂，但马上就把手移开了。他把头转开，仍旧看着窗外："咱用一句书面语来说，就是我对自己、对自己一颗心的忠诚。你别笑我的咬文嚼字，因为我不这样说，就找不到更合适的词儿。对我来说，或者忠诚，或者死亡——就是说，我如果背叛了自己，我宁可去死。"

美蒂一时无语。她紧咬嘴唇抑制着。她知道自己不会像丈夫那样说话，但完全明白这些话的意思，明白他在关键时刻真会孤注一掷的。她只在心里默祷那个时刻不要来、至少是晚些来再晚些来。可她不知道该怎样阻止——这是她最深处的恐惧和疼痛。她从来没有这样害怕过，她害怕的是自己的丈夫并不知道妻子为何恐惧、恐惧到什么程度……但她心里明白自己有多爱他：一丝一丝、永远永远的爱，还有依恋。当然，他们之间也曾发生了一些事情，但却不能因此而否定这种爱，绝不能哩——在眼下这种困难的日子里，她越发这样认为。

廖麦把头蜷在她的身后，这使他整个人都笼在一团阴影里。他像问这团夜色："那你以为，我们这片园子真的要——肯定是要——卖给唐童了？"

"我说了呀，咱会拼命顶住哩。咱们会顶到最后一分钟，除非……反正得咬紧牙顶住啊。"

因为她的最后一句话，他特意伸手摸了摸她的嘴巴，发现牙齿真是咬紧的。多好的牙齿，洁白润滑，有时让人看一眼就会心头发紧。他摸了一会儿忍不住了，因为他的手正被这牙齿咬住：轻轻的，含住，舌头的抚摸。他坐起，偎在她的胸部，像是寻索自己那块永恒的面包。这样一会儿，他被湿湿的东西惊了一下：她的泪水正一滴滴落下。他想安慰她，可是没用。"前天我打得太狠了。从来没有这样，我当时昏了。对不起啊，老婆，如果让小蓓蓓知道了，她再也不会理我了……我算什么啊！"

"孩子这辈子都不会知道。"

廖麦一下一下抚摸她的后背，牙齿磕打着，说下去："我可能是被逼昏的，或许这一段还有些疯了。眼看着唐童一寸寸吃光了山区和平原所有的庄稼地、村子、园子、水塘，心都碎了。他这个金矿主自从变成了天童集团董事长，就成了一个杂食怪兽。看看四周吧，谁能阻止他？他自己有一排排警车，保安跟在后边开过来，再要哭就晚了。他对我们已经是够客气了，让那些体面的头头脑脑来当说客，他身边的人也亲自登门——这面子实在太大了，我知道这是你的面子，而我，从来都是他的死敌。"

美蒂的泪水倏然止息："别，别这样说了好不好……"

廖麦感受着妻子——其实他们这样日日相偎的日子只有十年，她每一天里都是他的新娘，因为这样的日子来得太晚、太不易了，可以说是大把的血泪换来的——我谜一样热恋的宝物啊，你这会儿心跳为何如此急切慌促？悲伤？绝望？愤恨？不，肯定是无边无际的爱情——这个时代最为稀有之物，今夜却在诱惑你和我。

夜深了。他们无法入睡。许多天里都是这样。不过像往日——催眠曲一样的叙说没有了，代之以凝重的、向往的语气。每逢这时他就有点咬文嚼字了，好在妻子对这些早已习惯："……我奔跑得太久，全身落满了伤疤、伤疤又叠着伤疤。最绝望的那些日子里都在想着你，后来还想着孩子。我是一个亡命徒、一个孤儿，最后进了大学校园，又有了公职，这是以前想都不敢想的。可我还是不能停下脚，因为心里还在疼，疼得忍不住。我知道只有找到你才算找到了家……多么不容易啊，你真了不起，不光活下来，还筑起了这么大一片园子——一个农场，甚至在这里为我准备了一大间书房！我知道只要回来了，再多的辛苦都不算什么，我们可以从头开始过人的日子了，咱要像绣花、像写字一样一点一点侍弄这片农场。再累再苦也不觉得了，我们又一起苦干十年，把它变成了眼前这个模样。我从来没有这样满足过、幸福过，你心里明明白白。我开始在雨天、在夜间读书了，并且随手记下一些字。这些字乱极了，你看不懂，我也不指望你来看它。我前几天告诉过你：我要在空余时间写一部‘丛林秘史’，这可不是说说玩的。因为如果不能一个字一个字记下来，山地和平原这些事就成了一场梦，我们家、我生生死死的经历也成了梦，完了也就完了。写出来，全写出来，这个心愿好像隐藏了三四十年呢——我相信父亲活着也会这样做，他会摸出被唐家父子一再砸毁的老花镜，一个字一个字去记下来。如今他的儿子要做这件事了。我将把这些字献给一个人，我一笔一画记它的时候，都在想啊、想啊，一直想着那个人……”

夜色深浓，四周越来越静。远处湖塘里有嗵嗵声传来，廖麦知道那是他的黄鳞大扁。它今夜像他一样激越不安。是的，只有这种鱼才能在深夜高高地跃动。

“那个人？那个人是谁？”

廖麦还顺着刚才的思路说下去，语气非常肯定：“是的，我要把日后写成的东西献给这个人。”

“那人到底是谁啊？”

“一位绝色美人。”

“啊啊……这是……真的？”

廖麦坐起来，“真的，当然是真的了。不过我们算来也有二十一年没有见面了。”

“我真忌恨这个人哩。还好，二十一年没见了，你是和我在一起。”

美蒂移动了一下身子，这样窗上的星光如数洒在了廖麦的脸上。她回身去看丈夫，半晌无语。又是湖塘的嗵嗵声。她笑了，笑得很难看，但夜色里廖麦看不清。她开口说话时白亮的牙齿倒很清晰地闪动："那个人真就长那么好看？你可从来没使这样的口气夸一个女人家。"

"岂止是好看。我说过，她一直在我心里，我一辈子都忘不了。余下的时间我就为她做这个，在自己的园子里做。"

美蒂想从炕上下来，可是一动就是一阵疼痛，下身尤其痛得厉害。她抚抚头发，头皮也在痛。好像是这痛促使她说出了下面的话："如果园子非要搬迁不可，那你读读写写的事儿就得耽搁了。"

廖麦声震夜色："所以我要守在这儿。你会看到我怎么守在这儿。"

余下的时间只有黑夜，没有声音。他们都不愿出声儿。有一根弦绷在夜色里，绷得越来越紧，它可不能断掉。在美蒂记忆里，丈夫归来的十年中从未得过这么重的病，这一次真是可怕啊。他自己也知道身体走到了一个坎上，所以才让她熬起了黄鳞大扁。他对这种枪药味儿的鱼简直有一点迷信。美蒂想起了一个极其重要的事儿，但一经说出却一下缓和了整个夜晚，她问：

"我想知道她，那个女人，她现在哪儿？"

廖麦摇摇头："这个嘛，大概是你最不愿听的了。她死了。坏消息是一点一点传过来的，最后我才敢相信，她真的是——死了。"

美蒂一直屏着气，这时长长地吐出一口。

心花怒放

周末这个字眼儿了不得。这两个字真是要命，一个年近五十的男人竟然听不得它，一听就变得兴冲冲的，两眼就要烧起快乐的火苗。他心里总是盘算：再有一天就是周末了，我的小蓓蓓就要回家来了。可是后来这样的盘算总要落空，她竟然一连两个周末没有回家，而这在过去是从来没有的！美蒂说："孩子大了，她如今是一个部门的负责人了，她怎样忙你都想不到！"

廖麦当然想不到，因为他想不到一个稚气逼人的小娃娃怎么就变成了一个决断事情的人。想不明白索性不想，只想她安静的样子、笑的样子，想她从小到大的一个个细节，而且乐此不疲。他曾经想过：美蒂能为自己生出这样的一个孩子，简直是建立了奇功大勋，将来犯了什么过错都可以原谅。他只想了"过错"两个字，还从来没有想到"罪过"。只有近来他才稍稍试过这两个字——如果是"罪过"呢？

小蓓蓓二十岁了。其实她成熟得远远超出父亲的预料。她在他眼里永远是个娃娃，一朵不可触碰的娇嫩花瓣，露滴颤颤欲坠。美蒂私下议论说："孩子比我当年还要好看！她比妈妈强多了，她合起了我和你的优点哩！"廖麦不知该怎么说，他对蓓蓓失去了所有的比喻，因为淹掉一切的疼爱和怜惜会让人陷入迷茫。美蒂说："你瞧她顺顺溜溜的，两条腿多么长！看她的手啊，小手儿，指头倒这么细长！看她的眼，这才是真正的紫葡萄呢，以前对别人都是胡乱比喻哩！小家伙啊，像一头花鹿一样，该安静的时候安静，该蹿跳的时候小蹄子一刻不歇——麦子，你嗅到孩子身上的香气了吧？她一进来满屋子都香，这可不是什么香水呀胭脂呀……"廖麦乐于听妻子这一番数叨，他真是佩服她头脑的清晰和旁观的眼力。不过他始终不明白：既不是香水之类，那为什么会这么香呢？为什么？还能是什么？对此美蒂毫不犹豫地断言：

"是身子香！真的，一千一万个人里面也没有这样的小香孩儿！"

廖麦永远不忘她那种肯定自信的神气，只是有些胆怯，问："一直会这么香吗？"

他记得美蒂当时眼睫垂了一下，咕哝："谁知道呢，一般做闺女的时候是不会有一点点改变的……"

她的话倒让他回想起妻子十几岁时的气味。那当然是不会忘记的，那是茫野之气、绿草的青生气，还多少掺杂有一点麝香味儿。可那是多么使人迷恋以至于深陷其中的气息，这气息无所不在，先是从胸窝那儿弥漫开来，逐渐形成一团无色无形之雾包裹了她，一到了夜晚又悉数蓄入头发之中。这密挤如苘麻的浓发啊，让他长时间把脸埋于其中。至于后来她走向成熟，她与他潜回之夜怀上孩子的那个时刻，这种气味就变得更加浓烈了——有几次差点使他晕厥。再后来呢？他极力回忆，这会儿想一点一点还原某种气味，竟发现这是十分艰难的一件事。他记得美蒂在用大剂量的化妆品遮掩身上的鱼腥气：她越来越贪吃那种模样丑陋的鱼，结果老要沾上它的邪味儿。尽管如此，他还是能从中分辨出那种令人不悦的气息，因为它是从汗腺中分泌出来的。每当她大呼小叫"妈呀，真逮住汉子啦"的时候，一股混着泥腥和水草藻类的气味就疯狂弥漫，不可遏止，这浓浓的气息仿佛将他托举在半空，又让他觉得自己在浓得化不开的泥浆中挣扎、游移，最后连软着陆的机会都没有：纯粹是砰嚓一声掉下来，跌得七窍生烟。他忍不住问妻子这是怎么回事？妻子用一张大嘴撮成的小嘴巴一下连一下亲他，说："傻孩子，还用问吗，你老婆是劳动人民哪，整天泥一把水一把的；怎么？头晕？悠悠乎乎？那就是你老婆好啊！你老婆过了这个时候就不再夸口了：你打着灯笼也难找！你、你！你这个掉进蜜罐子的福人！"

廖麦一再发现，美蒂每到夜晚柔情蜜意的时刻，立刻变为一个野性而傲慢的、高高在上的女王了，而自己却越来越退向一个角落——那儿是专为笨手笨脚的书呆子准备的地方。也许正因为如此，妻子才不止一次劝阻他："少看一些书吧，少划拉一些字儿吧，那不过是你从大学堂里染上的毛病，不得不用这种方法解闷儿罢了！"

小蓓蓓与母亲无话不谈，母女俩在一起嘀嘀咕咕时，廖麦心上空得慌。他这时总要走近她们一点儿，小蓓蓓这才转向父亲。孩子偶尔搂住他的脖子，让他的胡子扎一扎、叫一叫。她的个子快像母亲一样高了，可她还会做鬼脸！"蓓蓓，蓓蓓啊！"他这样叫着，在书房里搬动几本书，想让她看，又小心地剔掉其中的一本，她大笑。

她是他心中的花，永恒之花。

她真是香透了这个家，这个小花鹿蹄子——她的外号就这么产生了。她从来没让父母忧心，除了毕业就业这一关——孩子早一年上学，考的是大学专科，一所民办学校。"她太贪玩了呀，要不她会上第一等的学校。"美蒂嚷嚷着，长时间心有不甘，到了孩子就业的关头更是焦躁无比。最后他们总算松了一口气，蓓蓓找到了一家相当不错的股份公司。可也就是一年多的时间，这家公司又被天童集团收购了，它转眼之间姓了唐！廖麦得知这个消息后立刻做出一个决定：蓓蓓要离开那儿！"那她去哪儿？你得听听她自己想些什么啊！"美蒂有些急了。廖麦说："孩子嘛，就回家来！我们有两百多亩的农场呢，咱家正是需要帮手的时候。"

小花鹿蹄子压根儿不把父亲的决定当一回事，她亲父亲的耳朵那儿，对耳朵上的一块疤痕特别感兴趣，说："这肯定是流浪在大山时冻的吧？"父亲苦笑一下，不想在这一刻讲疤痕的故事，只说："孩子，公司一换主人，你就不能在那儿待了。"小蓓蓓大笑："什么呀，还是我们原来那些人，不过名义上变了。谁认识那个'老童'是谁？再说天童集团收购的公司呀企业呀多得数不完，我们小职员才不去管它呢，照旧还得上班下班。"

廖麦发现美蒂与女儿的意见完全一致，她甚至说："谁的公司都一样，蓓蓓如今拿钱还多了一点呢！"他那个周末是说话最少的一天，因为他在心里一直重复一句话：不，这可不一样。

时间一晃又是多半年过去，小蓓蓓竟然升任了公司某部主任，工资成倍增长，奖金则是数倍增长。美蒂兴高采烈："咱的孩子就是不一样啊，你看到了吧？"廖麦严肃地向她指出："她已经有两个周末没有回家了！""这不算什么，这说明她忙嘛！"廖麦声声生硬地告诉她：

"我想让她像过去那样，每个周末都回家。"

紧接着的一个周末小蓓蓓回来了，她一进门就扑到父亲屋里，嚷着："听说有人生气了？"廖麦故意板着脸应道："是啊。"

一股比往日浓得多的香气使廖麦抽了一下鼻子。他一抬头发现孩子比过去胖了，耳朵上多了一副金闪闪的坠子。孩子依偎了一下，正想离开却被他喊住了："你已经够美了，你不需要金子点缀自己；更可惜的是，我的孩子本来完美无缺，这会儿却让什么把耳朵扎了个洞……"

蓓蓓刚要说什么，一抬头发现父亲阴沉的脸上，那双眼睛里有浅浅一层泪光！"天哪，"她哈气一样叫了一声，怔在原地，然后轻轻取下了耳朵上的坠子。

蓓蓓再也没有戴一次首饰。

这个周末又来临了。一辆酒红色的车子碾着满地暮色开进园子，几只鸽子旋起，复又落在车后。"小花鹿蹄子！"廖麦在窗前已经站了许久，这时见到车子就喊了一声。他大步出门，可是一阵头晕又让他放缓了脚步。他看见美蒂已经早他一步站在了门廊里。

"小花鹿蹄子，来，爸爸有极重要的事情要跟你谈，要征求你的意见……"晚饭后，廖麦把女儿叫到了书房里。

小蓓蓓秀美的脸庞似乎苍白了一点，一进门就倚在了高靠背木椅上，微笑着，掩饰着一丝疲倦。

"是这样，"廖麦坐在她的对面，"可能你什么都知道了，唐童要逼我们扔下园子，把我们赶开。他要在这里盖工厂，从西边南边一直盖到大海边，我们的农场挡了他的路。"

"他愿出多少钱呢？"女儿像一个行家里手，这时面部的微笑没了。

"哦，好孩子，这远远不是个钱的问题。"

"可是我们先要确定对方的出价。据我所知，以前唐老板买四周的类似地方，每市亩只出几千元——这是荒唐的！我们如果依照这样的价格不过是换了百把万，当然，我们的房子、树木和其他还会有一些补贴，但也没有太多！我们用这点钱连同样大的荒地都买不来！这肯定是不行的……"

廖麦惊疑于女儿的精确和熟稔，先是大张着嘴巴，后来点头："是的，这就是血腥掠夺。他一直在这样掠夺。我们最后只好扔下园子，或者出门打工，或者到西河去重新找一块大荒租下来……"

蓓蓓睁大眼睛："西河口老珊婆有一些房子，从那儿往西走二十多里就是水洼地了，没有人烟……"

"是的，就是那里，就在老珊婆西边二十里……唐童想把我们逼到那里，答应我们的钱要多得多。可我说过孩子，这不是个钱的问题。"

"到底多少钱？"

"我的小花鹿蹄子，这得问你妈去。我说过了，这不是个钱的问题。"

"那到底是个什么——问题？"

廖麦看着女儿耳垂上尚可辨析的那两个洞眼，叹一口气，捉起了她的两只手。修长的手指——很小的时候他只见过她一面，她在睡梦中，他动她，她就紧紧握住了他的一根手指，是食指；她还在酣睡，他站着一动不动……那个月夜如在眼前。他咳了一声，把她的手放下，抬头去看外边。云彩遮住了月亮。"孩子，你该多知道一些过去的事情，这片山地和海滩平原的事情，因为一转眼你就这么大了，世界变得真快……"

"我常听你和妈妈讲过去啊！"

"不，那还远远不够，远远不够……"

红蛹

美好而神秘的饥饿年代缓缓消逝的日子，是逐渐告别食土的日子。许多人相信神灵在用一种特殊的饥饿疗法医治这个世界：将流动着霍家血脉的人剔掉。最艰难的时光镇上人还指望啃食树皮和叶子，可是自占山的响马再到唐老驼几年下来，全镇街巷上已没有一棵树木。平原上的某些小村一眼望去还有一两棵高树，这在镇上人看来简直是耻辱的标志。后来食土法门一开，红光满面的人就多了。可惜这些人徒有其表，胖而无力，比如说眼看四处的灌木生出来都不能砍伐：提不动镢头。

那时小廖麦衣兜里装满了指顶大的炒泥丸，一天到晚咯嘣咯嘣吃。他一天早上踏向街头，发现昨天还见过的男人女人都睡在了冰凉的石板地上。他摇动呼喊他们，一个个就是不醒。从那会儿他才知道：长梦等于死亡，睡着，一直睡着，就成了碍事的物件，就得埋到地下了。母亲早亡，父亲千方百计要让独生儿子活下来，他见小廖麦吞吃黏土的难过相，就为其炒制了泥丸，它们变得香喷喷的，小廖麦高兴了。

他嚼着泥丸跑出镇子，在大海滩的灌木丛中来去自由。这里没有人，也没有大野物，它们随着大林子一起消失：镇上人说变成蓝眼人跑到大海另一面去了。沙地上的一些小动物，如小蜥蜴小蚂蚱蝴蝶们，都成了他的知心好友。他的到来是灌木林中的小小节日，小野物们围上他说东道西，打听镇上的趣事，还好奇地看他解了裤子撒尿。它们盯住小廖麦突出的、不停喷吐水流的小管子，大呼小叫："天哪，原来洪水就是这样泛滥起来的呀！"

刺猬出现了。它们羞红的小脸、灵动的眼睛，更有一身带着尖刺钉的衣装，都让小廖麦惊喜不已。它们带领他串遍了最偏僻的角落，从那儿找到了最甜的浆果。因为一只只老熊于两年前走开了，所以海滩上所有的野蜜都归小廖麦所有。刺猬每找到一处野蜜就要放声歌唱：那歌声如同风吹柳叶，沙哑而温情，让人一听就要陶醉倒地，仰卧于热乎乎的沙地上再也不想起来。

小廖麦自己一次也没有找到野蜜，这事只得依仗刺猬。他将一生不忘那种源于茫茫海滩的甘味，那种一切甜汁都不能取代的东西，是能够解掉十八辈馋虫的美味！这味道让他第一次知道了自己拥有多么发达的味蕾，知道了茫茫荒野里最大的秘密其实就是隐藏的野蜜。

可是他必须让刺猬带领自己游走，然后在它们的拍手歌唱中一起陶醉。有一天他躺在热沙上半天了，一直在倾听刺猬的咳嗽——吭吭声一时不出现，它们也就一时没有影子。他仰脸看天上游动的白云，想着父亲：偷偷戴上眼镜，不时瞥一眼窗户，一听到响动赶紧把眼镜藏了。他想着想着饿了，伸手掏衣兜里的炒泥丸，这才发现兜里空空的。他想野蜜想得心疼，饥饿像锤子一样咚咚敲打胸口、后脊梁。他两手在沙子上挖找、划动，想找到不小心撒下的炒泥丸。这样翻着，突然沙子里露出一个紫红色的东西，闪着荧光。他又扒了一下，整个紫红色的东西全暴露在了阳光下：一个大大的红蛹，比人的大拇指还要大，像成熟的枣子那样的颜色，身上有三个小眼睛似的斑点。他小心地捧起来，刚用三根手指撮起它的屁股，它就轻轻转动起尖顶。他相信它在说话，它使用的是自己的语言，这就像哑巴说话靠打手势一样。

"我从哪儿才能找到我的刺猬朋友啊？红蛹儿帮帮我吧，你只要向那个方向动动你的尖顶，也就等于是伸手指路啦！"他这样央求，看着它。手中的红蛹儿真的动起来，尖顶指向了西南方。

他迎着它指的方向走去、走去，最后真的看到了两只大大的刺猬——原来它们正偎在一块儿，那是忙着相亲相爱，所以顾不得他和它们的约会了。它们羞涩无比地劝他背过身子、再背过身子，说这事儿美好而麻烦，当然了，在你这样的年纪还不能充分地理解……他背过身等了足有半个多小时，其中当然少不了偷偷瞥过几眼，这就惹得两只刺猬十分不快。事后它们说："如果不是老朋友了，你这样瞅来瞅去的咱绝不算完！这事儿是很大很大的，非胆大心细嘘寒问暖情投意合不可！这事儿平时没有，说急起来风雨无阻啊！

也罢，这些话也不是你这样的年纪所能体恤和理解的……"听着这些唠叨、责备，小廖麦一直低着头，心里自认倒霉。

它们消了气之后，总算又像往常一样，再次领他去寻找野蜜了。吃野蜜时，小廖麦悔不该又问了一句傻话："到底是吃野蜜好，还是刚才你们那档子事好？"刺猬喷气、打嗝，显然是又气着了。但它们最后还是因为他的幼小而多少原谅了，答：

"只有傻子、痴士们才这样问这样比哩！天地间没有什么比得上那档子事儿更好！"

小廖麦愣怔怔看着，将信将疑地舔着嘴角的野蜜，走开了。他小心谨慎地捧着大红蛹儿，每次疼怜地亲它、用脸庞触动它，它都要兴奋地蠕动。

一路上他都在对红蛹说话，对它哈气儿。他认为它大概怕冷，特别需要温暖，就把它放在贴近心窝的部位。当真的挨近肌肤——胸部和肚子时，它就害羞地活动了。他感知着一种无可名状的滑润，一种像玉石一样的凉爽。多么神奇的苍茫海滩，原来这里什么都有啊。他抬头去看，一片雾霭般的灌木直接联结了邈远的山影和高天。他四下遥望。突然，当他低下头再次仰起时，方位感消失了！哪是南和北？哪是镇子的方向？他的心嘭嘭跳，有些慌了。他怕父亲在家里焦急，因为每一家都发生过这样的事：孩子出门再也回不了家了，走着走着身子一歪倒下来，成了一名"路倒"。

正这时他想起了怀揣的宝贝，于是又一次用三根手指撮起红蛹说："好蛹儿你快帮帮我吧，你为我指一下镇子的方向吧，俺回不了家了！"红蛹先歪向他的脸，像是注视了一会儿，然后尖顶就缓缓转动起来，最后停住，指向了一片低垂的乌云的方向。他含泪说："知道了知道了，"大步向前走去。

天黑之前小廖麦终于回到了家里。门一响，父亲刷一下收起眼镜。

从此小廖麦可以无所顾忌地穿越无边的茫野。他在红蛹的指引下，不止一次找到了正在相好的刺猬。他不由得埋怨起它们："你们总是这样总是这样，这要耽误多少事儿呀！"刺猬答："没有办法，就是这么个季节。我们不能错过这个季节，嗯，嗯嗯。"

除了在受到无端的打扰所表现出的烦恼之外，刺猬们十分和善乐观，不是唱歌就是念出一段长长的韵文。有一天它们兴致特别高，甚至在柳棵下坐成一排，一齐拍动着小巴掌念道："俺刺猬，心欢喜；半辈子，遇见你；手拉手，找野蜜；挨近了，小心皮……"

"为什么'小心皮'呢？"

"俺有一身尖刺儿呀。"

一天傍晚小廖麦正坐在白沙上与红蛹说话，突然被身边一团烤人的热气惊了一下，一转脸，见是一个女人在树棵后边探过头来——他立刻认出是镇上的珊子姑娘。她如今多么胖啊，嘴角一窝笑了。她一直盯住他手中的红蛹，坐下来，紧挨了他。

这个傍晚小廖麦永远不会忘记，因为后来他一闭眼就能听到自己怦怦的心跳，像春天的远雷。他害怕她的眼睛、嘴巴，特别是那小孩头颅一般大的双乳。他挪动身子，想赶紧离开，她说："这不成。"她伸手要红蛹看一看，小廖麦赶紧藏了。她粗粗喘气，后来说："喂，这样罢，你若把红蛹给了我，我就让你摸摸它——这儿。"她手指双乳。

那个时刻，那个时刻的霞光快把人烧毁了。小廖麦盯着她的双乳，使劲摇了一下头。可是她猝不及防地将他的一只手逮住，硬按上自己胸口搓弄着，说："摸过了摸过了——红蛹拿来！"她说着，多么蛮横地压住他的腿、肚子，撕扯中不小心把他的裤子弄破了，只一心要把红蛹抢到手。小廖麦一边挣扎抵抗，一边小心地护住自己的宝贝，心里默念说："老天爷啊，海滩上的神灵啊，快帮帮我吧，我被女响马欺负了！"这一念叨真是灵验，他只觉得牙齿发胀，胀得怎么也受不住，于是低头狠力下口，一下咬在了她的胸脯上。多么肥腻的家伙，女响马，她嘶叫嚎哭，痛得一伸腿躺了。

小廖麦撒腿跑开了。

他于是知道：大海滩旷远莫测，大动物仍未绝迹。使他更加深信不疑的是后来：有一天红蛹不知怎么了，总是固执地指向一个方向，于是他只得往那儿走去。走啊走啊，直走了一个钟点，浓雾噗噗落下。他渐渐听到了海浪的咆哮，并从中分辨出一声声动物的绝望嘶鸣。他惊呆了，接着急急向前，直觉得飞来的雾絮把脸颊都擦疼了。

一道悬起白浪、轰轰震响的海岸从浓雾中出现了。海鸥和其他不知名的鸟儿四处翻飞尖叫，但所有的叫声都被浪涛和那个动物的嘶嚎淹没了——他这时才发现群鸥为什么尖叫，它们原来都在围着一个中心飞动，它们是被一个巨大的事实吓住了、吓得不停地鸣叫相告。

小廖麦终于敢于走近。他看清了，离浪涌翻动处不远躺了一个巨大的黑黝黝的活物，它有人一样的阔脸，有四下分开的鳍或手，特别是有硕大的肚子，有紫红色的鼓胀的双乳，乳头开始渗流白色的汁液；它巨大身躯的下方原来跪了一个人，他揉了揉眼，这才看清是一个女人，不是别人，正是珊子！这会儿的珊子目不他顾，头发被风浪吹散打乱，四处飘扬，一挡住脸她就口不择言恶骂一声。原来她的双手正忙个不停，巨大海兽的下体在张大和蠕动，红彤彤黄蓬蓬的毛发一齐翕动，鲜血渗出，沾了珊子两手两臂。他渐渐听清了珊子的咕哝声："可怜可怜海猪妈妈吧，海神和天上的神哪，帮帮这母子俩吧，可怜可怜它们……"

那天的雾气中全是血腥气，是吓人的海猪嘶嚎。只有一刻这嚎声中止，小廖麦看见全身都是浪沫和沙子海草的珊子深深地伏下去，就像跪拜一样——她在用牙齿咬断脐带，一个手舞足蹈却又是啊啊大嚎的小生命降生了！妈呀，瞧她举起它看了一瞬，大概在辨认雄雌吧，小廖麦却在这时看清了刚生出的怪物：双目紧闭，面庞泛红，浑身是姜黄色，四肢又像手足又像鳍，腮部有稀疏的胡须……

这是深秋与初冬褶缝中发生的事情。小廖麦将记忆终生的，是那滔天大浪与嚎哭、更有身上沾血的珊子。他好像从此不太恨那个女人了。

这个冬天奇寒。整个冬天小廖麦都把红蛹包在被窝、心窝，或包在棉絮里。它在夜间贴紧他的皮肤蠕动、一下一下揉触他。他用脸庞偎它滑润的躯体，与之悄悄叙说。

他和它一直依偎。春天慢慢来了，吃了一个秋冬的炒泥丸，夜变得更深更沉。有一天早晨，小廖麦醒来，一睁眼就看到了满天曙色，像过去一样，第一件事就是伸手去摸红蛹——它不见了。他搓搓眼，抬头去看窗子，立刻喊了一声：天哪，一只多么大、多么灿烂的大花蝴蝶落在了窗棂上，霞光正透过窗纸投向它，使它变得双翼透明，通体生辉，简直是金光闪闪。

他的泪水倏地涌出。他知道春天来了，它要飞走，今天早晨就要与他告别……

金蓑衣

神奇的事情总是传得飞快，只不过半天的时间，全镇都知道良子回来了，还携了一个小不点儿的养女一块儿到了镇子上。有人？问："谁是良子？"上年纪的人不得不从头解释一遍，叙说当年。要说清可真不容易，因为那是一桩公案，一段晦涩的历史。"他妈的一个男人就臭美成了那样？"不知深浅的年轻人从头听过，议论、嚷叫，都想挤到石头街大屋那儿亲眼一睹。可惜新人入镇的麻烦还远远没有完呢，大屋的门还关得死死的，唐家父子正在从头开审呢。老婆婆们擦着眼说："也是的，他以为咱镇子成了什么，想跑就跑，想回就回？这工夫他恐怕得从头说道说道了，一五一十全倒出来。"

一连两天良子和领回的那个小女孩就住在大屋子隔壁，不得离开。这除了验明正身之外，还有个户口的问题。过去良子是有户口的，可是后来就自动消除了。"为什么？我还没有死啊！"良子说。唐老驼鼻子吭吭响："林子里那些胡蹿的野物也没死哩，谁会给它们上户口？在咱看来，你这许多年就是归顺了野物！"良子无语。

由于良子能够安然无恙地吞食泥土，总算证明了自己不属于霍家一脉。接着就是小女孩的问题了，老驼当时让人同样取来泥巴，谁知她厌恶地一嗅，嚷着躲开了。"吃，张大嘴巴吃！"老驼怒喊。小女孩哭了。良子哀求："您饶了她吧，她还是个孩子啊！"

那会儿唐童在一旁东看西看，一直在小女孩身边打转，就帮腔说："她还不更事哩，等过几年再让她吃罢，反正躲不掉啊！"老驼对这个独生子格外倚重，这时吭吭鼻子，一摆手说："那就等等看吧。"

人们发现从见面那天到现在，小女孩的蓑衣一刻都不离身，吃饭睡觉、大小解，都穿在身上。她在早晚去院里上茅厕时，那一身蓑衣毛儿在霞光里参着，金光闪烁。几个站岗的乡棍搓着眼说："这是什么物件？直晃咱的眼哩！"他们扯过她来闲问，对海滩林子里的事情格外好奇。小女孩有问必答，说这蓑衣嘛，是林子里一种金叶儿马兰织成的，是妈妈亲手采了为她织的，妈妈也穿了这样的蓑衣。有人记起他们父女出现那天的情景：好像一个穿了蓑衣的女人把他们送到镇边就走开了。"那就是你妈？"小女孩摇头又点头，瞅个工夫撒丫子跑回了大屋子。

　　关于女孩穿了金闪闪的蓑衣不离身、她和良子被一个同样穿了蓑衣的女人送回的事情，越传越奇。有人对唐老驼献疑说："那良子本是风流后生，在林子里游荡这么多年，少不了和一些野物精灵交往，那小女孩说不定就是他和一只刺猬精生的呢！如今大林子没有了，他们无处存身，这才不得不回来落脚！"唐老驼大吸一口烟斗说："嗯，说得有理呀！"为了弄清这些疑惑，他三番五次去传珊子来瞧：她嘛，大概闭上眼睛也嗅得出良子罢！谁知如今珊子年纪大得成了珊婆，对往日恋情心灰意冷，一提到"良子"两个字就喷嚏连连，最后吐出一个字："呸！"至于那个小女孩是否为刺猬精所生，她咬咬牙告诉前来问询的人：

　　"错不了！回去脱了衣服一看就一清二楚了……"

　　唐老驼对儿子一说，唐童捶着拳头说："还是珊子聪明啊，这事让打赤脚的医生办理吧，咱从一旁盯着。"

　　打赤脚的医生年纪有一把了，长了一只豁鼻，说话瓮声瓮气，舌头也大，只因为下药凶猛才为唐家父子所喜。除唐家以外，镇上人都在暗中将赤脚开出的药减掉一半才敢服用。赤脚把良子父女分开，只粗略地检查了一下良子的眼珠和舌苔，又捏了捏他的睾丸，一摆手就算结束。

开始检查小女孩了，她不愿脱下襁衣，后来在赤脚的再三规劝下才算应允。不过她一见赤脚掏出的听诊器就喜欢上了，笑嘻嘻褪下了一件花内衣，最后又大大方方揪下了小短裤。正这时唐家父子进来，他们的目光一进门就投射到光溜溜的女孩身上，对老赤脚的满脸惊惧视而不见。真是不看不知道，一看吓一跳：她浑身上下都被一层又密又小的金色绒毛遮裹了，它们在室内微弱的光线下弥散出荧粉一样的色泽，在后脊沟那儿交织成一道人字纹，然后又从尾骨处绕到前面，在腹部浓浓汇拢。她温和地、略有好奇地看着旁边的几个人，并无羞涩。唐童的嘴巴一直张大，两眼在她周身摩擦，长时间盯住胸部那两只核桃大的乳房，然后又停留在小腹和大腿根上。金灿灿的绒毛在这些部位似乎变得更细小、然而颜色更浓了。

"再明显不过了，"老赤脚紧挨着唐家父子走出屋子，边摘听诊器边说，"那背上的绒毛是一身尖刺儿变成的；肚子上的嘛，就算真正的绒毛了……"

老驼一直惊喜参半，这会儿脸色阴沉沉的，看着西边的天色咬咬牙："我在琢磨是今天还是明天，把她装进麻袋沉河……"

唐童正咂着嘴想什么，这会儿听了大叫一声："爸！这可不行！这女孩儿说什么也得给咱留下，咱得等她长大了再说……要不咱后悔都来不及了啊，那可就全都糟了、全都糟了！"

唐老驼看着儿子急得双目圆睁，脖子都红了，于是不再坚持。他们三个反身回屋，这时小女孩已经穿好了衣服，那件金闪闪的襁衣又把她包裹起来了。

老驼把肩上的火铳耸了耸，说："妈的，你一天到晚就忘不了披上它！"

老赤脚说："让她穿吧，穿吧，脱下来，那等于是剥了她的皮……"

踢啊踢

从此镇子上多了个叫美蒂的小女孩。她穿了那件金灿灿的蓑衣，跟别的女孩一起踢毽子，玩跳城游戏，后来又一起上了小学堂。只要提到她，人们只说"那个刺猬孩子"如何如何。每一个镇上人都见过她，所有人无不啧啧称奇：这孩子无论是皮肤的颜色还是眉眼，全都有些奇异，这与经验中的任何女孩都不一样。特别是她的神情、目光，只要与之对应一下，就再也忘不了。"这是个精怪哩，小小精怪哩！"他们说。

珊婆成为镇子上深居简出的人物，她只偶尔出现在石头街上，大半时间住在西河的入海口处：那儿有连在一起的几幢泥屋，是她当渔把头的男人的财产，大概那家伙一出海她就待在了镇子上。唐童简直成了珊婆的一条尾巴，他常常跟在她的身后，她领他穿过石头街，还带他去过河口的大房子。有一次他们正走着，看到街口上围了一些人，珊婆问怎么回事？唐童就告诉她：那是有人在逗小刺猬孩子玩儿，要不要去看看她？珊婆绛紫色的嘴唇翻一翻，鼻子里哼出一声："我怕自己见了她火气上来，一伸手把她撕巴零碎了。这类杂种我在海滩上见得多了。"唐童知道她深深忌恨着良子，对这个人死都不会饶恕。

唐童愿意背着火铳独自一人游荡，身边不要一个乡棍跟随。他在通往小学的斜巷倚靠了一会儿，又来来回回踱步。天黑了，月亮爬上来了，上夜学的孩子出来了，最后是小美蒂一个人走进斜巷。唐童把她拦住时，她一点都不害怕。他把她连哄带骗弄到一间废弃的牲口棚里，木着脸说："检查一下吧，我要看看那些金色小毛毛如今咋样了！"小美蒂点点头，把斜挎的书包摘下来。

因为她动作太慢，他索性帮她三五下揪开衣服。唐童双目放出蓝光，像兽。他发现她脊背上的绒毛虽然没有褪光，但已经稍淡，只有腹部依然如故。他一下下抚摸着，捋着，感受着那种丝绒般的滑润。他还觉得她的小胸脯那儿凉意明显，就像深秋的两颗悬枝桃。他吭吭哧哧，嫌火铳碍事就推到一边，慌不迭地解开了腰带，指着自己硕壮的下体问："认得这东西吗？"

小美蒂看看，在月光下仰起脸，如实回答："见过。驴子身上也有。"

唐童哈哈大笑，说："告诉你吧，这家伙比火铳还厉害呢！"

她一脸迷茫，他就紧紧拥她一会儿，抖嗦着，说："快些长，往胖里长、长，你谁的也不是，你是我的，知道吗？这是我爹允了的。今后谁敢碰你一手指头，动你一根绒毛，我就把他活活掐死——不，在鏊子上活活烙死，烙得嗞嗞冒油儿，一伸腿，死了。"

唐童当时做了个伸腿翻眼的动作，小美蒂吓得全身一抖。

小美蒂身个儿蹿得真快啊，好像一转眼就成了个羞答答的大闺女了。再有一年就要去镇外上学，她终于再也穿不上那件越来越小的蓑衣了，可她还是把它好好收起来。不久养父良子病逝了，他入土那天美蒂哭得昏了过去。那个秋日多冷，雨水里送葬的人渐渐走光，她睁开眼时吓坏了：近旁站了一个胖胖的女人，一对红肿鼓胀的眼睛正死死盯住自己。

事后她才知道，那个墓地的胖女人就是珊婆。

美蒂成了孤女。她要用尽心力拼命躲开唐童。那个身背火铳脚蹬皮靴的粗壮汉子不止一次追在她身后嚷叫："非要等圆了房那天？俗话说得真好：要睡刺猬就得有耐性！我的妈呀，我这个急性子非让你折腾死不可！"

对美蒂来说，廖麦那张英俊的脸庞一闪而过，开始竟然没有烙到心里，以至于后来在斜巷上迎面撞见时，大吃一惊！她那会儿在心里说："天哪，这是谁呀，瞧他长得啊，父亲年轻时候肯定也是这副模样！瞧这个人啊，一双眼睛俊气吓人，鼻梁挺着，嘴巴有棱有角的，我只在梦中见过这样的棒小伙儿，他要是我的亲哥多好啊，那我就再也不是孤女了……"这样嘀咕，心跳怦怦，眼睛垂下又抬起，然后再也不想离开他的脸庞，两脚像被钉子钉在了石板地上。

廖麦也是一样。他好像被迎面的阳光灼伤了。

一连几天他们都设法在一起。他们难分难离，拥在一起时，彼此的手一沾上就知道往哪里游走：廖麦的手自上而下地寻索，许多问题迎刃而解。他永生都感激她在那个时刻的慷慨与信赖，毫无吝啬地将生命袒露给他。于是他一下就记住了她野蜜色的皮肤、她比野蜜还要甘美的长吻。最后，当他的手猝不及防地落在了腹部那繁密而细小的金色绒毛上时，她低下了头。久久沉默之后，她的询问是："你不讨厌吗？"他答："我，我好像梦见你坐在金黄金黄的草地上，等一个人——就是等我……"

美蒂的泪水哗一下涌出。

他们第三次相拥的那个夜晚，唐童出现了。十几支火铳和锈迹斑斑的刺刀把他们架住，使他们一动也动不了。这样只一小会儿他们就给分开押走，廖麦刚被拉开了几步就挨了狠力的耳光，接着是唐童的恶骂："找死啊！那也是你沾的地方？"

唐童与廖麦两人在黑屋里待了一刻钟。这段时间里，唐童急于要搞明白、要证实的就是："最后怎样了？"当弄清两人不过是相拥和诉说而已，唐童就跳着笑起来。

　　当夜廖麦就被几个人按住，剥光了衣服。在唐童的指挥下，有人特意找来一把消除铁锈用的铁刷子，狠打他的小腹和下边——每打一下都有无数的尖刺扎下去，一会儿就鲜血淋漓。廖麦咬住牙，咬住，由于始终屏住了一口气，额头的血管都快要鼓破了。他硬是没吭一声。

　　他被赤身裸体捆在柱子上。唐老驼领着一帮人来了，老家伙笑嘻嘻指着廖麦的下体对他们解释说："看到了吧？这是为啥哩？因为他年纪轻轻胆子不小，敢睡刺猬，结果刚一贴上，小肚子就给扎得稀巴烂！"众人低头看看，惊惧，大笑。

　　一伙人走开，黑屋子里只剩下了唐家父子。老驼让儿子解了绳子，然后把廖麦推到墙边，说："我想问问，你廖家算老几，在棘窝镇上敢分吃我儿子碗里的食儿？"廖麦怒目相视，只是不语。"你回我话！"老驼暴喊。廖麦两手堵住耳朵。对方扒开，他又堵上。老驼大怒，叫一声"来人呀"，他们硬是把廖麦重新捆了。老驼吐了烟卷，亲手取出一根锈蚀的钉子在嘴里舔一舔，然后让人把廖麦的耳朵按紧在墙上，嘭嚓一声钉上去。鲜血一滴滴落下，廖麦的头颅这会儿一动也动不了，老驼就贴紧了他的耳边吼叫：

　　"你这狗日的崽子早晚比你爹死得还惨！你捂耳朵呀！捂呀！你这回不听也得听！我日你这王八崽子驴下的种，你妈的白想了一场好事儿什么也捞不着！我儿子号下的小娘们儿，想什么时候睡就什么时候睡！你是狗吃芥末干瞪眼！你听真些听准些，要不到了阎王爷跟前一个屁也放不明白！"

老驼又喊又跳，火气大得连身旁的唐童都吓着了。老驼喊完闪到一边大口喘息，汗水从干硬的胸脯上哗哗流下。唐童看看父亲再看看廖麦，像是刚刚醒过神来，"嗷"一声蹿上前去。他狠劲踢起了廖麦的脚踝，踢啊踢，踢啊踢，一口气踢得血肉模糊。老驼拍打膝盖，在一边为儿子加劲儿，一连声大叫：

"踢啊踢！踢啊踢！踢啊踢……"

皮开肉绽，脚踝骨眼看露出来了，鲜血顺着脚板往下涌流。

"踢啊踢！踢啊踢！踢啊踢……"

第四章

大痴士

　　迎头是黎明前的黑暗，身后是一团火光。廖麦两耳被大风塞住，双眼被星星点燃。煞人的秋凉突然大把大把降落下来，要浇灭一地的鬼火狼烟。他一直往前狂奔，只想甩开身后紧追不舍的那条火龙——它从石头街蹿出，眼看就咬住了飘飘的衣襟，他一刻也不敢回头不敢停歇。唐家父子身背火铳，调动起三代土狼的子孙，从前后左右四方合围，这会儿只等把他逼到当中活活撕扯。他最后一眼瞥见的是，唐老驼正手擎灯笼在远处一声连一声大喊："哎呀妈呀我正躺在炕上抽烟呢，只差一点，只差一点就给叛逆劁了！哎呀妈呀疼死我了！百年不见的贼种，千刀万剐的狼崽，赶快给我捉了来呀，剁巴剁巴下锅，一点活口也不留！"唐童跟上喊："不留！不留！"土狼的子孙一齐随上呼号："不留！不留！用皮套子勒，用铁刺钩逮，咱这就捉给驼爷了，咱这就把行凶的小狼崽子一劈两半！"

　　天上密匝匝的秋霜降得再猛些吧，快把老驼的火龙浇死吧！快把一群发疯的土狼煞回窝里吧！廖麦急得两眼快要渗出血珠了，眼看那四面合围的火网越扯越紧，一杆杆火铳都看得清了。他绝望地睁眼，看见的是火光，火光映出唐老驼的半边脸上都是血，血顺着脖子流下来，染红了胸前一大片衣服；

他身边的唐童端起了魔器——那是杆子上镶了个铁圆盘的连发火铳，这家巴什只要一开口就能吐出一长梭子，嘟嘟嘟啪啪啪，全是密密匝匝的炸子儿，连浑身斑点的风神豹子都躲不开。这可怎么办啊，他穷途末路，上天无路入地无门，焦急中东睃西睃，真想刷一下蹿上一棵大树——可惜整个棘窝镇就没有一棵树！眼看退到崖边了，到了生死攸关的最后时刻了，他瞪大血红的双眼，大吼一声扑向了无底深渊。

他宁可大睁着两眼撞个粉碎，也不愿落到唐家父子手中！就在他的身子马上触到崖畔的一瞬，身后的圆盘魔器响了，噼噼啪啪的炸子儿轰起一阵暴土，在身后拉起了一道土幕。与此同时，奇迹发生了：他真真切切看到了，看到从旁边斜刺着蹿下一只雪白的狍子。它一个腾跳跃入崖底，与廖麦四目一对，一拱身子就把他驮起来，然后飞身一纵，直跃崖顶。

日后回忆这场凶险四伏的亡命之夜，廖麦首先记起的就是这只飞蹿的白狍子——真的，就是它驮起了一个浑身血渍的孤儿，一阵飞奔，将一群土狼子孙甩在了身后。"我认出你是廖家的孩子，你一天到晚在大海滩上游荡。今夜火铳一响，咱知道你要下远乡去了。"一路上不知是自己的心声，还是白狍子咕哝不停。更响的是风声，这呜呜长号盖过了一切。白狍子驮上他，疾速似箭，一眨眼蹿出了山壑，冲出了吼叫的风口。他觉得那条火龙在远处急疯了，胡跳乱蹦，只好在原地团团打转；而他却坐上了悠颤的白云，飘飘而去。感激的泪水全咽下肚里，他在心中一遍遍念道：

"白狍啊，我会记住这救命之恩，我会归来！两世血仇等着我报呢，还有——我答应过美蒂，我一定回来啊！"

念着念着，头一蒙，人就失去了知觉。在梦中，那只雪白的狍子轻轻舔过他的头顶、脸颊，伫立一会儿，然后摇摇尾巴缓缓离去。

不知过了多久，一天？一夜？反正四野大亮，廖麦被太阳烤得一阵刺痛，是给痛醒的。他想睁眼看看，可是一动眼皮就忍不住发出一声长嚎："妈呀，痛死我了！我这是撞到了哪里？"他被两手两臂、还有胸脯上的血迹吓了一跳，再俯身去看下边，老天爷，小腿上血肉模糊，沾满了干草叶——忍着痛揪掉草叶，马上露出了撕裂的筋肉，只差一点就见到了踝骨……他痛得咝咝吸气，久久闭眼。用力想啊想啊，好不容易才记起那些长长的夜晚、长长的白天，记起了这血、这破裂的脚踝是怎么一回事：一只硬皮靴一下连一下踢它、一根生锈的钉子把他的耳朵钉在了墙上。

什么都记起来了，记起了这场挣命狂奔——只不知什么时候昏厥，也不知倒下了多长时间，更不知身处何方。

他竭力坐起，然后揪紧一丛紫穗槐棵子站了。两腿只要稍稍一动就会挣裂凝固的血口，鲜血就会再次流淌，踝骨更是痛得无法忍受。他伸长脖子四下去看，想弄清的是自己离镇子有多远？他看不到更远处，因为四面重峦叠嶂，沟壑蒙蒙。远远近近都是土块和灌木，是日头底下泛光刺目的白石头。他镇定了一下，终于知道一夜的狂奔都在向南，因为镇子北边是一马平川，是茫茫海滩。他庆幸自己跑对了方向：如果逃向大海，淼淼大水就是绝路。他只是不知这到底是哪儿，不知那群土狼会不会舔着他洒下的血珠一路追来？

逼人的饥饿被阵阵刺痛淹没了。他明白要做的第一件事就是千万别让踢坏的皮肉开裂、别让鲜血溅出，只乞求自己的双腿和双脚帮帮忙，撑下去、再撑下去，这条亡命之路刚刚开始啊。他记起有一种止血的蓟菜长在野地里，就四下寻着。他一拐一拐走了几步，先后看到了车前、荠菜和打破碗花蔓，就是没有一棵蓟菜。"你藏在哪里啊,你快帮帮我吧,我的血再流下去,就得昏死在这山沟里了。"他默念着,伏下身子扒拉挡路的灌木和茅草,两手很快被棘针扎破。突然他的两眼一亮:它在湿漉漉的一片石阴地长着呢,真的是蓟菜!只有三棵,叶子开始发黄了……他高兴得呻吟起来,像羊一样垂下头,把它们的根茎连同叶子一起咀嚼,直嚼成糊糊,然后一把按在了伤处——一阵剧痛让他啊啊叫起来。他咬住牙关,从衣服上撕下一条布绺,把蓟菜糊糊裹紧在脚踝上……做完这一切,廖麦发现自己已是满头大汗,周身的衣服都湿透了。

整个一天廖麦都在迎着太阳往前追赶。"这是我的活命之路,也是我的回返之路——我终有一天还要沿着这条路回来!"他在心底一次次这样说着,叮着,头脑渐渐变得十分清晰:只有咬紧牙关活下来,才能重返棘窝镇。

在一条溪边,廖麦痛饮了一场。溪底圆圆的卵石上枕了一条小鱼,让他久久凝视。他撩起水洗脸,一沾水耳朵就刺痛,这才记起上面有长长的伤口。他想小解,发现内衣已经粘在了小腹上,只得用溪水一点点润湿、将其从血肉模糊的地方小心地剥离下来。他咬牙闭眼,嘴里发出咝咝声,大口的冷风吸进了肚里,全身剧烈抖动。"快让我熬过这一天吧,让我一头钻进草窝里藏起来、沉沉地睡一觉吧,只要睡上一觉,我的身上就会重新生出力量来。我这会儿再也挪不动脚了!"他心里这样说,两脚却一刻未敢停息,跨过溪水继续往前。他心里还有另一个声音在厉声告诫:你可不能停下,只要有一口气就不能停下,你快攀过前面那个岭子吧,也许岭子的南坡会为你遮风挡雨,好歹让你活下来,找到一口活命粮……

他用了很长时间才爬过一道大坡,翻过了岭子。这岭子可比看上去难对付得多。坡上的黄土包裹着大大小小的石块，上面长满了棘子，这很快让他的手脚扎满了尖刺。可他已经顾不得疼痛了，只顾挣命，只顾往前追赶。岭下的雾气消散了大半，远远看见弯弯的乡间土路上有负重的行人——那大概是赶集的人、运肥的人、往家担柴火的人。他不知该接近他们还是远离他们，就这样看了一会儿，伏了一会儿，摇摇晃晃站起来。这时他才发现每移动一步有多么艰难，几乎一抬腿就要跌倒，而且两眼一闭再也不想睁开。廖麦开始怀疑这一天了，担心这是个不祥的时光。他最后用尽全力睁大眼睛四下去瞄：他知道，只要这里不姓唐，我就能设法活下去。

可是接下去遇到的最大障碍就是饥饿——一头饿狼钻到了体内，从昨夜开始噬咬，早已食空了他的腹部，这会儿又开始啃他的脊梁。我得喂它点什么，要不它真的要咬断我的脊梁骨了！吃什么啊？嘴巴张了又张，没有什么可以咀嚼。正在万分焦虑之时，冥冥中好像传来了一个熟悉的声音，那分明是父亲啊，是父亲在这个上紧的关头提醒他，老人正哑着嗓子大喊："好孩子，再也不要犹豫了，快，快拿出咱棘窝镇人最后的一招——吃土！"

他吞进第一口泥巴时，眼前变得一片漆黑。

日后他会知道：人生的长路就是这样，有时真的会突然黑下来，黑得吓人，黑得伸手不见五指，黑得一片浑茫……

当他在这漫长而又短促的黑夜醒来时，还含着满嘴泥土，这使他一句话也说不出——面前正坐了一位白发婆婆，她为他小心翼翼地抠着嘴里的泥巴，眼巴巴地看着他，这时见他睁开眼了，马上拍了一下膝盖："你这孩子可算活过来了……天哪，你是从哪儿来的呀？掉到崖下摔成了这样？好孩子你怎么不说话？你听不见吗？"

老婆婆继续为他抠土。抠了半天，他终于能发出长长的一声了："我……"

"你是谁家孩子？"

"我……"廖麦拉着涩涩的舌头，眼珠转了转，这才看出自己躺在了一面土炕上。他咳、伸长舌头，还是说不出一句完整的话。老婆婆撑开他的嘴巴，叹息一声，又从舌下掏出了一团泥巴。"你这孩子不说话，满嘴是泥，你是个'痴士'吗？"

这次廖麦每一句都听清了，迎着她点点头，一闭眼又睡过去了。

再次醒来已近黄昏。老婆婆端来一碗热汤，把他的头扳在膝盖上，一匙一匙喂起来。他开始不知什么滋味，后来一点一点品咂，觉得从未喝过这么好的汤：一股逼人的鲜气一直冲进胸廓，在心窝那儿打了个旋，又在冰凉的小腹里荡漾开来。他差不多听见满身的冰碴咔吧咔吧化开了，四肢又能自由活动了，鼻孔、眼睛，一齐涌出了解冻的春水……"多好的孩子，眼睫毛儿这么长，身个直溜溜的，就算是个'痴士'，我也不能让你死啊！好孩子，这会儿告诉我听：你是个串乡的'痴士'吗？"

廖麦一直盯住喂水的老人，这时恍然觉得她就是未曾谋面的妈妈。他深深地点了点头。

不知过了多少天，他一直睡睡醒醒，懵懵懂懂。这天一大早他总算坐了起来，发现自己腿上、小腹上，到处都抹了酱色的草药。他好好端详了一遍四周，原来这是两间草泥堆起的小屋，立在土岭向阳的一面，在一条小河的右侧——他从窗上往外遥望，看到房前不远是小河的转弯处，那儿积了一个半月形的水潭，潭边长满了大胡须一样的水草，老婆婆此刻正用一根竿子、一把抄网一样的东西捣弄什么。他不眨眼地看，直看到潭边金光一闪——一条半尺多长的鱼落在了老婆婆脚下。

接下去的半天时间老婆婆都在熬鱼汤。后来他才知道：老人逮回的这种鱼黄鳞宽腹，名叫"黄鳞大扁"，只生在激流飞溅的卵石上，只等着挽救一些人的生命……天还不到中午时分廖麦就喝上了黄鳞大扁熬成的浓汤。

多么神奇的汤！只几天时间过去，廖麦就两眼生光，伤口开始结疤了。他躺在炕上觉得浑身发胀发热，就一纵身跳了下来。

"好孩子死不了！我第一眼见了就知道阎王爷得用棒子把你打回来！"老婆婆一只手按在廖麦头顶，在乌黑锃亮的头发上揉动不已，泪水汪汪的："好孩子你不敢开口，准是被什么惊吓坏了？你难道真是个'痴士'——一个'大痴士'？"

廖麦又一次点头，跪在了老人面前。

异乡的火铳

"你这个骚皮子物件，只可惜了俺这里的饭水！"押他的一个红鼻子后生推搡几下，径直在前边走。他听到不远处有"嘞嘞"声传来，接着嗅到牲口的气味，心里立刻有些高兴。他果然被推进了一间马棚，背铳的后生喊出一个喂马的跛子："掌柜的让你看住，醒着神，这家伙是从后山那儿逮来的，还不知是个什么物件哩！"

后生与跛子一起动手给他镶了个生锈的足环，就离开了。足环的链子就锁在一根木柱上，他一活动链子哗哗响。一匹大白马停止了咀嚼，看着他。

天要黑了，跛子进来，在几个木槽中抄动几下草料，然后挂着两膝看他。大白马也在看他。"你这野生生的物件从哪里蹿来？年纪轻轻四处游荡，十有八九是犯了案子。"跛子的舌尖舔舔胡子，那胡子是棕红色。"你回我的话，"跛子说着突然提高了声音，随手抄起一个大铁勺，气势汹汹。

廖麦不想正眼瞧他。他并没有打人，只从一边舀了一勺变馊的豆子，往他跟前一推，骂咧咧地走了。廖麦毫不犹豫地抓起一把豆子塞到嘴里。正吃着有人到了隔壁，那儿响起脆生生的姑娘声音："爸呀"，原来是跛子的女儿。两人在那儿咕哝了几声，她很快出来了，倚在门框上看拴了铁链的人，嫌看不清，又提过一盏桅灯，上前浑身上下照了一遍。她一声不吭，像被什么吓住了似的，蹑手蹑脚走开了。廖麦却在灯影下看到了一个浓眉大眼、脸似银盘的姑娘，年龄似乎比自己要大一些。

第二天傍晚进来了一个瘦子。这人脸色青黑，约有五十多岁，穿了毛领大衣，由几个背铳的人陪伴，一边大咳一边走进来。廖麦知道这人大概就是村头儿，即那个"掌柜的"。瘦子又咳又吐，厉声问了一通，无非是从哪儿来到哪儿去、犯了什么案子之类。廖麦永远只有几句：自小游荡在山地平原，靠吃百家饭长大。"这么说你就是一个杂种了，杂种出好汉嘛。"瘦子一言出口，几个人大笑。廖麦累极了，刚想倚着柱子坐一会儿，有人立刻狠劲一抖链子，他又给提拉起来。这样折腾了半个钟点，他们才解开柱子上的锁链，牵拉着他说："走吧，时候到了，你正好赶上今夜的场子。"

从昨夜开始廖麦就有些后悔：真不该离开老妈妈啊！可他没法在老人那儿长待下去，他害怕啊，害怕那儿离棘窝镇还不够远，害怕土狼会顺路摸过来。当他能够重新走路时，想到的第一件事就是快快赶路……他怎么也想不到的是，刚刚翻过一道山岭，就被几个夜巡的民兵给逮住了。

廖麦被几个人拉到一个堆了麦秸的场院上，这才看到几盏煤油汽灯亮得刺眼，灯前竖了一个木架子、摆了两张白木桌。一场人正候着什么，这时见押来了一个生人，立即伸长脖子看，七嘴八舌议论起来。一会儿场上静了，廖麦被推到了一旁。好像一场人还在等。男人不停地吸烟，女人借了这里明亮的灯火纳鞋底、剪纸样、捻毛线。这样过了不久，有人在暗影里跑动起来，接着瘦子喊了一声——真是矬子声高，这家伙铜管似的尖声一响，所有人立刻绷紧了弦，全场鸦雀无声。

就像刮过一阵风似的，几个背铳的后生拖着三个人飞跑而来，唰唰跑到木桌跟前：还没等被拖的人站定，就一齐将其扭臂按头，整个过程熟练流畅，简直到了令人惊讶的地步。廖麦见三人当中有两个大年纪的男子，一个中年女人。三个人被按了一会儿，随着厉声点名，被逐一揪得仰起脖子，这立刻让廖麦大吃一惊：女人额头上贴了一张照片，照片上的人模糊不清。

场上有人带头呼叫，口号声此起彼伏。女人们大半不再专心做活了，她们看一个个人上前叫骂、质问，噼噼啪啪打耳光，一会儿呲嘴，一会儿用针柄刮几下头皮。廖麦不忍看他们打那个女人，就扭过头去——这时终于有人记起他来，过来推搡说："你这个路上逮来的，一准不是个好东西！"

折腾了半夜，三个人分别被吊在了木架子上。那个女人衣衫不整，吊起时露出了半个胸脯。场上人一片嗷嗷大叫，气氛达到了顶点。有人上来夺过绳子和皮带，狠抽吊起的人，还有人想趁乱把廖麦也吊起来——瘦子同意了，于是廖麦也被拉得离开了地面，脚环和链子都被人牵着。"真好后生哩！"廖麦听见场上有个女人这样说了一句，随即引来旁边的各种议论："这年头可不能只看脸模子，有人长得跟戏子一样，结果哩？偷东摸西，夜里看电影摸人家奶子！""就是呀，男人一到打春的时候，皮带扣子就系不牢了……"

瘦子扯起廖麦的链子，一抖哗哗响，伴着声声尖叫："招个不招？招个不招？"

直折腾到下半夜，廖麦才被重新牵回牲口棚里。手腕上是勒伤，脚踝处擦去了一层皮。"踢啊踢！踢啊踢！"他的耳边又响起那声声恶叫，心里说："千万熬得住啊，只要泄出半点口风，他们就会把你重新送到唐家父子手里。"大白马把头探过来，温温的软唇在触动他的头发。他担心白马把这茂盛的头发当成青草啃食，担心它咬坏他的头皮。可是白马只像亲吻一样在头顶搁了一会儿嘴巴，长达几分钟的时间里一动不动。他从心里感激白马。月亮上来了，窗子泻下一片银光。

只打了个瞌睡，廖麦就被什么响动弄醒了。他一抬头看到了一个人——是跛子的圆脸女儿，她正站在白马跟前，搂住它的脖子亲吻呢。他惊呆了，屏住呼吸看着：她闭着眼睛在马脸上摩擦不已，让白马鬃毛抖嗦；它的大嘴巴在她眼睛、鼻子那儿活动，她发出了哼哼唧唧的声音——她这样小声叫了一会儿，突然想起了什么，停住，转身睁大眼睛望向廖麦。她这样瞅着，大概还是不放心，放开白马，走过来仔细瞧了瞧，确信他真的睡着了，这才再次回身搂住白马。

大概一个钟头过去了，圆脸姑娘还是舍不得离去。她累了，坐在廖麦对面，默默的。但他能感到一种混合着玉米糊糊的气息扑到自己脸上。她端详他，伸手捏了一下他的眼睫毛，他睁开了眼。"有人说你是装扮的'痴士'，"她笑嘻嘻的。他搓搓眼，这才发现面前的姑娘汗漉漉的，一对乳房十分触目。

他扭头去看月光。他料定今夜会有银霜铺地。圆脸姑娘鼻子抽动，哑着嗓子：

"你要真是'痴士'就好了。"

像要证明一个判断似的，她的手在他的胸口那儿掏摸着，捏他的嘴唇，按他的鼻子；足有一刻钟的时间，她直盯盯看着他的嘴巴，像是在下一个更大的决心。廖麦终于吐出一句：

"我不是'痴士'！"

她害怕似的挪开一点，马上又俯过身来："那又怎么？好小伙儿……"

最后一句是用极小的声音吐出来的。她拥他，喘息急促。他一动不动，说："把我的足环卸去好吗？我冤枉哩，我不过是赶路的人。"

她笑着："那可不行。一解足环你就撒丫子了。"

廖麦再不作声，目光生冷。她像小鸟啄食一样亲他，他躲闪着。她叹一口气："谁不说俺心软呢，"说着站起，去了隔壁。她大概从睡去的跛子身上找到了钥匙，回来就低头解链子了。她牵着链子拉廖麦走出牲口棚，一直向着村外走去。

这个月夜的狗好像在打抖，它们哼哼着，小声叫了几嗓子就不再活动了。她牵着他，在村头一处大麦草垛下停住。廖麦央求她："放开我吧，我不会忘了你的。""我真想跟你跑哩，你走哪儿我跟哪儿。""可我是有老婆的人了。""撒谎！你才多大？""俺是娃娃亲。"

圆脸姑娘的脸倏一下冷了。她咬咬嘴唇，犹豫着。突然身后传来狗的连声大吠，接着有噼啪的脚步声过来，她机警得很，赶紧把廖麦按在地上。

有人一跳一跳跑过，从他们身侧一闪而去，可廖麦一眼就认出是那个吊在场上的女人，她甚至没有来得及去掉额上的照片……后面很快来了追赶的人，是那个瘦子率领三五个提铳的，几个人吵吵嚷嚷，叫骂、吆喝，无非是"再不站住开枪了"之类。

前边的女人就是不想站住。瘦子大叫，说："就开枪就他妈搂火了！"几个人于是端起铳，瘦子用力一挥手。四支铳当中有两支冒火了，其余是哑弹。他们摆弄，跺脚，骂。瘦子说："他妈的好铳都给了别的村，这样的家什，打鸟都不行！"

他们一伙又骂了一会儿，垂头丧气往回走了。

廖麦发现这段时间里，圆脸姑娘开始抹眼睛。她边哭边给他去掉了足环，最后把他的脸一下扳在了胸前，说："快跑吧，我一会儿变了主意会喊人的！"

饮下疯子乳汁

满坡的地瓜高粱、甜瓜红枣，这才是老天爷送给流浪人的好日月。再不用一天到晚倚在一个个门框上了，不用一连声喊"好心的大爷大娘，给俺一口吃的吧"——如果是一个十七八岁的棒小伙儿这样喊，非但讨不来饭，还会迎来一顿斥骂："该杀的懒汉惰虫！年纪轻轻干什么不能混口吃的，干起了这个！"廖麦真是羞愧难当。他这辈子都没想过出门讨要啊，可老天爷就是这样捉弄人，天底下就是没有他的活路。想帮工吗？下田抡镢头还是进山开石头？反正干什么都要被人盘问清楚："你是哪里人？兜里有行路的纸条吗？"他只要被人这样一问，只好撒腿赶路，而且要快快逃离才行。这年头拦路问话的人可真多，管事的人也多，只要问你就得答出个一二三来，除非是痴士才会一问三不知。痴士嘛，他们不作数儿，他们除了串乡讨要，当然别无办法。要不怎么说是痴士呢，要痴士一五一十说出身家姓名，这当然比什么都难。所以廖麦脸上永远需要两片灰迹，身上永远是破衣烂衫。

可是要在这片大地上做一个痴士也不那么容易，你从此没名没姓，什么都没有了，可你还是要忍受没头没尾的盘问、一天又一天的羁押，有时甚至被人往嘴里抹上一点牛屎，试试你真痴还是假痴。廖麦恨透了提心吊胆的日子，可又没有更好的办法。他明白：无论跑进野地还是钻入街巷，随时随地都会有一支火铳伸过来，直直地指在脑门上。

那些成群结伙在秋野上流动的人，那些虽然穿得破破烂烂却是趾高气扬的人，他们往往都有一个首领，首领兜里揣了一张盖了大红关防的纸条，上面写了何时何地签发、因何灾情变故允其上路谋生、望一路予以照顾为盼此致敬礼等等。一个腰上缠了铁鞭、头顶长了一撮白毛的胖子就揣了这样的纸条，他领了男女老少十几口，背着铁锅家什走哪吃哪。他们腰粗气壮，对其他流浪汉横眉竖眼，单行独走的人没有一个不远远躲着这一伙。有一天胖子遇见了廖麦，劈头就问了一句："入不入伙？"廖麦盯着他头上那撮白毛，吓得转身就跑。白毛在身后骂一句："小狗日的，有砸断你蹄子的一天！"

廖麦跑啊跑啊，一蹽开长腿就不敢回头。一天天下去，他开始后悔，因为实在过够了担惊受怕的日子。就在这个秋天的末尾，他尽管害怕，还是不得不回转身子，去追赶白毛率领的那支队伍了。他抬头寻找野地上的袅袅炊烟，终于在一口破锅旁找到了躺着饮酒的白毛。他嗓子哑哑的："我要入伙……"白毛并不起身，只朝一边歪歪脖子喊道："收下这根嫩毛！"三个手脚污脏的年轻人"哎"一声过来，把他架到一边，翻遍了所有口袋，问东问西，最后还想脱他的裤子。他往旁一跳："干什么？""这可是规矩。入伙就得有福同享，上一回有个小子把钱藏在了胯裆里，老大一气，差点没把他阉了！"廖麦只得忍了，避过不远处的女人，脱了下衣给他们看。

这一伙人行止无常，要走要睡只听白毛一句话。几个年纪轻的除了讨要、从秋野里揪来一些瓜果，还要去远处的村庄偷鸡摸鸭，有时甚至牵回一头猪。白毛老大让几个女人煮东西、为他捉虱子，还要陪他睡觉。一个疯女人四十多岁，乳房像口袋一样耷拉着，说是白毛的本家婶子，一天到晚光着上身烧火做饭，有一天半夜疯劲上来，用火棍把白毛的睾丸捅了一下。那天白毛的午夜长嚎真是吓人，尖尖的，最后把附近村里背铳的人都引来了。那些人都认识这一伙，笑笑，饮了几口瓶里的酒就走了。

白毛手下的几个小子喝了酒就胡闹，偷东西，硬逼廖麦一起干。有一天他们让他吞食放了几天的馊饭，廖麦一气之下把碗掀翻。"那就得给你退退火了，那咱哥们儿就不客气了。"几个人使个眼色，一块儿扑向他，揪头发、踢胯部，还挽袖子撸胳膊要脱他的裤子。白毛只看不管，看了一会儿摆摆手，对廖麦说："嫩毛，这就是你的不对了。"廖麦脸上是抓伤，头发掉了一撮，怒冲冲盯住老大。白毛说："这些狗日的都是吃着疯婆的奶长大的，他们全是疯子，你不能和他们干架呀，除非你也变成疯子……"他这样说时，向一边噘噘嘴。

那个疯女人捧着两只乳房看着廖麦，龇着牙，乳汁一滴滴从胸前淌下来。

夜晚廖麦常常无法入睡。他盯着北方的一颗星星，认定它的下方就是棘窝镇——是那儿，而不是任何地方，才有自己忍受和活下去的全部理由。他每天都默念一长串的"美蒂美蒂"，以此来抵御一切艰辛。他知道她留在了棘窝镇，这就等于是在火铳林里活着——但他坚信她会活下去，因为她也会像自己一样，默念着另外两个字：廖麦廖麦……

这支脏乎乎破烂烂的队伍往东流去，就像秋野上一股漂着杂物的泥汤。一路上不断有人入伙，这些人从此就被白毛保护起来，却不得不为他做各种事情。一个女人拉扯着孩子入伙了，半夜孩子大哭，女人就寻个机会领上孩子逃掉了。最令廖麦觉得怪异的就是白毛的朗读癖：几乎每天晚饭前他都要掏出一本皱巴巴的小宝书，大着声音当众念上几段。所有人在这个时刻不准做任何事情，必须聚精会神听他念，就连疯女人也不例外，而且手捧双乳一脸端庄。白毛说："不学习还行？不学习，我们这些人早就死了！"

这天傍晚几个小子不知从哪儿挖出了一头死猪，那臭气让人掩鼻，他们却满不在乎，偏要煮来喝酒。廖麦对面前的酒和肉一动不动，白毛盯了他一会儿就火了，喊："咱这里还多了一位少爷公子呢！"几个小子分明是看准了一个眼色，吐一口，一跃而起按住了他。他们捏住他的鼻子灌酒，塞臭猪肉，还连声招呼疯女人，让她快些喂他一点乳汁。奇怪的是疯女人真的慌慌上前照办了。

廖麦连连大咳，呕吐不出，绝望地蜷倒在地上。

白毛连饮几杯说："吃了疯子奶的人，一个不剩都得变成疯子。我这人就喜疯子哩。"

疯女人害怕地蹲在廖麦身边看着，一焦急哗哗尿了起来。廖麦就是被一股尿臊气呛醒的，他一翻身坐起，随手攥紧了一块石头。

"怎么样？这回该要疯了吧？"白毛盯住他问。

廖麦点点头。他觉得灌进肚里的烈酒像火一样燎着肝肺，头皮又麻又痒。

他试着转了两下脖子，咬咬牙，吹了两口气，又闭了闭眼。

"看来这小子真的要变成疯子了，"白毛向一旁挤挤眼。

廖麦还没等他做完一个鬼脸，就噌一下直直蹿起，一石击中了他的头顶白毛处，立刻让其血流满脸。旁边几个人完全没有准备，他们愣了一霎，然后叫着跳着找东西打人，却被异常敏捷的廖麦一一击中。他像个豹子一样在几个呻吟的人之间跃动、击打、嚎叫，锐不可当。"这家伙！这家伙真是个疯子啊！"白毛一手掩脸一手去解腰上的铁鞭，却随即大叫一声歪倒了——那个疯婆婆趁乱又向他两腿间伸了一次火棍。

廖麦在乌云遮月的时刻跳跃在秋野里，两耳生风，后衣襟破烂成绺，飘飘欲飞。"我从今以后真的是一个疯子了，我饮下了疯子的乳汁！我什么都不怕了，我敢跳火网，敢杀土狼，我今后死也要闯进棘窝镇！"

廖麦跑啊跑啊，压根儿就不在乎身后是否有人追来。实际上没人能追得上，就连枪子儿也追不上。

月亮从乌云后面闪出了脸庞，当月亮第一眼看到秋野上飞跑的廖麦时，满脸惊讶，然后尖声大喊起来：

"瞧这是谁家的小伙子呀！好英俊呀！好长的腿呀！"

小脸可人

在这方圆四十里山地上，人人知道：最俊的姑娘叫疤杏。她的母亲是三个小村的头儿，三个小村呈三角形筑在了不大的山包上，相距仅一里左右。

女头儿外号叫绛紫唇，貌凶心善，一直守寡，所有的希望都寄托在女儿身上。她认为疤杏将来要许配给一个最大的军官——因为经常念叨这事儿，所以连村上的小孩子都知道了，他们相互问答："大军官——多么大？""大军官——驴那么大！"

这些年里，敢对疤杏的美貌出言不逊的人，似乎都没有落个好下场。一个老婆婆说如果这姑娘的嘴再小一点、奶子再大一点就好了，结果被人在暗影里打了一巴掌，接着嘴上生疔，治了不到半年就死了。另一个老娘们儿在大街上说自己的闺女"出挑了"，并有意无意影射只有自己这孩子才是实打实的美人儿。结果几个背铳的后生拉姑娘串乡扮演戏文，因为这是节令里必办的大事——姑娘描了眉眼自然俊美，可惜不会唱念，没有嗓子，一个冬季下来忧愁成疾，瘦得像个骷髅，头发一绺一绺全掉了，从此再不言美。

疤杏的美貌由绛紫唇看护多年，不仅完美无缺，而且日盛一日。"花儿开得好，果子结得大！"绛紫唇吸着喇叭烟，一说话就像男人一样，打着有力的手势，对来村里检查工作的头头脑脑们说。

所有外来的头头脑脑都凑近了看过疤杏，无不啧啧称奇，后悔到了这把年纪才得一见。一个上级头儿曾闻名来访，人们记得他腰上挂了巴掌大的小火铳，而且还装在棕色小皮套子里；那天他卡着腰，注视了疤杏片刻，试着捏了捏她的手和脚，又夸她的衣服，隔了单衣将乳头一把掐住，耸动不已，连连说："料子不错啊！料子不错啊！"疤杏哭个不休，这让绛紫唇觉得极无颜面，呵斥女儿说："穷嚎个什么！人家首长什么人物没见！"

疤杏厌弃读书，就从学校早早回家了。绛紫唇说："能写下人名儿就得，那些人，哼，十个先生九个驴，还是离他们远些好！"她让女儿坐在炕上织花边，终年不见风雨，养得细皮嫩肉，专等某一天被一个大军官领走。

一天早上大霜。按惯例背铳的后生要早起查路：越是这样的天气越易得手，那些犯事出逃的挨不下冻，不是趴在土沟的风积草里，就是要拱进村边的草垛，一逮一个正着。结果正是如此：早晨六点左右，民兵们从草垛里摸出一个年轻的疯子，这家伙大眼生生，一出草垛就惊，对背铳的人睃来瞅去，几次想撒丫子都被按住。

绛紫唇许久没有审案子了，正好闲得有些手痒。她让人把疯子押解到一个屋子里，然后叼着喇叭烟使劲拍桌子，吓唬这个年轻疯子说："惹火了我，让你穿铁鞋！"说着指指旁边一双铁鞋子——它到时候要放进煤火里烧个半红，再逼人穿上——往常就用这烧红的鞋子吓得不少人招了供。其实绛紫唇从未真的让人穿过，都知道她这人口狠心软，犯人挨打一嚎，她转过身就流泪。有一次因为村里有人谋反，她不得不让人将其吊打得血乎淋拉，结果她自己也哭了一夜，眼都肿了。这次年轻的疯子一听，上前就往铁鞋里插脚，一下惹得绛紫唇笑了："真是个痴士不假，性子怪急，这鞋子还没烧红呢！"

绛紫唇审了一会儿，觉得不过是个串乡的疯丐而已，不像是出逃的犯人；最主要的是，她多瞥了几眼，对这个脏乎乎的青年很快心生好感。瞧这家伙满脸脏物，可就是掩不去一脸的俊气。她对他的眉眼瞧了又瞧，最后大骂了一句："我日你十八辈祖宗，这双眉眼长在你身上真是可惜死了，你这样的疯子要耽误多少事儿！你这狗日的疯物痴人，就知道胡吃海喝满泊瞎窜，老娘我恨不得把你一伸手撕扯成八瓣儿！"

疯子被押在一间空屋里。像以前一样，民兵按时送一些猪狗食、倾一些浑水。可是这次绛紫唇吩咐换些像样的饭水，说先好好养着他，等上边来人审了再做决断。

村中逮住了一个异常俊美的疯子，消息很快传遍了大街小巷，疤杏也忍不住放下手里正织的花边，出来看人了。她伏在那间屋子窗外，一个钟点都不愿离开。绛紫唇不得不过来揪女儿回家，女儿说："我喜欢他哩！"绛紫唇骂："没脸没耻的东西，这样的物件还有不喜欢的？可他是疯子啊，再好的模样有什么用！"疤杏撇撇嘴，对母亲发誓："我从他的眼神看出来了，他压根儿就不疯！你们全给他骗了呀！"

绛紫唇听了女儿的话，回头再看关押的疯子，怎么看怎么不对劲儿。她吸了口凉气，在心里说："了不得哩，如果真是假疯子，那事情可就大发了！"她对女儿佩服起来，磕磕牙，立刻让人把疯子重新提审一遍，并让女儿待在一边观察。

这期间疤杏所能做的，就是不言不语，只以眉目传情。有好几次，她看到小伙子在她的示意下羞红了脸，一双长长的睫毛垂了下来。

疤杏情急之中心生一计。她对审问无果、正在唉声叹气的母亲说：自己这么大了，又不是小孩子，总还算知道公事私事、事大事小吧？"咱有个法儿：让背铳的人守住外面，只把疯子交给我，不需三天二日他就得露了馅儿！""露了馅儿再怎样？"绛紫唇满脸狐疑盯着女儿。疤杏双手一拢说："咔嚓给他上个铐子！"绛紫唇这才多少放心了。

织花边的粉色房间坐了梳洗打扮的疤杏，旁边就是沉默无语的青年。"从实招来吧，你到底叫什么？"他差一点就说："我叫廖麦"，但说出的却是另一番话。他发觉在一个真正的美女面前要守秘太难了，这简直是天底下最难最难的事儿。瞧她呀，这回是切近了瞧个仔细：这张常年隐在山中的小脸儿是圆的、中间稍凹一点的、上面一对漆黑大圆眼的；由于一年里见不了几次阳光，这脸有些苍白；可是这肌肤嫩得像奶皮儿一样，像沙原上结出的白茸茸桃儿，还有一层粉粉的汗毛；那青青的脉管儿从额头那儿爬到颈上，清晰得令人疼怜；眼睛黑白分明，睫毛扑闪扑闪如同小蜜蜂扇动双翅……"我，其实……"廖麦忍住了后来的字。"你其实怎么？你是谁？""我口渴。我这会儿是个口渴的疯子。"

疤杏下炕倒了两次糖水，看着他咕咕喝下。她挨近了坐，从他乱得不能再乱的头发上取下了几片草叶、一只七星瓢虫、一只正在缠丝的小蜘蛛。"多么可怜的人哪，风餐露宿，裤子破了没人补，露皮露肉吃了上顿没下顿，口渴了连碗刷锅水都喝不上。"她叹气，皱眉，软软的小棉花手按在他的腱子肉上，大黑眼一次次把人灼疼，"你到底是哪来的？"她歪歪头，噘着嘴，像小鸟一样看他。

廖麦满鼻子都是她身上的香气，不得不打起了喷嚏。他一颗心在快速有力地轰击胸廓，眼看就要受不住了。他正想转过头躲闪一对目光，突然被她一下捧住了脸庞，然后飞快而准确地在他的眉心那儿亲了一口。廖麦慌慌擦脸，嘴里发出吭吭声。她却迅速拉了这只手按在自己的心窝上。"踢啊踢！踢啊踢！"廖麦闭上眼，默念着，抗拒着，一会儿汗如雨下。

"我第一眼就看出你不是个疯子。你是最精最俊的好小伙儿，不知犯下了什么事儿——其实你什么都不用怕，你也亲眼见了，俺妈就是这里的王儿，她一跺脚满街都会打战哩，她高兴了就会拿棉花把你包起来，数九寒冬都冻不着。我在炕上生个小柳木炭火盆儿，咱念着诗文剪窗花，饿了就吃黄瓢儿地瓜饼、吃小葱鸡蛋卷儿。俺妈嘴巴狠毒毒，心肠软绵绵，见了俊俏小伙儿烟都顾不得吸上一口……"疤杏握着他的手，忘情地咕咕哝哝。他听啊听啊，听得入迷，不由得开口问一句：

"你也会念诗文？"

"那当然哦哟，那是一点不假的鬈！"疤杏像个大娃娃一样仰脸儿眯眼，摇着头背了一首："掀开缎子被儿，露出香粉味儿……""姑娘家今年二十三，胸脯一天比一天暄……"廖麦心里哎哟一声：这个傻傻的美人儿，不知从哪里学来这么多俗艳的顺口溜儿。他的喉头那儿涨得发紧，一只手汗津津的。他站起来，她又按他坐下。她对在他的耳边说了一句什么，因为声音太小，再加上他耳朵全是轰轰的鸣响，根本就听不清。她有些急，双手拍打了一会儿，然后把他推倒在炕上，给他盖上了一床花被子，然后一直蹲在旁边看着。

廖麦只觉得泪水在心里流淌，双眼紧紧闭合。他暗暗呼叫："美蒂啊，我一路奔逃一路跳蹿，逢山跨山遇河蹚水，咱硬是跟冒烟取命的火铳争来一口气啊！咱的两脚生了厚茧像长了一层铁皮，结实得连棘针都刺不透！咱的胃吞食了草根泥巴，装满了冰碴子都不怕！可咱什么时候遇见这么好的被窝、这么好的闺女！咱就是再没良心，也不能说疤杏一句坏话啊！我真的太累了，太累了，我一路上只要躺下来静下来，满眼满心都是你。我天天念着你的名儿，火铳打不中，寒气不侵骨，什么毛病也生不出，什么闪失都没有！我太累了、太累了，让我先在好心的姑娘这儿睡上几天几夜吧，让我盖着她香喷喷的大花被子做个美梦吧，梦见你一双小手揽住了我，一张小嘴儿没头没脸地亲我咬我……"

这样念着，他真的睡着了，然后打起了呼噜……

疤杏蹲在一边，听见呼噜声简直吓了一跳，一会儿又高兴起来。她蹑手蹑脚离开，轻轻拔了门的插销走出来。

绛紫唇一直在门外抽烟等待，见了女儿劈头就问："你们喊喊喳喳到底说了什么，我一句也听不清。他招了没有？"

疤杏打个手势，小声说："他睡着了。他是太困了！他说着说着一倒头就睡着了，然后呼噜来了。我给他盖上了大花被子。你凑近了门缝听听，'呼哧——呼克——'那就是他在睡……"

绛紫唇屏住呼吸听了听，听到了。她眉头紧缩，斥一句女儿："这算什么！"

疤杏双手捧住了母亲的脸："妈呀，谁不知道你是个软心肠啊！你就让这个好小伙儿睡吧，睡吧，等他睡足了觉，迎着日头打个哈欠，保管什么都吐个一清二楚！"

绛紫唇没有办法，就再三叮嘱背铳的年轻人守住屋门，加锁且不准离开半步，然后才和女儿走出了院子。她们在街上直溜达到天黑，回到屋门跟前听了听，里面还是呼噜声。她们再次出去溜达了一会儿。娘儿俩本来一个住西间一个住东间，这一夜都回不了屋了，不得不找一间闲屋和衣躺下。

这一夜她们都没有睡好。疤杏做了个梦，梦见英俊的疯子揽住了她，尽管满脸灰痕，可他的亲吻真是甘甜如蜜！绛紫唇做的是另一个梦：梦见那个五花大绑的疯后生死也不招，最后不得不让他穿上了烧红的铁鞋——他咬牙走着、走着，脱下铁鞋一看，两只脚全焦了。

绛紫唇从梦中先自醒来，盯着一片浓厚的夜色说："看他穿了铁鞋，心疼死我了。不过，我也实在没有更好的办法啊……"

第五章

金山银山

唐老驼死的前五年，一个春末的早晨，儿子将他摇醒了。唐童一脸汗珠凑近了父亲说："狐仙夜间托梦给我了，说咱这山上出了金子。"老驼仰着脸说："抗！"唐童又说："金山银山。"老驼又说："抗！"唐童知道父亲醒来时，要开口必得这样喊两声清清喉咙，不然就说不出一句成形的话。他等着，一边端量父亲脖子和膀子上那几处刺目的刀疤。老驼眯着眼："抗！上边早传下话了，哪是狐仙！"他知道儿子这几年和珊婆往来日久，染上不少神神鬼鬼那一套，自己百年之后必不中用。

唐童搓搓手："我梦见咱家院子堆成了金山银山。帮忙搬金砖的人除了镇子上的，还有说话南腔北调的家伙，有各种野物哩，他们为避邪气，全扎上了红腰带。"

老驼爬起来，一边抓烟锅一边咕哝："金子这东西谁见谁眼红，官府恐怕不容镇上人伸手罢。自古以来都是一块金子一杆铳守住呢。"

唐童嚷："咱也有铳，咱也有冒烟的家伙！"

老驼闭上眼。他在想年轻时候一次劫金的经历：七八条精壮汉子伏在大路边，专等载金车开过来。隆隆声一响，身上发紧，汗全收回去了。阳具膨胀起来，他一到凶险急邃关头总是这样，所以万事由他打头。车影一闪中有人拉响了绊雷，呛鼻的烟火气往上一蹿，车上押金的全是不中用的小兵，他们立刻吓白了脸，二十余人蹦下来，刚落地就被火铳崩了五个、大头刀砍了四个。剩下的十几人还想爬到树边、玩单腿跪地瞄准那一套，想不到干他们的全是浑杀不论的响马种儿，光着膀子胡抢，齐脑壳儿砍下去，连铳都懒得放。

那一次，倒是自家这边手误，砍中了他的左腿。"我日你三代我睡你全家！"那时他捂着伤口大骂，声声巨吼如在眼前。

不中用了，老了，犬子唐童黑大三粗，一开口就是狐仙怎样，呔。老驼是全镇最能放屁的人，这时候掀开被子，不再说话。

唐童被熏得跌跌撞撞出来。自从这个早晨开始，他就咯咯咬牙，发誓把金山搬到家里。金子就在自家门口嘛，哪有被别人拿走的理。

上边果然派来了开山的家伙，他们一开始戴着小太阳帽、黑眼镜，还有娇滴滴的女人跟着瞎掺和，又翻书又填图表。唐童最瞧不上眼的就是这一套。他代表石头街的一方招待他们，借着酒气对一个穿白裙子的眼镜女人说了句："好东西啊！"对方不解，问："什么？"他确凿无疑地指了指她高耸的胸部。

女人吓得酒杯掉地，一路跑向卫生间，然后又逃向了宿舍。"妈的，她以为咱这儿的金子是白挖的呢！她以为咱这酒就一点辣气也没有呢！"唐童大醉中把杯子摔个粉碎。

接下去唐童使了不少办法，领了一伙人在山的边边角角干起来，挖了不少矿石。这样半年之后，他又办起了镇上的金矿。老驼气喘吁吁，来选矿大屋里看儿子碾石头的机器隆隆转，两眼像鹰一样。儿子又着腰、穿着高筒皮靴，像个响马头儿，这让老驼高兴。老驼想起了过世多年的老伴草驴，认为自己身上的悍气外加她身上的野气，才造就了这么个狗杂种。他百思不得其解的是：自己和草驴都不是喜好那事儿的人，只钟爱火铳和砍刀，为什么就生出了一个花柳脾性？瞧这小子有黏性还有野性，他能花十年时间盯住同一个女人，老天爷！

唐老驼揪住在机器旁踱步的儿子，大声说："记住，手不狠不抓财，老铁匠都是铁做的虎口！我嗅出了味儿，你日后提防的，大概还是霍老爷的后人！"

唐童认为是父亲年老昏聩了，记错了年代。他在心里发笑。可是没有几年父亲死了，日子越过越野，金矿分成了股儿，他唐童一伸手就抓住了最大的股份！再看山的另一面，也竖起了不止一面大旗，手中握住了金股儿向他叫阵的人一个一个全出现了……夜里唐童睡不着，一下想起了当年父亲的话，惊得坐起来。

唐童料定那些添产置业的能手、与自己争夺金山的人物，也许真是隐姓埋名活下来的霍家后人——只有这些家伙才最熟稔这一套哩！他磕磕牙齿，迎向黑乎乎的夜色闷声吼道："杀！"

当年穿了白裙子的那个女人又来了，她是勘探队的头儿，踏遍青山人未老，喜盈盈胖乎乎，把当年的尴尬和不快全扔到了脑后，见了唐童即伸出手来："唐董事长您好您好！"唐童鼓着嘴巴说："真是旱天下来及时雨，咱这儿就缺你们这些仙人了！赶紧使上法力为咱找金儿吧，到时候咱变驴变马也得报答你们！"女人摆手："快别这样讲，我们专家干的就是这个嘛！"

唐童摆起了空前丰盛的酒宴，喝到耳朵发烫时大声嚷嚷："女专家啊，我得告诉你，以前只有霍老爷才能摆这样的大席，他那是用来招待狐狸精的，酒宴上坐了清一色野物。咱呢，只是为了金儿……"他将金子叫成"金儿"，这在女人听来亲昵可爱。她自己不喝，只小口抿着，却劝这个黑脸壮汉一连干了几杯。唐童心里清楚：这个小娘们儿想看他的笑话呢，哪知道咱喝了半斤之后，多一杯少一杯都是一样的。他凑近这个年纪稍大一些、面容仍然姣好的女人咕哝着敬酒，一会儿皱眉一会儿瘪嘴，像是受了委屈和怀揣十二分迷惑似的："咱打前些年见了阁下就纳闷儿呀，心想都是吃五谷杂粮呀，怎么阁下就能浑身嫩葱儿似的，小手小脚软绵绵的，一张小嘴湿漉漉的，还笑哩，走路像踩了云彩一悠一悠，小身子像个小家雀……要说眉眼儿咱棘窝镇也有个物件，谁看一眼都保准要馋得满地打滚儿哩——我是说，阁下，咱不是这个意思，是吧阁下！阁下……"

年纪稍长的女人虽然是一帮人的头儿，大家还是习惯叫她"纪工"。唐童一连几天叫着"纪工"，跟上她转山、钻洞子，看着她把确定的矿脉在图上一一标记。他们单独待在一起时，唐童把巧克力那么大的金锭硬塞给她，她的脸红了："咱专家最不能这样的！"

唐童把金锭塞到了她的口袋里。她回卫生间洗了一把脸，脸色才与往日一样颜色了。唐童把她拥在床上，她的脸又红了："咱专家最不能这样的！"

那女人走了不到一个月，一个最棒的金洞子果然凿出来了。消息报到唐童这儿，他马上对来人做了个封嘴的动作，然后咬着嘴唇跑出屋子。他一口气登上山角，在洞子跟前蹲了一会儿，让工头儿赶紧带一些憨壮后生进洞。几天后，棘窝镇的后生不够使了，唐童又差人去外省地界招回了几百人。满山炸药轰隆隆响，棘窝镇人说："唐童比他爹厉害多了，比那帮占山的响马也厉害多了，踢啊踢！踢啊踢！他这一回大概要把整座山踢翻呢！"

几天后工头儿掩着嘴巴对唐童说:"塌方了,十来人都砸死在洞子里了。"唐童大喝一声:"还不赶快封在老洞子里!透一点风声我连你一块儿扔进去!"工头儿赶紧跑回工地去了。

像婴孩

"纪呀!纪呀!你一出门就不回来,三天两头去那个金矿,家也不要了,丈夫也不管了,满凉台的紫罗兰都干死了……"纪工的妈妈一见从东部回来的女儿就咕哝。她只这一个女儿,心里亲得发痒,一边说一边抚动女儿的头发。

纪不吱声,放了箱子,洗了澡,脸色红亮得像一枚鲜果,穿了宽松衣服偎到母亲的沙发上。她逗猫咪,刮它的鼻子,又去抱母亲,说:"人家唐老板说有时间也请你去他那儿走走……"

母亲"嗯"一声,看看纪:"你得小心呢。你小心啊。你说他说得太多了。"

"是吗?我就不觉得。"

"你说得太多了。"

纪躺在沙发上,抱住了母亲胳膊。猫咪跑了。她的脸贴在母亲的胳膊上:"你要见过老板就好了,那时你就放心了。他这个人就像婴孩似的,一点儿正形都没有,没什么心计,那么大的人了,咱走哪儿他跟哪儿。真是急性子啊,比我当年读书那会儿的导师都急,想干什么一分钟都不能等,脾气也暴——脾气简直太暴了!当然耶,妈,干大事的人都是这样。他们个个火药筒似的,不过也没什么坏心眼儿,真的。老板闲了就跟我拉家常,问那些话呀,幸亏说不出口，要说出来能笑死人。他像小孩儿一样爱看电视连续剧，那些胡诌的东西让他哭呀哭呀，哭成了泪人儿！我这辈子也没见过比他更单纯、更心软、更好糊弄的人了！咱说什么他信什么！他有时也想骗骗咱，可我说了妈耶，他那心眼就像婴孩一样，他要说谎，从眼神里什么都看得出来！你看看，就是这样的老板，咱还有什么不放心的？"

"可你也不能一趟连一趟跑顺了腿，人家要说闲话的呀！"

纪做个鬼脸，再次抚摸母亲："瞧什么年代了，还在乎别人闲话！这年头吃到葡萄的人毕竟是少数。再说这是工作呀，这是金子、金子、金子呀！老板信任咱，把什么都交给咱了，看他急成那样儿，有时我都差点陪他流下泪来。想想看，那么大的公司、矿山，几百号上千号人，全国许多地方的人都有，这该多么不容易啊！他要管他们吃喝、替他们养家、给他们按月发钱！我有时和他在一块儿，从坐的沙发上往下看——他有时偏要出溜到地毯上坐，这也像个孩子——发现他头顶的毛儿越来越稀，当心那儿快露出头皮来了；过去他的满头茸茸密挤挤蜷着，像小羊羔皮似的……他真能使性子，我要气着了他，他就会老牛大憋气闷过去半天，缓过神来就几个钟点不理我！他出手大方，动不动就跟我玩个新花样，一掏兜子摸出个什么，在我眼前晃着，说'纪呀，闭眼吧，咱要给你变个戏法了'。什么戏法，不过是调皮呗，他会把东西掖进你脖子下边，在身上溜来溜去，让你吓得尖叫——凉凉的像蛇一样——你摸到了，这礼物也就成了你的……"

母亲撇撇嘴："你是有家室的人了，要注意不能伤害他人……"

"哧哧——嘻嘻——妈妈说话像十九世纪的人了。像老板这样的人，还谈什么家室啊！这对他太无所谓了！家室，哼，男人，多么不一样啊！我一听到咱家这位眼镜打嗝儿，心都凉了……总之你相信我好了，单是品德方面，老板也是百里挑一的人！他那些荣誉称号又不是从大街上白捡来的！我就对同事说了：'挖金子的人，就得长一颗金子般的心！'"

老人不以为然了："他是矿头儿罢了，他可不是挖金子的人！"

"为什么不是？"纪第一次直起身子，诧异地盯住母亲，"他没有亲手抡镐点炮，可他的贡献更大！没有他，就没有金山银山！他一拍桌子，地动山摇！他说一声'干'，也就干了。这都是我这些年亲眼见的。妈耶，你孩子可有发言权哎，你可千万不能误解他呀！我真是亲眼见他怎么干的，他是说干就干的！他多么勇敢，那才是真正的男子汉哎，为了金子，他死都不怕呀！山的另一边有个蛮不讲理的强盗性儿，那人领了一伙过来开金子，咱老板光着膀子就冲上去了。那一天我真担心、真担心！我知道双方都有枪，刀呀剑的，还有铁齿钩，一抓上去就是几个血窟窿。说起来妈你不会信哪，天底下真有不怕死的人，咱老板一甩衣服露出上身，眼瞪得溜圆，喊一声霹雳似的，脖子上的青筋都绞成了团。他那样一来就把对手制服了，山那边再也不敢打这边的主意了。我从那一回才明白'要奋斗就会有牺牲'是什么意思了，知道什么才叫男人！他们的火气上来天不怕地不怕！那一刻他的头发都参起来了：本来是一头鬈毛，那会儿让风一吹，一根根全竖直了，老实说那模样连我一见也害怕了……"

母亲叹气，摇头："不管怎么说一个女人家还是要提防，要做到心中有数。"

"这当然了，吃亏的事女儿是不会做的。我奋斗这么多年，读书求学，又考研又进科研所的，去过多少地方勘察，什么人没见过呀！有人想占咱的便宜，门儿也没有。当年那个导师废话也说了不少，最终我只做了自己该做的，总算把事情交代过去。他今天也很难说不满意。他该知足了。导师这人那年暑假你也见过，胖子，有点口吃；他对你多客气啊，简直诚惶诚恐的！今天看他算什么，比起唐老板也就是一个手指头与十个手指头的关系！他那点家当还不值老板一个车轮子钱……说到提防，这倒言重了！妈妈想想哎，人家那么大公司那么大老板，到了这个份儿上还求咱什么？人家是真情实意的！说白了咱就是什么都豁上去，全搭上，又能帮了人家多少？咱帮不了人家多少！"

"你这孩子啊！你这孩子在下边跑久了，说起话来我都听不明白了……"

纪咪咪笑，耸动母亲的胳膊："反正不管怎么说你放心就是，赔本的买卖咱是不会做的。我懂得看人——那些狠心人势力再大我都不会理他的！唐老板是少见的好人，那股男子汉劲儿，啧啧，说起来吓人：都是挖下一座金山的人了，还那么笑模笑样的，哭、哭，有时像孩子一样闹人——他闹人哪，妈！他有时真的躺在地上怄气，像小孩儿一样蹬腿，哇哇哭啊，又不是喝醉了。这时候他是看我脸色的，我脸一沉，他真的会害怕！他害怕了，就尽说好的，哼哼着，擦眼抹泪的。我每逢这时候心就软了……"

三只狐狸蹿西山

唐童一口气给了工头三个耳光，又踢了他几脚。工头只是挨着，一动不动。唐童把刚结上半天的领带揪了扔在桌上，吐了一口，喘息半天说："我说过多少回了？你看人要准！白吃饭的咱不要！下不得手的咱不要！扛不起铳的咱不要！"

他一连说了几个"不要"，工头哼哼着，频频点头。他这才消了一点火气，喘着说下去："我告诉你，招扛铳的人就好比当年霍老爷寻家丁，要找脸膛儿窄窄、低眼看人、走路没声没响的家伙！他们身上流着土狼的血，到时候会是下得手的主儿！看看你手下那几个熊东西，有几个管事的？嗯？"

几天过去了，工头又从洞子里干活的人中挑选了几个，一一送到唐童这儿过目，都被他骂走了。"狗日的一个比一个脸宽！我说过，脸宽过一拃的肯定不中用！再看看吃相吧，耳朵扇乎着像猪！有劲的主儿咬东西牙根要露出来，要卡住食物甩两下腮帮子，这样，"他甩着头做个样子给工头看。

唐童骂了一通，亲自到山洞里挑选人物，好费力才取了三名。他叹气，说这年头的人哪，个个都像被阉了一样，平和得像面汤，有劲道的狠性儿太少了；而父亲的年代像烈酒，一根火柴扔上去就呼呼燃烧！"索性一口气爬上去／孤寂使人濒于精神崩溃／跳起来……别停！别停……／我的心好似一团火药……"他哼唱着，砸着掌心。这歌儿他是跟练歌房里一个臭娘们儿学来的，他特别喜欢这几句词儿。

"我得好好准备呢，狐仙又托梦了！"唐童自语。他真的梦见一只红毛火狐坐在炕边，比比画画向他预言，说大凶大吉的兆头就要出现了。"嗯，妈的骚狐，你就是不说俺也知道，天阴下雨看蝼蛄，我估摸那事不出三月！"他对狐狸不知该恨该爱，因为父亲老驼最恨野物，说它们都是霍老爷一伙的；可是如今大地归了唐姓，野物也就随之归附——且慢，那刺猬精的女儿呢？那娘们儿还向我参刺哩……唐童想起这个女人就蔫了，有时一连几天躺在炕上不愿起来。他在心里吐着咒语，气得打嗝儿，死活就是不起来。他像害了寒病一样牙齿打抖，望着一个方向，做了一个个淫荡的手势。

这天，当他又一次做着手势时，工头儿正好进门，吓得一个趔趄。"天哪，是我哩！"工头说。唐童骂："滚你妈！""是这样……""滚你妈！"工头坐在了地上，赖着不走："老板，大事不好了！真的不好了……"

唐童眨着眼坐起，盯着工头的一双小豇豆眼："？嗯哼？"

"老板，是这样哩，你家门后百十步停了一辆车，两天了……"

"使锤子给他砸了算完！"

"害怕哩。咱越端量越害怕哩，车子锁了，车牌子是假的，统共不值几个钱的破车。"

唐童咬咬嘴唇："那我去后门看看。"

"老板求你了，你还是走前门。我们几个估摸，这车说不定就是冲你来的。它里面蹊跷大了。"

"嗯哼？"唐童一个小跃从炕上下来，一边披衣服一边咕哝："嗯，我说过嘛，那事儿不出三个月哩！妈的，狐仙托梦事事都准，简直是百发百中！这年头那么多人信这教门那教门，可要我非挑选一样不可的话，我信狐仙！"

"老板，你要去哪儿？"

"我信狐仙！"

工头快急哭了："老板，我是说，那车上说不定装了凶险物件哩，它正等着你哩！"

"这我早就知道了，狐仙托梦了嘛！你小子也待在这里别动弹，跟我一块儿听听动静……"唐童接着一连拨通了几个电话，然后才去冰箱里摸出什么东西嚼着，顺手扔给工头一块。

十几分钟之后，警车鸣儿鸣儿响了。从窗上看去，一些戴铁帽子的人冲下来，手里端着枪，一个个都是骑马蹲裆式。"真是好伙计啊，真他妈太有意思了！"唐童搂着工头伏在后窗上看着。他见那些铁帽子奔来蹿去的，只在离车子很远处转，还牵来了军犬。"这些玩意儿为什么办事从来不利索？主要是裆太肥了！"唐童仰脖饮下一口水，指点着外面，对工头评论道。

　　直到三个钟头过去，屋外的事情才告一段落。这期间又来了几辆车、几头肥犬、几个头头脑脑。车子被钢丝绳拴上拉走，但端枪的人仍然留下几个守候。最后是头儿来敲门了，唐童使个眼色，工头去开门。头儿脸上是一层虚汗，一进门就说："老天爷，车里装的物件能把半个棘窝镇掀上天！这家伙真狠哪！""真狠，不过也是一些没鸟数的老赶。懂行的可不这么干。"唐童搭着话，松了一口气，递上一支烟，"你手下那些肥裆铁头干得不错啊，你应该弄些好酒好菜、外加几个窑子娘们儿犒劳犒劳他们。"头儿咳着："唐老板真是见外了，您也太能开玩笑了。""这不是玩笑，进馆子的钱、别的所有花销，我都包了！"头儿笑笑："老板破费了，不过我们有铁的纪律。""那当然，你手下这些家伙用不了几年就学会了'铁裆功'，到时候有人朝正中下脚都不怕了！走，咱们喝几壶去……"

　　"老板，这事儿你后怕不？"三天之后工头儿问唐童。唐童摇头："我在琢磨是谁干的，我想肯定是山那边干的。你看，山前山后，比咱爷们儿麻利爽快的手儿多得是！所以我让你好好找人嘛，用人的日子远在天边，近在眼前……"

　　最后的话让工头垂下了脑袋。唐童立刻警觉起来："又出了什么事了？"

　　"这这……"

唐童盯住工头："　？"

"打穿哩……"

唐童揪住他的领子："什么打穿了？"

工头仰着脖子叫："金洞子打穿了，咱跟山那边，跟别人的洞子串了膛了。老天，那边的洞子真肥，可惜那边人手又多又狠，三两下堵了口子，再扒开再堵，还放了一把烟火，熏昏了咱这边几个弟兄……"

唐童不再吭声，咬着牙在屋里溜达起来。这样溜达了十几分钟，时不时瞥工头一眼。工头额上冒汗了。当唐童最后在工头面前站定时，工头吓得牙齿都磕打起来。唐童笑了："磕牙不要紧，只要没尿裤子就行——我摸摸……"工头哎哟一声大叫："疼死我了！""疼死你？你不能把山那边伸过来的手砍下，你就得被人废了。你看看人家干得多爽快！"

工头被拧了几下耳朵，最后跟上三个人走了，全回矿洞子去了。

那三个人走路无声，脸儿窄窄的，嘴唇青紫。

当天午夜狐仙托梦：洞里开枪了，是那三个瘦子干的，他们端起枪，向对面洞子里的人喊道："我屠屠了你！我屠屠了你！"对面知道"屠屠"就是扫射的意思，以为只是吓唬人而已，谁知三个人真的扣响了扳机。那边的几个应声倒下，被当场拖走，葬在了最深的老洞子里。当时三个人旁边有几个采矿工，一个个全吓傻了，半天不会说话。

工头把几个现场采矿工训导一遍，并许以重金。工头最担心这样的事情发生：肥裆铁帽子早晚要来，那个头儿早晚要来。工头估计得不错，后来那些人果然是听到了什么风声，他们轻车熟路地找到了四个人——全是那天在场的采矿工，戴上铐子就拉人。

唐童正心急火燎找那个头儿，想不到头儿自己送上门来。头儿一进门就冷笑，盯住了唐童问："枪？人？"

唐童翻着白眼，然后又做鬼脸。

"别装了。他们都对我招了。"

"阁下，我说阁下，我知道——再大的破费我都认了，可是听几个大字不识的鸟人胡诌八扯，阁下就信了，这可不行啊！"

头儿再次冷笑："四个人都是一样的口径！"

唐童撇嘴："他们四个嘛，都是被狐仙调理过的人，这是谁都知道的！有三只火狐狸一天到晚往西山蹿，还几次托梦给我呢！阁下怎么能信那四个人的话？你得喊他们来这儿，我们大伙儿来个'三岔对证'——好不好呢？敢不敢呢？"

头儿受不了唐童挤眉弄眼的样子，最后只好点点头。

四个人全都被铁帽子押进来。所有人全退出去，紧闭的室内除了四个戴铐子的人，只剩下工头、唐童和头儿。唐童又叫又跳，大怒，红着眼蹦到四人面前："你们给我说！全给我如实招来！哥儿几个信狐仙多久了？它们又怎么教你们诈人、教你们胡鸡巴咧咧？不说，不说这铐子一直戴到死；说了，大鱼大肉伺候着！"

四个人相互瞥瞥，连连叫道："说，俺说……"

"是不是被狐狸调弄了？是不是让西山的狐狸附了体？"

"是哩！全是哩！"

"光说不行，得签字画押、还得按红手印儿！"工头在一边喊。

活命粮

　　这么大的一个公司，上百口上千口的人，有多少事情需要老板操心。可无论是谁，有时候硬是找不到唐童。电话不接，屋里没人。

　　谁想得到？在离镇子十几里远的沙原上，在一片灌木丛中，这会儿的唐童正擦眼抹泪呢，细沙沾了满手满脸。一些小沙鼠也觉得好奇，在树隙看热闹，野鸽子和更远处的乌鸦也落在高枝上往这边瞅。它们知道一只跛腿狐狸一会儿就来了，那家伙要藏在唐童身后的灌木——一棵石楠后面讨酒，专门来听他哭诉、听他胡咧咧呢。那个男人满头的茸毛全打着小卷儿，有趣极了，时不时就哭得像个娃娃。

　　跛腿母狐一拐一拐来了，偎在石楠下边，先解了小溲，然后理理胡须等着口福。

　　"日你妈一蹲下就是一泡尿，你要骚臭死我呀！你这个不要脸的物件，我拿你一点办法都没有……接住酒壶呀，我刚喝了没有几口。日子过得没滋没味，活着还不如死了。什么法儿都想了，还是不行。我怎么才能走出这个天罗网呢？老骚狐你经多见广，倒是帮我破解一下……"唐童蜷在沙上，递酒壶、说话，眼睛半睁半闭的。

　　跛腿母狐先是大饮一口，理理胡须开讲："凡事都得想开些，俗话说'性急吃不得热豆腐'，又说'睡刺猬，你得有耐性'，对她急不得哩。再说你这回要睡的还真是一只刺猬——刺猬精下的崽儿……"

　　"这话一点都不假，我和俺爹自打她从林子里出来那会儿，就扒拉过她的身子：周身上下，我是说脊梁那儿，全是金黄的毛儿。那当然是刺猬的尖刺儿变的。自那会儿咱就像中了魔障差不离：一天到晚想着她的小模样，叫着美蒂美蒂。我那时叫得嘴上都起了白沫子，让俺爹好一顿笑话！俺爹说我是八辈子缺德才掉下的孽种。话是这么说，他打心里疼我哩。他为我想了不少法儿，还后悔，说咱一起手就该把那个姓廖的打死，免得给她留下后想和念头。谁说不是呢，这也怨不得别人，都怨俺姓唐的爷儿俩心太软了——就像练歌房里那个臭娘们儿唱的：'心太软！心太软！'哎，如今后悔药吃不得了，你还是帮我从头想想法子罢！"

"你办事从头就不利索！找娘们儿这种事手软了还行？你干吗不让手下人将她使根麻绳儿拴了，一顿打塞进洞房，这事儿不就结了？"

"骚物乱说些什么！她也是'娘们儿'？你再这样没轻没重腌臜美蒂，我把你卖给山里老赶，卖给做皮裘的！俺是把她当成心头肉的，什么都为了让她欢喜。她要对俺笑一笑，俺就一天不困也不饿了。她是俺的活命粮哩，没有她俺这辈子就活不成了……"

跛子哼一声："可你这些年也没少折磨人家，几次把人逼到了绝路上！"

唐童泪水涌出："快别提这些了，一提这些我就疼得愧得不行！我恨不能学学蒙头鸡，一头扎到沙堆里！那会儿我真是糊涂啊，真是性急无智、慌不择路啊！我都干了些什么！还好，咱总算没干出更傻的事来——你知道有人——就是我师傅，教我喂她一些发昏的药面、再让几个热心肠老蛮婆子手把手按住她。这些法儿都让我动了心，可我犹犹豫豫还是没那么干。为甚？咱明白这是换来身子换不来心，白搭了工！我最后得让她自觉自愿把小嘴儿递过来，让她笑眯眯把身子偎过来。我自从生了这个心思，就再没想过干傻事儿，顶多是一个人偷偷躺在炕上骂她一会儿，伸手冲着她住的地方做几下手势。我要是真的遇见了她，哪回都像遇见首长一样，又点头又哈腰的……可我一颗心扑扑乱跳哩，日他妈的，这是个什么神物啊，我又中了魔障不成？我哪年哪月才能爬出这个天罗网？"

他一串串泪水把沙子打湿了。跛腿母狐叹气，怜惜，伸过毛茸茸的爪子拍打他："老唐啊！事情两分着说，你这些年也没少勾连娘们儿啊，撒下不少野种儿，这是瞒不过人的。你能说这是一心不二依恋人家？"

"这个我承认！我就是这么个火暴脾气，火气上来一刻都不能等。我等于是借酒浇愁啊，可是怎么都不成！越是找别人越是想她！这等于是歌里唱的：'借酒浇愁愁更愁'，白搭哩！'美蒂美蒂美蒂'，这俩字儿磨出老茧了！月亮底下我骑到她家院墙上，一哭就是半宿！我喝了酒躺在她家窗前雪地上，把好好的腰都整坏了！我准备了三次毒药想毒死自己——你知道这不是人遭的罪啊……俺师傅怜惜咱，一把夺过毒药扔了，劝我的话从天黑说到天亮。你知道俺师傅是谁？她是个女的，姿色没说的，她把什么都给了俺，俺事事都听她的。俺师傅从不嫉恨美蒂，这是我后来才知道的。她半夜搂住我说：'童呀，光这样下去也不是法子啊，咱得从头好好合计合计了……'话是这样说，其实俺俩都是干着急，干着急。"

跛子点头："我也一样，我也没有白喝你的酒。你知道为这事儿，我找黄鼬妹商量过——本来事情再好办没有了，黄鼬从来都是刺猬的克星，它不是就那点本事——把浑身的刺儿球起来吗？黄鼬遇见刺猬，也不打它也不骂它，只是凑近了给它一个臭屁就得！那刺猬立马就得把球起的身子放开——这时候它又软又热的小肚肚就平展展露出来了，咱说怎么就怎么！本来就是这么简单的事儿！可你死活不让……"

"当然不让！你们这样只能毁了我和她。我说过，我要让她从心里愿意才成。以前我听了歌里的话，什么'爱'呀'死'的，一听就烦透了。我以为这都是骗人的哩，谁知还真是那么回事——真他娘的是那么回事儿，一点儿不假！我离开那物件还真的不行哩！'爱'这物件儿还真的有哩，这都是我亲身经验过的，如果换了个人告诉我，我怎么也不信，杀了我都不会信，省长逼着我信我也不信。这回了得哩，这物件让咱老童儿自己遇上了，结果十年二十年把咱死死缠住哩！照理说咱钱也有铳也有，要招呼个帮手喊一嗓子来一群，看中了谁揪过来就得，小腿一攥一扭巴就得——可是这回不行哩，一点都不行哩！你知道我都是背后对她发狠，恨不得把她这样那样，小腿一撕扯分她个七瓣八瓣！可是发狠也没用，一见了她那张小脸儿、那双有些凹的大眼儿，咱全都完了，手也抖心也慌，全身的野性一溜烟儿飞个精光，骨头都酥了啊……老天爷，什么人什么命呀，怎么这样的物件就让咱姓唐的撞上？难道是什么高人使上了妖术、从大海滩上支派出了这勾魂儿的物件来祸害咱不成？我听上年纪的人说黑狗血能解邪，就杀了两条，把血抹在身上、门框上——不瞒你说，咱小肚子上大腿根上都抹了不少。结果半月过去，不光屁用没有，倒是想得更厉害了。来咱镇上的骚臭娘们儿一个个都被咱收拾了，还收拾过一个洋娘们儿，该做的都做了，什么用处也没有。这事连俺师傅也怪纳闷儿，她说你中的可能是'天蛊'。就是说谁也没法治了，除非是你亲手把她——美蒂——老天，就是这小娘们儿，老天——给杀了呀！可是这事儿说说容易，别说让咱亲手干了，就是想想也得折寿呀！那就等于杀了咱自己！我那会儿赶紧捂上俺师傅的嘴，她就把我的手挪到大奶子上。大肥物件是荒年的干粮，光棍的点心，可咱如今是饱汉子不饥，是中了'天蛊'的人哩！

妈呀，妈呀，我一到这时候就不想活了，不想活了……"

唐童哭得伤心，沙土沾了全身，头发上是白白一层。他的身子在沙上扭动，两条腿蹬出了两道深深的沟痕。他的眼睛翻出了很大的眼白，瞳仁斜向西天，呼吸急促。

跛腿母狐吓得放下了酒壶，又摸他的脉，又摸他的胸口，可怜得一下下拍打，叫着："老童！长不大的老童啊！你这样谁也没有办法！魔怔物件，在大婶跟前一天不如一天，真是越发无状了，连裤子都快掉在沙滩上了！要是一个生眼人这会儿路过见了，还以为是我没脸没耻又讨酒又讨人呢！也罢，也罢，大婶儿什么都不说了，什么都不抱怨，就只当你是个孩子得了，这会儿得好好安慰你哩！"跛腿母狐心里念着口中连连咕哝，一边把他的头抱在了腿上，把他的嘴按在了干瘪的乳房上。跛腿母狐的两条腿紧紧夹住了他无力的双手，使他动弹不得。

唐童像是沉在遥远的梦中。他觉得自己的手被谁攥紧了，然后是一顿猛吸——谁的双乳如此干涸、如此怪异？一股骚腥和膻气让他大睁双眼，接着扑棱一下挣脱，连着吐了几口。

"你这没良心的，刚摸了我，偎在我怀里，一离开咱的怀就吐，占了便宜也不能这样吧！"跛腿有些生气，重新回到石楠后面，拾起了酒壶。

唐童抹着嘴巴："你呀，哼，谁占了谁的便宜还很难讲呢！你是趁火打劫呀，就像歌里唱的——'我这不幸的人儿……'"他搓搓头发，看看四周，听着北风里飘来的声音——"扑，扑……"

"海浪吗？嗯哼？这里离大海还有好远哩……"

"可不是海浪怎么！"

"'海浪啊，你轻轻地摇——'"唐童咕哝着，又哼出了一首歌儿。

我又梦见了你

工头连日来都送给唐童一些喜报，说"金儿"多得挖不完，忙得给山神、给金娘娘烧香都来不及了。唐童一句也不想听，因为他从早上爬起来就在走神。

"报喜！报！……"门口的公司办公室主任又喊。

"狗日的你知道什么是'喜'？滚出去！"唐童骂着，装出在炕边枕侧摸索短筒火铳的样子，门口的人见了，吓得撒丫子就跑。

唐童其实一连几天都在自责——许久没有去看珊婆了。工作忙啊，世事凶险啊，荣誉堆成山啊，金娃娃成群跑来家啊，这全都不成理由。以前这许多年里，他总是按时去探望珊婆的，不按时看她可不成！这已经是多年的经验了，从唐老驼在世时他就这么认为。珊婆从来不喊他、不捎口信叫他，总是他自己忍不住往河口那儿跑。珊婆年纪大了，身体反而越来越皮实——唐童却随着时间的推移更加牵挂她，不是为了身体的缘故，而是其他。

他担心她那脑瓜里又滋生出新的智窍，因为他不能前去倾听、不能听她亲口絮叨出来，结果一忙也就给忘了。这就好比一个人手中的宝物太多并不知道珍惜，常常一抬手就扔掉了一样，珊婆那儿的聪明智窍多得数也数不完。他一辈子自愧不如的一个人，最佩服的一个人，就是珊婆。不仅如此，其实他内心深处，还一直把珊婆看成多半个母亲的。

昨夜他又梦见了她。"妈的，一恍惚这么多天就过去了，该去不去，连梦都找上门来了！"唐童咕哝，拍膝。不知从什么时候开始，他比重视真实还要重视梦境。他未曾遇到不准的梦——只有尚未发生的梦，没有不能预言的梦。梦，这是他秘而不宣的一个武器。有一次他梦见自己杀死了一个最喜欢最倚重的朋友，手上血迹未干就醒了——品咂这个吓人的梦时，他怎么也不信。可是令他心惊肉跳的是，半年之后这个梦就应验了：那人与他吵了一架，回家后不知怎么就死了。

当然，凡事也不一定全如梦中所言，但曲曲折折总不离大谱儿。"他妈的狗蛋，如果大白天里的事儿全像梦里一样真实，咱这日子不就省了心了？"他常常发出这样的慨叹。

日头歪斜了，今天他无论如何也得去看望珊婆了。先让人张罗一些东西带上——实际上她什么也不缺，不过他多日不去，总要表表心意——实际上连这心意也是多余的，因为他和她总是心照不宣，他想了什么、对方想了什么，两个人彼此都能猜个八九不离十。

到底是什么人才能住在那样一个地方啊？这可不是凡人能够回答的一个问题。如果不是从五十多年前开始认识、从三十多年前开始身心体悟，那就怎么也搞不明白。啊嘿，怪哉！啊嘿，怪哉！唐童尽管面对了一个从头到脚无不熟稔之人，也还是要连声惊叹。

珊婆住在了远离镇子几十公里的荒凉河口上，而且早在几十年前就选择了这里：荒林，大水，芦苇，起起落落的鸥鸟，吓人的狂浪和风，又矮又小的土屋……当然了，后来多少年过去，这里许多物事大变，比如荒林稀了，野物罕少，泥屋却扩大了好几倍。最大的变化是珊婆一度改变了独身生活，与一个渔把头住在了一起；再后来渔把头死在了一次事故中，她又成了独身一人；最后，年纪越来越大的珊婆收养了大小不一七个儿子，就在河的入海口附近办了个海参养殖场，他们个个都是好帮手。她和七个儿子拥有七条颜色不一、破破烂烂却又是功率强大的船。这些船看上去得靠橹桨摇动，慢得像老牛——可是唐童知道，这些船也会发脾气，它们只要火起来，咆哮着，一口气就能钻到迷濛深处。

唐童对这些船入迷，叫它们"宝贝蛋"。

他最入迷的还是这片泥屋。看上去只是矮矮一片，三两个小院曲折相连，实际上远不是那么回事。即便是珊婆的七个儿子，也大多没有登堂入奥。那些最隐秘有趣的地方、屋中之屋，只有唐童才有权、才被应允进入。

七个儿子都住在另外相连的小院中，这两个小院已经好得不能再好了，一个是放杂物器具的地方，比如修船的家什、拆下的机器之类，全堆在里面；防身之物可真不少，什么三节棍、铁鞭、砍刀火器之类，它们都堆在挂在地底一层；这个小院还有发电设备，尽管这些年河口已经有了常电，那套设备还是被悉心照料着。另一个小院才住了七兄弟，本是宽宽敞敞，却不知为何睡在窄窄的两层床上，有点像军营；旁边的几个大间里倒是牌桌电器、大木浴盆，甚至是桑拿设备一律齐全。

两处小院围起的最内里那个小院才是珊婆的。这处院落中间的几幢泥屋一色镶有精制的天窗，设计了十分合理的空气流通及防晒调节功能，洁净明亮，一尘不染。最好的是隔音效果：屋外风浪大作时，屋内安静得一根针落地都能听得见。布艺及皮面大沙发、手工地毯，一应俱全。从一条长廊穿过，可以进到一个小巧的电影院：这儿有上千部电影、电视连续剧，唐童就在这儿一边看，一边尽情流泪。

这一处内里小院是他人的禁地。七个儿子中，有一个曾经未被召唤进入了这儿，结局是被另外六个儿子按住砸断了腿——他养伤时唐童见过，歪在床上打了石膏，对所受惩罚毫无怨言，还比画着大腿根说："老板，当时真该齐茬儿砍去！"唐童摸摸他的光头说："下一次吧。"

　　唐童一走近这片泥屋就变得兴冲冲的。他夜里梦见七个干瘦的儿子一齐绷着嘴看他，只不说话——他们的干妈一会儿从另一边走来，头上包着一块蓝布；大海没有风，可是墨蓝的海面上绽起了一排排开花浪……

　　一切恰如梦境。七个小子都没有出海，都在小院里摆弄渔网之类，见了他像过去一样，只当没见，绷着嘴干活。他走到小院尽头时，一边的木门才响了一下。

　　出来的人正是珊婆，她真的头包蓝布，站在门口看着他，打出一个长长的哈欠。

第六章

三十年的诅咒

　　珊婆记得清清楚楚，最初失去心上人的时日，正是一个秋天，是满泊乌鸦叫得最欢、林中野物胡蹿乱跳的季节。她当时什么都不相信，消息传来时正咕噜噜吸着水烟，听了第一句就恼上心头，恨不得抢起水烟袋砸到传话人的头上。几天过去了，良子还是没有踪影，于是她小声说一句："肯定是走失了"，起身就去了林子。

　　无边的林子在当年是有威有势的，大树一棵棵上拄天下拄地，一个大树冠就能住得下野物的一家三代。地上溪水纵横葛藤绊脚，一拃长的小生灵们在草叶间吱哇乱跑，向闯入林中的生人做着鬼脸、打着吓人的手势。她真的好生美貌，这在莽林中也同样得到了证实：有那么几个雄性野物一路跟定，口流涎水，朝她比画一些下流的动作。那时她后屁股上插了一支短筒小铳、侧边裤兜里还有一柄皮把攮子，要结果一两条小命是再容易不过了。再说她心情恶劣，正恨不得找一两个喘气的物件放放血呢。可当她把小铳拿在手中，往黑乎乎的筒子上吹口气，四下里睃目时，反而犹豫起来。

　　那会儿她发现自己真是孤单。草中、大树梢上、灌木后边，甚至是水边，都有各种野物盯住了她。她终于明白，只要手中的东西一冒烟，她就得被扑上来的这一伙撕成一绺一绺。说不定先是几只雄性莽物按住她蹂躏无尽，而后才是一场报销呢。珊子生来没有这么怕过，这会儿躲闪着四周蓝幽幽的眼睛，大叫一声："良子你好狠的心！"随即把短铳扔在了地上。

那个季节真是倒霉至极。丢了良子，又丢了短铳，二者都是百求不得的心爱之物。就为了能够把这两桩心爱之物重新抓到手里，她在这个秋天一次又一次独身入林。她相信那个逃走的负心汉就像短铳遗在林中一样确凿无疑。"你就是变成鹌鹑在林隙里飞、扮成蘑菇待在阴凉地里，我也得把你揪到手心里，握在巴掌中，该拔毛拔毛，该下锅下锅——这回我得让你好好舒坦舒坦了，让你知道大闺女一脚踩下去，踩得你鼻口上血，呼天抢地活不成！我还没见哪个鲁生野种敢拿我这样的黄花大闺女打哈哈哩，连杀人不眨眼的响马都不成！"她大骂，边骂边深入林中。

当年一个过山的响马一眼看中了她，揪到马背上驮了十余里，露着黑刺刺的胸毛不说人话，最终还是没能如愿——她设法让另一个大响马帮了自己，而这个大响马又死在了头一个响马的弟兄手中。"两个响马都没坏了咱的风水，不信老驼叔看看咱！"她当年泼泼辣辣让唐老驼看自己，唐老驼气愤至极，骂道："妈的我看这个做什么！"

棘窝镇来过多少勇人，过兵，过文士，一个个见了她馋得两眼发直，就是不能近前。她抽着水烟拍打胸口说："这回他们该知道什么叫好大闺女了吧？"她对所有不幸失身的女人都十分鄙夷，说："长牙干什么？长脚干什么？咬死他们！踢死他们！"上年纪的老婆婆都相互使个眼色，说不得了啦，咱镇上出了个贞节母夜叉。

母夜叉在掌灯时分深入街巷，两眼放光，不巧一下照住了良子。"咱棘窝镇竟有这样的男人，看长了一张穆生生的小脸儿，见了凡人不语啊，穿制服不插水笔啊，大眼水汪汪看人呢。得了，这回算他艳福不浅，让他遇见了咱。"珊子毫不扭捏，更无遮掩，半是玩笑半是认真地冲他喊道："我这就把你拿下……"

她走在林中，披头散发，满脸灰痕。不久野物就与之相熟亲近起来，答应为她找回那支短铳，她说："还是先找回那个冤家吧。"她比比画画描述着男子的形貌，最后泪水涟涟躺在沙原上不再起来。一些雌性野物蹑手蹑脚离去，相互使个眼色说："咱快些去找啊，咱找到了可不能告诉她！"

在林中的那些岁月，珊子走入了真正的绝望。许久之后她才知道，她今生今世再也不可能找回良子了。于是她的诅咒开始了，从此不再停息，一直延续了整整三十年。

开头的日子，在诅咒的间隙中，珊子仍不时沉溺于美好的回忆中。"你这丧尽天良、没心没肺没脸没耻的家伙，你总算让咱全身看了个遍！咱那会儿是有权位有勇谋的人，长了女人身，生了豹子胆，你不老老实实躺下受罚门儿也没有。咱呼风是风，唤雨是雨，就是唐老驼这样的人也得惧咱三分。我后悔当年没把你扔进热锅里烫成个秃毛儿鸡，那样你就不会一扑闪翅膀飞了。你这个有眼不识泰山、用蜜糖洗腔使猪粪擦脸的王八羔子、挨千刀的下贱物件，你真是倒了八辈子血霉瞎了狗眼，你怎知道，我到现如今还是一条响当当的处女！"

珊子泪水淌成小河，汇入溪水，令溪主黑鳗一阵阵心酸。黑鳗其实也是同病相怜，她年轻时候也被一条鲶鱼抛弃过，这会儿就爬上岸来安慰几句："大妹子你就别擦眼抹泪的了，他们公的就没有几个好东西，我那口子就仗着一嘴漂亮的小胡须，见了小红鱼吱溜一下钻过去，溜她那儿了，现如今哪，说不定早被人做成了一钵汤哩……"珊子大惊失色望着黑鳗，从心里佩服不已，她发现即便是诅咒，这儿的野物们也远比镇上人厉害。

黑鳗那会儿建议她就住在林中，以后谋个山药王枸杞精什么的干干，"反正身上只要压个差事、有点权位就比没有好啊，当个平头百姓，这辈子的麻烦就没完没了！"珊子拍打着自己问："那我呢？我的身子呢？我交给谁？"

黑鳗在这尖锐的追问中也慌乱起来。因为这正是她至今未曾解决的问题。她流下了眼泪，对一个素昧平生的镇上女人第一次吐露了心事："大妹子啊，不瞒你说，我有一段时日，很想把自己交给一个老中医。后来，想来想去，总算忍住……"

珊子在心里冷笑："你幸亏忍住！你哪里知道，那个老中医与生前的霍老爷穿一条裤子还嫌肥呢！俺们唐老驼正想一刀咔嚓了他哩！"她仰脸看着西天，还在想自己的事，牙齿都咬响了。她在心里说：

"良子啊，你看着吧！我不光要用嘴巴诅咒你，我还要用身子诅咒你哩！我要让你在这双重的诅咒里，打着滚儿难受，打着滚儿去死！去死！去死！死！死啊！"

真正的野兽

珊子立志找一个两足兽、一个真正的野兽。她发现如今伪装的野兽太多了，一个个故意不说人话，胡吃海喝，摆出一副打家劫舍的模样，可惜一偎进女人怀里就现了原形。这些不中用的家伙那会儿全成了软性子，恨不得当一辈子情种。

"这家伙最好腰围六尺，黑脸吊眼，一双粗脚铁硬敢踩棘子，打十几岁起就杀过人；最好还是个强奸犯，放火烧过仓库，骗过亲爹亲娘和自家兄弟，连黑驴都敢日！这样的汉子难道就没有吗？在咱这孬种地界上真的就绝迹了不成？"珊子抽足了水烟、喝了一瓶烧酒，在石头街上对老婆婆们嚷着。

棘窝镇的男人都绕过她走，她吐一口："小样儿，也不看看自己那把鸡骨头！"一些上边来的穿制服、留分头的男人想找她开导一番，刚开口她就把水烟递上，笑嘻嘻说："你大概还没出娘胎就给阉了吧？我得验验你！"说着就伸出手来，对方吱哇一声跑走了。

唐童那时常常痴痴地盯着珊子的胸部，想偎着她厮磨一会儿，被她捏住拉来拉去。唐童是个自小野性过人的蛮物，竟然动手摸起她来，惹得她身上痒丝丝的。她一下骑上他，两条大腿夹住了他的脖子，任其脸色绛紫喘不过气来，就是不松。待半个钟点之后，唐童躺在地上起不来了，眼也斜刺到一边，直到半天才大喘一口缓过气来，额上是豆大的汗粒。珊子说："你还年轻啊，你得好好吃些攀筋牛肉才行哩。"唐童满面畏惧，哼一声离开了。

开春时节，梧桐花开放了。这是棘窝镇不小心遗下的唯一一棵树木，它好不容易长起来，两年后才得以蹿除。一些蜂蝶围着花叶旋了一圈离去，不久即有人面面相觑，小声嘀咕。一些人从窗上探头观望，目光追逐寻觅啪啪的脚步声：这声音又大又沉像夯地，从巷口响到石头街，在拐弯处的一处黄色卵石垒成的小院前停息下来。大家看得清晰，来人是一个典型的大痴士，身高足有一米九十，粗而不臃，脏腻非常，头发顶部芜乱打卷儿，下边发梢却一绺绺披散肩头；一对大板牙突出来，紧紧扣住了肥大的下唇；额上有发亮的大疤，受这疤痕牵拉，两只钢球似的眼睛有些歪；剑眉，小兔耳，身背黑色布卷，走路攥拳，戴有铁钉护腕。"天哩，这家伙真像来咱棘窝镇打擂来了！这都什么年头了，一个大痴士还这么张狂！要在早年间咱老驼早就让人架铳了！"人们趴在窗上议论，并不知道，此刻唐老驼正和儿子唐童伏在窗台上看呢。老驼认为事情既然与珊子有关，不妨先看一看再说。

大痴士在卵石小院前站定，喊了几句，可能是自报了姓名来路。一会儿院内小窗开了一道缝，肯定是珊子在从头细细打量来人。时间一分一秒过去，四周鸦雀无声。小窗上的缝隙吮当一声合上。大痴士掂拳、顿足。小窗复又打开。不知窗上人朝他做了个什么手势——事后很久观看这一幕的人还发誓，说当时并没见珊子招手相邀——反正是大痴士径直进院，又拾级而上，推门走了进去。奇怪的是无论院门还是屋门，那天压根儿就没有上闩。

之后就是最诱人最费猜详的事情了。因为一切发生在屋内，所以也就成了一个永久的谜团。全镇人，特别是正好面对着卵石小院的人家，他们一直伏在窗上，眼也不眨盯住，都抱了说不清的、相互矛盾的希望。大痴士进去足有一刻钟了，可还是一点声音都没有。也许就为了配合这一个世纪以来全镇最静谧的早晨，街上的狗和鸡未吭一声。也仅仅是一刻钟吧，奇迹发生了——至少有十人以上亲眼目睹了这个令人振奋、许多年后还要一再咀嚼玩味的场景。

反正开始是嘭嚓一声——有人说是屋门打开的响声，有人说是珊子一拳将人打出来的声音，只见那个雄壮无言的大痴士连连倒退着出来，一脚踏到门外就仰面跌倒。他的粗腿蹬了两下，可能是急于爬起来挽回面子吧，想不到被随后扑出来的珊子一脚踢向了正中部位……那嘶哑粗长的嚎吼、那伴着十二分沮丧和委屈的哼叫，让人至今难忘，所以都认为这是值得记入镇史的大事。

就在全镇人的注视之下，大痴士像来时一样身负黑色布卷，神气全无地垂头而去。从背影上看，这个人远远没有来时那么强壮，也没有当时大家目测中的高大。

那个令全镇人久久不能忘怀的事件始末，就是如此。

珊子后来从未提到来访的大痴士一个字。所有人都不会去询问屋内那一刻钟到底发生了什么。

如果不是紧紧相接的炎热的夏天发生了另一件事，大痴士就会一直被镇上人谈论下去。因为后一件事出现了，前面的种种场景和细节立刻大为逊色，甚至有点淡乎寡味了。

这个夏天的炎热镇史上并未记载，据说历史上棘窝镇只出现过一次：上年纪的人说，那一年热得麻雀抢地而死，鸡狗跳河跳井；也因为太热了，引出了令镇上人至今想一想还要脸红的反常症候——凌晨两点出现的一点可怜的凉爽中，半数以上的窗子都传出了淫荡的喧声。这些淫言浪语渐渐连成了一片，渲染得越来越大，衬托着一个个格外慵懒宁静的棘窝镇的黎明。

总之这是记忆中的第二个炎夏。中午，家家都敞窗纳凉，在靠近北小窗处安置一张木椅或小床，差不多都是一直待到下午四点左右才肯挪窝。可是这一天，就像被一个声音统一召唤过一样，不止一个镇上人突兀地结束了午休，无聊而又急切地从小后窗探出头来。他们的目光寻索一会儿，然后一齐聚焦，盯在了同一个生人身上。

这是一个说不清年龄的老男人，正在爬上石头街的一道缓坡，步子迟缓却相当有力，每走一步，略显大些的头颅就向前探一下。他虽然骨骼壮实，但个子只达到中等以下，加上天热只穿了短裤和小搭袢，所以松松的皮肤和凸出的肋骨显露无遗。他的额头突出而坚硬，泛着亮光并生着一簇皱纹，加上缓慢的步履和呈罗圈状的弓腿，使见他的人无不想到了一种动物：龟。从中午第一眼见面到后来，人们就一直叫他"老龟头"。

老头那天爬上坡来，擦着稀薄的汗粒，仰头望着石头街两旁探头竖脑的窗子，用一种少见的沙哑嗓子问："请问有个叫珊子的姑娘住在这里不是？"

窗户无声地关了。老头连问无果，就继续往前。这时所有的小窗再次打开。只见他不知怎么走到了黄色卵石小院前边，像畏惧阳光一样仰脸观望，后背上的布囊鼓起来恰像一副沉重的龟壳——这会儿还没容他再次打听，院内那扇小窗户就打开了——人们事后无不称奇，复叙说："怪极哩，就像事先把一切都算计在内似的，人家珊子穿了崭新的花衣裳，正从窗上笑脸盈盈招手呢！"

不用说老头就迈着缓慢有力的步子进屋了。窗子和门随即关闭，显然主人对这个夏天的炎热并不在乎。街上的人一直从小窗上盯过来，发现珊子家窗门紧闭直至太阳落山。掌灯时分，窗纸上透出温馨的光，一度还映出两人叠印的身影。这样一直过去了三天，小院里既没人出门，又无声无息。"怪耶，他们买菜打水都要出来啊，难道早已备好了多日的粮秣？"镇上人越发迷惑了。

第四天下午，天热得鸡子儿都能烫熟。小院的门打开了，只见那个老龟头像来时一样打扮，只不过神情多了一分欣悦和满足，又长又深的鼻中沟重

400

重地垂下来。珊子搀扶着他，一张容光焕发的脸上满是甜蜜和钦敬，样子十分殷勤。她一直将老龟头送过了石头街，又站在街口小声说了一会儿话。到了两人分手的时候了，有人亲眼见老头儿迈动一双弓腿跨到了路边，原来是要采一枝打破碗花儿——原以为老头是想把这花别到珊子的头发上，谁也未曾料到的是，老人颤颤抖抖的手一下就把花儿插进了珊子的乳窝那儿。珊子低头看花，老头怜惜地拍了拍她的脸。

他们就这样分手了。

那天珊子站在镇边，一直目送乌龟似的老人缓缓离去：老人走进西面的一片苍茫之中，又折向南，那儿是连绵的群山……珊子胸前的打破碗花颤颤悠悠，映衬着一对硕大的乳房。事后镇上人不得不如实地说：那天下午珊子有些可怜，孤零零站了许久，一对大乳房被西边的太阳照得通红通红，像一对熟透的南瓜……

这些都是众口一词，所以早已不是传言，而直接就是事实：珊子在最火热的夏天过完了自己的新婚，那是如火如荼的三天三夜，从此彻底告别了处女时代。三天一过，新娘脸上的红晕一褪，全新的岁月也就开始了。

对于那个有些诡秘的乌龟般的老人，镇上渐渐有些传言，说他本是大山里的一个异人，半辈子隐下来，自有些过人功夫。俗话说好马不吃回头草，老人平生只一次光顾棘窝镇——他当是慕名而来。

收徒记

"过了这三天，姑娘闹翻天；白天睡叫驴，夜里抽大烟。"棘窝镇用一段顺口溜儿概括了珊子日后的生活情状。她本来就是个泼辣无敌的主儿，但在男女事情上主意坚定。自从把自己交给了那个乌龟样的老男人之后，整个儿人就变了。

那个难忘的夏日，她先是静养了几天，而后嫌天气太热，一天到晚不再关闭门窗，也不穿衣服，在院子里进进出出，让街上人见了大惊：曜咦好大的光亮闺女，白胖喜人，吓死咱庄稼人不偿命啊！石头街上的人从此不再安宁，各家老人哂哂关窗，一遍遍嘱咐自家孩子：别再探头探脑，出门也千万要绕开黄色卵石小院走路啊，那儿是祸殃之地。

消息悉数传入唐老驼耳中。为了使沸沸扬扬的镇子平静下来，他亲自背一支长杆火铳去了那个小院，站在门口闭目长喊："你给我先穿戴齐整！"里面的很快应声，唤他进屋。老驼仍旧闭着眼："咱今个是为公务传你，你给我出来答话。"珊子穿着一件水红色小纱衫出来了。唐老驼呵斥："呔！你也是做过妇女头儿、使过铳的人，该知道军令如山倒的老理儿。我先给你说下，在自家炕上光了身子打挺儿，打断了脊梁骨我都不管；你要在外面放了光，我这铳会发火哩！"珊子点点头："成。不过你也别指望人人都端得住铳哩。"

夜里背铳巡街的后生常被珊子喊进屋里喝一壶热酒。所以全镇的后生都愿当值，不该夜巡的也赖在街上游荡。只要是出了黄色卵石小院的男子，无不对小院主人佩服得五体投地：这不仅是对一个完美肉体迷恋的结果，更有一种心智和性情的绝望般的征服。珊子在与之共处的宝贵时间里，着实从头教导了他们一番，这使一个个见识狭窄的棘窝镇男人先是瞠目结舌，后是唯唯诺诺。他们在她的大口畅饮和高声浪笑中，在她一条丰腴的长腿确凿无疑地踩在炕席子上、一只手托着青铜水烟袋侃侃而谈时，感到自己是那样萎缩和渺小。"人这一辈子啊，真是百闻不如一见，天外有天啊！"他们出门时，总是怀有一种欣悦和惊惧相掺、一种探险般的战栗和后怕，等等难言的复杂心情。何时再次返回那个小院？这还真得鼓起十足的勇气，比如先要战胜溢满了整个身心的自卑才行。

"俺也来哩！"这是唐童半夜背着一杆长铳入门后说的第一句话。珊子嘻嘻笑着："你来得正是时候。吃饱了没有？"唐童额上青筋突突乱跳，盯着她，咬牙切齿。突然，他咣当一声扔了铳，铳口塞的一团棉花都震掉了。珊子刚要转身拿什么东西，他已经扑将上来，嘴里发出豹子撕咬那样的呼哧声。珊子笑笑，伸手戳弄几下，他就失了力气。当珊子去搬一壶热酒的空当，他又从身后咬住了她的脖颈，同时发狠地撞着她膨胀的臀部。珊子先是随着他嘴巴的牵拉一再仰颈、仰颈，后来就势用粗大肥硕的臀部顶翻了他。他想挣扎起来已为时过晚，因为这沉重的肉坨、这整个身体的重心再也没有给他还手的机会，只硬硬地坐上去，又顺劲儿揉动了三两下。唐童那时还算瘦削，他突然发现自己正处于被碾压的苦境，甚至在那一刻听到了膝理深处的隐隐撕裂之声，一种难言的痛楚从身体内部弥漫开来——年轻的唐童只于一瞬间弄懂了"蹂躏"二字的准确含义。他的愤怒压倒了全部的羞愧，他的嘴张到了最大，只差一寸的距离就能咬下她的一块背肉——可是她沉重如同顽石的肉身使他始终未能打破这一寸的间距。他甚至无法用手揩去耻辱的泪花。他想破口大骂："我日死、一千次日死你这个骚臭烂货"，实际上喊出的却是："我求求你……我再也……不敢了！"

那个夜晚，当唐童变得顺从，把刚刚结籽的葫芦形脑瓜偎在珊子胸前时，已是黎明时分了。珊子拍打他、安慰他，说："还是做个安分孩子、听话的孩子好。咱棘窝镇哪有像样的男人，你也一样。听话啊，瞧瞧听话多么好。"

珊子亲吻他泛着泪花的眼睛，在他长了两个旋的头顶搁了一会儿双下巴。自从那个乌龟样的老头走了以后她就突然地、势不可挡地发胖了，这使她本来就粗壮的双腿、硕大的乳和臀，都变得鼓胀厚实，从颜色到形状都有一种蛮横的、不容争执和怀疑的某种倔劲儿。那是一种先入为主的、绝对的征服意味，是它们蓄在了其中。她刚刚击败这头小豹子的，不仅是膂力和躯体的分量，而主要是蓄藏于体内的这股意味。此刻他安静下来了，她摸着他头顶那光滑的自来卷儿，倒是有些怜惜了。她说："你实在还是个孩儿哩，发不得蛮啊，要换了别人，说不定我刚才就搓断了他两根肋骨！像这会儿多么好、多么好，喝一口烫酒吧，赶走这一夜的寒气……酒把你的肚腹暖过来，咱再把你哧啦哧啦抱进怀里，呼啦呼啦咬进嘴里。你看见窝里的野鹰野猪崽儿啦？它们的毛儿都是一点一点长出来的，急了不中！"

唐童点点头，心里毫不怀疑，而且有所庆幸：她刚才真的能搓断咱三两根肋骨哩。天哩，这才叫实话实说，这才是情到真处放一马呢。这好比入了沙场，咱自觉得是马上悍人浑身都是霸气，其实哩，一交手就知道谁更厉害：咱接不住她的镖哩！

黎明马上来临。在一片红彤彤的曙色中，珊子像喂小鸟一样亲手端壶让他饮过了热酒，然后一丝一丝褪去了他的衣裳。她伸开虎口拃过、度量过他的腰围、臀部，上身和下身，两个乳头之间的距离，还有脚掌。她最后说："好好长，变成悍人镇霸也就是几年的事情——来吧，你现在只需如实告诉我，你是不是个童男子？"

唐童吭吭哧哧点头又摇头："俺早就不是了……"

珊子悲悯地眼望窗子，上下唇抿得翻起，叹息一般说："师傅领进门，修行在个人。你把好上的第一个人，快些忘掉也罢。"

就这样，唐童度过了终生难忘的一夜，特别是那个黎明。他一生都会记得满室的粉红色，记得透过窗纸的太阳照着两个赤裸的身体时，他的羞涩怎样一丝丝消失净尽……她在这样的时刻大眼泛着水光，又像猫又像猞猁，最后像狐狸。她结实而肥美的肉体的确是香的，但那是八角茴香的气味，是浓烈而逼人的。他大口大口吞食这种气味，觉得自己随着太阳的升起而长大了。

在懒洋洋的早餐里，唐童试着问起了那个夺走初夜权的男人，即那个行走像乌龟似的古怪老头——想不到珊子一听立刻爽朗大笑，声音里透出真正的幸福和自豪："再没有比他更棒的男人了。我如果知道今生会遇上这样的人，就会筑一个两倍的大炕等着他。他三天三夜教会我的人间智慧，足够我一辈子用的了。"

到底是些什么智慧呢？唐童想问，但没有开口。他开始懂得：最好不必问这么傻的问题。

渔把头之恋

　　珊子一直诅咒的负心人死去不久，黄色卵石小院竟坍塌了半边。珊子并不让人修补。整座小屋都是大大小小的卵石筑成，这是棘窝镇上唯一的卵石小屋。它踞在石头街的尽头足有一百年了，可是经过了那一天送葬的风雨之后却塌了院墙，接着小屋的半边也有了裂隙。唐老驼让背铳的后生前来整治，珊子同样阻止了。

　　"说不定什么时辰它哗啦一声把你们埋了，"唐老驼指着小屋对珊子说。他现在已经知道儿子迷上了这个女人，心情复杂。珊子哼一声："你就别操这份闲心了。"

　　她已经越来越多地离开镇子，一直往西、往北，在砍伐后复生的无边灌木林中跋涉，去海边看呜呜作响的浪涌。越是变天的日子她越是出门，在狂风呼啸天昏地暗的时刻，所有人都抱头归家，唯有她甩开大步蹿向大野。"这骚娘们儿身上的膘子足有三寸厚，一般的寒风休想吹得透！"镇上人望着她的背影说。

　　珊子着衣不多，一年里有多半时间像当年的良子那样，只穿了松紧带裤子，要解裤子可以立马揪下。她的上衣总是半遮半露，好像以此炫耀着多油和坚韧的皮肤。秋后的北风扫过她裸露的胸口，胸口就变成了火焰色，那正好是男人烤手的地方。不过珊子随着年纪的增长矜持了许多，良子死后更是封门闭户，满脸都是冰冷的拒斥。人们终于发现，那个在她的诅咒中离去的人，其实已经带走了她部分生命。

　　她最愿呆立的地方就是巨浪滔天的海岸。由于站得太近，有几次差点被大海吞噬。有人说她可能痴迷于棘窝镇的那个传说：霍老爷的楼船仍在大海中遨游，每逢狂风浊浪之日就要泊岸接送一些陆上的生灵——珊子大概在等船，想把下半辈子浪在海上。

有人见过珊子在海边为野物接生，还说她每年都要在茫茫荒野上当几回接生婆，待这些畜生长大之后也就成了她的义子——因为蛮儿成群，到了那时候她就成了这一方势力最大的一个人了。这些传言让唐老驼将信将疑，但他深知以前势力最大的是霍老爷，那家伙就与野物串通一气。看来棘窝镇素有野物传统，这在年事已高的唐老驼来说已是无可奈何之事。他现在倚重的是儿子唐童，好在这小子紧紧勾连了珊子。

珊子离开卵石小屋就再也不想回去。那里贮存了太多的气息，让她于午夜丝丝滤过，从中辨析出唯一的一个人——良子的气味。如今这个人埋到了地下，她那天亲眼看着一个崭新的坟堆垒起来。她在滔天大浪的阵阵轰击下袒露出双乳，与她见过的一头正在生育的海猪比试——那是一对酱色的巨乳，周围被细密的绒毛包裹，鼓鼓的盛满了浆汁。胸口的火焰被北海的凉风越吹越旺，她捧了一捧海水饮下，如同最有劲道的苦酒。她继续往西走，当面前出现一个河湾、再也无法向前迈步时，她才知道自己来到了一条大河的入海口。

入海口处有一幢小小的泥屋，它随时都会让巨浪拍碎。珊子笑了。她看到了自己的归宿。

泥屋里住了一位渔把头，这家伙真的长了一把红胡子。他在这一带海岸曾经是一个猎渔部落的强人，从十几岁起就当上把头，身上传奇无数。整个部落西迁时他独自一人留下来：传说他因为重罪在身被众人遗弃，还说他迷上了新的行当，自愿守在河口，如今一个人养殖海参。珊子进屋时那家伙正对着熊熊炉火吃着海草煮海参，每嚼一下唇上的红须就扇动一下，成卷的海草在嘴角颤动。这家伙身子半裸，肌肤泛着青光，一转脸见了珊子，立刻咽下口中的东西，随即又抓了一把海草填进嘴里。

"你让我想起一匹贪吃的大马，"珊子站在旁边说。

他擦擦嘴，又舀了一勺海参汤仰脖喝下，回嘴说："你让我想起十几年前的老婆。"

珊子嘴角漾出了笑意："她哪去了？"

"让我一口气砸巴死了。"

珊子哈哈大笑，伸手去抓一只海参吃，填进嘴里才发现它像生胶皮一样又韧又艮。她用力嚼了一会儿，咽了。她噎得泪花闪闪，一连骂了好几句粗话。

渔把头瞥她几眼，咬牙点头："好物件哩！"

屋外海风呜呜震响，小泥屋窗破门损，屋内炉火暗淡时简直冷极了，珊子冻得四下睃睃：只有半截炕席子，席上是一条脏乎乎的蓝被子。再看半裸的红胡子，额上还有汗珠呢。

天黑了，海风愈大。有一头海猪在暮色里嘶叫。一会儿门被撞响了，一撮撮栗色长毛从门缝中参出。红胡子看看珊子，迎着门外大声喊道："今夜不行！今夜咱来客了！"喊过之后撞门声才平息下来，而后是沙沙脚步声渐行渐远……红胡子看她一眼，咕哝一句："都是野物"，跳到了炕上。

珊子独自坐在炉边添火，终于惹得炕上的人大火，赤着身子跳下："你想热死我啊！我热得不行火气在浑身乱窜像豆虫直拱家巴什儿撅撅着难道你瞎了眼？"珊子借火光一看差点惊呼出来：这家伙浑身没有一点赘肉，全是筋疙瘩攀结而成，胸上臂上更有腹部和大腿，全被棕红色的毛发覆盖，脚是椭圆形的薄片，牢牢地粘在地上，每抬一下就发出吧唧一响……她再盯他的下身，还没来得及说出一个字，就被他卷到了炕上。

两个人打成了一团。夜色里除了屏气声、击打声，再无其他声息。珊子先是甩动骒马一样硕壮敦实的臀部将其撞了个趔趄，接着伸出錾子一样的剑指猛捅他的小腹——她将在他弯腰捂腹的当口用单膝狠力顶去、顶他个仰八叉；她将把全身的重量、由于激愤焕发出来的蛮力，还有天生的一双重拳，一齐加在他的身上。她知道第一个夜晚意味着什么，如果不能如愿，那么今后每个白天和晚上都将甘居下风，都会是难熬的。更让她不能忍受的还有：窗门缝隙里都闪烁着蓝幽幽的眼睛呢，那是野物在窥视，它们不出一天就会将她的败北传遍荒原，从此让她颜面尽失。

可是一切都出乎珊子预料。这家伙只要一屏气，浑身筋脉就结成了一个个硬块，碰上去如同顽石。他几乎对她的撞击之类从不设防从不躲闪，除了对她的臀部有所畏惧之外，其他一概无动于衷。而她很快喘息得如同巨兽，汗如雨下，身上的衣装撕成了一绺一绺。待她再次尝试用身子去撞击时，对方却顺势大迎而上，紧紧抱住，足足有三个时辰没再容其脱身。他的两撇红胡子在唇上一会儿抖动，一会儿竖起，刺在她的脸上，让她突然感到了难以抵御的胜者的冷冰冰的威严。只有在这一刻，她才放弃了一切逞强好胜的念头，对其他不抱希望，只任他在这个狂风大作的夜晚彻头彻尾地拥有、吞噬。

天亮了，大海平息，红胡子光着身子下炕，从熄灭的炉上锅中捞出了一把海草和海参，嚼着踱到炕前，看着她鼓鼓胖胖的身体、身体上一道道的抓伤，赞叹说：

"你就像一种有劲道的烧酒。"

宝物

"从今以后，我得了个好老婆子，你得了个有劲的男人——话能不能这样说？"渔把头坐在一个废弃的、反扣在沙岸的舢板上，抽着烟斗端量她。

她坐在一片焦干的海沙上摆弄晒干的海参，偶尔拣出一两条小干鱼嚼着。她已经在小泥屋待了七天，从昨天开始帮这个男人干活了。她粗麻似的头发被艳阳晒得发紫，惹得对方时不时伸手捋一下。她抬头看他，看他油光光一棱一棱的身子，点点头。

"那他妈的我的下半辈子就搂上大胖老婆了。我一个人在这里干活，知道能等来什么物件也说不定。半夜有骚臭野物来泥屋过夜，膻气味让我第二天一大早把吃的东西全吐出来。大肥物件得把前边的事儿说道说道了，我也一样。"他捏着自己奇怪的大脚，捏一会儿嗅嗅手指。

珊子厌恶他这个动作。还有，他半夜散发出的体息有点像烧胶皮的臭味儿，也让她厌恶。她说："前边事儿简单，咱是黄花大闺女一个。后来嘛，摽过一两个男人，走了，没影了，你只当什么也没发生好了。"

红胡子斜着眼瞄她："你摽过的男人没让你嚼巴嚼巴咽了？那些家伙命可真大！"

"天外有天哩。那男人胳膊一搂就像给我镶了副铁箍，身上的皮儿又厚又壮，想咬都没法下口，就像生牛皮！他跟俺三天三夜的恩爱啊，你蒙上头想一天也想不出来，你不知道那是怎么一回事儿，你这个红胡子！"

他摸摸胡子："那小子也许是个野驴种儿，不过他千万可别让咱遇上，遇上了，他也就完了——他肯定活不成。我会把他肚里灌满沙子，然后一抬手扔进海里……"

这儿的天要好起来真是喜人，太阳把满岸白沙晒得热乎乎的，让人真舍不得。海蓝得像一块大玉，没有一处开花浪。红胡子咕咕哝哝把珊子扳在沙子上，两人仰躺了，看天上的白云。一会儿他又反身回屋拿来一个酒葫芦，一人一口喝起来。一支黑乎乎的铳就倚在舢板上，那是他打海鸥取乐的。"咱这日子还真不错。狗日的我这辈子全是大凶险大快乐。说起来你别吓着，我的胖娘们儿大肥物件，咱年轻时当鬼船头领，劫下财宝无数，有上好的娘们儿也顺手收了；咱使砍刀宰那些犟人，哧棱棱给他们抹脖儿。最过瘾的是劫那些大船，那上面好酒好娘们儿、金元银元多得是……我真日死他娘了啊！我真日死他娘了啊！"

渔把头大口饮酒，不再礼让珊子了。他一会儿工夫就把一葫芦酒喝光，又回去取来一葫芦。他畅饮，在舢板上跳跃，迎着大海深处狂呼，伸出一个拳头威吓什么，惊人的脏话一串串从红色胡须间飞出。珊子在一边轻轻磕牙掩去惊讶，她这辈子终于见到了一个比自己更能说脏话的人了。瞧这家伙将各种脏词儿胡乱搭配，串连组合得奇谲无比，一把一把抛向波澜不惊的大海。

"我把那些娇滴滴的花袄儿从她们假模假样的男人怀里揪走，哪个敢拦？老汉一火，回手就是一刀。咱把金币银币装进大肚儿陶罐，一罐一罐埋下哩……"红胡子说到这儿戛然而止，一扭身瞥瞥珊子，见她正低头在沙滩上描画什么，这才吹一阵口哨，抓过铳重新瞄准海鸥了。

夜晚渔把头让珊子也像他一样嚼大把的海参和海草，珊子吃下一口就想吐。他说："老婆子哎，你要比着老汉活下去，一百年也不死，就得吃这东西！大口吃！海参力气大啊，可要当饭吃下，不出几天就得鼻口一齐放血，谁也救不过来！窍门在哪？就在这海草上——你把海草一块儿吞下也就没事了！你吃！泼吃！"

珊子忍住腥气和粗浊吃下一口、两口她再也不吃了。渔把头半夜将她举到头顶，又噼啪一下摔倒，一只脚踩住她高高隆起的屁股，没头没尾地砸起来。她忍住、咬紧牙关。一阵可怕的亲热、浑打，头发都被揪下了一绺。渔把头每夜将她虎气生生提在自己肋下，在屋里走动，看看窗外，愣愣神，又在门旁站一会儿，像是必不可少的午夜巡行。此刻大海的潮声细碎无边地汇拢而来，有夜鸟在屋顶嘎呀一叫。他轻轻咬她又黑又亮的眼睛，像要一口气咬下来、舔下来。他再次将其放到炕上时，她的双乳之间、臂上和腿根，都被他搓弄得渗出了细小的血珠。每逢这个时刻，渔把头催眠曲般的咕哝和哼叫就响起来了，它配合越来越大的海潮之声，和谐无间地汇入其中、随之一起波动。她每每震惊的是，自己不是在别处，而是在涌荡起伏的波涛之上被一个男人索要、被其不间断地挖掘和寻觅。她闭着眼睛，眩晕，沉醉，欲死欲仙，一阵阵呻吟渐渐变成了嚎叫，这声音在某一瞬间将渔把头从另一个世界召唤回来。

渔把头磕牙，抿着嘴巴，整个人糊里糊涂乐着，咧开的大嘴里露出了一颗残牙。

珊子深吸一口说："老头子啊，你有时是真能吹啊！你哪有什么一罐一罐金币银币？你是做梦了吧？"

"咱一点都不吹！要不咱怎么不跟那一伙渔人撤走呢？咱是留下守、守咱的宝物啊……"

"我还是不信！你就是挖出一小罐来让我看看，我也好相信你说的不是疯话梦话呀！"

渔把头困了，闭着眼摇头："那可不行。这或许是留给你的一些宝物，或许你连一个钢镚儿也得不着。这就得看你的运气了……"

七片叶子

珊子对渔把头说："昨夜我梦见镇上的小屋塌了。我得回去一趟了。"渔把头嗯一声，算是同意。

珊子迈出屋门的一刻，只听身后噘的一声，回头见他手扳着脚掌念叨："早些回呀！回呀！我离你久了不行哩！"

她匆匆赶往石头街。待看到镇子轮廓时，这才开始惊讶：自己竟然真的离开镇子安家了，一离开竟会是这么久。她急急走入镇子，当踏上石头街时，却又像害怕踏响地雷一般，又轻又缓地往前迈步。街上人对她的离与归从不当回事儿，唯独这一次用异样的眼睛盯着她。

她从他们的目光中读出：小屋真的塌了。

一点不错，昨天午夜十二时整，只听轰隆一声，小屋变成了一大堆鹅卵石。黎明前唐童已经让一群背铳人围住了卵石，并让人从中寻找一些有价值的东西，然后一一装入木箱。木箱装完了，还有大量需要装起的东西，唐童一急，想起牲口棚闲置了一口没人用的棺材，就让人抬了来——珊子一步迈入小院时，见大家正在为她敛出一些杂七杂八，叮叮当当往那口半新的棺材里扔，她的心不知怎么揪紧了一下。

唐童这个夜晚让珊子在牲口棚住下，一直陪在身边。他哭了，一张咧了老大的、酷似母亲草驴那样的嘴巴一下下碰着珊子的双乳。后来他好像又发现了什么，举了桅灯一照，发现她赤裸的身上有不止一处搓伤。

"我的老天，这是什么鬼人吃了豹子苦胆？"

珊子一下下抚动他头顶的鬈发，说："等明天去河口送东西时你就知道了。"

天一亮，由唐童和手下的几个人背铳压阵，两辆大车一直往北，再折向西，直向着河口驶去。多半天的时间就挨近了小泥屋，快走到跟前时，唐童夸张地喘息，张着大嘴迎着泥屋，像狗一样发出哈嗒哈嗒的声音。

渔把头在屋边叉着腰看，并不上前。

"这是镇上人哩！这是我的——咱的东西！"珊子指东道西，面向渔把头大声说。

渔把头正得意地捋着胡须，一个个端量这伙人；当他一眼看到了车上的棺材时，腿和手都抖嗦起来，嘴里哼叫着走近珊子："这是谁、谁死了……"

珊子这才看出他面无血色，每根胡须都在打战，不由得一怔。稍顷，她敲敲棺材说："噢，不不，这里面装了东西，他们先是当箱子用用的……"

渔把头这才明白过来，他跑了几步，上前一把揪住牲口，一拳连一拳捣着棺材说："这是做什么！这是要做什么？这是……"

珊子好不容易才把发火的渔把头劝住。可是从那会儿这家伙再也提不起神儿了，时不时总要瞥一眼卸下来的棺材。几个人忙忙活活将运来的杂物搬下来并一一归整，渔把头从头看了一遍这些零零散散的物件，顺手拎起一副小红肚兜儿、一个浅黄色的大乳罩、两块搓脚石，说："我日他娘。"珊子说："快别磨蹭了，来这么些娘家人，你去弄条像样的大鱼待客吧。"渔把头不吱一声，拿上鱼叉和抄网走了。

唐童对小泥屋的简陋十二分惊讶，说："这根臭光棍什么都没有！"珊子悄声说了他藏下宝物的事。唐童跳起来，她一掌把他拍坐了。

剩下的时间唐童再不沉着，一双眼在前后左右乱瞅，又出门在泥屋附近端量，用脚踢踢踏踏。渔把头背着三条小腿那么粗的鱼过来，问："你要撒尿？这里没茅厕，随便。"唐童只好解了裤子，一边还在盯视墙基、放了一堆杂物的破船。

唐童离开，没过三天又回来了，肩扛一半猪排说："这儿日子太苦了，俺娘家人不放心哩！"这一次渔把头喝了不少酒，当场表演大口咀嚼海草海参的猛相，唐童朝珊子挤挤眼说："真是条英雄好汉哪！"渔把头说："其实我压根儿不用什么鱼叉！我赤手就能擒来大鱼！"说着领他们往海边走去。

这天风浪涌起来，海水呈墨色。渔把头一个猛子扎入，一直往里游去……唐童看着海里的人，对珊子咂咂嘴："这家伙待在这儿一天，咱就没法挖找那些宝物。"珊子一直看着远处浪尖上那个黑点，没有应声。唐童说："这家伙吃我一铳就好了。"珊子盯他一眼。他把脸转向远海，咕哝："这会儿给他一铳，谁也不知道是怎么回事。他就再也回不来了。"

余下时间珊子脸色难看至极。那个浪尖上的黑点开始变大，他们都看到他的大脸了；他一只手划水一只手撸着脸上的水花……珊子小着声音，自语般道："你去林子里采那叶子吧。"

唐童蹦起："知道，老牛吃了鼻口蹿血……我给你一大把。"

"用不着。七片就行了。"

这一夜，渔把头照例吞吃了一团海草：海参裹在其中，他大口咀嚼时故意做出一副怪相。他一双大手把珊子举举放放，嚷着："你这样的骚夜叉，只有咱享用得了。"他亲她，逗小孩一样弹她的脑瓜。她摸他隆起的腱子肉，夸道："你就好比一头大水牛。"

第二天下午，渔把头驾着小船进海撒参苗了。珊子沿着河东岸往南，坐在稀稀柳丛中的一块大石头上。她这样等了一袋烟的工夫，唐童就来了，满脸是汗："我早来了！早来了！"说着塞过来一大把墨黑的、又细又长的叶子。

珊子只从中取了七片：颜色深重、角质层厚、匀细俊美的。

她将七片叶子切成细丝掺进海草，裹上海参。她亲手做出的海草团子可比那家伙弄出的好看多了。

渔把头从海上归来，进门第一件事就是盯紧了这团海草："狗日的老婆子懂事不少。"

他喝水，咀嚼这海草，模样难看极了。这一回好像比平时费力十倍，但总算是吃下去了。珊子长叹一声。渔把头噎出了泪花，捋捋胡子：

"真他妈的苦啊！也许是上了年纪，这草一天比一天难吃！"

珊子端过海参汤让他饮，一下下拍打他的后背："大水牛饮了这遭，以后再也不用吃了。"

"还得吃！还得吃！"

"不用吃了，再不用吃了。"

下半夜月亮出来了。从这一刻开始珊子就披衣坐在泥屋外边。一些野物趴在窗上门上，一声连一声大嚎。她没有理它们。

"嗷！哦嗷哦嗷！啊哈嗷嗷……"

几只大型野物在月亮底下撒腿奔跑起来，沿着扑扑海浪打湿的岸边跑嚎，声音里全是惊恐和绝望。

第七章

银月

老婆婆把钓钩抛到水里，将鱼线一端系在青杨树上，然后就转身忙起来了。她在浅水处拔起一丛蒲草，洗去蒲根的淤泥。筐子半浸在水中，她把一块块干姜似的蒲根扳下放进筐中。漂在水中的连体小葫芦拴在鱼线上，这时一抖，让她抬头看了一下——它只是一抖，接着往上仰了几下，终于平稳下来。她于是重新低头采蒲根、采蒲草的芯叶。这一次连体葫芦又开始剧抖、摇晃、向斜里滑行。她双手挂膝站起，扯住鱼线一拉一耸、高举过顶——水中紧接着泛开一束银浪，它衬着稍稍发黑的水潭，白得耀眼。一朵浪花开成碗口那么大时，突然溅成了无数的屑沫，接着从屑沫当心直射出一道金黄色的光束——它在半空又来了一个翻腾跳跃。

一条金黄色的大鱼躺在了筐中的蒲叶和蒲根上，老婆婆像端一个娃娃般将筐子拥在怀中，往小屋里走去。天已到了半下午，阳光照在水潭边的蒲苇和莎草上，一双双连体小蜻蜓飞来飞去。这是难得的一天，老婆婆从一大早就泛起了一种奇特的心情：颤颤的，欣悦而不安。她后来发现自己真的像在企盼和等待什么。可是她并没有被告知今天将有来客，知道的只是平平常常的新的一天：没有一个人会来自己的小屋。她这会儿稍稍惊异于一种奇特的心绪——它是那么强烈和显著，以至于一阵阵在心头涌动。她坐在炕头发怔，一直在想这是为什么？想了半天，终于想起了昨晚的一个梦。直到下半夜这个梦还楚楚如新呢，可是一大早坐起来却又忘掉了。

是啊，这种奇异的心情肯定是因为那个梦的缘故。如果在过去，她会泪花闪闪从头咀嚼一遍，好好想一想那个梦，而今却不再有那么多冲动了。不过她端着筐子和鱼钩走到潭边时，仍旧在想那个梦。

梦中有一个赤条条的细长身量的男孩儿，他剃了短短的头发，有一对星星般闪亮的大眼睛，一直趴在窗棂上看，身上渐渐落满了露水。她发现了他，望着窗子问："你是谁家孩儿啊？你夜里赤身趴在这儿不冷吗？"男孩儿答："我要进屋里去，我要从这儿爬进去。""你是谁家孩子？家住哪里？"男孩儿嗓子哑哑的："我就是你的孩子！妈妈，你不认得我了吗？我来家了！我就是银月啊！"老婆婆心头一烫，急急坐起——梦醒了。

这时才是午夜，她摸摸窗棂。刚才就是一个孩子趴在这儿的。推开窗，空中的月亮真是清洁极了，好像一直在等她见面。她在窗前坐着，坐着，直到睡意再次袭来，覆满了白发的头垂下来……

天亮了。窗依然半开着。老婆婆合上窗子。她知道自己唯一的孩子银月不会回来了。银月是她唯一的孩子，八岁时跟上村里人去东北寻找父亲，从此再无消息。十余年了，她终于不再相信奇迹。领他走的是一个男人，那人留下的女人于第二年春天在臂上戴了一块黑纱，这让老婆婆见了头脑里轰的一响：她的男人死了？那他领走的银月呢？当时她疯了一样，跑啊跑啊，一口气跑到村头板扣家，连连拍打他的门。板扣当时还年轻，睡眼蒙胧走出门来，见了她两眼一瞪，然后皱着眉头安慰起来，语气非常肯定地说："银月没事。银月是银月。"

银月挂在天上，月月与老婆婆窗前相会。是啊，板扣说得一点不错：银月是银月。

这座岭下孤屋离小村一里远，是银月父亲为了娶她专门搭起来的。他和银月都走了，小屋就成了他们爷儿俩的影子。"婶子归村吧，住到村里，一起照料方便哩。"板扣几次上门劝说，老婆婆都摇头。她怎么能离开呢？这不就和离开了他们爷儿俩一样吗？她要住在这里，一直等下去。在等待的日子里，她垦田结篱，竟然一点点把山岭下边、水潭旁十几亩的荒草乱石滩做成了好看的田垄。这期间板扣总是让人来帮她，说有村里人吃的，就不会饿着你。她还是不停地操劳。有人说：她是想人啊，想人的人就这样忙碌，不停地干哪干哪。

老婆婆越来越明白男人在这儿搭屋的缘故：他喜欢这个又深又凉的水潭。她在蒲草边白沙边采摘吃物时，总把这潭子看成了自己的亲人。这水潭会护佑她一生，帮助她一生。水潭是镜子和眼睛，也是安静的男人——是男人啊，而且是英气生生的男人。她有一段时间一天到晚坐在潭边，想许多往事。她采了潭边的荠和苋、野芹，像丈夫那样钓鱼，钓一种宽宽的黄鳞鱼，他曾叫它"黄鳞大扁"，说是最让人滋生大力的吃物。后来她发现这儿的蒲草原来清香逼人，根茎都是美食！富含淀粉的块根蒸在米中，再用嫩嫩的蒲芯儿做汤，香甜得可以用来迎接月亮上下来的仙人。

她做好了一顿丰盛的晚餐摆在白木桌上。一只长了圆圆大脸的鸟儿循着香味一跳一跳进了屋，她就取了一匙香米给它。圆脸鸟的脸庞和胸部让她想起自己二十岁的时候。一会儿喜鹊和斑鸠都先后倚在窗上，她一一打发了它们。

她与这些鸟儿全都熟悉了许久，甚至听得懂它们怎样说粗话和俏皮话。

她只是坐着，她想等月亮出来，水潭发出叮咚声时再享用这美妙的一餐。她一点都不饿。她坐在窗前，两手合起看天空、看一点点变成绛色的那个水潭……后来，她真的看到水面上有人在行走——她揉揉眼，欠身再看，原来是杨树在摇动，树影映在水里。可是细高的杨树啊，摇动了一下、又一下，然后就分成了两棵，一棵往前、一棵仍旧站在原地——会移动的那一棵杨树走走停停，转身，风吹一树叶子——那其实是又浓又长的头发啊！老婆婆这会儿看清了，她压住一个惊呼伏在窗上：天哪，真是一个细高身量的后生，这孩子大概一年都没有剪头发了，瞧一头乱发多长。天黑了，这孩子在潭边转转走走，像是迷失了回家的路。老婆婆抵在窗前，差点把窗棂都扳掉了，一双手攥得紧紧的，这时大声呼叫道：

"银月！银月啊？是我的孩子……"

那个头发长长的人影在潭边定住了。他一动不动，这样足足有十几分钟，突然迎着小屋飞奔而来。

蒲根酒

他不停地咳、咳，直咳得浑身大抖，脸憋成了绛紫色。"我的孩子，孩子啊，你这是受了大风寒、受了大劳伤了。"她抚摸他的后背，伸理他的胸口，又分几次灌进汤药——这是她在水潭边采来十二种草叶熬成的。吃进药汤，他的喘息渐渐平缓，眼见绛紫色的脸庞变得红扑扑的。她开始让他呷第一口鱼汤了。

老婆婆在他瞌睡时查看了踝骨处的疤痕、耳朵上肩膀上，所有累累相叠的疤痕。她的目光一触到这些疤痕心就疼起来。她至今将那一天记得清清楚楚，记得自己怎样救下这个嘴里吞满了泥巴的孩子。她知道他当年伤得最重的就是小腹那儿——整个皮肉都血糊糊的，恶人简直要打出他的肠子来……扳指算算，从那天到现在正好三年过去了，如今这些伤处全都长好了，长得结结实实。这些年他究竟在哪里藏身、哪里吃饭啊？小伙子身个高了，唇上的茸毛变黑了，可是人更瘦了，瘦得眉骨凸立大眼深陷，像个贫血跌伤、一路摸爬而来的孩子。"孩子你三年跑了多少地方，你从哪儿逃出来啊？""妈妈，妈妈，妈妈……"他睁开迷迷蒙蒙的眼睛，说不成一句像样的话。

　　他很快睡过去了。她一直坐在他的旁边。她看到他的胸部每呼吸一次都把被子顶起一下，发出了浅浅鼾声，心里高兴极了。"这是个结结实实的好小伙儿，病好了跳进大木盆里洗个热水澡儿，喝几顿黄鳞大扁，一准全都好了。"她看着他又长又厚的合起的眼睫毛，觉得他周身上下，处处都像银月。这时她才对夜里那个梦境感到万分惊异——这活脱脱就是一个银月啊！

　　他在半夜醒来，不咳了，头也不热了，两眼亮晶晶的。"孩子你好了，你坐这儿别动。"老婆婆下炕点火，把剩下的鱼汤煮沸，端过来一匙一匙喂他。他皱着眉头问："妈妈，还是那股枪药味儿，这是当年的那种鱼吧？"

　　"是啊，这是黄鳞大扁。"

　　她为病愈的小伙子剪去比女人还要长的芜乱头发，让他跳进盛满热水的大木盆里。"要是天再暖和一点，你就能钻进潭里洗澡儿了。"她背过身说了一句，又去隔壁等他洗完。瞧他洗完澡换了衣服，一眨眼就变成了一个崭新的小伙儿。所有衣服都是银月父亲留在家里的，这孩子穿上十分合身，站在那儿英气逼人，满目含情。他对老婆婆说："妈妈，从今儿个起，我就要下地干活了。"

老婆婆阻止他，可是没用。他把从水潭到岭子半腰的毁朽的篱笆整好，又除去了田垄上茂长的野草。他从潭中汲水浇地、揪蒲菜，然后又用草泥抹好了小屋上的全部裂缝。"孩儿这七八天里干的活儿，抵得上我几个月。幸亏村里有人来帮我，要不这庄稼就得死在地里。"老婆婆说着说着又转向了声声低语："银月啊，我的银月长大了……"

他们约定：她今后只叫他银月，他只叫她妈妈。廖麦是她三年前救活过来的，她就该是他的妈妈啊。他从小没有见过妈妈，只跟在多灾多难的父亲身边长大，而今却真的有了一个妈妈！他夜里和老妈妈睡在一个炕上，对她从头讲了自己的父亲：因为眼镜一次次被村头儿摘下来踩碎，只好偷偷戴上教他识字读书——老人一生最大的希望就是儿子能读许多许多书，"书是最好、最好的东西了。"父亲总是这样说。在沉寂无声的深夜，廖麦最后告诉了老妈妈父亲的惨死，老人听得唏嘘不已。

那个夜晚老妈妈一直未睡，一会儿看升起的月亮，一会儿看他。她对他说："你爸说得对，好孩儿千万要接上读书，听你爸的话。你住在这里什么都不用怕——村村头儿不一样，咱村的板扣是个仁厚人。银月，赶明天我要告诉村里的板扣：我儿子从东北回来了。"

老人说到做到。她一大清早出门去，回来时领来一个六十多岁的老人，这人身板硬朗，走路咚咚踏地，一对长寿眉像两条毛毛虫悬在额上。老妈妈絮絮叨叨，编得天衣无缝：孩儿终于回来了，一转眼长这么大，这一下咱这辈子又有依靠了。板扣咳着，抽烟，点头，最后把廖麦扯到门外。他们坐在潭边。

板扣抽烟不语，直抽了许久，突然磕磕烟锅"嗯"了一声。老人扒拉他的肩膀看了看，又让他脱了左边鞋子瞅瞅脚趾。板扣再次点上烟吸着，自顾自说道："银月肩上有痣，左脚小趾被车子碾坏了。这孩子八岁没的，出了船难。不过全村人都瞒住了他妈。"

廖麦忍住惊讶，埋下头听着。

板扣磕着烟斗："她要认下你也好，我也不问你从哪里来的，明儿给你上个户口吧。不过做人全凭良心啊，她要再一次走丢了儿子，她就非死不可！"

"大叔……"

"非死不可！"板扣沉沉的目光盯了他一下，站起身来。老人弓着腰看看旁边不远的小泥屋，低头走开了。

廖麦一个人坐在潭边，坐了许久。

就是这一天，廖麦在心中起了个大愿：一生一世都把老人当成自己的母亲。

老妈妈让他续学，出村去读书。他说我买来书自己学吧，这儿离棘窝镇还是近了些，我得隐住、再隐住。老人说："记住你父亲的话吧，好好读书，莫辜负他的一片心愿——你是做大事情的人。你有一天离开小屋不要紧，只要你能回来，妈妈就知足了。""妈妈，我即便走到天边都要回来！"

天渐渐凉了。树叶开始飘落。

这一天直到午夜廖麦还大睁双眼看着天空，不愿说话。老人一遍遍拭他的额头，最后一次，他抓住了她的手："妈妈，我要回棘窝镇一次，要不我就真的变成疯子、变成大痴士了。"

老妈妈没有说话。她去看窗外，看黑影里摇动的蒲草，它们结出了长长的蒲棒。老人摇头："忍住些吧孩子……我害怕，我不能再让你走丢了。"

"可是我睡不着。我三年没见她了，我日日夜夜都想着她，我只看一眼就回……"

老人擦擦眼睛："我明白。趁哪个最黑的夜晚去吧——我只要你平平安安，连磕个疤痕都不行——天一亮你要回得家来。"

最黑的一天终于来了。老人掐着手指算了月亮升起的时辰，说去吧。可这是个大风天，风沙呜呜吹得吓人，人一出门就打个寒战。老人先是到门外看了看，说好孩儿再等一天罢，廖麦却固执地摇头。老人转到屋后去了，一会儿抱回了一个青黑色的坛子。

老人打开坛盖，一股特异的香气扑面而来，霎时就溢满了屋子。

"这是他爸在家时教我酿的一种蒲根酒。有大风寒的时候，喝一口才能出门。你喝吧孩儿。"

"可是，我从来没有喝过酒，逃难路上有人灌我，呛得我满脸是泪。"

老人倒出半碗浅黄色的汁液，廖麦小心地饮下一口，随着它烫烫地流下肺腑，觉得耳朵欢叫起来：满屋里都注满了蒲草的歌唱。他抿一下，又一下，最后一口饮下。蒲草花儿四处飞扬，蒲草发了疯似的边唱边舞，粗豪的声音震得他两耳生疼。"踢啊踢！踢啊踢！"那一声声呼号又响在了耳边——那声声震耳之处就是棘窝镇啊，那里有我的仇人！那里有我的心爱！踢啊踢，踢啊踢，妈妈啊，我要在它剧烈逼人的节奏中腾跳而去了！"美蒂美蒂，情窦初开的美蒂，如花似玉的美蒂，山盟海誓的美蒂，必为我妻的美蒂！你今夜可要等我啊……"

廖麦一出门就迎上了北风。他告别妈妈时，老人又塞进他怀中一个扁扁的酒壶。他裹紧了它，一低头就往山岭攀去。风沙吼叫，打在身上一点都不冷。

只一会儿，胸中的火苗一股股蹿起来，他最后不得不把衣襟扯开，让北风直接吹在赤裸的胸脯上。

北上山路崎岖无尽，两耳生风呼呼掠过。这是一个漆黑无月之夜，无数野物被一个飞快北蹿的小伙子惊呆了，它们先是一声不吭，而后大声议论："看到了看到了？他今夜又撒开丫子啦！他一准要去办一件大事、一件最上紧的事，咱要不要跟上？""跟上跟上，煞紧裤带系好鞋，跟上飞耶跑耶！"野物呼啦啦随上了，廖麦只觉得草飞树摇，到处是一片呼号。他只念着一个名字，只是向北、向北。

真是一个黑夜呀，廖麦什么也看不见，看不到山路，摸不到小径，幸亏有一只兔子在前边引导。它一跳就是灌木梢头那么高，四蹄腾空的模样真是美极了。它一边跑一边喊着："跟上我吧棒小伙儿，你要去哪里咱一清二楚，咱俩在大海滩上结过朋友，俺爹跟你交换过枣木烟斗……"一只狐狸在身后随声附和："有俺们护驾你算是找着了，跟上俺枪子儿保险擦不着边儿。不过你喝酒时千万别把俺忘了……"它说着就伸手讨起酒来。廖麦先把酒壶对在自己嘴上长饮一口，接着就在身边传递开来，当酒壶重新回到自己手中时，摇一摇，只剩下了最后的一口。"这一口我谁都不给了，这是我的酒！"

不知离天亮还有多长时间，当廖麦按住心跳伏在镇边时，风突然停了。所有跟随的野物也都销声匿迹了，这倒让他怀疑刚才只是风声相伴，是自己在疑神疑鬼……夜色里的镇子像头喘吁吁的大兽，没有鸡鸣狗叫，只有一两声牲口的长吁。他又掏出酒壶喝了一口：蒲根酒是一种长久不熄的蔚蓝色火苗，一喝进肚里就烧得他浑身灼热。他的两眼瞪得溜圆，眼看就要瞪裂了眼眶。他急急盘算从哪个巷口进入才能绕开石头街，想着哪儿有背铳的乡棍。美蒂啊，你还住在父亲留下的青石小屋中，院墙还是矮矮的泥墙、上边还是长满了茅草吗？他一闭眼就能想起秋天墙头上摇动的狗尾草，只觉得满身的旧伤疤又胀得发痒发疼。

天太黑了，星星时不时飞蹿而逝。原来天上正一刻不停地发生大事呢。地上更是不宁。

鸡啼了，天眼看就要亮了。廖麦终于摸到了矮矮的院墙下，一挨近觉得整座墙都在颤抖。他只要一纵就可以翻过矮墙，可是两手刚扳住墙头，一阵脚步声响了起来，他只好再次伏下：这儿有一丛野苘，他贴紧了它。隐约可见两个背铳的人走过来，一男一女。他们边走边亲嘴儿，手搭肩膀往前。走到石屋前女的站下，倚在了墙上。男的走开一点望了望，又咕咕哝哝走回来。他的语调十分悲伤："我有十几天没学哲学了。"女的朝他跺脚："胡闹啊！你完了，你真的这样？"男的点头，想再亲一下，女的生气了，躲过不理。正这会儿又一阵脚步声，男的立刻回身抖铳："谁哩？""你和谁哩？""我和小狗丽！"刚过来的男人穿了很破的厚衣服，吸着烟，嬉笑说："刚刚一霎儿我在草垛边看配狗的，配也配不上。"他把烟蒂丢下，说一声"转转"，就走了。

两个人倚在一块儿，长时间不再吱声。女的小声说："不学哲学就完了。"男的盯着远处的背影说："我日他祖宗。"女的说："不学就完了。"

一男一女好不容易才离开。这段时间廖麦一直忍着，胸中的酒液再次腾起了蓝色的火苗，他真想迎面扑过去，一下把两个背铳的人击倒在地。

翻过矮墙。青石小屋是空的。拍遍小窗，轻轻呼唤，到处只一片沉默，没有回应。一层细小的汗珠从肩上手上生出，廖麦跌坐地上。"美蒂啊美蒂，你该不会出事吧？你这会儿到底在哪里啊！"他急得额头刷一下涌出大颗的汗粒，牙齿都咬响了。他怎么也想不出她会离开这儿，她在这镇子上没有第二个家、没有一个亲人啊！

此刻，他最害怕的是美蒂受不住唐家父子的欺辱，一跺脚逃回了大海滩上，从此无影无踪……

天还没有亮。余下的时间廖麦一直偎在小窗下。他知道今夜不会发生什么奇迹了，可他还是不愿离去。窗前，小院随处都浸染了美蒂的气味，这气味又与他喷出的酒气混在了一起。蒲根酒啊，蔚蓝的火苗儿又烧起来了，它让廖麦青筋突暴，两手攥拳，真想在黎明前把石头街上的每一块石板都掀起、砸碎，一直找回他的命，他的美蒂。

"我会一千次一万次地找你，找你，永不停歇！"他心里说着，尽管有些沮丧。

"我会找下去，我只要活着，就会这么找下去……"

最远的远方

"这可真不是梦啊，你这个家伙，你这回该让父亲高兴了。"廖麦对自己说出了声音。他在这样的时刻，愿意让自己待在一个地方静一静，好好想一些事情。他时不时要大口地呼吸，从一大早就是这样。隔壁是板扣和乡亲们，他们都赶来贺喜，因为小村里第一次有人考上大学。廖麦见老妈妈在乡亲们中间流泪，忍不住就离开了，来到了隔壁。可只一会儿板扣就追过来问：

"去哪里念哩？远不远？"廖麦告诉他：那是一个南方城市——向南，向南，一直向南。去那儿要跨过几道大水呢，是真正的远方，最远的远方。"妈的，咱连做梦都梦不见那种地方，"板扣高兴地说。廖麦点头。

"银月天生是钻天鹞子，飞低了不成。从小下关东，这回又要往大南走哩！"村里的老婆婆擦眼抹泪，笑，拍打小屋的主人。老人搬出蒲根酒让大家喝，板扣一见就躲，嚷着："年轻时候喝过，险些丢了一杆铳……那时候丢枪是死罪啊！"

天快黑时，所有人才离去。老妈妈把她的大孩子揽在跟前，一下一下抚摸他的头发。自他归来后这头发就由老妈妈修剪了，那总是同一个发型：离头皮一寸的短发。"妈妈，我几年就学完了。不论我今后走到哪里，都要带上妈妈。""多么傻气，我走了，谁来守这家、这园子？"她问他，他一时未能回答。

快到行期了。行前的几个夜晚廖麦都在炕上辗转反侧，叹息。他夜夜想棘窝镇，想那个矮墙小院。下半夜了，老妈妈突然说："孩子，让我再去一趟吧！反正谁也认不得我，我打听着就会找到她，会想法把她领出来——你走前说什么也得见她一面。"

廖麦一直摇头。老妈妈啊，你哪里知道唐家父子的凶险啊，你为我做得已经太多了，这是我今生都不能偿还的。他说："最黑的夜晚又来了，妈妈，你在家里等我吧！"

这个夜晚廖麦要去两个地方。他先是登上了棘窝镇东坡，一直在父亲的坟前跪了许久。他心中默念："我就要去南边，去远处了爸，那是儿子做梦都没想过的地方。我记住了您的话，记一辈子。"他正默念到这儿赶紧闭了眼睛，因为他听到了一阵呜呜吹响的风突然逼近了，一颗心怦怦乱跳。他盼望这漆黑无人的墓场上会有传说那样的事情发生：阴间亲人的魂灵出来了，他要与儿子相会！真的，他马上觉得自己脸上压了一道沉甸甸的目光，连呼吸都快要窒息了。他闭目念着，渐渐发出了声音："儿子这一去不知什么时候才能回来，您放心吧，无论我走多么远，都迷不了路，都会做您的好儿子，我忘不了咱的家仇……"奇怪的是他的祈祷一停，风立刻息了。廖麦这才大睁双眼：面前只有坟头穆穆。他站起来。

棘窝镇今夜不宁，几只狗一直在吠，巷子里总是有人的走动声。廖麦已经在青石小屋的墙外伏了许久，等待着巷里的响动远逝。他刚才甚至听到了火铳拆卸刺刀的咔嚓声，听到背铳人在小声商量什么。只要这声息远一点，廖麦就要扳着院墙往里探望，想看到小窗内的一线灯光。什么都没有，黑黑的，沉寂无声。这样又待了半个钟点，他狠了狠心，终于跃进了院内。

小窗上的纸好像被重新糊过了，这让他心上打了个激颤。他轻轻叩响了木棂，小声呼叫："美蒂！美蒂！"屋内静极了。他稍稍等待一下，正要移向另一个窗子，马上听到了一声响动。他凝在地上，牙齿差点磕打出声音。他紧紧盯住小门，相信它马上就要闪开一道缝隙，马上就会露出她的脸庞！她的那双眼睛会把这儿的夜色全都逼退……门吱一声打开，轻得不能再轻——廖麦身子一摇，像要扑过去；可是定神一看，那儿是一支铳、一双尖尖的鼠眼。他身上一紧，随之两腿一弹就蹿出了十几米，然后不知怎么就越过了院墙。他仿佛看到伏在墙外的一群野物，兔子狐狸黄鼬们，这时也呼啦一声蹿起来。他心中只一个声音："快跑快跑……"

身后马上有人嘶哑着嗓子呼号起来："快些呀，这回咱可瞄见了！瞄见了！

快些啊！刚刚有人蹿院过墙了，这回咱亲眼见了，你听大脚丫子吧唧吧唧响！快呀！快呀！"

那人一喊，紧接着巷子里就响起一阵混乱的脚步声，好像四下都有人飞赶过来，几道手电光在天上、地上扫来扫去。廖麦的长腿一纵就是老远，很快把那帮吵吵嚷嚷的家伙甩在了后边。他几乎一口气蹿出了街巷，又开始登上镇东的崖畔。这会儿身后的人已经甩远了，那些人放缓了脚步，只听一个骂咧咧的粗嗓子在训人："你怎么不开火？你以为还会是好东西？咱打死人不偿命！"

粗嗓子顺风吹来，廖麦听出是唐童在呼号。这家伙训过了手下的人，又漫无方向胡乱嚷叫："狗日的物件听着，咱这根弦绷着哩，咱为你张开天罗地网！我睡着了你也别想得计，只要你敢踏上咱的地界，咱抓着了你大卸八块，使钝刀子割你！你以为我不知道你是谁、你闯进来几趟？咱手里的火铳两年没见荤腥了，你是有种的，快给它解解馋吧……"

一阵阵风吹在崖上，发出沉闷的回声。廖麦登上崖顶，远望镇子淡弱稀疏的灯火，双脚难移。哪一点灯火才是你啊？美蒂！或许你这些年里一直待在黑夜里，那儿是地狱，没有一丝光亮……今夜的呼叫你听得到吗？你会想到他就要远行、他在远行前来找你告别吗？美蒂！美蒂！我这次要去远乡了，那里远极了，要一路乘汽车、火车、轮船，可是我走到哪里都放不下心，都会想着这个夜晚啊！我这一去也许要几年的时间，我会把什么都看在眼里记在心里，回头再告诉你南边的故事，那肯定是最稀奇最古怪的故事……

启程的一天终于来到了。廖麦穿上了老妈妈亲手做成的黑面白底布鞋，穿上了手缝蓝布袜子，对襟布扣灰褂，捎了四四方方的行李卷，登上了板扣指派的马车——马车要一口气把他送到长途汽车站。

廖麦生来还是第一次出这样的远门。先是乘汽车、火车，又乘大轮过江，再乘火车、汽车……

一直地往南走啊走啊，慢慢看到了大叶子树，看到了更大的太阳。这儿的人一开口就是古怪的声音，男男女女都长了鼓鼓的脑瓜。"俺真是闯了南洋，亲眼见了书上说的人和树，见了鼓鼓脑瓜下边又黑又圆的眼睛——妈妈，美蒂，板扣和乡亲，我看见了，我喜欢他们哩！"

必为我妻

"我今年二十八岁了，应该是成家立业的人了，"廖麦在镜前用安全刀架剃须时，默念起这样的话。这时候他已经毕业来到一个机关工作，所在城市离棘窝镇大约一天的车程。时间可真快，转眼就过了六年。

六年里发生了几件大事。

入学第二年是老妈妈病危，由板扣拍去电报，廖麦日夜兼程赶回，这才见了老人最后一面。那是痛不欲生的日子，廖麦看着母亲枕上的白发，突然觉得人生如梦，一切都在消逝，一切都不再有意义。妈妈在微弱喘息，眼看就到了最后时刻了，她睁睁眼，竟然摸出了一个纸包：里面有一小叠钱。他咬着牙接过，知道这是老人一辈子积下的——包括自己每月从学校寄回的五元钱，那是他从菜金中挤出的一点钱，她都舍不得花。廖麦看着妈妈，突然想到了黄鳞大扁。他去取钓钩和抄网时，板扣阻止道："没用了，银月。"

四年里廖麦结识了两个终生难忘的同学、一个因为其他缘故而不能忘记的老师。

　　两个同学中的一个是女的，当地人，名字叫修。她那鼓鼓的额头、漆黑的圆眼、娇小的身个，皆深烙南国印记。她一天到晚写诗，有火烫的性情，笑起来酒窝深陷牙齿闪亮，不知为什么让人想起一种脆而甜的多汁水果。她自生下来就没有离开过南方，对北方的一切都感兴趣，甚至要借廖麦的手工蓝布袜子穿一穿，说："我从来没穿过这样的大肥袜子！"她与廖麦辩论书上的问题，常常激动得泪花闪烁，有时会莽撞地夺门而去。当她一个人在冰凉的月光下吟哦时，他会远远看见一条白色的围巾在风中拂动。

　　修与廖麦、还有一个叫戚金的乌黑瘦削的男同学最为要好，三个人更多地在一起辩论、读书、野餐和远足。修躺在草地上像个孩子，只有高高的胸部显示了成熟。她可以饮半瓶红酒而毫无醉意，还在偷偷摸摸抽烟。她与他们在一起时出奇地直爽，连被禁的话题也敢于涉及。廖麦发现她性格刚强，除非是为了诗才会流泪。当她在春天的草地上忘情吟哦时，廖麦就想到了北方的槐花：洁白，清香。

　　廖麦单独和修在一起时，会发现自己的手是凉的。修也发现了，于是有一次修的两只小手捂了它们很久，一言不发。

　　毕业前夕，一个晚上，他和修在一排栏杆上靠了很长时间。下面是一个水潭，她的身体有时仰得厉害，他不得不去扶她一下。修说："北方人真好。北方人真有劲儿。北方人浑身都是诗。"而廖麦的大手扶住她时，却难免领略了一个小而完美的躯体；当不小心触到了她的乳房时，她声音低低、哈气似的吐出一句："我二十二岁了……"他不知为什么接答一句："是的。"

434

他听见自己的嗓子是哑的、涩的。当时他全身战栗几近迷狂，一抬头却怔住了：正北方的一颗星星在剧烈闪跳……他暗中咬住了牙关，不然一句话就会清晰地吐出来："美蒂！美蒂啊！我在这里呢，我还是我，你可得等着我啊，我必要娶你为妻！"

戚金是一个沉迷于阅读的人、沉默多多的人。人们说这在全校可能是唯一一个古怪的人。他神秘而冷漠，多少令人敬畏，来自一个大城。他从不讲述家世和往事，交朋友时，只从眼睛上苛刻地辨认。他认为廖麦的目光是倔犟的、遮掩的、纯洁的——这是他后来说起的印象。可是他从来不想倾听别人的隐秘。

他焦黑枯瘦，这当然是有原因的：只吃很少的一点饭，不停地锻炼，绝对的登山冠军；还有，就是吞噬般的阅读，读外文书并亲手译出许多段落。一个假期，他肩负简单行囊，独身一人沿黄河走上了高原；从高原回来后，他又去了东部沿海转了一圈，直到开学。这一次格外遥远辛苦的跋涉让整个人变成了黑炭似的，也更加缄默。

即将毕业了。廖麦固执地要求回到北方、回到东部，而且那儿离山地越近越好。而修则留在了当地。戚金一意孤行要去西部高原——干什么都行。

廖麦毕业很久都会记得属于戚金的那个角落：双层床的底层，靠窗一面小桌、两层搁板搭起的书架，简单而整洁的被褥，一沓沓的书，卡片，一摞硬壳笔记本。宿舍的人大半时间是离去的，到图书馆，到花坛；戚金自己留在这里，待他们回来时，他再去空荡荡的教室。孤单和焦思，深藏的某种决意，这一切廖麦当时只能感受而不能言说。毕业前夕，当他与之讨论择业、彼此的未来时，一直少言的戚金说："再也没有比鉴别和注视自己更重要的了，人也只有这样才谈得上力量；我怀疑一切概念化的生活，我有点害怕，害怕自己这辈子被抽象的理念给毁掉……"他欲言又止。廖麦当时未能充分理解，却没有更多地展开讨论。这也许是个遗憾。不知为什么，这几句话在几年的时间里、甚至在更久远的日后生活中，常常泛上廖麦的脑际。

那还是痛失母亲的第二年夏天，廖麦在长长的假期中被一位男老师约上一起度假。这位老师有四十多岁，也许是渊博的知识和格外浓重的胡须，在整个学校里都有点鹤立鸡群。老师一直分外关心廖麦，这让廖麦感动，内心里一直将其视为一位兄长。慷慨的老师把他从一座城市带往另一座城市，入住的都是蛮不错的宾馆。只要是廖麦喜欢的东西，老师都要设法买给他。廖麦有点不安，后来总是拒绝。

在一座湖滨饭店里，老师从柜台上急急离开，对廖麦说："这回没有房间了，我们只能一块儿凑合一夜了。"他们住进了一间宽敞的、带浴室的大房间，房间里只有一张大床。没什么，一切都挺好的。廖麦记得深夜十一时左右，老师频频欠身与他说话，一只毛乎乎的大手动来动去，小心地触碰他的身体。一股浓烈的、类似于公羊那样的膻气一瞬间散发出来，让他把脸埋到了枕头上。老师以为他在害羞，竟一句句规劝诱导起来——廖麦开始时怀疑自己听错了，后来一下坐起，定定地看着这位素来敬重的导师。

老师的一脸黑胡茬，不知为什么在一霎时变紫了——紫色的胡茬！这是廖麦清楚记得的！他当时困惑并且有些害怕了。老师却"嗯"了一声，摸一把自己的胡子，凿定的目光再次盯住学生，牙齿磕打下巴抖动，说："你，你必须……来吧！"廖麦这才注意到他异常发达的三角肌、粗重的髋骨、公牛一样庞大的臀部。

廖麦很久以后都记得那一刻的感觉，记得自己的指骨节因为羞愧和愤怒突然变得又痒又胀，但他那会儿还是忍了。他只低低叫了一声："老师"，跳下床来。

他一下床就以最快的速度拿到衣服，边穿边抓起背包，待老师吵吵嚷嚷追下来时，他已经下楼、出门，几步就跨上了大街……

整整一夜都在行走。天亮了，仍然不能停息地走、走。

那个夏天，廖麦身上本来有足够的钱乘车，可是他偏偏要步行……他究竟是想惩罚自己还是怎么，连自己也说不清楚。那个夏天他整整用了十多天的时间，风餐露宿，硬是踩开长腿，一步一步走回了学校。于是，这个夏天他再也不会忘记了。

匆匆四年逝去，以后仍要不时浮上心头的，就是这三张面孔。

廖麦于第六年的九月终于潜回了棘窝镇，结果这成了他一生中最重要的一个季节、一个时刻。就因为拥有了这样的时刻，他将彻底改变自己的余生。

悄然回到镇上。镇子西边，在一片浓旺无比的紫穗槐灌木中，廖麦先安下身来。他将柔软的茅草垫成一张小床，头顶有密密的槐棵梢头拢起来，宛若一个拱形屋顶，一仰脸几乎看不见星空。他第一眼就认定这儿是最好的企盼之地，觅宝之地，成功和再生之地。廖麦从未如此地坚信和执拗，也不再怀疑自己。这里离东边的镇子只有一华里。

几次试图进入镇子时，都让廖麦大喜过望：石头街上再也没有了巡逻的人，火铳碰撞声也不再响起。这使他多少明白时代已经变化了，一切正悄无声息地改变着……第一夜他静候窥测，仍不敢贸然行动；到了第二夜凌晨——一天里最安静的时刻，他终于跃入了那个小院。

滚烫烫的青石小屋啊，这一次里面真的有一个久久企盼的人。夜色里什么都看不清，可是那种无所不在的气息很快让廖麦明白了一切，呛得他差点扑倒在地。他被弥漫在浑茫夜色中的美蒂的体息裹卷起来，一时竟弄不清自己身在何方。他大难临头似的喊出一声，又紧紧捂住嘴巴……他蹲在了炕边，这样正好与美蒂枕上的头发相挨。他把脸颊贴上去。

趁着黎明前的黑暗，他和美蒂不再耽搁，手扯手踏过小巷；等一阵狗吠平息之后，廖麦将她一把抱起。她像只小鸟一样喘息，紧偎怀中，任他扛着，大步穿过镇西的卵石路，最后一头扎入了浓稠的紫穗槐棵之中。

南风将槐棵缓缓摇动时，东方开始发白了。

听刺猬唱歌

如果要说的话太多，那就什么也不要说吧；如果你不是一个傻子，那就什么也不要说吧。手，眼睛，皮肤，胳膊和脚，甚至是头发，这会儿都在齐声倾诉。满头粗韧的毛发把脖子缠住，让人的喉头热辣辣的，几乎未发一言就嘶哑了。紫穗槐的枝枝杈杈都生出一股灼热的风，携着刺鼻的野性气味，把两人的毛发点燃，衣服点燃，把一切全都点燃了。廖麦最后的时刻仰头一瞥，看见阳光筛过树隙，在她野蜜色的皮肤上不停地跳跃，哧一下分射出无数的金色箭镞。她的一对大眼睛就像勿忘我花，一对翘翘的乳房刚才还羞涩难掩，这会儿却一齐迎向了他。成熟的蒲米一样的香气、蒲根酒的香气、一种水生植物在南风里播散孢子才有的急切和沉默，更有水流深处的叹息，这一切都在嘴边、耳旁，在鼻孔那儿挤成一团。他伸手挽了一下，发现她的脊骨还像儿童一样，柔韧灵巧；她的双腿丰腴得令人慌促；她两手紧紧护住小腹，下颌搁在他的头顶——颌上是细小难辨的金丝茸茸；而小腹却被更为显著的丝线缠裹起来，金灿灿的，在野蜜色的肌肤上闪烁不已。"这真是一个刺猬孩子"，一句惊叹压在颌下，廖麦随即将其紧拥怀中。

　　他们的新房注定要建在这片旷野之上，并注定了一场无边无际的跋涉将要戛然而止。一双双看不见的眼睛从树隙间闪出，目光里有无数的恐惧、惊喜和叮嘱；所有的海边生灵都在黎明前得到了消息，它们奔走相告，携带着微不足道的喜钱在沙原上急急追赶。"儿行千里母担忧啊，孩儿再大也牵在娘的心上。美蒂是这片莽林的女儿，莽林虽然没了，可它的魂灵还在，咱这儿要千方百计为你添置嫁衣啊。瞧白沙滩温煦煦的，茅草滑润润的，大槐叶儿厚墩墩遮住了阳光，闹人的蚂蚁和小飞虫都被苦艾熏得没了踪影。你这一对水光溜滑的大孩儿好生相拥吧，吱哑吱哑亲嘴儿吧，风不起雨不来，天空万里无云呢。""好小伙儿棒小伙儿，你可别仗着俊气仗着两条行走了千里万里的长腿撒野，咱这刺猬孩儿是绵里藏针，她的小手儿一下一下都摸在你的心尖上，让你万般辛苦一风儿吹。可你还得把她当成最娇嫩的花瓣捧着、护着，一开头就哈上五口热气、洒上三遍露水。你如果莽撞了、磕疼了她，那就怨不得伏在暗中的尖刺儿扎伤了你。大喜的日子把自己的身子弄得血乎淋拉，怎么说也不值啊。咱这是有话直说，也顾不得尽说些甜言蜜语吉祥话儿了。反正满海滩的精灵野物都来给你俩贺喜了，你把咱大海滩上最俊俏最温存、最会伺候男人心疼男人的刺猬精，轰隆一声抢走了。从今以后咱这地方的处女之王就再也没有了，霍老爷或是什么别的老爷会恨死你。你要好生提防疾风大浪天呢，说不定霍老爷的楼船会偷偷靠岸，一下把你的新娘抢走。要知道那个人一辈子贪心不足，海上陆地都跑遍了，尽搜美人儿。"

廖麦在这样的时刻既无法堵上耳朵，也就索性放开心去听吧。整个旷野的声音悉数收入心中，长长的絮叨才刚刚开始呢，无法回避。谁让自己是来自野地的孩子呢？他发现，自己千娇百媚的新娘已经在这无边无际的旷野之声中，悄悄蜕变为一个新人：刚才无法抵御的羞涩一直压得她抬不起头睁不开眼，宛如千斤巨石，这会儿却能皓齿微启看自己的夫君了，还牵上他的手，引导它触摸浑身的宝物。她像个头戴花冠的女王那样，傲然起立，让他跪坐原地，伸出自己的右手抚动他的头发，还扳起他的下颌看仰起的脸庞，像是在细细数一遍牙齿似的，久久看他张大的嘴巴。这一切做完之后，她才闭合双目，夹出了一溜齐齐的睫毛，上面悬了一颗告别的泪滴。她缓缓躺下。

"俺刺猬，心欢喜；手扯手，采野蜜……"一溜刺猬坐在沙原上，一齐拍着小巴掌，在热辣辣的南风中一齐歌唱。廖麦从未如此清晰地听到这样的歌声，觉得一瞬间被这歌声托到了云朵之上。此刻云朵正在北海上方疾走如风，一会儿低垂，可闻浪花飞溅；一会儿升起，穿越在星星之间。这是怎样的眩晕哪，激流冲荡，金星迸溅，他几次因为恐惧跌落而大声呼叫。可是四下都没有回应，只有嘶嘶的云朵掠过，有惊耸的浪涌甩起。他觉得一股不可抵御的力量将整个生命推拥向前——那儿才是真正的深渊，深不可测。

他闭上了双眼。

湖边誓言

　　廖麦许久以后都不敢想，不敢想美蒂挺着隆起的肚子走在石头街上的情景。这是他一生的揪疼和愧疚，他只对自己说：等着吧，我将会因此接受惩罚，一定的。他觉得那时不该犹豫，不该听从美蒂的：她固执地要自己待在镇上，直到他在城里能够立足的那一天——当他有了一间小屋，就带她远走高飞吧。这本来是个并不遥远的目标，可惜后来却没能实现——再后来则没有必要了。

　　美蒂怀孕的事实震惊了整个棘窝镇。她小小的躯体内有多少勇气，那就全部拿出来吧！这对于廖麦也是一样：他在另一边做过多种设想，结果发现一切都不可能实施。当时他的名字仍然叫银月。他若破釜沉舟闯到镇上，那就一定会被当成杀人未遂的逃犯，遭受严酷惩处——美蒂和未来的孩子也将忍受一生的苦楚。廖麦不再相信棘窝镇，不相信有任何力量会保护自己——从过去到现在，他从未相信过这个镇子。他今生都不可能相信它。

　　美蒂陷入了更大的苦境。她生下了蓓蓓。母女俩在开始的日子压根儿就逃不开，唐童身边的人大惊失色，将她盯得紧紧的；她在煎熬、煎熬，直熬到后来环境稍稍松弛下来时，却再也不想逃了。她已经精疲力竭，只想一辈子厮守在棘窝镇上。许多年后他和她都无法解释这样的事实，后来只得说是土地的魔力——如同当年的良子必要回来、如同廖麦最终也要回来一样，他们都是被这同一种致命的力量所击中。

　　几年之后廖麦才见到自己的孩子：那时母女俩已经离开镇子，住在了海边荒野里；孩子躺在一片荒原的简陋草棚中，一张小小的藤蔓床上。冰凉的月光里，他看清了她的睡态，抚摸她，被她在梦中握住了左手的食指——那会儿他一动不动站着……

　　那时为了不惊醒孩子,他和美蒂都是在湖边长谈、度过一个个珍贵的长夜。这片野地视野开阔,举目即可望见长长的海岸、一片茫茫野草,万一有什么不测也容易应付。廖麦知道美蒂当年住到这片浸了多半咸水的荒原上,一半是自我流放,一半是为了幽会自己的丈夫。还有更重要的一点,这是廖麦后来才体味到的——美蒂要与自己的命运殊死一搏,要把自己的性命匍匐到一片真实的土地上,哪怕它有一多半浸到了最苦的水里,也要如此相依相伴,至死不再分开。

　　当时他盯着这片无边的荒野,心底发出的惊叹是:美蒂啊,我们两个人多么相像啊!我们简直长了同一颗又倔又韧的心!

　　那时她面对自己的男人,多么自豪,多么挚爱。她望着这片荒地的目光啊,她描述它的口气啊。夜里的凄风从一片鼓着脏水泡的沼泽地上吹来,满是腐草味儿、腥味儿,她却说:“这是咱的湖!”廖麦由此想到的却是老妈妈的那个水潭,心中正谋划怎样将其筑成一个生气勃勃的湖塘、一片水田,上面要种植起最美丽最有价值的东西。月亮在荒原上更为皎洁,它就是如此慷慨地照亮了一个举世无双的美人。是的,这个遭受了无数劫难的少妇如今正在慢慢地修复创伤,她变得较前更为成熟和丰腴,周身都像烙饼一样,泛着浓郁的麦香和烫人的温热,令他无法容忍地依恋和疼惜。他每靠近她一下,都觉得自己被闻所未闻的幸福逼到了绝路上。那时节水塘——那个湖滨的菊芋花正泼辣无畏地开放,将整个爱的绝境衬托得如此辉煌和恐怖。他真的害怕了,害怕自己将在巨大的幸福中,把一切不测置于脑后。

　　美蒂那个夜晚看着微微的水浪,说:“我们哪里也不去了。就让这片谁也不要的死水烂地安置咱一家三口吧！我拼上命、我去死，也要让唐童答应——孩子她爹，我的丈夫，他一定得回来！他哪里也不去，他就该回家！他的家不在城里，就在这北海边上，因为他从小就在这儿转悠、在这儿长大！"

廖麦后来从未忘记美蒂的这番话，并且知道这是她发出的铮铮誓言。

为了这誓言，她可以付出最大的代价。

她真的在那样做。她比想象的还要刚烈无畏，她会那样做的……

第八章

一笔账

"我的棒小伙儿，要是没有你，这两百多亩荒地啊，就只好荒着，越来越荒。"美蒂薄薄的小舌头舔着牙齿，在初秋的阳光下眯着眼看他、看刚长出茵茵青苗的田垄、看一片鳞鳞波光的刀把湖。廖麦觉得她的躯体在不可遏止地胖起来的同时，性情却变得越来越像个孩子———个狡黠的孩子。廖麦随口说了一句俏皮话："就像你一样荒着。"想不到她听了立刻咬了咬嘴唇，一下贴紧了他。这些日子里他们常常因为交谈、因为无所不在的缠绵和依偎而耽搁田里的事情。"这可不对劲儿，"廖麦拍打她一下，"咱得想法不再这么婆婆妈妈的。"

美蒂笑了。她心里说："我就要这样的日子嘛，我就要嘛。"她看着他举目远望的样子、他挽起的衣袖、手臂上闪烁的汗毛和一条条凸起的静脉血管，心想这才是男人啊，女人没有男人怎么能行，女人没有男人真的要荒——心都荒了！那将是心上长草的日子啊！而今倒好，棒小伙儿一来，满泊荒草就一棵一棵全拔个精光。"棒小伙儿真让我亲不够，我会咬得你满地乱跑……"

廖麦不停地做，有时浑身溅满了稀泥，这时她就无法靠近了。他归来后几乎只用了一个星期就学会了摆弄田里所有的农用器械，第二个星期却把拖拉机开到了湖塘里，不得不请三四个帮工一块儿拴上几头老牛往外拉。这片园子平时有几个帮手，忙时就得找更多的人。他打心里钦佩妻子，同时也觉得最为亏欠的，是美蒂这些年的独身生活———一个人千辛万苦带大孩子、打理这无比烦琐的一切。他常常忍不住说出来：

"好样的，真不简单！其实这农场早就像模像样了，那时可没有我啊。我能想得出你过了什么日子，多苦多累……"

"我说过是因为你才没有荒嘛！心里只要有个你，我就不会让这片大园子荒哩！我拼上一股劲儿，对自己说，你可得好好干哪，让他回来有个像模像样的窝。就这么着，我雇镇上的人，雇外来打工的人，把一个个钢镚儿都算好……"

廖麦不再作声。他许久以来就因为雇工的问题作难。他已经为此与美蒂有过几次不愉快了，尽管总是自己在最后一一妥协，但心里知道这事儿并没有解决，远远没有解决，它仍然鲠在心上。事实上自他归来以后农场已经彻底改变了格局：以前漫漶的浊水被逼进一个刀把形的湖塘中，变成了又好看又能产生重要收益的大水田，栽满了香蒲和莲藕；剩下的三分之二面积已被改造成肥沃的良田，一半种蔬菜庄稼，一半栽上了各种水果；湖堤、田路、排水渠，凡是这些地方都长起了高大的青杨和松树，间或有女贞和樱花之类。这里面到底凝聚了多少劳动，简直想都不敢想。廖麦常常感激的是他们雇佣的帮手，特别是常年在这里劳作的几个工人。令他不安的是，除了按照时价付给他们工钱之外，别无其他。而园子的收益越来越好，仅水田的年收入就达十余万。他想在农场里尝试实行一种新的付酬方式：公开收支账目，尽可能公平地分配劳动成果———"不然我们就成了新的农场主，我可不愿做这样的人！"他对美蒂说。

"那你的做法哩？你究竟想怎样啊？"美蒂的鼻子仰着，像感冒一样抽动了两下。

"我还没有想好。大概是一种新的劳动组合方式罢。不然他们的投入和收入相差悬殊，在比例上太不合理。"

美蒂笑了。她笑而不语。

"从长远的发展来看，这种方式才更有力量。人家认为农场是自己的，才会从心里牵挂它，这可以看成'心的组合'。可现在都明白，它只是我们俩的……如今这样分配显然不合理。"廖麦搓着手说。

美蒂不再笑了："其实你也没说出什么新主意。你还是'公社'那一套哩。"

"不，这不是名义上的什么，这里有实实在在的一笔账……"

"是吗？那就得好好算一算了。我们两口子给硬生生分开了多少年？你像个兔子一样被追赶了多少年？我怀上孩子以后他们怎么对付我，还有，看你耳朵上的钉子眼……算吧，这要和租地的钱、买农药买机器的钱一块儿，一笔一笔全算出来——你只要能算出来就行哩，算出来，我也愿意公平分配，愿意和他们来个'心的组合'。"

美蒂这一段话说得又流畅又清晰，其中有些字眼儿深深刺激了廖麦。他感到心疼，于是不想再谈论下去。但他还是知道自己没有被说服：他就是不想做个农场主，这是真的。这只是作为一个问题暂时存放在那儿。

美蒂见他不说话了，却摸着他的胡茬，责备得柔情蜜意："我的棒小伙儿哪儿都好，就是太爱咬文嚼字了。你这个书呆子啊让我亲不够，不过也不能随处都使那股呆劲儿啊！你只能和自己的老婆孩子搞'心的组合'，和别人，那可不行哩！"

廖麦苦笑一下。他想反驳："不，我们应该是一条心，而不是什么'组合'！"但他没有说出来。因为他要说的远比这个复杂十倍，一时还说不清。这会儿，他突然想到了那个脸色黝黑的同学戚金。是的，如果这个人在眼前，他们该有多少问题可聊啊，他们会就此展开多么深入的讨论。他相信这是逼到了眼前的、并非事关一己的私议。现在不成。现在这个宝贝物件就在一边，有她胖嘟嘟跟在身后，动不动就凑过来亲上一口，什么严肃的问题都谈不成。

呼喊的鱼

廖麦相信风的力量，因为它无所不在，它会使万事万物坍颓和成熟。自南向北或是其他任何方向的风，都有这种作用，它悄悄穿过人的躯体时引起的变化，他（她）自己并不知道，可是他（她）的爱人知道——如果他真的爱她、铭心刻骨地爱着的话，就一定会知道。美蒂不久前还是全身收紧如同儿童：柔韧浑圆，细溜溜的身子让人想起一只小鸟；可是急急缓缓的风、四面八方的风穿过她的肉体——这是一些无形的、比野物纤小的绒毛还要细弱的丝线，它们能毫不费力地透过腠理，带走一些什么，如钙质和胶质；它们还要留下一些什么，如酵母之类的东西。

美蒂于是在变得更加柔软的同时，髋骨在加大，一切都在加大。她的腹部仍然完美无缺，透着无与伦比的雌性的诱惑力，可是只有廖麦发现：以脐窝为中心，她皮肤下的腹肌正一层层一环环地舒展开来，变得更为肥沃和包容；

臀部作为全身质量的重心，显然是无可置疑地显得突兀与触目。他从这一切变化中都感受到它——风的力量。

五月里槐花间隙的微风、蒲草嫩叶空隙凝止的风，有时会稍稍修复另一些风——那些从更遥远处长驱直入的热风——造成的缺损。可即便是这些充满友善的美好的风，也仍然会隐隐分泌出某种类似乙醇那样的东西，让她沉醉不已，产生一些迷茫和缠绵。这些后果，廖麦常常从她午夜闪闪的眸子、像孩子一样微启的双唇上看出来。这时候她不太清楚自己在说些什么做些什么，人变得容易冲动，极其幼稚或极其依恋。

廖麦直到十年前还未觉得她是一位少妇。后来，一切都在改变，当然主要是风的作用。她比过去更加壮实了一些，有时甚至不由自主地炫耀起自己的臂力：紧紧地勒住他的背部，真的有一种令人窒息的力量！她大呼小叫——"妈呀，真逮着汉子啦！"这声音仿佛从辽野更深处传来，从冰凉的海蚀崖的空穴上掠过，携带和沾连了野物的毛发。廖麦最初被这呼喊弄得懵懂眩晕，下巴颤颤地发酸；那会儿他眼看就要融化在这野性的呼叫中了。

可是如今——十多年之后，归来之后，廖麦静默下来却要从头追溯了。他想准确地回忆这声呼叫的诞生之日，尽管很难。如果没有记错的话，美蒂是在蓓蓓出生九年之后，不，八年之后……或许更早一点，发生了一些微小的、然而是逐渐明显的重要改变。她变得泼辣或者干脆说粗鲁了。是的，从那时起，她就不再是一个羞涩的小刺猬了。

他记得那是一个秋凉之夜——这个夜晚非常重要，以至于廖麦将来必要将其当成人生的某种分界线，据此加以分析和记忆。这是他频频潜回园子的又一个夜晚——如同过去那样，小蓓蓓睡在棚屋中，他们一起走在田垄里，最后倚在一块儿。可是湖塘的另一端有几间更简陋的棚子，那儿住了几位打工的帮手，这就使他俩不得不小心谨慎许多。

令廖麦事后都感到惊讶和费解的是，那一夜美蒂变得越来越无所顾忌，对他的一再提醒都满不在乎，并且最终发出了那样的一声声呼喊——是的，这是廖麦记忆中听到的最早一次呼叫，因为他当时在这喊声里有些紧张，几次想挣出身子四下张望而没能如愿。那是他第一次感受了美蒂的臂力。她那会儿绝不让他脱身分神，并且暂时真的做到了。

那个夜晚的后一段时间，他们坐在那儿。美蒂依偎着，抱住他的胳膊咕哝："棒小伙儿，别那么惊虚虚的。没听人说嘛，'时代变了'，你知道现在的人满脑子都是钱，除了钱，再大的事儿都扔在脑后了，他们哪还顾得上咱！"廖麦当然不以为然，转脸盯住她的眼睛："那你与唐童谈到了什么地步？既然他不在乎，你就明明白白告诉他：我一定要回来……"

唯有这个话题能让美蒂浑身绷紧。她说："我要跟唐童说，事情过了这么久，我们该受的苦、不该受的苦全都受过了，你还想怎样？我们只要求一点，就是一家子团团圆圆……"她一会儿说得泪花闪闪，头拱在他的肩上。廖麦说："这是我们俩的事情，也是廖家的事情，我家和唐家父子有两世血仇啊！唐童心里清楚，我和他会有破釜沉舟的那一天。这件事最后恐怕还得我自己去了结。"美蒂一下抬起了头，她显然对这番话怕极了，全身颤抖，叫着："麦子！傻麦子！你还有老婆孩子啊，现在不是你一个人……我说了，我会跟他谈判哩、跟他摊牌哩，我会把什么办法都想出来，让他收回那个'杀'字啊！"

"那就再等等看吧！"

美蒂扳住他的肩，突然挺直身子，信心十足说：

"你就放心吧棒小伙儿，一切有我哩！你就快要回家哩！"

"你到底和那家伙是怎么谈的？他又是怎么说的？"

廖麦那个夜晚多么急切地想知道一切。但美蒂好像一时说不清楚，又好像是秘而不宣，只说："我的老头子啊，棒小伙儿，你就回去打点行装吧，我说快了就是快了！"

"可是，"他不得不严肃地叮嘱一句，"我们一定要严防陷阱啊，唐家父子吃人不吐骨头，他们什么事情都做得出来。"

美蒂抚摸他起伏不已的胸脯，安慰他："放心吧。唐老驼早死了，现在是唐童。父子两人好比是山狼生了只野獾，不一样哩。咱才不会落进什么陷阱。"

"他们是不一样，可我觉得一代比一代更狡猾、更坏。"

"也许是吧。不过，不过人说时代变了啊，时代完全不一样了啊……廖麦，我们还是该高兴一些欢喜一些啊。"

廖麦看着她在月光下泛紫的大眼睛，点点头："是啊。不过棘窝镇仍旧姓唐，这一点没有变……"

也就是那个夜晚不久，廖麦记得也不过是半个多月的时间，他即得到了一个好消息——可以平安回家了！这对于他而言，对于美蒂和孩子而言，世界确是发生了一次翻天覆地的巨变啊。

就这样回来了。一切难以置信，幸福真的握在了手中。园子——农场，妻女，青葱葱一片的秧田，微浪扑扑的湖塘，都在向半生浪迹的廖麦诉说着新生和希望……沉醉的廖麦像挣扎在浓稠的野蜜中，有时真的有一种甜蜜的淹没感。从此之后，无论是午夜，黎明，不一定什么时候，美蒂都会发出那样的一声呼喊——也就是在这样的时刻，廖麦才会感到她一双渐渐变粗的手臂的力量，感到时光或风的力量。

但是，与此同时，他也注意到了一种非同一般的鱼，这种鱼就在农场湖塘中。他一度设法寻觅这种鱼的隐秘、它与妻子曲折不彰的关系，发现了美蒂的呼叫与这极为丑陋的鱼之间起码有一种微妙的联系——她和它并非是不通声气的，因为他几次见到美蒂蹲在水边亲昵地说着什么，待他走过去时，她立刻不吭声了，水中则泛起一溜水泡，显然是它刚刚潜入水底。

那种鱼他见过不止一次：泥灰色，头大并生了扎人的刺棱，一对小圆眼睛沉沉地盯人。美蒂竟然用这种鱼煲汤，当特异的腥气溢满屋子时就点上艾草来遮掩。他终于发现：吃过这种鱼之后，美蒂必要发出那声粗野的呼叫。

廖麦试着用钓钩对付它，可惜每一次都失败。用各种诱饵和抄网，也仍旧难以奏效。而他却看到一个极为奇怪的现象：只要美蒂走近塘边，它们就唧唧咕咕一齐挤向浅水，咂出一长串水泡，又短又小的身子摇摆得欢快极了。廖麦想把它们从湖塘中一点点除掉，连一条产子的都不留：这家伙有惊人的繁殖力，它产出的子儿有点像癞蛤蟆卵，黏糊糊一片，沾到水草上，水草很快就会枯死。

因为很难逮到这种丑鱼，他就设法除去鱼子，可是这也极为困难，因为一团团又滑又黏的子儿随腐草缠在了蒲根上，不久就变成无数的小崽，模样极像蝌蚪。如果不是后来养了鸭子啄食这些蝌蚪，后果将不堪设想。

美蒂最恨的就是湖塘中的鸭子，说："它们把一切都搞砸了，呱呱叫，上岸拉屎，糟蹋水里的东西，我们怎么能容下它们！"可是她并不提议除掉，只是暗中应允几个工人捉了吃——只要他们的工棚里飘出煮鸭汤的香味儿，她就分外高兴。

有一天夜里美蒂的额、下颌，还有脖子和手臂、小腹，都生出了一些红色斑点，呼吸也开始急促，眼睛斜刺，把廖麦吓坏了。他把她抱在怀中呼叫，拍打了许久，她才吐出长长一口气。他想马上拉她去医院呢，她却坚决拒绝。她恢复得快极了，一会儿工夫就抱紧他，一刻不愿停息地亲吻，又像过去那样将他咬痛了。她的呼喊传得太远了，这让廖麦非常担心，怕工棚里的工人听得一清二楚。果然，屋外的狗被这呼叫惊得连连狂吠起来，后来又化为费解的哼唧声。黎明前美蒂口渴，一杯杯饮水，说："我昨夜把你吓着了吧？我喊得太响了……"廖麦摇头：

"没有。你一直睡着——是那条鱼在喊。"

天亮了，美蒂没有起床。廖麦独自去厨房准备早餐。他从包裹在一团报纸中的鱼骨上判断，美蒂昨天过量食用了那种丑鱼。

你一生的盛宴

这是廖麦归来前半年多的事情，那时他还在一个机关里苦熬……已经是第二次了，处长让廖麦亲自跑首长家一趟，廖麦十分为难甚至厌恶，却不敢违抗。其实不过是送一本花卉种植方面的书而已，却要被那个大院的门岗和门卫问来问去，然后又被小院的人盘问一番，这才得以进入——进入首长的家。处长说一切他都联系好了，可到时候还是盘问来盘问去，只差没被搜身了。首长的夫人呢？原说她要这本书，可接待他的却是一个保洁小姐——她又领他去见另一个小姐。"夫人呢？夫人呢？"他这样问她，事后即为这种傻叫后悔不已。

原来第二位小姐就是首长夫人。她可真年轻,穿了宽松的白衣服,微胖,眼角长长的往上挑,双眸很亮。她接过书,为他端茶,爽快地谈话:"啊,啊,我们有得聊。"廖麦觉得这个人多少像大学同学修的气质,只是没有那么鼓的脑瓜,个子也没有修高。但他觉得她们的眼睛同样黑,油亮亮的。口音也差不多。

处长已经是第三次、第四次让他送书和材料了。就在第三次与第四次之间,廖麦曾回到美蒂身边一次——这离他获得那个激动人心的消息只有半个月的时间了。这是他精神极为恍惚不宁的一个时期,不知为什么,也许是这种迷茫的神情才让首长夫人格外欣赏:"他就像一个大孩子似的",这话是处长转告他的。处长很兴奋,说:"你啊,你走神的模样蛮可爱啦!"处长是南方人,与首长夫人是同乡。

廖麦没有想得太多,因为他正在心中与美蒂日夜对话呢。无论何时,他都会觉得她的气息从鼻孔那儿突然飘过——这气味再清晰不过了。"我已经不能一个人待在这儿了,我会因为焦渴而死,思念而死,我真的像十几年前那样,要变成一个大痴士了。我已经习惯于让你拥住,让你把我的头发嚼得湿淋淋的,把我的后背抓挠上指印。从离开园子到现在,我的每一条筋脉都变成了快乐的发条,它们时不时地拧紧、拧紧,让我跳跃兴奋不能停止。我要拥你吮你呵你,我要一刻不停地看着你,再也不能与你分开了……是的,你说得对,我必须回到家里,回到生我养我的地方——尽管那儿差点要了我的命,可我们俩还是离不开它。我在这座城市就像匆匆过客,不,就像热锅上的蚂蚁。我得马上回去、回去,哪怕一落脚就变成一棵树长在那里。这是个好主意,一棵树,谁也不知其中的奥秘,而你呢,可以把它盖在屋里,我们从此日夜厮守……"

处长又与他谈话了，这次无论如何难掩心中的兴奋，两条眉毛之间开始发红、继而微微变紫："听着！恭喜你了，首长可能要选你做秘书了。先准备一份材料，组织上大概很快、很快就会找你谈话了。"

他木然，看了处长一会儿，摇摇头。

"怎么？振作起来吧，机遇、机遇……"

廖麦这回听明白了，告诉他："我也许很快就要回老家了……回那儿种地。"

"什么？你这家伙真能扯淡。"处长乐呵呵地打他一拳。

"我总是渴望再次相聚——然后不再分开。老天爷多么残酷又多么慷慨，他让我们相遇又把两人分开！可是这一天就要结束了，我几次梦见了你，你笑吟吟的样子、你急不可耐要告诉我什么的样子啊。我们会筑一个怎样的园子、怎样的一生！你是我的一切、一切……"

早晨，廖麦从一个个细节忆想自己的梦境，有时分不清哪些是梦、哪些又是他们真实相聚的情景。

"生活秘书与文字秘书是有区别的。你的情况经了解……"一个手上多毛、眼睛鼓鼓的中年人与廖麦谈话。可是廖麦无法集中精力听他说下去。

可能是首长要亲自找他谈一谈了。一辆车子把他送到了那个加岗布哨的院落。这次他进院时被一些无花果树吸引了目光，觉得奇怪的是以前竟没有看到。首长不在，仍然是首长夫人接待了他。

她刚刚沐浴还是即将沐浴？一头披散的头发，一件松松的长衣，眼睛不知是刚刚哭过还是被水渍过，有些红。她咕咕哝哝："以后可以给你一把钥匙，随便进出、进出、进出……自家人啦。不要拘谨。是的，我就是要推荐你。

我不能听之任之，我就是要……"廖麦看见她翘翘的双乳再清晰不过地反抗着那层薄薄的衣服……他声音不大、却是字字凿定说：

"我马上要返回原籍了，她一个人照顾不了园子……"

夫人充耳不闻，或压根儿就不想听他说什么，仰着下巴，一副天真烂漫的样子："瞧这是兰花儿、玉簪、百合，它们的瓣儿再加上……我就用它们沐浴。"

廖麦马上嗅到了一阵清冽的香气，它由四周发出，由美蒂的躯体发出。"我的棒小伙儿，你这个为我受尽千难万难的好人，从今以后我要让你一天到晚都泡在蜜罐子里，天天都像赴大宴席！我每一根头发丝儿、每一根毫毛儿都归了你依了你，你就当个大响马——我自己的大响马吧！你欺负得我呜呜哭才好呢，我心里的泪全积起来，就为了有一天能高兴得哗哗洒到你的胸脯上、脸上手上、肚子上。瞧你多壮多有劲儿，腰杆多么挺多么直！你眼角那儿全是好小伙的神气头儿，你这个大坏蛋大宝贝蛋、我的男人、孩子她爹、一家之主哩！"

美蒂那个时刻半裸着躺在柔软的干蒲草上，飞扬的蒲花粘在她的头发上。月光使她野蜜色的皮肤更深了一些，腹部那一层细微的绒毛闪闪有光。他摩擦她的手臂、身上的随处什么地方，立刻有一种温吞吞的香味弥漫起来。"我一生的、一生的……"他有些口吃。"你一生的什么？我的棒小伙儿？"他叹气一样："你是我一生的……一生的盛宴！"

这一次廖麦说得真切而清晰。美蒂泪花闪闪的脸庞偎住他："我的老头子，我们分开得太久了，老天爷要再让我们分开，那还不如杀了我们哩！"

夫人捧来大把的鲜嫩花瓣给他看："瞧瞧都是新鲜的、含苞待放的时候就被采了！你要明白，要采得新鲜、及时，要当机立断地采、采、采呀！"

"那还不如杀了我们！"廖麦这会儿重复了一句美蒂的话，眼角发热。

她手中的鲜花瓣儿撒了一地，哎哟一声："瞧你说'杀'什么……你哭了？啊渗出了泪珠儿瞧瞧！"她那会儿毫不犹豫就找出一块芬芳的手帕给他，后来干脆跷脚为他揩了一下、又一下。她抿着嘴笑着："年轻轻的……总而言之，总而言之一切都会好的。"

廖麦觉得美蒂的泪水洒在了自己脸上，揩也枉然。美蒂欠着身子，月亮下憧憬不已："我要为你这个书呆子啊，盖上一大间像模像样的书房，里面全是一闪一闪的大书。我还要给你和我装一个最好的洗澡间，让又香又热的水泡去你二十年的苦和累。你还要什么？你只管说啊！说啊！"

廖麦一下下抿着她苘麻似的长发，说："我们还要一起种树，种许多许多树；我们要在新房里加盖一个玻璃屋顶，下边栽上最茂盛的紫穗槐灌木，里面铺上最柔软的干草，来做我们一生的婚床……""啊啊，棒小伙儿，原来你是这么想事儿的人！我全都依你、听你！我说过，我这一辈子就是让你高兴的人——你说得多好，我要花上全身的力气、一生一世的力气，为你摆上一辈子的大宴席哩！你记住我今夜对着月亮说的话，这等于是我起的誓：今后什么都变了，一场大海风把什么都吹没了影儿，我今夜说的这些话都不会变一丝丝！"

夫人把撒在地上的花瓣捡起来，重新捧在手里。她灼黑的眼睛、南方人的大眼睛，火辣辣地看着他。他这一刻又想起了同学修。他突然觉得人世间就是由两种材料构成的：不幸和爱。

廖麦默念着美蒂的名字，说："是的，我听见了，美蒂，你的话永远都不会改变！"

金碧辉煌

　　美蒂是个创造奇迹的人、永远让廖麦吃惊的人。瞧她一转眼拿出了新的房子和院落的修建草图，甚至把其中的一些细节也绘制出来。她自小喜欢描描画画，这一次算是有了展示才能的机会。房间里的透视关系、修饰与布局，都让廖麦叹为观止。一些文字说明、一些物品的标注和提示、一些陈设的强调，却让廖麦有些纳闷和惊异。他弄不明白一个从未走出棘窝镇半步的女子，何以会凭空设想出如此讲究的房间，而且这当中对现代生活用品涉猎之多，品位之高，显示其掌握了远远出乎他人预料的知识！他翻看这些草图时，忍不住好几次抬头瞥一眼站在旁边的绘制者——她一直笑吟吟站在那儿。

　　"麦子，这儿，你主要看这儿，这是我们的房间，我们的卧室、起居室。三大间，并不太大呢。旁边这一间没什么好说的，不过是一般的大床呀、洗浴间呀，双人床当然是两米宽的，洗澡的地方不大，有六点五个平方哩；它隔壁才是主卧室，这是一间六十平方米的玻璃顶的屋子，还不算有大澡盆那一间呢！这全是按你的想法画的啊，为了那两大排紫穗槐棵子能长得浓旺旺密挤挤，这里就得透光换气、还要把水引进来，再设法施上没有臭味的特殊肥料。这种树棵的野性味儿一见日头就大得不得了，它只有这样才能长旺哩！树棵子中间就是咱的那张大床了，我想找人做一种专门的长毛儿草垫子，当地人叫羊胡子草的；树棵子间什么虫儿呀小蛾子啦一准少不了，咱别的都不要，只要蝈蝈儿——我要在床边栽上一棵南瓜，让蝈蝈儿吃南瓜的花儿……"美蒂的食指顺着她绘制的草图移动，一边解说着。

廖麦笑了："真的要在室内种灌木、在紫穗槐中间摆上大床？"

"这有什么！这有多么、多么好哩……这最早还是棒小伙儿的主意呢，你可能说说就忘了。真有意思，我为画它可费了不少脑子。这蛮难的哎。"

"是的。这简直是一个复杂的生态系统。我原来只凭想象随便说说，可真要这么干，实在是太奢侈了。美蒂，我们大概要放弃了。真的，一切都太复杂太奢侈了……"

美蒂咬着嘴唇，她一不高兴就这样，可这副模样在廖麦看来更加可爱。她说："我知道你是担心钱，其实我都算好了，咱的钱绰绰有余。再说把钱花在这上边才痛快哩！我真想为咱俩痛痛快快花一笔钱！这才值得啊！我们俩在为自己筑窝呢……"

廖麦摇摇头，去看窗外。百米之外是刀把湖，它的另一边就是一溜简陋的工棚。"主要还不是钱的问题，喏，看看那边。我们大家白天做一样的活儿，住的地方却相差这么多！咱如今住得已经够好了。我只想把现在的房子增添一两间，再加盖几个阁楼——只要保温层做得好，那会是相当好的居住条件了，这已经是我梦寐以求的了。"

美蒂伸伸舌头："要凑合是一回事儿，可你非要让自己去比工人——这些打工的人，那就什么都没法办、什么都干不了啦！我的书呆子，傻小伙儿，你让我愁死了……"

廖麦摊摊手："他们就住在园子里，他们离我们太近了。你看，事实上这不是比不比的问题。"

他们没有继续争论下去。第二天美蒂要去一家副食品加工厂，因为水田里的出产做成半成品之后都要由那儿收购，常来常往——这次她提议廖麦也一起去，他们正好可以顺路看一两家招待所和宾馆之类，开阔一下自己的思路。廖麦同意了。

原来的副食品加工厂属于一家独立的企业，现在它成立了公司，成为天童集团收购的众多企业之一。美蒂说水田里的全部收获都要由这家公司采购，已经与之结成了重要的主顾关系，这一直让廖麦不安——他提出建立自己的加工和销售系统，美蒂说那太困难了，要知道原企业的出口及内销网络已经有二十多年的历史了……廖麦坐在由美蒂亲自驾驶的一辆进口皮卡车中，由工厂再到宾馆，一路顺捷。他这时候坐在副驾驶的位置上，突然觉得自己的妻子好像换了一个人：干脆利落地打方向盘，一路上总是超车；在公司办事员面前表情严肃，谈吐简约；到了宾馆大门，最触目的是那些周身打扮显得可笑而突兀的盛装门童，他们齐刷刷迎上来，一迭声叫她"美老板"。

这家宾馆占地面积很大，建在山地左侧一块不大的平地上，看上去简直像一个童话世界、一个梦想庄园。如果不是亲临其境，廖麦从没想过棘窝镇近旁会有这样高档的消费场所。他问她，口气像是打趣："美老板，请问这家宾馆是哪儿开的？"美蒂撇撇嘴："当然是天童集团。这儿主要的宾馆啊饭店啊，所有的游乐场所，都是他们的嘛。"

他们往前走。每一道门都有人向他们施礼，向美蒂微笑，显而易见这些人早就认识她了——果然，当她向一个大堂副理提出要看一些主要的客房和功能间时，对方显得十分殷勤，毫不犹豫地让一个小姐领他们去了。

镀金、镀金、镀金，到处是无可回避的俗艳和华丽。进口浴盆水嘴儿，成套的银餐具，大理石，红木家具，油画，古琴，仿古青铜器。最大的一间西餐厅约有三百平方米，洁白的亚麻桌布，镏金大吊灯。壁炉。浓浓的咖啡味儿。美蒂在这儿说话时声音放得很低，这与在园子里完全不同。她特别想让廖麦看一个高级套间：除了高高的天花板和大开间大浴室，还有昂贵的手工地毯，有主客随员住的小隔间和专门的衣帽间写字间——窗外有一潭碧绿的活水："看这水！我们如果愿意也做得到，只要能引来水源就成！"这时廖麦明白了，美蒂原来主要想让他看这个美丽的水潭。

从大套间再到所谓的"总统套间"，一一看了一遍；出来时她领他拐进一条小廊，进入了一间小放映室。这儿非常华丽，静得出奇，地毯格外厚重。座位一律是大沙发，只有二十多个座位。中间座位是一个长条宽沙发，旁边还放了一副极精致的多格木几。廖麦在长沙发上坐下的一刻，正好随同的小姐开启了音响系统。逼真的多声道。没说的，雍容华贵。

从小放映室出来时，美蒂的脸突然变得像火一样红。廖麦刚注视她一下，她立刻上前一步挽住了他的胳膊："麦子！我天天想的，就是为咱俩也搞这么一间小电影厅——当然了，用不着好成这样……"廖麦笑笑。她又问："你看这里怎样呢？"她歪着头瞧他。

"没说的，金碧辉煌啊！"

美蒂看着远处："那是因为他——他们，全都是开金矿的，他们是天童集团！"

廖麦笑笑，摇头："让我有些纳闷的是，咱棘窝镇的人原来有这么强的模仿力，这么好学，而且是———学就会，看上去简直一模一样！"

"学什么啊？"

"学什么都快得很……"

钢刀不斩流水

这是廖麦归来后的第一次远行。他不得不走一走了，因为实在有些呆不住，心里的无名淤积让他日夜不宁。可这到底为什么，他也说不清。是的，没有那么多理由，他只说："我要出去转一转了。"谁知这个动议并未使美蒂感到多少意外，她甚至认为这是早该发生的事了："棒小伙儿和我不一样，棒小伙儿长了一双千里脚，老闷在家里会得病呀！"她高高兴兴地为他准备上路的东西，嘱咐他这样那样，特别是——"想回家时就立刻回家，别在路上瞎磨蹭"，等等。

他对她说了稍稍具体一些的想法，就是去看望两位同学：戚金和修。特别是戚金，这位脸色苍黑目光沉冷的家伙，长时间一直压在自己心底。伴随这个形象的，是许多难忘的回忆、难忘的问题。同窗之谊需要时间的沉淀，如今这些都一块儿积在那里，近来常常让他深夜无眠。他不得不承认，整个的大学生活中，戚金是最难忘的一个人，离开了这个人，没有了以前那样的气氛和环境，一些极有意义的思索是难以进行下去——难以为继的。至于修，那是稍稍不同的，那好像是一种特殊的想念，类似于对整个南国经历的怀念，是对一种明朗的光色、火热的气候、透明的音质，这一切的综合记忆和追思。北国的海风有时难免阴湿苦凉，这时候他就多多少少想到了南国那一片片茶花、大叶树，同时也要想到修。

哦，计划中先去母校看修，从她那儿就会得知戚金的消息，然后再去找他。接下去他和戚金两个人要好好住上一段——这将是怎样的聚会啊，彼此会有多少深入的交谈，这非得有一些像样的日子才行啊，草草走一趟根本不成。

交流，争执，请教，领略不同的生活，鉴定自己和他人，这在人的一生当中多么重要，它的确是必不可少的。很长时间了，廖麦心中有些乱，甚至是慌促，而这种感受即便在三十多年前、在逃亡途中都未曾有过。所以他如今只渴望早些上路——这和归家时的感觉是那么不同。嗯，再次背上行囊，走吧。

修毕业后留在了原籍，后来又设法回到了母校工作。廖麦发现自己在长途跋涉中如此急切，简直有一种莫名的兴奋和激动，但他知道这远远不是即将见到修的缘故，而是其他，是另一些说不清的东西。离开了真正的家乡和家，去一个曾经的驿站，去看一看，嗅一嗅。有些喜悦和轻松，有些松弛。但是一路下去却令他有点失望，完全没有了许多年前的激越和感慨。大地变得如此拥挤，嘈杂、混浊，从北到南全都一样。大声、大声，烦躁，恶劣的心情，这一切就像一张讨厌的网，罩住了我美好的大地。

只有站在南国城下时，他才稍稍原谅了一些。几乎是一刻不停地赶到母校。可是站在大门前他又踌躇起来，突然发觉自己这会儿正犹豫不决，像是羞于见到昨天的师长、包括所有的朋友。修提前接过他的电话，早已站在大门前辨认、等待，这时一眼看到了他，摇动着双臂跑过来。

他们在一起待了三天，出乎预料的三天。

修真是让廖麦惊讶万分。这么多年过去，她竟然没有多少变化，全是诗，全是诗，仿佛只有诗才是驻颜的至物，瞧她大大的黑眼睛闪亮如旧，稍大的嘴巴一笑便露出洁白的牙齿，刚见面没有片刻就感叹起来，上前一把揪住了他的胳膊："天哪，我昨日的恋人！"对此廖麦极想否认，可是欲言又止，仿佛缺乏强大的理由拒绝这种说法。他这会儿觉得她过分鼓起的额头有点滑稽地可爱着——如果真的算是昨日恋人，那么这额头就是最适合亲吻的地方了。不是。他心里明白：无论是昨日还是今日，他的恋人只有一个：她这会儿还在海风吹拂之处，她在那儿忙碌，那儿的风正日夜不息地穿过她的身体。

修为他找了一间学校招待所，可他更多的时间被邀来她温暖明亮的家中。修的丈夫两年前出国了，她出去看过一次，待不下又回来了。谈了多少昨天的事情，修说："你的个子好像变得比过去更高了。"他知道这不可能，大概是更瘦了吧。她攥住他的手看着，无比羡慕这一手茧花。"我的朋友当中，唯有你才有这样一双手。"她早就熟知他从机关回到老家耕作的一整套故事，还拿出了为此写的一首诗，那里面称他为"我的那个北方恋人"。廖麦转过脸去，他害怕看到这样的字眼。

南方菜。他们一起饮了一点酒，这当中不停地谈论戚金。"如果不是他的乱跑，如果不是他的自我折磨，我一定会嫁给他的。你知道你们两人在我心中的位置。"修翻得有些重的双唇此刻又被唇膏再次强调过了，看上去就像某种厚厚的果肉。为了不致弄坏唇妆，她极小心地吃和喝。她的大眼不贴假睫毛已经够人受的了，这会儿过长的粘贴睫毛忽闪忽闪，像一条夜航船在向他频频打着灯语：廖麦吗？我爱你！是的，依然如故！

她谈过了戚金又谈自己的丈夫："他是个概念化的人，一开始你会觉得这人很理想很完美，因为整个人都标准化了嘛！但相处得久了，你就会对他的平庸头痛——不是比喻，我真的头痛，"她说着取了口袋里的镇痛片一晃，还随手倒出两片吞了，用酒送下，"没有办法，已经成瘾了。"她吃了药又抽烟，一种细细的薄荷烟，解释说："我只有和最好的朋友喝酒时才吸两支，平时绝对不沾。"

这一夜，他们不知不觉都喝多了酒。廖麦想早些回招待所，却因为歪在大沙发上歇了一会儿，倦得一步都不想动了。修走开时扳住他亲了一下，他赶紧侧了一下脸，她就说："别害怕小伙子，事情还没那么严重。"她道了晚安，要回自己屋了，刚走了两步又回头说："人哪，都是有优点的，我那口子古琴弹得好。"

前两天相安无事。他们谈得可真多。修说："总而言之，你和戚金的话都不多。你们俩的话全让我一个人说了。我是个中等个子，而你俩都是细高挑儿，这在我们南方人看来相当北方。"说到戚金这些年来的生活，修呲着嘴："他这个书虫偏偏又是个行动主义者。一刻不停。本来在西部教书，可能因为他看上去太寂寞太清苦了吧，被当地一帮苦行僧看上了——准确点说是给盯上了，他们长时间盯住他不放，后来非拉他去住大山深处的帐篷不可。据他说，最后他就是为了回避这些人才离开西部的。"

廖麦愕然。他在想那是怎样的情状。帐篷，深山，苦行僧，被一些人逼走。廖麦笑了。他问起了戚金的婚姻，修马上笑得咯咯响："那不成，他们那样不成。对方像猫一样缠他，喵喵叫，一天两天可以，时间长了戚金的脑子全乱套了。果不其然，他最后跺跺脚就逃了。你知道，人和人不一样，有的人天生就不适合婚姻啊！"

"他现在去了哪儿？我该去哪儿才能找到这个黑家伙？"

修伸出小拇指剔着鬓角，可能那儿发痒，"他最后一次跟我联系时，在一个叫'三叉岛'的地方，他在那儿打工！如果现在还没有离开，那至少也有四年了。真是个大好人，蛮有趣，不过这辈子注定了是个受苦受难的命。我喜欢这家伙。"

第三天晚上快到分手时修有些慌里慌张的，她尽管极力掩饰，廖麦也还是感到了。因为天明就要离开了，修有点不愿挪动。她直到深夜还在不停地为他读诗。像第一天一样，他们都喝得太多了。分手时修甩着那条许多年前让廖麦为之神往的白围巾，一下子勒在了他的脖子上，然后一直往胸前拉、拉，夸张地吻了他一下。

结果他仍然睡在了长沙发上。黎明前廖麦有些冷，将一条薄被子裹了又裹，还是无济于事。正这会儿门响了，身披一条毛毯的修一下跳上来，说冷死了冷死了，大呼小叫地偎住他抱住他，一躺下马上就伪装打鼾、打鼾。他一动不敢动。她蜷一下，还是打鼾。她一边打鼾一边抽泣："马上就走了，连句像样的话都没有。""你沉睡呢。"她听了翻身爬起，逼近他看了一会儿，悄声说一句："这回问题真的严重了。"她呼吸急促，又伸手摸摸对方怦怦的心跳，牙齿碰出了声音："真冷啊。只有这样了。'抽刀断水水更流'，我、我们，没有办法！大廖麦，大北方人，你还等什么？多少年了啊，你还等什么？你不相信自己吗？我是那么相信自己……"

廖麦坚拒，最后却发现一切都有些晚了——她似乎毫无障碍地拥住了他，而自己的内衣不知为什么已经滑脱。

她突然没有了声音，如同一只小鸟那样紧紧伏在他的身上。

小屋

"这么小的泥屋子，这真是……真是当年那座？"美蒂下车后，一双大眼睁得溜圆，看看前边，又回头看他，问着。廖麦也稍稍吃惊：它这会儿看上去那么小，小得就像一只麻雀伏在了山岭下坡那儿。他们走近了，一块儿抚摸着干裂的泥墙，张望着，用石头敲敲打打，极费力地打开一把老锁。

是的，小屋只有两间，黄石做基，草泥做墙，只因为小村里偶尔有人来照料一下，它总算还没有塌。外一间有灶，有劈柴，里面一间就是那铺火炕：当年廖麦和老妈妈就睡在上面。他们站在炕前一动不动，美蒂看看炕又看看他，显然怀疑这么小的炕能否躺得下这样一条壮汉。如今炕上的被子叠得齐整如故，打满了补丁，薄薄的。

"老妈妈，老妈妈啊，银月带着她回来了——她当年也让您牵肠挂肚。我和她——我，应该经常回来啊，我今天发现篱笆又塌了，水潭边的地也荒了……"廖麦在心里说着，声声叹息。他看着这儿的一切：破旧的被褥、一只停下来的小钟，还有生锈的锅、小板凳——如果这时一回身看到老妈妈坐在灶前，他一点都不会惊讶。

从屋里出来，他们沿水潭边的小路登上山坡，站在向阳的一面看着不远处的小村。没有停留更久，继续往前，他们这一次最重要的事项就是给老人扫墓……

从山坡上下来，美蒂还不愿回屋，开始久久端详这个水潭：水质碧清，稍显墨色，深不可测；潭的西北角生有一片蒲草，这会儿正是蒲棒初生的时候；鱼在水中跃过，紧接着一只金翅鸟停在了潭边。

"多么好啊！这儿全靠这潭水了！屋子的位置也好，倚山面水，只可惜屋子太小太简陋哩……"美蒂对他说。

廖麦完全沉浸在过去，没有听到她在说什么。

"太可惜了，"她四下张望着，抄着手蹲下。

廖麦把美蒂一个人留在潭边，自己回到了屋里。他要饱吸这里贮留的一切，躺在炕上，闭上了眼睛。他仿佛只一步就跨入昨天——自己正由这儿走出来，沿着潭边的小路往前，往前，一直走下去。"老妈妈，我真害怕迷失啊——我回来了，又回到了这里；就在这两间巴掌大的小屋里，我捡回了一条命，吃过了黄鳞大扁，喝过了蒲根酒……"

"银月！银月……"冥冥中是谁的呼叫？它一声声由远而近，就落在枕边。他紧闭双眼等待着。是的，一只手，一个影子，越来越清晰的面容和白发……一个白发婆婆推开小门，无声地进来，往炕上瞥瞥，给他拉了拉被子，然后回到灶前的小木凳上，一下下拉起了风箱。蒸气弥漫在屋里，逼人的鱼汤味儿扑面而来。接着是搬动瓷碗的声音，舀汤的声音——老人轻轻吹着气，小心翼翼捧碗而行，一钵滚热的鱼汤放在了枕边。

他伸出了手。

一只瘦削的、生满了茧花的手抚摸着他，按在他的额头上。他一动不动……

屋外，美蒂正在水潭边发出越来越大的喊叫声，这声音有些吵，廖麦慢慢睁开了眼睛。他坐起来看着，四下望一遍，又下了炕，走到灶间。

他摸摸那个小木凳，温温的，真像刚刚有人坐过。他又摸着洗得发白的木头锅盖，打开来。锅子里空空的。"三十年了，老妈妈啊，银月今天要告诉您的是，他似乎如愿以偿了；可是他的心从来也没有这样乱过，您能告诉这是为什么？为什么……"

他看着窗外的美蒂，犹豫不决。多少天了，他一直想对她说点什么，一直在下一个决心。

原来的计划是：来小屋这儿，除了扫墓，再就是卸下心上的一块沉重。

他无法隐瞒那一次南国之行发生的事情，他决心在今天，也就是这会儿，把一切都对她说出来。

廖麦盯了一眼原木小桌上停止的钟，站起来，推开门，大步走向了水潭。

"瞧你的脸色，麦子，你不舒服吗？"她一抬头盯住了他的脸，赶紧上前按按他的脑瓜，拍拍他。

"没有……我今天想告诉你的是，修——"

可还没容他说完，她就说："没事儿，不烧，"然后兴冲冲地牵住了他的手。她引他在潭边走了几步，两只眼睛格外明亮。

"美蒂，"他咽一口，说下去，"回来许久了，我一直想告诉你在母校发生的事情，我……"

美蒂一直沉浸在自己的情绪中，压根儿就不想听他说什么，开口打断他的话："棒小伙儿，我知道，你在这个小村里的名字叫'银月'，你是老人归来的儿子，"说到这儿她突然严肃了许多，声音也稍稍放低了：

"你有正式的继承权哩——我是说对小屋和这儿的水潭……它们现在都该写在银月名下？是吧？"

廖麦怔着："这又怎么了？"

"傻瓜！不动脑的小傻瓜啊……你别看小屋才一点点，可它占的这水潭、这地方才宝贵哩！你想想，交通越来越方便，从我们那儿开车绕过来也不是太远，我们完全可以把小屋拆掉盖一座像样的大房子，再用围墙把水潭圈起来，嘿，那是多棒的一座别墅哇！咱们每个月、每个星期都来这里住几天，带上小蓓蓓！咱一家三口……"

廖麦没有吱声。

"你听见没有？傻子！"

廖麦像是刚刚醒过神来："哦，我在听；你还有什么打算？"

他的声音低低的，但嗓子突然有些粗浊。

"还有，就是新盖的房子要看上去老模老样的，内里弄得舒舒服服的，越舒服越好——我喜欢那样儿……"

廖麦的脸色骤然变了，但没有打断她的话。

"可是你……"美蒂看着他的脸色，"你今天真的不舒服啊？"

廖麦一声不响。

"我说什么你听到了吗？"

廖麦咬咬牙："我在听……"

"我在说房子。"

"我知道……知道你在说房子！"

第九章

海猪的儿子

美蒂刚刚走到湖边，就被眼前的一幕吓坏了。她退开一步，几次背过脸去，可又忍不住要上前看个究竟。工人们早从湖里上来了，湖边搬运东西的小货车也开走了，唯有这个家伙还待在这里，正铺着塘坝下的一团蒲草呼呼大睡呢。这人显然是他们在最忙的月份里随便找来的短工，可再怎么也要到工棚里去午休呀。她本来想过去招呼一下蜷在地上的人，但刚走到近前，一眼看到了一双长蹼的脚，立刻呆住了。因为这人刚从水里出来不久，长长的头发全粘在脸上，所以看不出有多大年龄。他身上没穿多少衣服，一件像胶皮雨衣又像袍子一样的东西脱下来，半盖半铺在身上，露出了大半个黑胡桃色的躯体，上面全是暗红色的密挤挤的汗毛；特别令人震惊的是，他的胸部至少有并排两对乳头，萎缩在茂盛的体毛中；两条腿圆鼓鼓的，下半截突然细了下来，像婴孩一般；而撕破的短裤那儿露出了羞处，上面沾满了湖泥和苔草屑末。美蒂吸着凉气，心想这事儿该让廖麦过问才好，要赶快告诉他。

她蹑手蹑脚走开，先是去了工棚。一伙人正在吃饭，听她问起湖边的那个怪人，领头的马上做个手势引她出来。他小声告诉美蒂，语气里透着不小的惊恐："这古怪家伙是从什么岛上来的，开始咱啥也没想，反正花的工钱都一样嘛。谁知道下了湖干活他一个顶好几个，在水里就像大鱼一样，钻到底下老大工夫不浮出来换气，饿了就随手捉些螺蚬鱼虾吃，出水时嘴巴沾满了鳞。再看他的胸脯和脚……活活一个精怪！咱也不知该不该报告上边。干活嘛，倒真是一把好手。"

美蒂嘴里发出咝咝声，叮嘱他不要乱说，然后就匆匆去找廖麦了。

廖麦正在车库里修理一台机械，弄得两手油污，听美蒂一说，胡乱在一堆沙子上搓搓手就去了。

美蒂跟在他后边十几米处，后来只远远站了看。她见他先蹲在了那人旁边，待了一会儿，那人才坐起来。两个人开始说什么，都打着手势。这样约有十几分钟，好像那个人终于被说服了，提起头枕的一个布卷儿，跟上廖麦走过来了。

他们走到美蒂身边时，并不停下。廖麦朝妻子摆摆手，两人继续往前走。他们原来要去车库那儿，美蒂明白了：那儿还有一间闲屋子，有时请来的修车工就住在那里，廖麦可能让这家伙进去歇息。

从中午到太阳落下，两个人再也没有走出车库。

美蒂这个夜晚等了廖麦许久，好奇而又不安。天要黑了，她从窗上几次看到廖麦往车库搬吃喝的东西，再就是见他把门关上。月亮升起来，一个个时辰过去，直到黎明时分廖麦才回来，可是取一点东西又走了。

他们在一起待了两天两夜。第三天晚上，美蒂发现回家的丈夫两眼闪亮，一点困意都没有。

"也许我们遇到了一个妖怪吧？"美蒂试探着问。

廖麦半天没吭声。他看看窗外——从这个角度可以清楚地看到车库旁边那间屋的小窗还亮着。他缓缓摇头："这种人真是少见。直到现在我还弄不懂的是，他究竟算不算'大痴士'。"

"怎么说呢？"

"因为我要弄清他这几天说的话有几分是真、几分是假。我现在也被他弄蒙了。可他说出的一沓子事儿有头有尾，有的又不能不信——你知道我要写'丛林秘史'，许多事情是非写不可的，它们真该从头至尾记下来，只可惜听起来像谜一样。以前有些令人难以置信的传说，竟然和他这会儿说出的一模一样！我不可能对他说的话无动于衷啊……"

"可他看上去真像一个怪物啊！他从哪儿来啊？"

"他说自己是从三叉岛上来的——那是大海深处的一个岛，有许多年没人管没人问，和天外飞地差不多。他是个可怜的孤儿，幸亏被岛上的一个人收养下来，这才没被拴上石头沉海——岛上很多人说他是野猪的儿子，还说是对岸什么人的私生子。收养他的是个好心的老太太，是她当年拼着命才保住了他一条性命。老人临死前嘱托他一件事：去对岸寻找两个人——一男一女。他这次出岛就为了这事儿……"

美蒂的眼睛睁得溜圆："我说呢！他吓人的模样就像半人半兽……"

廖麦摇头："一个畸形人够不幸的了，咱别那么说吧。问题是后来——他一说出那两个人的名字，马上让我吃了一惊……我不得不好好听下去了。他说那男的叫戚金，这个人在岛上住了四年多，在这期间老妈妈的外孙女爱上了他，他却失踪了，再也没有回去，那边的小女孩要死要活呢！美蒂，你知道戚金是我的同学，是我当年最好的朋友啊！而且我知道他真的在三叉岛上生活过，这是不会错的！至于要找的那个女人，也不是别人，她就是住在河口的珊婆……"

"珊婆？那你该告诉他啊！"

"已经用不着了，他就是刚刚从她那儿逃出来的！前几天他沿着海岸一直往东，这才摸到了我们的园子。他说到这一截上就哭了，说自己真想一头撞死在大树上算完——只是念着恩重如山的老人、想着她临终前的托付，这才忍下来。他这会儿什么都没有着落……"

"怎么没有着落？一个找到了，另一个只要你帮他就行啊！不过珊婆是怎么回事啊？为什么要找她呢？"

"是啊，我也这么问，他就是不说。我最后答应帮他去找戚金，但条件是必须告诉我全部实情。就这样，他才一点一点说出来……"

廖麦说着，声声叹息："真是让人吃惊，我尽管亲耳听到了，还是不敢相信！他说岛上的老妈妈临终前告诉他了，他真的是海猪的儿子，当年有一个人亲手把他交给她——那人不是别人，就是大海这边的珊子，如今就住在河口。老妈妈说那会儿她们是在对岸见面的，这个女人当时身上还沾了血呢，说一只难产的海猪向她求救，她帮它接了生，它一转眼却不见了。她正想把这毛刺刺的娃娃扔进海里——就这样，当年的老妈妈不忍，救下了哇哇大哭的娃娃，一直抱回岛上养起来……老人临终前老做一个相同的梦，对他一遍遍叙说梦中的情景，叮嘱：'我眼看就不在人世了，你在岛上无依无靠，快去陆地上认个亲吧，那人准会把你收在身边——那个人的年纪也大了，无儿无女，说不定还要靠你养老送终呢，去吧，快去吧！'就这样他来到对岸，一路问哪问哪，好不容易才打听着来到了河口。不知为什么，他说自己一见了那片土屋就哭起来，跪在地上半天也不想起，他找得实在太苦了。正哭着有一个窄脸青年见了他，盘问半天，他就按岛上老妈妈千叮万嘱的话说了一遍：'俺是三叉岛上来的，小名叫毛哈，是来这儿找珊子妈妈的。'那个窄脸青年阴着脸问：'她是你妈？亲妈？''就和亲妈差不离儿。'窄脸去了，一会儿扶着珊婆出来……"

美蒂屏息静气："毛哈，海猪的儿子……天哪！"

"毛哈说，他当时一见珊婆头上包了蓝布，人老成了这样，泪水就哗哗流下来，止都止不住。他说搞不明白的是，一见她，自己就只想喊一声'妈妈'——于是就大声喊了！他说现在还后悔的就是这一声喊叫，因为珊婆听他这样一喊立刻就变了脸，那模样令人一辈子回想起来都会害怕。接着毛哈就把岛上老妈妈临终前的嘱托对珊婆细细说了一遍，特别说了那个一再做起的梦境——珊婆一声不吭站在那儿听了足有十几分钟，沉着脸，久久站立。他还以为她会上来牵手拉起自己呢，谁知她盯几眼，骂了一句'畜生'，转身就走了。无论他怎么喊，她都不再回头，窄脸青年也跟上走了。毛哈从此却怎么也不想离开了，一天到晚趴在河头上看、等，只以为珊婆心一软就会把他领回家去。他一连三天都没有挪窝儿，睡睡醒醒，嘴里不停咕哝的就是两个字：'妈妈'、'妈妈'。第三天是个大风大浪的日子，他早晨醒过来一睁眼，立刻看见那个窄脸青年从泥屋出来，弓着腰想接近他，手里还提着一杆枪。他一开始还当那人是要打海鸟呢，后来才觉得不好——刚伸长脖子看了一眼，那边就把子弹打过来了。嗖一声擦着头皮过去，只差一点！他于是知道了对方想要他一条命，呜哇一声大喊，一个腾跃钻进了水浪。他不歇气地游啊游啊，逃了半天，这才捡回了一条性命。"

美蒂吸着凉气："这事儿蛮吓人的，咱有点听不明白。"

"所以我说像传说嘛，幸亏珊婆实有其人。"

两人都陷入了沉默。美蒂望了窗外良久，自语说："那个岛上的老人为什么知道珊婆？还有，毛哈要真是珊婆生的——那就是她的私生子了，她大概是怕露馅儿？"

"可是棘窝镇都知道她没有孩子。再说怕露馅也用不着杀人，她才不会傻到这个地步……"

美蒂摇头嘬嘴："她半辈子有几天待在镇上？镇上人又知道什么！说不定真是她的孩子哩！"

"这不过是瞎猜。毛哈讲得太多了，太多了……"

"你真的要为他找回戚金吗？"

廖麦点点头："我得多听听，把事情搞清楚一点才会帮他。找人的事儿并不难。"

水牢

毛哈的养母最初也不是岛上的人。她是和一次有名的海难一起出现的。

要弄清这个女人的来路可太难了！为什么？就因为死无对证、死无对证！"妈的妈的，哪怕就是再活下一个、再留一个活口也好啊！"当年岛上的头儿叫"老甩"，他那一天冻得快死了，在破船烂板子间窜了一整天，一整天都在高声叫骂。

这就是那天的情景，是岛上老一辈人说来说去的陈年旧事。起因是一夜罕见的大风把不知来自何处的一艘大船打散了，船上的东西大部散去，可是只凭一些零零散散的物件，也足以证明这是来自神仙国里的东西：所有玩器件件精巧，是岛上人想都想不出来的至美之物。仅活下来的是一个十几岁的女孩，她穿了华丽的衣服，美貌可人，只可惜被一场风暴劫难吓傻了，一句像样的话也说不出，只紧紧抱住一个匣子，谁也不让动。

这女孩呆呆傻傻被岛上人救起来，一开始被安置在一间破庙里，后来才渐渐清醒过来，能说几句像样的话了，就被老甩领回家去。老甩觉得她被塞在那个透风透气的地方于心不忍。也有人说那是因为老甩看上了女孩怀中的匣子，那里面的珠宝到底有多少，以后总会露馅的。

女孩说她叫耳耳，是大河边一个霍姓大户家的丫鬟，也姓霍——所有霍府里的人，也包括那儿的树呀野物呀楼堂馆阁呀，无不姓霍。那个霍老爷的山峦地产比这儿的整座海岛还要大，霍府盖得像一座皇宫，府里的精巧玩器多得看不完也说不尽。府里的上人们天天吃山珍海味，下人吃大馒头溜肝尖，唯独霍老爷一人吃青草，像驴和马一样。这是因为霍老爷已经是半仙之人了，完全和天地万物打成了一片。总之霍老爷后来在陆地上的好日子过腻歪了，就造了一艘大楼船，躺在上面呼呼大睡，让几个贴身丫鬟伺候着进了大海。船在海里行了三天三夜，最后一天遇上大雾、大雨、大风；大约又过了两天吧，她这个叫霍耳耳的小丫鬟就被岛上人捡来了。"我想霍府，想霍老爷啊！"她一弄明白自己身在何方就呜呜大哭。

老甩到底是什么心思，岛上人几年后就看出来了。因为他在去世前两年，让独生子娶了养女霍耳耳为妻。本来老甩并不是特别富裕的人家，结果老甩死了没有多少年，他的儿子小甩就大发起来了，在三叉岛又置船又置地，盖起了一大片房子，岛上人都叫它"甩府"。"这还不是人家闺女怀里的匣儿发了力？老甩鬼精哩！"岛上人私下都这样议论。

甩府兴盛的时间并不长。因为不久小甩就死了，他死得大吉大利，死得聪明——当时岛上逃来一支海匪，盘踞海岛无恶不作，小甩和全岛百姓受够了气，小甩就偷偷出岛搬兵了；他熟知海道，领那些兵乘几艘战船绕过激流和山岬，消灭了海匪，立下了大功；不幸的是小甩在登岛前被一条毒鱼蜇了一下，不久就倒下来，最后算是和海匪一块儿灭亡了。

海岛得救的故事本来永远要和甩府连在一起的，这会让人感激小甩。他去世后霍耳耳夫人、孩子连同下人，都受到了不同程度的优待。但是新兵实行新法，贫富必均，甩府也就不复存在了。尽管如此，小甩的后人仍然受人敬重，都说他们在兴旺年头实在待人不薄。可叹世事变化太快，再后来不仅是贫富必均，还要一迭声数叨富人的坏话才成——据说岛外的一些大地方专门搭起了台子，全村全乡的人都要登台数叨，声泪俱下，悲情难抑之时竟然把富人一个个全打死了。

那是霍耳耳和孩子胆战心惊的日子。好在三叉岛的人个个知恩图报，他们说：咱既得了人家的东西，也就别再说人家的坏话了；最后实在被逼无奈，也只说一些转弯的话，比如："霍家大婶子，那一年俺去你府上，你让俺吃瓜、吃馍，俺不吃都不行！你这不是强逼俺又是做什么？"又比如："霍耳耳啊，你把旧衣服给俺穿，俺总算熬过了那个冬天！可俺要知道日后遭这么多罪，还不如冻死算了。你这不是害俺吗？"

霍耳耳本来和孩子过得还算不错，岛上人要明里暗里帮她们，谁知一年后岛上出了一个编瞎话的女人，她们的大苦大难也就来了。那真是三天三夜也说不完的愁苦，全让她们母女俩遇上了。她们能活过来，可真是一个奇迹啊。

编瞎话的女人年纪比霍耳耳小几岁，当年一心要嫁给老甩家，没能如愿，也就死死恨着一个人，天天在心里咒她。有一天她在离当年甩府不远的地方发现了一个地窖，这地窖连着海边一条悬崖的隙缝，于是大海涨潮时就灌进齐腰深的水。她在地窖那儿坐了一会儿，心上动了动，然后就找到一个上边来的人说：

"我思前想后，还是说了罢！"

上边人不解，只鼓励道："说了罢！"

"我真的要说了啊！"

"那就说吧！"

编瞎话的女人扯上那人的手往地窖那儿走。他们一起爬进去时，正遇上涨潮，苦咸的海水泛着气泡灌了半窖子。那人倒吸一口凉气，不解地看看她。女人很快珠泪滚滚，声声抽噎。那人说："不要怕，我们会给你做主的！"女人用力擦眼，一会儿就把眼擦肿了。她指着地窖：

"看见了吧？这就是当年甩府的水牢！"

"水什么？水牢？"

"看见墙上的黑洞洞了吧？那时我就被吊在粗钉上，一天两回泡在这水里啊！衣裳泡烂了，露皮露肉，狼心狗肺的小甩用手摸俺、用皮鞭抽俺！要不是你们来了，我就得死、死在这水牢里！"

那人又惊又怕，大口吸进窖里的凉气，连连问："为什么？为了什么？"

"能为什么？还不是看上了咱的身子！那会儿咱年轻，眉眼好，还有，那才叫白哩！咱穷啊，就差没交上几斤鱼税，就被捉了进来……"

"那你为什么不早早控诉？"

"为什么？还不是怕羞啊！谁叫咱是女人呢……"

那人一边听，一边抚摸一块石头，这时狠狠一拳砸在上面，随即叫了起来：鲜血立刻从手上溅了出来。

"老天！老天！上级人儿说火就火啊……你可得为咱做主啊！"

"一定！一定！"

吞金钥的女孩

霍耳耳的独生女叫小芋芋，十五岁了。这是编瞎话的女人扔出那个惊人故事的一年。全岛人都目瞪口呆了。有些上年纪的人站出来质疑，说："老天爷，咱三叉岛上从来没见水牢这东西！是不是别人——岛外的人使大船运来的？""八成是哩，八成是哩！"可是没有多久这样议论的人全都销声匿迹了，再也没人吭气。后来才知道：所有对水牢的存在表示怀疑并横加议论者，都被人拖到黑影里掌了嘴。"怪不得呀，一大把年纪让人使上巴掌掴，不让说偏说，这不是讨打又是什么？"年轻人说着，恨恨的，甚至对自家老人都不表同情。

母女俩的苦日子来啦。日夜拷问霍耳耳，她只能如实回答："不知道啊，实在没听说俺家筑过水牢。"拷问者押她去实地看了，她仍然摇头。"打啊！不打这骚臭娘们儿、这渔霸老财的婆娘，她一个字也不肯说的！打啊！打煞她！"有人一喊，立刻就有人照办了。中年人、年轻人的火气不知从哪儿来的，特别起劲，他们当中不止一个上前揪住她打，揪下了一撮撮头发。

女儿被锁在家里。她只要一出门就往母亲身上扑，护着母亲，谁动母亲一手指，她就用牙咬。因为她不止咬破了一个人的手，所以每逢押霍耳耳出门时，就得首先设法锁起这个小女孩。霍耳耳与她分手时总是叫着："小芋芋别哭，妈妈早晚回呀。"

水牢很快被封起来，不允许任何人随便接近。从岛外来了一些人，他们在围起的水牢里忙活，不知干些什么。事后才知道，为了水牢的重新开放，这些水牢专家正在一丝不苟地加以修复。这样直过去一个冬天，北风怒吼的日子一过，大围幔子一撤，崭新的水牢就露出来了。它再次对岛里岛外的公众开放了。

这一天算是三叉岛的一个节日。岛外来了许多人——这些人兴高采烈又怒气冲冲，不知从哪儿打听到了这件稀罕事儿，捷足先登，非要看个究竟不可。他们排成一队往洞穴里进，咬牙攥拳。洞子经过修复，下到底层容易多了，台阶舒缓且有木头扶手。随着湿气加重、听到啵啵的水泡声，也就站在了一个平台上。四壁滴水，生锈的大钉和尖尖的铁齿钩分别从墙上和水里凸出，面目狰狞。参观者无不惊骇，大呼小叫，一会儿又吓得吸起冷气，不停地磕打牙齿。

只要参观者来了，编瞎话的女人必要现场讲解。一场场讲下来，女人不仅说得越来越流畅，而且把个故事编得枝叶茂盛：她第一次被押进水牢时年纪多么大、脸盘儿怎样眉眼怎样、脏水浸着下体和胸部的滋味儿、渔霸老财怎样半夜打着灯笼进来、她怎样用脚踢他的小肚子下边一点、日子久了两腿怎么爬满了水蛭、水蛇在裤子里乱钻的夜晚、想人的夜晚、被拴在铁钩子上活活给畜生糟蹋的夜晚、一年年折磨得人比黄花瘦的惨相、人见人嫌扔在大街上没人要的日子……听的人眼都直了，都说不看不知道，一看吓一跳——讲到这时候总有旁边的姑娘斜跨一步，一句连一句呼起了口号。这些姑娘是负责引导和辅助讲解的，众人跟上她们齐呼。地窖共鸣效果良好，巨大的嗡嗡声以至于把参观者自己都吓住了，他们从那儿离开后都要连做几天噩梦。

编瞎话的女人成了岛内外一大宝物。后来的日子里，她已经不再屑于为一般的进洞人讲解了，而是频频出岛，为大海外边的人讲述自身遭遇。她每一次从岛外归来都要引来全岛人的驻足观望：携来一些最新的物器，这仅从鲜亮的包装盒上就看得出来；有一次她甚至打开一个纸盒，取出了一个古怪的带旋钮的四方机器，一扭哇哇说话唱戏——这东西只有个别年轻人认识，他们争着喊道："收呀——音机！"

编瞎话的女人穿戴也变了，衣服布料闪闪发光，一些上年纪的人凑上去摩挲，说："真不得了哩，上了电镀一样！"人们发现她整个人年轻了十多岁，已经不再是那个六十岁的女人了，而是脸庞有光，胸前又鼓鼓囊囊了。有人私下议论："这娘们儿巧嘴滑舌四处奔走，说不定勾连上岛外不少年轻小伙儿，采了人家的元阳！"青年人不懂什么是"元阳"，反反复复问着，却没人告诉他们。

不久，上边又派来几个戴眼镜的，这让岛上人知道：水牢的事又闹出了新招式。果然，这些眼镜一天到晚和编瞎话的女人在一起，还一次次钻进水牢、或者去看霍耳耳母女。其中的一个试图去抚摸一下小女孩的脸蛋，结果刚一伸手就被咬住了手指。那人喊得好惨，小女孩还是用力咬着，就是不松，待母亲呵斥下来时，被咬的手指已是鲜血淋淋……

原来这些人是接受任务来岛上编大戏的：根据水牢的故事，写成一出在三叉岛一带流行的"鱼戏"。这种戏以前只在不大的范围里上演，不知演了几百年，戏文都是古旧词儿，至今已有几十年不再演了。鱼戏所用的琴和鼓之类，都取自海里的东西做成，如鱼皮鱼骨等；戏中人事也大抵和水族有关，所用曲调多少和鱼的叫声、摇橹的吱扭声、拉网的号子声调相谐。不过会唱鱼戏的人，如今在三叉岛是越来越少了。

几个戴眼镜的人轮流执笔，来来去去几个月，白天辛苦工作，夜间就和编瞎话的女人睡在一个大炕上。炕上除了必不可少的被褥，还摆了一张矮腿桌，上面有笔墨纸张——据说戏文这东西说来就来，哪怕是半夜，它只要来了就得立马写到纸上；戏文这东西对人来说是过时不候，不管你是谁，有多高的官职多大的文化。岛上后生打鱼累了一天，夜间出于好奇还要到编瞎话的女人窗下听房。结果他们听见了嬉闹声、哧哧笑声，特别是听见了编瞎话的女人哼出的一两句鱼戏："叫一声我的刀鱼郎，待奴家脱去衣裳，咱何必慌里又慌张……"后生们只对那个男的反复说的一句话听不明白，那人说："咱要用一出戏救活一个品种！"听房的人不再吭气儿，因为一个"救"字显出了无比的急迫和严重。

不知多少人参观过水牢，又特意去看霍耳耳母女。这些人指指点点："看见了吧？这就是渔霸的小老婆，还活着呢！""真有脸活着，没有廉耻！男人进牢里糟蹋人家大闺女，她就这么眼睁睁看着！""真该让一天到晚下海打鱼的汉子也糟蹋糟蹋渔霸家的小老婆！"开始的日子霍耳耳总要大声说："我们家从没筑过害人的水牢！这是别人编了害人的！我也不是小老婆，我家男人只有我一个……"

她大声申辩时，如果有看押者在场，一定少不了挨上几巴掌。日子久了，参观的人一拨拨太多了，她索性由他们说去——自己牵着女孩的手静静坐着，让阳光照着满头白发和一脸深皱……夜里她抚摸孩子，一声声规劝说："小芋芋，听妈妈的话，再不要咬人了，那些人说要把你的牙齿拔掉——畜生们说到做到的！好孩子，妈妈就为了你才活着啊！"小芋芋每次都点头，大眼睛里没有一丝泪光；可是每逢有人伸手欺负她和母亲时，她总是毫不犹豫，下口就咬。

　　让小芋芋遭受更大折磨的是后来。随着水牢的事情越传越广，再加上要编一出鱼戏，对霍耳耳的身世由来的考察也就多起来了。有人开始走访岛上老人，仔细询问那个传说的飓风之夜、那艘打烂了的楼船，最后注意力全集中在一个匣子上——它由当年的霍耳耳紧抱怀中，那里面真的只是金银细软？有没有别的？这个匣子现在又在哪里？

　　对霍耳耳的审问于是重新开始。"你再不说，咱就把你交给年轻人了，他们早就要求接下这个任务。你知道他们下手可没轻没重啊！"审问者威胁她说。霍耳耳总是那几句话："那匣子过了这么多年，哪儿找去？再说那是霍老爷的东西，找到了也得交给他的后人！""你这个老财的贱人、下三烂奴才，你就是烧成了灰也是黑的！"

　　他们最后没有办法，真的把她交给了进岛来的几个年轻人，另有本岛几个年轻人加入，这一伙变着法儿拷问起来。他们先是使用"苦肉法儿"——绳子蘸了海水打人、拧大腿根、绑吊；而后是"害羞法儿"——将乳部和下体部位的衣服剪出三个方洞，让来往行人随意观看；老光棍戴上花镜凑近了看，小孩子捡了毛毛虫往方洞里投……待一切都没有效果之后，年轻人眉头一皱计上心来，一拍大腿说："有也！"

他们把霍耳耳投入水牢，直投了一个月。一个月中只有几次押上来透气见光，因为人眼看就不行了。"你自家的牢儿，自家还使不中意？"年轻人说。霍耳耳最后膝头生了水疮，头发长了青苔，周身寄生了无数水虫，连牡蛎都想附在脚跟上。她眼看就要死在水牢中了，年轻人这才改押在牲口棚里。

整整两个月母女分离。小芊芊单独关押，她们家由一群手持钢钎的人四处探寻。每一寸泥土都寻遍了，一无所获。后来有人想到了睡觉的炕，拍拍脑瓜喊道："拆拆拆！"拆了，里面什么也没有。在用钢钎插探炕基时，几个人笑了：他们挖出了一个瓷缸，有盖，揭开一看，正是一个匣子！

可是这匣子由特别金属做成，小而精制，特别坚牢，上面有一个小小的锁孔。根本无法打开。"妈的，割不动砸又不行，又不能伤了里面的物器，这真难死活人了！"领头的说。

赶紧找钥匙吧！可是那种小物件要比匣子难找十倍。找了几天，全无踪影。有人想起小芊芊，于是让人按住，在万分提防嘴巴的情势下，脱光了她的衣服。所有人都发现，光身子的小芊芊像一条滑溜溜的小鱼，真好看；戴了红色肚兜儿，有一条金色丝线挂在颔下—— 一揪，牵出一个金光闪闪的东西。人们立刻大喊起来，原来正是一把金子做的钥匙！四周的人被这突如其来的宝贝喜蒙了，大手参着；还没醒过神来，小女孩儿挣脱了身子，狠力咬了一下企图上来抚摸金钥匙的人。那人大叫之时，小女孩迅速把钥匙攥到手中，紧紧藏到了身后。几个人往屋角逼她，她四下观望、退缩，最后竟将钥匙填进了嘴里。

几个人扒她的嘴，抠、撬，伸进羽毛搔动，全无效力。"妈的，就这么吞了，生吞了！"头儿搓着手上的黏液，大骂。

神针

　　小芋芋被严密看守。头儿就住在关押她的厢房旁边。这厢房紧靠一处海蚀崖，日夜听得到海浪吭吭拍打崖壁，像放炮一样，简直令人无法入睡。头儿缺乏睡眠，更加烦躁。可是没有办法，这小家伙只能关押在这个地方——岛上唯一的、也是声名显赫的中西医结合者、名叫弯肚的老人说：人在巨大的海浪轰击声中会更顺利更频繁地大解。一开始头儿提议给小女孩使上泻药，弯肚理着银须说："这你就错了。泻得慌急，那东西就会卡在胃肠里，到那时就不得不动刀儿了，那可不聪明啊！"

　　果然，头儿自住到这儿的当天就不停地去茅厕。他从蹲坑下来，还来不及系好裤带就去问背枪的看守："她解下没有？"看守总是摇头。他从窗上观察小女孩，发现她神色安定而严肃，那时不时望向大海的眼睛里满是仇恨。她在屋里不停地踱步，那该不是急着进茅厕吧？

　　"她一天进几次茅厕？"头儿问。

　　"三次，都是小解。"

　　"妈的，真是奇了怪、倒了霉！"头儿咕咕哝哝往回走。他命令看守：只要小女孩大解了，无论是白天晚上，就是凌晨两点也要通知他。看守应道："是啦！"

　　小女孩使用的便坑是特别整治过的：下边的通洞幽深且安了一个木桶，

桶中有一个大铁抄子。

无论白天或夜里，头儿只要醒来就伏上窗子看她踱步：她竟然极少睡眠，只是走、走。"日他妈这不是憋的又是怎么？那咱就等！早早晚晚，你怎么吃的，还得怎么给咱拉出来！"他命令看守为小女孩准备饭菜时，要多用肥腻的鱼腹部分："撑她，撑得她爹妈乱叫才好！"

第四天凌晨三点，头儿被巨大的海浪声折磨了多半宿，好不容易才睡下，看守就报喜一般大喊着把他叫醒。他爬起来搓搓眼，一下就看到了这个年轻人缩嘴蹙鼻，一手提着木桶，一手扶住铁抄子：上面是一大块塔形的东西，金黄色且十分美观。"哎咿，这小物件拉得还真不错！"他围着它看了又看，鼻子抽动，转了几圈，然后亲自接过来。他小心翼翼提到屋外，一边搬弄水瓢一边咕哝："咱得淘一淘呀，细细淘一淘呀，"他呵斥旁边的年轻人："这东西一点都不臭，你躲什么躲？你把灯火再举高一些！"

淘过了，结果大失所望。

又过了两天，同样是仔细检找了两次，仍旧一无所获。头儿哭丧着脸问弯肚怎么办？弯肚流下了两行长泪："动刀儿吧。"

"手术复杂不？"

"简单。所谓囊中取物也。只要为我出岛买两样器械就成，还要找人打打帮手，不过——"弯肚擦了擦脸："多好的小孩儿，多好的小肚肚，这一来……"

"那也没有法儿！她是自找的呀……会疼得厉害？"

弯肚摇头："不会。这我自有办法。我不用麻醉师，我有神针哩。明天或后天上午办吧，上午我的眼神好些……"

弯肚在远离海浪的一间屋子布置起手术室，先用艾草熏了几个时辰，又在地上墙上洒了一些药水。他让人远远瞭望阻止行人走过，并让那个头儿向全岛下令：届时任何人不准发出大声，不准喊拉网号子，不准一齐呼叫往海里推船，更不准噼里啪啦砸东西。"为什么哩？你不是说就像骟头小猪一样轻省？"头儿问。弯肚火了："我什么时候这样说了？我是说'囊中取物'！""那也一样啊！""那可不一样。谁也不能惊了我的刀！这是我和孩子两人的大事：我亮出手艺，她长好肚肚！这时辰谁扰了我，我火了一刀割下他的屌！"

没有办法，谁要咱用着他啦？谁要全岛只这一个中西医结合？"我日你妈的！"头儿忍住，在心里骂了一句。

小芋芋刚一跨进这间屋子还不知是怎么一回事儿，多少有些高兴，一次次嗅着满屋的艾草味儿。后来她看到老医生和几个人在摆弄刀呀剪的，才知道不妙。老医生把她叫到一边说了缘故，告诉她如果不及时取出那把金钥匙，说不定什么时候胃上穿孔就死了，那时要救就来不及了。小芋芋说："那我就死！""那就见不着你妈了！"小芋芋低下头。一会儿她咬着牙抬头："死也不给他们钥匙！"老医生洒了两滴浊泪："孩子，死了他们取走就更方便了。"他慢声细语劝她，告诉她：自己将采用全世界最好的办法来干，几根小针扎上、小弯刀儿划上，就像小蜜蜂咬了一口——"你更别担心会留下丑丑的大疤，我为这个可费尽了脑子！孩子，我只会留下一个小小的口子，就像小金鱼的嘴，然后给你绣花一样缝上，待它长起的当月，再用一种草药膏糊上，半月二十天一过，戴上老花镜也找不见疤瘌在哪里！"小芋芋两眼盯住他：

"你的话当真？"

"着实当真。我这年纪能做你爷爷了，还能龇着大牙胡咧咧？我心疼孩子……"

小芊芊不再说话，自己躺到了床上。

老医生先让人喂她几粒白色药丸，待她睡着时，就亲手为她褪去衣衫。还完全是个孩子呢，身子圆圆的没有一个疤痕，简直完美无缺。她的小乳房像两个小苹果伏在那儿，体征刚刚显现。多么可爱的脐窝。老医生正细细研究着，一回头见那个头儿正隔着窗户往里望，就朝他做了个威吓的手势。

小芊芊的手上、肚子上、腿和脚，甚至是头部，都扎上了颤颤的银针。她一直双睫合起睡着。待有了小小鼾声时，老医生说一声"开始罢"，接着平伸出两手。有人为他戴上胶皮手套，又戴上口罩。

整个过程除了器械丢在铁盒里发出细微的叮当之外，几乎再没有声音。

漫长的破译

那个神秘的匣子打开了，结果大大出乎所有人的预料：哪有什么珠宝之类，仅是两张泛黄的皮纸，上面用毛笔写了稀稀疏疏的一些字，字的旁边是朱砂做上的标记，诸如此类。

围看的人不多，因为这是甚为机密的事情。首次开匣看到的有那个头儿、头儿的上级、两个编鱼戏的人。离这四个人稍远一点的是编瞎话的女人，她本来已经凑得很近了，但最后一刻还是被头儿推开了几步，理由是"级别不够"。

他们由惊讶到迷茫，最后一起陷入了痛苦。四个人呆坐在匣子四周，皱着眉头。这样呆了不知多久，那个头儿突然一拍脑袋："嗯，这是一本变天账！"

其余三人看看纸片，又相互望望，没有吭声。因为上面没有关于金钱银两及其他记载，如此推断失之孟浪。头儿让上级细细看来："小羊蹄子，野猪脚，粉鼻鹿，大五花妞儿，细皮小犊，小三，雪兔……"如此等等。年代久远了，墨色持重，一些朱砂标记却红得醒目。

"这分明是一些畜生嘛！"上级有些失望。

头儿笑眯眯的："依我看呀，这才是老财们使的障眼法儿——他故意给人取了动物外号，留给儿孙日后算账！这些外号用不着外人知道，只要他儿孙后代心里清楚就行了……"

"那些红圈呀点点呀，又是做什么了？"

"加了记号的，或许是欠了重债；再不就是大仇人，是让儿孙后代开刀问斩的……瞧我也说不清楚了，反正我敢肯定这是本大变天账，这得火速送到上头才行，找些专门家破解破解——'会的不难难的不会'，真正懂行道的人，一眼瞅上去心如明镜，是吧？是吧是吧？"头儿一边说一边比比画画，有点得意。

他的上级不再置评，只让人收起，准备尽快报到上边。

后来许多年过去了，"变天账"一说时而成立时而推翻，没有定论。匣儿在岛外的城市甚至更远处的专家手里辗转，并诞生了一批考证文章，说法愈加趋向复杂。有人认为这是当年具有邪癖的地主老财随手记下的饲养名单，所记皆为动物中的珍品；有的认定如此精心保管的文字必定非同小可，只能是散在山林乡野的帮会分子代号，加了标记者，则为一定范围内的首领，要知道当时财主们与地方帮会势力是勾连一体的；有的判定这是一张土匪联络图；更有对名单做出各种解释的：潜伏的打手、雇佣的镖头、各色巧匠……林林总总，不一而足。

但那几个编鱼戏的人却毫不犹豫地采用了"变天账"说，并与水牢的故事交织一体，终于凑出几幕哀婉凄凉的鱼戏。戏的主角当然是一女子，俊俏无比，生于斯长于斯无人可敌，老财垂涎，生离死别，等等。大戏首先在岛上连演三天，看得人人捶胸顿足，热泪涟涟。上年纪的男人女人是最忠实的观众，他们与其说是在看台上的戏，不如说是在循着熟悉的腔调寻觅往昔：常常闭着眼听而不是睁大了眼看。"多少年没听这个调门了，哦哟哟真真解馋解痒啊！"他们边听边随上节拍摇晃，结果小板凳和马扎都被沉沉的屁股搓散了，让年轻人嘲笑："年纪越大腔力越大！"

这出鱼戏最让老头老婆们不能苟同处有两点：一是真正的鱼戏必以水族为角儿，或者其中夹杂有人和鱼精龙女之类的纠缠；而时下的戏文全是人，却又要按传统的调门和动作表现，吱扭扭学着鱼叫、像鱼那样游动，要多别扭有多别扭。二是戏中的女主角太离谱了，咱岛上编瞎话的女人原本就不好看，这会儿倒给装扮成天仙一般！这两条抱怨趋向一致，难免要吐露出来，结果多嘴的人险些被送到局子里去。上边人说："还想演些迷信、想复辟？还嫌不真实？想给渔霸打掩护？查查说这些话的都是一些什么人！"从此无人敢议。

传说编瞎话的女人对于未能亲睹匣中隐物耿耿于怀，不吃不喝坐船出岛找到更上一级，哭诉："把我当成了什么！我这样的人什么不能看哪！我虽说大字不识，可我就是使鼻子嗅嗅也知道那是什么物件，还用得着上级操那么大的心？"上级对阻挠她观看的人严厉斥责，当即指示让人专程带她去破解隐秘。编瞎话的女人抱着匣子哭了一场，说只有地主老财才有这么好的匣盒呀！她对两张皮纸又嗅又摸，不停地打嚏，最后说："狠毒啊！狠毒啊！"

旁边人问怎么了？她就说："老财恶霸又能干出什么好事情？这都是他们杀的人！瞧一个个都用红笔点了，那就是——没命了！"旁边人大惊。

是否出自编瞎话的女人之口不知道，但有一段时间确有此说：当年的霍府留下了一份惊人的杀人记录。

时间一晃几十年过去，这期间发生的事情简直多极了。围绕匣中那两张皮纸，各种传言一直未断。在霍耳耳的一再坚持之下，那个匣子才重新回到了她的手中，但匣中的皮纸显然只是两张复制品：真品的下落永远是个谜了。尽管如此，霍耳耳还是激动万分，将它再次锁好、珍藏。

小芋芋肚子上仍然留下了伤疤：事情并没有像那个老医生弯肚夸下的海口，而是留下了一条清晰的竖纹，模样活像蜈蚣，好在并不十分难看。对此老医生辩解说："这全是因为所采草药有疵，其中一味五花舌草被蜥蜴撒上了尿。因此，事情才有了闪失。"他后来断断续续又给她肚子上糊了几次药膏，但毕竟事过境迁，于事无补。令老人伤心的是后来——那是小芋芋结婚当年，老人正好研磨出一味祛除手术疤痕的新药，于是急匆匆跑到他们的新房里，未及多说就把芋芋的衣服掀开——正这时丈夫一步跨入，结果年轻渔人喊出的声音像霹雳一样。

也许就为了那个匣中的隐秘，霍耳耳在归还匣子的当年就出了一次海岛。此行是否破解了隐秘不得而知，只是她做出了又一件令全岛人大惊的事情：抱回了一个脚上长蹼的小男孩儿。

她与交还孩子的珊婆到底是一种什么关系？没人知道。

第十章

黑影徘徊

　　廖麦只好让美蒂打理农场里的事情，这段时间他要一心照顾好毛哈这个人，因为要让其一直待在车库旁的小屋里可真不容易。美蒂独自应付一些杂乱事情，每天夜色笼罩时分往车库里送去吃的东西。几天过去了，工人们一说到毛哈还是兴奋不已，对这个来也匆匆去也匆匆的异人耿耿于怀，见了美蒂仍旧咋咋呼呼："老天，那家伙能不吃不喝躺在水里半天，说不定真是一条鱼精变的哩！他这会儿也不知哪去了，说不定还在咱这围遭儿转悠呢！"美蒂赶紧摇头："他这样野性的人哪能待得住呀，说不定早驾着海浪回大海里去了。"

　　一天早上，一个枯瘦的男人突然出现在打工者中间，木着脸，偶尔发问，提到的竟是那个脚上长蹼的人。有人把这事儿告诉了美蒂，她马上去了湖边工棚：那儿果然有一个生人。这人长了一张窄长脸，神色阴阴的，看人时咬着牙齿，不愿说话。

　　"你想来打工吗？"美蒂问。

　　他没答话，只用眼睛扫了她一下。这立刻让美蒂脸上有一种被灼伤的痛感。"我雇工。"他的话极简。

"那你也不能来我这儿挖人哪！"美蒂心上扑扑跳，却故意大着嗓门说了一句。

窄长脸没再搭腔，很快走开了。

美蒂目送那人出了园子，直盯着他往西走了很远，才回到屋子。稍停，她因为心里不安，又到车库这儿找廖麦来了。

车库隔壁的一间屋子近日已经堵上了小窗，门也闩得紧紧的。她有节奏地弹了几下门板，门才打开。那个叫毛哈的怪人正坐在床上，抱着双膝；廖麦坐在他的对面，两人一声不吭。毛哈脸上的淤泥没有了，但毛发还照旧乱蓬蓬的；衣服换过了，特别是裤子没了破洞，但浓浓的棕色胸毛还是从领口那儿露出来。他大概知道来人是谁，看也不看，只低头瘪嘴，盯自己带蹼的脚。廖麦听美蒂耳语几声，随她走出去。

一会儿廖麦回到屋里，说："毛哈，大概我们得小心一点了，那个朝你开枪的家伙可能今天来过我们园子了。"

毛哈随即抬起大眼：闪着一层荧光，极圆。廖麦一瞬间觉得这真的是一双水族的眼睛。毛哈这样看了一会儿，抹抹鼻子：

"廖哥，你还是把我送回河口那儿吧——也许我妈后悔了，她让人来找我！咱总觉得珊婆就是咱的亲妈，咱那天一照面就这么想——她也许会收下我。我还是想回她那儿……"

廖麦重重地拍打他的肩膀："你在弄明白她到底想些什么之前，可不能回去！如果她真有那份好心，那天就不会让人开枪打你了——她哪里是想收留你，分明是想取你的性命啊！"

毛哈听了啊啊叫起来，粗粝的嗓门泛着尖音，这真的能让人想到水中大型哺乳动物的叫声。他一边叫着，大滴泪水唰唰滚落，滑过脸颊，流到了棕色的胸毛里，"你千万别这么说，千万！我告诉过你了，那可不是她干的，那是她的干儿子开的枪啊！也许这事儿她到现在还一点都不知道呢……我不能一直待在这儿了，我得去找她。我真的觉得她就是我的亲妈……"

"那你是中邪了！你什么根据都没有……"

毛哈张大嘴巴："根据？这种事儿怎么找根据啊！霍妈妈能告诉我的，也就那么多。她也许会说出更多的，可惜时间来不及了，她还没等全说出来就过世了……那天我在河口那儿等啊等啊，半天时间就像一年那么长。珊婆好不容易出来了，我一看她的脸、头上包的蓝布，还有那双眼，心里咯噔一下，张口就叫了一声'妈'……我情愿她是我妈，我的亲妈哩！"

"我不相信亲妈会对儿子这么狠，她不会不知道向你开枪的事，"廖麦在想尽一切办法说服他，"那个珊婆如今收养了七个儿子，他们什么事都听她的，没她开口，他们大小事儿都不敢做一点点。还有，珊婆已经有了七个儿子，她怎么还会要你呢？"

"那也不差我这一个啊……"

"你和他们可不一样！"

毛哈垂下头："我知道，我太、太丑了。"

"可不是因为这个。那肯定是另有原因——我们也许以后会弄明白这到底是为什么。反正你现在千万别接近那儿，那真的会有生命危险。"

毛哈一把鼻涕一把泪："那我就死在河口吧，我也不能就这样空着手回三叉岛去啊，也许我就该死在她身边……"

廖麦真不知该怎么劝他，只好等他平静下来再说。廖麦觉得这家伙真的与海边和山地的人不一样——大概因为在大海深处待久了的缘故，一根筋，思维极其古怪！跟这种人可真难把话说清楚啊。待了一会儿，为了让这家伙能高兴一些，他就把话题扯到了鱼戏上，说极想亲耳听一听那种独特的调门。

谁知这样一说毛哈的泪花马上干了，人很快高兴起来，点点头告诉：霍妈妈的外孙女才是岛上真正的小美人儿，也是最会唱鱼戏的人，你想听吗？那就去三叉岛好了！

"那是将来的事了，现在你能哼几句吧？"

毛哈吭吭哧哧："也能。不过这得好好想想才行，"他的手插在头发里，又搔弄一会儿棕色胸毛，最后翻着大圆眼唱起来："'小鳖鱼你吱吱扭扭别发浑，老夫我，伸手揭去你呀，两片鳞……''眼见得呼悠悠大潮又起，咱龙王将身来在水晶府邸'……"他因为一个高音发不出来，伸手去卡自己的喉咙。廖麦笑了。

"毛哈，岛上会唱鱼戏的人多吗？"

"会哼几句的多。一出戏唱下来的少。像芋芋老姐的孩子'小沙鹬儿'——像她唱那么好的，天底下也没有……"他一说到"小沙鹬"几个字，就把目光转到了一边，开始暴躁地拍打床沿，"我得去找那个姓戚的，找回这个混、混账东西！是他让小沙鹬哭成那样……我真想掐死那个狗鱼崽儿包公脸儿。可霍妈妈非让我去找他不可呀，这也没有办法……"

廖麦很快察觉到毛哈心里极喜爱、或干脆说是深恋着那个唱鱼戏的女孩，却又要奉命请回一个自己的情敌——也许正是这种矛盾和痛苦吧，他整个人有些蒙了，有时候心思乱成了一团，不知自己该怎么办才好。廖麦怜惜地攥了攥他的粗臂、他的大手。

"我日他虾妈橹窝里捣出的杂种！臭海蜇皮都吃不上的饿马死龟烂尾巴根！九条水蛇缠在一疙瘩的老鳊鱼、刀鱼梢儿小虾米、抹上大酱就要下锅的黄花鱼，你要这会儿死了也就好了，咱毛哈也就用不着千里万里寻你个水鳖了……"毛哈的声音越来越低，咕哝着，一串恶骂让廖麦又惊异又好笑。他劝导毛哈：

"你就不用忧愁了，找戚金的事儿交给我吧，包在我的身上。眼下你要做的，就是好好将养几天，太太平平回岛上去。"

毛哈听了不再吱声。他斜躺下来，可是只一会儿又抬起头，像嗅什么似的扬起鼻子，面向门口翕动鼻翼，极其不安的样子。

廖麦马上开门出来，这才发现天已经黑了。风有点凉，海浪的响声也大了。待他想转身回屋时，突然觉得西边三四十米处的那排杨树不对劲儿：本来是笔挺的树干上多出了什么；再看，有一个瘦长的黑影从树隙那儿一闪而过。他弯腰抓起一个器具就跑过去……在杨树四周转了几个来回，什么也没发现。他怀疑是自己看花了眼。

他们很晚才吃完美蒂送来的食物，因为这几天总是深夜才睡。剩下的一段时间里，廖麦想更多地谈谈鱼戏、谈谈那个戚金蹿到海岛之后的一些情形，可又不忍提起这个话题。他知道只要一说到戚金和小沙鹂这两个名字，毛哈就不再安宁。

已是凌晨了，毛哈入睡前又一遍说起了霍妈妈："我到现在都不明白的是，她过世的前几个月，老要做相同的一个梦。这梦让她再也安生不了，然后就一遍遍催我出岛……"他这样说着说着，又扬起了鼻子，再次像嗅东西一样冲着门的方向，脸上是极度紧张不安的神色。

廖麦抓起一支手电出去了。

手电光将一棵棵杨树扫过,又照了车库四周、北边的灌木丛——风中乱舞的枝条间真的有什么在活动,那是一个黑色的人影……

一个重复的梦

"孩儿,我琢磨是霍老爷托梦来了。我梦见俺姊妹几个和他一块儿在大楼船上,他盖着朱红缎子被睡着,谁也摇不醒他……"霍耳耳已经是第三次这样说了,芋芋安慰妈妈,只听她讲下去——就让她一遍遍讲吧,直讲到最后的日子吧。芋芋为妈妈难过。

"我也不知是梦,还是泛起的老事儿——人老了觉少,睡着醒着都分不清。几十年了,我有时一觉醒来还在大浪尖上,挣着喊着想活命。那一场大灾难把我吓没了魂儿,让我把什么都忘个一干二净。后来记起了一些事、又一些事,可是一段一段难接茬儿……好在它们这会儿在梦里全接上了……"霍耳耳垂着一头白发揩眼,问过了芋芋又问毛哈:"孩子,你说我为什么总做这同一个梦呢?我夜夜都被这噩梦惊醒。"

那艘楼船人间少有啊,不光是廊啊柱啊镂花雕凤、贴金镶银的,就连舷上都点了彩。再看船上装的吧,金碗银盘数不完,地上铺了大花毯子,幔子穗头都扎了金线。除了霍老爷一个男人身,其余全是女的,是十六七的闺女,挑了样儿找来的,搽了胭脂抹了红唇儿,都是来伺候霍老爷的。

老爷一直睡着,躺在大幔帐里面,谁也不能吭一声,免得惊吓了他。一

502

日三餐也不准喊醒他，再说老爷早修成了仙体，不太食人间茶饭，在府里时就这样：高兴了就喝几口青草汤，嚼几块杏仁糖，不高兴在田边地头揪几把青草塞到嘴里就成。老爷只缺了一样物器不行，那就是美妙的雌性活物，人畜倒也不拘。每日每时，府里的老爷只要在家，老管家都得备下应手的物件，听到老爷在内间咳一声，说："拾掇了来！"就得立马把她（它）们送到里面去。

霍老爷到了晚年，简直是手不释卷／人：总是呷着碧绿的青草汤，一手持书，一手抚摸着一个雌物。有一条母狗是他的最爱，在长达几年的时间里，府里人总是听到老爷内间屋里传来它的喘息声：哈嗒，哈嗒。还有一个娇美少妇身高腔大，肌肤如雪，天天抱个匣儿进屋，说是去给老爷"拉洋片儿"，在里边喊："咱拉过了这一片呀，又呀一片儿"，其实老爷没心思看。有一次老管家送青草去，不小心抬了眼，瞅见那娘们儿一截长长的尾巴从裙子底下透出。

船上的丫鬟头儿时不时叮嘱这些女孩儿："老爷醒来时，一出声儿，叫谁去谁去，别扭扭捏捏拿样儿，反正早晚都是老爷的人。咱年轻时候也经过这阵势，刚开头还哭呢，怕老爷嫌咱丑呀不水灵呀、胖了瘦了呀，其实到末了才明白，老爷是最好伺候的人，从来不挑肥拣瘦，只要是女儿身、只要会亲嘴儿就行。老爷的大嘴又厚又软，热得像刚盛进碗里的米粥，咱这点年纪哪是他的对手，老人家把青草汤一放，回过头三口两口就把你亲个半死！当然了，古语说得好：'姜还是老的辣'，咱姐妹几个今后就在船上好好啃这块老姜吧！"

丫鬟头儿特意把一个巧得不能再巧的匣儿交给霍耳耳，嘱咐："守紧些，老爷原想枕在头下呢，后来嫌硌得慌。开匣的钥匙拴脖儿上、贴到肚子上，谁也不准给！"霍耳耳每个字都记住了。

楼船在海上顺风顺水走了三天，老爷还是没有醒。有个丫鬟咕哝："怎么还不醒？这不是急死活人吗？"别人就嘲笑她：想早些亲近老爷，大概当大闺女当烦了。霍耳耳打心眼里爱戴老爷，虽然从未就近端详过，但那长长的身影总算瞥过几眼。她知道这个男人心肠好，情意深，腰带松——最后一条放在常人身上就完了，霍老爷那样，反倒让人觉得孩童一般顽皮，"多好的老爷啊，瞧跟谁都没大没小的！"有一次霍耳耳正走过长廊，迎头碰见刚从老爷屋里出来的丫鬟头儿，她边整衣服边说道。

霍耳耳一想老爷就脸红心跳，说不上是害怕还是高兴。她倚在船舷上看着万里碧波想：老爷快快醒来吧，醒来时但愿第一个进幔帐的人就是咱——这就好比打仗，第一个上战场的人总是让人钦敬的。可他就是不醒，她只好紧抱宝匣，一刻也不松手，连上茅厕也是一样。

夜里起风了。大风摇得人人呕吐。霍耳耳吐在缎子衣服上的那会儿，还一直担心老爷见了会嫌脏呢。好不容易熬到了东海泛出了鱼肚白，一眼看去，一只青黑色的半大船开过来。霍耳耳开始与大家一起去看那船，后来又想呕吐，就进了茅厕。

就短短一会儿工夫，那船就靠上来了。一个长了红胡子的大汉笑眯眯看着楼船上的人。这边还没明白是怎么回事，两条带钩刺的缆绳一下抛到了楼船上。红胡子立刻不笑了，吹一声指哨，好几条汉子就攀着缆绳一齐往楼船上爬。到底是丫鬟头儿，她在大家瑟瑟发抖之时竟能抓起一把斧子砍那粗缆——可惜力气太小，砍了两斧没砍断，一个大汉，就是那个红胡子，挥手一刀就把她砍死了。

所有丫鬟从这一刻都呆了傻了。红胡子领一伙人蹿上楼船，大叫："除了女的，一个不留，一个不留，照老规矩办呀！"他指使几个人四处蹿动，一会儿就把丫鬟们全押在了甲板上。这时霍耳耳吓得紧缩在茅厕里，她从一个小缝隙往外看，浑身筛糠，直到听见一个大粗嗓子喊：

　　"头儿，搜了个遍，全船只一个男人，这家伙正装死打挺儿呢！"

　　红胡子抽刀出鞘要往幔帐那儿走，刚刚报告的人哈哈大笑："用不着动刀了，用不着了。"尽管这样红胡子还是走进去。足有一刻钟的时间安安静静。后来红胡子一脚踢开隔扇出来了：两手平举着僵硬的老爷，一直走到了船舷。所有人都咬着手指看，许久以后还会记得海风怎样吹拂霍老爷身上的盛装：红红绿绿金光闪闪的绸缎像波浪一样起伏……红胡子大喝一声：

　　"去你妈妈的！"

　　红胡子一扬手就把身子笔挺的霍老爷扔到了海里……

　　霍耳耳就是在这一幕发生时，昏死在茅厕里的。她直到最后一刻手里还仍旧紧抱那只宝匣。

　　红胡子先是领人收拾起全部宝器，撕毁了壁上的画儿，然后坐在霍老爷的幔帐里歇息。他躺躺坐坐，大笑大叫，说："咱就是老爷，咱就是了，快上茶上水，小步儿颠起来呀！"

　　红胡子和几个大汉把丫鬟们蹂躏了一遍，又将她们拴上绳子，一个个全扔进那条青黑色的船上，然后就放火点燃了楼船。

　　大风刚把楼船吹走，一阵骤雨就落下来。火浇熄了，船打歪了，一条歪船在狂涛中上下甩动。

人在山中

　　戚金所在的城市南部是一丛大山，它绵延百里或更远，让廖麦觉得棘窝镇附近的山比起它来，顶多只能算一些小土丘。更令他大吃一惊的还有：它怀抱了一座如此庞大和时髦的城市，自己却是如此荒凉、贫穷和闭塞。也许唯其如此，才保存了大自然的某种神秘和令人敬畏的力量。他认为戚金如今能选择这片大山住下来，也肯定与那种力量有关。这是一个惯于从偏僻处下刀却又常常正中肯綮的家伙，他于沉默中独自走开，走向了辽远。廖麦从南国城市、从修那儿离开后就急着找他，这会儿再加上对毛哈的承诺，更是不再耽搁了。

　　大山的褶缝中有数不清的动物在攀爬、移动、呼叫，这让廖麦感到了世界的清新和生动。而这了不起的景象如今在棘窝镇、在绝大多数地方，都在无可挽回地消失——这就是我们这一茬人最倒霉的方面，没有办法，我们只能自认倒霉，只能选择这个生命中最糟糕的字眼来形容自己时下的处境。"戚金你这个黑脸汉子，干瘦的家伙，你让我好找！你原来变成了一个山顶洞人！你以后还要变成什么、我还要到哪里去找你，能不能提前向我透露一下啊？"

　　当风尘仆仆的廖麦好不容易把他找到、发狠地捶打他的肩膀时，他一点不笑。他摩擦着一双粗糙的骨节很大的手，卷起一支烟慢悠悠地吸着，答非所问："没法儿，吸烟，多少喝一点酒，染上这些不良习惯。"他的嗓子沉、硬，似乎比往日更甚——是这声音而不是其他，把一个朋友从记忆深处一下呼唤回来；好像一只手伸到了陌生与浑茫之地，将其一把抓住，拖到了眼前。

　　廖麦钻进了穴居人的老窝，因为这家伙真的住在深邃而巨大的洞穴里。

廖麦一开始就注意到他的这个住处有多么特异：山半腰有一个四方大洞，洞外连接有简单的房屋，一溜三间；再加上十多米进深的洞穴，这个居所真是够得上阔大了。原来这个大洞子三十年前住过山民，后来政府动员他们出洞下山，这里也就空出来了。洞外的房子是戚金后来倚洞搭建的，这使空间比原来大出了一倍多。他对廖麦解释："我有一间就足够了，其余的留给朋友来住；洞里宽敞，可以上课。"

廖麦这才发现洞里有一个个坐垫、有一面大黑板，由于洞口开敞，光线也不错。这显然是一处教室。戚金指着山下河套中三三两两的小石屋："那里有一个小学，我要去那儿上课。有时星期天孩子上山，我就在洞里教他们。眼下我正想法在山下为村子建一个图书馆，事情已经开始有眉目了。"

"你一个人住这儿？"廖麦问起了一个切近的问题，同时想到了同学修介绍的情形——戚金是离异过的——这个年头最优秀和最糟糕的一部分人，正开始和对方分开。戚金点头又摇头：

"现在是一个人、主要是一个人过。"他说到这儿突然反问一句："你见过修了？"

廖麦点头，同时脸红了。

戚金瞥他一眼，说："那可是个好姑娘。性格过分热烈了一些；这也没有什么不好，因为这个世界太寒冷了……当年的同学分散各地，十年二十年过去，一个个变化惊人！"

廖麦想不失时机地加一句："修可没变！"但没有说出口。

戚金历数起他所知道的一些同学的情况：做官经商、为文习艺，或得意或潦倒自不必说，有的竟成了跨国人贩子、毒枭、皮条客、刀笔手……"瞧瞧这些人吧，当年哪个不是豪情满怀。如今是飞鸟各投林，可惜有许多早已不是什么好鸟。"

廖麦想着种种行当，不知该怎样界定自己。他在想自己那二百多亩的农场，想美蒂，想那份一再妥协一再犹豫的生活，想两人关于收入和分配等诸多方面的争执。这一切如果即刻讲给对方听，他一定会指出：犹豫？这不过是虚伪的遁词！廖麦的脸热辣辣的，原想讨论的"新的劳动组合"问题、其他问题，都一时开不了口。除此之外，廖麦还有一个近在眼前的、折磨自己许久的问题，就是如何对待修、怎样向美蒂诉说这一切？他鼓了鼓勇气，开口时却在询问另一件事情：

"听说你在西部待不下去，主要原因是为了躲开那伙苦行僧们，有这事儿吗？"

戚金抬起双目，长久地望向西边。他低头吸烟："事实上那是一些很重要的人，他们想用生命对决平庸，是这样一些家伙嘛。当然了，里面也免不了掺杂几个骗子和无赖。他们见我这个人有些定力，吃苦不在话下，一直坚持洗冷水澡、冬泳，就误解了我。我敬重他们，但你知道，我这人怀疑一切概念化的生活。人嘛，有时就为了靠近一个抽象的理念，会变得多么粗暴——这些人让我也随上他们干，我不同意，他们竟然想用绳子捆我去帐篷、非要我加入他们一伙不可……"

戚金讲到这儿笑了，丢了烟蒂："他们过分好客了，也过分信赖自己了——固执地认为只有苦行僧才行，只有他们才能对付这个腐败的物质世界，才是这个世界的至大伟人。也可能，但未经证明。我不得不跑开了，惧怕和逃脱中却一直在想：这人世间更切近更具体的一些事情，倒往往是更难做、更需要勇气和毅力的吧。"

廖麦点头。他一直在对方的诉说中深思，这时又在咬文嚼字地自语了："智性和仁慈应该有力量，敬畏和怜悯应该有力量……"

戚金那双大手抚摸了一下廖麦的肩膀，接上刚才的话："比如，我跑了这么多年、跑了千里万里，回头一看，原来就在我土生土长的城市南郊，有这么多事情要做！以前为什么没有发现？因为它离得太近了，它就在眼皮底下；而通常人们总认为伟大和意义之类一定是在远处——很远很远的地方；可是大家忘记了，我们相对于他人而言，不也正是一个远处吗？"

廖麦听得眼窝发热。他又一次觉得面对这样一位兄长，真的没有什么秘密可言。他于是不再犹豫，终于讲出了与修在一起的全部。

对方听了没有多少惊讶，吭吭着鼻子，问："你后悔得厉害吗？"

"我，说实话，不论是修还是那个夜晚，都令我难忘。可我总觉得这对美蒂太不公平。你知道她为我——我们两人——受了多少磨难。这不仅是羞愧，不仅是亏欠……我到现在都不敢告诉她一个字……"

说这些的时候，廖麦眼前出现的是修那双漆黑明亮的大眼，耳边似乎仍能感受她呼出的灼烫的气流。在那之前，他无论如何也想不到，快言快语的修竟是如此缠绵、温热，还有淳朴和浪漫——那尚且不是一个诗人的浪漫，而是人的、女性的浪漫……总之那个夜晚的修才是真正的修。她真好啊。

戚金长时间没有说话，显然受到了某种触动。他咬着牙关，回身看洞壁上那斑驳的痕迹。他扳着一双大手，摇头，撮着嘴，眉头紧缩。这样一会儿他沉吟道："妈的我们就是对付不了这一类事情，也没有一个世外高人来为我们裁决！妈的这真要命啊……"

廖麦说："我在心里自责、辩论，想找个理由说服自己或彻底打败自己。我在问：为什么在最严酷的时刻，我能拒斥一切回避一切，而今倒迈出了这一步。我想不明白。"

"不，不是，那时恰恰因为还没有走到'严酷的时刻'——老弟，这个时刻才刚刚到来呢……"

他这样说时，仰脸看着廖麦。廖麦觉得他脸上是一种极复杂的表情：绝望，迷惘，和彻头彻尾的顽固不化。他和自己一样，都是五十年代中期出生的人，而修却要晚一点——飞逝的时光之河啊，神秘的时间啊，这"一点"可能就决定了至为重大的人生问题。

有许多许多话，可是两人之间仍然无法讨论。

廖麦觉得自己的问题先到这里吧，应该谈谈毛哈的事情了——那个岛上霍老太太临终前有个嘱托呢……他把毛哈在海边的遇险、出海的目的，从头细细说了一遍。戚金听得极为认真，最后垂下了头。他在沮丧地咕哝："老人不在了……她不在了！"

廖麦看得出这个消息对戚金的刺激有多大——他站起来走动，又站在屋外向北方遥望，剧烈咳嗽。待他重新回屋取烟时，廖麦说："你还是回三叉岛一趟吧，老人临终前最放心不下的，就是她的外孙女，小女孩这一段简直是活受罪！"

最后一句显然包含了某种谴责。戚金坐下来大口吸烟、咳嗽，又把烟蒂搓灭。廖麦长时间没有听他再说一个字。这个消息、这些话题，可能对于戚金是太沉重了。廖麦没有办法，只能说出来，因为他仍然在心里认为：对方绝不能一走了之。

"我当时听修说你在三叉岛上，真是吃惊！我不知道你怎么会从西部一下子去了海岛，更想不到你会卷到这么深的情感里。这真不像你了……毛哈的话让我一时都不敢相信。"廖麦打破了沉闷。

戚金撮着嘴巴，像是忍住了。但后来他终于开口，声音变得又小又沉："这都是真的，毛哈说得没错……"

"你怎么想到要去那个海岛？为什么？"

"因为鱼戏！我本来想去搜集一个濒临绝迹的剧种，后来就被它迷住了……"戚金的眼睛里开始闪烁光彩，"想想看吧，戏中的'人物'——那些角色全是鱼，它们无论说唱、走动，都要保持游动的样子！这多么美啊！在我所能够考察的范围内，在我的见识里，我认为大概全世界再也没有比鱼戏更缠绵的戏剧了……"

金闪闪的信物

三叉岛上的人多多少少都有些恐慌，因为在他们的记忆中，海水从来没有这么满涨过：有几次大潮竟然无声无息漫进了巷子。人们不得不考虑往岛上最高处迁居的问题了。最高处就是三座山包，它们伸入海中就像三根手指，全岛只在平坦的掌心那儿才连成一体，而这儿千百年来也是全岛的中心。

与大海潮一起高涨的是多年未演的鱼戏，这倒是慰藉人心的喜事。本来除了一些上年纪的人之外，全岛没有几个人能记起它的调门，就连许多年前最红火的几出戏也没几个人能够哼唱，奇怪的是这些年不但有人片片断断唱起来，接着还一出一出全搬了出来。渐渐的，岛上形成了一个雏形的鱼戏团，并且在岛内岛外大受欢迎。

大海涨潮之夜，人们简直是冒着被狂浪吞噬的危险赶往全岛的中心：那个最平展的地方恰恰也是最低洼的地方，它的中间就搭有那个古老的戏台。这儿是几百年来最热闹最未能割舍之地，是痛苦和欢乐的源泉。当年全岛控诉霍耳耳、上演现代鱼戏，都在这个戏台上。而今真是饥渴难耐之夜啊，人们好像突然发现了久违的鱼戏，发现它是如此美妙绝伦——全岛人偏偏与其一别数十载，这么多年到底是怎么熬过来的啊，这等于是在过一种无油无盐的日月！年轻人第一次沉浸在鱼戏中，一个个只在台下坐上一个钟头就会面红耳热。老年人则闭上眼睛，一边听，一边沉浸在回忆中，有时候还要随上曲调小声哼唱一会儿，泪水不知不觉从两颊滑下来。

有一个大潮之夜，台上的鱼戏正演到精彩处，所以台下的人无暇他顾，结果谁也没有察觉海水已经伴着频频鼓声和哀婉的歌唱漫上了沙岸。相反，大浪扑扑的响声震得台下的人一摇三晃，兴奋到了极点。他们泪眼模糊地看着台上，那是一边游动一边歌唱的小美人鱼，激动中不由自主地牵住了邻座的手，浑身颤抖悄声呼叫："老天爷快成全了他们吧！咱知道这是急死活人的事儿！这可不是人遭的罪啊！"

海水淹到戏台四周时，正好午夜来临，台上台下却没有一个人发现。那些在家中被锣鼓吵得无法入睡的人，望望月亮，推开窗子，一眼就看到了下洼地上有一片白水，正团团围住了戏台。他们惊得嘴巴大张，一路咋呼着跑出家门，却由于被水阻隔而无法近前，最后只能两手做成喇叭大声呼喊。他们直到喊破了嗓子才算把一群人从剧情中拉出，可是已经多少有些晚了。

那个夜晚，所有人都像台上的鱼人那样，一边游动一边相互招呼着离开，湿了衣服，丢了一些随身携带的小零碎，最终则有惊无险。

类似的情形又发生了几回，人们才不得不横下决心，把老戏台搬到了高处。它的迁移意味着千年一变，从此也等于告别了全岛唯一的广场：这儿的每一寸泥土都洒上了悲欢的泪水。谁能想到最终鱼戏台子会搭建在这样一个地方——山包半腰，远看就像悬着的一个摇篮，简直小巧极了。这就便宜了两边的人家，他们似乎一伸手就能揪到戏中人的彩服！从今以后，他们伏在自家窗前就能看戏了。

也就是戏台迁址的当年春天，岛上出现了一个脸色苍黑的打工者，他白天随海带养殖场的人在船上岸上奔忙，夜晚就找一些上年纪的人，询问的尽是鱼戏的事情。"天哩，手攥一个小本本记下咱的话，咱哼一声他就在纸上画一道。"老头老婆婆们相互转告新来的陌生人，讲他在做什么，拍着膝盖："一点不错，这让咱想起了那一年来编'水牢戏'的三个男人。""哼，那三个物件可不是什么好鸟儿，胡扯八咧哩，除了曲儿还算中听，那戏文可把咱霍家大婶子坑得不轻。""新来这黑子不孬，他抄的都是古词儿，都是大伙儿你一句他一句凑出来的，咱岛上记不起来的，他就到别的岛去找。""不孬哩，肯吃苦，大冷的天就住海边寮子里，光棍一根。"

夏天过了一半，岛上人都看到毛哈——霍耳耳的养子与那个搜集鱼戏的外来人形影不离，后来干脆就住到了一起。霍耳耳的房子原在开阔的洼地上，后来不得不迁到山包，与女儿芊芊的房子相接。老人与毛哈住在三大间屋子里，宽敞得很；芊芊三年前失去了丈夫，如今只有一个独生女儿守在身边。毛哈最初是奉母亲之命去海边寮子找到戚金的，他一声不吭把人领回了家，一进门老人就打开了一个精巧无比的匣子——这之前先唤来芋芋，因为那把金光闪闪的钥匙一直系在她的脖子上——由她取出两张写有几行疏疏字迹的皮纸。原来老人想让这个博学的外来人帮忙，破译一个纠缠了半生的隐秘。

当时芋芋打开匣子就收回了那把钥匙，在一旁停留的时间仅有几分钟。可是戚金对她那双特异的眼睛、执拗的神情，再也无法忘记。他记得她脸色苍白，细黑的眉下是深潭一样的双目，双目发出冷利的光，这光似乎在他脸上极不信任地一划而过……夜里，毛哈告诉戚金许多芋芋的事情：她真是悲惨苦命，从小饱受煎磨，后来总算成家立业有了天仙似的一个孩子，想不到几年前丈夫又葬身大海。"那天起了大风，把他的船拍、拍个粉碎。冬天嘛，人落水就活不成了。"毛哈说到这儿哭起来，嘴巴张开哇哇哭，像个孩子。

戚金无法破译这两张皮纸。这仅仅是一些动物的名字。老人告诉他：自己剩下的时光不多了，她这些年只想弄明白与自身命运紧密相连的两大秘密，一是水牢的由来，二是这两张皮纸到底记下了什么。那水牢前些年终于真相大白——它不过是甩府上一辈废弃的一个红薯窖子而已，由于离海岸不远，天长日久下边的酥石层透进了海水，所以早就封上不用了。也就是这么一个再简单也没有的地窖，经那个编瞎话的女人一说，却让霍耳耳母女俩经历了九死一生，还被编成了鱼戏岛里岛外演。"剩下的就是这两张皮纸的事儿了，它到底记下了霍老爷的什么，我这辈子弄不明白，死也难合眼哪！"

戚金无论如何弄不懂这些文字，只好先抄写下来，归还了皮纸。

他继续搜集鱼戏。芋芋的女儿小沙鹬是岛里岛外首屈一指的鱼戏演员，戚金深迷鱼戏的缘由，与观看她的表演密不可分。戏台上的她是一个迷倒千人万人的精灵，卸了妆的她娇小妩媚，更加令人神往。当初戚金从岛外的一个演出地一直追踪到岛上，连自己也说不明白究竟是鱼戏的魔力，还是一只小沙鹬的鸣叫攫住了他。

一年之后戚金才明白，自己来到三叉岛的原因，既非鱼戏也非演鱼戏的人，而是更为神奇的某种命运——是它让人不可抗拒的力量。

让他感到害怕的是，他很快发现自己爱上的不是人人倾慕的小沙鹬，而是她的母亲——这位丧偶的女人比自己还要大好几岁，而且令人费解的是，两人甚至还没有来得及说上一句话，一切也就发生了。

那时他一边听小沙鹬口述一边在本子上唰唰记录，很少询问，很少质疑。他内心里感到极为诧异的是，一个身材溜圆的少女，如何能装得下这么多对白和唱词。她简直是为了鱼戏而生。说到高兴处，小沙　难免要比比画画唱几句，这就引得她的母亲从另一间屋里出来，不说话，只站在门口瞥一眼。

有一天傍晚，与小沙鹬在一起切磋了许久的戚金要回毛哈那儿，刚出门就被芋芋喊住了。她开口第一句话就说："我讨厌鱼戏，一辈子都不想听它。""可是，可是这有多么动听啊！还有，您的女儿是最优秀的鱼戏传人……"戚金不知该说什么才好。他不明白为什么有人会恨着鱼戏，这大概因为当年的鱼戏演绎了水牢的故事，使她蒙受更多屈辱的缘故吧。

"我想问问皮纸的事儿，"她不再提刚才的话题了。

戚金摇摇头，眉梢缩起。

"我妈妈托付的事儿，不知比鱼戏重要多少倍呢。"她说过之后就转身回屋了。

这一夜戚金怎么也睡不着了。毛哈在一边呼呼大睡，后来被一阵大风惊醒，爬起来伏在窗前。这样许久，他咕哝着："大海潮又要漫上来了……"两人都不再睡了，戚金问他许久以前——围绕水牢和那两张皮纸发生的所有事情。毛哈答非所问，两手插在棕红色的胸毛间，瞪着一双受惊的圆眼，说的还是涨潮的事："我知道，这是龙王发怒了，咱三叉岛就要被他收回了。""听说有人为了逼霍妈妈讲出匣里的秘密，把她关在了'水牢'里……"毛哈这才转过脸："俺妈说过这些事儿。俺妈那时还没领回我呢。我要见了，会把欺负她的人一个一个全都掐死！"毛哈伸出一双大手比画。戚金低头注视他那两只带蹼的脚，他立刻将其藏到了被子里。

下半夜风息了，咣咣的海浪声开始减弱。可是借着月光往山下平坦处看去，那儿已经全是一片白茫茫的水，它们与整个大海连成了一体。戚金吸了一口凉气，知道如果这个时候去岛上的其他巷子也只有划船了：露在外边的只剩下三个山包了，它们变成了相距不远的独立小岛。好在海水黎明时分还会退去……

"芋芋大姐用牙咬他们，他们都害怕她。她咬住他们就不松口。"毛哈一直盯着窗外。

入睡前毛哈讲了吞金钥匙的事儿，讲那些人怎样割开了她的肚子。戚金一声不响听着，紧紧咬住牙关。天亮前他总算睡着了，接着就是一个极清晰的梦：一个脸色苍白的中年女子站在床前，两手捂着洁白的腹部；他扒开她的手——手下捂着的是一道小小的伤疤，一点都不难看。他亲了亲她的创处。

天大亮了。窗外是叫着跑着的人：大潮退去了，一些人手持抄网和篮子涌出来，捡拾留在广场上的一些鱼虾和贝类……

戚金与小沙鸥一起工作的时候，再无法像过去那样专心。他常常打断她婉转的歌唱，说起往昔——与她的母亲和外祖母有关的事情。小沙鸥噘着嘴：

"哎呀那都是多少辈子的事儿了，真烦死我了！"她常常目不转睛地盯住他，叫他"黑子"，只热衷于打听岛外的一些事情。有一次她说：

"你这么喜欢鱼戏，干脆就住在岛上得了——住一辈子，我天天唱给你听！"

戚金没有回答，因为他当时走神了——突然想起了大潮之夜的那个梦境。不知为什么，让他害怕的是，他预感到这个梦幻或许有一天会变成真的。

小沙鹋变得焦躁，有时正唱着就停下来，两眼看着他，目光热辣辣的……

与此同时，戚金发现自己正遭到毛哈的厌恶，他会一连许多天不正眼看人，也不说话。最让戚金不能忍受的是他偏要半夜起来走动，咀嚼一些生鱼和贝类，弄得满屋都是呛人的腥气。他大吃大嚼一顿就仰脸呼呼大睡，吐出的气息全是难以忍受的怪味。戚金实在无力抵御，有时难免以手掩鼻，对方见了就大声哼叫："不喜？嫌弃？这就没有法儿了，谁叫咱是海猪的儿子呢！这还算好的呢，有一年我在海边睡蒙了，一转头把身边一个人的肚子咬了一个大窟窿……"

戚金明白：该是离开三叉岛的时候了。可是他无法忘记一张苍白的脸庞、一束冷利的目光、一个奇怪的梦境。他将尽力忍受这一切，待下去、待下去。

第三个春天又来临了。戚金觉得自己必要离去了。

起因是有一天他和毛哈一起乘一条舢板出海，去很近的黑礁旁解除养殖场的几条锚缆。那天无风无浪，毛哈把小船摇进海里不远就大口吐气，脸色阴青，小船也给整得剧烈颠簸。戚金问："你不舒服吗？"毛哈不语。舢板拐到黑礁跟前，突然飞射一般冲向了它，眼看就要撞上去——就在戚金喊叫的一瞬间，毛哈的橹猛力顶了一下，舢板随即往上一翘，戚金一个大仰跌进了海里。一股无法抵挡的寒冷刺入全身，他挣扎、呼叫，两眼寻找毛哈。四周除了一片白沫什么都没有。眼看最后一点力气也要失尽了，这时那条舢板才从黑礁后边转出。戚金挣出冰冷的水，伸长两臂，因为他清楚地看到了毛哈伸来的橹——就在他即将挨近它的那一刻，舢板像被一股暗涌抓住甩了一下，那支橹带着冲力猛击在他的肩上，他又一下沉入水中，接着喝下几大口苦水。那会儿有个绝望的信号从脑海中一闪而过……他于是本能地躲开那支颤颤伸来的橹。可最后他还是被这支橹逼住。他只能抱住它，不再松手，一直到爬上舢板。

与芋芋分别的日子，戚金小心地提出一个请求：我要继续弄清那个匣子里的秘密，但我想带走那把开启的钥匙。

这显然是个荒唐的理由。芋芋听了，一声不语，像在犹豫。这样待了大约有半个钟点，她从窗前缓缓转身，开始解领口那儿的两粒纽扣。她费力地揪扯一条红色的丝带。她为了顺利取出它，最后不得不脱下厚厚的棉衣，露出了薄薄的带鸡冠花图案的衣衫——丝带和钥匙正巧卡住了它，当它往上提拉时，雪白的肌肤就闪露出来——尽管只是极短的一瞬，戚金却是真切地看到了那上面的一道疤痕。

它极小极小，像一只小蜈蚣伏在了那儿。

第十一章

紫烟大垒

　　在棘窝镇老人的记忆中，以前见过的洋人除了跑反的白俄，再就是传教士了。可这已经是六十多年前的往事，而今突然见到了几个黄发蓝眼人，不由得就要一遍遍搓揉眼睛：真的是外国人哩，准确点说是三男两女！瞧他们从一溜汽车上下来，由一群官人陪伴，一个劲儿说着"哈罗"之类……可惜官人听不懂，唐童也听不懂。唐童一头鬈毛都打上了发蜡，又黑又亮，脖子上吊一根布条——这天一大早所有人都扎上了这物件，就像吊死鬼的长舌头。唐童一摆手，一个年纪不大的通嘴子过来了，叽里咕噜说下一串。唐童对身边的一个大块头洋人说："这地方大大的好！"一边的官人小声对唐童叮一句："这样说也不行，他们不是东洋人。""妈的，真够麻烦！急死活人！"唐童脸上冒出一层汗珠，擦了一遍又一遍。幸亏身旁有个通嘴子，这小子戴了戒指，一转向洋人就笑成了花儿，嘴头子真利索，一会儿就把唐童说过的、准备说的全倒腾过去了。唐童兴奋极了，拍着小伙子的肩膀："真他妈好样的！我敢保证你能把天底下数一数二的大闺女给蒙回家去！好！好！"

　　人们记得这一长溜汽车排了足足有半里长，前边有摩托开道，后边有警车断尾，沿途都有穿制服的把守，围观的乡民谁也不能近前。车队先在天童集团遛了一大圈，在大玻璃房子里磨蹭了多半天，然后才在山地和平原、特别是海边沙原那儿转转停停。全镇谁不知道唐童的大玻璃房子啊，听说那里面什么都有，能吃能喝能玩，穿旗袍的大闺女站了一排，要点头一齐点头，要鞠躬一齐鞠躬，旗袍开衩到腰，一迈步踩得地板咚咚响，估计洋人一钻进去就得看傻了眼。镇上人见他们像一尾一尾大鱼那样，三摆两摆就溜进了大玻璃房子，高兴得摩拳擦掌。"狗日的这回可得见识见识，唐童一准饶不了他们！"

整整一个上午都有一群人围在镇西路口：从这儿可以看见停泊的车队。他们知道只要这条亮铮铮的铁龙不动，那些人就一定在大玻璃房子里快乐着，唐童准是好好露了一手。"人家这会儿还在里边喝酒儿呢！"他们远远看着，大声议论。都知道房子里有个"假海"——带沙滩的大热水池子，沙滩上栽了塑料大叶树，洋人们喝过了酒就会光着身子钻过树荫，扑通扑通跳进去；然后是通嘴子，最后是官人们和唐童。"听说这年头的大生意都是在水里谈的，想想看吧，一个个露皮露肉，家巴什儿也看个差不多，谁还好意思死咬住几个钱不放？唐童这笔大生意准成！"他们这样说着，却不知是什么生意。

大约是洋人们走了半年之后，人们才觉得有什么不对劲儿，相互说一句："嗯，有动静了。"

一些戴了太阳帽、黑眼镜，到处支三角架的人出现了。大家马上记起金矿开凿之初的情形，于是料定又一桩惊人的大事就要在镇上发生了。依据上回的经验，他们对那些穿了牛仔裤或花裙子、手指缝里夹了半截铅笔的女人特别看重——如果是胸前露出了半截乳房的，那肯定就是更厉害的角色了！因为许多年前就是由这样一个女人领头，在山上测来量去，还用铅笔往小本子上描描画画，结果不得了哩：一座大山险些给掀翻！那日夜震响的开山声啊！那一举手就能轰掉一个山岬的巨雷啊！踢啊踢！踢啊踢！这些娇滴滴的女人别看说话哼啊哈的，小手小脚，其实个个都是踢啊踢，厉害啊！她们专门在太岁头上动土啊！镇上人议论一番，最后一致认为：唐童的过人之处就是能够及时找到这些露出半个乳房的女人，别看她们弱不禁风，说话像蚊子，笑起来像狗鱼，走路水上漂，其实都是跟天地过招的人——谁要动土就得先找她们，就像要结交洋人必得先找通嘴子一样。

不久一辆辆掘土机和载重汽车就轰隆隆开过来了，三十多个轮子的大汽车也开过来了，于是大家知道唐童这回真的闹大了。从山包脚下开始动土，再一直往东、往北，到处插满了彩旗。一些不大的村庄被搬迁，更大一些的村庄则被汽车围起来，远看就像一群豺狗在啃咬一头倒毙的大象。"老天爷这回动真的了，瞧咱老辈儿的茔盘都给挪了窝儿。""这一来还种不种庄稼了？难道地底下也探出了金子？"村里人开始惊慌失措，都明白唐童是开金子的主儿，不见金子是不会下这样毒手的，把好端端的一片庄稼地都开膛破肚了。

可是地里没有挖出金子。原来是要掘一个朝天大坑，里面打上水泥桩子、铺上钢筋水泥，然后再往上、往横里盖。这庞大欺人的物件就没有一个人能看得懂、没有一个人见过，就连最奇异最凶险的梦境里都未曾出现过。眼看这青魆魆硬邦邦的物件一天天垒起来了，看上去就像塌了半边的山包、像悬崖、像老天爷的地窖、像被关公爷的大刀砍了一宿的怪物头颅，龇牙咧嘴，吓死活人，却怎么也想不出是干什么用的。这期间洋人来过，通嘴子至少来了三个，一律由唐童陪伴——这一回唐童大老板又好好涮了洋人一遭，他不再穿吊死鬼长舌头了，而是穿上了死人入棺才穿的寿衣：红缎子布扣对襟小褂儿，上面全是碗大的寿字。估计这一来洋人也傻了眼，盯着他的一头鬈毛呜呜哇哇喊个不停，让三个男女通嘴子轮番上阵，这才算把事情摆平：洋人哈哈大笑，唐童哈哈大笑。

轰隆隆的车辆、噼里啪啦的电弧、飘飘悠悠的彩旗、来来往往的通嘴子——这一切整整忙活了一年又三个月。结果就是这高大连绵的一片古怪东西从地上生出来：像巨屋，又像大山刚刚挨了一顿踢啊踢。妈的，谁要说咱这一茬庄稼人没见过大世面那是大错特错了，因为咱见过自己眼皮底下冒出来这么大一片怪物，还见了收工歇马时的欢喜场面——车队，路边警卫，洋人，通嘴子，官人。扎起的钢铁戏台上一会儿锣鼓喧天，一会儿狼烟四起，一些露了半截屁股光着膀子的女人呼啦一声从狼烟里钻出来，刚一冒头就张开血盆大口唱了起来，昂昂大唱，她们唱的是"高歌一曲献唐总"。谁都明白"唐总"就是唐童了，瞧他捋捋一头鬈毛站起来，登台后左一个敬礼，右一个鞠躬，最后由于过于兴奋还放了个屁，让洋人目瞪口呆，而后大笑。洋人连连说："咕噜咕噜、哇哩啊尔！"通嘴子迫不及待地大声说道："外国客人说了，这是典型的、十分典型的——东方的幽默！"

整个欢喜场面让人大开眼界，奇事不可胜数，因为对于所有山地和平原的人来说这都是平生第一次经历。但他们记得最深、最不可遗忘的，还是那个"东方的幽默"。

一切很快证明，这种幽默其实正好预言了什么，而且切中要害，成为今后几十年乃至于上百年的一片土地的主题。这主题是由一种人人熟知的气味确立的。

山地和平原的人从今以后只要一抬头，就会看到那片隆起的黑灰色建筑群，并看到从许多突起处、一些小孔，冒出一股股一缕缕紫色的烟雾；只要一仰鼻子，就会闻到一种熟悉的巨大气味。"老天，毁了，咱这儿一天到晚全是屁味儿了！"大家嚷着，慌慌四顾。

那是一种毫无夸张的、逼真的气味。它确切无疑地来自那片"紫烟大垒"——这里的人习惯于将比山岭低、比土岗子高的巨物叫成"大垒"——从此只记住了它整个都是一种"东方的幽默"，是唐童兴师动众盖成了一座天大的怪屋，里面装了他从洋人那儿弄来的放屁的机器。

从此山地和平原的人进入了真正的沮丧期。他们彻头彻尾地沮丧了。这不是因为饥饿和贫穷，不是因为兵乱和动荡，甚至不是因为欺辱和压榨，而仅仅是因为一种弥漫在大地上的、无休无止的、羞于启齿的、古老的——气味……

土狼的子孙

珊婆偶尔对一个至为信赖的人倾吐衷肠，此刻回忆最多的就是青春未逝的年代，特别是最后的几年。她当时灵机一动说出了一句俏皮话，后来无论是别人还是她自己，都发现用这句话来概括那段时光最好不过了——"那是咱的大闺女身子在刀刃上打滚的几年啊"。

那时的珊子刚刚发胖，却又不失处女的锐气，在山地与平原来去自如，叱咤风云。许多时候她藏起了悲伤，独自在茫茫沙原和林间做一些不为人知的事情。她猜出自己的一生将没有后人。她想在前半生更多地洞悉一些生的秘密，每到了动物生产时就凑近了看，长时间不愿挪窝儿。她对伴随着新生命的血迹格外珍视，如果胎衣上的红色黏液沾到衣服和手上，她会尽可能地保留更长的时间不去洗刷。

有一段时间，她认为人世间最动人的职业就是接生婆了。她试着干过几场，但都在暗中进行。一些大中型野物下崽的过程令其入迷，那会儿她能够就近端详一个个野性的、或温驯或凶残的母亲。她对它们起伏滚动的肚腹、痛苦与喜悦交集的面庞、鼓胀慷慨的乳房，一一探究仔细。她蹲在旁边，待一张张小毛脸儿从子宫里露出的那一刻，忍不住哗一下流出泪来。

真的，那时她仅仅凭借林中的一股飘荡的气味，就能准确地找到卧在草窝里下崽的野物。那是一种血乳交织的、腥膻中掺杂了些许千层菊香味的气息，在一入鼻孔的刹那间会让她的泪腺抽搐一下。那时她就小步儿颠起来，嘴里"嗬啊、嗬啊"地叫着，急不可耐地往前追赶。她与时俱增的乳房比一颗心还要激动，有好几次她甚至听到了它们在半路急急叫唤起来。她拍打它们、安慰它们，说："别忒急了，有你俩出力的时候！"她其实早在心中立志，今生一定要把一双丰乳发挥得淋漓尽致。"我是一个无儿无女的、人世间最大的母亲哩！我一旦哺育起来，就会撒了泼地大方，我一个人等于一座奶牛场！我的奶水哗啦啦喂四十个娃娃都使不尽，剩下的小零头儿还能晒两大车奶粉哩！我是个天不怕地不怕、满不在乎的传奇大闺女，如果生逢其时，说不定还会上烈女传哩！"

一个脸膛窄窄的长脸女人卧在草地上，眼看就要开始生产了。这女人见了她就摇动手臂，像摇着一条尾巴一样。这女人远远的就有一股臭气扑面而来。珊子走过去，盯住她的眉心看个不息，直到看出那儿有毛茸茸的三道竖纹。

接着她的整个脸庞都渗洇一般显出一层棕色毛发，"咦哎，一只母性土狼！"珊子在心里轻叹一声，压住惊惧，坐下来为其接生。

难产的土狼啊，一辈子的苦楚都缠在了窄窄的臀部上。你好悲惨好可怜，昏厥三次醒来三次，一双凶巴巴的眼睛瞪着我，向我求救。珊子为她推拥拍打，克尽所能，最后又脱光了下身比画着，屏着力气示意。土狼啊，又凶又贪的脾性哪去了？你该把悍里八道的蛮劲儿全使出来，嘭嚓嘭嚓生出小崽儿，赶在天黑前让小家伙吃上第一口奶水啊！

珊子的手上、腹部、下身，全都沾了土狼的血。这时候简直不是土狼在生，而是她自己在生。嗷嗷哀嚎，地动山摇，各种野物都被这凄厉之声吓得魂飞胆丧，一炝蹄子逃向了十里之外。珊子什么都忘了，低头忙碌，一丝不苟，袖子挽到了拐肘，急得哗哗撒尿。也许是这股野生生的液体浇到了土狼的腿根，看它双股大抖，毛茸茸尖利利的爪子紧紧扯住珊子不放，直到把她的前臂揪下一块肉来。珊子痛得大叫一声，崽儿生下来了。

"这真该是我的孩子！这差不多是我生下来的！一个雄崽儿，犬牙尖尖，蓝眼幽幽，一落地就咬人，就找奶头，就吱哇浑叫，这土狼养的畜类！"珊子大骂，为它剥去胎衣，弄去一身的滑腻，帮它找到棕毛丛中的小破奶头——这可比咱胸前的两大物件差多了！土狼妈妈刚刚出了血汗，又渴又饥，这会儿一龇牙盯住了珊子。珊子提上裤子掩了衣怀，抓起一把沙子——她准备待这兽类往上一扑时就把沙子撒进它眼里！同时她翘起上唇，露出排牙，发出"哞模哞模"的威慑之声。土狼闭了闭眼。

珊子一天到晚在沙滩上游晃，无望而神秘地寻觅。她有许多次想把自己交给一只凶暴的雄性大畜，只要它牙尖腿壮胸肌隆起，只要它虎视眈眈威逼四方，只要它阳具高举寻衅滋事……可惜，她总是在最后一刻打消了念头。她仍旧想在一生仅有一次的聚会与交还中，亲口对着一个男人的耳畔吐出半生心曲。这会是真正的女人之声，在青草地上飞跑之物无法听懂。

几年中她为野驴、花鹿、山羊、狐狸、海豹和老獾接过生。她不得不承认，它们当中的佼佼者仍然要数狐狸。它们的机敏、心窍、柔情和模样，永远都要在野物中排上第一。所以多年以后，当信仰的风潮席卷而来，她的唯一的徒弟唐童询问自己信什么才好——究竟是耶稣、孔子还是佛道——的时候，她毫不犹豫地告诉他：

"信狐仙！"

她与唐童一致的见识就是：起码在海滩平原及山地一带，一个未能笃信狐仙的人，肯定就是一个愚不可及的家伙。许多年后他对她的慷慨引导仍然感激不尽，同时对父亲唐老驼生前怠慢野物的事心存后怕，简直是捏了一把汗。他听信珊子的断言：她一生的幸与不幸，都是由野物中的智星、特别是狐仙造成的。

珊子为狐狸接生的过程，也是一个接受陶冶的过程。它们可不比一般的野物，除了个个都有一张千描万画的小脸儿，再就是柔顺顽皮的性情。它们在最辛苦的那会儿也装模作样满像个美人儿，尾巴难得一露。一张张小嘴儿甜得让人心里发酥，一口一个"大姐""嫂儿"，说："善心积德的人这回真帮了俺的大忙，和咱一块儿传宗接代哩！"它们平时嘴上那两撇长须这会儿隐成细密的毛毛在阳光下闪动，汗粒儿一颗颗从上面滚动下来。在这一刻，珊子真想生为男身。她听它们喘息、声声呻吟，满心都是疼怜。她知道，那些没有礼数的闺女、不懂得温存的娃娃，最好能经历一下狐狸的指教。瞧它们眼看就要下小崽了，还是如此娇媚，一双小手紧紧扯住人的胳膊，暗中使上生产的力量。小崽儿生下来了，珊子像以前一样，如果是雄性，就在它们的小脚趾上偷偷做一个记号。

许多年后，珊子对第一个幸会的男子——棘窝镇上人人皆知的那个乌龟样的老人——使用了书上的词儿来概括自己的前半生："咱承认，咱历尽沧桑。"她抚摸着老人瘪口袋一样柔软多皱的长颈，泪水全洒在了他油亮坚硬的额头上。人老了不再有那么多好奇心，在她像打开闸门一般的诉说中，他只是专心爱着。他撮起嘴亲吻的模样尤其可爱：嘴巴四周全是放射状的皱纹，像是在一起为这次亲吻出力。她在心荡神迷的一刻对老人说："我知道咱有些事儿是不成的。可我用不了多少年，也会儿孙满堂的。"

那个龟样的老人始终不明白她在说什么。年纪和经历相差太大了，两人之间除了高度和谐一致的肢体语言，其他交流方式所剩无几。彼此一个眼神、一举手一投足，全都了然于心。

就在那个酷热难当的夏天，她将龟样的老人和自己的青春一起送走了，从此整个人也就安定下来。她很快定居河边泥屋，头上开始包裹一块蓝布，仿佛在一夜之间变成了珊婆。她在等待经自己亲手接生的那些孩子，掐掐手指骨节算一遍又一遍，知道它们如今也该是没爹没娘的孤儿了，一个个都长大了。除了等待就是寻找，她去荒原上巡行、去村落里察访，看眼神看脸相，特别是脱下他们的鞋子看小脚趾。夜里她会坐在门口，面对明月，背向波涛，一声连一声祷告："狐仙帮帮忙吧，让我那些儿子一个一个全都来家吧，我在这里为他们准备了一箩一箩吃物、一铺一铺火炕……"

那些闷声不响的小伙子果然从南南北北汇集而来。他们一律窄长脸儿、灰黄眼珠、走路没有声音。"俺是来海边打工的!"他们进门后卸下肩上的小行李卷儿,吐出相同的一句话,不再言声。开始几夜他们在泥屋里的火炕成排仰卧,相互之间连个招呼都不打,躺下就睡。下半夜泥屋里传出呼哧呼哧的巨喘,接着是喊里喀喳的打斗声。这声音终于吵醒了珊婆,她从旁边的屋子走出,听了听,又回去睡了。一连三天,她对这一伙人不闻不问,连一瓢水一粒米都没有给他们。

第四天黎明,珊婆站在门前听了听,里面全是鼾声。她打开门一看,见一大排火炕上只躺了七个后生,其余铺位全空了。再一看,屋里门窗、席子和地上全都有血迹。她吸一口冷气,知道其余的几个全被他们杀死了、吞食了、赶跑了,只有这七个才是真正的土狼的子孙。

她将七个酣睡的人全都呵斥起来,指指四处狼藉说:"嗯?"七个后生低眉垂目,一声不响动手擦了起来。他们弓着身子干活,一道道脊骨凸着像刀背,不敢抬头看人。

泣哭

海边泥屋筑了不止一幢,它们围成相互衔接的品字形院落,在扑扑的海浪下显出极端的寂寥。这里没有声音,七个后生撒网、驾船,进进出出,都不说话。

他们与珊婆住在同一片泥屋中,一个星期却见不上一两次面。

唐童来泥屋时,总是驾一辆画了豹头的小汽车,车子停到外面,然后走到中间那个小院去。几个后生出来，盯一眼豹头，而后开始仔细擦拭上面的浮灰，一口气把整个车子擦得锃亮，再开到院里泊好，搭上一块帆布。

珊婆穿了宽松的衣衫，赤脚在地毯上走来走去。她总在唐童刚进门的一刻为其端来一个陶碗，里面盛了四个海参、一把海草。他必须吃下去，这简直成了按惯例吞服的一剂苦药。他骂着接过来，先吃掉海参，最后咀嚼翘翘的海草，这一刻的模样活像兔子。他好不容易吞吃完毕，大口呼气，饮下一大碗凉水，不歇气咕哝出一串脏话，一下仰躺在长沙发上。珊婆在头半晌尽量不去动他，因为只要一碰，他就伏着嚷叫："我死了！我死了！"他喊完之后一动不动，真的像一个死人。有一次珊婆哄着他，试着翻转他的身体，马上吓了一跳：这家伙露着白眼，眼球斜刺上去。"小童！小童！"她拍打、喊叫，半天他才睁开眼，笑了。

"好孩儿咱知道你累哩！你如今招揽了多大的一摊子，你已经成了他妈的狗宝牛黄关东参，成了稀罕物件，能和省长他爹一桌儿吃满汉全席了。真是大有大的难处，看看累得瘦成了野兔子腚，一双眼凹凹着像小猴，小家巴什儿蔫得活像一截干葱。师傅我真得给没爹没娘的孩儿好生调理调理了……"珊婆嘟哝，将他的脑门，直到把他的眉心那儿弄得发红，才给他戴上一个洁白的围嘴儿。唐童慌了，双手作揖说：

"师傅饶了我吧，我一闻腥气就想呕哩，除了你的蛤粉鲍鱼老海草，让我吃什么都行！"

珊婆未置可否，一手把他的头拧向自己胸前，一手端过一个汤碗：里面有三两个粉红色的腔肠类动物，有刚刚取出来的海胆内脏。他叫了一声"妈呀"，闭上眼，刚饮了一口就呛得泪花闪闪。他抹着嘴叫着："师傅啊，咱什么时候才能把你日死！你活一天，咱就得遭一天罪！"他骂着，偎在她的胸前，一会儿声息全无，真的睡着了。

醒来后两人照例要长时间待在小电影院里。这儿有各种片子、光盘，新旧电视连续剧，整整积了几大箱，唐童高兴起来会一口气看上一天一夜，珊婆一直陪伴他。他们在沙发前堆了一大摊零食、各种饮料和酒，然后长时间不再挪窝儿。一开始唐童还要嬉闹几句，看不上半个钟头就被吸引住，脖子伸长，大气不出。他吃东西，甚至小解，眼睛都不肯离开银幕。珊婆专门为他准备了一个青瓷蓝花便盂。他不到一个小时就开始哽咽，为剧中人物扼腕叹息。他不停地抓零食吃，喝酒，哗哗解溲，同时连连抽泣。那时珊婆不得不一遍遍为他拭泪，拍打他的后背。

"好孩儿就是看不得好人受苦，就是见不得恶人行亏！好孩儿的心软得就像棉花绒绒……"珊婆眼见他哭得越来越厉害，连肩膀都开始抽动，有些怜惜了。她亲亲他的脑门，叹一声。他盯着银幕，又扭头说一句："我有一天在大街上遇见这个家伙，非一枪崩了他不可！就是坐牢、偿命，我都不会在乎不会饶他！""可那是演戏啊，演员跟剧里人是两码事……""那算他活该倒霉！我只要碰见他，非杀了这个狗娘养的不可！这是板上砸钉的事儿！"珊婆不再说话，甚至觉得他并非气话。

有好几次唐童再也忍不住，站起来，小步跑到银幕跟前，伸手指着反面角色大声叫骂，还朝这人做出一连串淫秽动作。他蹦跳一会儿重新坐到沙发上时，一双眼睛都哭肿了。珊婆抚摸他的头顶，一沾手吃了一惊：满头鬒毛全都汗湿了。

从小电影院出来时，必定是凌晨三四点钟。因为不停地吃喝，唐童已经肚子胀大，面红耳赤。他这个时候因为尽情地哭过了，脾气出奇地好，甚至一直搀着珊婆走路，说什么都细声细气，笑眯眯的。即便是说到一些极为烦恼的人和事，也不再大喊大叫了，声调懒洋洋的："西村里那个老五是个不要命的主儿，他领一村人挡我的路，死也不听我的话，软硬不吃，"他笑着，露着一口刚刚洗过的牙，"看来这人得交给师傅开导开导了，咱不行，咱接不住他的镖。"珊婆拍打他："好好，我记住了记住了，还有谁惹着孩儿啦？"唐童一瘪嘴又说了：

"老周儿、李四眼，还有市里那个黑脸女人、女人她爹，再加上海关上的麻子，这一伙都齐了心捣弄事儿！他们可不是听劝的人，也不听哄，咬住了狗屎麻花儿都换不下来！我早晚得给他们合伙儿欺负死……"

"我都记下了。好孩儿别哭坏了身子。这些年你真不易啊，这可不光是一个金矿啊，老大一个集团都得听你号令——你这样的人就是腰上扎根宽皮带、上面拴一把大匣子枪、穿了高筒儿大牛皮靴一走路硞硞响，咱都不会吃惊！看看你吧，瘦得黄脸吧唧，出门连个警卫员都不带，哪个平头百姓都敢打你的主意！这是个什么年头啊？那些大官来看你啊握手啊，你把握手的照片放成炕面那么大竖到街上，还是不管多少事儿！这不，遇到什么缠手的五啊六的，还得交到老娘手里，让我来给你擦腚……"

唐童点着头，擦擦焦困的眼睛："谁说不是呢。咱比当年霍老爷财大气粗多了，享的福分还不如人家一半呢！听人说霍老爷那会儿见官大一级，杀人不偿命，想睡谁就睡谁，兴头来了光着腚也敢上街……唉，人比人气死人哪！不说也罢啊！"

珊婆为他脱衣裳，劝他睡觉，他偏要再喝一瓶红酒。她拗不过他，只好给他拿来酒杯，再次为他围上围嘴。唐童揪了围嘴，顺手把衣服也脱个精光，一杯连一杯畅饮，泪眼朦胧。他在大炕上来回走动，不时过来依偎一下珊婆。她想让他长时间靠在胸前，可他总不听话，一会儿就要挣脱出来，喝进的酒都变成了泪水，越流越多："咱这一辈子啊，瞧瞧吧，该灭的人灭了，该发的财发了，该日的娘们儿也日了，什么都不缺了，可就是怪事儿啊——咱一闲下来还是冤得慌！委屈啊！委屈得一天到晚就想哭、哭！我常常为这个纳闷儿，老想来问问师傅，问问这是咋回事儿？嗯哼……"

珊婆在他小羊羔皮似的头顶叩了两下，咬着紫色的嘴唇摇头："这个嘛，师傅我就解不开了。如实说咱也弄不明白了。早上十年八年，咱把大奶头儿塞进你嘴里，一口气灌你个肚儿圆，也许就没这些臭毛病了。唉，说到底还是年纪不饶人哪！"

唐童若有所思站起，踱到大炕的另一端，背向着珊婆。

她说："紫烟大垒还得盖下去，你的手不能软。把那些占了茅坑不肯挪窝的家伙全交给老娘吧，他们早该滚蛋了……"

"可是，有的人……啊！"

"你只要手软就什么也做不成！你比你爹当年差多了！"

"可是我……"

珊婆笑了："你不敢动廖麦，是因为舍不得一个人，你见了他老婆——那个刺猬精，两腿就哆嗦！"

唐童转过脸，朝她做个威胁的手势，低头蹲下了。这样许久，一点声音都没有。待他重新抬起头时却把珊婆吓了一跳：两行长泪顺着两颊滚下来，把胸脯洗得亮晶晶的。

珊婆咦了一声，咬紧嘴唇。

唐童绷着嘴巴，然后僵僵地站起，凑近了："咱再也别提、别提这个好不好？你知道我就不让人说她，不让！除了她说谁都行！你只别说她，只别说她……我不让你说她！嗯，不让说！"

珊婆怔怔看着，咬咬牙，不再作声。

麦田里的兔子

从河口泥屋往西走两公里，会看到从岸边垒进海里的几条石堰。经过大浪潮汐成年累月的冲刷，所有石堰只剩下短短的一截，上面生满了青苔，就像伸出的几只残臂。这儿是当年一些人的梦想：建成一个渔码头。结果刚刚开了头就被一次大潮涌粉碎了，如今只留下残堤、废堰，还有沙岸上的一两间颓屋。石堰下因为常常栖一些鱼蟹和海参，所以东边泥屋里的窄脸后生时不时要光顾这儿。他们把破屋据为己有，加固上锁，里面堆满了谁也没有见过的神秘器具。

天越来越热，除非一大早或下午五六点钟之后，窄脸后生绝不出门。这时的海边上寂然无声，像是一天的闷热将活物全捂死了。所剩无几的海鸥飞得有气无力，它们在残堤旁起起落落，连叫一声的力气都没有了。堤旁的屋子是平顶的，没有像样的窗子，所以里面像蒸锅一样。天到了五六点钟了，窄脸后生懒懒走来，打开屋子的大锁，一股热气差点把他呛了个跟头。他嫌屋内太黑，干脆把门大敞着。这一下屋内的光线足以看清东西了——里面原来有一个人，他被双臂反拧捆在一根横杠上，黄色衬衣上全是血迹和脏物，下身是一条长短裤。这个人闭着眼，鼻子垂向一边的铁盆，盆子拴在脑袋上方的木头上，里面是变馊的食物。

窄脸后生一进门就把手里的东西倒进铁盆里，然后揪了揪那人的头发。没睁眼。后生吸了一口烟，将红色烟头对准他腋下一按。那人马上嘶叫一声，大眼随即睁开了，咬紧牙盯住他。

后生不再理他，坐下，从后裤兜里掏出刀子专心削一个东西。他想给一杆叉子镶一个柄，待会儿要去堤上转转，叉条鱼什么的。木柄削好了，他用棍子敲敲铁盆，对方没有反应。他用削尖的东西撞了一下那人的胸脯，衣服上立刻出现一个红色的湿印。当他低头看染了颜色的棍子时，想再削一遍。被绑的长腿汉子屏着气，这会儿正在暗中撤回右脚——两只刚刚着地的脚是全身唯一有可能移动的部位——它往回撤、撤，由于疼痛和用力，汉子的脸憋得紫红……窄脸后生最后似乎听到了屏气声，可他刚一抬头，太阳穴上立刻就挨了一脚，噗一下栽倒在地上。

汉子的脚急急去钩那把落地的刀子，试图把它弄到脚背上。总也不能如愿，汉子额上汗如豆粒。再一次尝试、努力，成了——刀子被他用大脚趾巧妙地一拨，正好压在了脚背上。他猛一甩脚把刀子撩起，腆起的胸部正好把刀子搁住，然后颠几下，用下颌小心地压住刀子，使其不再滑落。他一点一点移动嘴巴，最终紧紧咬住了刀柄。

汉子瞥着地上昏厥的人，费力用刀子挑开一道绳索；他歇了几次才算把左臂解放出来。剩下的事情就简单多了：割掉最后一道羁绊，活动手腕、颈项、腿关节，揉动肩部和后边一点，然后一个弹跳跨过地上的人。他出门的一刻回头看了看黑黑的屋子，又瞥一眼那家伙，一拐一拐往南跑去。

汉子想在天黑之前扎入灌木林中。他跑了一会儿，看看就要西沉的太阳，坐下来扎了扎左腿的布条。正这会儿有什么在响，他抬起头，似乎听到了汽车的声音。四周只有灌木，什么也看不见。他担心那个窄脸后生醒过来，正用对讲机招呼同伙呢。他狠狠捶了一下沙子，后悔自己太粗心、心肠太软：出门时没把那个家伙扔到海里。他知道汽车虽然无法开进沙原，但那些混蛋肯定要从海边、从灌木林的西部南部包抄过来——再有一两个小时狗就要叫起来，大射灯在林子里一摇，事情就麻烦了。

汉子仍然坐着没动。他拍拍脑瓜，逼迫自己冷静下来，先好好想一想。他是四天前被一伙人押到这儿来的：当时大约是半夜，他正在屋里摆弄一沓纸，有人突然冲进来，一把夺下他手中的东西，喊："这王八蛋又想告人呢！看看上面都写些什么！快里外翻翻！"他们把他的屋子抄了个底朝天，锅碗瓢盆全砸了。"什么也没找到，妈的。好好押上他，当然了，要上铐子，这家伙当年学过拳脚……"他被推搡、抽耳光，四肢捆个铁紧才扔上车，然后车子一直向北。就这样，他被投进了海边小屋里。他不知这些人的姓名，但心里清清楚楚，只能是天童集团的人。从进入这间爬满海蟑螂的黑屋里的一刻，他们就不停地揍他逼他，让他说出来：这一段到底在跟哪些人串通、怎样与集团作对？干了什么？他们让他说出发生在紫烟大垒四周村子里的一些事情，这些事情的主使人是谁？他不开口，他们就威胁他，说要把他沉海。他并不怀疑这些人的狠劲儿。一伙人走后就只剩下偶尔光顾的窄脸后生了，这陌生小子脸色阴冷，一声不吭地折磨他……

现在汉子盘算了一下，认为唯一可以逃离之处就是河边了：那儿正是水旺季节，那帮恶棍可能料定他无法过河。他笑了笑，站起来，一拐一拐向河岸跑去。

狗吠终于听得清了。北部、西部和南部都有闪烁的射灯。汉子知道一切恰如刚才所料：他们快速行动起来了，而这一次绝对不会放过他。他觉得此刻自己身处荒野，真像一只被围猎的兔子。

从北边过来的人首先冲近了。当汉子毫不犹豫地扎入河水时，冲过来的一伙人竟然没有察觉，而是继续向灌木林围过去。后来，当几只狗迎着河面大叫、三四个人吵吵嚷嚷折回来时，汉子已经游到了河心。那些人站在河边大叫："你他妈的就不怕吃枪子儿？咱这回真要开枪了！"这样喊了几遍，果然有了枪声。好像是往高处打枪。

岸上的人咕哝着，大概在商量怎样转到对岸堵截。南边和西边的人也汇聚过来，咋咋呼呼。汉子尽力游着，他知道汽车只有绕过河头那儿的漫桥才能过河，而从南边的石桥绕就更远了。

汉子拼上一股劲儿往岸上游。一会儿，他看得见对岸那片即将收获的麦田了。麦田在夜色里呈白色，散发出的糕饼味儿越来越浓。他左右望一望，吃惊的是这会儿从北边冲来了一辆越野吉普，它眼看就要开到近前了，车顶的强射灯把岸上的一切都照得清清楚楚。这一刻他的心快跳出了胸廓，眼眶都要瞪裂了，两手刚扒到岸上的泥土，就弓身奋力一冲，一头扎进了麦田——与此同时吉普车嚓一声贴近河岸驶过，他慢一步就会被撞个粉身碎骨。

汉子跳跃着跨过麦田里的水道之类，不顾一切往深处闯去。身后带射灯的车竟然一直冲进麦田，一对光柱死死咬住汉子。他设法伏下，先让车子失去目标，一待光柱摇移找人时，就弯腰奋力大蹿一阵……马达声、偶尔的枪声，这些很快引来周围村子里的人，他们在田边围观，误以为是有人开夜车打兔子。一个老汉迎着车子大喊："天哪，你毁了我的麦子！伤天害理啊，为一只兔子毁我麦子……"

车子什么也不顾，仍然在麦田里冲撞，轰鸣声压过了人群的呼喊。车子一直跟住目标，最后一起冲向了一道引水悬渠：水渠跨过田边的道路，下边可由行人和车辆通过。光柱那一刻死死罩住了逃命的汉子，车上的人可以清楚地看到他怎样跑、跳，怎样跟跟跄跄闯到了悬渠下边。

车子冲出麦田，一口气冲到了悬渠底下，噌一下刹住。跳下两个人，骂着，呼喊，急于想逮到那个人。

"咦，这狗东西又没了影儿……"

"刚刚还在呢，刚刚的……"

兄弟

美蒂是被狗叫声惊醒的。当时已到了深夜，她从窗上看到了空中摇动的光柱，没有招呼廖麦，自己披衣出门。她一直往南走，因为篱墙外边有嘈杂声，狗吠越来越近。自己家的狗正与外面对咬，这时见了她摇摇尾巴趴下来了。"有什么事儿大虎头？你别跟上瞎嚷嚷了！"美蒂伸手抚摸它的脑袋。她在感受它战栗的同时，发现它的目光一直投向左前方的草堆，双爪急得不停地扑动。

美蒂往那儿走去，还没有走近，一个黑影就呼一下蹿起，沿着篱墙一阵急蹿，向刀把湖那儿跑去。美蒂刚要呼喊，一抬头看见了廖麦——这个长腿汉子，他大概刚刚听到声音就出来了，这会儿正好截住了向前逃去的黑影。那儿传来两个男人沉沉的声音，很快都压低了嗓子，说了什么无法听清……与此同时，篱墙外边的灯和人都逼近了，狗咬得更响，空气中发出"铿铿"的金属般的回声。有两个挎枪的人翻墙过来，另一个想让狗也蹿到这边，美蒂把他拦住了。

两个挎枪的都穿了制服，手持强光大射灯，问美蒂："刚才有人跳墙过来了，我们得搜一搜！"美蒂阻止："这不行。这是俺的农场。再说哪有什么人跳进来！"两人中的高个儿一边往前走一边咕哝："跟个娘们儿穷扯什么！"

两人往刀把湖那儿走去，手里的射灯乱扫。美蒂故意高声呼叫："你们是干什么的？真是一点理都不讲了……"她料定这声音会顺着南风吹到廖麦耳朵里。她牵着大虎头，守住篱墙，再不让一个人翻墙过来，特别是要阻止墙外那两条跳来扑去的大狗。

挎枪的两个人搜过了工棚，又把屋子里外搜了个遍。廖麦阻挡不了这两个人，因为他们强调自己是办理公务——两人正在这边细细探究的时候，园子北边又跳进来三个人，他们手持电击棒和橡胶棍之类，汗津津的。五个人合到一处搜起来，最后走向了车库旁那两间屋子，它此刻被光柱罩住了。廖麦瞥了那儿一眼，不安地活动了一下。那些人和廖麦一起分站车库前后，催促他："打开打开！""里面就是破车和油桶。旁边是一间空房子。""那也得打开！"

几个人拥进车库南边的那一间时，廖麦的心都提到了嗓子眼。他看见有人伸出射灯在里边摇了一圈，又伏身照了床下。"走，再往西，去湖堤和杨树那儿，这小子只要蹿进来就别想跑……"

他们在园子内搜了许久，结果什么也没有找到，骂着，搓着手走开了。

待灯光远逝，一道道光柱在篱墙外边摇动时，廖麦才重新锁了车库。他怔在了黑漆漆的隔壁房间门口：从屋内走出一个高个儿，腿很长，比廖麦还要高一拃左右。廖麦大惊："你刚才就在里边？"对方点点头。廖麦飞快揪了他一把，两人反身进屋，立刻把门关了。

那人急着抽一口烟，廖麦只好出门为他找。这时美蒂正好牵着大虎头过来了，他示意让她取烟，并接过链子把狗系在不远的杨树上。一会儿烟来了，廖麦进屋把门关严。

汉子马上点了烟，大口吸了起来。他这样一直把烟吸足了，这才从头讲了始末。廖麦在黑影里一声不吭。怪不得呢，原来这人的家就在紫烟大垒不远处——东南边十几里的村子里。他从部队回来后一直在经营一片芦笋地，小日子过得还算不错。是紫烟大垒彻底把他毁了：地被占去了一半，剩下的一半也因为水源破坏没法耕种了。全村人都没有干净的饮用水，得怪病的人越来越多。大伙儿就指望他这个见过世面的人出门理论一番——结果三次出远门告状，一点回音都没有。第四次刚要出门就被阻截了，第五次出门被暴打一场，好几颗牙齿都掉了……从此以后他经常遇到怪事：莫名其妙就被半夜闯入的人揍一顿，还因为一些稀奇古怪的罪名被关押了两次，肋骨断了三根，牙齿没剩下几颗。他沉沉下巴：

"这次逃出来也是万幸。他们在麦田里追了我好几个钟头,想用车撞死我、用枪打中我的腿。围看的人还以为是赶兔子呢，"汉子大吸一口，"在部队那会儿我跑得快，外号真的就叫'兔子'。你老兄也这样叫我吧。"

廖麦看看他的双臂、隆起的胸肌，又低头去看床下。真难以相信刚才的事情：难道他会隐身法吗？汉子重新做了一遍给他看：把身子贴紧了悬在铺板上——就这样逃过一劫。"这家伙真是了不起，"廖麦在心里惊叹。

"兔子"把烟蒂揉灭了说："这儿的一大片地都是你的？在人家眼皮底下？你老兄可真了不起……"

廖麦不想解释什么，只是咬住牙关听。

"你等着看吧，紫烟大垒还会往东、往北叠过来。咱这儿的好日子全完了——以前总还能喘口气吧，现在不行了，空气中全是臭味儿，连一口干净的水也没了……"兔子的拳头擂了一下床板。

"谁要在这么好的园子上、在这四周盖紫烟大垒，那除非是畜生才能干的事儿！"廖麦说。

"不，老兄，他们连畜生也不如，""兔子"攥起拳头："折磨人的时候来到了，相信我吧，兄弟！"

廖麦知道对方只比自己小一岁。他听了这一句，一股火苗从心里蹿起，胸口那儿陡然一热。黑夜里，他可以看到"兔子"双眼闪烁。他突然记起了什么，掩上小窗，点上桅灯，把对方周身的伤处看了一遍，"天哪，人都这样了还笑，还能不紧不慢地说话，这真是条汉子啊！"他在心里感叹，放下桅灯说："我得取点药来。你也得吃点东西。""兔子"点点头，同意他出去取东西。

这段时间美蒂因为不放心，一直待在车库西边的杨树下。廖麦出来时一眼看到了她，就走过去耳语几句。她走开了。

廖麦站在树下等她取东西回来。"兔子"也走出来，站在身旁。"兔子"望着美蒂走去的方向，小声道："老兄，她挺棒！你真娶了个好老婆啊！"

廖麦没吭声。

"兔子"把刚才的话又重复了一遍。

廖麦这才想起问他家里有些什么人。对方却长时间不说话，后来哑着嗓子告诉：妻子改嫁了，走时领去了他唯一的儿子。

"这样也好。她离开了倒好。""兔子"搓搓手，按住了胸前的伤处。

深深的夜色里响起了脚步声。廖麦小声说："美蒂回来了。"

第十二章

心飘茫野

海风、平原上的风、山地吹来的风，它们交织一起，时缓时急日夜吹拂，就是吹不走那个夜晚：复仇之夜、追杀之夜、长别之夜。从此天底下最棒的小伙儿开始流浪他乡，从此唐家父子大睁双目日夜搜寻，算计仇人。"啊呀呀凶险，啊呀呀这个歹毒的东西！他差一点让咱一命归西！"唐老驼直到许久之后，还将前胸和手臂包了厚厚的纱布，站在石头街上高声叫骂。

这声音让全镇人大气不出，鸡狗鹅鸭一齐敛口。

"围，围住这头悍畜，围成铁桶一样，下铁刺钩、拉绊马索，一落地就给我拿下啊！咱这回要剥他的皮、割他的肉，把他活活撕扯了！"唐老驼半夜还要去巷子查哨，一见到扛铳的人就恶声叮嘱一番。

美蒂却不再害怕。一天天挨下来，她对四处的响动都不再心惊肉跳了，因为她心里渐渐明白：唐老驼的呼叫恰好验证棒小伙儿逃远了，瞧他们谁都没能逮住他！她在心里祷告："棒小伙儿啊，你逃得越远越好，千万莫再回头。俺这边什么事儿都没有，你就无牵无挂地跑吧，一口气跑进大山野地最深处，去做一个又软又大的草窝，趴在里边等我！"

她在深夜里演练了无数次相会的方式和场景，各不相同却又目标归一：

与棒小伙儿紧紧搂住，厮守一生一世。那时候他们一天到晚尽在一起，工夫多得花不完，都干些什么？一切还没有计划好呢，自然少不了亲嘴儿、两人手拉手儿——这就不得了啦，这就能让咱脸上着火、身上筛糠，两眼直愣愣连一句囫囵话都说不出了！咱要一见面就轻轻地咬他：老天爷啊，谁让你长这么帅气了？这不是要成心把俺想死吗？老天爷，谁让你长了有棱有角的厚嘴唇，上面还生了一层茸毛，咱的嘴一对上就觉得热乎乎湿漉漉，害大痒哩！咱摸你的头发，摸你的锁子骨、胸脯、后脊梁、膀子，还摸你的肚脐……有些事情咱想都不敢想，一想怪臊哩！反正是一辈子不再分开，一辈子做你的人哩！这是铁定的事儿！不信就等着看吧，看谁更倔更犟更能挨磨，如今咱是上了火刑不讨饶，什么都不要什么都不稀罕，金山银山也能抬手扔进水沟里，咱只要那个两腿老长一蹦三尺高的棒小伙儿！

美蒂听着唐老驼的骂声、他在屋子四周的恶叫，觉得这人真是最蠢最坏的老畜生！你以为自己身上背了铳、手里拿了刀就算将咱活活霸下？你以为咱一个没爹没娘的孩儿就算落到了虎口？白日做梦去吧！你就是把咱使零刀子割了，咱还是自己的骨头和肉哩！你制服了多少人，可你就是制服不了我！俺和棒小伙儿是一模一样的脾性！

自从经过了那个夜晚，美蒂就突然长大了。她对自己千叮万嘱，做好了一切准备：等上一百年、受大刑、服劳役、挨饿吃土……凡是唐家父子能变出的花样，她都不怕。

美蒂觉得自己既被相思苦苦折磨，又被相思细细滋养。她闭上眼是他，睁开眼也是他，一颗心随着茫野上的人往前追赶，日夜兼程，不吃不喝也不知饥困。她只等棒小伙儿半路上朝她回眸一笑，就算无边的犒赏了。她能一丝不差地温习这笑容，对其中的神秘寓意、妙不可言的约定，都了然于心。深夜，她拥紧了被子呼叫"廖麦"，仿佛触碰了他的脑壳和眼睛，两颊火烫边问边答："你是最坏的棒小伙儿了。""俺就是。""你咬得我疼了。""俺就咬得你疼……"

就这样胡言乱语，一夜少眠，早晨起来却是满面红光。她试过了最好的衣裳，把爹留给她的衣装全翻了一遍，发现十有八九变小了。最有趣的是那件金黄色的小蓑衣：它还有模有样地挂在那儿呢！她要长时间把脸庞埋进去，贴紧它，久久嗅着野地的气味……

美蒂上街时总是有人跟上，背铳的人先是一步不离，后来又远远瞄着。当她试着走出街口时，他们就慌慌地把她截回来。

在最初的日子里，她不出门也不想做任何事情；后来出去担水，一眼看到长长的街巷，巷口的蓝天，恨不能一抬腿就跑得无影无踪。唐老驼让人告诉她：你这小叛逆小骚蹄子哪里也别想去，案子还没结呢。她说：那就快结吧！

唐老驼说一声"结"，差人将她押到了一间大房子里。她一进门就闻到了昨天的气息，马上想起刚回棘窝镇时，她和父亲在这里受审的情形——特别是想起了令自己恼怒愤悔的一件往事：唐老驼的儿子与那个赤脚老中医一起，在一张木案上将她脱得一丝不挂，仔仔细细查看了她的身体！还有更傻的呢，直到上小学了，自己还一无所知地被那个唐童看过！她闭了闭眼，又羞又恨，再不愿看这间石头大屋。

唐老驼咳嗽，摆弄惊堂木。她抬起头：一张大木案前就坐了老驼，旁边站了他的鬈毛儿子，还有挺胸背铳的两个黄脸后生。老驼对一旁挥挥手，两个后生退出去了。只剩下父子两人时，老驼才拍一下惊堂木：

“我来问你！你可知自己是个什么物件、犯下了什么律条？”

美蒂没有搭腔。她突然觉得眼前这父子俩就是畜类变的：老驼抓惊堂木的手满是黑毛，眼窝处也有一些细密的黑毛；再看他儿子唐童，头顶的鬃毛和眼神都让人想起一种动物——从地洞里钻出来的獾……她笑了，不敢出声。

“小骚蹄子还笑！你与奸夫合计谋杀上人，理当死罪，使斧子剁你个五七八瓣也不为过！”

美蒂听到了一个新词儿，好奇地问：“什么是‘上人’？”

老驼多毛的大手指指自己：“就是我！小叛逆小骚蹄子什么都不懂，”说着转向儿子：“我就不明白这样愚浊物件有个什么好？咱唐家如今呼风是风唤雨有雨，还用得着她？赶明儿我让人给你找个圆脸闺女就是！”

唐童带了哭腔：“不行嘛不行嘛！咱不是早就号下了她嘛，咱盯着她一丝一丝长哩，这事儿是再也变不了啦！”

“那你个小骚蹄子听见了，我儿的话可是句句板上敲钉。这也算你的福分。依我看，你再修炼三两辈子才能进得我家，如今野物精怪的骚臭气还顶我鼻子哩，俺家还嫌你腌臜哩！你的褽衣才脱了几天，你的来路也不体面。咱这是私下里说话没有外人搭腔——到了圆房那天你可得老老实实！你要敢发横要蛮，伤了我家孩儿下身，我就用剥皮刀儿劙了你，把你老大一张刺猬皮卖给收药材的柜子上！咱这是先把丑话说在前头……”

唐童听着，心里大恣，两脚活动着，不住声地咳嗽。

美蒂觉得老驼一番话有趣极了，问：“谁把咱许了你家？俺爸妈不在，那就是俺自己做主了。俺可没应过你家呀！”

老驼大怒：“小骚蹄子！你爸领你归镇，你爷俩的事儿就由镇上说了算！

你爸没了，你妈是个刺猬精，她在满海滩打转转呢，她管得了你？你要反悔，那就披上蓑衣重新当野物去罢！"

美蒂立刻说："那好，我这会儿就走！就走！"说着就往外迈步。

唐童一边伸手拦住一边对老驼嚷："放不得人哪！她有案子在身哩！"

老驼眯着眼说："对，你有案子在身，你这辈子哪里也别想挪窝儿……"

美蒂的心沉下来，恨不得立刻跨进苍茫野地。她大睁两眼，目光却在追逐那个长腿棒小伙儿，后来什么话都听不见、什么人都看不清了。

唐童见她两眼发直，问而不答，再不能专注回话，就上前一步，伸出手指在她眼前晃了晃——她竟然没有反应。"哦哟爸呀，你看这物件怪不怪死了？她就像个走了魂的痴士！"

"我来看看，"唐老驼从案前走过来，也像儿子那样冲她晃晃手指。

"小骚蹄子可见了？"

美蒂一声不吭。

"哦咦！这真是个痴士，这真失了魂了……"

窗棂下

美蒂出门遇上唐童，对方总是冲她嬉笑，打着手势发出"哼儿哼儿"的声音。美蒂说："我要出镇子赶大集！"唐童立刻耸耸肩上的火铳："你的案子还没结哩！""什么时候结？""那就看你了！""快些结吧！"唐童拍手："好哇，这可是你说的呀！"美蒂问："去哪儿结？"唐童跺脚、撮嘴，抓耳挠腮：

"哼儿哼儿，当然是去炕上结呀……"

她不再理他。

有月亮的夜晚，美蒂多想出门走走啊！可她到了小院，再要出院门就难了——背铳的后生一次次把她拦回。她大嚷大叫："我要去石头街！我要去大河边！""你想得美！想得美！你一出镇子撒了丫子，咱当差的可就倒了血霉！你还是把蹄子收一收罢！"她只好在院里看夜间出没的小蜥蜴，看甲虫。一只蝙蝠飞到了门楣那么高，又贴着她的肩膀一旋，蹿上高天。"好小伙儿啊，你在这么大的月亮下好好活着啊，愿歇就歇，愿撒欢就撒欢，千万别磕着碰着啊！我这会儿等于给唐家关了监，可我说过，咱什么都不怕，咱一门心思等着你……"

半夜时分，背铳的人全撤到了巷口，这是唐童的命令。唐童一跃翻过院墙，就在窗户下蹲一会儿站一会儿，叫着"美蒂"，说个不停，有时自问自答。他一夜一夜简直不知疲累，美蒂透过月光的投影可以看见他边说边做手势，比比画画。有时一连几个钟点过去，再没有一点声音，美蒂小心地开启窗缝看了看，大吸一口凉气：唐童在窗下铺一块毯子，正呼呼大睡呢。

可是美蒂刚要进入梦乡，窗外的人又醒过来，高一声低一声咕哝起来，有时嗓子憋得又粗又沉，有时像女人一样尖细，还带着声声抽泣。"咱什么样的好人儿没见过，赶大集、出门比武那会儿，有模有样挺着胸脯的大闺女多了。她们也知道咱是谁，使眼角儿勾咱的魂呢。可咱往她们身上把手一搭心就凉了，为甚？想起了你哩！老天爷，我在炕上打着滚儿哀求，说神仙哪你快行行好吧，别让咱中她的魔障吧！再不你就趁着咱四仰八叉睡着了时，神不知鬼不觉把咱阉了算完。这样下去也不是人遭的罪啊，这样下去会把咱像煎鱼一样活活烙死哩！我想你的小脸儿、长了金色茸茸的小后脊梁、圆溜溜的小肚肚，一夜一夜不能合眼，急得不想活了……我到死也不明白这是咋回事儿，不知道你这么聪明的物件，怎么会让一个狗日的怪种哄住？再说你等他又有什么用？你该知道他今生也别想回到镇子了——人一露头儿，咔嚓！"

唐童跺脚、用火铳撞地，咬嘴磨牙的咯咯声让人想起夜游的老鼠。这样折腾了许久，一开口又柔又细："哦哟小野蹄子小宝物，你要进了咱的门，那可就、可就享了大福了。你能想得出那好事儿那情形？大概没门儿啊！咱让前后街上最好的手儿绣几床大花被，缎子里，绸子面，火炕烧得热乎乎，甜瓜大枣摆一盘，肘子馍馍端一碗，白酒红酒尽你喝。日后你说什么便是什么，火了一天抽咱仨俩耳刮子咱都不恼！咱两手挂地拿大顶给你看，唱出儿野戏给你听，驮着你串街走巷偷东西。你喜欢什么只管说，今后我爸这头儿就成了假的，你才是真的！咱俩装作听他的话，暗里让你管住二十八杆火铳！你说杀谁就咳嗽一声，你要害了风寒一连声咳，咱就一刀一个不歇手！你要麦子是面，要西瓜剔了籽儿再端上，你要咱哩？咱就刺溜一声往你被窝里钻……你也莫嫌咱使刀弄枪大老粗，咱也能坐了小凳念诗文。听听，'妻贤夫祸少，处处闻啼鸟'，这中听的词儿大概是李白那哥们儿写的吧？听说李白杜甫这老哥儿俩穷酸，一天到晚就知道从南到北胡窜，一辈子也没享什么大福，没吃过像样的东西，顶多是一壶黄酒、黄瓜拌肴吧……"

美蒂听到这儿忍不住大嚷："我要出去！我明天就要去大河边上！"

"那有什么不中？我家宝物你说甚便是甚！赶明儿我让人伴你出去溜达，想上大海滩都成！哎，你当了女皇上自己还不知道哩！你不见这么多人一夜一夜为你背铳站岗？这是多大的阵势！你会说：'啊呸！这是怕咱跑哩！'这话也对——不过你想想，咱怎么就不怕别人跑？是舍不下你哩！是实打实地相中了你、非你不娶哩！咱知道你是刺猬精的孩子，刺儿一参咱就被刺烂乎了。可咱有耐性，知道怎么顺着毛儿将你，让你舒服得四蹄朝天，吱哇乱叫。咱明白你是一脊梁的钢钉，一肚子的软毛，咱从前面贴紧了再搓揉，你想想到时候又有什么碍处？你那时欢喜还来不及哩，到时候四个小蹄爪把咱搂个铁紧，咱困了想自己倒头歇着还不行哩！这真是一家自有一家难唱的曲儿，恩爱夫妻不到头……"

美蒂为抵挡这声声秽语，只在心里叫着："棒小伙儿啊，你可知道窗下夜夜来一个妖怪啊！为防他我夜夜不得眠，剪刀握在手……"

唐童在窗外比比画画，贴紧了窗棂："好物件外面凉飕飕的，你一开窗户我就爬进去了。怎么不吭气儿？入了梦乡？哦哟这大好月亮也舍得睡下？不听咱唱个野戏小曲儿？"他咳一咳，清了清嗓子真的唱起来：

"好妹妹呀你别价慌忙，咱一层一层褪下衣装。先脱下了对襟大青袄，再除去肚兜儿透心凉。青丝腿带解下来，缅裆裤儿长又长。红丝绳吊下个玉麒麟，悠儿悠儿直晃荡……"

美蒂只觉得泪水从两颊滑下。她在心里骂道："你这个猪狗不如的畜类，就让一声响雷把你劈了吧……"

"好妹妹呀你别慌忙，小脚倒腾你退南墙。咱身高马大男子汉，脸大口阔有模样。这会儿心里直播鼓，扎煞着指头棒槌长。此一来本是求婚配，斯斯文文咱非强梁……"

美蒂索性捂上了耳朵。她闭着眼睛，可泪水还在不停地洇渗。一会儿她听到了撕裂窗纸的声音，一睁眼，觉得头嗡一声轰响：正有什么东西顶破了窗纸，一丝一丝伸进来……她咬咬牙，举起手里的剪刀，狠狠刺了下去。

"哎呀妈呀你好狠的心！幸亏咱有个警戒，先使上一根木棍试了试……你差一点废了咱血流满地哩！哎呀你是合天底下最狠的心！我不要了不要了谁愿日谁日去你这个野性不改的妖精……"

唐童的野嚎像土狼中了机关，尖利利的声音很快引来一阵急急的脚步。

无边的苦刑

"你不能住这里了，你得跟我走啦！"妇女头儿揉着额头上两个紫色火罐印痕，一遍遍催促美蒂。"这是俺家老辈传下的房子，凭什么赶我？"妇女头儿身个足有一米七五，粗粗大大，一咧嘴露出满口马牙，让美蒂害怕。她见美蒂抱着膀子不想挪窝儿，就凑过去，冷不防伸手在腿根那儿拧了一下。"哎呀好疼啊，你这个母夜叉！"美蒂叫着往墙根退缩。"随便你骂什么，今后我就算你亲妈，"她再次伸手威吓。美蒂吐一口："腌臜死人了……"

这样折腾了许久，美蒂知道这儿待不下去了：门又响了，院里闯进了几个女人，她们也背了火铳。

美蒂想了想，最后答应离开。她动手收拾被褥，女头儿一把拉开她的手："一块布头也不能带，咱那里什么都有！"

女头儿押着美蒂出门，两个背火铳的被她拦住："你几个留下拾掇拾掇，锁上门。"

从此美蒂就和母夜叉住在了一起。这里是一处牲口棚，一大间里养了几匹牛马，紧连的两间就住了她俩。母夜叉把最小的一间让美蒂住，自己睡在宽敞的大炕上。间隔的壁子是高粱秸糊了一层泥巴，所以母夜叉睡觉的呼噜声清清楚楚响在美蒂耳边。美蒂白天要给牲口铡草，清除棚里的粪肥，夜里还要两次起来喂牲口。她细细的胳膊按不动铡刀、端不起大铁料斗，母夜叉就露出一口紫色的牙龈笑着，眼睛盯住她微微隆起的胸部。

　　开始的几夜美蒂怎么也睡不着，除了隔壁可怕的呼噜声，还因为脏臭的被子。她为了不污脏身体，总是和衣而眠。有一次她实在忍不住，想拆洗被褥，谁知母夜叉见了立刻大声呵斥："你敢拆老娘的铺盖！骚野蹄子胆子真大！"因为太疲倦了，后来几夜总算睡着了，又被另一边的母夜叉吵醒：那儿有一个男人瓮声瓮气说话，说了一会儿又呼哧呼哧打起架来，母夜叉正连连求饶呻吟呢："咱不过了！不过了！哎呀这一场好睡！小骚蹄子听见了更好！"美蒂渐渐知道是怎么一回事了。每逢两个人剧烈打架时，棚里的牲口就蹿跳乱叫，这边的母夜叉屏着气，大声叫骂那边的牲口，说："小骚蹄子就知道死睡！牛马反了鞭你都不管！"美蒂只好去牲口那儿，一走到近前吓得两手掩口：一匹红色大马挣脱了缰绳蹿到了另一边，爬在了一匹白马的身上，两匹马在全力打斗，已经全身汗湿，昂昂大叫。"好马好马，你俩快别打了，求求了……"她这样低声哀求时，两匹马停息了一瞬，后来还是不顾一切地打起来。

　　美蒂一夜夜出神，想着心事，想着自己的石头小屋——她突然担心有一天自己的棒小伙儿会趁黑摸到那儿，他要扑个空呢！一想到这儿心就揪痛起来，下半夜了还是睡不着。隔壁没有呼噜，只有零零星星的咳嗽——母夜叉在吸烟，烟味儿从泥壁无数的裂缝透过来。一会儿门给推开了，母夜叉嘴里叼了烟，身上一丝不挂站在那儿。美蒂把脸转到一边。

"小骚蹄子睡觉不脱衣裳，还是嫌老娘的被子脏啊！老娘把新表新里新棉花的大被子给了你，你就这么不识好歹！你这个没良心的骚浪野物，一天没和唐家圆房，一天就得归老娘管辖！除非你一撅腚让人领了去，那就是'嫁出的女泼出的水'，老娘这边算是松了缰绳！这会儿还不行哩，这会儿还得服服帖帖受我管……"母夜叉把烟蒂一扔，直接用光脚板碾了一下，蹬上了美蒂的炕头。

美蒂呼一下坐起。她鼻子里全是母夜叉的体息，有点像死老鼠的气味。她不敢看那一身横肉，无意中瞥到的一对乳房简直吓得她大气不出：大得出奇，一个长一个短，乳头像弯弯的拇指，而且真的长了指甲。"妈呀，这该不是做梦吧？"她抱住了头，转向屋角。

母夜叉揪开她的手，又扯她的衣服。美蒂害怕极了，待这粗粗的手挨上嘴巴时，就狠狠一下咬住了。"呀——呜嚯嚯疼死我了！呜嚯嚯看我打不打死你！"母夜叉一下连一下拧她的腿根，在她连连招架的当儿，又用双膝压过来，大手三两下就扯下了她薄薄的衣衫，还扯下了更小的内衣，"小骚蹄子小小年纪可怜见的，身子像黄鼠狼一样瘦，看这一根根肋条凸着，倒一层层穿了不少！老娘我非扒你个精光不可！"美蒂倾尽全力挣脱、扭动，想不到对方的膝和脚铁砧一样硬、石头一样沉，一双虎口像钳子夹住了她，让她再也无法挪动。只一眨眼她就被脱光了，在母夜叉尖尖的目光下，她用尽全力才能忍住泪水。她护着胸部，母夜叉就啪啪打掉她的手，"我得好好看看小骚蹄子了，看看小畜类是什么身子！"她一手举着桅灯前前后后照，拉开美蒂的双腿、按低她的头，还沾湿了手指捏捏小小的乳房和后背，嘴里"嗯嗯"着，呸呸吐几口，咕哝一句："不过是个小畜类，浑身的奶毛儿还没褪干净呢，膻气味儿顶鼻子，我操！"

美蒂只待她稍一松手就跳起来。母夜叉卡着腰说："小骚蹄子畜类种儿，我真想咯嘣咯嘣嚼了咽进肚里，今夜只看在唐家的面子上饶了你。今后你给我再服帖些罢，想尥蹄子，咱就一手拽住你一条腿，啪啦一声撕劈成两半，就像撕一只小青蛙子……"

美蒂吓得瑟瑟发抖。她一点都不怀疑这家伙的力气。她在一跳一跳的灯光下，发现对方灰黄的皮肤下有什么在蠕动，就像纠结了一窝长虫。"妈呀，我掉在了枯井里！我只怕活不到见棒小伙儿的一天了！"她在心底发出声声长号，今夜满心都是绝望。

母夜叉离开时已是凌晨三点。剩下的时间里美蒂痛哭了一场，然后对着黑漆漆的夜色想自己的棒小伙儿，想了一遍又一遍，只想让自己重新高兴起来。

白天，母夜叉让背铳的女人和美蒂一起抬牲口粪。美蒂抬不动，母夜叉就说："你趴下身子驮吧，刺猬原是四蹄着地的。"说着就要过来按她，一仰头却停住了——美蒂也抬头去看，原来棚外站了一个黑脸汉子，那是唐童。

唐童早就来了，没有跨进屋，只站在外面看。

"猫三狗四刺猬也差不离儿，咱就不知她一胎能怀上几个崽儿。上级快找人帮帮忙吧，小骚蹄子小奶儿鼓鼓着像秋桃儿，全身火刺辣辣烫人哩！她在这儿熬着，逼急了咬人下口哩！"

母夜叉说着走过去，朝外面的人举举左手，指着手背上的疤痕让他看。

唐童像没有看见母夜叉一样，只盯着美蒂。

析梦

美蒂屈指一算，正好在牲口棚里挨过了一年零三个月。这年暮春，她终于回到了自己的青石小屋，一头扑进去，泪水哗哗流。"我是从盘丝洞放回的人哪，刚从母妖那儿逃开，差点儿没被她嚼嚼吃了。"美蒂仔细端量炕上的被子时，这才发现有人在上面睡过：有男人头发，全是鬈毛！天哪……她咬着牙，发发狠，把它们一股脑儿抱到院子里烧了。

一股烟气飘到半空，很快就引来了背铳的人，他们趴在墙头上看，只不作声。

第二天有人送来了米面和肉，说是唐童给的。第三天又来人告诉：想出门就说一声罢，你身边要跟仨俩警卫哩！美蒂被拘束个半死，听了这话不管不顾推门而去。她一踏上石头街就奔跑起来，几个背铳的紧随身后，嚷着："啊呀呀大闺女撒丫子了，啊呀呀累得咱呼呼喘！"他们一直跟到大河边，又跟到海滩沙原。她跑一阵走一阵，扳住灌木枝条摩挲，贴在脸上；细细的白沙子让她欢喜不已，直挺挺躺在上面。这样直到太阳落山才慢慢走回镇上。几个跟随的人小声咕哝："真是野物脾性啊！"

一连好几天，她总在外面游荡，每天累得身疲力竭才回。

她入睡前总是想着棒小伙儿，一句句和他交谈，睡着了还随他在野地里蹿跳、奔跑。一个又一个梦里都有他的影子。她有一次梦见他在田野上，正走着走着，突然掉下了悬崖——天哪，这只怨他路上想事太专心了，一脚踏空危在旦夕；还好，谢天谢地，悬崖下有一片又深又亮的水——是一条大河哩！可是她梦中忘记了棒小伙儿会游泳，急得喊哪喊哪，眼见他在浪花里变成了一个小点，沉下，浮起，最后融进了水天一线……

她再也睡不着了，不知道最后棒小伙儿是淹死了，还是游到了对岸。

天亮了她还在想。她甚至想：好生奇怪的梦啊！这是不是廖麦在托梦给自己啊？她一颗心慌跳不已，念道："坏了坏了，也许真是遇到了大凶险哩，他那时一急，魂儿就回到了我的梦里！"这一天她什么都不想做了，饭不想吃，水不想喝，只想撒腿跑上野地，去寻找梦中那道悬崖。她伏在炕上大哭了一场。

她在炕上昏沉沉躺了多半天，傍晚时分才想起后街上有一个会析梦的女人——爸爸在世时就找她解过梦！想到这儿她立刻跳起来，披件衣服就出门，锁上院门直奔后街，背铳的人急急追来她都不瞧一眼。

后街上的算命女人七十岁了，眼睫毛是白的，眼珠是灰的。当她抬头端量来人时，头越探越近，让美蒂觉得她不是在看而是在嗅。美蒂退开一步，嘴唇哆嗦着说出了那个梦，请老人为她破解。女人拍着膝盖："孩子你这不是害我嘛！这是害我！这年头谁还敢捣弄这些！"美蒂再三央求："好大仙可怜可怜我吧！我是个没爹没娘的孩儿，只剩下了这一个亲人跑在路上……"

老人不声不响，一双白睫灰眼眨个不停，看着窗户，不为所动。

美蒂再求，泪水涟涟。

老人叹一声，伸手托起她的下巴看了一会儿，鼻子里发出"嘭嘭"声，说："好孩儿模样第一啊，比我年轻时候还好——我那时也是个招眼的闺女……唉，一个苦命伤心娃儿，二十多岁以后也许有些欢喜——不，是大欢喜哩！瞧印堂这儿，阴着哩。阴气褪了时，"老人说到这里掐了掐手指骨节："少说也得个三年二载吧，那会儿你就得了欢喜……"

"'欢喜'是个什么？"

"不是个什么，反正就是个'欢喜'——花样儿多哩，得喜财、得个心疼的人儿，都是'欢喜'。人这一辈子啊，没有一条道走到底的，都是一截儿黑一截儿明，一阵风一阵雨的……"

美蒂最牵挂的是那个梦，就再次从头细细说了一遍。老人抿抿嘴，重新掐弄手指，眼睛往上翻着，像看着冥冥上天，"这梦嘛按说都是反的，正着解反着解，就像拆一件破了边的头绳帽，你得揪住线头儿一点一点来解它……嗯嗯，从崖上掉下去了，那是好事儿，落了地嘛——入了水，水里游，云游四方。得，你这孩儿安心等吧，从今以后他往远里下去了！"

"那么说他没有淹死？"

"淹死？什么话！小伙子活蹦乱跳一蹿丈把远呢！"老婆婆把头上的帽子正一正，闭上眼睛不再说话。

美蒂欢喜得泪花闪闪，拉住老人的手："大仙再费心给咱算算吧，他这会儿在哪里？过得苦不苦？"

老婆婆再次掐手，往上翻眼，眼皮眨巴得越来越快，说："东西南北，西闯一头南闯一头，这会儿又开始往东往北下去了……嗯嗯，我敢说他走来走去离你不远了！你哪里也不要去啊——你命里就该在原地等他，直到等来一个大欢喜！"

美蒂感激得全身颤抖，脸涨得通红，一句话也说不出，最后给老婆婆深深鞠了一躬，跑出门去。

从那一天开始，美蒂就被各种梦缠住了。这些梦花花鲞鲞，大多是让人高兴的梦。有一天她甚至梦见他站在一条大河边招手，小声喊着："过来呀，过这边咱成亲啊！"她望着大河跺脚："我怎么过啊！我急死了！"那边的人只是笑，只是招手，却并不过河接她。美蒂最后是急醒的，醒来时发现自己已经哭成了泪人。梦中情景活鲜逼人，棒小伙儿的神情、唇上的皱皱，都看得一清二楚！美蒂再也忍不住了，她马上推门出去，再一次跑到后街。

这一次老婆婆不愿睁眼看人，只冷冰冰说："打头儿讲一遍吧！"美蒂急匆匆说出那个梦，然后屏住呼吸看着老人。老婆婆倦怠地掐手、翻眼，久久叹气，只是不语。

"到底怎么回事啊？"

老婆婆拍打膝盖，像是终于下了决心一般，闭着眼睛喊道："人不在了呀！"

"什么什么？"

"那可是阴阳线——河这边是阳间，河那边是阴间！他招手让你过去，那是去阴曹地府会面呢！"

美蒂一屁股坐在了地上。她大睁双眼却一片迷蒙，什么都看不见。她的头脑里全是噼噼啪啪的响声，不由得双手捂耳。这样过了许久她才哭出来，嚷道："你胡说！你骗我！廖麦才不忍心让我淹死呢！他一辈子都不会害我，他才不会呢！再不就是你把梦解反了——你这梦解得和上一回正好翻过来了啊……"

老婆婆任美蒂摇动双臂，只不说话。后来老婆婆搓搓眼，重新掐起了手指，摇头，叹气，"好闺女我也没有办法。你真是怪可怜人的。不过梦里说的事儿，就是那样了，我也没有办法。"

"可是你上回说我二十来岁会得一个'大欢喜'，这可是你亲口说的！"

老婆婆磕打牙齿："那不假。那'大欢喜'是另一个人给的。这人其实是好人哩，是你自己迷了眼。跟了这贵人，穿金又戴银，伸手搂定聚宝盆……"

美蒂很快不哭了，死盯住她问："贵人什么模样？大概长了一头鬈毛吧？"

老婆婆掐弄手指："一点不假！一点不假！"

"呸！"美蒂吐了一口。

应验

很久了，后街上那个析梦的老人一直是美蒂最恨的人。好在她压根儿不信后来那一派谎言，只信第一次。

可是再有两年不到她就二十岁了，这就到了预言中的"大欢喜"了。也就是这一年，唐童领着背铳的人开山寻起了金子，棘窝镇的巷子这才松弛下来，背铳的人没了！

廖麦一连几次潜回来——一点不错，美蒂真的等回了棒小伙儿，真的等来一个"大欢喜"！当美蒂突然想到了那个老人的预言时，惊得长时间合不拢嘴巴……"真的应验了！真的！"美蒂于是化仇恨为感激，渐渐晓悟：老人后来的那番话实在是出于无奈，那一派胡言肯定是唐童一伙逼出来的——他们硬逼老人骗她啊。

那个秋天辉煌灿烂。冬天来临时，美蒂的肚子隆起。她幸福得快要窒息，一天到晚对着未来的孩子说话、对着想象中的丈夫说话。她告诉远处那个棒小伙儿：快快准备一个窝吧，一个小小的窝，我马上就要飞进去生下咱的小雏儿了……

可惜一切都晚了，这次耽搁会让她一生后悔不迭。

那一天她正随人一块儿搬运沤制的红麻，一转身给人挡了路，原来是母夜叉在盯她。她不理不睬，对方却一直跟着她，一口气陪她走过石头街，又走到青石小屋。"你想干什么？""我想瞅瞅母鸡什么时候下蛋。""你这个恶心人的婆娘！""骂吧，咱可没生私孩子！"

　　当夜小屋就被背铳的人围起来。母夜叉领了两个女人进来，后面紧跟了唐童。两个女人一下按定了美蒂，母夜叉上前一步撩开她一层层的衣服，嘴里发出嚯嚯声。美蒂喊叫、斥骂，这些人就像没有听见，只认真查来看去。"还叫医生来不？"那两个按人的女人问。母夜叉斜她们一眼，拍拍手走到唐童跟前："还叫个屁医生，分明是怀上了！"唐童随即发出一声："啊？"他两眼直了，脑门上悬了一层汗珠，盯着美蒂，牙齿咬得咯咯响。母夜叉在一边拍手："咱说了，凡是地不耕就荒，不种庄稼，一准生出野草……"

　　唐童一扬手把她几个赶出屋子，凑到美蒂跟前，沉着嗓子问："谁的孩子？"

　　"当然是廖麦的了！"

　　"嗬咦！到底是这个野种、这个野种……都怨我太大意了。妈的，人一斯文什么事儿都办不成，真该听珊婆的话啊！"

　　唐童拍腿，咕哝，在屋里走动，又背对着美蒂，长时间看着窗外。当他转过脸时，美蒂吃了一惊：这人满脸泪水，鼻涕垂挂，嘴使劲瘪着。他说：

　　"你记住我的话，你听准了。为这事儿你得后悔两辈子！义不生财善不领兵，我他妈的太依着你了！从今以后你下地狱去吧，你可知道自己是怀了私孩子的人！你胆比天大，你反了，啊呀真是反了……"

　　唐童大口呼吸，泪干了，一时说不出话，一直悬着的汗水从额上啪啪垂落。他跺地、砸墙，像野狼一样哀嚎，朝美蒂挥了几次拳头，都没有落下来。

后来他翘起下巴，围着美蒂转了一圈，咯咯咬牙，一字一顿说："我估摸你也生不成！"

"生不成我就死！"

"你死去！你赶紧死去！你这个骚蹄子野种果真是镇上一大害物哩！俺爸说得一点不差！一点不差！你等着小腿一翻扭倒在干土末子上死吧，等让人使上火筷子夹了蹄爪、用大铁钩子钩住你的嘴巴，一口气拖进污水沟里！到那时你再呼天抢地找人都晚了，破乱物件谁也不稀罕谁也不想要，连狗都嫌你腌臢嫌你丑！你这个不死不烂气死活人、与杀人犯搭上勾连手的骚泼流氓，从今以后你的好日子算来了……"

唐童直骂得大汗淋漓，一转身闯出了屋子，头也不回。

整个上半夜安安静静。美蒂口中念着廖麦，说这样的日子你可千万不要露面啊，这里的大网张开着，他们会把全身的邪火都撒到你身上——别挂记我，我一个人担待得了。

剩下的一段时间美蒂全在想一件事：怎样逃出镇子。她对自己叮嘱：你要舍下这祖传的青石小屋了，哪里有棒小伙儿哪里才是家，哪里有孩子他爸哪里才是三口人的窝呢！一刻也别停一时也别耽搁，只要有一点缝隙就赶快往外挣吧……她最后悔的是没能早一天逃离这个棘窝，她是天底下最傻最蠢最不幸的人了！

一夜没睡。几次踏着冰凉的霜地去院门那儿，都听到有人来来回回地走、咳嗽。

天一亮母夜叉就叼着烟来了。她直接脱鞋上炕，大盘着腿说："我早说咱是你娘，咱得管住你。看看吧，离开了老娘才几天，你就闯下了天祸。我琢磨着，趁这事儿镇上人还不知道，咱娘儿俩商量着办了吧！这样一了百了，让好事儿从头再来……"

美蒂死盯住她紫色的嘴唇。

"你要是愿意，算我没有白说……"

"你想干什么？"

母夜叉磕磕牙："老娘帮你把孩儿早早整巴下来。"

美蒂一下把剪刀操在了手里。

"啊哟，啊哟反了你！老娘连响马都敢戳，还怕你那小骚蹄子麻雀大的身子？我一伸手揪住两腿一挣，就能劈了你！"

"那你试试！你来吧！"

一撮头发在脸上甩动，美蒂索性把它咬在嘴里。

母夜叉往窗外瞥两眼，咬咬牙，哼几声，一咽唾沫喉结乱滚。美蒂在心里说："这人像男人一样啊！这个又粗又狠的女人什么都干得出……"美蒂盯着她，紧握剪刀，又说："廖麦啊，我也要杀人了，为了咱的孩子，我这会儿真敢捅了她，让她的血洒一炕一屋！"

母夜叉闭闭眼，翻着嘴唇说："比画个什么？唐童有一镇的兵哩！他发个话，我就不用动手了，我还嫌累哩！我这会儿是跟你好说好商量……"

美蒂举着剪刀："那你听好了，也回头告诉唐童，我的孩子被伤了那天，也就是我死的日子。我会一头撞死在大石头上！"

荒原小雏

"马——马！"她的小嘴儿这样呼唤自己的母亲，弯弯的手指比画着，特别惹人疼怜。"我的宝贝，我的全部的宝贝蛋！"美蒂只要看一会儿蹒跚的小蓓蓓，幸福的泪水就要涌出来。小家伙在白亮的阳光下跑出小茅屋，笨手笨脚去捉一只苇秆上的蝴蝶，头发在强烈的光线下呈蓝紫色。"小宝贝真像你的爸爸，哪儿都像。"小蓓蓓说："啪、啪啪（爸爸）……"

孩子的全部世界就是海滩荒原。这儿几经折磨，如今没有几棵像样的树木，到处都是积下的咸水洼，是旋起的沙丘，是各种荒草。可是除了险恶的冬天之外，这儿仍然美丽甚至感人——起码在美蒂和孩子眼里是这样。春天和秋天，这儿有高歌的云雀，而在镇子上从来都没有。"这是打破碗花，这是威灵仙，这是茜草果儿。"美蒂一一指认荒原，一步也不离开孩子。

美蒂在两三年的时间里全靠镇上人接济、全靠讨要才活下来：一捧米一棵菜、一个微笑。就连后街上那个解梦的老人也偷偷送她红糖。她借了钱和东西，都一笔一笔记在本子上，准备将来一一偿还。孩子生出后的第二年，美蒂在一个晴和的日子抱上她走出镇子，一直往西、往北走去——她突然那么想看一眼无边的沙原，看一眼大海。走啊走啊，街道上早没了背铳的人，也没有人阻拦她……

她一直走到了海边。做梦也没想到的是，越是临近大海，沙原越是荒凉可怖，甚至丑陋……仅仅是十几年的时间，这里就全毁了。大潮把脏物和咸水一直推进了几十里，它漫过的地方，仅留下一片铁锈色的水。

就是那一天，她站在无边的荒凉中，想到了父亲，也明白了一个惊人的事实：父亲曾经是一个多么英俊的青年啊，他竟然头也不回地离开了镇子，从此一生游荡在沙原上——这完全是因为无边的绝望和希望缠在了一起……她亲亲孩子，眼望着远天说："我也要学你姥爷了，学他那样离开镇子，成为沙原野地上的人。我有一天要孩子的爸爸也成为这里的人。"

从那一天开始美蒂就做着搬出镇子的准备。唐童自从忙起金矿的事情，再也没心思把镇子箍成铁桶一般了，石头街上几乎一整天都看不见背铳的人。

可是当美蒂的小茅屋搭建在一片荒地上时，唐童还是知道了。他驾车沿河往前开，剩下的十几里荒地无法通车，他就深一脚浅一脚赶过去。他最后惊诧万分地看到了前边的茅屋，那神情就像第一次得知美蒂怀了孩子一样。他一个人踏着坑坑洼洼乱草葛藤走了半天，大口喘息，鬃毛上全是汗珠和草屑，满脸湿漉漉的。

美蒂不理睬他。

唐童在茅屋四周转了几步，探头看看已经睡熟的孩子，嘲笑说："我知道你再没脸待在镇上了。不过这地方年年冬天都要冻死个把人，春天卷起沙来一宿就能把人活埋了。你想在这里会那个野汉子，连孩子的命也搭上？"

美蒂仍旧一声不吭，只忙手里的活儿。

唐童点上一支雪茄，大口吐着烟："你以为这鬼地方就没主儿了？它有主儿，它是南边那个小村的，我说句话他们就能把你赶走。还有，你在这块地方会那个杂种，我的人照样能逮他——当年的案子还没结哩。咱有话在先，只要他一露面，我就把人咔嚓了！嗯，就这么回事，到时候你可别哭……"

唐童一直在荒原茅屋这儿徘徊了许久。离去前，他故意在小屋背阴处撒了泡尿。

美蒂知道这片荒地的管辖权属于一个海边小村，它离这里还有十五公里。小村的头儿当时全力劝阻说："天哩，你一个女人家拉扯个孩子住这儿？开荒？这太离谱儿了……"美蒂说不出更多的理由，只是求他，一再坚持要在这儿垦地、住人。小村的头儿大惑不解——最后，因为这块地方谁也不要，再加上她有一股吓人的拗劲儿，也就同意了。

这儿有最苦的水。这儿甚至种不活一棵玉米。但这里能让眉豆开花、让红薯爬秧。她试过，这里能栽种紫穗槐灌木……她一有时间就疯狂地开地、种灌木，把一片片水洼引开，挖出水道。为了对付可怕的冬天，她到小村里找几个人来帮忙，一遍遍加固茅屋，筑了个大火炕。这里总算不缺烧的东西，这是最让人感到安慰的方面。只要天气晴好一点，她就出门找烧柴，入冬前屋子四周全是堆积的干枝和茅草，它们都是严寒的对手。她准备了各种各样的草药和中成药片，最害怕孩子得病——奇怪的是进入茅屋之后，她和小蓓蓓都出奇的健康，连头痛脑热的时候都很少。

多么可怕的寒冬啊，它是躲不过去的。尽管有一堆又一堆的茅草和烧柴，大雪还是把一切都埋起来。春天快些来吧，迟来的春天海边还是冷得吓人。当所有可以烧的东西全用光了，满地的柴草都冻在冰碴里，长长的寒冬还不愿退去。这样的夜晚她最害怕孩子给冻死，她听说只要心窝那儿暖着人就不要紧，睡前就把鞋子、把自己棉衣里掏出的花绒，全捆在了孩子的前胸和后背。

有一个冬夜突然刮起了旋风，风到了午夜加大了数倍，像狼嚎一样。那会儿她和孩子紧紧搂在一起，因为她真的觉得小茅屋在风中眼看就要倒下去了。果然，一会儿茅草揭掉了一大片，窗子啪啦一声塌下，紧接着一根木梁在离身体一尺远的地方砸下来。小蓓蓓吓得啊啊大哭，她赶紧护住孩子，把被子缠上，一头撞出了随时都会倒塌的屋子……这一夜她在颤颤的茅屋旁趴下，用身体挡住寒风，时刻都把孩子护在胸口那儿。还好，天亮风息，小茅屋总算没有全塌，但是掀掉了半边。她抱着孩子拨开一地芜乱，钻进屋子后的第一件事，就是急急去找那件小蓑衣——天哪，它还在那儿，她把它紧紧地贴到了脸上……

度过了无数个这样的寒冬，一个人大概就不再怕什么了。海的声音在严寒里变得威猛低沉，会让人觉得它随时都能把一切吞噬。不知多少个夜晚，这唯一的避难之所也在害怕地战栗，它像人一样哆嗦不已。这样的冬夜，一切的强盗和魔鬼都冻跑了，整个荒原上只剩下了母女俩。

恶劣天气之后是让人喘息和幻想的时光。美蒂抱着孩子坐在热乎乎的大炕上，想着廖麦，等待春天。

春天来了。春天深入时，一些花儿开了，云雀又飞上高天了。云雀从来不倦。

小蓓蓓仍然穿了臃肿的衣服，这使她在荒地上行动时显得十分笨拙，也格外可爱。"我的小雏儿，来，我把你打扮成一只小刺猬，让你和妈妈小时候一样！"小蓓蓓跑着，在洁净的流沙上打滚儿，像个男孩子一般顽皮。她自己玩的时候，美蒂就揪来金色的长叶儿茅草，专心为孩子结一件蓑衣了。

小蓓蓓无比喜欢这件草衣，一天到晚不再离身。美蒂说："好孩子这可不行，这会被人叫成刺猬精的孩子啊！"

"我就希（是）小刺猬……"

"小刺猬想爸爸了吧？"

"香（想）爸爸，香妈妈……我就希个小刺猬……"

第十三章

楼船入海

唐童也供佛了。他建了一个相当讲究的佛堂，并用一条昏暗的长廊连起卧室：一走出这条幽幽的通道就是辉煌的灯火，是金光灿烂的佛像。他一来到佛堂神情立刻收束起来，连心跳都变得沉甸甸的。上完香之后，他一遍遍梳理那头鬈毛，斜着眼瞥一下佛像，开始在小厅里急一阵慢一阵走动，口中不停地絮叨："上一回咱求您的事儿又泡汤哩！咱的心要是不诚，那人世间还有诚的吗？咱知道有的事儿太麻烦，您也下不了手。可有的事儿原本不难办嘛……"

后来他把父亲唐老驼的像也移到了佛像对面，说为了一起上香方便，实际上是为了让父亲一天到晚与佛在一起，多少为他盯着一点，起码也能在暗中督促一下吧。多次求佛未果，再遇到什么不顺遂即祷告狐仙，有两次竟然应验了！这使他觉得求神拜佛的事儿也要货比三家，起码不能吊死在一棵树上。于是他把狐仙的塑像也移了进来。

谁知一位通晓阴阳的先生进了他的佛堂，吓得脸都白了，低声谴责道："这怎么了得？神鬼仙三大界都混了！你是闹玄啊！你这人胆子比什么都大啊！"

唐童很快将老驼的像移走，将狐仙的像另辟一间厅堂供起。他拍打脑瓜：

"老童你可真糊涂！求谁不求谁，这都是私底下的事儿啊，哪能跟他们一块儿说呢？"从此他分别祈祷，各取所需：堂而皇之的大事求佛，特殊的疑难求狐，最私密的打算却要与老驼诉说。

他久久端量父亲的塑像，觉得老驼的一双眼睛比生前更加尖利，那绷起的嘴唇透着无比的自信。半夜三更，他仿佛又一次听到了老人在阴间里呼喊："杀！"

"我听见哩。咱童儿下手从不含糊。金矿发达了，咱又联手洋人盖起了紫烟大垒，如今再打谱盖第二座、第三座。童儿接过这份家业，就得让它往更大里发。咱眼瞅着超过霍老爷最兴旺的时候了，有时也得仿他做点什么——那天咱也揪了些青草嚼了嚼，赶紧吐了。不是味儿，那真是兔子吃的东西。咱想亲近个野物，又受不了那股膻气；还有，它们蹬蹄子尥腿龇牙瞪眼的模样，再加上浑身是毛、满嘴胡子扎煞着，也不是容易办的事儿。反正在有些方面，咱还是战不了霍家。我知道您也挂记霍家，生前一直绷着弦，为追查霍家后代可费了不少工夫。就是嘛，霍家打造了一艘楼船，霍老爷装死躺在上面，带着一群俊模俊样的女童跑了！真是凶险狡猾的老财啊，这家伙知道在棘窝镇好景不长，把金银珠宝装上船，把最好看的闺女也装上船，顺风顺水开进大海里去了！这几十年过去，霍家后人还不知繁衍下几船呢！我知道您老最放心不下的就是这事儿，临死前还几次想驾船入海察访哩！时候不等人啊，这事儿您老硬是没有办成！可这不要紧，还有咱老童儿呢，咱早琢磨着打造一艘楼船了，这一天眼看就不远了，您等着看吧！"

唐童果然找来一些造船的技师，又找来画匠，先画后造，要造一艘又大又美的楼船。"到底多大、什么模样？"这些先后找来的人问他。唐童答：

"别的我不管，反正要比霍老爷的大、比他的好。"这可难坏了画匠与技师，他们也不知霍老爷的船究竟有多大多好。几个人商量再三，最后找来一些古代楼船图样，又建议买来一艘中型客货混装船改制，这才勉强开工。

镇上人都围在新搭的河边船场看，一天天过去，眼见得甲板上垒起了金色的楼阁，兴奋无比，啧啧称奇。有个上年纪的人说："最发达的人家都要打造楼船了。"年轻人问："为什么？出海游玩？"老人摇头："游玩不过是遮眼罩儿，其实是去大海里探访仙人，求长生不老的药方。当年的霍老爷就是这样。这种事儿得赶紧做，晚了就来不及了。"听者大为惊异，面面相觑。

一艘华美绝伦的楼船停泊在镇西十余里的河上。一连许多天都有装满了各种物品的车辆在河边上奔驰，卸下的东西都搬到了船上。有人说不得了啦，船上厅堂比地上的还要华美，毛毯铺地，大瓷瓶儿成排，廊上挂了金丝鸟，连屙屎屙尿的茅坑都金光闪闪。十几位最好看的闺女穿上大开衩的旗袍登船，一个个都搽了红胭脂、扎了古时的发髻，人见人晕。船上也有佛堂之类，一天到晚香气缭绕。船上的厨子都是数一数二的高手，他们每天变着花样烧制山珍海味。

传说楼船入海的前几天唐童就住在了船上。他先要在水上晃悠几天、用用茅坑、吃吃饭水，还要端详几遍闺女，待一切中意了才会发令开船呢。船一天不离岸，说明上面的事儿还没有弄好。

镇上人原以为开船不过是三天两日的事情，谁知十来天过去还是没有动静。运载东西的大车早就不来了，剩下的就是往来穿梭的小汽车。由于近岸通道全被手持电棒的保安封锁了，所以一般人都不知道船上船下正在发生些什么。

唐童在这样的时刻最忘不掉的就是珊婆。当然她最后也登船了，还随身带了一个窄脸干儿。她的房间就在唐童船上厅堂的下一层，二者由一个铺了红地毯的阶梯相连。他们一起用餐、一起拜佛，有时还一起洗浴。

　　他们商量最多的就是这次入海的实情：求仙的事儿。那时珊婆像对待一个不听话的孩子一样，沉着脸对唐童说话，有时索性不理睬他。唐童双手拱起说："师傅受徒儿一拜！"夜里，珊婆把他拉到那间镶有特大浴缸的浴室，放好了水，试试水温，然后一件件为其脱去衣服，用丝瓜瓤儿前前后后搓洗他。她按了按他蜘蛛形的小腹，用手抷抷髋骨，发出声声叹息。"楼船入海前你得天天洗刷，越干净越好；吃素；再就是远离女色，别沾上一点腌臜，连牵牵手儿都不成！这些你得给我一条一条记住……"珊婆说一句盯他一眼。唐童垂着眼皮，任她搓弄，一脸驯服的模样，但嘴里还是咕哝着："真他妈的麻烦哪！这规矩也太多了！""那没有办法，这是出海求仙访药的事儿，再说海神怪罪下来，咱的船可就没有太平了。"唐童闭上了眼，心里有点胆怯。他怕自己戒不住。有一次珊婆为他搓洗，他躲闪一下说："你不是女色吗？"珊婆摇摇头。

　　临近开船的几日河边扎起了戏台，连续上演三天大戏。河边人山人海，把上百亩庄稼地都踏得寸草不存。老人们断言：这种盛况大概是上百年来的第一次——即便是当年霍老爷的楼船入海，也不过是敲敲锣鼓做做道场，耍耍狮子龙灯而已。而今人们一边看戏，一边看金光闪闪的楼船，看站在舷边的一溜儿旗袍少女。有人议论：时代变了，登船的闺女一准比当年霍老爷的俊美，个子更高、人也更胖。"看看她们吧，有的长了俩酒窝儿，有的长了大馍馍脸儿，有的胸脯像小山，有的小腰儿赛杨柳。反正是一个更比一个水灵，到了海上，八成要馋死神仙——唐老板要用她们给海神献礼也说不定哩……""我看差不离儿。如今天上人间都一样，要做大事就得备上厚礼，这没说的。"

这一天风和日丽，河边上彩旗招展。随着三声礼炮，楼船缓缓离岸，鞭炮声欢呼声响成一片。领头呼叫的都是天童集团的人，他们穿了统一服装，站成一个个方队，手持塑料花束，在一个人的指挥下有节奏地高喊："欢——送——欢送！欢——送——欢送！"

昂昂的汽笛声中，观看的人群中有许多人不知为什么哭了，不停地揩眼。有人小声阻止他们：

"快别擦眼抹泪了，这是大喜事啊，怎么能哭呢？"

"咱也不知道。反正只要一闹腾、只要有人一摆阵势，咱总是要哭，想忍都忍不住。这是咱的老毛病了……"

海客谈瀛洲

唐童说："俺老辈都没有出过海，棘窝镇人见了海发晕。靠近海边的人呢，天天吃鱼屎，也没几个敢驾大船走远海的。嗤！呔！咱是第一个耶，就像龙王的头胎孩子一样，也学着扎猛子戏水了！"

早在楼船造好之前他就开始做一些古里古怪的梦，梦中全是仙山琼阁，闪闪跳跳不甚清晰。他找后街那个析梦的老太婆算了一下，对方一遍遍掐弄手指骨节，说："你要发在海上了！"如今她老得不能再老，颊上的皮肉像火鸡一样垂着，一开口声音就像从阴间传过来："你早晚有一天得个海上仙山，那会儿你海上地上都是王、王——王啊！"老人说着不知为什么哭起来，唐童惊骇不已，问为什么？老人说是见了贵人喜成这样。

那一次唐童好好赏赐了她。

唐童在打造楼船的同时，四处寻觅熟悉水路之人。有人向他推荐了一个退休的船长，说此人一生漂泊海上，连爪哇国都去得，见识比得上任何一个国王，只要施以重金就会为他驾船。唐童原以为那是个相貌堂堂风流倜傥的人呢，见面后却大吃一惊：活活像一个痴士。这人年纪并不十分大，因在海上酗酒误事被解雇，也并非什么船长。他被找到的那一天正巧醉卧街头，破衣烂衫露皮露肉。唐童让人给他灌下醒酒汤，待他清醒一些就问起海上的事情。两人从下午两点直聊到深夜十二点，那人一开口就停不下来，最后唐童拍拍对方的肩膀："大聊客，你就是船长了。"

大聊客不知说了多少海上的怪异。他说人这一辈子活在陆地上有个鸟意思？要去老洋里闯闯才是真本事！天与海是上下两大混沌，它们是一般大一样神奇的！海里的宝物多了，神仙多了，奇花异草多了，而且是、主要是——美女无数！从海中爬到岛上的美人鱼咱亲眼见过不止一个，那可不是传说。她们身上的皮儿比鱼还滑，肚子又白又软，肚脐圆溜溜的像铜钱。一般来说岛国王子身边的妃子都是美人鱼，她们身上有香腺，分泌出的气味就像栀子花。不过千万别惹了她们，她们恼怒起来不得了，不叫不闹，只是流蓝色眼泪，散发出逼人的腥气，男人嗅到这种气味立马阳痿。咱这辈子嗜酒如命，毛病不少，只一条：不近女色。海岛上的女人，老天，那可不是山地平原的女人哪！这些大大小小的美人儿你猜怎么？一茬又一茬吃的都是鱼虾海物，身上积蓄的浪气可就大发了！还有性格，常年漂在海上船上，说撒尿解了裤子就是哗哗一场，那才叫大气啊！洒脱啊！干脆啊！泼辣啊！想想看，这样性情火刺辣辣，咱山里人哪会是她们的对手？反正人家只要看上你，没有二话，解了上衣露出雪白的胸脯，拍拍打打，一家伙就把你按上去！咱年轻时候帅气啊，老婶子大闺女只要用眼角捎上一下，妈的，咱就别想躲过这场桃花劫！你想想吧，她们一前一后脚赶脚地追咱，大脚丫子啪唧啪唧响，不吓你一头冷汗才怪！咱这么惶惶的为甚？就因为人生各有所好，咱不走这一经啊！想想看吧，她们倒是慷慨大方，本也没有什么坏心；可咱呢？只要她们的胳膊往这肩上一搭、热乎乎的嘴唇往咱鼻子下边一对，咱的心就刷一下凉了！难就难在出门在外，又是孔子同乡，总不能一点礼节都不讲吧？再说咱也不能一天到晚得罪人哪，咱人在江湖，还想不想活了？就这样，心里老大委屈，面子上还得装出一副色鬼模样，就说天哪地啊馋死俺了，数一数二的上好大闺女又让咱逮了个正着！其实呢，咱是打掉了牙肚里吞，忙过一天夜间躺在吊床上，直想哭！直想哭！咱那会儿总对着茫茫海水祷告，说海上神灵啊快救救咱吧，要么让咱别遇上那么多热辣辣的美女，要么让咱变个真材实料的色鬼——怕就怕这会儿两头不靠，不上不下，遭的不是人罪！那些来往于大海上的日日夜夜啊，咱不得不经常地、时不时地往脸上抹点锅底灰什么的，扮扮丑相儿。可惜这也无济于事，因为凡是美女浪货个个聪明伶俐，她们的眼才叫尖哩，咱原本是大好的眉眼，再黑的锅底灰也遮不住啊！啊啊，啊呀，实在是没法子啊。情势危急时，咱只好破费了，买了酒灌她们，待她们醉得人事不省时，咱就溜乎也哉。

大聊客见唐童听直了眼，越发不愿停歇：咱也不知唐老板是不是个喜好女色的人？哦咦，不说也就不多问了。不过从老板的一头鬈毛来看，艳福多得密密麻麻。贵人多忘事，老板也许不往心里去哩。只说咱这一辈子啦，酒肴美食吃下不知多少，可至今还是个童男子哩！瞧老板眼儿眨巴着一准不信，可惜连最好的医生也不给咱开这个证明。罢罢，说说岛国的事儿吧。有一年咱去了一个不大的海岛，那地面还没咱棘窝镇大哩，可咱一打眼就知道那是一个国。老板有所不知：海里的国无分大小，沾边就算，有王你就得行臣子礼，就得下跪。这岛王的闺女第一面看上咱也不稀奇，奇的是月亮天她拉咱去了海边，脱巴脱巴就躺在了沙滩上。我的天！告诉你吧老板，她身上的皮儿是沙子色，月亮底下大放羞光；她的大黑眼睛泛着紫气，眼角往上一点吊着；她的腿、肚子，浑身上下没有一丝瑕疵，还散出一股说不出的香气——唔哟老板你听到这里哭了！你哭了！你肯定是想起了什么心上人——人活在世上，谁都有个心上人哪！老天，老板哭了……咱接上说。咱说过咱是不近女色的人，可是这一回差一点出了事。咱抵不住劲儿，牙根发酥手脚冰凉，只得跪下给她磕了个头——按说咱的年纪比她大多了，不该这样——可你知道在数一数二的美女这儿，原是无所谓辈分的。我亲眼见过一些七八十岁的老头子，他们一见了美少女就两眼发直，口里流着涎水，然后扑通一声跪下了。这原本没有什么。

下面该说说正事、说说三仙山的事儿了。你大概听人说过徐福这个人物吧？今人？不，人家是和秦始皇一辈的，原籍不远不近，就是咱这海边的人。秦始皇住在西安城，一直想长生不老，听人说东海上有三仙山，名叫蓬莱、方丈、瀛洲，上面有仙人居住，就大老远的从西边跑来了。徐福说这事儿嘛本不难办，咱就为大王察访去，方便的话就把那长生不老的丹丸呀仙人呀一船运来算完。

秦始皇高兴了，说好家伙真人不露相啊！让他带上五谷百工、三千童男童女，坐上大楼船走了。其实呢，三仙山是有的，不过徐福又不傻，他找到了会献给别人？老板你是个聪明人，你只要一琢磨就明白后来会怎样……今儿个嘛，我豁上了，见了大老板嘛，咱也不能遮遮掩掩的，索性全说了吧：咱就是那个徐福的后人。

徐福之后

唐童问："徐福算不算神？咱要不要在船上供他个牌位？"大聊客摇头又点头："他就是海边后村打鱼的……嗯，不过后来事儿闹大了，他真的找到仙山，见了仙人，吃了仙丹，你说又算不算神呢？"唐童沉思良久，最后说："那我把他和狐仙供在一起吧。"大聊客揉揉鼻子，未置可否。

大聊客每天都被好酒好菜伺候着，颇不满足：唐童每次只让人端给他一壶酒。这只能让酒虫醒来而已。最后他多了个心眼，每次忍住不喝那一壶酒，藏足了三壶再一齐喝下，求一次酣畅淋漓。唐童让人为他设计了一套船长服，他穿上站到镜子跟前，立刻吓得面无人色：大盖帽子上有拳头大的徽章，肩章上有毛绒花边和三颗星，袖口上有麦穗纹，领子上有树叶纹，带船锚图案的大塑胶扣子，到处是金丝银线……他试着走了几步，板板的，差点儿跌倒。"这不成，这物件我可得好好对付。"他穿着服装适应了三天三夜，这才勉强能够举手投足。后来再次站到大镜子前，又觉得有些美中不足：胸前应该挂个望远镜，腰上再挎一把宝刀。他把这个意思跟唐童说了，唐童也觉得有理。

大聊客一身盛装登船后，让穿旗袍的小姐、伙夫厨子及一切见到的人向他打敬礼，说这是船上规矩。他后来见了唐童，一直盯着对方的手——这手没有举起来行礼的意思，让他觉得颇为别扭。"我说大聊客啊，你先别这么人模狗样的，瞅空多为我讲讲海上的事儿吧。""老板，我知道贵人多忘事，咱的名儿也不好记，不过你就叫我'徐后'吧——咱是徐福的后人——这总成了吧？"唐童大笑："我这人转头就忘，这名儿要再大气一些就忘不了啦。这样吧，叫你'徐后腔'吧。"大聊客哭丧着脸。

　　开船前夕，唐童把船上的人召集到甲板上训话，说："一物降一物，上了船，你们这一干人马都得听船长徐后腔的，开船的事儿样样要听他的，该打敬礼就打。"训话之后，有一天徐后腔找到唐童说："都遵规行事了，就是你楼下那个老太婆不给咱打敬礼。"唐童说："噢，那是珊婆，她嘛，可不一样，她见了面该踢你的后腔，就这样——"说着狠狠踢了他的屁股一脚。

　　"俺先人徐福上通天文下识地理，阴阳五行奇门遁甲，那一回可把秦始皇玩惨了。秦始皇年纪越来越大，急着吃到仙丹，从西安坐马车往咱这儿赶了三趟，骨头架儿都颠散了，一到了海边，尿还没来得及撒就伸手要丹。咱先人用鱼骨头粉捏个丸儿，喊一声'大王看丹'，一家伙填到他嘴里算完。大王吧唧吧唧吃了丸子，直盯着咱先人看。咱先人说没了，好吃物是一丸难求啊！还说：要找更多的仙人物器，就得登上三仙山——可惜山前有大鲛鱼挡路，咱得配备更大的船，有百步穿杨的弓箭手、娇滴滴的童女、虎生生的童男，再备足上好吃物——大王就这样被俺先人蒙了，一一应允。一切准备停当，俺先人驾上楼船入海，一去不再回来。那大王一直在海边等药丸子，等了一月又一月，结果心急火燎加上水土不服，害了大病，没等赶回西安就死在了半路上。"

徐后腔脱了船长服才能有头有尾讲故事，穿上服装以后嘴巴就鼓起来，舌头也变硬了。

唐童笑眯眯问："你家先人后来呢？"

"后来在岛上做了大王，论级别和秦始皇一般高，都是正国级。"

唐童听了嘴巴收束起来，在厅里急急走动。他搔动满头鬈毛，一会儿瞥徐后腔一眼。

"俺先人好酒好菜吃不完，吃鲅鱼光吞鱼肚，吃鲷鱼专挖鱼眼，海蛎子不剥壳不吃，海胆活着取子儿。夜里把上好的大闺女全编了号儿，想怎么睡念个号码就中。长生不老丸装了一瓦罐，觉得头重脚轻时伸手摸一丸咽下。各路仙人与他平起平坐，练练宝剑下下围棋，交换仙丹。最有心眼的是黄鼬大仙，它那张小脸儿青魆魆的怪有趣，把俺先人哄得溜溜转。狐仙面如桃花，吃酒本是老行家，吃醉了露出粗尾巴，惹得俺先人老想砸死它做个围脖。刺猬大仙个子一点点圆圆乎乎，性情绵软搂怀里怕扎。野猫仙是合天底下最大的美人儿，盯着谁看上三五分钟保他出事。那里老刮腥风，百合花生了一岛，人在这种地方住得久了，个个都要风流成性。这真是没有办法的事儿，老板如果不信去岛上住一段，我保你天天都要乱搞妇女……"

唐童乐得合不拢嘴，搓着手说："徐后腔倒算是个心直口快的人，看来我找你做船长真是没有走眼！这么着，咱光说不练也不行啊，早早行起船来，沿着你家先人的路线走上一遭，一路上正是大好光景，找到了三仙山我也不会亏待你。"

这天一早，值得记入镇史的又一件大事就这样发生了：三声炮响之后，楼船缓缓启航。徐后腔早就穿上船长服，威风凛凛站在甲板上，唐童在茅厕刚撒了尿，一出门糊里糊涂给对方行了个礼，后悔万分。几个水手前后奔波，穿旗袍的小姐倒是笑脸盈盈站了一排。唐童一直站在舷边，当楼船驶进河口、漂上无垠海面时，他的心情兴奋到了极点。他找到由窄脸后生陪伴的珊婆说："你得闲时，就去踢那小子的屁股吧，往狠里踢。"珊婆问怎么了？他答：没什么，刚才我出茅厕时一阵恍惚，不知怎么给那小子打了个敬礼。珊婆大笑。窄脸后生阴沉着，一声不吭。

海上风平浪静，碧空如洗。海鸥追逐了楼船一会儿，然后在不远处翱翔。直走了许久才算脱离了陆地那条长线，楼船像悬在了半空，四下不着边际。唐童有些慌，看看四周，故作镇静。他小声咕哝："妈呀，这要是起了风，遭了凶险，咱可找谁去？"他奔到珊婆的舱里，脸色有些黄。她知道他害怕了，就呵斥一声："到底是山里人晕海，刚刚出海，大天白日的就蔫成这样！咱原先那个红胡子男人在海上折腾了一辈子，什么风浪没经过，哪像你……"唐童不再吭声。他为掩饰自己的尴尬，对着珊婆耳根说了一句吓人的粗话，这才轻手轻脚离开。

夜里漆黑一片，茫茫大海什么也看不见，只闻水浪之声。唐童终于忍不住了，找到徐后腔说："停停停，赶黑路还行？天亮了再走。""那不成，"徐后腔抚摸着脖子上的望远镜，"俗话说歇人不歇马，老板想睡就睡，船是照开不误的。"

为了压惊壮胆，唐童让厨子做了盛宴，在厅堂里摆了一大桌，学洋人那样摆了刀叉、点了蜡烛，埋怨一句："就是他妈的没有通嘴子"，开始频频举杯。小姐们站在一旁伺候，被酒过三巡的唐童不止一次拍了屁股。小姐神情怡然，面带微笑，不亢不卑，浑身散发出浓烈的劣质香水味儿。

酒气飘进驾驶舱里，徐后腔被引下来，不止一次蹿进宴会厅又不止一次被唐童骂走："你个狗日的不好好驾船，触了礁翻了船我第一个咔嚓你！"可是这样没过半个钟头，徐后腔再次跑进来。唐童使个眼色，珊婆走过去狠狠踹起了他的屁股——有一脚踢得太正，让徐后腔痛得大声呼号起来。

因为直到凌晨两点还在饮酒，所以第二天中午唐童才醒来，而且是被甲板上的吵闹声弄醒的。一个水手面红耳赤，后面跟了船长徐后腔，两人从甲板走到廊上来，不停地敲唐童的门。水手进门就展开一张海图对唐童说："这是走了什么航线哪！一天一夜了，老在这一围遭打圈儿，照这样一年也进不了老洋！"徐后腔指着他的脑门说："先打敬礼！"水手拗不过，只好气呼呼地打了一个。徐后腔这才说："你个嫩毛才吹了几天海风？我们老徐家从秦朝就出洋了，还用得着你多嘴？咱这是沿徐福——先人失敬了——当年的路线往前驶哩，你以为是出海打鱼捉蟹吗？"他说着瞥瞥唐童。唐童哈欠连连接过海图看了一眼，对水手说："小鳖蹄子好生听船长的罢。"

三天三夜的航行中，只见过一个黑乎乎的大岛，上面有灯塔一闪一闪。唐童说立刻登岛，徐后腔端起望远镜看了看说："这种建了灯塔的地方怎么会是三仙山呢？再说分明只是一个岛嘛，不是三个，又离得这么近。"水手在一旁听了直笑，唐童吐一口："呸！再走！"

又驶了两天，水手嚷嚷说楼船又绕回来了，这儿离海岸其实并不远，比刚才那个大岛离海岸更近！唐童说："你个小鳖蹄子懂个屁！再要影响航线，我罚你一天到晚打敬礼！"水手瘪着嘴，不再言语。

船行至第六日，遇到了一艘渔船，船上的人个个穿了闪亮的胶皮长裤，惊讶地望着靠近的楼船。徐后腔站在舷边大喊一声："谁是船长？"对方有人答："俺这小船没有船长，有什么事就说吧！""我来问你，你几个听说'三仙山'没有？就是三个相距不远的海岛。"渔船上的人面面相觑，后来拍拍膝盖："大概就是三叉岛吧？那儿倒是一溜儿三个岛哩，仙山倒不敢说——它们再往前不远就是了……"

"你瞧瞧妈的！你瞧瞧……"徐后腔喜不自禁，应着渔船上的人打个响指，回身就奔船长室。一阵昂昂的汽笛响起，楼船迎风破浪往前了。

唐童也跟进了驾驶室，几次想要望远镜看看远处，都被徐后腔拒绝了："这是紧要时候，再说这是航海器材，实在对不起！"唐童后悔没有准备更多的望远镜，想恶骂对方一顿，但看他正全神贯注察看海图和航道，只好作罢。

不远处海雾迷漫，渐渐的，三个小岛的影子显现出来。甲板上一片欢呼。

与此同时，有几条大鱼在楼船前面出现了，水面上露出的巨鳍让大家惊呼不止，啧啧声此起彼伏，引得徐后腔走过去。可他只瞥一眼脸就刷一下白了，一边后退一边嚷叫：

"这，这不是当年阻挡咱先人徐福的大鲛鱼吗？可咱船上没有弓弩手啊！咱怎么办？"

人们见了徐后腔的惊慌失措，都不知怎么回事。唐童呵斥他："不好好驾船乱窜达什么？回舵房去！"徐后腔指着海面嚷："大鲛大鲛……"一直跟在珊婆身边的窄脸后生靠到船舷上，从怀中掏出一个黑乎乎的东西，原来是连发镖，照准了那些大鲛鱼噌噌发射了几支镖。大鱼丝毫没有改变游动的姿态，它们继续划着漂亮的弧线一跃出水，撒足了欢儿，才慢慢消失在茫海里。

这段时间，徐后腔已是珠汗满脸，脸色像窗纸一样白，见大鲛鱼走了，这才长长吐了一口气，回舱里去了。

三个相距不太远的小岛近在眼前，它们看上去个个草木葱茏，生机盎然。一群鸥鸟又出现了，像三个岛派出的使者，翻飞旋动，叫声嘤嘤，对来访的楼船表示了热烈欢迎。

所有人都站在船舷边，口中喃喃：“三仙山、三仙山……”

玩鲛者

“我别的先不管他娘的，咱找的就是徐福这个人！”唐童押着徐后腔上岛，一路咕咕哝哝。一艘楼船闪耀金光，雕梁画栋，泊在小岛近前的海湾里，引得全岛的人都拥出来了。唐童登上其中一个岛，夺过望远镜看了一遍街巷行人，然后大失所望道：“这里面哪有个仙人模样？”徐后腔说：“俗话说‘真人不露相’啊，这事儿急了大概不中。”他们一前一后攀着岛上的石阶路，大口喘息。徐后腔一身盛装，大汗淋漓，却吸引了更多的人跟在他的身后，让他极为得意。“哦哟！这会是多大的官职呀！”“瞧见了吧？人家还领了个鬈毛警卫！”四周的人议论着尾随、簇拥，让唐童气不打一处来。他呵斥徐后腔：“日你妈的，鼻子底下没有嘴吗？快找你先人去！”

徐后腔只好向他们打听：“咱这贵岛有个叫徐福的人吗？”

“木（没）听说哩。”

“再好好想想，他在这三个岛上是肯定了！”

“请问大官，徐什么是哪时来岛上的？”

徐后腚得意地一瞥唐童，扬着嗓门喊道："秦朝时候吧！"

所有人都吓了一跳，接着七嘴八舌嚷起来："老天，那他还会在？""恐怕没了上千年了，早就入土为安了吧！"

徐后腚哭丧着脸，转向唐童："这，这真是，俗话说秀才遇见兵，有理说不清，咱跟没有文化的人打交道可真难哎……"

他们在第一个岛上转了一圈，四处溜达，觉得小岛真是秀美。通过与旁边的人交谈才知道，这三个岛原先为相连的同一大岛，只是近十几年才一点点淹到海里去了，低平处没了，一岛变三岛，相互串个门儿都得坐船才行。唐童在徐后腚的鼓动下坐小船去了另外两个岛，结果发现三个小岛都大同小异。他们每到一地仍旧寻问着徐福，还试图找到徐姓后人。岛上人都说：俺这岛上姓徐的一个都没有。徐后腚对唐童耳语："老板，这本不稀奇！你想一想吧，经过了这么多年，他们早就改名换姓了呀！""为什么要改？""嘻！老板是聪明一世糊涂一时啊，你不想想，俺那先人当初倒腾来秦始皇多少东西，他的后人即便不是王子也是大富大贵的人了，穷人一造反还不把他们砸巴死了？他们不隐名埋姓才怪！就像咱棘窝镇上的霍老爷，他的后人有几个还敢姓霍？"

徐后腚的话让唐童一拍脑瓜，第一次觉得这家伙所言有理。他一个激灵想起了晚年驾楼船出海的霍老爷，马上打听起岛上有没有霍家后人。

"姓霍的嘛，这倒有，有一个老太太叫霍耳耳，不过她也过世了。"

"啊？她如今再没有后人？"唐童立刻瞪大了眼睛。

"有个闺女，还有个外孙女，她叫'小沙鸥'，唱鱼戏四方有名哩。"

"什么叫'鱼戏'？"

"连这也不知道？老辈传下来的，好听哩，保你一听就支棱起大耳朵，连饭也懒得吃。"

唐童哼哼着，又点头又攮鼻子，四处张望。他在心里打谱怎样见见这个霍家后人，怎样听听鱼戏——如果在棘窝镇就好办了，一声吆喝戏就得开演；可在这人生地不熟的岛子上他倒没了主意。想了一会儿，他对徐后腔吩咐："你待会儿找找岛上的头儿，就说楼船上的人要出个大价钱，包下一场鱼戏，越早越好——今夜就演才好哩！"

他们在三个岛上直转到天黑，一身疲惫地回到了楼船。本来唐童要住在岛上，可那些小石屋没一幢像样的。珊婆在窄脸干儿的陪伴下也上岛转了一圈，却更早地回到舱房歇息了。所有小姐在楼船停下后都兴奋无比，洗漱打扮一番，求得领班应允之后轮流登岛。她们的出现让岛上人着实不安起来，虽然只有前后一个小时在岛上溜达，却让一些打鱼的后生彻夜难眠。他们只从画上见过这样整齐划一的美人儿，瞧她们高胸长腿，微微发胖，简直是一个模子里出来的。"天哩，也许南岸那边有一台造美人儿的机器吧？瞧人家清一色的物件，一块儿腆着胸脯上岛来了，走路呼喱呼喱的！咱岛上人过的什么日子啊，没有楼船，更没有这样的大肥美女。唉，咱幸亏还有鱼戏，有小美人小沙鸥……"

唐童这一觉睡得很香，照例天近中午醒来，早饭午饭并做一顿，饭后穿着厚厚的睡衣踱到甲板上。这会儿大海像缎子一样，群鸥又在飞翔了，发出细碎纯稚的鸣叫。几个小姐靠在舷上，一会儿"啊哟"，一会儿尖叫。唐童走过去，扳着她们的乳房推开一条通道，靠到舷上望了一眼，立刻也大叫一声。

真是让人眼界大开，难以置信！那几条曾在楼船接近海岛时出现的大鲛鱼又蹿跳过来了！它们噌噌腾起丈把高，或划弧线入水，或直直地像人一样站立，面向楼船摇头晃脑。大家正在惊讶时，突然从大鲛一侧深水中钻出一个毛乎乎的人，他迎着大鲛喷出一股水柱，又扳住它们的鳍玩耍起来。大鲛显然是他相熟的友伴，他们之间又是亲嘴儿又是贴脸儿，还一前一后地追赶！最让人称奇的是这个人的水性，简直和大鲛不分上下，他能伴着群鲛在水中潜游十几分钟不出水换气……这一幕幕水下游戏全被船上的人居高临下看得清清楚楚。

唐童看得傻愣了，裤子滑脱了一半都浑然不觉。当他又是鼓掌又是跺脚、迎着水面大喊大叫时，小姐一低头看到了他半裸的下身，红着脸为他提上裤子。他一无所知，仍在大叫、拍手。

当晚除了留下守船的人，其余全部登岛观看鱼戏。戏台子就在山半腰，尽管场地显得狭窄，但台子利用自然地形，使所有入场的人都能清晰地看到表演。唐童挨着珊婆坐在前几排一溜海草墩子上，这是岛上专为贵宾准备的座位。唐童穿的衣服不多，双膝搭了珊婆的毛衣。他不时要伸腿动胳膊，毛衣滑下来，珊婆就一次次为他搭上。开演了，奇怪的锣鼓和乐器、陌生的击打声，加上婉转至极的曲调，一开场就把楼船下来的人镇住了。唐童的嘴巴噘起、张大，眉头蹙着，直着眼追逐台上那个娇小俊美的鱼女——她无时无刻不做水中游动之姿，真是迷人。他心里呻吟："了得，原来这就是小沙鸥！一个地方有一个地方的高招儿呀！绝色呀！馋死人不偿命啊！"

鱼戏散场后，唐童非要请主要演员去楼船上吃夜宵不可。盛情难却，最后戏班的人答应卸了妆就登船，唐童一听急了，喊："这就跟我走、走！带妆吃饭又有什么不好，别耽搁时间了！"戏班的人见实在拗不过，只好随他去了。一路上徐后腔大摇大摆，雪白的船长服格外醒目。小沙鸥好奇地看着他的衣服，与他并排走在一起，唐童就指指徐后腔呵道："小鳖蹄子前边带路去，喊着厨子快走！"

楼船上灯火辉煌，豪华的装饰让登船的演员啧啧称奇。唐童甩下所有人，单独领小沙鸥参观船上的每一处，特别细致地看过了他的大套间，看了大浴池和卫生间，还坐在大号象牙黄马桶上示范了一下。在会客厅里，他把插在瓶中的一枝百合抽出，两手拱着献上，说："女阁下，俺真是感谢您的表演！"说着说着眼眶湿了。

小沙鸥觉得面前的老板既怪异又彬彬有礼。她小心地坐下，不苟言笑。在过分明亮的灯光下，唐童用眼角瞅着她，屏住了呼吸。他在心底连连惊叹，发出若有若无的声音："这真是百闻不如一见哪，霍老爷留下的根苗就是不一样。小腰，小嘴，鼻子眼儿，还有描成了花红果一样的小脸儿。咱真想吱哑一声亲她一口……""老板咕哝什么？""我吗？我咕——哝——什么呀？"唐童突然模仿鱼戏的调门回应一句，还随手做了个游动的姿势。小沙鸥哈哈笑了。

夜宴丰盛，结束时已过午夜。

第二天中午，唐童觉得若有所失，神情恍惚，小姐端来醒酒汤，他两手抖着全泼在她的胸部了。珊婆过来拧他的嘴，摸了一会儿他的鬓毛，他这才安静下来，咕咕哝哝："这么好的演员、小人儿，应该高薪请来咱集团工作才对呀！把她困在一个小岛上，这算怎么一回事呢？"珊婆点头："使上大钱没有不成的事儿，我差人叫她来船上谈谈罢。"

小沙鸥再次被请到船上。唐童真想不到对方卸妆后竟会变得愈加美妙迷人，从见到的一刻眼眶一直湿着。他发觉自己这会儿说话不再流畅，期期艾艾，费了好大劲儿才算讲明白高薪聘请之意。小沙鹬一直听得认真，稍有吃惊但没有言语。

正这会儿甲板上响起吵嚷声，越来越大，唐童火了，跨上走廊大喝一声："堂外何人喧哗？"

徐后腚歪戴帽子，卡着腰，身后的两个水手紧紧拧着一个长满了棕色毛发的男子。唐童一抬头有些害怕了：多毛男子的眼睛圆亮尖利，下唇突出，像要随时啮咬，脚板又薄又大还生了蹼……"你你，你这物件！"他刚吐出一句，那男子喊："交出我家外甥女！日你妈伤她一丝一毫，咱给你劈蛋一脚！"

小沙鹬听到声音跑出来，一边叫着"毛哈"，一边告诉唐童：这是自己的舅舅。唐童简直吓傻了。当他们松开毛哈时，徐后腚突然认出：这人就是那天中午玩鲛的家伙嘛，立刻后退了两步，嘴里发出咝咝声。

珊婆睡了一会儿，这时也被吵声引到甲板上。她刚刚往几个人跟前走了几步，马上被毛哈看到了，他立刻大叫一声："妈呀！是俺妈呀！俺妈也来了……"

毛哈不顾一切扑过去，珊婆躲闪不迭，一屁股坐在了甲板上。

毛哈单腿跪地，想扶她起来。珊婆脸色蜡黄，牙齿咬响了。"妈妈！我的亲妈呀！那天我在河口一眼就认出了您……霍妈妈一遍遍讲那个梦，她临终时让我出岛找您哩，我的亲妈啊！"

珊婆咬咬牙，甩开他的胳膊，一下站起说："你是认错人了！"

"不，不啊！霍妈妈让我去河口找您……她一遍遍讲那个红胡子……她临终什么都想起来了。妈妈，您认下我吧！"毛哈珠泪滚滚，哭得让人心碎，四周所有的人都愣了神，不知是怎么一回事儿。

珊婆对一束束惊奇的目光看也不看，只转头找到窄脸干儿，对他使个眼色：

"孩儿，把这个痴士给我拾掇出去！"

窄脸向毛哈走去。

毛哈一转头见了窄脸，立刻发出吱吱叫声，爬起来就蹿，一下扳住了船舷。窄脸又往前走了一步，目光直盯舷边的人。

毛哈的目光最后寻一遍珊婆，然后身子往后一仰，两腿扬一下，扑通跃入了海中。

岛主

几经周折，天童集团终于买下了三叉岛。现在可以明白，楼船第一次航行多么荒唐有趣：原想沿那个秦代方士徐福的航海路线走，结果白白在大海上兜了好几天的圈子。三叉岛其实近得很，离海岸只有一个小时的直航海路，而且从河口往东十华里就有一个小码头，从那儿正好乘一个过路的混装船登岛。唐童对于三叉岛是否就是徐福找到的仙岛大为怀疑，不过最后还是将错就错买下来。他想把它建成一个旅游区，并且要大肆渲染徐福的故事——他找人将岛上的许多岩石都写上了"徐福求仙"的字样，并在一些海蚀穴和大小石窝石洞内放上了徐福塑像。当年使霍耳耳一家饱受苦难的红薯窖（水牢）经过特别演绎，也在一旁竖碑勒石，上书：徐福为求仙丹，在此洞穴封闭修身十年，终于开悟，所以又称为"徐福开悟处"。

唐童一度想剥下徐后腔的船长服，但后来还是作罢。他觉得这个人昏得有趣，"俺先人"的一套狗屁故事也有趣。"妈的，天底下越是孬人越有妙想，瞧这小子一眨眼的工夫就给咱变出个'三仙山'来！"唐童整整花了一年多的时间忙着三叉岛的事儿，这是他继金矿和第一座紫烟大垒之后，最花力气的一个工程。

天童集团印制了大量花花绿绿的图片，为岛民描绘出迷人的远景：今后这里就是"东方夏威夷再加上威尼斯"，是"亚洲第一海中乐园"，将要迎接四海宾朋，到时候看吧，全世界最有钱、肚子最大的老板都要往这里钻；今后岛上生活要有意思得多、丰富得多，岛上居民愿意出海就出个一两次，不愿意就坐在花园里享清福；无论是谁都有忙不完的好事儿，有活儿干：面容过得去的当服务生，歪瓜裂枣穿上制服打理花园；最重要的是鱼戏团，从今以后它要立足海岛面向世界了，要代表集团四处出演，让鱼戏的小曲儿迷倒各色人等；岛上要修弹子房角子机房及各种娱乐设施，需要的大姑娘小伙子多了——有人不是总觉得自己怀才不遇、貌美、浑身有劲儿使不出来吗？这回可派上大用场了！这个伟大的时代就是不怕男人狠，不怕女人浪，反正你只要的确有些过人之处，咱天童集团保你英雄大有用武之地！俗话说真金不怕火炼，怕火并非真金，那些胳膊上长了疙瘩肉、一咬牙两眼发红、恨不得去偷去抢的小伙子，快来加入保安队！那些描眉画眼露着一截肚皮、头发一撮蓝一撮红、大冷天光了膀子上街的姑娘们，快来咱的宾馆按摩室啊保健房啊，咱这里如今正是人才奇缺之时，真正是求贤若渴，多多益善啊……

三个岛全都经过了重新规划，原有的街巷合并整饬，突出了精心建筑的游乐区。最早有人曾提出将原住民全部迁出岛子的建议，马上被唐童否决了。他说："岛子建得再好，也不能没有人民！打鱼种菜、建房挖沟、最苦最累最腌臜的一沓子事，离了人民谁干？人民才是真正的主人，谁忘了这一条，谁就是喝浑汤水长大的傻蛋！"

岛上原有一个头儿，叫主任，极不合唐童心意。他主张原来的头儿只负责招呼岛民干活，新建成的三个岛，每个都要有集团的人来领导——他看过描写清代海军的电影，那上边领兵的头儿叫"管带"，觉得真是不错，于是也想这样叫。有一天他与徐后腔聊起这事，徐马上连连摇头：

"这是仙岛哩，'管带'不中啊！"

徐后腔刚刚喝了一壶酒，头脑尚清醒。唐童笑吟吟的："妈的，按孬人、按糊涂蛋的主意办，从来就没有不成的事儿！这我早就看出来了——说吧，把你的主意全说出来！"

徐后腔再次呷酒，参着手指说："依我看嘛，头儿最好叫'岛主'，我听说海里的岛子不论大小，凡是岛都有一个'岛主'，不过它们不是人，全是些野物罢了！"

唐童大惊："有这事儿？快说说看！"

"我听说有的'岛主'是兔子，有的是黄狼，还有的是鹌鹑……反正这得看岛子大小、什么野物居多了。'岛主'是一岛之尊，整个岛上它就是王，就靠它来保佑岛子——进岛先拜'岛主'，这是海上人人都知道的啊！"

"这我信！我怎么能不信呢？不过如今上哪儿找这些野物呢？天翻地覆慨而慷了，谅它们早就吓得撒了丫子了。"

"吓跑了还会回来！"徐后腔这一刻极为自信。

"妈的，时间不等人哪！再说它们都在暗里趴着，我和它们言语不通，又上哪里去找它们的通嘴子啊？"

"不不，差矣！"徐后腔摇手："'岛主'都是附在人身上的，它们是借人的口说话……老板不妨指定一个'岛主'，说不定哪一天野物就附上她的身了。不过，咱找的人不要恶呲呲的怪吓人，这也会把野物吓跑——你想想看，所有山地平原上野物附了身的，哪个不是女的？她们模样儿俊，好办事……"

唐童一拍膝盖："一点不错！"

为择三个岛主，唐童的楼船在三叉岛前的海湾里待了许多天。这一次随行的仍旧是珊婆和她的窄脸干儿，另有一群装运到岛上宾馆的小姐。如今除了留下两个保安守船，船上人都可以到岛上游乐场下榻了。三个岛像变戏法一样，转眼变了个新天地，变得连几代久居的岛民都不敢认了。他们从头追忆这变化，认定从那年初夏的某一天、一个身穿白色缀金带毛茸茸肩章服的家伙登岛的一刻，就算正式开始了。岛风大改，人流如织，第一个直升机场正在修筑，传说不久将迎来一位总统、一位教皇特使、一位联合国高官、一位最会玩球的鸟人。岛上穿露脐衫的陌生姑娘越来越多，她们刚刚引起岛上原住民的震惊，接着又有露了半截屁股的女人出现了——当时正是一个下午，两个老渔民坐在石台上抽烟，一抬头看到一个女子扭扭而去，分明有一多半屁股显豁在外，惊得嘴巴大张，烟锅当啷一声掉到了石阶路上。

选岛主的事情颇为顺利：选出的三位皆为美丽婀娜的少女，其中两位来自岛外，一位即是岛上著名的鱼戏女主角小沙鹬。这本是天大的喜事，可是小沙鹬的母亲芋芋对女儿说："死也别当！"小沙鹬点头。

新选出的岛主上任时要换上盛装、脖子上挂一串花瓣，端坐台上，接受上香和参拜。唐童的人不停地来找小沙鹬就位，却一再遭拒。毛哈一直跟在她的身边，这使一些人不敢缠磨。

结果拜岛主这一天只有两位少女坐在台上。这使唐童有些失望，但仪式还是照旧举行。唐童率领所有游乐场的员工上前进香、鞠躬，最后又跪成一片。有人在一旁念着祈祷的套词，抑扬顿挫。坐在台上的少女从未经历这样大的场面，身上不住地颤抖，徐后腔看得真切，这时小声附在唐童耳旁说："老板，她俩筛糠了，也许是精灵就要附体了……"

毛哈和小沙鹬站在观看的人群中。当毛哈突然从跪拜的人中发现了珊婆时，一双手都抖了。他一时忘了照看身旁的小沙鹬，从人群中一点点挤着往前挪动。他离珊婆只有三四米远了，对她身侧仅一步之遥的窄脸后生一无所察——对方冷冷的目光却早已瞄住了他，一只手插到衣服里站起来……待毛哈发现那人已有些晚，他慌慌挤出人群，窄脸则紧追不舍。

他们一前一后跑出、一直向着海边跑去了，场上的人却没有一个注意。

毛哈呼哧呼哧蹿跳，在绵软的沙地上栽倒不止一次，浑身沾满了沙子。"妈呀，这家伙一直在追杀我，他一定会杀死我，一定会！"毛哈心里响着这样的声音，全力逃窜。

窄脸手里那个乌黑的发镖器一次次瞄准目标，连发三镖。随着"啊啊"惨叫，前边的人栽倒了。可是只一瞬那人又跳起来。阳光下可以看出他的胸侧和上臂正淌出血来。

窄脸立定，再次瞄准。

毛哈几乎靠翻滚腾跃才躲过了最后两镖。谢天谢地海边到了，他没命地喊叫，呼呼大喘，一头抢进了水中。

窄脸抛了发镖器，紧跟着入水。

毛哈一直往深水里游,一划手臂痛得钻心。他只好用腿和另一只手游动,一口气扎到了水底,在一大丛海草后面趴下。

窄脸不时钻出水面换气,然后再一次潜水找人。他看到了一片茂密的海草像麦子一样摇晃,正想换一口气好好寻觅,突然看到草中有摆动的巨鳍——不,那黑乎乎的东西一转身,马上露出了宽宽的胸部,上面一片深棕色的毛发,是毛哈!

窄脸还没来得及恐惧,就被一只大手扼住了。这手是那么有力,简直不容任何抗争。窄脸像一条断了脊骨的蛇,甩动了一会儿,头垂了下来。

毛哈趴在海草旁看了一会儿。那家伙软软的身子总要往上浮。他看了看,那张窄脸上的眼睛真吓人哪。毛哈担心这人有一天被浪涌推到海岸上,这双眼会吓着岛上的人。他想了想,用海草系紧了这家伙的脖子。

最后,他又试了试系人的那缕海草,觉得很结实,这才离开。

第十四章

尖鼠

廖麦连日来觉得下巴那儿胀痛，两只手也胀，手背上的血管像老树根一样鼓起，按一按硬硬的。他唉声叹气，对美蒂说："我就像一匹害了热病的卧槽马，能放一放血才好。我知道这是怎么回事，吃药也没用。"

美蒂望着许多天没有修理胡茬的男人，发现他的眼角通红，唇上的白屑一层层脱落，喘息粗重。她煎了菖蒲和白茅根让他饮下，又用梳背为他一下下刮抹颈部和太阳穴。廖麦一直摇头："没用的，是因为我的血流得太急太热，你别瞎折腾了。"美蒂一双黑亮的大眼穿过夜色望向男人，口吃一样说："我知道，你，自从那个'兔子'在咱家过夜以后，你，你就变成这样了。"廖麦不再说话。他想拥她一会儿，孟浪的手臂却让她发出一声惊叹似的呼叫。

夜里，一铺大炕像是摆满了赤炭，廖麦不停地翻动身子，就是不能入睡。后来他提议到屋外，到湖边菖芋林那儿过夜。美蒂叹了一声，只好同意。她出门时随手拿了一条布单，却被男人一把扯下扔了。湖里有鱼在蹿跳，还有什么发出"啵啵"的吐泡声。廖麦知道只要美蒂一走近这儿，那些脏兮兮的丑鱼就要伏到水边上看她，凸着一对对小圆眼。真是奇怪，难道它们凭嗅觉也能捕捉她身上的气味？也真是的，随着发胖，有的娘们儿周身会散发出一种酒糟味儿，不胜酒力的家伙一靠近她们就得发蒙。美蒂呢？如今也差不多了。

星光闪烁的午夜让人一下子就想起了昨天。风中饱和了湿气，凉爽如秋。一阵阵蒲棒的清香掺进来，让人想到了一丝不挂投入水中的快感。美蒂，也许你忘了那些心跳咚咚、慌慌的怯怯的野地相会，那简直是一种偷情般的热烈啊——那时就在这一排排刚刚折下的菊芋秸秆上躺了，最后总能忘掉周围的世界。今夜的菊芋花仍旧开放，前一天被工人砍掉的一些秸秆齐齐地倒在湖边，像拴起的一长排引渡用的木筏。廖麦先一步跳上去，一下躺了，又顺手把她扳倒。"多么脏的秸子，上面全是毛刺！坏了，我的后背给硌出血来了……"美蒂倒下时，一连声喊着。廖麦鼻子吭吭响，咬牙切齿却细声细气，每一个字都喷到了她的脸上："你这就是忘本了。你变成阔太太了！可你前些年什么都不怕啊……"

天亮了，太阳升起树梢那么高时，他醒来了。廖麦睡了多半夜好觉，美蒂却一点没睡，身上被菊芋秸弄得发痒难挨。她从太阳出来的一刻就坐在那儿，看着远处：那儿有几个戴了太阳帽的男人女人在活动。已经好几天了，每到这个时刻他们就会出现在篱墙外边。这些人已经在海边测绘了一个多星期，只围着这个农场转，从没进来过。廖麦知道他们在为天童集团干活，所测之处大概都划归了这个狗娘养的集团。瞧他们扛着三角架，背着仪器和图纸袋子，不论男女一律穿牛仔裤；女的个个双乳膨胀，眼睛鼓着，满口黄牙，时不时地往篱墙里边瞅。"瞅吧，你们要敢溜进来踩坏我的田埂，我就能砸断你们的麻秆儿腿。"廖麦这时也看到了他们，盯着咕哝了一句。他越来越明白，自己身上几天来的难受劲儿，就是被这些人惹起来的。

半下午时分，一个领头的女人不知怎么随美蒂走了进来，两个人手扯手笑嘻嘻的。美蒂一见廖麦就说："我们是朋友了，是朋友了，我请她来家里喝茶。"那女人点头，彬彬有礼，报了姓名，说"幸会幸会"之类。廖麦马上被对方的神情和形貌给吸引了：这女人四十五六岁，高颧骨，嘴巴细而尖，头颅的顶部像被削了一下，仿佛没有后脑勺；上唇生了一层明显的茸毛，其中有稀疏的几根长长的参着，让人想起什么动物的胡须。她喊喊喳喳说话时，廖麦却想到了一种动物：尖鼠。

"我可是这一带的老熟人了。那些年勘测金矿也是我负责啊，那时我多么年轻！喷！跟唐老板就这么认识了。几年来这里的变化可真大，这儿发展得不得了哇……"她接过美蒂的茶，眼睛却一直盯着廖麦。

廖麦的目光一落在她格外突出的胸部就赶紧垂下来——可这样就看到了她的两条细腿。除了真假莫辨的乳房，此人丝毫谈不上丰腴，简直是瘦骨嶙峋。她站起时如果拖拉着一条细细的尾巴也绝不会让人吃惊。"尖鼠是一种大龄野鼠，一种哺乳动物，"廖麦像是自己背书，又像是说给美蒂听，"它们长了稀疏的长毛，专待在阴暗潮湿处，阴沟里常见，出动时间随季节和食物而异，白天夜晚均出来活动。体侧中央有腺体，分泌黄白色黏液，有臭味儿。一般的猫根本对付不了它们……这是动物书上说的。"

"瞧你家先生多有趣啊！我们俩——我和他，肯定有得聊！"女人听了廖麦的话，朝美蒂一笑，又转向他。一会儿美蒂到一边取什么东西去了，女人就专心与廖麦谈话了。

她唇上的几根长毛活动起来，一副快言快语的样子："我们测量新工业园了。您的农场也在园区里呢，新一茬作物收了大概就得搬迁。唐老板真是大手笔啊，才几年的工夫就发达成这样——我如果不是眼瞅着他干起来的，今天怎么也不能相信……"

"是吗？他的老熟人？"

她点头，答非所问："您会获得巨额赔偿的，老板怎么会亏待您呢！"

"他谁也不会亏待。他肯定也没有亏待过你。"廖麦手中的东西砰一声放在桌上，女人吓了一跳。但她很快笑了，露出紫红色的牙龈，眼圈红了一下，抿抿嘴巴：

"是啊，只要老板高兴，他这人什么都不会在乎呢。可他发火时也真不得了，那是他给那些无赖气着了啊，那时他就不客气了。就拿工业园搬迁来说吧，有人死乞白赖趴在地上不走，最后还不是敬酒不吃吃罚酒，早晚要栽个大跟头！听人说还有的暗里串通着闹事儿，真是不知好歹，末了绳子一绑拉走了，我亲眼见的。我们在南边村里就遇到过这样的情形：铲车开过去了，一些人躺在地上硬是不起来……"

女人呷一口茶，伸伸发黄的舌头，瞟瞟一边的廖麦。

廖麦盯着地面："真倒霉……"

"是啊，不过那也怨不得别人，是他们自找的。"

廖麦摇摇头，盯住她尖尖的眼睛，"我是说有的女人，她们年纪老大不小了，还像老鼠一样贱气。她们只想着怎么从有权有势的人那儿蹭点什么便宜——她们什么都不嫌。最省劲的办法当然是陪他们睡觉，可惜渐渐年纪大了，没了本钱，急得抓耳挠腮。生不逢时啊，好不容易盼来一个笑贫不笑娼的年头，可一照镜子又发现自己过气了，怎么看怎么像一只脱毛的老鼠，脏不拉叽的。"

女人嘴唇抖着吸茶，吸不进去。她揪了揪衣服，使双乳的轮廓更加明显。"多么有意思，多么幽默的比喻啊！我愿意听您说话……"

"真的吗？"

"真的……"

廖麦慢悠悠卷了一支喇叭烟点上，因为烟气从脸前飘过，他就眯着眼睛看她，嘴角浮上冷冷的一层笑意。女人半张着嘴巴，仰着脸看，想笑又笑不出来。他俯俯身子，有点诡秘地看看四周，朝她做了个近前一点的手势。女人往前凑了凑。他附在她耳边小声咕哝着什么，问："喂，其实那些人还是有办法赚大钱的，你说呢？"

"我？我也不知道……"女人脸色突然泛白，几根参着的胡子跳动起来。

"条条道路通罗马嘛。为唐老板出力的办法很多，比如替他张罗事儿、当说客吓唬人，干什么都行嘛。"

"你是说……"

"如果实在急了、不耐烦了，那就只好再泼辣些。咱这儿有句俗语，叫'舍不得孩子套不着狼'，扭扭捏捏可不行啊。我看你也是个直性子，不妨直来直去说吧。你在这个地方转悠得够久了，知道一方水土养一方人，在这儿发财并不难！靠着一个金矿嘛，这里财大气粗的家伙太多了，他们个个出手大方，也不像唐童那么多臭毛病，从不挑肥拣瘦的。该试着去找找他们！不能光钻牛角尖，死盯着某一个人转悠……"

女人听着，慢慢睁圆了眼睛，手一松杯子掉在了地上。她跺脚，手按着胸口慌慌四顾。

正好这会儿美蒂过来了，赶紧问是怎么回事？女人一见她就哇哇大叫，指着廖麦："你男人，他侮辱我！他刚才侮辱我啊！真是想不到，我们都是……"

美蒂慌了，看着廖麦："你怎么了？"

廖麦只是吸烟，没有回答妻子。

女人继续向美蒂哭诉："真是没有想到，他把我看成了什么人！他竟然丝毫不懂得尊重妇女！我们来这儿的人都是专家、都是有教养的人……"

廖麦吐一口烟，声音低低的："说别的可以，你想代表妇女，可没有这个资格。"

"这到底是怎么回事啊？"美蒂又问了一句，站到了男人身边。

廖麦扔了烟蒂，一只手有些抖。他拍拍美蒂的后背说："没什么，她说得对，她是专家。她的专业不错，这么多年一直是唐童的铁杆帮手……"

美蒂一声不吭，有些委屈地站在那儿。她在两人之间看着，不知如何是好。

"你见过尖鼠吗？一种哺乳动物，分泌一种臭液……"

廖麦还在冷笑，这次是问美蒂。美蒂不愿理他了。

星光下

"你得承认，麦子，你做得太过分了。"美蒂在说白天发生的那档子事，整个晚上都沉着脸，"再说了，她一准会找到唐童添油加醋说点什么的。"

廖麦先是久久无语，后来叹一声："由她去吧。那样更好。不过我当时真的太冲动了，说了许多气话——这样做无济于事。你知道我这几天憋坏了，真想抓起锤子砸了她们那些三角架。""你啊！你啊！"美蒂连连叹气，因为难过和绝望，说不出什么。

廖麦独自走出屋子，久久倚在一棵青桐树上，美蒂走过来都没有察觉。

今夜星空闪烁得厉害，仰头看看好像离它们近了许多。月亮还没有出来，紫蓝色的天空没有一丝云彩。工棚那儿隐约飘来一股烧蛤的气味。大虎头在南边篱墙下抖动锁链，蛐蛐放声鸣叫。"我竟然一口气说了那么多尖刻恶毒的话，而且是对一位女性……"廖麦转脸看看美蒂，按响了手指骨节。美蒂让他回屋里，牵他的手，他摇头："你早些休息吧，我想一个人走一走。"

美蒂又耽搁了一会儿，见他走开，只好回屋去了。

廖麦沿着刀把湖往北，一直走到车库跟前。他倚着热乎乎的砖墙站了一刻，又折向西边那排杨树。它们的叶片频频抖动，像在风中私语，又像俯视他，发出了亲昵的呼唤。他的脸贴近了树干，感受它若有若无的脉动。他从来相信大树像人一样血脉周流，它们活得英气勃勃，处于最好的年华呢。他清楚地记得这儿二十年前的样子：一溜拇指粗的枝条在春寒中抖动，几片又小又破的叶子悬在上面——美蒂白天刚刚栽上，他在夜色里一棵棵扶正和培土。"一个多么了不起的女人，刚在荒原立足就想到了栽树，于是今天这里才能绿荫铺地，才有了这么一排英姿勃发的兄弟！"他从来把它们当成男子。至于南边的那些紫叶李和木瓜树，他只将其视为女子。

湖堤路结实干净，上面有一层粗粒石英砂；护堤草像女人披散的长发一样，此刻在水波中荡动，让湖水日夜揉洗它们。湖边是笔直的田垄、一条条小路，还有爬满藤架的蔓子、结了豆角的篱笆。掺在水汽中的是稼禾的青生气、泥土的甘味。一只小鹌鹑从掩映的蔓子下钻出，一眼看到了他，鼓鼓的胸脯往上一耸，倏然折回。

今夜泥土像美蒂的肌肤一样温热，廖麦忍不住脱了鞋子，赤脚走在上面。这是怎样的一片泥土啊，他完全可以这样说：整个园子里找不到一个比杏子更大的泥坨，也没有一块斗笠遮不住的荒芜，这一点他敢保证。这里的每一寸土地都由他无数次抚摸拍打过，更由美蒂挨近过。蛐蛐、甲虫、蚯蚓，一切微小的生灵都一遍遍注视过他俩，都与他们交接过呼吸，熟悉他们欢乐的声音、叹气的声音，远远的就能辨别他们身上的油脂味和汗味。

月亮刚刚升起，他已经走了许久，这时坐下来。他太累了，只一会儿，就在一棵大叶芋下睡着了。

他的呼吸很快就与一片绿蓬蓬的原野接通了。朦胧绿雾中，一个赤身裸体、身上沾满土末的婆婆浮现出来：她在这个难得的月夜领来了自己的孩子，她们一个个浑身汗湿、头发披肩，长发已被满地绿禾染成了碧色，也像母亲一样，一丝不挂。老人蹲在一旁看看廖麦，动手解开了他的衣怀，合上他惊惧的眼睛。她对几个孩子指指点点，告诉："瞧见这个人了？他就是你们命里的男人和兄长，快来和他告别吧，他离去的日子不远了。"几个女子明眸皓齿，身上的薄荷香气让廖麦鼻翼翕动。她们蹲下来，面面相觑，低低问一句："这到底是男人还是兄长？"如果是男人，她们只想专心致志地亲吻；若是兄长，她们仅仅会簇拥一下，为他梳理一遍沾了草屑的头发。老婆婆说："我说过，他是你们的男人也是你们的兄长，他就要离开了。"

她们一丝一丝褪下他的衣装，眼看着月光把他周身的毫毛洗亮，把他微微开启的双唇染上青草味儿。像湖水一样涌来的羞涩让她们闭上眼睛，然后动手扯下他小小的内衣，紧接着发出小鸟一样的惊叹。她们伸开十指丈量他的身高、胸围，一下下拃他的肋骨。她们如醉如痴地吻过了他，又一块儿数起他身上的伤疤：快有五十处了。

她们于是知道伤疤就是生命的年轮。让她们赞叹不已的是他的英俊：浓眉扬起，眉骨凸显，略深的眼窝，长长的睫毛；手臂肌肉发达，胸脯厚实，小腹平坦，肚脐弯弯盛满了酒一样的月光，使人痛惜垂泪。他那双长腿让人想起原野上的奔马，稍长的头发令人想到马鬃。浑身有一股艾草香，还混合了七月正午麦田的气息。她们当中有人泣哭起来，接着吻遍了他的全身。她们的泪水沾在头发上，湿漉漉的头发扫来扫去，让他在松软的泥土上、在睡梦中浑身战栗。

就在她们尽情依偎的时刻，老婆婆的目光投向月色下的远野，发出了一声声数叨，听来就像旁白："用不了多久你们就再也见不着他了。他这个人就要被流放到大荒里——一开始只看见一个后背晃啊晃的，到后来是一个黑点儿，再后来就什么也看不见了。他是只身一人走的，没带家眷，赤手空拳，举目无亲。他从这一天起成了大痴士，地当炕，天当被，赤条条来去无牵挂……"

廖麦昏昏睡着，身体仿佛在一阵若有若无的数叨声中起伏飘动……他后来是被冻醒的，从大叶芋下睁开眼睛，发现四周寥无一人，周身都被一种黏稠的凉凉的液体覆盖，这让他大惊失色。他分不清这是稼禾分泌的浆液还是深夜的露水，伸出手指蘸了一下含进嘴巴，品咂了好长一阵。

一些若有若无的眼睛从叶隙里窥视，他发现所有的目光都沉沉地压在自己赤裸的肌肤上。他揩着胸膛、肚腹，最后又揩脸庞，发现满脸都糊上了汁水，它正从鼻梁两侧无声地滑下，打湿了青筋突起的颈部，又渗入泥土。他在梦境中沉入得太深了。

正这时他听到了一阵脚步声，那是美蒂出来寻人了。"廖麦，廖麦啊，你在哪里？"这轻轻的呼叫和脚步声一起由远而近，然后又消失了。他不想应声，一直躺在那儿，一动不动。后来他蹲起，看着月光照出的一处处开裂的田垄。他把手伸进裂缝中掏挖，掘出的一截截块根嫩嫩的，一经掰断，乳汁一样的浆液哗哗流出，他赶紧对上嘴巴吸吮。多么甘甜，大地的野蜜！他一口气吸吮了两大捧块根，擦去嘴角的黏液，抿着舌头站起。从海中刮来的风不急不缓抚着他的胸膛，舒服极了。他觉得像渗了酒浆一样的甘饴在全身周流，四肢变得热气腾腾，身上又有劲了。他听到了自己的一颗心在沉着有力地跳动。

天上的星光在旋动，他盯了一会儿，觉得它们亮极了，仿佛越逼越近。他突然觉得今夜这片闪耀的星光熟悉得不能再熟悉——一种触碰心弦的感受倏然袭来。想啊想啊，终于想起这还是那片少年的星光……

他想起了一个初秋的夜晚——是的，那个夜晚的星光已经印到了心上，一生都揩擦不掉。

直到今天，他仍能一丝不差地想起那个悲伤的时刻、绝望的时刻。那个初秋自己刚刚失去父亲，变成了孤儿，他正不知怎样活下去，不知该走向何方。那时他的耳廓和胸膛里都震响起父亲最后的声音，响着那个老矿工的声声呼叫：“踢啊踢！踢啊踢！”那一天直到深夜了，他还在棘窝镇街头游荡，两手紧握，骨节发痛。身后是火铳的碰撞声，是石头街上长一声短一声的吆喝。他脚步不停，两眼茫茫，一直往前，往前，渐渐走出了镇子。

他走到了山崖北边的一片开阔地。当他站在了丛林边上时，泪水全干。当他抬起双眼去望天空时，一下愣住了——

满天都闪烁着灿亮逼人的星光！那一刻他像钉在了地上，一闭眼，觉得有什么神奇的东西——如流体似炽电，从星光那儿一直浇注下来，自颤颤的发梢再到脚踝，让他通体流贯……那一瞬间他紧紧咬住牙关，内心里响起一句话：你挺住，从现在开始挺住啊——什么都不要害怕，什么都要藐视！从今天、今夜开始，你往前走吧，前边会令你大吃一惊——它们在等着你，它们到底是什么，你走到近前就会明白！你的生命可不属于自己，你将是一个让自己大吃一惊的人！

这就是那个夜晚的真实感受，他记得一丝一毫都不差。

那片星光给他的印记太深了，他真的是在那个夜晚变得清晰、果决，变得不可思议地强大。一切都不是凭空臆造，因为那个夜晚恍若眼前，清晰如昨！他一生都会对自己发誓：那个夜晚是真实的、真实的！

可是一晃，三十多年就过去了。廖麦在独自一人的某个时刻，还会记起那个星夜——那种令人浑身震悚的情形……

当他成为一个颇有阅历的男人之后，回忆往昔，知道唯有两个字才能概括那个夜晚的感知：神性。令廖麦疑惑的是，直到今天，自己除了拥有不可摧折不可移动的热爱之外，一切都平平淡淡，简直不配领受和拥有那个时刻。虽然他还不曾自卑，总是告诉自己：前边有一条等待的大路，走吧，往前走吧。

今夜，这个时刻，他站着，仰脸向天，拂着被露水打湿的头发，直看得双眼发烫。"今夜我要想许多事情，就一个人在这儿想，从起步处开始想，不出一点岔路地想下去……"

他叮嘱着，双拳不知不觉攥疼了。

一道闪电

　　戚金传给廖麦一个消息，说当年的同学在这个夏秋不止一个去了三叉岛旅游——当然是为了看一看听一听神奇的鱼戏，当然是受了他这个鱼戏收集者的蛊惑。戚金说你等着吧，他们天各一方待久了，这会儿还怪想你的呢，都想来看看你这个"成功的农场主"。廖麦把戚金的话对美蒂说了，她十分高兴，说："让他们来好了，咱一定好好招待他们，我也不会给棒小伙儿丢脸的。"廖麦心里说：当然！一眼看上去——怎么会呢？

　　消息过去十几天，真的有三三两两的人来了，他们一走进园子就把斗笠往脑后一掀，喊："妈的，这是咱一辈子见过的最好的一片私人农场了！真够牛的啊！老板呢？快出来接客！"

　　老同学久别重逢的感慨之后，接下来就是饮酒。有人狂饮之后甚至开始泣哭，有人则更加沉默。一个长了大胡子的家伙不停地瞅着美蒂，然后压低声音对廖麦说了一句："绝色啊！"

　　同学们离开后，唯有大胡子还留在园子里。廖麦记得这个人在校时是一个少言寡语的家伙，胆子小得见了女人不敢抬头，如今在一个什么厅里做事，想不到几年过去脾性大变。大胡子说自己这一辈子就是愿意看美人——"我说的是大美人儿，小了不行。在三叉岛上看鱼戏，那个远近闻名的'小沙鹛'倒是美啊，只可惜个头太小了点儿。"他呀着嘴，一边说一边抬眼去瞥美蒂。

　　美蒂十分得意，像个胜利者一样，高高兴兴地在屋里走着。

　　夜间大胡子与廖麦在一起，不停地吸鼻子，像受了风寒，一边吸一边不停地咕哝，廖麦恨不得把他的嘴巴塞上。"知道吗？这些年朋友们都在议论你呢，谁也不明白你为什么要一拍屁股回老家种地。今儿个我亲眼见了才明白。老兄做得再对没有了，大美人儿就得看住，就得在近处盯着——舍下金银财宝没啥，舍下美人儿可不行！她走哪儿你就得跟哪儿！老兄，这活儿可不轻啊，你得花上一辈子的工夫了。也是没有办法的事儿，这是命啊！你累不累？当然了，这种事苦中有乐啊！"说到最后他用力一拍大腿，哈哈大笑。廖麦觉得这个人的脸很像一只草獾，那双眼睛尤其像。

大胡子终于要走了。他走前与美蒂合照了许多照片，每张都咧着大嘴巴。美蒂难掩心中的兴奋，合照时总看着廖麦。大胡子说："我以后每年都要进岛旅游，每年你这里都是一站。"分手时他回身看了美蒂许久，猛一扯廖麦的手说："老兄，我这人看人有一套，我要告诉你，嫂子可不是一般的人哪。瞧她那副神气、眼睛鼻梁，还有走路的样子，谁见了都忘不了……分明是一个有大福分的人！好好待她吧，糟糕的食物一口也别让她吃！"

他走了。廖麦对美蒂说："谢天谢地，色鬼走了。"

美蒂说："你这几个同学，还就是这个人有点意思。"

廖麦笑了。他在分手那一刻也多少觉得对方有趣，认为这家伙并不坏，总算有些单纯天真的东西。可这家伙毫不掩饰！大胡子看到了，说出了，只不知道自己正一遍遍触摸另一个男人的痛疼——这真的是痛的感受啊，这是长年累月的迷恋和爱意窝在心中，一点一点发酵而成的；这是在一个全面走入下流的世界中，战战兢兢保存下来的一束鲜花、一杯野蜜。可是现在，他常常会在夜色的遮罩下，大惊失色地望向妻子的背影。

有时候——也不知是从什么时候开始的，廖麦心里会突然涌过一阵空荡荡慌促促的感觉，那真是难受极了。每逢这时他就要把脸庞伏进美蒂那一头苘麻一样的长发中——只需三五分钟，一切症状即告消失。

廖麦的神色有点怪异，美蒂盯住他时，他一下扳住了她的双肩，然后把脸埋进了她的头发中……这样一会儿他抬起脸，摇摇头，喉咙里吭了一声："哦，我想起了，小蓓蓓一连两个星期没有回家了！"美蒂皱着眉头笑了："小花鹿蹄子！小蹄子忘了我们了……"

大胡子走后不久，真正的秋天就要来了。马上要迎来繁忙的日子，农场里所有人都开始为这一切做准备。工人们整理器械、清扫工棚，为不久之后新来的雇工腾出空间。廖麦一直在车库那儿忙着，两手总是沾满油污。小蓓蓓一连几个夜晚被喊回家，她最愿做的就是待在父亲身边递递工具什么的，故意"啊、啊"地张大嘴巴说话，用一种特殊的方式撒娇。她说："我又要加薪了。很快就是过去的两倍了！啊，我想换一辆新车，我攒了许多钱……"廖麦的声音从拖拉机底盘下传出，闷闷的："你妈不会同意的。现在的车子就很好。""妈妈说要买就买最好的。""女儿才应该是最好的，车嘛，倒不一定……"

一个阴阴的下午，美蒂从园子东门那儿走来，有些急促地找到廖麦说："又来了一位客人，女的，她对干活的人说是你同学。"

"那完全可能啊！大概又是去三叉岛的。"他一边摘下油黑的手套，一边从车厢后面走出来。

在暗淡的天色映衬下，廖麦首先看到了飘在客人脖子上的白围巾。他的心飞快一跳，站下来。他眯起眼睛辨认——细细爽爽的个子，走路的样子像天鹅在飞。"啊，这是她，是修……"他觉得一股血涌上了额头，马上转身去看美蒂，发现她正专注地看着从不远处走来的这个女人。

"这是她，修，我们的诗人……"当修一手一个扯住他们时，廖麦这样对妻子介绍。修的黑亮的眼睛从来没有这样火烫烤人，它虽然在美蒂身上停留的时间更长，却让廖麦觉得它灼伤了自己的额头。修笑了，洁白的牙齿给美蒂留下深刻印象，因为她一直盯着对方的嘴巴。廖麦趁这会儿上下打量了一遍，这才发觉修明显地变胖了，那副一直像儿童般的腰身现在有些粗了，只不过在生人眼里仍会是苗条的。

果然，修是从三叉岛转过来的。"我听大胡子电话上说过这里，就决定来一趟，趁着还能走动。真的棒极了——入诗入画的农场、人，还有，嫂子多美啊……"修的脸上是夏天一样的热情，这样说着，一手挽住了美蒂。美蒂说："都是同学，可你还多么年轻啊！刚走那个大胡子真有趣，大咧咧哩。你们一来我们真高兴。"

廖麦发现修与过去稍有不同的是，不再那么多话了，而是多了一双沉思的、温情的眼睛。她的那只小猫一般的舌头长时间抵住上龈，惊喜地看着园中的一切。她在湖边和游鱼打招呼，又手打眼罩看前边落下的一只喜鹊。廖麦注意到她唇膏的颜色变了，变成了淡粉色。胸部比过去更蓬松，腹部的确胖了。因为穿了平跟鞋，这使她的个子矮了一些，但整个人显得更为温厚稳重一些，这在一个无所不谈、火热逼人的修而言，该是多么大的变化。

因为要准备晚餐，美蒂只陪了一会儿就离开了。他们两人单独在一起时，修好长时间一声不响，看看他，又望天边上浓浓的云。云从海上漫过来，很低，而更高处是颜色深重的一层。微微的风开始变凉，一般来说，这风随着增大，雨就会下起来。修踏着田埂往前，让身子保持平衡，不使双脚落在畦中的嫩苗上。当他们转到山药架后边时，修突然抱住了他。他一动不动，后来挣了一下，没有挣脱。

像过去一样，修的口中有一股洋槐花的甜味儿。她闭着眼睛，一丝泪花很快从睫毛中渗出。她嗅他的脖子、头发，寻找记忆中的烟味。她的手探触到他的胸膛上时，他往后退开了一步。修把手插到了自己的粗布衣兜里，像害冷一样微微抖动。

"我做得太过分了，追到了你的农场里。我原来以为没有勇气问候她呢，进来后才发现这并不难。"

"老天，我一点都想不到，一眼看到白围巾，头脑里一片空白。后来……"

"后来怎么了？"

"我觉得你站在那儿真美，就像海边上的一只银鸥……"

修上前一步抓住他的手按在自己胸部："你刚才说了两句诗，可惜你那时根本想不出。我看出来了，你有些慌，可能嫌我太莽撞。是的，可我实在没有办法——我第一次、也是最后一次来这儿，我的农场主！"

"这个称呼难听极了……"

"那还是比'地主'好听多了。西洋名儿很时髦，其实在我们这儿就叫'地主'。"

廖麦痛苦地抬头望望四周：山药架挡住了视线。他只好去望阴云密布的天空。他想起什么，问："为什么是'最后一次'呢？"

"因为这太过分了。还有……算了，以后再说吧，"她将他的手使劲摩擦自己的胸部，又把他的手指含到嘴里咬着，泪水一滴滴打湿了手背。在她的导引下，他的手伸到了她的衣服里，只一下就探到了如花的心窝。像小鸟胸前的细羽一样润滑，处处肌肤都是如此，这在记忆中该是不朽的。他心头重复着一句悄语："我努力想忘掉，我一万次想忘掉，一万次地谴责自己，大概因为虚伪吧，我没能做到。这会儿我又一次证明了自己是多么渴望……"他的手在她的胸前和后背寻索不已；当这手试图要伸向更远处时，修将其阻止了。廖麦大口喘息，然后侧耳倾听远远的雷声。

"我敢打赌，这雨上半夜不会下来。"晚饭时美蒂看着窗子说。修问为什么？"因为雷还远着哩，现在的雨大概下在海里，在三叉岛上吧，那儿今夜的鱼戏大概演不成了。"美蒂笑着说。

"早该好好下一场雨了，可惜指望不大。山地和平原一直大旱，上年纪的人在找'旱魃'呢！"廖麦说。

修眨巴着大眼睛："什么叫'旱魃'啊？"

"就是传说中的一种妖怪，《山海经》上也记载过。它一藏到哪儿，方圆上百里就要连年大旱，遇上灾年。"廖麦对她费力解释着，还是担心她听不明白。

"找到了'旱魃'又怎么办？"

"找到了，打死它，连年大旱就结束了……"

修咕哝了一句"旱魃"，很吃惊的样子。她不再问下去。吃饭时，无论怎么劝酒，修都不喝一口。"你过去是愿意喝酒的，喝啊，"廖麦说。修只微笑，摇头。美蒂问起了鱼戏的事，修马上说了很多：这些年戚金做了一件了不起的事情，就是下大力气搜集鱼戏；这种抢救工作又反过来促进了它的重新兴起，如今的岛上鱼戏团很像样子了，演出越来越频繁，当然这也与三叉岛的旅游开发紧密相关。"以前闻所未闻呢，因为它只在偏远的小岛上演；从动作到唱腔都透着海韵，让人觉得新奇极了，真像又古老又新鲜的海上抒情诗……"

"麦子，我们一定去三叉岛啊！离得这么近，咱到现在都没听一出鱼戏，真亏透了！"美蒂说。

她们说着鱼戏时，廖麦突然想到了毛哈。他在这个夜晚又牵挂起这个人来——这个脚上长蹼的家伙咧开大嘴哇哇哭的样子如在眼前。他啊，热恋着小沙鹬儿，正恨那个闯到岛上的鱼戏搜集者呢！他自己似乎并不认为这场热恋是毫无希望的——莫名其妙的情感和欲望就这样将人一把攥住，任谁也没有办法……是的，情和欲在很大程度上左右了这个世界，一个绝望的世界；这个世界从诞生的那一刻起就在忙着做爱、做爱，却实在并没有多少爱。廖麦只饮下一杯酒头就痛起来。

美蒂不知为什么今夜有些兴奋，一杯连一杯畅饮，这让廖麦都有点吃惊。当他试图劝阻她时，她已经有点醉了。结果美蒂不得不早点休息，由客人和廖麦一起收拾杯盏。

修在晚饭后仍坚持到湖边上去，廖麦只好陪她出来。风越来越凉了，湖上起了涟漪，有一溜锃亮的小眼睛从浪沿上探出，让修一惊，退后了一步。"没有什么，它们见了女人是必要出来的。"廖麦一边说一边朝水中做了个威吓的手势。

"它们是什么？"

"'萨古斯'，一种邪恶的淫鱼。"

廖麦这样说时，修被逗乐了。从工棚里透出的灯光映出她秀丽的面庞、那对稍大的眼睛和挺挺的鼻梁。廖麦一瞬间被吸引住了。

水面溅起雨点，雨水从西北部唰唰走来，脚步急促。"下雨了下雨了！"

修喊。廖麦说："做做样子而已，有'旱魃'呢！"他扯一下她的手，她却一动不动。细小的水流从南方人鼓鼓的额头淌下，淌过面颊和嘴窝。她的目光从未像现在一样慈爱与温厚，这目光一会儿就把他好好地抚摸了一遍。她小声、却是十分清晰地对着他的耳廓说道："我已经怀上了……孩子……"

廖麦一愣，瞪大眼睛看她，在她抽身向前时还在看。

她刚刚踏上前边小桥的拱顶，"麦子，我是说，他是我们的孩子！"几乎与她的话音同时响起的，是一道闪电，拱桥上的人一瞬间被镶了一道金边，发出炫目的光亮。

足足有一刻钟的时间，廖麦未发一言。他走过去，脱了上衣将她裹起。他们倚在一起，又相搀着下了小桥。他们走到一棵大杨树下。

"你害怕了，我感到了。可我就是为这个来的，来告诉你一声。因为我没有权利瞒着你。其实我完全可以一个人待在南方，把他生下来，直到他长大成人！麦子，今后是我一个人生活了，我多想有一个孩子，他应该是我和你的。"

小雨瞬间停了，四周极静。廖麦听得见自己紧咬牙齿的声音。他问了一句："冷吗？"对方摇头，搂紧了他。他抚摸她的头发、后背，不再停息。她仰脸看他，微微张着嘴巴。"修，你说得对，我从来没有这样害怕过。我是被我们两个人的粗暴吓坏了。你现在骂我懦夫、胆小鬼吧，我就是害怕。我们既然对这个世界一点都不信任，却要把一个生命留下来……我们真的是太粗暴了，还有，太残酷。"

修的泪水又流下来，揩也揩不净。她奋力将他推开，推到树干上："是你残酷！你这样对待自己的孩子——哪怕他仅仅是欲望的产物……可我只有幸福，做了母亲的人在想什么，你这辈子都不会知道。"

廖麦闭上双眼，摇头："我太爱、太怜惜孩子了。就因为他们，我们已经完全没有退路了。你千万别误解我，我一点准备都没有。我是说，我这样年纪的男人根本就不该存有幻想……"

"可你是个男人，你应该有勇气！我们既然降生在人世间，当然也就没有退路，当然只能往前走、走……"

廖麦惊讶极了，直眼望着她泪水交织的脸庞。他去拥她，想为她遮挡北风，可她却奋力挣脱……最后，他还是把她紧紧拥进了怀中。

变卖

许多天来，廖麦发现女儿和美蒂时不时地在一起嘀咕什么。他以为小蓓蓓在争取母亲的支持买一辆新车呢，就对美蒂说："她那辆车已经够好了，你可不要怂恿她。"美蒂点头："放心吧，我不会答应她哩。"

园子四周活动的勘测人员都撤走了，再也见不到那些头戴太阳帽和黑眼镜的男男女女了。廖麦说："对我们这片海滩来说，他们都是最不吉祥的东西，就像大雨之前总要钻出的蝼蛄一样。"美蒂叹气："你说话越来越难听了，你过去可从不这样啊！"廖麦说："不管怎么说，你那天领来的女人，就是那个'尖鼠'，太让人讨厌了。"他顿了顿，又说："你为什么要领那么别扭的人来家里喝茶啊？女人只要势利眼，早晚会长出两撇胡子——她也快了，到那时连唐童见了都会吓一大跳，她也就帮不上人家的忙了。"

美蒂在这样的时刻总是皱着眉头，无话可说。丈夫的这种冷幽默常常让她不知如何是好。夜间她接连失眠，在床上翻动着，这种情形以前是很少的。令她奇怪的是廖麦倒睡得好起来，一连几夜总是发出均匀的鼾声。早晨醒来她对他的一夜甜睡表示了羡慕，对方却说："没什么，反正已经没有退路了，也就睡得踏实。"美蒂盯住他，一只手撑在床上看。他又一次重复刚才的话："没有退路了，没有一点退路……"

"你是什么意思？"美蒂凝视他的眼睛。

"这意思就是：没有退路了。"

"什么'没有退路了'？"

"一切，什么都没有退路了。"

美蒂怜惜了。她把手按在他的头顶，听头发在手掌下发出的沙沙声。他的头颅转动了一会儿，把她的手拿开，点点头，发出一声："嗯。"

"我的棒小伙儿，你太能咬文嚼字了，你这会儿可算把老婆唬住了，咱听不明白，不知道你这脑瓜里转动什么哩。"

吃早餐时，廖麦把美蒂准备的煎蛋和牛奶之类推到一边，一口气吃下了半根带毛的蒸山药、一大块煮莲藕。他大口吞食，喉结上下移动，用力擦着嘴巴。"这是我们自己地里湖里产的东西，吃了它们有劲儿。咱们要多吃一点儿。"

半上午时分，南边不远处传来隆隆声，廖麦出门时，见工棚里的人都站在门口往南望着。他走到篱墙跟前，护园狗大虎头兴奋了一会儿，很快就安静下来。它在随着他的目光望向远处。正南方腾起的烟尘散布到空中，在阳光中发出橘黄色的晕影。他很快明白：邻近的那个小村正在搬迁，房屋开始拆除，新的紫烟大垒就要矗立起来了，它正在逼近农场——不，正在压向农场，一直压到大海边上，与滔滔海浪对峙。廖麦目不转睛看着，美蒂走过来都毫无察觉。当她问远处的暴土腾空是怎么一回事时，他就随口回道：

"送葬。"

整整一天都不安宁。由于南边的小村在拆迁，一些过路的大痴士都往那里去了；这些人转了一圈又走出村子，一直往北，走到这儿就伏在篱墙上往里看。美蒂给他们食物，他们一边咀嚼一边望着她笑。廖麦走过来，其中一个盯着他问："喂，你这里什么时候动手？""什么动手？"大痴士拍手："吹灯拔蜡——散伙走人哪！"廖麦忍着，闷声问："我们走开了对你们有什么好啊？"一个大痴士挠着头，举起一个黑乎乎的袋子："俺来捡些稀罕物件、针头线脑儿，"说着掀开袋子，里面立刻撒落出杂七杂八的零碎东西：一卷铁丝、一根布带、一副乳罩、一支用秃了的毛笔……痴士们唱着叫着离开，到海边去捡拾涨上来的鱼蛤了。一会儿小村里的头儿—— 一个长了黄胡须的忠厚老人来了。这人一直是美蒂的朋友，他与廖麦打声招呼就与女主人聊起来，声音时高时低，全是他一个人在说，有几句话传到廖麦的耳朵里："这一回唐童干大了，听说要盖一座新的紫烟大垒、蓝烟大垒。""还是你美子厉害啊，换了别人，推土机早隆隆开进来了。""咱这人知好歹，咱不能敬酒不吃吃罚酒不是？"接下去是无法听清的低语。

那人走后美蒂的脸色一直不好，廖麦问她有什么消息？她叹气："那人说，他们一亩地几千块钱、一间房子几万、一棵大树几百，就这样给打发了！孩子哭老婆叫的，全都没用。"廖麦哼一声："他一个村头儿不领人顶住，跑到你这儿叫屈有什么用？如果他像'兔子'那样，唐童就没办法！""'兔子'

不也是东躲西藏吗？""那是因为像'兔子'一样的人太少了，到处是尖鼠、狐狸、豺、土狗和臭鼬子……"美蒂摇摇头：

"算了麦子，不管怎么说，咱也得有个准备了。"

"嗯，准备同归于尽。"

"别说气话了。如今不是常说'面对现实'嘛……"

"现实是，那些畜生要在海边、在我如花似玉的园子上盖紫烟大垒，让这里一天到晚散发出屁味儿！这里的每一寸泥土都由咱两口子的血汗和眼泪灌过，灌了十年、二十年、三十年！这就是现实！"

美蒂要说什么，一抬头看见大滴的汗珠从廖麦额上垂落，吓得赶紧缄口。

隆隆的声音还在传来。腾空而起的尘灰被南风吹进园子，一股烧草的气味也飘进来。

傍晚小蓓蓓回来了。酒红色的车子一驶进大门，廖麦就看见了。他的心情立刻好多了。他的手按在胸膛上想：当年美蒂怀了孩子时，自己竟然有一种再生般的幸福和喜悦，那种感受无以言表！那时丝毫也没有觉得恐惧、没有觉得他们两人有什么粗暴和莽撞！而如今和修却是完全不同的结论和心境，今天竟有那么深远的惧怕和内疚——这是为什么？怎么了？我会永远这样追问下去的——是的，我要回答自己，因为我无法回避！我唯一知道并且确定无疑的是，我爱修，我怜惜她和孩子，深深地……更为确定的是，我不愿把如此美好的新生命送给绝望——拱手送出去、由他（她）的亲生父亲送出去啊！我得承认，即便在二十年前逃命的险境中，都没有这样绝望和沮丧过……

"那么，"廖麦小声咕哝着，看着小蓓蓓从车中跳出，"你的下半生也只有一件大事要做了，那就是——战胜自己冰凉的心……"

孩子一边走过来，一边低头看什么，头发在晚风中飘动。多么可爱的小花鹿蹄子啊，然而这要有多么美好的未来，才能与你匹配？廖麦看着她，发现她边走边把一沓纸翻弄着，塞进了挎包。

美蒂与孩子打个招呼，并未像过去那样又拍又抱的。小蓓蓓好像也有些匆忙，放了挎包就进了卫生间。廖麦对妻子说："小花鹿蹄子比过去回得勤了。她早该如此。"美蒂看着他，伸手拂弄一下他的头发："晚饭后让孩子给你剃一下头吧！"廖麦点头。

这一年多来，父亲总由小蓓蓓理发，于是这件他从来讨厌的麻烦事儿成了一种向往：他觉得她稚嫩的小手开合剪刀、前前后后端量的样子可爱极了。开始的那几次他可付出了代价，由于孩子要尝试最新的发型，他一照镜子愣住了——前部有一撮硬撅撅的毛发挺起，后边则是稍长的头发遮住了脖子；参差不齐，大约还留下了两三个杏子大小的凹坑。

晚饭后他围上布巾，开始享受自己的幸福时光。小花鹿蹄子只顾忙着，不像过去那么多话，但修剪得格外认真。她的确是长大了，举止日见稳重，对她也许只有那个庸常的词儿才能概括：美丽大方。

"看我把爸修理得多么好！"小蓓蓓扯着父亲的手，对正在埋头看东西的美蒂喊了一声。

廖麦发现美蒂顺手把一沓纸放进抽屉，马上想到那是小蓓蓓塞进挎包里的那一沓。他拉开抽屉，美蒂显出无可奈何的样子，多少有些紧张不安地站在一边。

廖麦只瞥了几下，眼睛立刻有火苗闪跳出来。这是一份整齐的打印文字，是表格。是的，他看明白了，这是自己农场上的所有建筑、树木之类的登记

表：青桐四百五十八株；杨树二百一十株；紫叶李、梨树、苹果、葡萄……连它们的树龄都记得一清二楚。老天，这是多么细致的工作，竟然翔实如此，一丝不差！这要花多少工夫！这又是谁、谁呈上了它们？他举目四顾，手中的一沓纸掉在了地上。

"麦子！这是咱将来让他们赔钱的依据……"

"这是它们的生死簿。"

"麦子……"

"原来你一直在瞒着我干。看来你全都准备好了……"

"麦子！我不过是准备着啊，我还没有在地契上边签字画押啊！"

"你早就准备变卖了，准备给那些畜生让路。嗯，这一天到底要来了，就这样来了……"

"麦子！麦子……"

"你把这张表给了谁？交给了谁？"

"交给、交给，当然是……"

廖麦大喊道："当然是姓唐的畜生！"

"麦子！麦子……"

第十五章

第三次命名

记得几年前，上边来了个搞地名普查的家伙，模样长得讨厌至极：招风耳，老鼠眼，戴眼镜，黄手指。那手指是被烟熏的。这倒霉蛋一天到晚烟不离嘴，在石头街上溜达着，见了年纪大的人就停下来探讨一个令人厌恶的问题：镇名儿。这一来就引起了许多人的不安，因为他们突然发现这么多年过去了，一代一代住在了一个虚幻的镇子上，竟然连个真实的名儿都没有。"难道咱不是住在'棘窝镇'上吗？"老人浑浊的双眼盯住那人，没有吐出的半句话是："日你妈的！"那人磕着烟灰说："不然。"

其实镇上人人知道，因为这个地方自古以来生满了荆棘，坡上崖上到处都是，所以也就落下了这个名儿。那人说："凡事都得往深里究才是，吾研究村落乡居久矣，每每发现其名颇有渊源，盖因乡野僻地文盲居多，不通学理，斯文隔膜，故多随声附和，以讹传讹，遂铸成不争之大错。"一边的皱眉倾听者越来越糊涂，最后打断他的话："你说这些鸟用没有，干脆点告诉咱吧，俺这里到底是什么名儿？"那人翘翘焦黄的食指：

"'脐窝镇'。"

"哦咦？日他妈如今这年头又添了症候了，这老不死的挤对出这么一个稀奇名字！"四周的人莘话连篇，没人肯信。那人扶扶眼镜说：

"你们走出镇子，登上南边最高的山头往下一望便知——四周群山围拢，唯中间低洼，还散布一些小丘小壑，极像人的肚脐，也就得了这个佳名。"

镇子更名的事儿传到了唐童耳中，引得他哈哈大笑。有人说："老板，他这是糟蹋咱哩，我看把这物件当街剥了裤子，横竖一顿棍子倒也解气。"唐童摇头："凡事都有学问，哪能发蛮？"说着刺棱一声解了裤带，开始低头看自己的脐窝。正这会儿来了一个小姐端茶送水，她穿了最时髦的服装：露脐衫。几个人的目光不约而同转向她的肚脐，然后一齐拍手，笑。

唐童骂骂咧咧说道："'棘窝镇'三个字多么丧气！这名儿他妈的晚改不如早改，想想看，一听这三个字就扎得慌，那些有钱的主儿，不管是东洋人西洋人，谁还敢靠边儿？再说了，取那名儿的少不了是霍家的人，这个千刀万剐的地主老财一天到晚吃青草睡野物，从来不干人事儿，他自然喜欢荒凉的棘窝！俺唐家与霍家是死对头，咱偏得把名字改过来不可……"

一边的人对视点头。有人附和说："什么事都要由时代决定，看看如今吧，咱镇子大街上走的，宾馆里来来往往的，凡是有点模样的闺女都露着肚脐，怎么就不是'脐窝镇'呢？"

从此都知道镇子改名了，但并不认为是镇名普查的结果，而是唐童一言九鼎。传说唐老板为这事儿专门宴请了那个外来人，酒宴盛大，少不了海参鱼翅，把那家伙吓得当场掉了裤子，露出了丑陋的肚脐。

也许就为了名副其实吧，自从镇子改名之后，穿露脐衫的人随处可见。一开始上年纪的女人总要嗤笑："露皮露肉的像个什么！"日子久了，有个牵了孙子上街的婆婆也露出一截肚子，脐窝像黑洞洞的眼睛一样，惊恐不安地望着这个世界。

刚刚改过了镇名也不过三五年，许多印成的名册账本之类还没来得及悉数更正，另一个最新的叫法又传出来了：鸡窝镇。只说上次命名也是不求甚解的结果，而且皆因唐老板事务格外繁忙，日理万机无暇他顾，才上了那个手指焦黄的骗子的当。

新名的起因是这样：一个身高马大的蓝眼人由一个通嘴子陪伴，转遍了方圆几十里，最后入住镇上宾馆，用刚刚学会的一句中国话赞扬唐童："鸡窝镇，好！"通嘴子在一边正想纠正，唐童阻止了他。唐童事后对人说："人家洋人经多见广，凡事要以洋人说的为准。"

大约就是从那时起，关于第三次命名的事儿也就传开了，还有理有据指出：该镇处于山下，南部最高的岭子远远看去就活像一只刚刚落地的锦鸡，而且在霞光里五彩缤纷，鸡头向西。这儿是锦鸡归来的吉祥之地，怪不得出了一个比霍老爷还要发达的人啊。

新的命名肯定得到了唐老板的应允，因为写在显赫山墙上的镇名很快被更改过来。"什么事儿都要由时代决定啊，这话一点不假，瞧咱这儿有金矿，钱多人憨，想法挣大钱的女人都齐了心往咱这搭儿跑，连金发洋妞也怕落到后头，一头扎进了宾馆饭店做起了那桩买卖，咱这里可不就成了'鸡窝'么！""一点不假啊，自古有'笑贫不笑娼'一说哩，如今咱爷们儿算是开了眼界了……"石头街上的人议论纷纷，一致认为镇名儿改来更去，这一次真是敲到了命门上，算是八九不离十儿。

对于实至名归的镇子，无论私下或公开都有许多争执。有人认为镇名的变更恰恰反映出时代的变迁抑或进步：想想看吧，当年这里穷困至极荆棘遍地，人人避之唯恐不及；再后来风气开化，人心萌动，这才半遮半掩地露出了肚脐；而今呢？人们终于想得更通了，果然直率多了，懂得了在商言商，索性把裤子再往下拉扯一下——这难道还有什么奥秘不成？

人们纷纷指出这事儿在镇上已是风起云涌，势不可当，干脆睁一只眼闭一只眼算了。人们在一起交换一些珍闻、一些熟视无睹或见怪不怪的事儿：除了那几家挂牌的发廊啊宾馆啊不算，最火爆的生意都在地下哩。这一下扫黄的扫帚再长也白搭了。听说一个老实巴交的石匠七十多岁了，还找来几个女远亲来镇上开了一家隐蔽的妓院呢，那生意兴旺得啊，全靠物美价廉！这事儿本小利大，以至于全镇最体面的女人也动了心。有个女人俊模俊样嘴巴多少有点歪，一笑俩酒窝，她心眼更多，技高一筹，索性用直销和传销的方式经营自己：表面上不显山不露水，暗地里奇货可居。与之联手的男人惯于口耳相传，说："百闻不如一见哪！这事儿你还真得抓紧，到时候你就知道了，那是什么成色啊！"结果半年不到，女人驾上了高级轿车，住上了最好的房子，而且更加不苟言笑，神态高傲。镇上人明白，人家只与有身份的男人往来；如果只有钱没有身份，那就左手接钱，右手再把钱从窗上扔出去。"老天，这年头连逛窑子也有这么多讲究！"听的人声声悲叹，一下下揩着眼窝。

也许受镇上诸多物事的启发，全镇唯一一家老牌兽医院改成了"动物乐园"。起因是年迈古板的兽医由儿子接班，而年轻人又刚刚从省城归来，决定重振事业，兴利除弊，改名并散发了大量传单，以申明最新经营的范围和性质。传单印得花花绿绿，图文并茂，上面历数了各种动物因性苦闷而导致的触目惊心的疾患：疯癫狂暴、袭人、乱嚼东西、大病不起、报复主人、不思饮食、吠叫无常、残忍伤类，等等不一而足。传单上还说我们人类应该将心比心，推己及物，换位思考，想想平时若非为了让它们生崽而绝不牵去配种站交欢，这种功利心多么可鄙！其实它们身在情中，苦苦思慕，度日如年！可以想见动物们一旦得以交配，其乐融融，将是何等情致，身为主人岂不脸上有光，何乐不为！人们看了传单以后很快明白了，惊呼：这不是开了一家动物妓院吗？

唐童是动物乐园的第一个顾客。他驾车载去一只形同狮子的棕色大狗，四下看了一通，就与乐园的年轻主人聊了起来。年轻人染了一撮黄毛，一只耳朵上戴了耳环，接过大狗后朝一边打了个响指。有人牵来一只阴郁的黑狗：个头奇大，步态沉稳，不停地嗅着棕狗，尾巴摇了几下。黄毛青年说："老板，成了。"

两条大狗到木栅栏后边去了。唐童开始询问乐园的经营情况、动物的各种习性等等，黄毛逐一回答，直讲得口沫横飞。黄毛自小喜文弄诗，在校时还办过一份杂志，回乡后正愁没处倾吐好词儿呢。唐童听着，腮肉突然抖动不已，一拍膝盖说："这乐园先交给你老爹料理吧，你到我宾馆当经理去！"

黄毛的脸刷一下白了。他怔着，嘴巴颤了半天，吐不出一个字，半晌才嗫嚅道："老板，我，我是学兽医的……"

"那不要紧！那也许更好哩……年轻人，瞧你一不小心就暴露了大才大能。快走吧，别他妈像个大闺女一样扭扭捏捏了，咱这儿正是急了眼招兵买马的时候，你得泼泼辣辣才行……"

黄毛低下头，咬着牙说："噎死、也是！"

老饕传奇

世界上每一个地方的历史，都是由一些不可遗忘的人物组成的。他们不一定个个都是圣贤，但也真的不可或缺。比如鸡窝镇有这样一个人：此人由于能吃，全凭一张嘴，把祖传的富裕之家吃成了一户贫农，使其在后来免受许多苦楚，也算因祸得福。他相貌有些奇特：头颅眼睛鼻子乃至于耳朵都比常人小许多，唯有一张嘴巴极大，且高高�’噘起，咀嚼肌十分发达，打眼一看就知道是要来人世间大吃一番的。

他降生时家里还有几十亩山岭薄地、十几间青石瓦房。由于是独生子，全家宠爱得不得了，千方百计把最好的东西填进他的嘴里。还在吃奶时，家里即发现了这个娃娃的奇处：小嘴巴狠狠扣住乳头，两只小手在母亲胸部乱箍，一会儿就留下一处处紫瘢。刚刚萌齿就咬伤了母亲，于是不得不将乳汁挤在奶瓶中饲喂。他尚未断奶就开始吃一些杂食，不论何物，只要抓到手中就往嘴里硬塞：线团、顶针、木块和卵石，只要能吞就咽下去，吞不下就吐出来。他常常在家里人的惊呼抠挖中把可怕的东西咽下肚里，然后面色不改地游玩，直到第二天便下来。因为从未发生危及生命的事情，连捂着肚子打滚的情形也没有，所以日后再也没人对他的贪吃担惊受怕了。

随着长大，他的食性越来越杂，食量令人发指，就在全镇得了个"老饕"的外号。他只是能吃，脾气不大，少言寡语，为人单纯：只挂记吃这一件事。他十二岁的时候，家里已经无法饲养家禽畜类，因为总是被他偷到巷外烧了吃。秋天一到，远处庄稼地里即冒出一股股烟气，那十有八九是老饕在烧东西吃。有人亲眼见他一顿饭吃下十根山药、两个馍馍、一条猪后肘、三碗黄酒、一大块腌豆腐，最后还喝了一钵豇豆稀饭。只要吃饱喝足，他的脾气就格外好，面色红润，神态安详。这人就是饿不得，因为肚子一瘪什么事都干得出来，眼睛斜刺着四下乱瞥，然后就不问青红皂白地踅摸东西，下手猛烈。

他父母过世前一年为其娶来一房媳妇，女方是山后一家地主的孩子，岳父家吃物丰饶。新婚之夜屋子里摆满了吃的东西，不算糕点甜食和鸡蛋蒸肉、鱼鸭之类，光是苹果栗子核桃等饭后杂食就摆了十几盘。听房的人从天一煞黑就趴在窗子下，实指望听得一两句甜言蜜语，谁知整整一夜都听到咔嚓咔嚓嚼东西的声音。第二夜，新娘流着泪把吃食撤掉，想不到半夜新郎的饥饿泛上来，炕上炕下折腾，大吼大叫说："我吃了你！我吃了你！"新娘说："叫吧，喊破了天也别想得到一口食物，我跟你爹妈说好了的。"老饕两眼血红，两手一伸扑将过去，按住她就是一阵浑啃，结果让她遍体鳞伤，上气不接下气，连求饶的力气都没有。老饕随即把她倒提起来，一只手握实了两只小脚在屋里走动，说："你爹是地主，吃物有的是，让他搬来三个大猪头、一大抬筐馍馍、两大偏篓火烧赎你！东西不来，你夜夜不得安生！"

这样的夜晚，媳妇泣哭无声，最后对在他耳朵上说："什么都依你，冤家，有本事快让我怀个孩儿吧！"

老饕在烛光下仔细端量她一会儿，伸手拃拃她的肚子，按按后背，说："这不过是小事一桩。只要你让我吃饱，那事儿好说。你要几个？""越多越好。这年头孩儿少了受人欺，咱就可着劲儿来吧。"老饕往手上吐了一口唾沫，说："妈的，咱要生些孩儿满镇子跑，让他们在石头街上打滚儿，就像下山的羊群……"

没有几年，老饕把祖传的家产吃光了，山后的岳父也由地主吃成了富农，而后是中农，再一年开春即成了贫农。由于开头几年吃物总算丰盛，老婆生育不断，一口气生了八个孩子，无一女孩。后来生活艰难，断断续续又生了几个，大半面黄肌瘦，不能持久，连同过去的八个折算，先后死去五个，剩下的总数仍为八个。老饕因为饮食欠缺，脾性大变，成为全镇最火爆的性子，于是让唐老驼格外倚重。打斗坏人之前，唐老驼就故意不让他吃饱，结果空着肚子的老饕牙齿都龇出来了，又骂又嚎，总想打人。一场折腾之后，老驼就让人端上一大盘馍馍粉条，有时还有荤腥，有蒸得开花的大地瓜大芋头，有一两盅烧酒。如果老驼把老饕找来，一连饿上他三两天，那准是要做更大的事情——那年秋天把霍家几个后人装进麻袋沉河的前夕，老饕真饿坏了。

老饕常常在石头街上光着膀子大喊："给我吃的！快！把我饿着了，还有你们的好儿？"

响马横行的几年，老饕有悲有喜。响马中有一些凶残怪异之人，他们杀人不眨眼，可也喜欢新奇，愿寻一些乐子，每到一地即打听谁家女人长得俊美、谁家钱多、谁有什么异能，等等。响马的脾性也各个不同，有的爱财色，有的爱酒水，还有的爱嚷叫：有一次来了一队响马，领头的站在一块大石头上，面对人群喊了一天一夜，然后又换上副头儿，直到把一场听众折腾得个个发蔫，这才作罢。镇上人对这种滔滔不绝卡腰大叫的响马叫"大嘴匪""长毛话痨"。有一年大雨，刚走了一队"长毛话痨"，又来了另一帮。后者打听到镇上有个最能吃的主儿，就把他找了来。

原来领头的要与他行个赛事：吃。

那一次响马头儿可被鸡窝镇的异人治服了。那头儿据说是野熊转世，举止笨拙，鼻梁粗长，膀大腰圆。最奇的是能够大啖一通之后接连几日不食，还有个舔手掌的动作。总之这人确有大熊之貌。他一见老饕就让人端来两盘肥猪肉，一人一盘。老饕的那盘一点盐都没放，这当然是故意使了手脚。谁知老饕已有十几天没沾荤腥了，肚子里食窍大开，再厚的油腻一入胃口即化，一盘肥肉吧唧吧唧咽下去，朝着响马头儿直抿嘴呢。头儿一摆手，两大摞烧饼和大葱大酱端过来了，照样一人一份。老饕一手攥饼一手攥葱，左右开弓吃个飞快，最后把那碗大酱端起来，就像喝一碗稀饭似的一饮而下。这时响马头儿刚把烧饼吃了一半，脑门上汗如豆粒。老饕却希嗒希嗒吸着口水，问卫兵："有瓜果梨桃没有？"

因为比吃未胜，响马头儿就与他比饿。结果老饕与头儿分别关在两个号子里，除了给一碗水外，一连三天未送一点食物。第二天早晨老饕开始发火喊叫，几个小响马就给了他的脚踝一棍。第三天他饿得趴在炕上，把被子里的棉花扒出来吃了。第四天实在没东西吃，眼看着墙上的钟还在慢悠悠走，就一把摘下来。他把钟三两下拆开，把表盘指针连同壳子一一扳碎，扳成小铜钱那么大，然后端过一碗水，喝一口吃一块，不到半天就全吃光了。第五天整整一天还算安静，躺在炕上仰面朝天，不言不语。第六天隔壁的响马头儿出门了，接着老饕也被放出来，两人一见怒目相视。响马头儿上下打量对手，嫌他没有爬着出门。老饕想揪住对方的头发狠揍一顿解气，可一看人家腰上的短筒小铳，只好忍了。响马头儿见老饕松松垮垮的步态，就说："咱俩总算打了个平手，这回便宜了你，滚吧！"

老饕刚走出没有几步，卫兵就发现那间屋子的钟没了，赶上来搜遍了全身，厉声追问：

"钟呢？墙上的钟呢？"

老饕叹一口气，面有愧色说："昨儿个让我吃了。"

尽管老饕是个有名的杂食动物，但还是要死在饥荒年代，这是命中注定的事儿。在食物极其匮乏的年月，先是饿死了他的妻子，接着又是五个孩子。他们相继死去，老饕还来不及揍这几个不中用的东西，就一个个倒下来死了。老饕一口口嚼了玉米芯、树根和麻秆之类喂剩下的三个孩子，直等到全镇食土的方法兴起，才算保全了他们的性命。

那一回本来唐老驼要让老饕做个食土示范，谁知这家伙太贪了，从地下挖出香喷喷的黑油土，连捏成细条的耐性都没有，直接伏上去一顿猛啖。只是一眨眼的工夫，面盆大的一摊油亮亮的泥巴就全进了肚子。刚开始老饕连连打嗝，后来就蹲下，谁叫也不应声。这样约有一刻多钟，老饕就在地上滚动起来，众人连连喊叫中，他突然仰面停住，死了。

许久之后唐老驼想起那个场景都要骂，说你呀，遍地是土，抢个什么？见了吃物下口也忒狠了，你以为还是年轻时候？老兄，年纪不饶人哪！

不管怎么说，老饕终于没有绝种，留下了三个孩子。这三个年轻人没表现出什么异能，年纪与唐童差不多，跟上一些后生扛了几年火铳，两个做了金矿领班，最小的一个十岁跟上本家亲戚去了外地。

过了几年，传说远行的那个孩子被一家银行相中，专门为行长提包，大号"金堂"。"可是你家不姓金哪！"唐童对镇上两兄弟说。两兄弟点头又摇头："听说大场面上的人胡乱取名的，要紧是听了响亮、写下来好看。"

金堂自离开棘窝镇再没归来，名声却越来越响，说他如今也有了提包的小童，而且行走必带大胡子卫兵。唐童伸手掐算了一下，知道金堂离家四十三年，正好五十三岁。他问两兄弟："老三可也能吃？"两兄弟答："俺弟不如俺爹，不过食量也抵得上三两人吧。"唐童伸伸舌头。

唐童用了许多时间打听金堂到底是多大的官职，一直未果。两兄弟解释说："也是官也不是官，大概见官大一级罢！"唐童愣住了，叫着："了得，当年霍老爷才见官大一级哩，难道他是城里的财主不成？"两兄弟摇头："也是财主也不是财主，大概是专管财主的罢！"唐童哭笑不得，连连说："我操，我操……"两兄弟大惊，问：

"你连金堂也敢骂？"

"哪里啊，我是骂自己哩。"

恭迎

两兄弟先后荣耀起来，一个个走出镇子，有了官衔。镇上人都说："咱这鸡窝镇哪，每隔三五十年就出一个贵人。今儿个是金堂。"唐童想说："还有我哩"，但没敢出声。他心里不服气，心想：如今鸡窝镇起码应该是双贵人吧？

但不久听来的消息让唐童打了个寒战。原来人家金堂只不过从遥远之地捎回一张二指宽的纸条，本地官员就慌慌来拜两兄弟了。传说金堂要回本省做事了，这就像部队移防一样，一块最大的云彩眼看就要飘到头顶了。"可他到底是什么官职呢？"唐童最关心的是这个，仍然问两兄弟中的一个，对方烦了："再告诉你一遍，俺弟见官大一级。""大两级、三级不行吗？""那倒用不着，只大一级——遇了村长他是乡长，遇了区长他是县长，遇了县长他是市长……""那要遇见了市长呢？""那就和市长他爹差不离儿。""老天，你可真敢说啊！"唐童嘴里咕哝，心里却在谋划一件最要紧的事情。

看来金堂真的移防了，因为两兄弟趾高气扬，见人不语，随地吐痰。唐童哈着腰对二人说："能否请两位阁下走一遭——代表咱去请金大官人来老家一趟？告诉他少小离家，父老乡亲们想他哩！有人想得一夜一夜睡不着，进了茅厕忘了尿，吃饭不香搂人不恣。就像歌里唱的，'归来唉吧，归来呃哟，哪怕天唉涯海哎角……'他该看看老家啊，这里四十来年可变大发了，连洋人都赤脚往这儿胡蹿，其中女洋人也不少；咱还盖起了'紫烟大垒'，接上要盖'蓝烟大垒''红烟大垒'。反正要什么有什么，钱多得随便撒欢儿，金砖铺路玉石砌墙……"

两兄弟鼻子一吭："可别吹过了头。"

"也是也是。不过咱求金大官人回来心急哩，这倒是真的。"

"什么话！有这样称呼的？"

"那咱、咱怎么叫法？也怪难哩，不是官也不是财主，这要难死活人哪！"

两兄弟商量了一下，说："还是叫'首长'罢。"

从一月冰封央求到四月花开，两兄弟终于传回消息，对唐童说："有个准备吧，俺弟真要回来看看了。到时候再给你个准信儿。"

唐童忙活起来。他让人在鸡窝镇的要道路口大加整饬，粉墙垫坑，显眼处还写了一些行话。同时把集团里的乐队扩充训练，让男工女工统一着装练方队，将各宾馆楼堂安置装扮一新。最后他特意去了河湾珊婆处，商量让她的七个干儿子住到集团驻地，以备不时之需。珊婆提醒他如今只有六个了，最好的一个干儿子死在了三叉岛，等于是以身殉职了。两个人琢磨了一会儿，又想起了鱼戏：把鱼戏团从岛上调来，那野腔野调的说不定会让人听直了眼。

两个人犹豫不下的是，是否让小姐们陪陪金堂？他们知道这事儿莽撞不得，小姐这物件如同那个关于红辣椒的谜语："红口袋，绿口袋，有人怕，有人爱！"记忆中有一年来了个年轻的要人，唐童把最风骚妖冶的小领班派去照料夜晚，结果那个年轻人吓昏了过去，赤条条人事不省！而有一年来了个巡查业务的女头领，五十上下，一眼看中了前台的小伙子，非让他夜里陪她打牌不可，第二天早晨小伙子哭着对同伴说：那娘们儿咬人呢……至于能否送金堂一些银子，唐童和珊婆倒毫无心碍，都说：咱还没见有人嫌弃那东西哩！

　　天气稍稍燥热时节，树绿花繁，宾馆前面的湖水湛蓝湛蓝，来来往往的小姐们都穿上了大开衩的旗袍，同时好消息也来了：金堂即将回到鸡窝镇。

　　唐童又急又躁，喜悦和不安轮番涌上心头。他不知道那个即将驾临的人物是何等容貌，只觉得后半生的命运与之难分难离。他频频如厕，就像得了尿急病。这期间他摔了三两个手机，总是喊人做最后的准备。在这极其兴奋忙碌的时刻，他突然万分需要和想念一个人。他独自躲到了一个隐蔽的小室之中，在黑影里冥思一会儿，用手机千央万求起那个人。对方推托走不开，而后是一再犹豫。他的泣哭和叹息随着电波游走，如同海浪登陆之初那样，一遍遍拍击她的耳畔。最后的一刻——总是这一刻，她溃败了。她是怎样矜持的人，可是她溃败了。唐童的心怦怦剧跳，从这一刻开始，他将寸步不离地蜷在这间小室中，直到迎来又一次再生。

　　这是一个晴好的上午。十点左右，离鸡窝镇四十华里的边界路口，几个穿制服的人从车子里下来，手中紧攥步话机，出了通身大汗。他们向稳坐车中的唐童报告：来了。唐童扑棱一下跳出，两手飞快捋着一头鬓毛，往前踉跟趺趺拱着，嘴里小声念着："快耶快耶！"

引擎轰鸣声越来越近。渐渐看得见一溜四辆轿车驶过来，速度飞快——奇怪的是车子一点停下来的意思都没有。"这，这怎么回事哎？"唐童参着手大叫。一边有个黑脸胖子没好气说："首长不下车了，你快上车带路！"唐童这才如梦方醒，摆摆手钻进车中。同时，边界这一侧待命的两辆警车、十几辆开路摩托一齐嘶鸣起来，引着长长的车队往前开去。

一路上行人拥在两旁，扶老携幼的人群从路边村落走出，车队驰过许久还不愿散去。唐童的车子紧跟开道的警车，他在车中不停地与一些人通话，三部手机和一部步话机同时使用。随着新扎起的过街牌坊一道道闪过，鸡窝镇到了。到处是悬起的金字大标语，上面是耳熟能详的行话，还间杂有欢迎首长、热烈庆祝返乡视察等口号。车队从石头街穿过，然后再驶入宾馆区，由于街上人流拥挤，车队先是缓行，最后不得不停停走走。一队少女分列街旁，手中的塑料花大摇不止，喊叫跳动，刚开始一会儿嗓子就哑了。唐童一直回头盯着后边，这会儿见有三个车门打开了，走出几个人，于是自己也跳下来。但是他搞不明白哪一个才是金堂。他觉得所有从车里钻出的人都气宇轩昂，完全不同于鸡窝镇的人。但他后来发现这其中夹杂了一个黄黄瘦瘦的人，这人个子不高，走路飘飘悠悠像没有吃饱，于是判定这家伙为提包之人。正想着，却见这小瘦子努力仰起不大的头颅，然后伸出一只巴掌，向着两旁欢迎的人群摆动起来——他一边摆动一边弃车向前，神色笃定，欢呼声也随之增大。唐童觉得后脖颈冷飕飕的，在心里叫道："天呀，原来是、果真是，真人不露相呀，他才是金堂！"

当唐童挤到近前自我介绍时，金堂只稍稍一点头，仍旧边摆手边向前。

后边的车子缓缓随上，一大群穿制服的人手提塑胶刺棍将围拢的人推开。好不容易穿过石头街，所有的人都长吁一口，揩着额头的汗，唯有金堂没有一滴汗珠。几个陪伴的人请他上车，许多人也都上了车。

在宾馆区，比石头街更大的欢迎场面出现了。进大门后，广场上有军乐队，有穿了统一服装的方队，有献花的红领巾少女——当少女高高扬起右手敬礼时，不远处的唐童一下涌出了泪水……金堂接过鲜花，稍倾转过脸找人；当他的目光投向唐童时，唐童赶紧跑到近前。金堂咳了一声，用低低的喉音说了一句：

"你这不是害我吗？"

潜水员

"我快死了，哎哟谁也不准找我，我得四仰八叉三天三夜才能缓过劲来。"唐童嚷叫着，把凑到他身边报告事情的人全都赶开。他将自己关到一个房间里，一边揪脖子上的领带一边骂着："也不知是哪个王八羔子发明了这东西勒脖子，算是缺了八辈子德了。妈的，'见官大一级啊'，咱差一点给累死，还不知赚下的是什么哩……"他刚刚仰面朝天躺下，一个女领班就耗子一样溜进来："老板，让人捏巴捏巴？"

"滚你妈的狗蛋！"

"捏巴捏巴！"

唐童翻翻白眼，骂骂咧咧把头歪到一边。这女领班四十多岁，面容端庄，肩膀宽平，唐童从来对她迁就一二。这时她一摆手，立刻有一个年轻女子过来，给唐童褪下鞋袜，一下一下按起脚来。唐童先是"哎呀哎呀"叫着，一会儿呼噜大作。女领班与那个女孩蹑手蹑脚退出。女领班出屋后却不离开，一直站立门外，怕有人打扰了屋里的人。

一个钟头之后，有人走过来，女领班刚想阻拦，抬头见是珊婆，就笑着点头，嘴巴嗫嚅屋内，双手合着做了个睡觉的动作。珊婆说："就知道死睡。差不多了，我得把他叫起来了。"

看来这家伙真的累坏了。他搓搓眼睛打量进门的珊婆，一边骂"日不死的来做什么"，一边穿上鞋子。他的眼睛是红的，嘴角有涎水。珊婆取一支烟吸上说："首长走了，咱该处置自己的事儿了。你把关起的那个人忘了？"

唐童一拍脑瓜："想起来了，对，关着哪！有线索没有？"

珊婆黑洞洞的大嘴吐着烟："你去看看就知道了。你啊，什么事儿离了师傅能行？我不给你长着眼色，你那一头鬈毛都得被人拔光，早就成了秃子……"

唐童痴痴点头，打着哈欠往外走。他这才彻底醒了，记起那天一早的事儿。当时首长眼看就要来到边界了，有人突然报告说从宾馆前边的湖中钻出一个水鬼来，唐童一惊，说关起来再说。他正要乘车出去，原先的报告者又急匆匆赶来了，说那个水鬼经查是管理人员请来的，因为上游的湖水快要溢出来了，连通下游另一个湖的管道堵塞了，需要潜下去看一看。唐童大怒："那就看一看！""可是水鬼刚刚从水里爬上来，又被珊婆的人关起来了，她那几个儿子多凶，好说歹说就是不放人……"唐童一听是珊婆让人干的，立刻不吭气了。"老板，到底怎么办？""先关着吧。"

出了门，珊婆避开那个女领班，小声说："幸亏我那几个孩子眼尖，当时见他水淋淋上来，就觉得不对劲儿……他神色慌张脸色煞白，一见人两手就抖、抖，天不冷牙齿磕得咔咔响……""别是谋杀首长的呀！这小子一准不是个好物件！"唐童这会儿怔着，有些后怕了。珊婆点头："我那几个孩儿当时就这么想。他们把他押到一个地方，他咬紧牙关只说是来干活的，可两手抖什么？问了问管事的人，倒真有这么回事——别是坏人来了个调包计啊！""一点不假，这可得瞪大牛眼查查。""嗯，查呀。俺那几个孩儿一抹他的头箍儿，你猜怎么？""怎么？""这人活活像东村那个叫'兔子'的歹毒家伙！"

唐童马上站住了，嚎出一声："是'兔子'？我剥了他的皮……这狗日物件打上回蹿了再没露头儿，听人说上个月又有动静了。咱正撒下眼线找哩！"

"两人长得活活像，一问，才知道不是一个人……"

"虚惊一场不是？"

"小心着点总不是坏事吧。我那些孩儿心细哩，按他的口供查了，弄清他和'兔子'没有瓜葛，这才算一段儿。"

"那就结了，别大惊小怪……我刚睡了一会儿。这些天可折腾坏了，不光没赚好儿，还让两兄弟训了一通，说什么首长去哪儿都悄没声的，顶多带一两个保镖，你倒好，搞这么大阵势，找事儿呀！我说那你们也该早说呀，这回首长发火了吧？两兄弟说金堂不会火，他什么时候都不会火……"

珊婆一直咧着嘴听，这时喘了一大口，接上说："那水鬼尽管与'兔子'没牵扯，可看那股慌张劲儿准有事。我孩儿还是没放人，把他关在密室里拷问半天，他总算吐露了实情……"

唐童盯住珊婆一耸一耸的胸脯，觉得她胖得越来越像海猪。

珊婆磕打又黑又短的牙齿："老天，你猜怎么？原来这家伙钻进水下那会儿，爬进几根塞住的管子一看，是让几个尸首堵死了，都是女的，穿了咱宾馆的制服，时间可能不短了……"

唐童抬头看看远处，叹一声："那就设法弄出来呀，趁着天黑。"

"你还没听明白！这潜水的怎么办？他可是亲眼看见了呀！"

"银子也封不住嘴？"

"怕是不行。咱孩儿打了他，打掉了两颗门牙，因为开头他不说，只嚷着不干这活儿了，想溜。咱孩儿一急，两拳捣下他两颗牙来……"

唐童觉得麻烦，搓着手。他瞥瞥珊婆："一般人治不住他，你这副大奶头让他呷呷，我保他服服帖帖，再也不敢胡炒蹶子……"

珊婆跺脚："都什么时候了，你还胡扯八咧，人关着呢，放也不是，不放也不是。"

"俺爹在世时，早把他装进麻袋里沉了。如今年头不对，咱的脾气也好多了，越来越杀不得生。"

"可人家的脾气怪大，他这会儿还嚎呢！"

"嗯，他嚎，嚎，"唐童踱着步子，皱着眉头琢磨着，"按新来的宾馆经理黄毛的理儿说，那么大的躁气也该有个名儿啊，那叫'性苦闷'——这么着吧，银子该给还得给，多一些；然后让他揣着银子去找黄毛吧，咱新经理一准把他的火暴脾气治好。再说咱也该给人家压压惊……"

"人家不去怎么办？"

"不去也得去。事事都依着他吗？"

珊婆不再言语。

精灵附体

许久以后,唐童回忆起金堂归乡之举、整个的过程与意味,仍旧感慨万端。轰轰隆隆来了,悄没声地走了,给鸡窝镇留下一个心情方面的大窟窿。那滋味儿没法说,没法说。扎牌坊,练方队,排军乐,演鱼戏,一切刚忙开了头,嘭嚓一声,人家走了。唐童回想与金堂的相处,除了记起他在欢迎场地的那句小声责备,再就是参观几处矿山工业后的三字箴言:"要发展"。除此而外不记得此人开过口。人走两天后,上边匆匆来了几个得到消息的头头,一见到唐童就不无责备说:"这么大的事儿也不言一声、不报告,人就这样走了?"

可不是走了么!唐童窝囊的是仍然没有弄清金堂到底是什么官职,只不过从匆忙赶来的头头脑脑们的神色上判断,那家伙确乎是"见官大一级"。唐童独自一人时不免想些人世沧桑,对近在眼前的奇迹惊叹不已。他一直没敢对人说起的童年记忆就是:他见过金堂小时候拖拉着鼻涕,露着小鸟儿;而且,他还记得这人不中听的小名。瞧瞧,时光一闪而过,竟在一个谁也不知道的角落里悄没声地制造出一个伟人。他一遍又一遍哼唱那几句歌儿:"归来唉哟,归来呃哟……"直唱得热泪潸潸。

一阵空虚飞走之后,唐童又找到两兄弟,再次恳请金堂能够经常回来。两兄弟说:"可以的。他和别人一样,年纪一大偏要想家。上回来家觉得哪儿都好,就是有一条:太风张了。""那该咋个办呢?""好办,只要人不知鬼不觉的,他就会常待在你这儿了。俺弟忙了半辈子累了,正想法儿休养呢……"唐童大嘴咧开了:"保密不走风声儿,这是咱的本事呀!成呀,首长就快些来吧!咱只想做好,就是不知首长喜好些什么——要明白人人都有一好……"唐童说这话时紧紧盯着两兄弟，右手禁不住做起了点钱的动作。两兄弟瞥一眼说："呸。"

天童集团常年蓄养了阴阳先生，以备不时之需。唐童就金堂事求教他们，他们说："生父谁耶？老饕？那就好明白了。想想看吞吃万物食量若此，化成力气注到一个后人身上，这人生生了得！"唐童如梦方醒，又问："咱又该怎么敬他？"答："异人必有异趣，相准了再说，莽撞不得。"

不久，金堂真的来了。这一次唐童安排周密，召集起相关人员，特别是宾馆的黄毛：谁也不准走漏风声，谁冲撞了首长静养，杀无赦！黄毛心领神会。唐童发现金堂这一次果真轻衣简从，除一二壮汉保镖，只有一个面色青黄的老者跟从，这家伙大概是个管家之类，老牌的，穿戴过时，长筒布袜且扎了腿带子，走路甩手，活像道士，说话载文载武。唐童远远瞥着他在心里咒骂："妈的我就看不上这种物件！这种物件死了才好呢！"骂归骂，他见了老者还是哈腰赔笑。

唐童从两兄弟处得知了金堂这一天是生日，就备了盛宴。宴席间金堂不语，但食量惊人。饭后唐童随其走入一个小厅，一招手上来三个貌美小姐，她们抬着一个匣子，打开一看，是一溜八个金虎。虎是金堂的属相。金堂盯着三个小姐面有喜色，低头一看金虎却立刻阴了脸，用又低又哑的喉音说："洒达了！"唐童不知是什么意思，一抬头，旁边过来那个老者。老者说："首长不悦了。就是扔了的意思！"

唐童随怀抱金虎的老者出去。只见他跟跄出门，打开了金堂乘坐的那辆车子的后备箱，扑通一声扔了进去，拍打着手说："这就是'洒达'了！"

唐童又惊又喜，嘴巴难合。这时老者凑近了说："有上好的闺女没有？

夜间让她们陪首长打打牌吧！""嚯咦！这好说啊，咱这就找黄毛去，咱这儿就是不缺那物件——女洋人中不？"老者皱眉："要上好的闺女……"

一连三天派去数位小姐陪牌，皆由女领班亲自送去。黄毛坐镇指挥，颇为自负。

当首长闭门不出时，老者就与唐童饮一种江南米酒。老者饮到面红耳赤时话语连连，自吹自擂起来："我跟从首长多年，颇有心得矣。他练的是一种修身功，叫'随欲而安'功。妙即妙在一个'随'字，而非'纵'——纵欲者，非颓即亡，盖无例外！"唐童听得大嘴难合，呼道："原来是这样？世上还有这多稀罕？"

老者叩齿抿嘴，一副不屑的神气："随欲而安，挥挥洒洒，方能超脱人生。不纵欲，不积欲，即不为淫欲。想想看，见美艳能怀平常心者，多乎不多。每日里安静交合，从容应对，性情始有大温和，故而无功利心，无争强心，无好胜心，无喜怒，无憎恶，无悲忿，泰山崩于前而色不变。如同首长，看万物从此平和，寡言少语，轻手轻脚，气若游丝，人人疼怜，谁还嫉妒于他加害于他？在他则能够休养生息，坐握玄机，神通四方。"

唐童拍掌击股道："怪不得我一见他就打个愣怔，心想这人怎么这样！看上去面黄肌瘦，走路就像踩了云彩，说话有气无力，原来是练功练的呀！不过，不过我看他快要……快要不行了……天，我这贱嘴该打！我是说，他是不是累成了这副模样？"

"呔！呔耶！"老者大怒，拂腿站起说，"你胡说什么！那面色、那走相，都是修炼的结果。踩了云彩？正是！飘飘欲仙嘛，大境界嘛……"

唐童低头掩愧，咕哝："师傅原谅！阁下，我是说，我这辈子也练不成这功夫了。咱白搭呀，咱见了好闺女就浑身出汗，心怦怦跳哩。咱是土人定了，咱只想一个人想得心慌，其余不成哩……"

这一次金堂待下去了，直待了一个星期。他走后，仅逾一月又来了，像上次一样闭门不出，门前的草坪上只见一老者甩手而行，如同道士。这期间金堂只被人陪伴去看过一次鱼戏，对女主角注视良久。而后老者提出让首长听听"堂会"，被女主角坚拒。

黄毛常常训斥女领班，这使她越发不得要领：有时把人留在屋里就回，有时被首长叫住，少不得也要进屋耽搁半天，还要与迎送的小姐吵吵嚷嚷的：有的小姐少见多怪。黄毛时有恶声，说："告诉你，弄出偏差会要命的！"女领班哭了："有些年轻人不通事理，要费多少口舌。首长也说，姜还是老的辣呀。"黄毛气得脸色蜡黄："早晚让你吃不了兜着走！"

女领班与小姐、黄毛及另外几个人吵了几次，加上连日不得休息，火冲命门，有一天突然翻翻白眼过去了。医生来诊，阴阳先生也来了，折腾了半天人才醒过来。可是女领班不是出神就是大笑，两手乱舞，从此再不安生。黄毛报告了唐童，唐童瞥了一眼心中不忍：本是一个端庄秀丽之人，这会儿衣服都抓破了，敞胸露怀的，脸上全是垢物。他对走来的珊婆说："她实打实地跟我干了多年，忠诚老实，真可怜人哪……"阴阳先生说："这不是什么大毛病，这不过是精灵附体，过了这一阵儿又是她自己了。"

唐童让人把女领班弄到宾馆角落一间小屋中，让黄毛找专人严格照管，好生伺候，自己如果有时间也去陪她。女领班只与唐童一起才稍稍安定，并能准确无误地叫出"老板"二字。而对于他人，一律以动物名字称之，如叫黄毛为黄狼子，叫屋里的首长为长蛇，叫珊婆为花脸老怪。"老板见过虎口

646

粗的长蛇没有？蛇头顶上写了寿字，一探一探一口咬上，人就没命了！蛇盘着人，人拽着蛇，一层层叠起楼一样高，蛇芯子呼嗒呼嗒响，吓死活人……老板那回也被精灵辖住了，动弹不得，精灵水光溜滑浑身喷香，老板被它熏得哭了一场又一场。老板赤身裸体打着滚儿喊，妖精追上去用脚踏住了你，哗哗撒了一头骚尿，鬈毛儿湿淋淋像是刚从地狱里钻出来……"

唐童时而冷笑时而流泪，有些害怕地咕哝："念你跟随多年，而今快四十岁了，连个婆家都没有，怎么忍心一脚踢开？可你这张骚嘴毁人毁物，老天爷也惧你三分哪！"

"俺是首长捧炉童子，侍立一旁哩。首长端了食钵就念：'谨和五味，骨正筋柔，气血以流，腠理以密，长有天命。'抓起眼镜就念：'适逢其物，眼清目锐。'首长一到午夜三刻就变成冷蛇，开始盘缠人，嗞嗞啦啦吸血沫，眼睛眯着头上长了冠子，睡觉不闭眼，吼儿吼儿吹口哨……"

唐童大惊，叫着："老天，真是精灵附体啊，大字不识的闺女也背起了诗文！我来问你，你到底是什么精灵、从哪儿蹿来？今儿个不说，就让阴阳先生拿宝剑刺死你！"

她听了嘻嘻笑："鬈毛来吧，我什么也不怕。我是齐天大圣的干闺女，珊婆她姥娘……"

"坏了坏了，没有别的办法，俗话说人善有人欺马善有人骑，咱真顾不了那么多了……"唐童蹿出屋子，一会儿喊来了阴阳先生。

阴阳先生用指头捅了女领班几下，女领班瑟瑟抖动蹲下了。"看见不老板？精灵立马求饶了，"他三两下扯去她的衣服，扯得一丝不挂，连唐童都看不下去。阴阳先生在一张纸上画几下，写了几个朱砂字，点上烧了掺进酒里，一口饮下又喷出，全喷在女人身上。双乳滴滴答答，两手如翅翕动。阴阳先生用桃木剑指着她喝道："招也不招？"

"我招，招啊……"

"你是什么精灵？来自何方？"

"我是狐狸，从崂山来……"

阴阳先生小声对唐童说："看看吧，又是狐狸！"

唐童好奇又害怕，接问："是狐仙吗？要那样就失敬了！"阴阳先生打断他的话："什么仙，是精怪——你如何成了精怪为害人间？"

女人瑟瑟大抖："我把醋当成了酒，喝成了瘾，不能停哩……"

阴阳先生当啷一声扔了木剑："这不全明白了嘛！"

第十六章

囚徒的回忆

"麦子！你不能这样哩，你听见我说什么了吗？我知道你生气、难过，可是……"美蒂一声声诉说、规劝，屋门还是一直紧闭。这是车库旁的那间屋子，廖麦已经连续两天在里面过夜了。开始他像过去那样穿了工作服、提了水和吃的东西在车库里干活，累了就在隔壁休息，后来夜间也宿在里面了。

"你让我做什么啊麦子？你听见了吗？"

"我让你先闭上嘴、走开！"

美蒂眼里的泪水倏然停息。她看着锈迹斑斑的铁门，正在敲门的手一下停在了半空。"你不该这样糟蹋自己的身子啊，麦子，你在跟谁怄气啊……"她的声音越来越小，最后望望西边的天色，只好走开了。

天快黑的时候小蓓蓓回家了，她和母亲待了一会儿，去父亲紧闭的门口喊着，一下下拍门。廖麦把门打开说："回去吧孩子，你看爸爸正忙呢，要抓紧时间修好机器，再就是——想一个人安静一会儿。你妈妈太吵了；她也该安静几天……走吧孩子，我这儿什么事也没有。"

小蓓蓓疑惑的眼睛看了屋里几遍，只好噘着嘴离去了。

门重新关上。屋里瞬间变得漆黑。没有开灯。床板旁是一张放了书、纸和一些零散机器部件的长条木桌，桌旁有手电和桅灯。又待了一会儿，他点起了桅灯。这种光色比天花板上的白炽灯更让人觉得惬意。他开始抽一支烟。

许久都没有这样静谧的夜晚了，而安宁从来都是一些人的奢侈品。对他们而言，人生失去安宁是可悲的，有时真像自戕、自绝和流放。"我连到处游荡逃窜的日子都比现在清静！那时我孤单一人，有心事能尽情地想，直到翻来覆去想个明白。如今却不行了，成了家，反而再也没有这样的机会了……"他捏起一块面饼咬了一口，细细咀嚼，待香味在口腔中漾开时再饮一口煎茶，"只要女人跟在身边就是这样，脑子里全搅成了团。嗯，一切都该从头理一遍、仔仔细细理一遍，让我揪住时间的缰吧。"

从那个逃窜之夜——不，从更早，从父亲弥留之际的目光开始；从那次惊人的巷遇，一直到无边的莽野，到南国，到省城，到现在——这令人诅咒的现在……这么长的时间，好像只是一闪，混混沌沌的一大块生命就过去了，最最宝贵的东西就花掉了，如今竟然这么大年纪了！我周身积聚和涨满的愤怒如何流泄、我此刻的悲凄焦灼又向谁言说？

当然，这几十年的经历绝不是一部悔过史，虽然也无可夸耀。

"我好好地爱了一把，大概我全部的毛病、问题，都出在这里。活生生的一条汉子在长达三四十年的时间里几乎没干别的，只是囚禁在两个人的世界中，甜蜜、狭窄，深深地沉迷，简直无暇他顾，回头一想让人出一身冷汗！这就像眼下的禁闭，心甘情愿……廖麦啊，你喝过了多少枪药味儿的黄鳞大扁，结局也不过如此，你还是挣不破自造的囚笼啊！"他咕哝，饮煎茶，趴在小小的窗前遥望。湖中的湿气吸进鼻子里，工棚那儿的烧蛤味又飘过来。

他曾在美蒂那声放肆的呼叫中震惊不已，而后对湖中的丑鱼憎恨到了极点。他多次全力剿杀这种鱼，想尽了办法却无济于事。关键是这种鱼有一种可怕的繁殖力：水草上到处缠绕了它黑色的子粒，只需阳光照几次就生出一串串小鱼来。其他的鱼遇到丑鱼产的子儿竟然不吃，有时甚至把它们像项链一样挂在脖子上。但这种鱼实在是美蒂的最爱，她每隔一段时间就要吃它一次，然后鼻尖上很快渗出汗粒，两颊和腋窝处常要生出红红的疱疹，呼吸变得急促。有几次他判断她已经严重中毒：憋气、眼睛斜刺，正急得不知如何是好，她却拒绝就医，并且在一阵艰难的忍受之后大舒一口，接着目光变得又陌生又贪婪。

今夜，在阵阵烧蛤的气味中，他又想起了毛哈，想起那一天美蒂急急把他召唤过去的情景：毛哈浑身湖泥睡在树荫下，胸脯是密密的棕色毛发，生蹼的脚大伸着，从扯破的裤子中露出奇大的睾丸。那时美蒂刚从园子外边回来，身上散发出一股奇特难闻的味道，连烧蛤的气味都掩不住它。他以前好像从她身上也嗅过这种气味。

她时不时就给人一种惊异的感觉。最难忘的是房屋改建时，美蒂雄心勃勃的装修计划。那一次可真把他吓了一跳，因为他像突然发现柔弱的妻子已经从外形到内心彻底改变了：肩部浑圆，腰身开始发胖，臀部毫无掩饰地膨胀起来；伴随这形体改变而来的是果决的声音，有力的手势，还有难以动摇的当家人的主见。他们一起讨论一些建筑和室内修饰的细节时，她则表现了出人意料的见识，眼界超人。一起去宾馆的那一次，大堂副理对她礼遇有加；女领班从一个木格拉门拐出，两人碰面时一怔，然后脸上出现了一副奇怪的表情：对方来不及合上的大嘴巴、还有最后凝在脸上的莫名笑容……这一切他都未曾忽略，并在归来的那个夜晚好好地回味了一遍，临睡前在脑海里一一闪过。

那个总是失眠的秋天里，他渐渐开始正视一个可怕的现实，即自己已经无法与天童集团割断联系：女儿就业的那个公司属于天童；湖塘里的大部分出产要由天童旗下的公司收购；更为致命的还有其他，如周边田地、道路、成片的建筑，正被天童逐步蚕食，自己的农场实际上已成孤岛。

　　他想象一个人怎样固守孤岛，孤注一掷。眼下是一个念想之夜，书写之夜。入睡照例来得很晚，他需要在纸上记录半天：许多话，许多往事，只要是牵挂的、难以忘怀的，都要记下。他曾对妻子夸下海口：自己最理想的生活就是晴耕雨读，就是凭劳动吃饭，一生干净、清醒、无欺；他特别强调要在闲暇里干好一件事情——写一部"丛林秘史"。这是必要做好的，在这座孤岛尚未完全沉沦的珍贵光阴里，他愈加意识到事情的紧迫，一切都需要加紧去做。

　　他甚至羞于回忆刚刚归来的日日夜夜，那时的兴奋忘情、如野马狂奔般的自由无羁，当然，幸福难言！自己的土地自己的家，家里有一个确凿无疑的美人，一个历尽艰辛却又不悔不倦的女人！这一切宛如梦想初降，大喜过望，他常常手捧她的脸庞久久不放，两人面对面喜泪涌流。那时他悄悄发下的誓言就是：记住，记住你们是九死一生的一对，如果在未来的日子里有任何背叛的行为，我就自己去死吧！因为罪有应得！

　　他们用大辛苦去抵消大欣悦，简直是忘我劳作，在太阳底下一口气忙上一天，割草翻地，把织成网的葎草连根揪起，卷席筒一样滚到田边。两人脸上身上全是划伤，如果刺痒难受，就彼此用口水抹一下。一天夜晚，小蓓蓓来回亲热爸爸妈妈，两人商量着为孩子表演一个节目——后来这节目孩子不在时也演过，两人表演得那么认真、专注，难言的挚爱与亲昵尽在其中。

　　万万想不到的是，这些情与境倒成为今天极不情愿的回忆，它让人有点难为情、不快，甚至是悔疚和怜惜自己。那是冷酷年代传下的一个保留节目，内容是乡村里一对老头老太太夜间学习宝书的场景……他和美蒂在小蓓蓓笑眯眯的注视下各自往头上包了一块白毛巾，然后从角落里一边一个上场，捧着书，像老人那样颤抖着，边走边唱道："收了工啊，吃罢了饭呀，老两口儿坐在了床呀前，咱们两个，学呀——宝选！"然后是对视、一笑，边叫边唱下去："老婆子——哎！老头子——哎！你看咱们学哪篇？我看就学这篇……"他至今记得接下去的高音部分让小蓓蓓怎样稍稍吃惊地盯过来："咱那个二小子啊，他干活有点懒！"再后来是她亲昵而认真的批评："你这个老头子——就是有点主观，不爱接受意见。"节目的结尾是一家三口搂在一起，他和美蒂一齐唱道："团结起来打垮敌人，革命的意志坚！"两人同时握拳，用力往下一挥。

这就是那些夜晚，一切如在眼前。他这时觉得脸上火辣辣的。是的，那会儿只能套用一个俗词儿概括两人：如胶似漆。

但是且慢，他今夜必须提醒自己的是：那时的湖塘中已经出现了那种丑鱼，它们伏在水边，睁着一双如豆的小眼盯视岸上……

一封信

又是万物静默的时刻，我像过去一样伏在了桌上。烟，煎茶，男人的恶习。没有办法，海边的男人嘛。因为有烈酒，我年年都能站在北风中。当然，想念你。不过浪漫起伏的心已经收束，仅以一颗知天命之心在想在念，享受着浑茫温和的夜色。关于你，你沉积在我心中血中的一切，才是真正的烈酒，我用它抵挡人生的北风。

凡是珍宝都要压上心底，秘不示人。因为它是不可言传的隐秘。

你真实的生命确实太短暂了，它竟然出人预料地凋谢。可是，你的芬芳已经毁掉了我的嗅觉，你口腔里的醇浆早就杀伤了我的味蕾。一种类似于憎恨的深爱让我不能自拔，让我于简洁明了的生活中受尽摧折。没有任何希望，像盲人一样张望，像痴士一样行止。我的生了黑色斑点的手，是你施放蛊毒的标记。从此这双手一伸出来就要打战，还要颤颤抖抖捧住你的脸、抚弄你粗浓的头发，把一张脸深深地埋进去。你二十多岁的血液如水莲汁液注入了我，它今夜、今年、今生都在体内发酵。它让我培育起牙龈发痒的憎恨，一口一口咬死自己的心爱。

你那经得起面对面的、一万次挑剔的脸庞上，目光星烁，把宝石撒满我紫蓝色的心空。那令人惊讶和叹息的、稚巧顽皮的鼻梁，从额头那儿划出一道漫弯，曲可中规，洋溢出某种非人之美：我不由得追忆起所有引起爱恋的生灵，它们的鼻头，被一个粉红小舌卷来舔去的鼻头。这之下当然是鼻中沟，是唇，是含而不露的威慑和诱惑。我只看一会儿，渴念之丝就被目光拧成一束，缠上你的颈部，让你窒息、晕厥，然后像对付一只折翅蜂鸟一样，稳稳地收入我的囊中。

可惜你从春天一步跨入了霜晨，来不及结下黑黝黝的籽粒，咱们就要一起迎接冷酷的季节了。我这里磨刀霍霍，却无处砍杀。我虚虚的怀抱里永远有一个绝色美人，我如同一个古代武士那样，纵马长驰，去看不到尽头的虚幻国。我从此不见了，只留下一个虚荣的口碑。

真实的你死了。死亡的绝对悲凉中，我连夜记下这许多潜声。

在桅灯的暧昧之光下，我又翻开了另一页。它同样无可回避。没有你即没有尺度，没有方位，没有倾诉的光阴。我在你塔吉克人一样的眼睛下，在你微黑的面容里，温习着最幸运的憧憬。你的十指藏在卑微的黑夜里，让我想象。从此你让一切都变得粗俗不堪，让我失去韧忍和恒心，因为你过早地杀死了希望、希望。

我的迷狂与自尊同生共长，我苦难的昨天让我懂得缄口注视，宁可以死守秘，也不愿轻浮虚掷。我至爱之中的至爱，我虚妄和颓唐的分别，就那样来临了。

记忆中我们只像陌路人一样对答过一次，那是声音的交织和紧握。声音踏着各自的荆棘路走过十年、二十年，来到一个险峻的隘口，来此相见。静电的弧光里，那时我脸色煞白微微转身，蹲下，消失。

从此我永远地仰望你，倾听你，绕开你。我将永生背离，直到迎来自己的末日。我不会吐露一个字，一个音节。这是我心中最后的金砂，我不愿岁月的水把它淘走。

正像生命一定要一而再、再而三地证明肉体的卑贱一样，我却要顽强地证明它的倔犟。我迎来了不可思议的忠贞和胜利。我在那些日子极像一个身穿长袍的修士，沉默，节欲，清苦，阴郁。不幸的是这种苦修使我这样一个处于盛年的男子变得怪模怪样，我目光闪烁似有另一种蛊惑，漆黑的浓发因禁欲而弯曲，发梢像古罗马人那样紧贴在额头和颈部。我的手白皙、有力、硕大，指甲晶莹有光，一切都显示了过人的茁旺和健康。

也正是在这样的日子里，我被你的钟情和善意、你的欲念之光，被你松弛的休闲装下的丰腴所笼罩和攫取。没有悬念，没有所能想象的任何情愫，没有所谓的物质侵入，即刻而突兀地站在了悬崖边，临渊而立，腾腾白雾将我吞没。我在无人能视的朦胧中泪流满面。我说过，我同样有一副卑贱的肉体，或者说更为沉重的躯壳。我在你双手捧起玉兰花瓣的一刻，体验了一种巅峰状态的震悚。我在不可忍受的轻轻一呼中，转身走开。你手上的花瓣脱落一空，惊讶地看着我。

这就是我洁白的一页尚未洇透的历史。在这个深夜，我为自己双倍的忠贞祈祷时，也在挣扎和羞愧。我一旦失去了这样的状态，也就真的来到了一个放逐的险境。今天，今夜，在这个欲望之潮淹没了整个世界的辰光，我致命的爱人啊，我仍然愿做一个孤岛。我爱你们，爱我的寸寸清晰的昨天。那才是人的记忆啊，那才是我。

我愿将自己的爱人分为白天和黑夜，分为活着的和死去的、象征的和现实的、云端的和地上的。只是我不能自欺欺人，不能。是的，这座孤岛还没有被淹掉，它屹立着，在震耳欲聋的包围和拍击中，没有剥落和坍塌。

这就驶到了你的身边，如同一条风雨之舟来到一个熟悉的岸。你为我落下帆，解下缆绳，指点港口泊位。这是我第一次进入异乡的港湾。南国的芬芳宛如丁香，不可抗拒。我一无所碍。我或许有些迟了。我沉醉和犹疑于这个港湾。

此刻不知该怎样回眸。令我再一次生长的命运，我唯一不能躲闪和自艾的关口，让它长驱直入吧。记得归来的第一个早晨，当太阳把一地绿色照亮之时，我从开启的窗户望向了大地，突然有一种浓浓涌来的感激。我的幸福和悲悯交融一起，一瞬间惊讶无语。我想到了你，想到了那个夜晚。我们彼此交付，走得比想象更加遥远。我们是有旅途有明天的人。

你指责我的残酷。是的，拱桥上，猝不及防的电光让我战栗。因为我知道新生命要面临什么。好了，往前走吧。我们谁也不会停止和退缩。这样的午夜，我更多的在念想你、祝福你、仰望你。你为什么才做了母亲，只有我知道。一如你所期待的，我仍然是一个屹立的孤岛。我在愈加猛烈的拍击中仰望你。因为我爱你，我非常爱你。

鱼戏

廖麦总算走出了小屋。美蒂发现男人并没有自己担心的那样憔悴，只是胡子拉碴的。她赶紧为他熬黄鳞大扁，她挽起衣袖的样子终于让他有了一丝笑容。"我在心里念叨，说老天保佑吧，别让我的棒小伙儿在这个秋天发火，别让他再发疯、再生病。让咱俩高高兴兴吧，什么坏事儿也别来招惹咱……"美蒂一边收拾碗筷一边咕哝，直眼看着他。"棒小伙儿胡子一长更好看了！"她为他盛上满满一碗鱼汤。

整个一天他都和工人们在一起做活。天快黑了有人议论去镇上，说："那儿是最后一场鱼戏了，听说岛上的鱼戏团要回去了。"他听了一怔，赶紧问清了是怎么一回事，马上回屋找到美蒂说："我们在园子里什么都不知道！原来鱼戏团来了好多天了，就是戚金说的那种鱼戏！咱们今晚什么也不要做了，咱们去镇上看戏……"

虽然已经连续上演了几天，剧场里仍然座无虚席。廖麦两口子坐在前三排的位子上，这是美蒂找剧院经理要来的。廖麦从锣鼓响起的那一刻就在捕捉什么，脑海里全是戚金的描述，心里只盼着小沙鹂快些上场。果然是怪异的声音，从打击乐到弦乐，真是闻所未闻！一种用大鱼骨做成的吹管呜呜哇哇，让人想起阴雨天气中的浪涌；还有鱼皮鼓、琴，有敲船板和拉帆似的铿锵和呼号，有水族嘶鸣……廖麦真希望旁边坐的人就是那个鱼戏收集者戚金，这家伙熟悉三叉岛上的每一出戏。今夜的戏是老剧目了，戏名用幻灯映在边幕上：红鲷女。

扮红鲷女的就是小沙鹂，原来她如此娇小！从前三排的距离望去一切清晰，即便是浓妆也掩不去她的一张俏脸、她细溜溜宛如童男的身姿。一身红，两手像鳍一样游动，枕水倚澜之态惹人疼怜。水草蓬蓬，群鱼穿梭，大乌贼和她顽皮逗趣，老鲨鱼让她当马骑。

【红鲷女】谁不羡俺红鲷女，模样活赛那美人鱼，东游西逛把花儿采呀，大蚌张嘴吐珍珠。老龟三春戴凉帽，玉螺洒下了杏花雨。珊瑚宝，不老草，刀鱼郎偷偷把俺瞧。手拿扇子扇不停，那边过来了大扁鲹。

【大扁鲹】刀鱼郎追来鲶鱼瞟，甜言蜜语上赶着瞧。这边厢羞坏了红鲷女，骑上海马快快逃。驮上她一阵西风凉，出水的燕鱼射箭忙。射箭忙，武艺强，最强的要数小鲛郎。鲛郎他通身闪亮好衣装，大眼儿忽闪赛月亮，红鲷女呀看一眼，低头不语相思长。

【红鲷女】日日思啊夜夜想，想那鲛郎好身量，白衫衫又罩大礼袍，圆圆的脑壳聪明相，长嘴儿一伸嘤嘤叫，让咱心里疼得慌。啊呀呀都是痴女说梦话，红鲷女羞得嘴难张，野草林里把身藏。

【鲛郎】鲛郎青春英气长，帅男儿如今美名扬，谁个不把鲛郎夸，说咱英俊更善良。东海上咱救过落难女，西洋里送那海盗见阎王。只不觉光阴似箭梭，想寻个宝贝心上藏。别等那银丝两鬓挂，别等那地老天又荒。（白）鲛郎呀！你大眼扑闪胡思量，耽误了年华空惆怅，到头来想嚼块大肉吧，又成了老牙帮！急得你，泪汪汪，一头一头撞南墙。

【红鲷女】好鲛郎是个闷头犟，天大心事不声张，你爹妈不管不问抽水烟，烟袋杆儿棒槌长，东家西家瞎溜达，真是两块老干姜。红鲷女呀针线好，手帕上面绣鸳鸯，手帕里包着水晶石，赠与鲛郎心亮堂。

【鲛郎】俺鲛郎前年才十八，如今二十把零挂，听说她赛过天仙女，一张小脸美如画，皮儿好似嫩海蜇，长了一口小白牙，呼儿呼儿喘香气，见人就往水里扎。三把两把没揪住，变成红鲷扭扎扎。扭扎扎，头戴花，梦中的新娘火辣辣，鲛郎喜泪连成串，从此不怕闯天涯。

【大扁鲳】鲨鱼乐，鲅鱼喜，乌贼大笑拍肚皮。老乌龟理须把喜歌唱，唱了个俊郎俏女结连理。海燕银鸥满天叫，老鹰恨得直憋气，一叹铁爪无处抓，二叹娇娃乐哈哈，小红鲷肥嫩可口桌上菜，如今一跃飞爪哇。又嫉又恨直跺脚，脏龙府下放毒话：只道她绝色天姿百年罕，可惜沦落出偏差，待等一声洞房开，要想再啃没有牙。脏龙是个腌臜货，好吃好喝又好色，权势大得没法说，蛮劲上来抢又掠。一声令下虾兵出，吆吆喝喝把人捉，大粗绳子绑鲛郎，又戴脚镣又上锁，有罪无罪三鞭子，打过了胸背再把裤子脱，一棍一棍难腾挪。这边厢再捉红鲷女，一顶大轿抬进水晶国。

【脏龙】我脏龙人粗心活络，夜夜与鲷女来梦合，咱力大能举千斤鼎，咱功高自把东海平。虾兵蟹将十里站，腥呲呲的妃子端宝瓶，象牙做了欢喜床，玫瑰镶墙缀金星。夜明珠排排连成串，大黑五更咱不点灯。只要你小手摸上咱老胡子脸，珍珠玛瑙咱往前扔。只要你对咱笑出俩酒窝，咱送你一对金玲珑。只要你百依又百顺，咱手托你小腰出门庭。谁要敢胆大胡言语，一辈子扎口莫再放粗声。咱让你夜夜盖着莲花被，樱桃小嘴喜盈盈。

【红鲷女】红鲷女只有一条命，付与鲛郎过一生。鲛郎受伤我滴血，鲛郎先亡我后行。你有金银填东海，难买鲷女一声应。你有钢刀飞飞快，难斩鲷女鲛郎情。

【脏龙】吾龙本是坐当朝，小小鲛郎算个鸟。英雄一怒胡须爹，斩妖何须费木桃。待我饮酒三更起，鲛郎头上撒一泡。撒一泡来又一泡，壮汉赤身背大刀，兴头上来一挥手，杀他个叛贼血滔滔。别说你个小妖女，火了敢砍土地佬。放下罚酒吃敬酒，白头偕老乐逍遥。

【红鲷女】脏龙妄言休得意，粗话连篇你个刀杀地，我红袄素心走一遭，今朝怎得受你欺。脏龙鳞里生蛆虫，毒心包上了花蛇皮，臭气熏透三江水，雾遮平原无颗粒。（白）俺今生啊！咒你世世不得好，浑身生疮拉痢疾，出门遇见三眼枪，枪枪打进脑门里。叫一声鲛郎等着我，咱海枯石烂都跟上你。

【大扁鲕】脏龙一怒海水暗，黑沙滚滚起波澜，高叫三声刀斧手，扭住鲛郎要问斩。珊瑚泪流海马咽，老乌龟个个跪向前。燕鱼尖号豚鲸跳，老扁鲕我哭得海水咸。

【脏龙】只要你心回意又转，与俺一夜共缠绵，咱保他穿金戴银得自由，打马一吼奔南山。思前想后你扳指算，算错了账码哭也晚，只待这日落西山下，我一声令出血斑斑，管什么年少皮滑大双眼，管什么男欢女爱喜连连，咱独吃硬拿是老本分，话说不送他命归天。

【红鲷女】将身来在水晶厅堂，看一眼那恶魔端坐一旁。我今夜生不如死含污垢，只为了生还我的郎。待天明风平浪无声，红鲷女眼含泪重梳残妆。雾重重夜漫漫烛泪长长，鲛郎你似万箭穿在心上。好也似天倾地又陷，烛光灭幔帐落腥气扑面。

【大扁鳐】鲛郎他骑马多徘徊，去十里返十里油煎难挨。尊一声妈祖神佑我娇妻，念一遍慈悲佛西天观音。风萧萧云楚楚鬼哭神号，山也摇地也摇凶多吉少。

【红鲷女】曙色遍地是血光，脏龙身边一夜长。老虾精抬我出宫去，喊破了嗓子叫我郎。鲛郎鲛郎快转来，看看娇妻泪汪汪，滴滴珠泪都是血，从今不穿红衣裳。鲛郎扶我上白马，一夜欺凌遍体伤。东海洗去浑身垢，一生一世做新娘。

【鲛郎】我愿雷火轰天地，双双成灰在一起。我愿二人成兄妹，从此不再做夫妻。爱恨交织梦一场，血肉相连鬼神知。好妹随兄走天涯，梧桐树下把身栖。哥哥独身苦耕耘，妹妹绣花把布织。天晴总有大喜日，妹与他人结连理。花轿一走哥再归，弯腰锄地戴斗笠。

【大扁鳐】红鲷女一听如雷击，天旋地转难站立。哗啦啦降下瓢泼雨，鲛郎下马呼声急。红鲷女睁眼声声泣：不做妹妹只做妻。鲛郎有志一身洁，鲷女忠贞死有期。唤一声我郎多珍重，纵身跳进深崖底。大雨漫天生灵号，天公一怒起霹雳。潮涨海涌都是冤，从今夜夜红鲷啼。

三叉岛之行

虽然谈不上千央万求，但也颇费口舌，戚金总算答应了陪廖麦去三叉岛。因为观看鱼戏的原因，也因为其他，廖麦觉得非要尽快去岛上一趟不可。奇特的唱腔做念让人入迷甚至瞠目结舌：这是怎样的风习和传统才能孕育的一种艺术！他担心随着天童集团的野蛮开发，岛上的许多东西都将丧失殆尽。连日来，一种难言的急切不安、淤愤和焦灼在积聚，廖麦只盼着让大海深处的凉风把自己吹透。

廖麦知道戚金拒绝去岛上的所有理由只是借口，这个脸色沉沉的家伙啊，在岛上有挚爱，有迷茫，有禁忌，有致命的东西。所以他在犹豫，所以他最终还是去了——三叉岛今后永远都会是一块磁石，而他只是一点点铁屑。

廖麦亲眼目睹了这黝黑的屑末怎样在刚刚接近海岛时，被紧紧吸附的模样：船还未进港湾，他已经有些坐立不安了，频频挪动双脚，咂嘴，探头观望，背包提起又放下；进岛后他的脚步不由自主地有些急促，往前一路闯荡，几乎全然不顾同行的伙伴；宿下的第一夜他辗转难眠，几次爬起来趴在窗上看——天一亮索性扔下同伴出门去了。

廖麦有许多时间一个人慢慢溜达。他并不想过早地被戚金介绍给当地人，也不想马上就找毛哈。他想把相隔不远的三个小岛先粗粗看一遍，这是非常方便的：旅游区建了相互往来的小码头，有大致定时的交通船。当然这主要还是为岛上的旅游项目服务的，岛上居民却因此不再需要自己划小舢板出门了。如今令人难以想象当年的三个岛是怎样连在一起的，那该是一个多大的岛；更不相信岛上有那么大的广场、繁华的街巷，还有一个古老的鱼戏台。

如今物是人非或者一切全变，除了个别老人，已经没人再去追究往昔。刚出生十几年的岛上孩子早不再驾船弄桨，他们更愿到天童集团的旅游区去挣那几个小钱。谈到将三个小岛通连一体的平地广场，年轻人就蹙鼻子撇嘴：吹吧！他们只承认旅游区里的白艇、小姐、酒吧、角子机，还有染了头发的异地游客或外国人。他们盼望那艘大楼船每个月开到岛前港湾里，它那亮闪闪金灿灿的迷人形貌简直是一个复活的神话。它泊在那儿，证明了自己，也证明了三叉岛。据说船上就有大老板本人或其他各色贵人，他们谁也见不着，因为这些人大多害怕岛上强烈的紫外线，只在天黑以后甚至半夜三更才登岸游玩。据说这个时代的上层人物正在把时间反过来使用：白天大睡，午夜到来即分外精神，女的开始擦口红描眼，男的结上领带且挂上文明棍，一改迷迷瞪瞪的模样，双眼瞪得像牛眼。

　　廖麦发现三个岛的面积比想象中的还要小。他以前从戚金的转述中得知这是海水上涨的结果：实际上只留下了三个小小的山头而已。令他奇怪的是原先岛上那么多人，还有开发旅游之后涌入的大量人口，他们现在都挤向了哪里？问了一下才知道，原来最初的岛民有许多流失到周围其他岛上，剩下的只有两部分人：一是爱新奇的年轻人，二是格外恋旧、至死不能抛开渔船的老人。

　　说到打鱼就有人叹气，说看看吧，连找个像样的地方泊船都难了！原来最好的水湾都改做了小码头，那儿不让渔船靠边儿。"一下来了那么多馋嘴的家伙，张着大嘴要鱼吃，鱼就涨价了，一倍两倍地涨，咱哪，用钩子钓，用网围，冒死也要驾船出海！"一个脸上生了黑斑的老人喊着，露出口中仅有的两颗牙齿。他问廖麦是哪里人？廖麦说是对岸的，老人立刻大骂："天童的？那里的人全是畜生！"廖麦否认是集团的人，老人这才大舒一口，低声咕哝："那些人不干人事儿……"

廖麦在海边　岩下看到一个穿了胶皮裤子的人爬上来，筐中有一些海螺之类，就问起了毛哈。那人说："毛哈？呀嘿这家伙要干咱这活儿就容易了，因为他根本就不是人，他是鱼精！他进海里躺着睡觉都不碍事儿，想捉条鱼捡个螺什么的，那是手到擒来呀！可人家不干，懒嘛。如今他要想成个大富翁，半年准成！怪了，他懒，一天到晚蔫不拉叽的，胯里的毛蛋越长越大，许是得了怪病……"

廖麦始终放心不下。这天他放下一切去找毛哈——这家伙果真不太精神，一见廖麦的面大叫了一声，嘴巴咧开了一会儿，接着很快又耷拉眉毛了。芋芋不在家，廖麦其实最想见的人倒是她。他没有问，只是与毛哈交谈："多久没见了，常常想起你！瞧你还是邋邋遢遢，不出海打鱼、不干活吗？"

毛哈一直蔫着，模样有些苍老。他生气一样鼓着嘴说："有人想杀我哩，有人……"

"杀你？为什么？"

"我也不知道。就是从楼船上来的窄脸人，跟在我妈珊婆身边的……现在那些人没有了，我妈不来他们也不来了。"

"到底是怎么回事？该不是你的错觉吧？"

毛哈冷笑，不再回答。后来他突然嘴巴一瘪，哭起来："我想我妈，可她就是不认我这个儿子……我也不知这是怎么了……"

廖麦怎么劝也没用，知道这家伙鬼迷心窍了。他问："你还想出岛找她？""我不，时候不到。我得盯在岛上，哪儿也不去了。"毛哈擦擦眼睛，歪头去看窗外。廖麦又问:"听说你病了?你到底怎么了?能让我看看胯部?"

毛哈毫无为难,马上解了裤子。廖麦于是看到了比常人大许多倍的阴囊,它显然肿胀得厉害。"天,这要看医生啊!是它在折磨你啊,毛哈弟!"

毛哈摇头:"不碍事。下雨阴天不舒服,平时日头好我在窗前晒晒就好了。"

谈到鱼戏团在镇上的表演,毛哈一下精神起来,大眼圆睁:"啊,我是跟了去的!我就一直帮着剧团拉大幕,后来……后来我见了珊婆妈那些干儿子窜来窜去的,就回岛了。"

廖麦听了有些吃惊,不过他知道毛哈不会撒谎的。

太阳光线从窗外强烈地透入,毛哈习惯地移近了身子,晒起了胯部。廖麦痛惜地看着他。"这个人正被一场毫无希望的爱情折磨着,而且他自己也未必不知道结果……"廖麦在心里叹息,抚摸着他的肩膀,小声说:

"戚金和我一起来了。"

"知道。"

"你见他了?"

"不,芋芋姐慌了嘛,我看看她的脸,就明白谁来了!"

廖麦长时间一声不吭,待了一会儿还是忍不住,问:"芋芋去哪了?"

"一早就出去了。她这会儿大概和戚金在'水牢'那儿拉呱儿呢!"

廖麦想待在这儿等人。他问起毛哈的病,对方说这两三年才加重了,接着告诉了中西医结合的老弯肚治疗失败的原因:"他医术才高哩!是假药害了他,把他的名声糟蹋了!"说到假药之类,毛哈就说起了岛上最古老的习俗、一个百发百中的验方:打鱼人只要在海里被土鱼蜇了,那就必死无疑!这时要赶快回岛——"随便翻开哪家门前的石头,下边都有一个纸包,用里面的毛发烧成灰，敷在伤处准好！"廖麦问那是什么毛发？毛哈说是出嫁前岛上姑娘的体毛……他说到这儿大怒：

"自从天童集团来了，石头下的东西就被人换走了，纸包里的还不知是什么哩！结果一年里死了三个人，他们都是被石头底下的假东西害死了……"

"这恐怕是一种愚昧的乡间陋习吧？"

"愚昧的是你！那是人命关天的事儿，这验方儿几百年了，谁敢胡闹啊！如今有人暗中高价收购那种东西哩，私下里串通……"

"还有这样的怪事？"

毛哈调整着身子："就有。新道观里的老道就做这事儿……"

新道观

廖麦终于见到了那个传奇式的女人：芋芋。就像她的女儿小沙鹋一样，她的身材也偏向娇小，但那神情一下就吸引了廖麦：年纪已近五十或更多一点，脸庞稍窄，没有皱纹，头发中掺了不少银丝。她有一副让人看一眼即不再忘记的目光：警觉，犀利，然而极其美丽。这目光在廖麦脸上停留了一瞬，渐渐变得温暖起来，仿佛在说：是的，你是戚金的朋友。戚金站在一旁，两手有些不安地搓动。

廖麦是在往回走的路上遇到二人的。芋芋邀请他一起回家吃饭，廖麦谢绝了，说："我见过毛哈弟了，改日再来打扰吧。"

戚金没有跟上芋芋回家，而是与廖麦一起回到了住处。关于芋芋，廖麦没有问少言寡语的戚金，对方也不愿说什么。其实廖麦心里一直在惊叹，甚至觉得这声音戚金都会听到——"原来是这样一个女人！是啊戚金，你这个家伙，结了婚又离异，从高原跑回南部大山的浪荡子、苦行僧，如今算是遇到了对手！"显而易见：她饱经风霜，颇有来历，性格刚毅，完全算得上一个冷面美人；一种特异的力量正从她身上弥散出来，这是廖麦一见面就感受得到的……戚金这个坚硬得几近于冷漠的男人，绝不会轻易喜欢上什么人的。

事情格外令人感到麻烦以至于尴尬的是，她的独生女儿正苦苦恋着戚金：整个事情颇像一出拙劣的言情剧。

"她比你大吗？"廖麦终于开口问了一句。

"大三岁。"

"你该与毛哈多谈一谈……还有小沙鹤。"

戚金摇头："也许最糟糕的就是解释。等等看吧。"

他们休息了一会儿就走出来了。本来极想去鱼戏团排练场看一看，戚金却绕开了那儿。廖麦想看的有传说中的"水牢"旧址、戏台，还有新建的那个道观。戚金说："天童集团开发到哪里就要把庙和道观建到哪里，以为这样既受神灵保佑，又增加了旅游景点，无论是中国人外国人，最愿去的还是这种地方。瞧咱俩也不例外。"廖麦没说什么，他心里只是对那个老道好奇。

廖麦注意到：每一户门前真的有一块石头。他忍不住上前扳开看了看，每块石头下果真都压了一个纸包。他将其重新放回原处。戚金知道那是怎么一回事，与毛哈说的完全一样。

岛的顶部树木葱茏，那儿闪动着一座青砖建筑，是一处中等大小的道观，新簌簌的。他们一走进去马上闻到了刺鼻的烧纸味儿，是十分熟悉的气味。

不出所料，一切如同别处所见：不甚精致的仿古建筑，粗劣的泥塑和彩绘，镏金大香炉，香案上有一束束香一沓沓纸，还有一个必不可少的供善男信女投钱的箱子。

一个小道士在清扫边厢前面的砖道，见到他们并未停止干活。

从边厢通往后殿有一条甬道，他们两人从正殿出来正要穿过去，小道士就伸手拦住，说只能看正殿。

"道长在吗？"廖麦问。

小道士未答，抬头端详了一会儿，扔下扫把去后殿了。

只一会儿，一个六十左右的老道出来了。簇新的冠和袍衬着一张油脸，留了疏长的胡须。道长让客于西边厢，问他们话。廖麦刚刚说了来自南岸，道长就手捋长须一阵哈哈："唐大老板是吾朋友！朋友！"廖麦看看戚金，说："请问道长从哪里来啊？"道长微笑，对所提问题避而不答，只说："吾还俗八年，今又出山了。唉，没有办法，唐老板说话了嘛！吾居家修道研习，从王重阳全真始祖到丘处机七子之首，莫不熟稔。吾出生地离丘处机之栖霞滨都里仅三里之遥，实为天意造化。吾先后拜栖霞太虚宫及莱州寒同山大基山威海铁槎山，更有崂山太清上清白龙！吾今生足矣！"

"吾第一次来见道长。"廖麦说。

"风水宝地！风水宝地！"道长高兴起来，一扬手唤小道士上茶。他揉揉鼻子："莫看观小人稀，待明年、后年，旅游发达起来就好了！做人没有信仰还行？不瞒二位，我这人自小就……"

"吾也信！"廖麦说。

正说着突然有吵嚷声，接着小道士急急进门："道长，她又踢门了，说出来散心的时候到了！"

道长叹气，一挥手："放出来吧！累赘物件！"然后转过脸："唐老板那儿的女人，被精灵附了身，撒泼胡闹，送到这里贬着呢。其实附身精灵不止一个，吾看有十二个呢，正好一打儿！"

正说着有女人嚎了一声，一下蹿到了正殿前面，小道士怕她跑出，嗵一声关了山门。廖麦和戚金赶紧出了边厢，一眼看到一个披头散发的女人。

女人转脸看到了廖麦，一下怔住了。廖麦也辨认出对面的人——她就是天童集团的女领班，是他和美蒂都见过的那个人……女领班盯着他看，然后往前闯了一步，手掩嘴巴大笑，跳着叫着：

"认识刺猬精？"

廖麦觉得对方的目光刺得脸上发疼。

"我是狐狸精，她是刺猬精……俺俩是一对儿！我可是刺猬精的知己——你是她家男人，快救我出去吧！我要去找知己！别让死老道夜夜缠住我啊……"

这时道长不知从哪儿蹦到跟前，伸出一支桃木剑指着她大喊："呔！"

女领班随即浑身战栗，眼里的光亮很快熄却，盯了廖麦最后一眼，蹲下了。

廖麦往前走了一步，想拉她起来，她却抖动得越来越厉害，牙齿发出磕打声。

"呔！"道长的桃木剑又往她脸前伸了一下。

她缩成一团，抖个不停。

戚金和廖麦惊讶对视，再喊，她像没有听到。

第十七章

黄毛授课

咱今儿个正好有个空当儿，就给大伙儿开个讲座吧，咱老板常鼓励说，要大力培训员工啊。正是呢，我琢磨着，人的技能比起思想来，思想从来都是第一位的。咱今天是自家说事儿，不妨有话直说，实在一些。我拟了个稿子，边念边议，咱论述的题目是：《纵欲等于爱国》。你几个也别龇牙瞪眼的，你听下去就明白咱这可不是故作惊人之语。

古人云"食色性也"，真是一语中的。人是铁饭是钢的老理儿谁不懂？那么色算不了钢，我看也差不离儿。封建时代，统治阶级变着法儿捣鼓那事儿，却让咱劳动人民勒紧裤带干活儿，到处树贞节牌坊。结果呢？国势羸弱，不堪一击，洋人联起八国进了京城。咱那会儿被洋人比成"东方睡狮"，就是说个个蔫儿巴唧的。男欢女爱，利人悦己，生气勃勃，整个民族都振作起来，兴奋起来，国家何愁不能强盛？

君不见人畜皆同，物理相通，每见中意之异性必打起精神头儿。现代医学从松果体内分泌加以解释，荷尔蒙性腺等等物质求证，于是知道干那事儿是一种客观需求！作为一辩证唯物主义者来说，盗铃岂能掩耳！现代人士，知理求源，本应当落落大方啊，这又不是什么满清时代！可我们往往心口不一，心里扑扑大跳，嘴上还硬着哩，客气得要死，这真是应了那句俗话：死要面子活受罪！

现代人应有健全之人格，直来直去，勇于进取，奋力开拓。几千年积习要改也难，所以直到今天有人对这事儿还如临大敌，握着胶皮警棍冲过来管束，愤愤然不可一世！其实何苦来的？民族如同火箭，欲望才是燃料，没有最棒的液体推进剂，你还起飞个鸟！有人学了几句行话，一天到晚嚷着"振兴呀振兴呀"，究竟怎么振兴却一无所知！思想不开，全是羁绊，蹑手蹑脚，势必被洋人越超越远，落得个被动挨打的可悲下场！咱这是丑话说在前头，总之咱民族若不能正确对待那事儿，要振兴则难上加难！

再也没有什么比那事儿更能突破禁锢的了！试想那些伪君子西装革履一番行话，场下掌声雷动，回头如果扎进红灯之区，谁还能记住半句行话？可见西洋强盛，并非空穴来风，也属因果相生。人欲洋溢起来，于是最爱美艳，最思物质，最能想象，也最能追求创造！君不见大荒唐之国，红灯高悬之地，反而科技大兴，国势大强，树茂人昌，绿草茵茵！君不见凡视性事为洪水猛兽之乡，必穷困饥饿，邪暴横行，大言欺世！原来食色相连，性饥饿必会引来物质匮乏，食不果腹——越是饥肠辘辘越是难以宽衣，越是禁欲寡欢越是愁肠百结，这真是形成了恶性循环，应了咱中国一句古语了，叫"雪上添霜"，又叫"寒霜单打独根草"。

再说民族之素质品德。如果禁欲在身，欲并未真的消失，反而要在自身胡蹿，邪劲儿总要散发出来。故而我国前些年、历史上，动辄群殴打斗，害人之心花花鼗鼗，不可胜数，酷刑苛法，不一而足。咱左右邻里乡党，有那么多促狭心、阴毒心，究其根源，不外乎世世禁欲，代代相因，遂积成某种可怖之性格。反过来，那些放纵自身欲望者，总是和蔼可亲，无拘无束，他们有力气尽使在心爱之处，不再无故施暴加害于他人。所以我这人大致有一交友原则，即结交朋友，先看作风，所谓作风过硬者，则要加以提防。

总之，男女之大防必要破除，这是时代交付的重任。如今之世界科技一日千里，时不我待，人心思变，本应奋起直追才是。有利那事儿之药物品种繁多，其书籍也摆上货架，琳琅满目。影碟声带、电台小姐，更有安慰电话、网上交友，真是百舸争流，应运而生。有人掩目而过，有人拍手称快。这实在是时代之发展，民族之福音。凡灯红酒绿，艳词俚曲，皆是吉兆。瑞雪能兆丰年，艳情可映盛世。穷棒子精神再好，也抵不了香饽饽吃。再有志气的青年，打上十年光棍也要频频告饶；再好看的闺女，独身守玉也要脸黄口讷。所以许多道理不过是糊窗白纸，一捅即破。

思想观念如同罗网，无所不在。以平常心对男女事，实为治国兴业之道。我国文化一言以蔽之，即为禁欲文化。凡能禁者即为表率，标杆一立，他人必得攀比，结果愈演愈烈，成了谈欲色变之邦，最后要获得一点点真情非要去偷不可！最美好最体面之物反要弄得声名狼藉，苦似毒药，真是荒唐之至！有些最性急的人生不逢时，他们或者强忍下来，或者稍稍伸展手脚，结果轻者被打个鼻青脸肿，重者披枷带锁，一生不得自由。女子最苦，一个个被逼无奈，只好正派，遇到美男眉不敢抬，哪还有一丝乐趣可言。

人世竞争，皆是物欲而已，其中性欲最是生命根本。所以观察下来，即便伟人学子、文曲星下凡，也要温习那种事儿，于是有"英雄难过美人关"之说。咱禁欲几千年，力气未增加多少，反而堵塞了一代代人的智窍，心眼越来越不活络。瞧人家西洋诸国，开门接客，得病打针，按劳所得，理直气壮。

结果如何人人心知肚明，不劳我再饶舌。你看他多少发明，硕果累累，电器先进，母舰航空！好男有女安慰，好女有男疼怜，整个社会互通有无，以性事为先导，以纵欲为能事。人才济济，几无死角，即便是歪瓜裂枣，只要衣兜里叮叮当当，也不必忍受那种孤苦。可见人心已被欲望浇活，常有甘霖，一个民族不再死气沉沉！这样民族，想欺人则有武有力，财富多多；想自安则洋房花园，咖啡飘香。大舞女、大歌星、大窑姐、大俊男，凡是躯壳优异者，生就了是个花钱如流水的主儿——这世界由他们推着赶着往前走，利滚利，本息相加，一来二去就发达起来了！平常说花花世界，不花花哪成呢？

我虽人微言轻，却不敢不为中华计。我与俺爹常有争论，总是不欢而散。但我今天是直言相告，有感而发，言者无罪，闻者足戒；有则改之，无则加勉。当然，我学的是兽医，不懂多少人类科学，不过是触类旁通而已。谢谢，能为大家授课不胜荣幸之至……

致天童

尊敬的天童如面，吾乃不良犬子黄毛（沿用民间俗称）之父是也。盖因犬子不肖，是年古历春三月五日下午三时放言于贵集团宾舍会厅，惹得人人侧目，吾侄孙女掩面而归所述甚详，令吾气恼若此，夜不能寐，遂推衾燃烛修书一封，以表忿忿之心，以示愧疚之情，还望贵部当众宣之，消除恶迹也未可知。吾信有题为：《论万恶淫为首》。

夫古来中华，圣贤无不视男女之欲为社稷大事。维系纲常，杜绝淫乱，实关国体存废荣枯，兹为要害。不肖黄毛滥言蛊惑，一知半解，鹦鹉初学，搬弄西人之余唾，至为可耻。吾年迈体弱，又恰逢五风交会之期，处处奇事连叠，光怪陆离，实为余生之大不幸矣！当年遍读典籍，精修技术，谨记良训，本为医兽疾以助农事，多勤恳以资乡邻，哪料想犬子归里，染洋发悬耳环，篡夺父职，肆意妄为，遂搅得鸡犬不宁！可叹宵小欺人有术，后来蒙骗老板，掌管礼宾之权柄，其害又大出数倍矣！

男女之事属天地之伦，阴阳之道，小可一私论之，大可普世共讨。欲火炎炎，熊熊然损世风而毁五常，害莫大焉。中外因果，其理也同。凡怂恿色欲之邦，必色厉内荏，惶惶不可终日，人民神气散淡，不思进取，无尺度，无憎恶，喜声色犬马，厌人间正道。且有一些机会狂徒，一再煽动风情，惟恐欲火不炽，谓之人性解放，动摇统治。悲夫！君不见世风混乱，歹人横行，遭殃者均为草民。君不见统治者宫帏厚重，从来纵声色于高墙，饮艳酒在堂奥，同时颁布严刑峻法，一派俨然，吾等平民哪得效法？百姓生活，从来是平安为福，温饱为乐，哪受得淫词浪语！草寮茅舍，无风且摇，更何况淫风大作？所以说劳动本分，安贫乐道才是常情。一班乡野小子耳上悬金，非嫖即赌，存粮二斗，偏学西门，我料他定无下场。

在下忧心忡忡者久矣。世道人心，破绽百出，历朝历代皆然。惟淫欲不可不防，圣人常忧其漫漶伤世。人心思淫，即无严整，无诚信，无守持。男女大防，日受摧残，再无肃穆，慵懒调笑，职责全无。荒唐人等，从来四处敷衍，投机取巧方是本能。事业成于严谨，毁于嬉戏，收敛难，放纵易。世道好比一人之躯体，寡欲守持而得坚锐充盈，含辛茹苦经年累月，却于数日间挥霍一空。如国体亏损日久，必为阴阳两虚，谵妄狂乱，危机四伏。所以大到一镇、一乡、一市、一国，小到一人、一村、一户，夫妻二人、情侣班班，必得相敬如宾，尊严有序。男女娱悦夫妇情笃，行人事而有后人，本为天理，何谴之有？所防者惟错乱颠倒，寡廉鲜耻。

老朽七十有二，大致经历铿锵年代，其时崇尚精神，或有闭塞，常走偏锋。然情欲含蓄，食物简单，人能奋争。于是积好奇心，探究心，并且不惜力气整治山河。可叹者一呼百应，却常蹈歧途，结果事倍功半。而今一切皆适得其反，人已耗散虚脱，不信灵药，穷奢极欲者大有人在，一发而不可收。台上台下，赤男裸女，奇装异服，黔驴技穷。观今日之世界，尽炫弄西洋淫巧，以强凌弱，道德不存，卖身致富，卖友求荣。凡此种种皆有根源，无非是淫欲得倡，人心不古，放荡一旦开始，规矩悉数打破，宛如破损之毛衣织物，收束既开，牵拉不息，终有一日会荡然无存，不再有一丝一缕。

生命沉溺于情色，举目朦胧，江山也会失色。人在欲海中沉浮浸泡，筋骨松软，气息奄奄，谈何为真理一搏、为生存一战？势必是得过且过，投怀送抱，做一个混世之人，所求尽是私利。人人皆得聪明，锋锐勇敢不再，于是群枭竞争，泛起恶浪滚滚，穷民哪得安生？官僚富贵，厚墙铁甲，何惧盗贼；小本经营，小巷人家，必将日日战栗。吾每当赴集镇繁华之所，心必扑扑，皆因世相迥异，如临险境，所见多有袒露肥胸巨乳者、男女莫辨者；臂上纹有青龙之男，鼻上穿孔镶环之女；更有一女扭动前行，分明是臀部难遮，三分之二显豁无疑。凡此种种，均为末世之相——如此断言，每每令吾家黄毛七窍生烟，遂吐半日狂言。

吾国本农耕创业，牧歌田园，诗文盈耳，实为民族生存之楷模。然世间万国，悍马红毛多有来掠，势必图强求生。所愧者惟自暴自弃，不知自珍，扬宝物而取糟臭，投向末路。吾国人民，遵守礼数，有儒有道，西天取经，皆能戒色忍韧。此等传统何其伟大，却被黄口小儿信口讥讽。人类遭际，坎坷多多，苦难密于牛毛，而今上天亦谴：君不见怪病有名艾滋者，实为不治之恶疾，即以淫乱为根。有此警报，痴人也惊，世人却依旧我行我素，不知大难临头也哉。

必有后生视吾信为腐朽之言，并以五四飙风即扫荡之，又遑论西人之历次革命。其实代代解放男女，无非耗散祖宗积存，家资再厚也有花光之日，最后即告破产。如今所有狂欢之徒，实为破产者之后，身上早已不存一文，只是死乞白赖苟活而已。吾虽昏聩，尚不至沦为中世纪之蒙昧酷苛，仅讨还人生之基本尊严。

不肖黄毛欺吾老迈，斥之为道德说教家，错矣！吾何尝具备十之一二，不过是心存崇尚而已。吾素来以为世上惟其伟岸，是真英雄也，帝王将相倒在其次。耿耿于世道人心，备受奚落戕伐，以自身忠洁冲荡荒诞怪谬，实为祭世之牺牲。末世无人敢标举清流，恐为笑柄，群丑且舞，喧嚣一时，其势如何能敌。可叹喧哗之后，大地不毛，疮痍遍野，惟有苍生血泪从头浇灌，别无他途。

月月扫黄，黄色愈昌。究其实无非窃为私好，心态诡谲。当年阶级争斗，施以辣手，而今火燃之危，却作壁观，夫复何言！吾国积弱百年，图强可期，应存究往察来之慎，何必逢洋必怯！诗书之国，泱泱文明，千年一瞬，自当从容，决胜在握。君不见巨流改辙，天道有序，变异为常，慌乱自卑实可不必。况且西洋驳杂，欧美有异，犹如墨分五色，切不可陋闻寡识，只取些皮毛色泽。

在下昏聩不才，斗胆致书皇皇天童，窃以为不得不作也。以集团之巨，动辄筹资亿万，倡善积德或反行其道，乃大事也！吾寻思良苦，实为重用黄毛扼腕。犬子虽流动良民血脉，却于他乡中蛊，颓唐不治，难以救药。作为劳力，只可放牧牛羊，不可役使男女。兹事体大，万望集团三思定夺。吾虽体力不支，然心志顽固，故能将损坏不堪之兽医疗所重加整饬。天童宾舍美轮美奂，言传东西洋人均有出没，可见身居要津，事关国格，切盼贵部能从长计议，将黄毛摘除顶戴，削职为民，以儆百人。切切，在下谨上，顿首。

雷声隆隆

"老天，十年没打过这样的响雷了，吓人哪！云彩也上来了，咱俩赶紧跑吧！"一个背东西的中年男子斜眼望着天空。同行的人瘦削，个子偏高，这会儿瞥瞥西北天说："雨一时下不来……"

他们相互并不认识，只是一对路伴。背东西的男人扯他一把，看看翻卷的黑云，撒开腿就跑。瘦高个子笑笑，卷了一支烟点上。前边的人转眼跑远了，他喊几声，想让对方等一等，可那人一点停下的意思都没有。他吸了几口烟也往前跑去，两腿又轻又快。

他很快追上了前边的人。两人放慢了一些脚步。"老兄你不必害怕，这雨至少得后半夜才下得起来。这会是一场大雨，得慢慢布阵，老天爷最沉得住气。""那雷声咋这么大？吓人！"他望望天空，又看北边那黑魆魆的一片建筑：紫烟大垒正吐着大大小小的紫红色烟缕。

他们坐下来歇了。高个子卷一支烟递上去，对方接过说："你这家伙跑得可真快！"高个子笑了："要不怎么叫'兔子'呢！"

那人倏地站起："你是'兔子'？"

他笑笑，点头，只看手里的烟。

"哦哟伙计，这一围遭都知道你这个人！你真的就是那家伙？"

"真的假不了，你就叫我'兔子'吧！"

"传说你会武功，能抬手发'掌手雷'，还是个飞毛腿！今儿个咱可真见识了！哦哟老兄，你这会儿就发个'掌手雷'给咱看看……"

"兔子"笑了："没那么玄。"

雷声一阵大似一阵，黑云翻腾到了头顶。紫烟大垒冒出的烟色在天幕映衬下，像鬼火一样闪烁。"你瞧你瞧，'兔子'兄弟，这怪物七窍生烟呢！"他正看出了神，一个响雷又让他回过头来："我看还得快跑，大雨真要来了。好好下一场吧，这十几年被旱魃闹的，就没正经下过一场雨！"

"兔子"点头："我们这一围遭可被旱魃害苦了，今天总算到了跟它算账的日子了！你快些回村吧——晚了怕赶不上打旱魃呢！"

"今天就打旱魃？"中年男子呼一下站起。

"今天。踅摸它半年了，好不容易找到老穴！这妖怪害得咱年年大旱，不除了它，庄稼人就别想活……今儿个半下午四乡八村的人都要出动，悄悄围上旱魃，它别想再蹿了！"

"咦，老天，我明白了……那咱得快走了。'兔子'老兄，"中年人激动得磕牙，拍着对方的肩膀说："你是好人哩，咱愿你一辈子好运！"

"走吧走吧，谢谢你的吉祥话儿，再见——打旱魃见！"

这是晌午时分。"兔子"走进了一个村庄，街上静寂无人，仿佛都在午睡。

他拐过一条巷子，见有人扛着一把大镢出来，一瞟他又折回了。鸡狗鹅鸭不语，到处无声无息，家家院门紧闭。"这就是快了，嗯，我差不多嗅到烟火味儿了。""兔子"在喉咙里咕哝一句，去村子深处找自己的老友去了。

这是山地上最大的一个村庄，它离北边那些平原村落只有几华里远。村里树木稀少，街道上的石板路闪着光亮，已经被几代人踏出了一个个凹陷。终于等到了太阳西斜，好像有人在巷子深处发出一声闷吼，接着每一条石板路都响起咚咚的脚步声，一阵嘈杂卷了过来。

全村的青壮从四处巷口拥到最宽的街上，他们手举镢头、锹镐和三齿钩，还有铁钎子、扁担、大锤。"走啊，打旱魃去啊！咱大伙今儿个与这妖怪结结老账去啊！走啊！走啊！四乡八村的人一块儿出门，谁也别想发蔫！"一个粗粝粝的嗓门一喊，立即有一些人跟上吼："走！哪个狗日的才发蔫呢！""走啊，咱给老旱魃劈蛋一脚啊！""这回不阉了这头祸害人的畜生，就别想盼来一滴雨！"

当人流拥到村头时，雷声再次隆隆大作。他们手打眼罩一看，这才发现前边的田间小路上也汇起黑麻麻的人影，暴土扬起，山地和平原的村口都拥出一些人，所有人都像他们一样高举器具……"哦咦，这回够旱魃畜生喝一口老醋了！咱得紧着往前蹿，别让人家占了先，咱大镢一甩先给他破门！""就是，谁手软了谁是孬种，谁小腿打战谁是王八崽子！""不干不行了，十年大旱，庄稼人没法过了呀！"……

只有半个钟头的时光，几路人群就从不同方向汇到了旷野。"往老茔盘那儿围啊，一层一层围啊！"粗粗的大嗓门喊着、打着手势，人群呼啦啦分成了几股，每一股都有一个领头的。老茔盘就是大村的祖坟地，在当地人人皆知。人们花了半年时间才弄清：那个旱魃就藏在老茔盘里。起因是有人看到四处干得快冒烟了，唯有那儿的一块地方潮湿渗洇。人们暗中传递着消息，阴阳先生也来看了，咬牙点头。于是老茔盘方圆几里都画了圆圈，插了桃木剑，由阴阳先生日夜施咒，相机围剿……一个钟头过去，人群猫腰往前，一会儿密密的人墙就把老茔盘围个水泄不通。

旷野上再次爆起喧声。有人在茔地中间喊叫什么，各种声音交织冲撞无法听清。涌动的人群一会儿挤成一丛一簇，一会儿又扯成一个菱形或椭圆形。不断有更大的声浪从中间爆发出来，然后参差不齐的器具一齐举起，像大风中的树木一样摇动。这样直挨到半下午，突然有一股人流从黑麻麻的地方猛地斜蹿出去，大喊大叫往一旁奔跑，接着连大队人马也跟上去。

"坏了坏了，这妖物逃了，往大野里逃了，快追呀！"

"它今儿个还想溜？它就是一头扎进海里，咱也得把它擒了！"

人群涌来荡去，追逐一个白色的、若有若无的影子。

"它到底在哪？""你看你看！像云气一样浮上去、跌下来！""像人形吗？""呔！妖怪嘛，一会儿一变！""哦咦，我又看不见了……"

人们一齐仰脸寻找逃遁的旱魃，喊叫，伸手四下乱指。

有人说阳光太烈了，这家伙害怕，把身子缩得像一根白带子似的，这得最好的眼力才能盯得住——瞧它三扭两扭、连滚带爬往前逃，只欠一死！

"看到了吧？那是头，那是胳膊，哎，四蹄着地了，正一蹿一蹿往东、往北——哦哟狗日的，它奔紫烟大垒那儿去了——怎么办？"

"是啊是啊，咱眼见那妖物往那搭儿跑了——老天，它跑进里面去了，这可怎么办啊？"

跑在最前头的人拎着镢头大喊，只不敢往前。大伙儿都抬头看同一个方向，合不上嘴巴。嚯，这大垒走近了瞧青魆魆的，还不停地打喷嚏呢："啊咔！啊咔！呸呸！呸呸！"臭屁味儿越来越浓，大伙儿一齐掩着鼻子。整个大垒由高墙围起，东西南北四个大门，有伸缩电动铁架子门，上面警灯闪烁，旁边有人扛着狼牙棒。

　　"开门开门！"粗嗓子赶过去，提着镢头喊。

　　"你们想干什么？"狼牙棒问。

　　"旱魃刚刚扎进去了！你几个四眼大睁就看不见？"

　　"什么'旱、旱魃'？"

　　"妈的跟你一辈子都说不清，时间不等人，赶紧开门啊！"

　　"哎呀妈呀……快快，快快报告上边报告……"

　　狼牙棒刚刚喊出一声，十几个举镢头的人一拥而上，噼噼啪啪推斜了铁架子门。人群呼啦啦拥入高墙。

　　到处都响起喊声、追赶声和叫骂声。一会儿有什么破碎了，窗玻璃飞溅伤了人脸，鲜血哗哗流淌，伤者擦也不擦一下，只是大叫："看哪快看哪！"有人顺着他的手指去望，又是揉眼又是打眼罩，这回终于望到了最高最大的垒顶钻出了一个白色的影子——它在那儿龇牙瞪眼呢！"妈呀，旱魃钻到里面去了，这回咱可是亲眼见了，一丝不差……"

　　高墙内的三个不同方向都响起了呼喊声，尘土和浓烟卷到一起，瞬间盖过了紫色烟雾。呛人的气体在空中弥漫，穿制服的从里面跑出，手持扬声器喊叫，很快被涌过来的人流淹没。一会儿，就像雷电滚地一般，刺眼的火花绞成了球，东滚西滚，发出一声声闷响，浓烟一团团升向了高空。

大约又过了一个多小时，除了人声和不时响起的闷钝怪响，一直低吼的紫烟大垒发出呼哧呼哧的喘息。正这会儿，从东西南北四个方向一齐响起了警车的嘶鸣，这声音一时盖过了其他声音。

"大约局子里来人了，咱怎么办？"有人在烟尘里喊。

"等着他哩！狗日的早不来晚不来，这时候才想起帮咱捉旱魃哩！"

"正好！正好！他们有枪，这回对付得了旱魃！"

"天哪，不知是天童的人还是局子的人？要是天童的人，说不定还护着旱魃哩！"

"去近处看看，问问是不是局子？"那个最粗的嗓子大吼。

有人赶紧传话："掌柜的说了，快问问去！"

警车嘶鸣声迫近了。有人跑去又转回，报告说："他们不是局子，他们是天童的，硬拦着咱，不让咱打旱魃！"

"谁不让咱打旱魃谁就是咱的死对头！伙计们，回过头去抢镢头吧，只小心自家人的后腔！"粗嗓门吼叫。

"老天，咱掌柜的杀红了眼了，咱只管跟上去……"

警车在高墙内侧停放一排。一群人身穿簇新的制服，头戴钢盔，手持警棍和枪械，双腿大叉着站在对面。

冲在前头的人小声嘀咕："看模样是正规局子？"旁边人说："吽！分明是天童的人嘛，他们个个都骗来这套行头，你别瞎操心了！再说局子里的还能偏向旱魃？""也对，这话不假！"

戴钢盔的一吹哨子，其中有几个人马上嗵嗵放起了枪。

"啊呀他敢搂火儿，他是不想喝今夜的黏粥了！"粗嗓子骂了一句，举镢头镐头的人就呼一下跟上去。

钢盔们一哄即散，有的扔了手里的家伙，被拥上来的人捡到手里。所有的钢盔都蹿出了围墙，往前狂奔，最终没几个掉队的。追赶的人群见他们跑远了，复又撤回，第一眼看到的就是墙下那排警车。大家骂着旱魃，咣当咣当砸起来，眨眼工夫所有的车都成了一堆废铁。

"老少爷们儿，如今车也砸了，紫烟大垒也快熄了火，咱赶紧去找旱魃，一口气也别给它留……"粗嗓子登上高处喊着，所有人都看出他脸上有一股杀气；雷电闪闪灭灭，他整个人像在剧烈摇动一样。

"冲吧，掌柜的，咱铆足了劲儿往里冲吧，谁敢来拦路就把他劈巴劈巴一块儿收拾了。走啊，往前拱啊，蒙着头愣拱啊……"一个脸上满是血花的年轻人边哭边嚷。

人群呼呼散开，从紫烟大垒周边不同方位往前推进。间或有一些人手持器械从另一侧跑来，相互并不认识，但知道都是一伙的。他们相互交换情况："放心往里干吧，守候的工人都跑了，他们早就受够了，一个个瘦猴样儿。""那边成了烂铜堆，听说里面扒拉出一个浑身长满白毛的妖物，被咱的人三镢两镢砸巴死了，撕成了一块一块，那是不是旱魃？""哎呀那准是哩！在哪在哪？耳听为虚眼见为实啊，快领我去看看！"

打死了旱魃的消息在混乱中传递着，人群的呼叫一浪高过一浪。

天黑透了。风越来越凉。天上全被浓云罩住，云层又严又厚。雷声不再南北蹿动，而是在头顶稳稳地轰响，遥远的钝钝之声与近处的喧声呼应。火光在云海里洇流，很快烧透了半个天空。"这雨可真沉得住气啊！你就瞧着今夜是一场什么雨吧，咱要真的砸死了旱魃，憋了十年的雨就全得落下来！"

有人拄着镢头仰望，有些害怕，气喘吁吁。

"十几年没正经下雨了，这旱魃真是歹毒……"

"你听是什么动静？"

"嗯，是雷——是警车……怎么没露头儿就打枪？"

"没有啊！只是警车响……"

"'嘎勾——嘎勾——这不是放枪是什么？钢枪啊，是钢枪……"

大家马上围在一起。都说掌柜的杀红了眼，人也不见了，这会儿该怎么办？"咱估摸这回是大队人马开过来了，天童的人多着呢，几个围子里凑起来，一个团不止吧？""吠，那可不止！他们是不会吃亏的，只要杀回来就肯定备足了家伙。""也许是真局子呢？只要是真局子就会帮咱！""不管是不是，依我看买卖做得差不多了，旱魃打死了，雨也快下来了，好汉不吃眼前亏，咱该撤了！"

"掌柜的听见不？咱撤了……"

一声吼叫，大伙儿齐声应了，吧唧吧唧的脚步声响成一片。同时警车声也震耳欲聋，一道道光柱直直地投过来，高音喇叭大叫："你们被包围了！包围了！放下武器！放下！两手抱头站好，谁也别想跑！你们被包围……包围……"

"我日你妈旱魃一伙的狗杂种，你想抓咱是狗吃芥末干瞪眼！咱老少爷们齐打乎地上啊，一叉使上去双关透啊！冲啊……"

人群像潮水一样沸动，呼隆隆涌了出去。

与此同时，成吨的雨水哗啦一声压下来，一瞬间把许多人扑倒在地。他们摸起器械，在嚎叫的雨中猫腰冲去，一边大喊："这下好了！这下旱魃真的打死了，瞧瓢泼大雨浇下来了，咱们这回死也值了……"

打旱魃

　　那个夜晚一切都被大雨的啸叫遮掩了，连雷声也隐到了雨幕之后。枪声变得微不足道，人群像蚂蚁一样被浇散了。交斗双方已难以分清彼此，只好各自摸回自己的窝。可惜方位莫辨，只是乱闯，跑来跑去也不知闯到了哪里。丢弃的狼牙棒、枪、镢头和扁担，被涌荡的水流冲刷着，最后全汇集到了低洼处。

　　人们都在谈论整个事件的经过：昨儿个真是挖出了一个传说中的旱魃，这种妖怪附了尸身潜入坟墓，在千里旱原上留下一个湿漉漉的土包……到底是平原人还是山地人找到它，干了这么一件天大的好事？不知道；反正它一经围起无路可逃，就一家伙扎到了大野里，然后又钻到唐童的紫烟大垒里去了。

　　没人怀疑昨夜打死了旱魃，要不十年来哪有这么下雨的？天上的口子一开像老汉大哭，哇儿哇儿不歇口，非来个沟满壕平不可。那晚上咱庄稼人哪里是躲天童的人，简直是两手捂头逃避大雨，不被大水冲到沟里当蛤蟆就算不错了。

　　大雨下了一整夜再加半天，中间几乎没有停歇过。所有村庄的女人都哭着祷告了一夜，最后总算把自己的男人和儿子盼回了家。那些最终也没有回家的，泣哭的女人就绝望了，伏在炕上不再起来。大雨功过参半，它浇散了打斗，熄灭了火光，可也给一桩事情的了结带来了难处："打旱魃没错，可是也伤了紫烟大垒啊！天童的人死也不饶咱哩！"一群警犬在大水冲刷之路上无法嗅味儿；再加上水漫四野，各种车辆要进村需要等上好些天，这段时间有人窜的窜逃的逃，想把打旱魃的人全逮捕归案就难上难了。

天晴起来，警车所至之处一片静寂，家家锁门闭户。一个传言讲述着有鼻子有眼的故事，而且在几天之内飞遍了山地平原，不仅大致轮廓相同，而且还增添了许多细节。故事是讲大雨起因的：连年大旱折磨方圆几十里的庄稼人，石头和泥土在夏天里冒烟，幸亏常有狐仙托梦，知道这一围遭儿有了旱魃！原来是这妖怪作孽啊，四乡八村的人摩拳擦掌，憋着劲儿要把那妖物找出来。大伙儿不吃不喝也要干这件性命攸关的大事，儿子叮嘱父亲，父亲带领儿子，只留下女人在家里看门，然后怀揣锅饼出门找旱魃去了。只要是荒凉坟地、山旮旯土岭子，都一遍遍勘过。

就这样，在一座千年老茔盘上，人们发现了它的踪迹。老人家都知道：它盘踞地下，只在半夜三更钻出来，用一把大扫帚一点一点扫着天上的云彩，连丝丝缕缕的碎云花儿也不留。这妖物就是这样的脾性。它夜里干活，白天睡觉，无休无止，直到大地龟裂，颗粒无收。"老天爷，妖物总算找到了，瞧那四周焦干焦干草都枯了，只有它藏身那一围圈儿水淋淋的！吓人哪，它正在里面呼呼大睡哩！"人们就这样传递消息，找阴阳先生，暗中约一个时辰，送一个口信，只等一个惊天动地的时辰，四乡八村的百姓蜂拥而来！

结果怎样？事情还是出了岔子。这全怨人们心焦急切太沉不住气，大脚啪嗒啪嗒震动了地皮，那家伙在地底打了个滚儿，半睡半醒了。挖的挖刨的刨，动手的捏了一把汗，其余人在远远近近的地方围了一层又一层：只等那妖物一出，齐心围堵，非把它灭了不可。

那一天啊，一股豪怒冲天而起，雷公知道人间要除妖物，阵阵擂鼓助威，云彩从四面八方汇聚起来，只等这旱魃一除就瓢泼下来。可是地上的人群越来越急，恨不得一镢刨出个妖物，然后一顿猛砸算完。他们谁也没见过这个名声显赫的家伙，只是一边往下挖一边嘀咕，两手打起颤来。

那妖物知道身陷重围，也就装起死来。待最后一层土掘尽时，无比的腥气顶得大伙儿个个掩鼻，踉跄后退，等强忍着探头去看已经有些来不及了——旱魃原来是个闪化的人形，浑身披挂了铜钱编织的鳞衣，从缝隙中冒出几寸长的白毛，一活动像抖动铁链哗哗响。这白毛妖怪猛地一纵，蹿出了大坑，然后跳腾着一尬几里远，完全不是畜类脾性，根本就攫它不住！

大约足足有十几分钟的时间，所有人都看傻了眼，不知怎么办才好。这样直到醒过神来，旱魃已经跳出了好几层包围圈。幸亏人多势众，山地平原皆有青壮出动，器具如林，这才把腥呲呲的家伙逼住——它被逼得一路向北又折向西，就这样在大野上拐来拐去，最后再也无路可逃，一头钻进了紫烟大垒。

"哦操，那你们就连紫烟大垒一起砸了不是？"手持小本本的制服问。

村里老人笑得残牙抖动："哪能哩！听说是旱魃钻进了紫烟大垒，那大垒的屁臭味儿把它呛住了！它受不了哩，那个折腾啊，又抖又叫又跳达，咱四乡八村的人急呀，心想它把紫烟大垒弄坏了事儿可就大发了，就齐声儿喊叫，吓唬它出来……"

"怎么吓唬了？喊了什么？"

"俺喊了，'旱魃你胆比天大，敢毁坏这物件？这是唐童和洋人弄出的放屁大机器！你胆敢动它一根毫毛，咱四乡八村就跟你没完！你乖乖出来吧，再不就让屁把你臭死算完……'"

"后来呢？"

"后来它也是身不由己呀，这屁太臭了么，它受不住，三挣两扒眼看就把紫烟大垒毁了，老乡们一看不得了，这才砸起旱魃来，结果旱魃最后是砸巴死了，也少不了弄伤一点唐童的机器……"

穿制服的哼哼笑："你这老东西编排得不错呀，不过还是耽误不了进局子。"

"怎么是编排呢？咱有大雨为证啊！砸不死旱魃，这大雨怎么就劈头盖脸浇下来了？"

那人收起小本本，一摆头，旁边人咔一声把手铐上到了老人腕子上。

"这我可冤枉死了，俺老婆子知道非哭瞎了眼不可……"

几个办事的衙役不听老头子嚷叫，三两下把人推到了一辆带蓝杠的车上，红灯闪闪哇哇大叫开走了。

整整一个月的时间，山地和平原都在查找领头打旱魃的人。村里人都说这事儿可就麻烦了，最早起事鼓动的不是哪一个有头有脸的人，而是狐仙。因为自古旱魃与狐仙势不两立，它们做死对头也有个千儿八百年了，这种事如果也归局子管，那除非得有大神通不可。你家局子有好的阴阳先生、有雷火劈过的桃木剑吗？

办公事的人从兜里掏出一张画像，远远近近让人看，问："这模样的狐仙？"有不少乡亲认出这就是那个外号叫"兔子"的人，却假装糊涂说："上级是真能开玩笑啊，你这儿画的是一个真人！"

"野物装扮成真人的模样嘛！妈的这回逮到他，可真够他喝一壶的了！这小子歹毒啊，敢闯天祸啊！"手持画像的人一脸的惊愕，嘴巴张成一个方洞。

唐童的警车蹿来蹿去，有时悄没声地在巷子里进出，有时大声嘶鸣，急火火奔驰而去，这时村里人一齐盯住它喊："又捉去了一个！又一个！"

各种消息不尽相同，有的说那一天打旱魃伤了唐童的紫烟大垒，还伤了守垒人三十多个，死了五个；而各村的人呢？加起来伤了五十多，死了十几个。死伤者不仅因为挨了枪子或棍棒，有的直接是让大垒的臭屁熏死的，还有的是受了重伤跑不利索，被山洪卷到沟渠里淹死了。传说为唐童守垒的人命更值钱，一个至少要顶村里人三个，那么他们就等于死伤了一百多，所以剩下的事就是要捉大伙儿凑数了。

"天哩，俗话说人命关天，这一来合天底下都惊动了。紫烟大垒有洋人的一半儿，他们跟唐童的买卖本来就是二一添作五，这一回洋人不干了！他们的蓝眼儿像猫儿似的盯住那个鬈毛，问：'你原先咋说的？你不是拍着胸脯说哈罗吗？'那些男女通嘴子慌得不轻，撒了丫子两边跑着串通，叽叽咕咕；过去通嘴子见了洋人先要亲一下再说话，如今就顾不得这些礼道了……"

"谁还顾得上行洋礼？听说连唐童都哭了，擦眼抹泪说：'俺这人一般不哭，打记事起，只俺爹死那会儿哭过。呜呜，我要捉到'兔子'一伙，然后，剥皮，下锅，使上电风鼓子吹火熬汤！我要把他身上的毛儿拔得一根都不剩！'听听，那才叫恨呢……"

"庄稼人的苦楚没有完啊，受旱魃的气，受紫烟大垒的气——也有人说它们原本就是一家，要不那妖物怎么偏往大垒里钻呢？全村人只要有一点活路，谁撇下一家老少举着镢头出门？要知道这一脚踏出咱村，还不知这辈子能不能回来呢！这叫拼死打旱魃，这不是戴花赶庙会啊，这是把脑袋别在裤腰带上干哪！老天爷啊，保佑乡里乡亲吧，保佑咱'兔子'吧；狐仙野物，黄狼精刺猬大仙，海里的神灵，你们要知道咱这村里遇了大难，就齐心帮帮大伙儿吧！咱村里都是有良心的人，消灾以后抬着十二个大猪头供奉各路大仙哩！咱祷告了，从大清早起来就拱手上香……"

村里的老婆婆们哭着，站在村头等人，回到家就烧香。老人们弓着的背影让一条条狗都怜惜起来，它们长脸低垂，一声不吠。

这个秋天哪，许久之后会被遗忘吗？这是肯定的。不过那个神秘、肮脏、阴险而又诡秘的大地之魔，作为一个传说却会永存人间。很久很久以后，有人会说：

"我爷爷的爷爷打过旱魃，他是那次打旱魃死的……"

第十八章

围困

大雨前，还是太阳明晃晃的上午，美蒂就觉得烦躁不安，在屋里屋外走动，什么都干不下去。她在十点左右洗了个热水澡，故意将水温调得烫人，身上到处红红的，穿上浴衣，头上裹了毛巾走出来，一眼看到廖麦从屋外匆匆进门。"你急火火的，怎么了棒小伙儿？"廖麦瞥她一眼，没有回应，去另一边的屋子端了水杯。他大口饮水，摇着头，一手狠力捶打后背。"大概要变天了，背疼；你该去湖边看看，那些鱼又叫又跳，喊你呢！"说着把杯中的水一饮而尽。美蒂亲他的额头，他无动于衷。"棒小伙儿，我快烦死了，真想咬你一顿解解气。"她一边说一边用力扭他的胸大肌，又在他的上臂咬了一口。廖麦解开她的浴衣，想看看胸窝和腋下有没有斑疹。润润的肌肤一切正常。他说："走吧，去田里吧，变天前还有不少活儿呢。"

美蒂没有随他出来。她趴在窗户上看他扛着镢头走向湖边，正挥手招呼几个工人。她知道他要疏通一下水道，把泄水栅栏上的烂泥和苔草除去。她不想干活。她只想咬他，想伏在他身上泣哭和絮叨。已经十多天了，他对她几乎没有话说，只在田里苦做，晚上弄一身脏汗就上床，她稍有抱怨，他就搬到车库旁的屋子里独眠。

到了半下午黑云和雷声就清楚地告知大家：一场罕见的大雨也许真的要降下来了。整个山地平原一直干旱，旱了十年，庄稼人叫苦不迭，齐声诅咒旱魃；唯有这个农场不太害怕旱魔，因为这儿有刀把湖，有先进的浇灌系统。廖麦和工人们干了整整一个上午才疏通了水道，下午又开始加固工棚，把不太牢固的架子什么的用地锚拴住。后来美蒂也参加了，她穿了工作服，戴了白手套，干得非常起劲儿。廖麦在傍晚闪动的雷电中看着她，觉得她微胖的身体非但不显得笨拙，反而极其灵活、甚至极其优美。

　　后半夜大雨浇下来，大得让人吃惊。美蒂伏在窗棂上念叨："妈呀，大概旱魃真的死了，这一下要发大水了……"廖麦穿好衣服坐在床上。他听着雷声，听着护园狗大虎头吠叫，渐渐有点不安。他不记得在大雨中曾经这样难受过。这是一种奇特的感受，又烦又急，真想把身边的什么东西撕扯碎了才好。美蒂撅着臀部在闪电里走动，他就愤愤开骂，是一句吓人的粗话——他有些吃惊，自己竟然这样粗鲁不堪。美蒂转脸凝视他，泪水渗了出来。

　　从半夜到黎明这一段他们都无法入睡。雨未停歇，直到早晨六点到处还是漆黑一团。"麦子，你看南边是怎么回事？"走到凉台上的美蒂喊了一声。廖麦一下蹦到了床下，蹿上凉台，一眼看到了横着扫动的强光：那是警车上的远射灯，肯定车子是陷在泥路上了；那些摇动不停的强烈光柱，就是大功率的手提射灯。各种光柱上下纵横交错摇摆，马上让他想到了去年夏天追捕"兔子"的情景。"我得出去了，出去看看，"廖麦一边抓起衣服一边出门，美蒂提醒他穿上雨衣。

　　他快到园子尽头才看出，无论是东南西哪个方向都有持灯的人，他们正往前围拢，许多警犬跟上狂吠。显而易见，那些人只想把某个逃窜者逼到这边墙根下。廖麦盯着南面墙下，直到那些人围得越来越近了，都没发现有人翻墙进来。追捕者有的穿了雨衣，有的没有，浑身是黑乎乎的油垢或泥巴，样子极其可怕。他们不愿与廖麦搭话，噌噌越过篱墙，显然谁也无法阻止。

接着是细细的搜捕：从廖麦和美蒂的屋子到车库、工棚，还有树丛和庄稼地。一会儿大叶芋那儿响起了可怕的吆喝，一群手提棍棒和枪的家伙找到了三个身上滴血的人，他们一拥而上扭住了，用脚踢，用棍子横着打去。廖麦听到他们大声质问："那个家伙呢？说！"三个人都不应声。

又折腾了半个多小时，再没找到什么人，一伙人这才离去，同时将三个人戴了手铐拉走。廖麦每见他们踏倒一棵大叶芋、踩烂一个南瓜，心上都一阵揪疼。可他的阻挡与斥责毫无用处，那些人只顾搜人，根本不理会他。

雨停了。廖麦发现自己一直坐在稀稀的泥水中，身旁就是刀把湖拐弯处的苇丛。他怔了一会儿，突然听到身后有水声，一转身呆住了：一个头顶荷叶、满脸泥巴和血迹的人在向他招手，并轻声呼叫他的名字！他心中立即响起一声："天哪，真是'兔子'……"

太阳出来以后，所有工棚里的人都面色惨白走出来。他们被一整夜的大雨、被那场可怕的搜捕吓坏了。大家走到篱墙跟前一看又是大吃一惊：农场被一片白亮的大水围困在当中。

一连三天大水未退。一些持枪人徘徊在农场四周，他们轮换上岗，红灯闪烁的警车停在露出水面的高坡上。每个路口都设了卡子，特别是从农场周边通往小码头的道路，不断有人被截住盘查。所有到外面去的工人、出门运东西的车辆，都被堵在路上问来问去。

开始几天"兔子"和廖麦一起住在车库，后来又搬到了阁楼上。这阁楼就在廖麦和美蒂的主卧室上面，平时只放一些杂物。阁楼沿墙有一长溜活动木板，原是用来装饰暖气管道的，这会儿恰好可以在紧急情况下藏身。两人几乎不再下楼，一有情况美蒂就敲暖气管通知他们。

"反正这儿食物充足，什么都有，你就耐心待下去，看看那帮王八蛋能在外面守多久！"廖麦说。

"兔子"脸上的划伤刚刚结疤，一只眼睛有些浮肿，左肋疼痛得厉害。他咬咬牙关："我心里急啊，不知那些人怎么样呢。我得想法早些出去。"

他在三天时间里把前后情形向廖麦讲了一遍，特别是四乡八村围打旱魃的过程。"我们伤了许多人，起码死了三五个——也许更多，这得出去才弄得清。天童的人、他们的帮凶也有死伤，不过不如我们多。没有办法，这一仗憋了很久，早晚要打啊，如果不是因为出了偏差，开春就干起来了……"

"兔子"要烟，廖麦给了他。他一吸就剧烈咳嗽，还是要吸，"妈的，现在村里人没有一点办法，就得死等着让旱魃折腾。天童的紫烟大垒还要盖下去，接着是蓝烟大垒、红烟大垒，唐童干红了眼。大垒的水流到河里、水库里，鱼和庄稼一块儿死。谁敢跟他们讲理，半夜就有蒙脸汉进家揍人。差不多每个村头儿都被天童用钱买通了，还送他们汽车、房子，这一来都成了天童的狗，成了村子的内奸。大伙干什么都得瞒住这些狗，不能走漏一点风声……"

廖麦点头："钱的腐蚀力比硫酸厉害十倍，如果钱的力量不够，再加上其他。蓝烟大垒还要往北压过来，压上我这片农场……这群畜生！"

"畜生！在大垒里做工的都是村里的穷人、外地的童工，他们什么劳动保障都没有，工资低到了让人不敢相信的地步，每个月都有人不小心中了毒气，或者自杀！这些死者如果有家属找来了，就付一点点赔偿金；如果是独身一人的外地工，那就偷偷埋了算完。村里人都说：紫烟大垒是咱老百姓的血汗拌水泥、白骨当砖头砌起来的！"

"兔子"讲着，按一下左肋，伸手要一粒止痛药。廖麦摇头："你药吃得太多了！"可对方的手仍旧伸着。廖麦叹一口气，只好再给一粒。"兔子"说下去：

"村里人开春要起事，已经准备了几个月，全是背着村头的。可谁知村里领头的人当中有个怪人，一见串乡的阴阳先生就着迷。可是有一个老道压根儿就是假的，他是天童的人，在方圆百里干尽了坏事：建道观敛财，暗里探听消息等等。两个领头的就这样给抓走了。这次开春起事就这样完了，他们被那个'老道'卖了，抓走的人至今下落不明……"

廖麦打断他的话："那老道你见过？什么模样？"

"中等个儿，大圆脸泛着油光，稀稀拉拉的黄胡须，年纪不到六十……"

"那就对了，那大概不会错的……"

"兔子"扳着廖麦的肩膀："什么不会错？"

"哦，我在想一个人，"廖麦记起的是三叉岛上的新道观，那个折磨女领班的邪魔，"十有八九是那家伙！"他把与戚金见到的老道从头告诉了一遍，"兔子"说："肯定是这个人！听说他一直鼓动天童盖新道观，他要去做住持！这家伙手上沾了血，早晚有人和他结算，咱等着瞧吧！"

夜深了，两人根本睡不着，因为要不停地走动，下面的美蒂也无法入睡。她索性上来听他们说话，还去厨房做了一餐丰盛的夜宵。她离去时，"兔子"

说："我从来没遇比嫂子更美的人！老兄，我想不出你多么有福……世上所有的人都该嫉妒你，真的！"

因为"兔子"左肋疼痛加剧，廖麦和美蒂怀疑是骨折。他们合计怎样将他送到医院去，可又觉得这是不可能的：墙外的警车仍在穿梭。美蒂在园子里采了跌打草，她记得父亲在世时使用过这种草药。她捣好了药膏，然后为"兔子"敷在伤处，每天更换一次。

美蒂每次为"兔子"换药，他都要冒一身大汗，汗水顺着额头流下来；个别时候相反，他会像发冷一样牙齿磕碰，浑身打抖。美蒂吁吁喘息：

"你痛得厉害吗？"

"兔子"摇头。

"那怎么了啊？"

"兔子"咬牙不语。美蒂每次挨近时，他都嗅到一股特异的气息，就像野地里发出的青生气，有点像苍耳或野麻的气味。这气味太浓了，以至于让他难以支持。他屏住呼吸说：

"嫂子，不要紧。我好、好多了……"

漫漫长夜，两个人都无法入睡。廖麦直到后半夜了还在喝酒，"兔子"开始为他担心。

"'兔子'兄弟！我想告诉你……不是我今夜喝多了，你别把我的话当成醉话啊！"廖麦脸色通红，紧攥对方的手。可是"兔子"知道他从深夜十一时开始喝喝停停，现在已是凌晨两点三十分：他的眼睛布满血丝，额角的脉管涨起。真让人怜惜！听美蒂说过，每天夜里的这一段常常是廖麦的困难时刻——他有时会醒来，被一阵极恶劣的情绪攫住，不能解脱。这时他会彻底绝望，走投无路，并且相信：死亡才是人生最合理最美好的结局……她竭力让他从中摆脱，并一再提醒这是一种病。他时不时脸色苍白、额上冒出虚汗，心里慌慌的，这时必须把脸深埋在美蒂茼麻似的头发里，直到缓过一口气来……在美蒂的帮助下，他会有长达一个月的时间不再犯病。可是这会儿，今夜，廖麦又坐立不安了，他走动，趴在小窗上看，谛听下面美蒂的呼吸。他急急转身对"兔子"说：

"我想告诉你，我老婆，美蒂，她是一个刺猬精的孩子，她不是一般的人！我岳父领她走出林子时，她还一天到晚不离蓑衣呢，直穿到十几岁……"

"兔子"眼睛发直。他盯着廖麦，嘴巴再也合不上。

廖麦低头讲述了岳父良子走出林子前后的情形，以及那个同样穿了蓑衣的女人怎样在林边与之分手……"我一直担心美蒂有一天会走得无影无踪，我们夫妻不会长久……"

"兔子"直着眼抓起酒杯，等对方阻拦时，他已经喝下了一大口，口吃一样问："真、真的？你在说醉话吧？"

廖麦摇头："她至今还藏了那件小蓑衣呢，等我找给你看……"

姐妹们

自从"兔子"离去，廖麦夜间就没有下过阁楼。他开始酗酒，这让美蒂无比忧愁。

白天，廖麦除了与工人们一块儿干活，剩下的时间就是和篱墙边的痴士们混在一起了。美蒂一走近，痴士们就嗷嗷叫，朝她做着鬼脸，这反而让廖麦一脸的开心。从南边过来的流浪汉越来越多，有的一连好几天赖在篱墙下不走，廖麦就搬来酒菜一起享用。

"知道吗？她是一个刺猬精……"廖麦喝得脸色紫红时，指着不远处的美蒂对痴士们说。

一个痴士哈哈笑，拍手。"妈呀，我的天！怪不得我觉得野骚气顶鼻子……伙计，咱俩算是遇着了。俺就愿来你的园子，一躺在篱墙根不想别的，净想过去的事儿，想那片老林子！那是咱一辈子都忘不了的地方呀！除了你，我谁都不会告诉！"痴士说着抢过酒瓶，抓着乱蓬蓬的头发，直眼盯住远处的美蒂。

廖麦知道这家伙喝醉了。痴士仰躺在那儿，一手握酒瓶，一手在身上抓着痒说：

"我慢慢说，不过你可别以为咱是顺着竿儿爬，编事儿！我说的好比是梦里吞吃大馒头——直到噎醒了还满口喷香哩……"

那时咱才十几岁，有一天跟上本家三叔去岛上姥姥家。那岛不远，三叔的船一会儿就划到了，咱赶去姥姥家吃饭。三叔驾船走了，咱还住在姥姥家，一天到晚尽吞大青鱼丸子、去海边逮蛤蜊。谁也不挂记咱，咱的水性和鱼差不多。

那天我在礁石里趴着，剥一些牡蛎吃，吃着吃着就呕起来。我头一晕，腿也抽筋了，妈呀一出礁石就被一股海流抽过去。咱那会儿慌了，眼盯着海岛，可就是游不过去啊。焦急中呛了几口水，就没了知觉。

老天，醒来时躺在海边上，是一片白沙岸，身子底下全是沙参花儿。"看他醒了睁眼了，我说他没死嘛！""一点都没死！"两个女孩在嚷嚷哩。我看见两个和咱差不多年纪的女孩蹲在一旁，她们咬着野果，伸手动我。旁边是一些海草乱泥，原来她们把我身上的脏物都揪下来了。我想说话，一张嘴发不出声儿，咱的嗓子给淹坏哩。

姐妹俩一会儿吵起来，我费了好大劲儿才听明白是为了争咱哩："是我先看见的，归我！""可没有我，你能拖上来呀？""是我的！上次那个小海豹给了你，后来还不是养死了！""那是因为它有伤！""这又不是海豹，这物件光溜溜的，恐怕更难养活呢！"

她们争吵半天，最后还是用葛藤做了副担架把咱抬起来，往老林子里去了。我这才看见她们都穿了蓑衣，可咱一丝不挂哩。她们身上有一股野麝子味儿，这是我记得最清的，连满地沙参花、枣花的味儿都掩不住……老林子可真密，动物毛刺刺的胡蹿乱跳。我到这会儿还记得，一路上老有一些毛茸茸的脸儿探过来，满身嗅咱。有一两句听得明白："什么物件？哪里捡来？"姐妹俩说："不认得哩，回家让俺妈看看吧。"

一座茅屋和她们身上的蓑衣一个色儿，大屋顶快挨到地了，小窗户就像玉米筐那么大，野豆秧子爬得满地都是，一堆干柴火垛摞在西山墙下，那儿还有两个草窝铺。她们不把我抬进大屋里，偷偷摸摸弄进了铺子，蹲在旁边商量是先养起来、还是先让妈妈看一眼？最后说还是先藏一段吧。

离铺子远一点还有一些柴火垛似的东西，里面有干干净净的茅草铺成的窝窝。她们把我抬进去，给我水喝，然后喂我一些白胖的虫子，我吐了。又喂我沙参籽和野蜜、松子，这才凑合着吃了一点。夜里咱想家、想姥姥，哭啊哭啊，不歇气地翻身，身上沾满了草末。姐妹俩天亮时蹲下看我，嘴里咕哝：

"谁知道呢，也许这物件像鸟儿，喜欢睡在笼子里。"

她们按咱的身长编了一只大鸟笼。咱给悬在了一棵合欢树的粗枝上。

开始两天有不少野物来看。姐妹俩夸耀说这是她们亲手逮来的，还指着大獾和狐狸："他比你们个头还大哩！"我只想说话，可是淹坏的喉咙难发声。老吃野果和野蜜，又睡在笼子里，夜里一凉，咱不光嗓子哑了，周身烧得火棍子似的。

她们慌了，说："这么好玩的一个物件，可别再养死了呀，快告诉咱妈吧！"

一个穿蓑衣的五六十岁的婆婆来了，她凑在鸟笼跟前看了一眼，一脸的吃惊，回头呵斥两姐妹："了不得了，这是一个人哪！"

两姐妹一伸舌头，头缩进蓑衣，再不吭声。接着婆婆三两下扯开了鸟笼，把咱打抖的身子搂到怀里，嘴里哎哟哟喊着，一口气抱回了那座大屋。这儿才是人待的地方哩，有床有柜子，床上还有被子枕头。我躺在床上，喝了婆婆调制的草药，觉得好多了。婆婆熬了薏米粥给咱喝，煮红薯山药给咱吃，还在柜子上摆了一碟草莓一碟桑葚儿。这分明是把咱当人待嘛。到了能说话的一天，咱开口第一句就是："我要穿裤！"

咱只穿了一件蓑衣，因为这里只有蓑衣。一活动就露出下边，小解倒是方便。凑合一下吧。我告诉婆婆咱从哪儿来，咱想家——婆婆说那是个村子哩，就在老林子外边，离这儿可不近。她让我安心待着，等壮实一些就送出去。夜里姐妹俩就钻到床上，三两下揪了咱的蓑衣，说："敞了敞了！"她们上下摸索我，没头没尾地亲我，夸我长得比兔子都好看。她们一点也不闲。婆婆一走过来，她们立刻装睡，婆婆一离开她们又闹起来。后来婆婆见我的蓑衣老要滑下，就吓唬我说："半夜黄狼会来咬你下边！"姐妹俩唧唧笑，每隔一会儿就把手伸过来捏一捏，这个说："呀，它还在呢！"那个说："蛹儿真好，变大变小！"她们到了下半夜就点上灯，跟咱比量下身，瘪着嘴说："还是蛹儿好哩！"

月亮天里，姐妹俩领我出来。她们走路身子一扭一扭，小路边一有什么亮晶晶的眼睛忽闪，就啪一声拍一下它们的脑壳。她们攀上青杨树梢，摇动着唱起来，海风把歌儿吱哟吱哟吹到老远，到处都有野物应和。"老獾害凉了，老獾嗓子比野猪还粗！"姐姐说。妹妹见一只公羊走到树根，就故意撒起尿来。公羊摸着头顶咕哝："晴天嘛，怎么下起雨来？"它一离开她们就大笑起来。

在海边，姐妹俩蹦跳、跑，脆嗓子把扑扑的海浪震得哗啦一声碎了。她们牵上我跑，身后是呼呼喘的大野猪，那獠牙啊，月亮下看去像两截树杈。

睡觉前我们采了好多野果，抱到床上，搂在被窝里咔嚓咔嚓嚼。大月亮从窗户照进来，她们不吭气地看咱，伸了鼻子嗅咱全身。说不定什么时候，她们就大惊小怪的，指着咱的身子喊："看！"那一霎咱使劲闭眼，不敢吭气儿。咱心里像装了野蜜，可咱害怕哩。月亮转到窗子正面时，四下通亮了，该咱看姐妹俩光溜溜的身子了：她们后背上全是金晃晃的毛儿；小肚子上、腿根上，金色的毛儿一燎一燎，啪啪直迸火花儿。"咦？这咋了？"咱坐起来，她们就嘻嘻笑，露着豁牙儿……

雨蒙蒙的一大早，我被婆婆送出了老林子。她故意在姐妹俩熟睡时把我送走了。

可是我回到村里再也不能安生了。爹妈以为我在野外中了魔障，看我一个人发呆，就找来阴阳先生。那家伙用一面镜子照我，又使一把桃木剑指来指去，嘴里老发出："哒！哒！"最后还说："精怪把好生生的孩子戏了！"

妈妈问："什么是'戏了'？""就是给玩耍了、糟蹋了、采阳了！"我听不懂，只盯住这个人，认准他是仇人！我心里扑扑跳……

阴阳先生让我喝了一碗黑乎乎的水。奇怪的是咱从那以后真的缓过神来，对那林子不再日思夜想了。咱又像别的孩子一样下田、上学，一直长到了牛背那么高。咱的头发又黑又亮，脸上生出了粉刺……

这样直到有一天，夜里咱突然全身燥热，怎么也睡不着了！我一口气溜出村子，就像被什么牵着似的，一直往西、往西。那一夜月亮真大，我望着没边没沿的野地、林子，嘴巴都合不上——西北风里有海浪声，哗啦啦，哗啦啦；然后是树梢乱摇，有什么在吱吆吱吆响！我敢说咱听得清清楚楚，那是姐妹俩在远处唱哩——真哩，只一会儿就是花花鸄鸄的声儿了，那是野物一齐张开了毛刺刺的大嘴……

我非去林子不可。我夜夜不睡，偷着哭，在心里说：让我去吧，去吧，要不我会死啊。就这样，有一天我找了个借口出门，一头扎入了老林子，死也不回头。这片老林子啊，我一脚踏进去就迷了路。葛藤绊脚，荆棘扯衣，咱给弄得头发乱了手脚带伤，血一滴滴渗进沙里，开春就会长成人参花。走了整整一天，大月亮又升起了，我倚在树上听，果真一丝丝飘来吱哟声：她们又唱了！那时咱眼泪呼一下冒出来，循着这声儿就往前野跑起来。

日头升起时咱又见茅屋，见到两个穿蓑衣的大闺女：她们出落成这样，只回头瞥咱一眼，就让咱喉头发紧手心出汗。她们也伸了手掩口，羞红了脸……

婆婆腰都弓了，她一眼认出了我，叫："孩儿？"我答："嗯哪！"姐妹俩中等身个，姐姐比妹妹高一些，也更好看。她们像换了两个人，如今不太说话儿了，只用一双大眼瞥人。夜晚的月亮快升起来吧，去月亮底下，去草莓果儿最多的地方，她们就会像过去那样了。可惜咱又错了，俺仁一起走出茅屋时，她们还是一声不吭。到了长满桑葚的地方，姐姐采一捧递给我；妹妹弹野物脑壳玩，落在后边。

咱和姐姐坐在海边。她身上全是野麇子味儿。咱闭上眼，觉得她在亲咱的头发。咱把头偎在她胸前，看见月亮光儿在她身上流起来，湿了衣裳，流到肚子和两腿的金毛儿上。她全身抖着推拥我，对准咱耳朵眼儿喊：今夜，今夜……

我还睡在那张藤子大床上。下半夜了，小猫蹄一点点近了。又是野麇子味儿。一只小手搭上咱脑瓜。咱缚住她，在漆黑中摸到了滑溜溜的、像小猫肚子那样细密的一片绒毛，心咚咚跳。我想起阴阳先生的话，赌气咕哝："戏了罢！玩耍了罢！采了罢！"她捂咱的嘴，咱摸她的背，手指一触到了那片桃茸就抖得不行，急得乱蹦，活像鲤鱼打挺儿。正这会儿外面响起了脚步声，"果果、果果"，是老婆婆叫，她披了蓑衣、手擎蜡烛过来了。果果一弓身子逃了。

"孩儿，"老人掀开我的被子看看，抚着我的脸说，"你长大了，我不得不告诉你，你和她可不能在一起……"

"为什么？我一辈子就和她在一起！"

老婆婆揪揪身上的蓑衣："俺们是刺猬。俺们世世代代只能待在老林子里。"

我跳起来："那有甚！我一辈子也待在老林子里！"

老人摇头，仰脸看着窗外："孩儿，人和刺猬不一样哩，人要叶落归根，你到时候一去再也回不来了……"

"俺不去，就不去！"

"孩儿，我天一亮就送你走……"

老人一低头，一咬牙，蓑衣毛儿全参起来，差点吓死咱……

天亮了，哭也没用，咱又得走了。可咱不知该去哪儿哩。

咱出了老林子，再也不想回村了。就这么着，咱从那时起就在野地里游荡了，没家没舍的，谁见了都喊一声："快看哪，大痴士又来哩……"

隔世冤家

鸡窝镇迎来了自己特殊的客人：破除迷信宣讲团。该团应镇上请求，由上级有关部门组织一些科学人士组成，如省气象台、大学水文气象专业的学生等等。宣讲团要在镇子和周围村落巡回讲解一个月，专家们分门别类上台，尽可能使用通俗易懂的语言。为了吸引听众，每次专家登台前后都要穿插一些文艺节目。除此而外还有一个专门调查旱魃事件的人训话，这人面色严厉，口气生硬，仿佛吐出的每个字都如板上砸钉：

"有人趁机造谣哩，说什么双方死伤几十人！哪有这事儿？几个村子出动打旱魃嘛，人多生乱，磕磕碰碰自然少不了，伤个把人也在所难免，什么时候开枪打死人啦？经过三十多天逐一排查，我可以负责任地告诉各位父老乡亲：被枪打死打伤的一个都没有！当然了，也有人伤得不轻，可那笔账要记在封建迷信头上……"

训过话后没人鼓掌，满场死一样沉寂。

科学讲解的人每每满头大汗，千方百计要人们相信连年大旱是必然的，有科学根据的，"强气流""低压槽""空气对流"……这都是天上的事儿，绝不是地下的事儿，再说哪有什么"旱魃"这种妖物啊？

宣讲团在前几场没有遇到什么障碍，后来却颇为不顺。有一次一个女干部模样的上台谴责了打旱魃的愚昧之举，然后又讲唐童作为时代楷模的贡献、他因该次迷信活动蒙受的巨大损失，讲到半截竟然揩起了眼睛。听众当中有人认出她即是当地某人，立刻站起来揭了老底："你的话咱才不信哩！你得梦游症那年夜夜顺着沟边跑，头上还戴一个有海军飘带的帽子……"台下一片嗡嗡声，因为当年这事儿有不少人知道。有人拍着腿应和："不假不假，早听说有这么个闺女，原来就是你呀！"台上女人哇一声哭出来，用低得快要听不见的声音骂了一句粗话，一扭身跑下了台子。

从那以后宣讲团越讲越没劲，没续下三两场就散了伙。因为在山地平原这一带讲别的可以，要否定旱魃的存在是徒劳的。老人们愤愤然："如果说没有旱魃、如果说连旱魃也打不得，那真是一点天理都没有了！"宣讲团走后人们编出了许多笑话，说这一伙人既然偏向那个妖怪，就有另一些死对头暗中修理他们：那些狐仙呀黄鼬大仙呀一齐出动，反正这些精灵肉眼是看不见的，一个个隐身物件上台去抽他们的嘴巴，还刺啦一声把裤子剥下来……一个叫"快嘴刘"的人把打旱魃的过程编成了顺口溜，几天内传遍了周围几个村庄——他把唐童和旱魃混成了一个人，把妖怪的藏身地穴与紫烟大垒也搞混了。他喝醉了，念一会儿顺口溜再大骂一通：

"狗东西前些年不停地咒啊、骂啊，恨着人家霍老爷，其实哩，霍老爷不过是吃些青草！你们一天到晚吞吃大鱼大肉、山珍海味；不错，霍老爷当年是搞了一些妇女，可你们搞得更多，搞洋妞儿，还强奸幼女哩！你们才是挨千刀的畜生……"

小蓓蓓回家时带来各种消息，这让廖麦非常吃惊：女儿知道的事情多极了，比如那天参加打旱魃的具体人数、集团所受损失的估算数字、一个叫金堂的人怎样紧急调动资金、受伤的要犯怎样逃脱……"那人叫'兔子'，可能在海边窝藏了一段，养好了伤就逃窜了。"她吮着一块冰激凌，朝爸爸伸伸舌头。

廖麦看一眼美蒂，没有吱声。

这晚上小蓓蓓因为找一本旧书之类，不知怎么上了阁楼，刚上去一会儿就"哎哟"了一声。廖麦和美蒂赶紧上去，发现女儿蹲在地上，怔怔地看着几条沾了草药和血渍的绷带，又看一个个烟蒂……"你爸爸大雨那天磕伤了，"美蒂一边说，一边收拾地上的东西。

"爸！爸啊，"她走近了，想掀他的衣服看。廖麦阻止道："没什么，小花鹿蹄子，走吧，咱下楼去吧……"

下楼后很长一段时间里，小蓓蓓不再说说笑笑了。她一会儿瞥一眼妈妈，一会儿看看父亲。后来她挨近了妈妈，小声说了一句什么。美蒂的脸色有点紧张。廖麦问："怎么了？"美蒂不语。他又问一遍，小蓓蓓才告诉：

"'快嘴刘'出事了，我们公司有人上班时发现的，他躺在路边沟里，手反绑着，嘴巴给麻绳缝起来了……当天拉到医院拆了麻绳。人没事，身上也没有别的伤。"

廖麦捶着桌子："瞧他们有多残忍！不过他们能把所有的嘴巴都缝起来吗？"

小蓓蓓脸色肃穆，一双大眼紧紧盯着父亲。这样一会儿，她胆怯地叫了一声："爸，有人真的太狠了……不过，不过我可以负责任地告诉你，我们集团那天晚上没有杀一个人！真的是有人在趁机造谣！他们唯恐天下不乱！

真的……"

廖麦一愣，突然"啊"了一声，身子摇动一下才站住。他紧盯住小花鹿蹄子，大口喘息："你、你们集团？你又是哪个集团？"

"我们，我是说'天童'……"

"你们集团？"

美蒂急急上前一步，把小蓓蓓揪到了自己身后，"麦子，孩子那个公司也属于天童啊……"

廖麦伸手一指："美蒂，你听见了吗？她刚才说——她说'我可以负责任地告诉你'！你听见了吗？谁让她来负责了？谁？她说是有人造谣，我看就是她！是她在造谣！她压根儿就没在现场，可她就敢说没有杀一个人！"

他吼起来。美蒂把逼近的廖麦推拥着："别啊！别啊麦子，她还是个孩子……孩子的话啊，麦子！"

"我看要缝嘴的是她！她是孩子，可她该知道用粗麻绳缝嘴、绳子穿肉时会流多少血、会有多么疼！"

"麦子！麦子啊……"

廖麦费力地拉扯美蒂，可就是无法将母女俩分开。他指着小蓓蓓："你给我滚！滚！立刻滚回你们的集团……你给我滚吧！"

小蓓蓓吓得浑身抖动，她用力挣脱，终于挣开了母亲的手，哇一声哭出来，冲到门厅，又跑向院子，直奔那辆酒红色的轿车。美蒂没有追上，汽车刚一发动就开走了。

美蒂回到屋里，一眼看到廖麦：大颗的汗粒正从他额上渗出，一串串滚落到脖子上，又淌进领口。她悄声退到了一个角落。她觉得泪水直接流到了心里。

一直到深夜，美蒂还是待在那儿。她好像闻到了浓浓的酒气，跨出一看，廖麦已经快要喝空了一瓶白酒。她想夺下他手中的杯子，一用力杯子碎了，他被割伤了拇指，鲜血立刻哗哗淌下。"天哪，麦子啊！"她要为他包扎，他拒绝了。他去自来水前冲洗伤口，水盆里立刻是一大团红色的水。

她浑身打战站在旁边，像是自语："原谅她吧，她还是个孩子啊……"

廖麦手上的血好不容易止住了。他坐到桌前，酒瓶对在嘴上，把剩下的酒一饮而尽。有些憋气，他大口呼吸，站起来，胸脯上下起伏。美蒂走过来，看着他苍白的脸庞："麦子，你喝得太多了！不舒服吗？"她抚摸他的后背、前胸，一直抚摸，然后又把他的脸庞紧紧按在自己浓浓的头发中。

廖麦大口吸气，坐下，"没什么，我好多了……"他转脸看她时，她发现他的眼睛都红了。他低头看受伤的手，用力握了握，像是想使它重新渗出血来。"大概快了，该有个了结了。不会拖上很久了。"他看着拳头，声音沉沉。

"什么快了？"

他没有回答，一直看着窗户："我应该抓紧时间做点什么，我对他们是有承诺的。我说过的，就该去办……"

"麦子，你到底在说什么？办什么？"

他盯住她："付给工人们钱。我以前说过，我们与他们不是一般的雇佣关系，而是一种新的劳动组合。我们如果一年年全结算下来，付给他们的要更多——比现在多得多！"

"是这样啊！原来你还在打这个呆主意……"她提高了声音，"麦子，你付给的已经比别人多出了一大块儿，你还要怎样？他们不过是打工的，他们又没有农场的股份！再说咱也没有办一个股份公司啊！我，我再也不能依着你了……咱们，咱们为这个农场投了多少啊……"

"你投了！你投得太多了！可是你的先期投入就必须保证你后半辈子一直盘剥、盘剥、盘剥下去？你看不见他们脊梁晒脱了几层皮，脸都晒裂了？你想做女唐童第二？你到底是谁？你告诉我！你现在就告诉我！"

廖麦一双红眼睛凑过来，这使美蒂惊得嘴巴大张，退开一步喊：

"我是谁？我是你老婆——你的……隔世冤家！我是谁啊，麦子你自己说吧，说说我是谁……"

廖麦的大手一下抓住了她，只一下就拽到了怀里。他又一次将她浓浓的、苘麻一样的头发握紧，反手一拧，她的脸庞就仰起来了，嘴巴也张开；他可以看见她翘动的舌头了。她一直看着他，一声不吭。

"你喊吧，快喊吧，你就说野蛮人又要打老婆了！"

"我不喊。"

"喊吧，刺猬精的孩子，你扎疼了我，我非愣揍你一顿不可！"

他在吐出最后一句时，突然两臂一收，把她的脸庞紧紧按在了自己胸前。她在他怀中一动不动。这样待了许久，他发觉她在咬他，一下一下咬他的胸肌。

屋子里漆黑漆黑，静极了。这时候如果有一只耗子跑过都听得见。没有，家里没有耗子，也没有猫。远处的鱼跳声倒是传过来，那是黄鳞大扁，熬汤时会散发出浓烈的枪药味儿。

"麦子，麦子，你从来没有醉成今晚这样哩……"

他一动不动抱着她，眼望黑黑的窗洞。他知道自己一点都没醉。

"我爱你麦子！我的棒小伙儿，我往死里爱你啊！我说过，我离不开你，我们俩大概真的是一对隔世冤家哩……"

雨读

戚金，不知你今夜正在哪里、做些什么。我思念你，用一支笔与你交谈。又过了午夜，安坐桌前，感受一种清美，一种古老的美感。当然是一个人。没有红袖添香，没有艳俗的功名！尊敬的朋友，在这个风雨围逼的寂夜，我想得最多的就是咱们一起的日子。我不是指与你和修三人共处那会儿，而是指与你在南部山区、在海岛的那些交谈。你那个奇怪的住所，那个有巨大顶盖的山半腰的石窝，真是神奇啊，这让我想起一只鹰，一处鹰穴。我能想象山雨扑来、雷电交加时的情景。那时你大概能听到山野狼号。你那儿缺一个好帮手，可惜这个人未能平安抵达。我得告诉你这个不幸的消息：他在半路上被拦截了。

我理解他的处境——所有在山地和平原无法立足的人，我都引为兄弟。可是，我仍然怀疑那场惊天动地的"打旱魃"，害怕它隐含的灾难。这也并非你的希冀。你不屑于空谈，更不愿陷入任何泥淖。探索、勇气、劳作，这是你的信条。

你知道，我一直渴望过一种晴耕雨读的生活。这是我对自己的承诺，故而追求不息。原以为这是最朴实无欺、最容易实现的事情，今天看真是大错特错。从父辈或更早，多少人啊，他们都对自己有过这种期许。难以实现。动乱，人走他乡，妻离子散，或其他。人生还没有那样简捷便当。美蒂深知我心，她在含辛茹苦的园子里做的第一件事，就是准备了一个书房。为此，许久以来让我心存感激。我甚至认为她就代表了这样一种生活。我们安顿下来了。是的，晴耕雨读。由于那个旱魃，连年大旱，火日当头，几乎总是昼耕夜读。一样。这是一部词章的上阕下阕。

这样的日月安排，当年的八国联军是不会赞同的，而地主们倒不会反对。同为强势，人生理想却大不相同。如今我们在紫烟大垒下讨生活，喘息艰难。我和美蒂常常说起来往的蓝眼人，她倒格外开朗，说："他们总比八国联军好吧。"说到大垒的恶臭，她说："那也比挨枪子儿好。"我说："是啊，不过枪子儿把人一下就打死了，现在是让铜臭熏死，让上涨的海水淹死，让漫天紫烟呛死，让一些没心没肺的人杀死或气死，反正是慢慢死，死法不同而已。"

我们一起走到了如此悲伤的时刻，却待在了完全不同的处境中。你有鹰穴。我于午夜，于凌晨三点独自寻索。我发现自己甚至无法攀比黑色的童年：那时我知道黑色后面是什么，现在则不然。舀不完的半生浊水……我不敢去想两个人的眼睛：一个是父亲，一个是山中的老妈妈。我从他们的目光里读到的全是慈爱和希望——他们把一切指望全寄托在一个小伙子身上了。我那时多么年轻，在乌黑的无星无月之夜，两手一扫硬撅撅的浓发，会发出蓝色的电火。我什么都不怕，就那样一路冲到了野地里。

前边等待我的是什么？在夜色里遥望两位亲人的目光，我想说：我可以不要岁月给予的智慧、不要任何财富，只要一样东西，那就是两手一扫浓发时溅出的蓝色火花——那是少年的闪电啊，没有它，就无法点燃自己的心。

朋友，我没有参加"打旱魃"——没有机缘，或深深的疑虑。我陷入了两难。

你可以想象那田野上涌动的人群，乌压压一片，那是千万吨"踢啊踢"。是的，每人心里都有一撮粉末状的东西，可是……

晴耕雨读？哦咦！朋友，你在高山上抽着烟斗，不动声色；你在目击，该不会无动于衷吧？

我正从头寻索：究竟是一些什么东西，怎样伤害了我。诚然，这是一个缓慢的过程。它掺在风中，让我在不知不觉中风化。农场，书籍，舒适的、有浴室和卫生间的居所，现代耕作——这的确是一种"新概念"。我已经在不自觉间走近了它……深夜，我突然明白，它简直就是一种蛊——我们走进了默默中蛊的时代。

夜色浑茫，我感到了疼痛。很痛很痛。

你注视了我、帮助了我。类似者还有开朗美丽的修，她更直接地触动我，把我打捞上来。她的不拘一格生气勃勃，被真诚和诗行牵引往前的样子，深深地打动了我。她爱我，这一点我清清楚楚，从今以后我只求自己能够配得上这清洁的爱。那天早上，当我送她离开时，一眼看到她身穿紫红色方格衣服、看到她露在外面的白皙的脖子和下颌，心里漾起一种难言的感动和倾慕。我在心中说：多么完美的女子！我多么幸福！

淅淅夜雨，展开书吧。无法言喻的嗜读之魅——今夜正读到这样一章：古代战乱中，一位书痴迷于夜读，对四下围起的刀兵野火全无察觉。他只是大声诵读，忘记一切，竟对越来越近的灾殃浑然不觉。是夜，周遭血流成河，房屋尽焚，唯有书痴所居百步圆周——诵读之声可达之处——一切保存完好……此景为人惊叹。一日，有一小童头扎双髻，进门施礼，说山里师傅身体不适，想听人诵读，特来恳请。书痴未多思量，携书出门。随小童行至不远，入山壑，进茅庐。书痴捧书端坐蒲垫，大放诵声。一个时辰过去，隔壁门启，出来一携杖老者，银须飘飘。小童谓："此乃师傅也，听了诵读果然好了许多。"老者未言，旋即回到里间。书痴出门时，小童端一木盘送客，盘中有一点银子、一张药方、一束香。半路上，书痴问师傅何人？小童捉过他的手，在手心里描画出三字：孙思邈。书痴归后用过药方，焚香抚卷，仍旧嗜读成癖。至一百二十岁，秋日，书痴想起山壑茅庐，沿旧路寻觅，但见平原广泽，浑然无边，哪有什么山壑……

今夜，抬头倾听淅淅雨声，推窗看茫茫夜色。无边无际，一如心头的虚无和荒凉。

我大声诵读起来。是的，今日今夜，这诵读之声仍可达百步圆周……

第十九章

最深的夜色

山地深处，岩层下的金矿洞穴里，五个人准备过夜了。他们觉得这会儿是夜晚，该睡觉了。其实到底处于一天中的什么时辰，他们也不知道。最先来这里的三个人已经在洞里待了两年，其中年纪最大的是个瞎子，平时由他掌管时间，他说一声“天黑了”，天就是黑了。五个人只以年纪和进洞时间排序，相互唤作“老大”“老二”之类。老大进洞一年后眼睛得了火瞢，连刺眼的灯泡都看不见，唯有一颗心越变越灵。他用心算法知道了时辰、外面正发生的事情，以及自己的死期。

老大算出自己将死于今年的“古历二月十八日”。大家都知道这日期是不会错的，错的只会是这一天到底何时降临。因为刚投入洞子时每个人都大意了，没有认真记下时间；后来才想起这是顶顶重要的事，这才按时往一个地方刻痕记数。问题是没有钟表，每一天在黑影里首尾相接不好区分，再加上还有闰月，所以洞里的人要准确找到某一天也就难了。不过老大说他一次次使用心算法，估摸这一天就混在这十天半月里，反正这一天肯定是离咱不远了。

“老天爷把这一天剔去扔了吧，因为谁死也不能让老大死。他死了就等于洞子塌了，完了。"老二对刚进来不久的两个新人说。

新来的两人当中有一个小伙子，他先是盯着那人不语，最后还是问："这为什么？"

"就因为他是咱大家的眼睛！他把黑洞子外边的各种事儿讲给咱听，让咱像溜达串门一样。他一蹬腿，咱不就成了睁眼瞎了，从今以后外面的什么事儿也不知道了。"

小伙子心里说"哪有的事儿"，嘴上却一言不发。他在昏昏的光线下看着老大那双石头眼，轻轻磕牙。老人两眼得了火蒂之后，一天到晚瞪得像鸡卵一样，连睡觉都不闭，结果就变成了石头色。有人半夜按了按这双眼，说："老天，真石头。"

在一个大铺子上，五个人仰躺着。铺子由草袋子和水泥包皮、厚纸壳做成，油滋滋的被子是深蓝色的。原来的三个人真是贪婪：许多天来一直让新来的两个人讲外边的事情，不准歇气儿。老大怎么了？他怀疑自己的心算法？不，他只是想证明自己。新来的两个人听他讲了几句外面的事情，惊得目瞪口呆：真的发生过这些。就在两人被投入洞子前一个月老人还咕哝："咱这里快添新家口了！"至于这两个新手进来的原因，老人没说，只是指了指嘴巴。

小伙子仰躺着，看着黑黑的岩顶说："我这会儿最恨的不是唐童，也不是其他人，是那个假老道！是这家伙骗了我的话去！等咱遇上他的那天，给他揪去胡子、再割下他的家巴什儿！"

"恨死了他！恨死了他！"旁边年纪稍大一点的人也说。

"你们该管住自己的嘴，"黑影里的老大说。

老四悄悄揩去渗出的泪水，忍不住问了一句："老大，好哥，你算算我老婆子这会儿做甚？分手时她正给二小子做棉袜子，刚做了一半……"

老大鼻子吭吭响。每逢艰难的运算，他的鼻子都要响。"棉袜子是做好了。这会儿脱祆睡觉了，左手里握着娃娃的小脚丫。好老婆子啊！她好哩！"他说着突然赞叹起来。

老四欠起身："她怎么了？"

"一日夫妻百日恩哪！你走了不到一月，就有光棍汉提拉着裤子去找她，你猜她咋说？她说：'我用烧火棍捅你个豆虫冒油儿！俺生是他爹的人，死是他爹的鬼！'好家伙，看这会儿大奶子堵在小娃嘴上，小家伙眨巴着一双小猴儿眼吮着呢！就这！"

老四哭出了声音。旁边一片叹息。老四说："我知道那个光棍汉是谁，也知道他这辈子都难得手。不错，您老眼力狠毒，俺那家口奶子怪大不假，在村里外号叫'口袋'哩……"

他这样说时，没一个人发笑。小伙子在暗处咬了咬嘴唇，后来终于问："我的事呢？她后来呢？"

鼻子再次吭吭响。"你的事，小子，咱如今是一家人不说两家话，同是地底的冤魂坯子了，也用不着遮三盖四的，干脆实话实说吧，你那个相好的就靠不住了！别看大辫子悠达悠达直打大腚，赶集时东瞅西瞅，眼珠儿专往年轻后生身上转哩。你走了她也哭过，抹了三五回眼窝泪就干了，再也流不出了……"

小伙子腾一下蹦起："她不等我？"

"还等？等到猴年马月？你才刚进来，俺哥仁待在洞子里两年了，也没见个天日，每天摸黑干活开矿石，人家从竖井里送来水饭，这日子没有头呢！

这工头儿是个蛇蝎心肠，杀人不眨眼！哎，小伙儿，你和大辫子的事也怨自己，那会儿反正随身带了火钩子，怎么不趁早把她的火拨拉旺？这倒好，人刚走了两天半，火就熄停当了……"

黑影里传来小伙子的泣哭声。一会儿声音增大，是呜呜的声音。小伙子跳起来，大骂："丧尽天良的矿头儿，唐童的玄孙，还有那个假老道，你几个该辈辈都下地狱！我年轻轻就给活埋在这里，谁也不知道，我怎么办哪！我还活着干什么？我死了吧！死了吧！"他骂着叫着就想撞头，几个人一回手捉住，按紧了他。

老大蹲起，凑到眼前，捉起他一只手按在自己头上："伙计，摸到大疤瘌没有？摸到了？这是和你一样，那会儿想一头撞个脑开花，死哩！咱说什么也不想活了，是身边这两兄弟拦住了咱。'留得青山在，不怕没柴烧'，今儿个咱要用他俩的话劝劝你了。活下去，没白没黑地活——你和我不一样，你这么年轻，还能没有见天的时候？"

"可是除了那几个畜生，谁会知道咱被活埋在地底？这到哪天才是个头尾？老天，咱就真的这样，像老鼠打洞一样过一辈子？"

"伙计，躺下睡吧，时候不早了。你躺下，我把地上发生的新鲜事儿告诉你，也许能让你解解闷儿，躺下吧……"老人一下一下抚摸小伙子的后背，终于让他躺下来。

除了啪嗒啪嗒的滴水声，洞子里一点声音都没有。"曬，看见了看见了，我看见天上打雷下暴雨，一伙人紧跟上一股山洪，一块儿冲下来哩！这势头可不比平常，唐童那伙畜生正忙着配驴配马呢，白咧咧的水头一家伙把他们掀个腚朝天！紫烟大垒里钻出个洋人、一个通嘴子，浑身屁臭，正说着话要找老板玩哩，一顿狼牙棒就打过来了。原来天童的人被大水冲花了眼，看见什么都像水流卷过来的妖怪。狼牙棒胡抡了一天一夜，可打死了不少人，紫烟大垒呼哧呼哧喘了一会儿，也伸腿瞪眼死停当了。唐童那些相好的女人急了眼，光着腚跑出来，满街打转儿，最后晕了头了，被鸡窝镇的单身汉一人一个抱回家去……"

"老哥，你说的倒是怪解气，咱就是不知真假哩……"

"我说过假话吗？我这人实在，看见什么说什么……"

"这倒是。老哥是个实在人儿……"

五个人说着，议论着，一会儿睡着了。

不知什么时辰，老哥醒来了，坐在那儿学公鸡打鸣，伸着脖子一叫，早晨来到。几个人到一边的水洼那儿洗把脸，再去另一个角落里解了溲，就蹲到竖井边等吊下来的饭水——解下东西，挂上矿石筐子，这等于是拿石头换饭。

这一顿早饭有辣椒，让老大一下高兴起来。他拍着手："'古历二月十八日'没来，这馋人的物件倒来了！吃，吃，哑哑，啊呀真解馋虫！我看送饭这人不孬，咱替他许个灵愿，男的尽搂好闺女，女的天天被小伙子看上……吃，张大嘴吃，哑哑，啊呀真解馋虫！"

早饭后三个人一起安慰新来的两个，说一切都该从长计议了。他们把二人领到一个拐弯窄洞里，穿过不停的水滴，马上看到昏黄的灯泡映着一片旷地，原来这儿是掏挖出来的一个大石窝。老天，四壁上有三个人形儿，全是泥巴和石粉捏出来的，像真人那么大，一色的女人。两人惊得说不出话。

"这仨是俺老婆子，"老二瓮声瓮气介绍。

老大指指老二："这兄弟手巧。在地底下过日子没有家口哪行？你俩也说说她们模样吧，让老二慢慢帮你们捏巴出来，不像就改，早晚保你俩满意。"

老四这一天真的与老二合作，一点一点用泥巴石粉干起来。"她的下巴子蛮大，嘴也大，杏核儿眼；她笑起来有俩酒窝儿；嗯，坐下的模样像头犊子……""老弟这就没法琢磨了，你得说细发些。""细发说嘛，肩膀怪厚……"

小伙子不愿开洞子，一会儿就要跑进石窝看一眼。后来他说："尽管她对我不专心，我还是夜夜想她。这么着吧，二哥也替我塑塑她吧，长辫子，大腚，兔子眼，身个儿少说也有一米七……"

因为老二要捏泥人，他的那一份采石活计就由四人代做了。整整花费了三十多天的工夫，照例是反反复复改，总算做得差不多了。五个女人一律半张着大嘴看人，以大辫子姑娘为最美。她们前边都搁了一块石板，上面放的东西全都一样：一块馍馍、一点咸菜和干鱼。

塑像完工的第二天，半下午时分，老大突然胸口发闷，"咦？这一天真的到了？"说着他掐起了手指。四个人赶紧把他抬到铺子上。

过夜时老人喘得厉害了。大约半夜时分，他的一双石眼就再也不动了。大家哭成一团。

"原来今天就是'古历二月十八日'！狗日的，咱哥儿几个饶不了这一天！"

斑鸠大道

"老唐童有条斑鸠大道，道上走的全是馋猫。"这是近年来镇上人人皆知的一句顺口溜儿。鸡窝镇新的居住区商业区与宾馆连在一起，面积差不多有过去的镇子大。往昔的石头街多么热闹，如今却显得黯然无光了。传说新区所住人口的百分之七十都是外地人，口音驳杂，打扮迥异。这些街道的名字原先不过是从一些行话中摘取的字眼儿，如"进取路""攀登街""开拓巷"等等。而今唐童重用黄毛，一夜之间名字全换了。

黄毛真长了一副好脑子，这小子就是脑瓜值钱。他建议老板把街名儿全改了，"这些名儿不光土气，还记不住，没光彩，一个个灰头土脸的，再说也显得咱们没情没义的。"唐童对最后一句怔了一下，问："你什么意思？"黄毛耳朵上的白金坠儿晃动着：

"切不可忘记女士们的贡献哪！人家从天南地北赶了来，帮了咱多少忙！"

唐童若有所悟，半张着嘴巴听他说。

"依我看，最东边那条街发廊什么的不少，生意一天比一天红火，该叫'野鸡大街'；中间这一条住满了咱的服务员、公司职员、球童什么的，就叫'斑鸠大道'；西边高级住宅区里可都是太太啊，她们个个称得上是有身份的人，那里该叫'凤凰路'。这样叫来上口，而且也分得清清楚楚了，大家住起来也有劲儿。我们安排房子、人口，再也不用犯愁了，该住哪儿就住哪儿……"

没等黄毛住口唐童就拍手称赞起来，除了将"野鸡"改为"锦鸡"之外，一律依从了黄毛。本来他想就改名一事儿跟集团顾问夷伯商量一下，这会儿就说："算了，不问夷伯老小子了。"夷伯是某个大人物的内弟，正式身份为一所大学的副教授，因为兼任集团顾问，每年可拿到一笔可观的津贴。他许多时候就住在天童宾舍。黄毛瞥一眼唐童，说："夷伯这个人哪！"

唐童知道他又要埋怨什么，就摆手阻止："算了算了，人都有毛病的，将就一点吧！"

　　"可这种事儿是没法将就的……"

　　"将就一点吧！"

　　唐童离开了。他压根儿不愿讨论夷伯的事儿。黄毛知道他怕那家伙的姐夫。黄毛一想到"夷伯"二字心里就腻歪：瞧这家伙，五十上下，穿一身白西服，还戴一顶厚檐儿南洋礼帽呢，提着文明棍，身上挂了金链儿怀表……呸！他吐了一口。

　　走在更名的斑鸠大道上，黄毛真是高兴到了极点。大道两旁是不太高的合欢树，它们花期很长，花儿的气味和色泽啊，都让人兴奋得没法说。树后就是高高矮矮的各式楼房了，其中公寓楼居多，里面住了从各地招来的工人，其中女工占百分之七十，都住在这个专门的区里。这些女孩子穿了专门的制服或形式各异的服装出门，都让人欢喜。叽叽咕咕，咕咕咕，真是一些小斑鸠。她们当中有许多就在宾馆里工作，在大道上遇到他恭恭敬敬叫一声"经理"，让他心里如蜜流淌。他点点头，不苟言笑。看着那些从门洞里拥出的、一群群的女孩，他常常驻足不前，望上许久。这当中有刚刚值过夜班的挡车女工、服务员，她们忙了一夜竟毫无倦容，大清早洗个澡，头上裹块毛巾就出门了，脸上红扑扑的。这些女孩子百分之八十他不认识，但个个都让他充满了喜爱之情。他在心里说：

　　"多么好啊！多么了不起的资源哪！小斑鸠们，你们就和天童的事业一起飞翔吧！哪里的前途都没有我们光明！"

　　前边的一棵合欢树下，此刻站立的两个女子把他吸引了。他走着，不经意地往那儿一瞥，然后就再也挪不动腿了。树下的女子一个四十上下或更小一点，脸朝这边；另一个和她说话的是个二十左右的姑娘，侧向一边，身形美极了：高爽，长发披肩。年纪大一点的女人却更多地吸引了他，因为这女人不知是见过还是怎么，只一眼看上去就再也不愿移动目光了。她稍稍胖一点，但绝不臃肿。何等端庄然而却有无法遮掩的妩媚！她的目光抚摸过的一切都会是幸福的；她一直看着身边的姑娘，所以并没有发现几米之外正有人细细端详。她的目光恳切、热烈，大概在细声细气说什么。她身旁的女孩揩起了眼睛，显然是哭了。女孩摇头，摇头，像是迟疑或拒绝。那女人失望或生气了，往旁边走开了一步；后来她一直往前走。

黄毛那一刻唯恐再也见不到她了，一直跟上去。他跟上直走了十几米远，仿佛忘记了其他。正这会儿身后突然传来一声断喝："黄毛！"

他打个愣怔。在整个天童集团、斑鸠大道，谁敢这样直呼他的外号？简直是无法无天了！他转脸找人，还没有看准目标，第二声吆喝又响了起来："黄毛！你这个坏蛋，你敢盯梢！你想干什么？"

原来是那个姑娘，她刚刚与走开的女人在一起，不是别人，正是下边一个公司的办公室主任廖蓓！她这会儿一脸怒气冲着他叫呢；是的，她刚刚哭过，瞧眼睛还看得出来。"噢，廖主任，我不过是觉得那人面熟，多看了几眼。怎么，她是谁？我看你被她训哭了——你妈妈？"

廖蓓今天的火气大极了，指指他的鼻子："你管得着呀？你别太得意了！"

"哎呀，廖主任，我不过是关心你。看你气的啊……'大斑鸠，咕咕咕，我家来了个好姑姑'，我走了，再会，再会！"黄毛不在意，念了一句顺口溜，快步走开了。

廖蓓几步跨到人行道上。她在合欢树下站了一会儿，低头看粘了一点黏泥的鞋子。刚刚母亲来劝她回家去的——自从爸爸那次把她赶出家门后，她一次也没有回去。真可怕啊，直到现在一想起来还是要哭。那真是雷霆震怒，是她从来都没有经历过的。这会儿她在问自己："回去吗？"接着摇摇头："爸爸，爸爸啊，我不敢，我害怕。你已经不是过去的爸爸了……"

她曾一次又一次回顾那天的父女对话，竭力想找出自己的致命之错以及爸爸暴怒的原因。可她所能意识的、追究的，一切都不至于导致爸爸的如此盛怒啊——她刚才反复问妈妈的一句话就是：

"爸爸到底怎么了？"

妈妈不知劝了她多少话，却唯独没有令人信服地回答她的质询。

廖蓓拖着沉重的步子迈向公寓楼。她在凉台上站了一会儿，久久看着斑鸠大道上来来往往的人群。这是周末的上午，阳光晴好，行人比往日多一些。她身子探在栏杆上，一种从未有过的委屈和沮丧涌上心头。街上的一切都模糊了。这将是她在斑鸠大道上居住的最后一天，她马上就要搬到另一个地方，小宿舍里的东西已经被取空了。这个又窄又乱的小小空间曾使她多么幸福！当时尽管是四人合住，但毕竟有了宿舍，而且比读书时的八人双层床校舍条件好多了。两年后同宿舍的三个人都搬走了，她竟成为独自享用一间宿舍的幸运儿，因为她成了主任。而今，她即将搬到五室三厅的高级套房中，去凤凰路了！

一切都像梦境。这个梦境让她幸福、亢奋，以至于无法言说。可是在与斑鸠大道告别的时刻，她却突然有了沉沉的伤感。一切来得太快太多，这倒让人产生隐隐的恐惧：误解、非难、嫉恨，一切都将接踵而至。除此之外，她还有一个更为切近的忧虑。

如果爸爸找到这儿呢？他会敲打一间紧闭的空巢，久久地站立等候……说不定爸爸真的像妈妈一样，也在今天赶来……

忍无可忍

斑鸠大道上的黄昏何等美丽！任何人，只要熟知鸡窝镇近年变迁史的，都会稍稍躲开锦鸡大街，对凤凰路敬而远之，只对这天真烂漫的斑鸠大道情有独钟。"大斑鸠，咕咕咕，我家来了个好姑姑……"黄毛一走到这儿就要念这句甜甜的儿歌。他仿佛觉得整条大道都像这名称一样，属于他的创造。

有个白衣白裤衣冠楚楚的家伙走来了，黄毛只用眼角一瞟就知道是夷伯。他故意把脸转向一边：从这个方向望去，一眼就可以看到那个凉台，凉台上偶尔站立一只最美丽的斑鸠，当然了，她马上就要变成金凤凰了。这会儿他又怔住了，凉台上的人又出现了，她正往这儿看，可是只盯了几眼就把脸转开了。

夷伯手中的文明棍捅了他一下。黄毛赶紧弯弯腰："教授！"

"我找你半天。电话关了？多好的周末，去我那儿喝一杯吧！"夷伯谦和，彬彬有礼。

黄毛暗笑。因为他身上有两部电话，夷伯知道的那一部当然常常关掉。他摇头："教授，我要回办公室了，在外一天，事情蛮多的。"

"我们可有很久没好好谈谈了。我这个顾问头衔再空，也得做点什么不是？"

黄毛心里骂："你这个狗东西做得已经够多了！"但嘴上却说："是啊是啊……"

　　一句话刚刚吐出，夷伯就满面笑容挽住了他的胳膊，两人边说边走。黄毛总想抽出胳膊，可对方抓得紧紧的。夷伯偶尔要提一句自己的姐夫——那个大人物的名字，黄毛心里有点发毛。

　　两人一会儿就到了宾馆区。夷伯的宿舍是一个大套间，如今被他整得乱糟糟的。出于职业习惯，黄毛一看到脏乱的房间、散发着邪味的居所，心里就会产生出一种愤恨。夷伯赔着笑脸倒茶，黄毛鼻子里一哼。"嗯？请用。""啊，啊啊，谢教授……"他皮笑肉不笑，接茶在手。房间里全是一些画报上剪下的男子照片，一个个女里女气。黄毛看一眼就不想再看。他已经是第二次来这儿了，上一次记忆犹新，至今想起来还要毛骨悚然。他站起。对方按住他的胳膊。他一抬头，看到对方脸上的肌肉在抽动，嘴角颤抖。

　　"我，教授，您知道，是反感和……排斥的。从科学的角度讲，勉为其难的结果会是……相当糟的！"

　　"是的。然而你知道，你什么都知道。只有你才能体味我的一些痛苦和……不说了！"夷伯目光一僵，似乎不再犹豫。

　　黄毛悲愤的泪水一直在眼中转动。他想说一句"下不为例"，但已经来不及了。对方突如其来的热情甚至不容他多说一个字。

　　从夷伯这间倒霉的屋子出来，已是天黑时分。黄毛步子蹒跚，无精打采，牙齿紧咬。他觉得全身都凉透了。他在梧桐树下站了一会儿，终于下定决心去找唐童。拨通电话，好不容易吐出"夷伯"两个字，想不到马上就被应允了。黄毛松了一口气。

跨进唐童这套办公室，黄毛总是勇气倍增。宽大不用说了，在大楼的最高层——这意味着谁也不能在他上边；主要是这个空间的结构复杂而又合理，它由大写字间、大浴室、会谈室、卧室和秘书室之类构成，有专门的电梯通上来；秘书室的人及所有来宾均走另一个门，对于他们来说，里面那一大套房间既是个谜又是个禁地。他觉得这不仅是个气派的问题，而直接就是预示了无限希望和可能性的某种设置，是一种君临天童王国的威仪。像过去一样，他进来后就坐在会谈室，关了手机。

　　大约二十分钟之后老板出来了，他让黄毛一打眼就吃了一惊：正在理发呢，刚把半边鬓毛修去一些，白布还围着呢，整个人笑眯眯的，可见他今天不仅是心情好，而且对涉及到夷伯的事儿极感兴趣。果然，刚坐下他就问了："毛儿，他又跟你捣鼓那事儿了？"

　　黄毛脸色暗下来，手指骨节都捏响了，半天未吭。

　　"说说看，从头说说哎。"唐童和蔼极了。

　　"妈的！我已是忍无可忍！老板，你说过咱千万、千万不要得罪那家伙，我上回只好迁就了一次。他对宾馆的男服务生，甚至客人，都动手动脚！我忍着，每次都想息事宁人……可他竟然——对我也这样，今天又有了一次！你不知道，现代科学讲这是基因问题啊，我根本没有这样的基因，其痛苦非他人所能理解，然而考虑到……"他说到最后带上了哭腔，"老板，我真的忍无可忍！"

　　"就算你对集团做了贡献吧！"唐童板起脸说了一句，随即又笑了，哄孩子似的推拥他一把，凑近一点问：

　　"毛儿，给我说细些，你知道，我对男女那一套怪熟稔的，可对夷伯捣鼓的这种事儿一窍不通。他是怎么回事？正说着话就朝你开了家伙？这恐怕也太玄了吧？我还是不信！"

黄毛揩揩泪站起："你不信，就去问他吧！我这是最后通牒了，我以后对他绝不客气的！因为我真的是忍无——可忍……"

唐童笑了："可也有人把你告了，人家也说是'忍无可忍'——你偷偷盯梢人家母亲了；还有，你一天里有好几次站在楼下偷看人家……"

"这！这我得解释解释……怎么说呢？这小斑鸠——不，人家如今是金凤凰了，我打心眼儿里敬重她高看她；不过我只是好奇，不认识她妈——而且，她妈真是从来没见过的啊！用一个现成的词儿来说，那才叫'仪态万方'呢！这是真的！我不由得跟上她多走了两步而已，如此而已……"

唐童听着，眼睛都潮湿了，大声问一句："'仪态万方'——这意思就是说，就是说俊得美得没治了？"

"是的，老板！"

"嗯，咱大赦你了！"

黄毛愣愣的："怎么回事？"

"没事了，你走吧。夷伯那事儿我会找他，我保证再也不让他朝你乱来。走吧走吧，咱剃头呢。"

黄毛一走唐童就笑吟吟走回里间。他对手持剪刀的姑娘哼一声："孩子，来，接上给爸剃呀。"

姑娘梳了一下鬓毛，低头看看镜子，按一按左半边鬓毛，把电动推子打开。"孩子，这电推子一开就像小蜜蜂在我耳边叫……"姑娘轻抚一下他的鬓毛："嗯，别转头……"

"我听话。我是最听话的了。好孩儿慢慢给爸剪吧……"

　　快到半夜了，唐童吃了一点夜宵走出。他从办公区出来，先在凤凰路溜达了一个来回，在某个窗口下仰望了四五分钟，又往斑鸠大道走去。一群群小鸟似的女孩子走过，他心里挺高兴，嘴里小声咕哝："小呀么小斑鸠！"最后来到了锦鸡大街，这儿灯光昏暗，行人不多，偶尔能看到尚未关门的发廊门前有花枝招展的小姐站着，碧绿的冬青衬着她们的红衣服，倒也好看。"瞧咱治理得井井有条哩！咱说不定真的是有大才大能的人哩！黄毛这小子常常这样夸咱，咱以前还以为他是拍马屁呢……"他心里说着，渐渐口中念念有词，一直向前，一抬头竟发现自己站在了夷伯那幢楼前。他想起了对黄毛的承诺，就上了楼，一下下敲门。

　　这小子果然在。夷伯蔫蔫开门，一见唐童立刻精神起来。"教授，没打扰吧？""哪里老板，请啊请啊！""你这屋怪乱的啊，看来怪忙？""忙甚，慵懒而已！酒？茶？咱有上等威士忌。"

　　唐童要了一杯白水。夷伯饮威士忌，杯里还投了一块冰。"这狗东西不孬，"唐童心里说。他端量对方许久，想看看这人到底有什么特异之处。他终于发现这人胸部奇厚，简直像戴了一副大乳罩一样。"哦咦，异人哩！"他低头吸水，在心里叹息，一抬头见夷伯脸红了，知道是被自己端量得不好意思了。为了缓解气氛、早些进入话题，他说："教授，你一个人住这儿，也够辛苦了是吧？"夷伯眼眶热辣辣的，直直地看过来，像被对方新理的发型吸引了似的，只不说话。唐童与他的目光一接，立刻被灼了一下：这双目光至少有三百度的高温！唐童揉揉眼，低声骂着，再看，结果又被灼了一下。唐童只好转身，用后背向着他。

不知过了多久，他听到了哈气声、叹息声。一会儿，一只手搭在他的背上——怪矣！这手也是灼烫的，热度竟然能穿透几层衣服，特别是厚厚的毛衣，烙他的脊梁呢！他一转头，发现对方在朝自己使眼色，挤挤弄弄，接着两手伸摸过来，且格外温柔。

"哦咦？真有这稀罕不是？"唐童呻吟一般。

"老板儿，老板儿！我一直想好好……叙叙。你一头鬈毛真让人——让人受不了！这么着……"

唐童最厌恶的就是有人带上儿化音称呼自己！而且这个王八蛋真的开始放肆起来，这让他无论如何不能相信！唐童额上的青筋鼓起，一边躲闪，一边掏出电话拨了几下，喊道："来人哪！"

只三两分钟警车声就响起来。车子在楼前嚓一下停住，从上面跳下几个满脸横肉、手持狼牙棒的汉子，噔噔上楼，轰一声推门而入。

夷伯跳开一步，连连叫着"老板"，后来又尖声喊："唐童，你想干、干什么？"

唐童指一下夷伯，对几个人说："把他，就是这位阁下，拖出去，剥下裤子——给我着实打、往死里打！"

水世界

廖麦许多天来一直沉着脸，不愿说话。美蒂想方设法让他高兴起来，没成。美蒂怜惜孩子，自小蓓蓓跑后就坐卧不安。"她不过是个孩子啊！瞧你把她吓破了胆……去喊她回来吧，打个电话也成。我去劝她也不敢回，怕你哩。"

廖麦未置可否。这天一大早，他背个挎包出门了，美蒂目送他，一脸的欣慰。他沿着海边往前溜达，听着海鸥的叽叽哎哎声。一些海鸥停在沙岸上，待他走得很近了才飞开，这使他看到了它们大得惊人的胸脯，"妈的，就像美蒂一样，大胸脯搅得四邻不安！"他咕哝一句，继续往前，这才发现自己并非走向镇子交通车停车点，而是往东——于是这才意识到自己想去小码头，去三叉岛。

是的，自从那天岛上归来，他就开始牵挂一个人，并一直被这事儿折磨着。这就是那个女领班。尽管她那天疯话连篇且很快被老道打断，但仅仅是只言片语、一个诡秘的眼神，已经让他心中一悸。他就再也不能忘怀了。他一直想弄明白的，就是囚在岛上的女领班到底意味着什么。

一上水路，一颗心竟变得如此焦灼。廖麦发现一生都未曾这样焦灼过。他真想让这条小小的客货混装船生出两翼。

下了船直赴那个道观。往小山顶上攀，脚踏石板噔噔有声，汗粒很快生出来……

时间还早，庭院空无一人。他推开半掩的大门，小道士从一侧闪出。"哦，你是？"小道士搓搓眼，许久才认出是上次来过的人，忙说："待会儿待会儿，道长没醒呢。"

小道士快步跑到正殿后面去了。

大约二十多分钟之后，脸庞浑圆的道长摇摇晃晃出来：这家伙更胖了，脸色也更黄了，胡子疏长肮脏。廖麦简直听不得对方的寒暄，只想狠狠给上几拳才能解恨。但他用力忍着，问："道长还好？""吾一修行之人，粗茶淡饭足矣。谢啦谢啦。"道长懒洋洋的，将他引入西厢。

"我对这里的建筑颇感兴趣，特意再来看看。上次后殿和边厢都没好好看呢。"廖麦说了几句就站起来。老道却手捋胡须挡在前边，眯眯眼说："先生最是方家！最是方家！"接着按了按对方的肩，自己也坐下来，仿佛突然来了精神，磕磕牙讲下去：

　　"吾在建观之初实地勘测，颇为难矣！区区海岛木材奇缺，外运则费时历久，老板乃性急之人，急不可待呀。吾想起全真道祖丘处机建栖霞滨都观之举：院内挖井一口，井中所捞之木皆南方所伐！吾让人远去东北砍伐松木，这边则掘大井一口；东北松木投入那边江中，遂于地河流入吾井，取之不尽也！"

　　廖麦说："是吗？吾得看看道长的大井了！"

　　老道举袂而起，前头引路，来到殿后一口砖井旁：极普通的一口水井。廖麦心里说："这个妖道真是吹破了天！"但他不想再跟这家伙周旋，直指后殿问："上次那个女领班呢？她住在这儿啊！"老道摆手："去耶去耶！吾念了多日符咒，驱过了魔，人就走了！"

　　"她现在去了哪里？"

　　"这个嘛，"老道转动眼珠，"这就不是咱该问的啦，嗯嗯！"

　　廖麦佯装探究建筑，一步跨入了后殿。这儿有三个隔间，分别为卧室、书房和杂物间，屋内没有一个人。一种奇怪的气味，如同焚香混合了空气清洁剂——廖麦细细辨析，判断是劣质香水的气味。他怀疑那个女领班并没有离开。剩下的时间他看过了院内屈指可数的几幢建筑，细细观察过每一个角落。显然在这个不大的道观内，是很难藏下一个大活人的，除非另有什么机关。

　　离开了道观，廖麦立刻去找毛哈。他挂念这个人，同时想：探究那个道观的秘密，毛哈当是最合适的人选；只要那个老道没有把女领班送走，最终就很难瞒过岛上人的眼睛——只要这个人稍稍用心就行。

毛哈不在家里，大门紧锁。问邻居，他们说毛哈上班去了。"上班？是出海了吧？""不，如今人家毛哈在'水世界'干表演，可为旅游区赚了大钱了！"

廖麦一路打听着来到旅游区，又找"水世界"。原来这儿是一处综合水上娱乐场，有划艇，潜水，水下动物观摩，水滑梯之类。一群近乎赤裸的水上芭蕾表演女郎正准备下水，她们被热辣辣的太阳晒得浑身棕红，但仿佛越晒越漂亮越来劲儿，一个个齐刷刷站成一排，含笑远望，看着一边排队买票的人。廖麦问清了毛哈做哪个项目、属于哪个区，然后朝游乐场最拥挤的地方走去。

这儿是海豚表演场。水中，三个可爱的大家伙正与一个人玩得起劲，这人就是毛哈。人群的惊呼声、赞叹声不时响起，如同海浪阵阵拍岸。廖麦站在人群中看着，他知道对于毛哈而言，水里的这些令人惊奇的"高难动作"再平常不过，简直是毫不费力的嬉戏。他甚至很快看出水下的人无精打采，神情忧郁。瞧毛哈的大嘴巴咧着，下唇耷拉得十分厉害：每逢沮丧的时候总是这样。相比之下那三只海豚愉快而又活泼，它们真心实意地亲吻毛哈、与之说悄悄话。毛哈应付着它们，不太起劲。但他越是如此，其过人特技越是让众人大惊失色：此人竟能盘腿安坐水底，就像在自家炕头那样一坐半个钟点，与顽皮的海豚们玩耍。他如果坐累了，就像海豚一样游动，那姿势完全像水族，而非人泳。

在廖麦看来，毛哈这家伙不过是回到了水下——自己的世界而已，根本谈不上什么表演。廖麦就这样挤在阵阵惊呼的人群中，等待和观看。后来他不经意间发现了一个奥秘：岸上的人之所以紧盯水中的游戏，其中的部分原因是毛哈偶尔一现的特大睾丸——像一个巨大的海胆或浮游软体腔肠生物般，从松弛的短裤间露出……他倒吸了一口凉气，因为人群中男男女女的呼叫爆发节奏，与它显露的时机正好吻合。可见毛哈的巨睾症已成为旅游区赚钱经营的一部分，而不仅仅是他的特异水性。这真有点残酷。这一点，水中的人知道否？

半个小时一场的表演结束。水淋淋的毛哈扶着梯子爬到岸上，许多人都赶上去拍照留念。水世界管理人员阻止他们："走开走开，合影是要加钱的，一张五块！"男男女女尾随着疲惫的毛哈，看他生了蹼的大脚、棕色毛发浓密的胸膛，然后就是长时间盯着凸起的胯部。一个头发金黄的外国女孩用生硬的中文询问身旁的女陪："他真的睾丸大型？"对方郑重点头，伸手做出碗口大的圆形说："耶是！"

廖麦的突然出现让毛哈神色一振，耷拉的下唇立刻收束起来，一口坚实的牙齿不见了。"老弟，我刚从道观那儿出来。走，我们到一边说话去。"廖麦拉着他挤出人群，有几个青年还在尾随，毛哈就止步回身，张大嘴巴从牙缝里发出"哧"的一声，几个人吓得吱哇大叫跑开了。

"麦子老兄啊，我可梦见你哩！你看多么灵验啊！"毛哈扳着他坐在一道台阶上。

廖麦差点说出这群人痴迷围观的原因，想了想还是作罢。他只劝毛哈下水时要穿专门的、量身特制的短裤。毛哈撇着双腿："勒死哩！妈的一天不晒太阳就胀痒难受！老天爷，我早晚死在胯上……"

两人刚说了几句，毛哈就提到了小沙鹛："她是干表演的，我这会儿也是——她在台上，咱在水里，都一样哩，她再也不用嫌弃咱了。""她哪里是嫌弃你啊！""也对，她是想那个黑脸狗东西哩！"廖麦无言，咽下一声叹息。沉默了一会儿，廖麦终于说起了此行的目的：让他留意女领班给藏到了哪里、是否真的送出了道观。

"我见过女疯子，"毛哈咬着嘴唇。

"什么时候？不久前？"

"十来天哩，小沙鹛去道观上香，我就跟了去。疯女人跑出来，小道士吆喝'吓吓吓'，然后就把她关起来了……"

"闲话不说了，我只告诉你：这个人也许很重要，我是说有很多事儿要找她呢。我担心老道把人藏了。"

"麦子老兄，你放心罢！"

湿淋淋的人

毛哈一望见山坡上的道观就咬响了牙齿，有时还咕哝出声音："我最恨的就是你这种东西，恨不得一合手把你掐死哩！麦子兄弟托付给咱的事儿，咱可得好好办。你这老道藏在黑影里捣鼓腌臜，我要捉了你去喂鱼！"

一天小沙鹛又去道观，毛哈就一路跟上。小沙鹛阻止他："你回吧，有你在一边，那老道什么话也不跟我说。"毛哈不语，只待她走一步，就跟进一步。小沙鹛坐在石坡上生气了。毛哈的大手参开："你去吧！你快去吧！"

小沙鹋进了大门。毛哈一直坐在门外石阶上等。

　　小沙鹋上次来上香时口中默念一个人的名字，声音渐渐大起来，老道在一旁听着，突然对她深深一揖。她愣住了。老道说："改日清闲时我为你驱魅吧，可怜的孩子！"她惊得长时间一声不吭，后来叩谢了，问道长什么时候来？老道答："逢满月，身上干净时。"

　　这是阴历十六日下午。老道端坐后殿，地上是一块画了八卦的白布，眯眼念着什么，见了她只做一个手势，并不起身。小沙鹋屏住呼吸站在一旁。老道念了约有十几分钟，挂着一把木剑站起时，双目立刻炯炯。他扛了剑，围着白布走动几圈，步子缓慢极了。小沙鹋惊讶不已，不敢抬头。老道走着走着，突然立定，转身用木剑直直地指住了她。

　　她吓得浑身颤抖，不知所措。这样许久，她再也坚持不下去了，身子一歪倒在了地上。

　　老道这才作罢，伸手将人扶起，说一句："罪孽！"

　　"道长……"

　　"罪孽！"

　　老道面色严厉到极点。他的一双大唇湿漉漉的，紧紧抿起，像是咬住了什么东西似的。小沙鹋发出嘤嘤声。"净身吧！"老道的声音低沉而果决。"什么净身？"小沙鹋抬起头，怯生生看他。

　　老道回身把殿门关了，然后回到里间，出来时手持一把打开的老式剃刀。他把嘴巴凑近小沙鹋的耳根："体毛是一根也不能留的，这是驱魅的第一步，这叫净身……"

　　小沙鹋看看关严的殿门，连连后退。老道捻须，合上剃刀说："也罢，免得你疑惑，随吾来看！"说着一挥手走到对面的杂物间，噌噌推开一些屏风似的东西，露出一些小木格子。

小沙鹂迟迟疑疑走近，见每个木格子中都有一个纸包，上面写了名字："小花"、"二妞"……

老道在木格前走了一个来回，"这都是驱魅之人，净身之物。孩子，来吧，"他手里的老式剃刀刷一下打开，先试着割下自己的一点胡须。小沙鹂脸色煞白，转身跑到了外间。她摇动殿门，拍打。老道在身后踱步，偶尔叹息。

正这时门被轰隆一声撞开，还没等他们醒过神来，毛哈已经大喘着跳在两人中间。

小沙鹂怔着，后来未及叫出一声，身子一闪就蹭了出去。

她一直向着大门跑去……

老道手里的剃刀掉在地上。

"啊呀你这魔障！你这魔障！你想干什么？"老道双手参着喊叫。

毛哈一蹁腿把他打翻在地，扑上去，两手狠力掐着他的喉咙，一直见口中泛出白沫才松开。老道大口呼气，翻眼。

"女领班在哪？"

老道摇头，喉结活动，咬牙。

毛哈干脆骑上他的头颅。硕大的睾丸搭在了他的脸上，把鼻子和嘴巴全堵塞了，一会儿人就要窒息。老道双腿绞拧着，然后颤颤地竖起了一根手指。毛哈蹲起一点，老道大喘着：

"吾，吾说，她走、走了……"

毛哈骂一句，再骑上去。又是痛苦绞拧，挣扎，竖起一根手指。毛哈再蹲起一点。

"吾，吾……"老道扶着墙爬起，踉跄着摸到床头，从枕头下边掏出一把油滋滋的钥匙。

原来一排木格柜子后边有一道锈蚀的小门。打开这道门，湿气马上扑面而来。毛哈一手揪住老道，一手扶墙往下走，下了台阶才看出这是利用山势筑起的一间地下室。这儿只有小小的窗子，开着灯，角落里躺着一个人。毛哈看了看，发出很大的一声："嗯！"

那个人听到声音爬起来，正是女领班。她披头散发扑过来，抱住毛哈就哭泣喊叫："我是齐天大圣的干闺女啊，我是狐仙啊，我有个刺猬姐姐，她能救我……"

"咱这就领你找刺猬姐姐去！"

"咱有个刺猬姐姐，咱有个……"

"知道哩狐仙，可怜人的东西！"

毛哈一回头见老道正伏着爬行，眼看就要摸到小门了，立刻吼了一声。他再次将人揪过来，塞到胯下骑着，咬牙切齿叫着小沙鹬的名字，咕咕哝哝，气恼之极，一会儿屁滚尿流。老道绞拧、蹬腿，后来就不省人事，一动不动了。

毛哈蹲起来，瞅瞅这张青面獠牙的脸，吓得"啊"一声退开。他注视了一会儿，又向前一步，伸手在鼻孔下试试，尚有一丝气息。他一把扯起女领班的胳膊："走哩，越快越好，咱可别让这脏物连累！"

毛哈重新锁了小门，拉上木格子橱柜，紧推着女领班跑出来。这会儿大殿后殿之间空无一人，他想了想，先把女领班扛上墙头，然后一纵身子跳上去。

"坏哩，天色晚了，咱赶不上出海的船了，咱只好坐去另一个岛上的船了，那儿离你刺猬姐姐倒也近些……"毛哈对她说什么，她都眯着眼点头，整个人疲惫极了。

毛哈牵上她，在快要变得漆黑的海湾前边奔跑，最后索性将人背起。上船时大伙儿都以为他驮了一个病人出岛医治，纷纷为他让路。"你睡吧，等你醒来船就靠岸了。"毛哈将她搂近了坐着，因为一松手她就会摔倒。"那老道该闷绝了气才好，可惜咱那会儿性急、也没起杀心。"他一路上总觉得她的身上有一股呛人的臊气味儿，"妈呀，说不定你真是野物精灵哩！"

船靠在一个大岛上。毛哈背着她下船，却不知该往哪里去。人都走光了，他才放下她，坐在沙岸上。从这儿可以看见对岸的灯光，那里看上去是如此之近。海水黑魆魆的接连远方，里面映了灯火和星光。毛哈知道对面最亮的地方就是鸡窝镇，而靠近这边的渐渐稀疏的光亮，该是岸边了……毛哈转脸看着沉睡的人咕哝，自问自答："就坐在这儿等到天明？这要等上一夜哩！""那还不如游过去，只一会儿就行了。""我要像老龟一样驮上你了，你只要搂紧了我、别在水里胳肢我就成。""醒过来吧醒过来吧，人要睡着了下海，一口水就呛死了。"

毛哈拍醒她之后，嘱咐了几句，两腿一蹬滑入海中。他一手反搂住背上的人，眯着眼游起来。她在叫，扭动，他不搭理。一会儿游到了深阔处，背上的人吓得不吭一声。他咕哝："在水里比岸上还恣呢，你只管别睡着就行。再有半个钟点，咱保你一睁眼跟前就站了刺猬姐姐。咱把你放下就走——咱对岸的事儿不少，咱还要去寻个亲妈呢，咱的亲妈住在西河头……"

毛哈咕哝着，一会儿仰游一会儿侧泳，时不时要把背上歪斜的人扳正了，"妈的累赘，咱要自己早就随意扎猛子啦，闭着眼，一个机灵十里八里出去了！妈的……总算快了，快到岸了！喂，疯货痴人骚狐精快睁睁大仙眼儿吧，眼瞅着就要到了！哦咦，到了到了！日他妈一点不累就是害凉，过会儿非咔啦咔啦咳嗽不可……"

他搀着她上岸。这儿正好是小码头以西，廖麦的园子就在正南方不远。女领班哇啦哇啦抬腿乱跑，毛哈一看阻止不了，就把她揪住，扛起来，一溜飞跑往南去了。

这会儿正是午夜时分。美蒂和廖麦都没有睡，一个看书，一个在厨房里熬汤。门突然被重重地擂响，两人吓了一跳。他们几乎一齐走到门边，廖麦拉开门时立刻惊呆了：门口站了一个浑身湿淋淋的人，是毛哈；他肩上扛着一个披头散发的女人……

"这不是你刺猬姐姐嘛！"毛哈把肩上的人重重地放到了美蒂面前。

美蒂和廖麦正惊得说不出话，地上的女人却乜斜着她，一下扑上来："刺猬姐姐救救我啊！你才能救我啊！咱姐妹一场……"

"啊，是你！是你啊……"

"是我啊！刺猬姐姐……咱都是老板的人，咱都是，咱一块儿回、回吧……"

美蒂想堵她的嘴，跺脚，呼喊。可是女领班又跳又叫，只重复那几句话。

美蒂浑身打战，说："看她疯得多厉害！多厉害……"

廖麦直眼盯着女领班。

她依旧喊叫，依旧重复刚才的话。

会见

廖麦在河头泥屋跟前站了一会儿。他数过，这儿不多不少五个年轻人。五个人一律沉着长脸，一言不发，看见他，从海边的舢板和网堆间慢慢转出。他们当中有人穿了亮闪闪的胶皮裤，可能正准备出海，这时咣啷咣啷走过来。

"我要见珊婆！"廖麦对他们喊了一声。

五个人没有一个开口回应，只死盯着他。这样约有十几分钟，当廖麦准备撇开他们直接往小院走去时，其中的一个抄起橹桨重重地击了几下舢板，咣咣声惊得不远处的海鸥掠到了半空。

一个头上包了蓝布的胖女人走出泥屋，手打眼罩望了望来人。大概她确信认出了是谁，就朝这边摆摆手。

廖麦走过去。

廖麦离她十几步远时，她开始转身，慢腾腾走在了前边。廖麦一直跟上。他们穿过整个小院，又来到了相邻的另一个小院。每个院里都是晒得发白的旧船板、一卷卷的破网、破碎的玻璃浮漂。与一般海边人家不同，这儿没有狗，加上今天是个风平浪静的日子，所以到处出奇地寂静。

他们在小院当中一幢泥屋的中间坐下。这儿照例有一股海腥味儿。与一般的海边渔屋没什么两样，一个大泥锅灶踞在南墙，一口大铁锅，里面空空的，生了红锈。"我那老头子过世后，我就再没心思收拾这屋子啦，到处都和他在世时一样。"珊婆首先开口了。

廖麦掏出烟纸卷了一支点上，吸了一口。

"你年轻时候我常见，我是指小不点儿那会儿。俊俏孩子。后来你离开镇子了，见面也不多……”珊婆又说。

“你太忙了，你从来都是干大事的人。”

珊婆哼哼一笑：“不过是拾掇几个孤儿来家养着，打打鱼养养海参，熬几年算完啦。”

“你这几个孤儿身手不凡哪！”

“哪里话。都是没爹没娘的苦命，幸亏我收留了他们……唉，命啊！凑合着过吧。”

“你够阔绰了，命不错嘛！”

“全镇谁比得上你啊，娶个大美人儿，有一片大农场……”

他打断她的话：“大农场快要完了；美人嘛，倒是真的，只可惜啊，她不是人。”

珊婆瞪大眼睛：“啊？你说什么？”

“其实你什么都知道——她是刺猬精的孩子嘛，野林子里来的！”

“哦啧啧，你这样知书达理的人也信那些？那不过是民间瞎传……”

“是吗？可我敢说美蒂真是刺猬转生。”

“也许吧。知妻莫过夫嘛，兴许夜里你们在一块儿有些蹊跷典故？高兴了说给大婶听听……”珊婆突然兴致上来，头探了过来。

廖麦心里骂一句：狗东西想得美！嘴里却说：“其实她这二十年的事儿你全知道！廖麦的事儿、她的事儿——全镇有什么瞒得了你？”

珊婆摇头：“哦哟哟，哦哟哟，看你把我抬举的！我一个老寡妇能知道什么……”她说到这儿嘴角一收，无数道皱纹像麻绳一样勒进去。她磕着牙，仰脸问：“你就为美蒂的事儿来的？”

廖麦摇头："她的事儿早过去了，差不多也就这样了。我今天是为另一个人——毛哈的事来的！你知道，他把你当成亲妈，来了两次，今明两天还要来。你那几个干儿子要宰了他，把他从这个世界上除了。我就是为这个来告诉你：毛哈是不是你的儿子，我和几个朋友全没兴趣；你必须管住这几个儿子，别再杀人！他们已经被远远近近的人盯上了！今天我是来提个醒：要对毛哈手下留情！谁对这样一个可怜人下手，到头来死无葬身之地！"

　　整整有一刻钟珊婆不语。后来她咕哝着两个词儿："朋友""远近"……这样念叨着，哼哼笑了，歪头看他："聪明孩子说得对，有些是私事儿。是啊，讲起来话长了，谁讲得清？只说这七个孩子吧，谁也没有我知道他们的脾性！他们真是可怜，只会吃大苦低头做活，不言不语，外面要真有人误会了他们，那真冤枉死了，你还得替我辩解哩！"

　　"我跟你没什么好说的。我只让你记住刚才的话：管住他们。"

　　珊婆有些急，磕着牙："有谁认识那个海里爬上来的怪物？宰了他？宰他做甚？倒是有人对我儿子下黑手呢，如今七个剩下了五个……"

　　廖麦点头："这就对了。我刚才提醒你的就是这事儿，让他们安分些吧，你身边总得留下个把人养老吧？"

　　珊婆的牙齿咬响了："你知道下落？他们啊，一个从海上不见了，另一个是大雷雨那夜走丢的。我的儿呀，我心疼啊！"她说着擦起了眼睛。

　　"听说打旱魃那一天雷劈了不少人呢！你那儿子肯定是手上有血，被雷公号上了……"

　　"你啊！你嘴上积德好不好？"

"可我今天还要告诉你：唐童也给雷公号上了！"

珊婆嘴角收束，麻线似的皱纹又勒起来。

廖麦起身出门。

第二十章

金凤凰

"你在这儿瞎溜达什么？你怎么老在这儿迁磨啊？"一个五十多岁的女人从走廊另一端过来，看来已经盯了他许久了。

"我想多等一会儿，说不定她就回来了。对不起……"

"哼，"女人摇了一下拴钥匙的木圈，"你等谁？你是谁？"

"哦，对不起，您大概是刚来的——我以前多次来过，我是孩子她爸。"

女人皱起眉头打量："她爸？她爸不知道孩子搬家了？稀罕。提前来个电话嘛……"

"真的不知道。刚搬吗？搬到了哪里？"

"西边，凤凰路！你呀，你闺女发达了！"女人摇动木圈，像抖一面手鼓，满脸是笑。

廖麦从未去过凤凰路。他打听着穿过几条巷子，来到了不大的一片新区。这儿一眼看去到处簇新，连人行道上的每一块彩砖、路旁的每一棵树都是新的。为了能够快速成荫，这儿移栽了许多粗大的法桐、槐树和加拿大杨，上面缠了尚未拆掉的稻草护绳。这条新筑的南北大路可真美，干干净净。路的西边有一幢幢五层高的大屋顶建筑，楼距大，显得十分开敞。除了行车道和停车场之外，到处都是花坛和草坪。这些草绿得触目，草的品种也好：细如丝绒。

小区门卫挡住了他。门卫穿了制服，先打敬礼后说话。廖麦说来找自己的女儿，等等。门卫拨通电话，立刻微笑着告诉：五号楼二单元最上边一层。

廖麦一口气登上五层，有些气喘。当廖蓓披了衣服跑到外面时，他已经准备敲门了。他刚才正在低头看门前的棕垫，仿佛被它精制的做工和花纹吸引了；看过垫子又看门：仿木钢质强固门，有猫眼和可视门铃按钮及摄像头。廖蓓侧身站立一旁，嘴巴动着，"爸爸"两个字若有若无。

室内有地毯、拖鞋。廖麦既没有脱下外衣挂上衣架，也没有换上拖鞋。他只是四下端量，似乎看得很专注。原来这是复式二层结构，通向顶部阁楼的是木制楼梯，铺有棕红色的楼梯毯；门厅是椭圆形，旋式楼梯；楼房层高比一般居民楼高得多，阶梯显得十分舒缓。每一层都是三厅五室二卫，最大的一间浴室有十多平方米。室内有冲浪浴盆，水嘴金光闪闪，与淋浴间隔开；洗脸间也是隔开的，大理石水盆台面至少有三米长。整个浴室地面都铺了厚厚的地毯，墙上还有两幅油画——走近了看虽算不得上品，但绝非仿制品。

饭厅三十平方米左右，西式雕花饭桌。炫目的酒：一排排罗列在多格透橱中，洋酒居多；酒具晶莹，刀叉齐全；玫瑰花插在白色琉璃罐中，洋溢出若有若无的香气；咖啡研磨器、密封罐和电动咖啡壶三位一体摆上边桌；一个酒红色的粗柳条筐里是鲜亮的水果：蛇果、葡萄、圆橙……"咕咕！咕咕！"正看着，墙上挂钟的一扇小木门开启了，一只小绒鸟出来殷勤报时。

阁楼原来十分高敞，布局设置比楼下更为别致考究。站在窗前正好可以看到小区中的一处大花园：草坪上有几棵奇大的雪松；浓旺的芍药圃；一棵大木瓜树上坠满了毛茸茸的果实。

廖麦看了一遍回到门厅里坐下。廖蓓沏茶。他把茶往一旁推了推。"爸爸……"一声怯怯的呼叫。没有回应。"爸爸！"她的声音稍微提高了。

"廖蓓，房子我参观完了。现在该谈谈了。我问一些问题了，你要诚实回答，因为这会儿最需要诚实——也许我们过了今天，就不再需要谈这样的话题了。你听到没有？"

"听到了。我……一定的。"她在全力克制自己声音的颤抖。

"好吧，首先你回答我——'爸爸'这个称呼是否专属于我一个人？"

廖蓓对这句询问完全没有预料，她立刻凝住了，嘴巴张大，什么也说不出。她盯住爸爸，脸色发冷，紧紧咬着嘴唇。

廖麦等待着。

"我……"

廖麦把目光转到一边。

"我……我诚实地说，我叫过唐童'干爸'；也可能省略过前面的那个、那个字——不过才一两次……我这样叫是极不情愿的！我必须承认，他喜欢我、关心我，因为他没有孩子，总想认个干女儿。这是他提出的，反复提，还让我商量一下家长……妈妈……她当然同意了。"

"她仅仅是同意吗？没有叮嘱你别的？"

"她说别人知道了一定会误解的；她还说只有和老板一起时，我才能这样称呼……"

廖麦喝了一口凉白开："她还嘱咐你什么？"

"妈妈不让我告诉爸爸……"

"为什么？"

"妈妈说爸爸的脾气——主要是，爸爸与唐童一家有世仇，绝对不会同意的。我觉得妈妈的提醒也有道理。因为我注意到爸爸对天童的看法有时……非常——"

廖麦站起来，抚摸了一下胸膛，像是心口突然不适。他再次坐下时，就专心低头拨弄杯子了，说话时嗓子突然嘶哑了许多："这是什么时候的事儿？"

"……一年半以前。那时我刚提升了主任不久，有一天正给同事剪发，老板就来了。他在一旁看了一会儿，说'也给我剪剪吧'……就这样。后来他就只让我一个人给他剪发了，要认我做干女儿……"

"你给他——剪发？"他一下站起来，声音略高了一点。他大喘一口，按着胸部坐下。

"嗯哪。在他的办公室，没人看见——妈妈说别人见了也会误解的……"

廖麦长时间闭着眼睛，身体倚在沙发上。他这样闭着眼睛，声音哑哑地问下去："这套房子价值多少？"

"我也不太知道，大概、大概一百多万不到二百万吧……是装修后一起交付的。"

"你连价值都搞不明白就敢住进来？"

廖蓓鼻子上的汗粒渗出，两手合着夹在腿间，"集团对各公司中层以上的人员都有奖励；还有股份折合、按揭贷款、其他优惠什么的，很多。我真的搞不明白……因为这些账算起来太复杂了。"

"是吗？"廖麦又站起来，"我看一点都不复杂！只把主要的交易抓住，一切就迎刃而解、就简单了。你自己该知道这是一笔什么交易，知道是怎样从斑鸠变成凤凰的！你没有想到的只是，你从此将一生下贱、不得清白，而且这些已经没法改变！"

"爸爸！爸爸！爸爸啊……"她双手掩面，身子往前探了一下，像是要抱住爸爸而又不敢。她一下跌在沙发上。

廖麦的声音仍像刚才一样哑哑的："这比我所能想象的还要肮脏、腌臜十倍。够了，我们没有多少好谈的了，因为你已经选择过了。你竟然用自己的全部、包括父母的尊严、两代人的血和泪，连本加利全抵押上去了……你这有罪的一生就这样开始了……行了，到此为止，我们别再说什么了。"

他重重地看了女儿几眼，往门口走去。

廖蓓哇一声大叫，站在了屋门和父亲之间，满脸泪水："爸爸，你要这样走了，我立刻就撞死在这屋里！我一定会撞死自己！因为你冤枉了我，冤枉了我！我没有——绝对绝对没有你想象的那样！我和唐童没有那样的事！他只是喜欢我，我喊了他'爸爸'……这是真的、真的啊！"

廖麦咬咬牙关："一句'爸爸'价值二百万？还有主任的头衔？这会是唐童的买卖？"

"我也不明白。我也怀疑过、警惕过。妈妈说这人无儿无女，他真是渴望有一个女儿。我渐渐看出来，他真的对我没有越格的行为，连一点都没有！相信我吧爸爸……"

廖麦抬头看着天花板，似乎不再倾听女儿的诉说。

"本来老板要送我一辆好车，可是你反对我驾更好的车，我就拒绝了。也可能是一种弥补吧，他就给了这套房子……爸爸，你要那样想我，我只有一死才能证明自己的清白了……"

廖蓓哭得说不下去，差点跌倒。廖麦扶住了她，一下下抚摸她的头发：

这头发像她妈妈一样，浓旺如同苘麻。廖蓓在他怀中痛哭："爸爸，爸爸啊，这要有多么阴暗的心理，才能把自己的女儿想成那样啊！我害怕极了……"

"孩子！不是爸爸阴暗，是这儿——这个世界太险恶了……"

"爸爸！爸爸……"

"我对你今天的滑落也负有责任——平时我讲了许多，可是只讲我们与唐家的两代血仇，这样不仅不够，还会引起你的误解！这可不光是唐家和廖家的事啊——真要这样也就简单多了！我的错误在于太直接太简单了……当然，这一切仍然不能构成你这样做的理由，你已经迈出了可怕的、不能原谅的一步……"

廖蓓抬起泪水纵横的脸庞，摇动父亲："爸爸！爸爸！原谅我吧，你只要指出我该怎样做……我还会当一个好女儿的！"

"可惜有些晚了。因为你已经踏踏实实地迈出了这一步。"

"哪一步啊？我迈出的是哪一步啊？"

廖麦看着她，一直抚摸她的手从头发上拿开，摇摇头：

"认贼作父！"

战争

隆隆声逐日加大。这声音是从地上响起的，可是强烈深长的震动和共鸣总是让人往天上看。一些破衣烂衫身背布卷的大小痴士还在由南往北走，他们走到农场这儿总要耽搁一会儿。廖麦与他们打招呼，他们或者嬉笑，或者言不及义地说上一两句，更多的是沉默。这十几年，无论是大路上、城里乡间，各色痴士越来越多。廖麦每见到他们就在心里默念起一首写流浪汉的诗，作者记不得了："纵浪大化中，／天地为我庐，／谁人得如此？／都缘不自如。／万物备于我，／何用钱刀取。／充巷皆乞丐，／田野任来去，／不为利而往，／不为守财惧……"

"要起战事了，"一个伏在墙上的中年痴士对廖麦说。

"你怎么知道？"廖麦问。

他搓着脸上的灰痕，一咧嘴露出一排白得令人生疑的牙齿："隆隆响哩。从四下围过来了。人都往野地里撒丫子了。"

廖麦举目四顾，痴士已经背着布卷唱着走了……廖麦点头自语：是的，这是一场战争，从很早以前就开始了，而且还将延续下去。它难以结束。与一切战争的共同点是：双方争夺的仍然是土地。一些村落成为废墟，一些土地将被占领，然后是——修筑工事。出伏的贫民会出现，工兵会出现，巡视战场的指挥官会出现，通信兵会出现，打敬礼的小兵会出现，战地女人也会出现——对最后的角色，廖麦颇有些敏感。他时不时地回头瞥着，望着自己带阁楼的房子。房子在上午八九点钟的雾霭中呈现棕红色，大屋顶沉稳而壮观，像杜甫诗中的"广厦"——这是一处凝结不同性别不同智慧的、荒原深处的人性化建筑，一眼看去即觉得厚重、富有内容。但这时，他觉得它的内容有些晦涩。

他在看那个战地女人什么时候从屋子里走出来。他觉得这个时候她该出来了。他想象那些传统的战地女人的模样和装束：军装合体，半新不旧，军帽最重要；这种军服总是使她们的屁股显得更为突出；极好的身材，高高的身量；头发极美，因为仅仅是从帽子中露出的那一绺就足以证明了；大皮靴，一走橐橐像个丘八，可这会儿反而加重了她们的女性气息；淡妆，口红显著，描眉，手套一摘人人都想去握一下柔软的小手 ；坚决反对那些不切实际的性感，坚决以生硬有力的声音说话；要谈论大炮、敌方部署、军风纪、还有首长的小道消息……反正她们一出现在阵地或前沿指挥所，战争的美好气味一下就浓烈起来了。

在这个隆隆声大作的上午，美蒂起得太晚了。她昨夜像个刺猬一样活动不息，在厨房、阁楼、贮物间、客房，每个角落都耽搁一会儿。她在凌晨一点左右做夜宵，一种古怪的习惯偶尔恢复。熬浓汤，做一种闻所未闻的菜饼，如地肤馅、红薯叶馅，甚至是气味刺鼻的某种野菜或树叶馅的。她以前让廖麦品尝过的饼不下十几种，其中约有一半是难以下咽的、辛辣刺喉的——奇怪的是她却能嚼得津津有味。这天夜里她在厨房待了许久，然后就是去浴室。她在浴室里洗了两个多小时，有时水声大作，有时沉寂无声。廖麦能想象出她怎样独自消磨：没有比她更喜欢玩水的人了，整个身子伏在水中，两脚跷起，头探出翻着画报、读顺口溜、吃东西；浑身涂满砸碎的葡萄籽或谁也认不得的暗绿色泥膏，连头发也抹上这些东西，然后裹了毛巾躺在浴室地板上，直到睡过去，直到打一个哈欠醒来，然后再一头扎入水池。她一遍遍念着顺口溜："电光袜子牛皮鞋，走起路来踩鳌盖"；"说时迟，那时快，罗圈腿，站街外……"她在最愉快的夜晚非要把廖麦骗入浴室不可：他走近时，她会突然将裹了无数层的身子裸出，让他愕然不知所措。她的蜜色肌肤被水汽和各种东西折弄一番，呈显出极其古怪的颜色，散发出一丝丝藿香气，让他鼻子抽动。有一次，他看到她的眼睛红肿得厉害：这非得有一次长时间的泣哭不可。

他原以为她在使用一种眼贴，因为有时她就戴着眼贴在屋里走来走去，深夜让他在走廊遇到吓上一跳——眼贴如果遗忘在眼上，会留下一个红晕。可是浴室里早没眼贴了。她像寻觅什么一样从各个角度看镜子里的人，脸色抑郁、苍白，惊慌失色地去看四周。他记得她作为刺猬的最后特征——脊部那一层呈倒八字的金色绒毛，如今消失殆尽。

美蒂在早上十点三十分走出屋子。她似乎没有力气起得更早了。往常她会为廖麦——她的棒小伙儿准备一顿可口的早餐，而今对方总是很早就起来用餐，她索性也就赖在了床上。

美蒂在门口望了望太阳，听着隆隆声，走向廖麦这边。她也伏在了篱墙上。远处，天空泛出一层暗红色的烟气，它的边缘越来越淡，渐渐与天空的颜色融为一体。

"这是……怎么回事？"她望着天空的烟团，像是突然发现。

"战争嘛。它打响了——你也参与了局部策划。"

美蒂不屑于搭腔，也许为了回避一场冲突，她把头转向一边："这声音太响了……"

"几十辆装甲车嘛，由南、西和东三个方向往前推进。他们想尽快解决战斗。你应该像过去一样，好好配合一线作战……"

美蒂没有回应。廖麦离开篱墙，一边往屋子的方向走去，一边大声说："回来吧，我要跟你谈一件要紧事儿。"

她仍然伏在那里。这样待了三两分钟，她才直起身子，跟上他回去了。

廖麦进屋后一直走进了书房。他在那儿等待美蒂——她的脚步很沉、很慢，在门前停留片刻，才迈进来。廖麦这时抬头，发现她的眼睛有些浮肿……

他从抽屉里拿出几页纸，放在桌上："我这几天为这个花了不少时间，这上面有你和我，还有这些工人，我们所有的投入；有些不可计算的，当然不包括在内。这样做不是因为我在气头上，你知道我一直在琢磨一种新的劳动组合，咱们为这些吵了许多嘴。你先看看，你可以改，直改到自己满意为止。"

她看也不看这几张纸。

"这是必须解决的。你听见隆隆声了吧，战争打到跟前了，等园子里硝烟一起，我们再解决这些问题也就来不及了。"廖麦把纸往她面前推了推。

"麦子，我们非要这样做、非要这样不可吗？你该不会是让那个女领班——那个疯子的话气蒙了吧？"

"这事与她无关。"

"非要这样不可？"

"是。你如果觉得这样太亏，那就先把我的一份抽出来吧，我把这笔钱先补给工人再说。其余的账，咱俩慢慢算吧。"

"咱俩也分得清？"

"没有办法——因为你不同意，只好先分清再说了。"廖麦神色沉沉，站起来望着窗外。外面的隆隆声又增大了。他像自语一样咕哝道：

"快了，刺猬与豪猪结亲的日子不远了……"

美蒂把几张纸取了，回到卧室。

整整一个下午、晚上，隆隆声都在增大。工棚里的许多人都手打眼罩往南望，看着一股股散到空中的土末。

早晨醒来大家都吃了一惊：篱墙外大约十里方圆内，正有无数辆链轨推掘机在活动，它们看去真像是战场上行进的坦克。"我的妈呀，爬上来了，这么多铁家伙……"工人们大声嚷着，指指点点。

河西的玫瑰

链轨铲车和推土机组成了如此盛大的场面，闻所未闻。轰鸣声，太阳下的反光，衬托着一群铁甲怪物。整个尘土飞扬的场地上没有人影，只有钢铁的躯体和手臂在活动。由于南部和东部的小村已经彻底拆除，视界渐渐开阔起来，更远处青魆魆的巨影即是紫烟大垒，它身旁的村落则伏在地上，显得微不足道。

因为远近轰响日夜不息，没有一刻安静，园子里的人无法入睡。南风一起，浓浓的尘土飞扬扑面，一切都蒙上了厚厚的一层。工人们无法劳作，他们干脆蹲在棚子里吸烟、下五子棋，"妈的咱一辈子也没见过这么大一群铁物件凑在一块儿，少说也有个三五十。""嗯，什么也抵不住这群怪物，我眼见一棵大树、一截石头墙，让它一咕容就倒了。不论是沟渠还是水洼，它都如走平地哩。""不知这些铁怪物开进海里怎样，龙王怕不？他要怕了，就会倒退几十里，让出一些地皮给老唐童。""贪心不足，占完了这一大片地再占大海，你以为是说说玩的？听说有的地方真的在大海里垒了堰，再把堰里的水掏干，填了土就盖大楼！你以为怎么……"

廖麦把东西南三个方向的机器数过了，一共四十二台。这究竟是工程的需要还是一种炫耀？恐怕二者都有。他一夜无眠，不想出门，只在书房里读读写写。奇怪的是一点都不困。长沙发上有一件大衣，他躺下可当被子，坐到下半夜冷了就披上它。进书房前他去园子南边看了看护园狗大虎头，抚摸它一会儿，没有说话。它好几天都不再吠叫，只是望着远处，坐一会儿伏一会儿。此时此刻狗也无言。

这样的夜晚美蒂格外不宁，无心洗浴，出出进进，到处走动，开始用布单和报纸之类掩起室内物品。那个阔大的衣橱让她花费工夫最多，她唯恐脏了自己这些衣服；特别是那件金黄色的小蓑衣，她一遍一遍照料它，抚摸一阵，然后又一层层包裹好……好不容易挨到了天亮，她胡乱吃了一点东西，在桌上留了一张字条，开动那辆客货两用车出门去了。她走开许久廖麦才发现那张字条，拿起看了看，见上面写了：

"我找那些混蛋去！"

廖麦随手把"那些"改成了"那个"，放回原处。

"老廖，铁家伙敢不敢铲咱的篱墙？"一个灰头土脸的老工人踏进门廊，见廖麦走出来就问。

廖麦吸烟，递给对方一支："我看它们这会儿还不敢！"

"嗯，好像真不敢哩……"

"因为咱家里有母夜叉！"

老工人一伸舌头，随即纠正："哪里，弟妹多好，绵软的性儿！老弟，你这人福分大了，娶来这么好的媳妇……"

"再好的女人，一不小心就会变成母夜叉……"

"老弟玩笑开大了，开大了……"

整整一天谁都没心思干活，只是这么等待。究竟等什么，谁都不知道。天提前黑下来：尘土蔽日，下午四五点钟已经颇似黄昏。廖麦在工棚食堂与大家一起做饭，一口气吃了许多烧蛤——这一直是工人们最愿吃的东西，他以前品尝时觉得实在平常；今夜和大家一起剥烧蛤，喝散装啤酒，这才体味出无以言传的妙处：焦煳的蛤皮下似乎有更娇嫩的蛤肉，炙烤之后又带上了特别的香气，咀嚼一会儿，被冷冷的啤酒一送，直抵肺腑。"老弟，捎回一些给家口吧，"老工人建议。廖麦摇摇头。

天完全黑下来，美蒂的车灯费力地穿透满园尘埃开进来。她脚踏皮鞋咔咔而行，进了门廊，廖麦一眼看见她将皮包夹在腋下，而不是背在肩上。他注意到她的神情爽快了许多。大概她已经吃过了饭，进门后直奔书房，看他一眼，把包放在桌上。

"我去找他们了！我被折腾够了！"

廖麦瞥瞥她，发现她紧张、却是松了一口气的样子，就问："找到唐童了？"

"找他下边的办公室！他手下一帮人专门负责这事的，有一个班子哩！"

"噢，谈判代表！你一进门的样子很像一个军代表——不过我这会儿搞不清你是哪一方的……"

美蒂马上皱了一下眉头，抿抿嘴："麦子，别开这样的玩笑了，眼看到了最后了，眼看就要来不及了！我跟他们争得多苦啊，咱得一点一点争哩，咱还要他们白纸黑字写下来哩……先是这么说说，我是不会签字的。我还要回来和你商量哩。你知道，这对他们、对咱们，主要还不是钱的事儿……"

"说得好！"廖麦夸一句，脸上的冷笑却让美蒂张开的嘴巴长时间合不拢。她看着他，声音又紧又涩：

"他们下了保证，只要咱同意搬迁农场，会为咱把一切都想个周到哩。新场址早就定下了，那比这里还大，就在河西——珊婆养参场西边十几里远吧。当然了，那儿大半是水洼、苇子和黄沙，压根儿没法种地。他们说只要事情定下来，墙外这四十多台机器就一齐开到河西去，只不过三四天的工夫，就能推出一片新农场。要紧是把河东这边的好土一丝不漏全铺上去，保准第一年就能长出东西；说到房子，他们就按我们原先的图纸盖，也依咱的心思添添减减——反正得要咱俩满意哩……"

"嗯，听起来真是不错！还有呢？就没有别的考虑了？"廖麦一脸的郑重。

美蒂马上有抑制不住的兴奋，声音也轻快多了："麦子！他们答应，要在新农场为我们植树！就像现在一样——紫叶李、杨树，所有的树种！还有水塘、刀把湖！主要的是，他们要给咱们移栽一些大树哩，这样顶多第二年就能有绿莹莹一大片荫凉了！我还提出了另一些条件，他们也答应了……"

"什么条件？"

"我让他们栽一些玫瑰！现在的花圃太小了，到那边地方宽敞了，我要一个大的玫瑰园子！麦子，想想吧，一大片红濡濡的玫瑰哩……"

"真了不起！"

"是啊，那会多好！还有牡丹和芍药！他们都同意哩……"

廖麦卷起一支烟，在手里转动，并没有点。他看一眼沾了一层土末的花皮包，说："这一回唐童真拼上血本了！这小子够大方了——你这个军代表当得呱呱叫！"

"最要紧的是，麦子，在搬家前这一段日子咱不用受这样的折磨了，他们说要等那边一切都弄好了、咱看了满意再搬；在咱搬家以前，只让远处的机器干活，这样就吵不着咱们了。"

"不错，想得真周到！"

"麦子，你别起疑心啊——这事看起来挺麻烦的，可是在天童集团那里，就像栽一棵树那么便当哩！这是真的！合约一会儿就能订出来，只等咱一签字就……"

廖麦点上烟大吸一口："我不怀疑。我说过，'刺猬和豪猪结亲的日子就快到了'，我从很早以前就没有怀疑过嘛。不过我要说的是，你既然是做了谈判代表，我就得告诉你：唐童的算盘还是打错了！他可以去河西栽玫瑰花，栽很大很大的一片，开得美极了，不过我还是不会被诱惑过河的！"

一张纸

一层层土末落下来，所有的东西——屋顶，湖水，树木，庄稼，都改变了颜色。土末还在日夜不停地降落。没有风，如果海上吹来一阵风也就好了，它会把这些土末儿驱赶到南边去。屋里的人必须门窗紧闭，即便如此每天都要换洗衣服。美蒂每天两次洗澡，廖麦索性不再洗脸，全身都挂满了泥粉，头发眉毛上都是，人显得木木的。"麦子，你怎么了？你说话啊！你别这样、别这样……"美蒂叫着他。他一直坐在书房里，读读写写，不时大声诵读；除此之外一声不吭，偶尔抬头望望，两眼发直，对呼叫充耳不闻。她有些害怕了。纸上仍旧是密密麻麻的字，是他永远也写不完的"丛林秘史"。已经写完的纸页用捻成的纸绳订成一沓一沓，放进抽屉里。它们一直让美蒂觉得莫名其妙，看了几页，看不太懂，索性不再感兴趣，"我的棒小伙儿呀，只要你高兴，怎样都行哩！我千辛万苦只为了你，只为了你哩！"她在心里呼唤，忍不住的是万分痛惜。

铁甲怪物在逼近，四周的轰鸣阵阵加大，使人根本无法忍受。美蒂脸色没有了鲜亮，她已经连续许多天不能入睡。她发现书房里的灯火夜夜通明，廖麦压根儿就不想睡。"我的棒小伙儿成了土人，坐在那儿像个泥塑，不吃不喝也不说话，这可怎么办哪？"她在书房门口走动，从门缝往里望：他只是读读写写，上身挺得笔直。"棒小伙儿呀，眼看熬成了这样还那么俊气！看他大眼儿凹着鼻梁挺着，嘴唇像大眉豆籽一样，让人看一眼就舒坦！"美蒂不知该怎样让他吃饭、睡觉。他只是默默的，不发一言。她哭了。她把熬的汤端到桌上，他总是一动不动。

有一次廖麦出门了，回来后放在桌上一包东西。那气味马上让美蒂知道是一些烧蛤。她从门缝里望着：他剥吃烧蛤，眼睛却仍旧停留在书上纸上。她再也忍不住，终于探头问一句："麦子，我为你熬一碗黄鳞大扁？"他未置可否，但她看到他抬起了头，目光一闪。

不到一刻钟的时间，厨房里飘出一股枪药味儿。大概就是这气味把他从书房引出：步子踉跄走过来，还未等鱼汤盛到碗里，就拿起勺子舀了，一下下吹气，直喝得大汗淋漓。

美蒂在他走出厨房的一刻再也忍不住："麦子！咱们不能拖了，一天也不能了！我昨夜、白天，不知站在墙外喊了多少次！我骂他们，让他们停一停，一点用都没有！别再积气了，咱顶到这会儿已经不易了，我看还是见好就收吧……"

廖麦没有吭声。他没进书房，只到廊前站了一刻，然后往工棚那儿走去。她发现他的脚步稳健多了。她反身回到书房，一遍遍翻弄他写的那沓纸，想发现点什么。纸上已经盖了一层土末儿，拂开土，还是没头没尾的字迹。她依旧看不太懂。

从书房出来时，她一遍遍拨着电话。无法接通。她想给小蓓蓓拨一个，想在这时候听听小花鹿蹄子的声音："妈妈，你还没有睡吗？""没。妈睡不着哩。""妈妈，妈妈……呜呜……""孩子，别哭，好孩子……"美蒂听到那边关机了，而这之前是恸哭。她难过极了。她望着天上的星星自语：

"我受不了啦！我真的快疯哩……"

直到黎明时分，廖麦才从工棚出来。他摇摇晃晃，满脸酒气，见了美蒂深深地瞥了一眼，走进书房。美蒂也跟进去，"麦子，怎么办哪，咱可不能这样挨下去了……"廖麦笑吟吟地抬头看着她：

"是啊！这么大一片海，一片野地，我就不信咱得给刺猬活活扎死、给豪猪活活拱死！"

"你说什么啊！你醉了吗？"

"我就不信！不信……"

他摇晃了一下，美蒂赶紧扶住他，让他躺在长沙发上，给他盖上大衣。

天大亮了。美蒂走出门廊，头上扎一块蓝布遮挡泥尘，惹得工棚里的人一齐看她。她谁也没打招呼，匆匆钻入了车中。车子急急开出去，车后掠起一团暴土。

自她走后，屋前院落再无一人。中午时分，工棚里有人提了一大包烧蛤、一提散装啤酒走到门廊，听听没有声音，就把东西放在那儿走开了。

天黑下来美蒂还没有回来。廖麦醒来时已是夜里九点了——他是被一阵突然的沉寂弄醒的。他搓搓眼坐起——真的没有声音，四下一片安静。"咦？

怎么回事？"他打开窗子望着，这才发现篱墙外面，远远近近的铁家伙都熄了灯，停止了活动，轰鸣声完全消逝。

他推门出来，因为步子急了点，这才感到头颅阵阵跳疼。他扶着廊柱站了一会儿，看着园子浸在黑夜中，不远处的工棚有星星点点的亮光。正这会儿他听到了引擎声——两道移动的光柱射入大门，直迎着他过来。下来一个人，哦，是美蒂，她什么时候出门了？

"停下来了！停了，总算……停下哩！"美蒂连连咕哝，从肩上摘下皮包，脚步匆匆，站在了廖麦面前。她注视他，喉咙里吭了一声：

"我，刚刚把它签好了……"

廖麦用力睁睁睡眼，再睁一下，彻底醒过来了："什么？再说一遍。"

"那份合约我刚一霎儿才签好。你醉得厉害。你看看吧，你会吃惊哩，会想不到——这太划算了……真哩，他们说到做到，瞧外面的机器也停了，天一亮就能开到河西……"

廖麦前半截听得很仔细，后来像是有些倦怠，缓缓转身，走开，回屋里去了。

美蒂跟到屋里，从包中掏出一沓纸，把最关键的签名页推到他的面前。"看看吧，除去河西的钱不算，天童还要补咱的农场——树木、房屋加上所有损失，一共八百三十六万五千……"

廖麦闭着眼睛补充一句："还有廖蓓那套奢华的房子，要一块儿算，因为这是同一笔买卖。"

"那是自然哩。麦子，这个结果该是不错了——没有办法啊，这样真是够好了！"

廖麦抓起那张纸对在眼前扫了一遍，扔在桌上："够好了。这是你——

你卖身的钱……二十多年了，总算折合成这样一笔大钱。"

美蒂打了几分钟的愣怔，尖叫一声，身子往上一耸。她瞪着他大叫："你！醉着还是昏着？老天爷啊，你刚才说了什么？老天爷啊！"

廖麦的声音很沉："别喊了。我一直很清醒。你也很清醒。二十多年的事情不是喊几句就能抹掉的。今夜我们该实在一点，把一切如实相告——相互都这样吧。美蒂，也许我太过分了，我现在想知道你和唐童，在一起多少次？"

美蒂用力拽着桌子。她抓起皮包想离开，可是刚摸到手里又掉在了地上。她喊着："你说吧！说吧！你被那个疯子弄蒙了，你连她的话都信……"

"回答我的话吧。我这可恶的好奇心……"

美蒂泪水哗哗淌落，一下伏在了桌上。这样许久她才抬起头："麦子！麦子……我和他只有……五次啊……是哩，我们五次……"

"五次，嗯，五次……"

美蒂跳起来："不不，麦子，没有！我是说'无'，没有……一次……'无'、'无'……"

"无数次？"

"'无'！就是没有的意思哩……"

遥远啊遥远

"美蒂，你的辩解和遮盖多么无力。还是别说了，我们这一对可怜的人。其实我已经想了许久，想怎样战胜这些东西，没成。你也会发现，我早就在怀疑、早就察觉了，只是不够具体。那时我痛得无法忍受啊，就对你使用了暴力——我会永远为这个谴责自己的。还有，我今夜必须告诉你的是，那一次出门，是我最痛苦最不能忍受的日子——你记得我去了南方？和修在一起？我们相爱了。这是事实，我们已经有了一个孩子……”

“啊？这是……真的？”

“真的。”

美蒂呜呜恸哭，以至于廖麦没法再说下去。她又伏在了桌上。廖麦的手抚在她的肩上：“我必须告诉你这些。因为这是绝对不能隐瞒的。”

美蒂停止了泣哭，她想起了什么，问：“你说自己的‘丛林秘史’要献给一位‘绝色美人’，我一直记住了这话——是指修吗？”

“不，她就是二十年前的你！”

“啊，麦子！麦子……”

“我这段时间一直在心里做一个决定，因为太难了。半年多过去了，我无法阻止自己的这个决定：我知道我们已经无法在一起了。我必须离开。”

“去找修吗？”美蒂一下抬起头。

“不，先离开。去哪儿——还没有想好……”

美蒂极力忍住泪水，可是做不到。她的声音忽然变得苍老而陌生：“麦子啊！你留下来吧，我什么都不要，只让你留下哩！我这会儿不是求你，我是让你想想小蓓蓓，想想我一个人拉扯着一个私孩子在野地里等你、孩子差一点冻死在冰窟窿里！想想我受那些磨难——那时我不答应他，唐家就会杀了你……你该想想这些哩！你想想吧！”

“半年多来我一直想的就是这些。美蒂，别说了。你是见识过唐童财富的人，这不是一般的财富，是一二百亿甚至更多——这么大的一笔钱。你早就知道自己选择了什么。我当然一生都会记住你刚才说的那些话。我会带着对你的深爱、感恩和亏欠离开。我不会像迷恋你一样去迷恋任何人了。所以我必须离开。我为这个想了半年多，怎么会轻易改变自己？我要在搬迁到河西以前离开这儿——除了一点随身用品、几本书，我什么也不带……"

"天哪！天哪！这是怎么回事啊！这是梦吧？这是一场梦吧……"

廖麦刚要说什么，突然身上一阵抖嗦，脸色蜡黄，豆大的汗珠从额头滚落。他一把扯住美蒂，将脸庞深埋进苘麻似的浓发中。她一动不动。这样待了足有一刻钟，他才抬起头来，长长舒了一口。她还像刚才一样，一动不动。他把下巴抵上她的头顶，紧咬牙关。这样许久，她仰脸看他，哈气一样问："我怎么过日子？"

"好好过。咱们都好好过下去。"

"咱俩这是做梦吧？"

"不，"廖麦欠身取到桌上的那张合约，"它在这儿呢，不是梦。我也要复印一份带在身上，经常看一看，好提醒自己：这不是一场梦……"

"这是一场梦哩！麦子相信我的话吧，这是梦哩……"

"不，不不，是从梦里醒了……美蒂你坐起来，坐起来，咱难得这么安静一会儿，咱已经快被吵死了。安静多么好啊！这会儿我在屋里待不住了，我刚才简直连气都喘不过来！这会儿好了，你让我自己出去走走吧，你让我一个人到屋子外面待一会儿……"

"麦子！麦子……"

他没有应声。

美蒂站起。他出门那一刻，她追上一步给他披了大衣。当他消失在夜色里时，她就伏在了沙发上。这儿有浓烈的气息，那是廖麦的气息。

廖麦看看工棚，那儿的人经历了持续的疲惫，这会儿已沉沉入睡。刀把湖的鱼也安息了。没有风，天空是最好的紫蓝色。星光哗哗垂落，大朵大朵的星光！他仰脸凝望，心跳扑扑。这个夜晚又让他想起了童年的那个星夜——他记起那一次怎样忍住了少年的悲伤，仰望星空……

那是一种怦然心动、流贯全身的震悚。怎么会忘记！这让他恍惑惊诧却又铭记清晰，直到今天、直到今夜……

他久久仰望这灿烂的星空。多么神奇多么美丽，然而多么遥远。今夜让他更加难忘的，就是童年的渺渺星空——遥远啊遥远！它茫茫渺渺，像无边无际的怜悯……

回到屋里已是凌晨四点了。漆黑漆黑，没有一点声音。到处没有美蒂——廖麦有些吃惊，急急找过了所有房间甚至阁楼、客货两用车驾驶室……"咦，人哪去了？"

他最后把阁楼暖气护板都打开了。"你该不会捉起迷藏吧，"他自语着，有些踉跄地奔下来。站在门厅里时，他突然想起了那个阔大的衣橱。砰砰打开，发现到处如故，美蒂的衣服一件件齐整地挂在那儿；再仔细看，唯有那件金黄色的小蓑衣没了！一种不祥的预感让他的心猛跳一下……合上橱门时一低头，下边一摊黑黑的东西让他失声叫出来——

那是一大团浓浓的、苘麻似的头发……

它们被齐根儿剪下，一触手温温的。他屏住了呼吸，小心地抚开外边一层染色的丝绺，细细抚摸。里面掺有一些银丝、枯折的毛发，今夜竟是第一次发现……他把脸庞紧紧地偎上去。

"美蒂！美蒂……"他从阁楼蹿到厨房、车库，又奔上湖塘。到处没有一丝踪迹。

夜色深浓，无边无际。他忍不住大喊了几声……工棚里的人疲惫极了，正呼呼酣睡，没有任何人被他的呼叫惊醒。廖麦深一脚浅一脚往前走，不知什么时候崴了一下，这会儿疼痛钻心。他喘息着，一拐一拐走向那片菊芋，扶着它站住。

星空闪烁，邈邈无垠……

他一直望着高阔的星空。遥远啊遥远。"啪嗒、啪嗒"，有什么滴进他的眼睛里。他仍然仰着脸，任其从眼角流出。

透过这一层晶莹，天空的星团像丰硕的葵籽一样簇起，仿佛在旋转和绽放……他凝住了神。

高高的菊芋上不停地垂下凉凉的露滴。

他伸出手掌接住了。

二○○五年十一月—二○○六年三月写于济南、万松浦
二○○六年七月—九月改于济南、万松浦

图书在版编目（CIP）数据

　　远河远山 刺猬歌 / 张炜著 . —济南 ：山东教育
出版社，2016
　　（张炜文存）
　　ISBN 978-7-5328-9246-4

　　Ⅰ .①远… Ⅱ .①张… Ⅲ .①长篇小说—小说集—中
国—当代 Ⅳ . ① I247 .5

　　中国版本图书馆 CIP 数据核字（2015）第 312854 号

总 策 划： 刘东杰
出版统筹： 祝　丽
特邀编辑： 马　兵
责任编辑： 王　慧　陈艳丽　朱泓桥
装帧设计： 王承利　宋晓军
手稿摄影： 曹清雅

张炜文存
远河远山　刺猬歌

张炜著

主　　管：山东出版传媒股份有限公司
出版者：山东教育出版社
　（济南市纬一路 321 号　邮编：250001）
电　　话： （0531）82092664　传真： （0531）82092625
网　　址：sjs.com.cn
发行者：山东教育出版社
印　　刷：济南精致印务有限公司
版　　次：2016 年 3 月第 1 版　2016 年 3 月第 1 次印刷
规　　格：720mm×1092mm　16 开本
印　　张：49.5 印张
字　　数：572 千字
书　　号：ISBN 978-7-5328-9246-4
定　　价：95.00 元

　（如印装质量有问题，请与印刷厂联系调换）印厂电话：0531—88783898